Tödliche Affäre

LUCINDA BRANT BÜCHER

— Die Roxtons – die frühen Jahre —
DER EDLE SATYR
SEINE HERZOGIN
IHR HERZOG
IHRE GNADEN

— Roxton-Familiensaga —
HEIRAT UM MITTERNACHT
HERZOGIN DES HERBSTES
TEUFELSKERL DAIR
DIE STOLZE MARY
DER SOHN DES SATYRS
IN LIEBE
HERZLICHST

— Salt Hendon-Serie —
DIE BRAUT VON SALT HENDON
RÜCKKEHR NACH SALT HENDON

— Alec-Halsey-Krimis —
TÖDLICHE VERLOBUNG
TÖDLICHE AFFÄRE
TÖDLICHE GEFAHR
TÖDLICHE VERWANDTSCHAFT

ÜBER DIE AUTORIN

WENN ICH NICHT IN MEINER SÄNFTE DURCH DAS LONDON DES 18. Jahrhunderts schaukele oder mit parfümierten Hofleuten mit Schönheitspflästerchen in den vergoldeten Salons von Versailles den neuesten Klatsch austausche, schreibe ich preisgekrönte historische Liebesgeschichten und Krimis (die auch ihre Liebesgeschichten enthalten) aus der georgianischen Zeit. Meine Bücher spielen im georgianischen England des 18. Jahrhunderts, mit gelegentlichen Ausflügen auf den europäischen Kontinent. Ich lege die Zügel bei der französischen Revolution, wo ich ein früheres Leben wegen meines unverzeihlichen hedonistischen Lebensstil als faule Aristokratin beendet habe, nieder.

lucindabrant@gmail.com	lucindabrant.com
pinterest.com/lucindabrant	twitter.com/lucindabrant
facebook.com/lucindabrantbooks	youtube.com/lucindabrantauthor

ÜBER DIE ÜBERSETZERIN

SUSANNE DÖRING

BÜCHER WAREN IMMER mein größtes Vergnügen; indem ich sie übersetze, kann ich sie auch mit denen teilen, die lieber auf Deutsch lesen. Ihre Meinung ist mir wichtig, Sie erreichen mich unter:

werrakind@gmail.com

Tödliche Affäre

EIN HISTORISCHER KRIMINALROMAN
AUS DER GEORGIANISCHEN ZEIT

ALEC-HALSEY-KRIMIS BAND 2

Lucinda Brant

ÜBERSETZT VON SUSANNE DÖRING

Ein Sprigleaf-Buch
Veröffentlicht von Sprigleaf Pty Ltd

Gesetzt in Adobe Garamond Pro.

ISBN 978-1-925614-10-7

10 9 8 7 6 5 4 3 2 1   Broschierte Ausgabe (s.iii) I

Für Pete

EINS

LONDON, HERBST 1763

ALEC HALSEY HATTE SIR CHARLES WEIRS EINLADUNG ZUM DINER in der Annahme akzeptiert, dass er der einzige Gast sein würde. Jetzt, als er von einem Dutzend unbekannter Gesichter umringt im Salon des Politikers stand, fand er sich inmitten eines parteipolitischen Diners wieder. Die anderen Gäste waren alle in irgendeiner Art und Weise mit der Regierung verbunden und zusammengekommen, um den fünften Jahrestag von Sir Charles' Wahl zum Parlament zu feiern; es waren keine Berufsdiplomaten aus dem Außenministerium wie Alec. Der Ehrengast, der Herzog von Cleveley, der bereits zweimal Lord Schatzkanzler gewesen und der derzeitige Außenminister war, musste erst noch erscheinen, und Alec vermutete, dass das der Grund war, warum die Türen zum Speisesaal noch geschlossen blieben.

Mit dem Weinglas in der Hand schlenderte Alec zu dem Schiebefenster hinüber, das auf die Arlington Street hinausschaute und wandte dem überfüllten und lauten Zimmer den Rücken zu. Er mochte solche Zusammenkünfte nicht. Zu vertraulich. In einer gesichtslosen Menge konnte man unerkannt bleiben und doch die Unterhaltungen des Abends genießen. Hier kannte jeder die Geschichte seiner Familie, hatte jede skandalöse Einzelheit über die makabren Umstände des Mordes an seinem ihm entfremdeten Bruder in den Londoner Zeitungen verschlungen. Trotz des offenen Urteils des Gerichtsmediziners war es Alec, dem die Gesellschaft die Schuld am Tode seines Bruders gab und damit den neu zu diesem Titel gekommenen Marquess Halsey zu lebenslänglicher Verdächtigung verurteilte.

Warum war er in die Stadt zurückgekehrt? Er hätte in Kent bleiben sollen, wo er die sieben Monate seit dem Tode seines Bruders damit verbracht hatte, den Landsitz der Familie wieder in Ordnung zu bringen. Er sollte seine Pächter besuchen und sich um ihre Bedürfnisse kümmern, keine Zeit damit verschwenden, sich mit überfütterten, rechthaberischen Politikern und ihren schmarotzenden Anhängern zu befassen, die ihm alle nicht ins Gesicht sehen konnten. Es gab durch sein unerwünschtes Erbe so viel für ihn zu tun und zu lernen, dass er kaum wusste, wo er beginnen sollte.

Er nippte an seinem Wein und schaute nach unten auf einen Tragsessel, der auf den Stufen von Horace Walpoles Stadthaus zum Stehen kam und sinnierte über das Schicksal. Er hatte den größten Teil seines Erwachsenenlebens am Rande der feinen Gesellschaft verbracht, als Diplomat auf dem Kontinent, der in fremden Sprachen redete. Der vorzeitige Tod seines ihm entfremdeten Bruders veränderte sein wohlgeordnetes Leben für immer. Wollte er einen Landsitz verwalten und seinen Platz im Oberhaus einnehmen? Er wusste so wenig über beides, dass eine Stationierung nach St. Petersburg im Winter ihm verführerischer schien. Was sollte er mit der Stellung eines Marquess, die er überhaupt nicht wollte und von der seine Standesgenossen fanden, dass sie ihm nicht zustünde? Und doch war er gezwungen gewesen, den neu geschaffenen Titel mit guter Miene anzunehmen. Als ob die Erhöhung seiner Familie vom Titel eines Earls von Delvin zum Marquess von Halsey wie durch ein Wunder seine Verbindung zu einem ermordeten Bruder, der ihn mit einer an Manie grenzenden Leidenschaft gehasst hatte, aus dem kollektiven Gedächtnis der feinen Gesellschaft hätte tilgen können. Alecs Auffassung nach komplizierte es sein Leben beträchtlich, plötzlich zum Marquess erhoben zu werden und verstärkte nur den Verdacht.

Vielleicht sollte er eine erneute Abordnung nach Konstantinopel erbitten?

Er wurde aus diesen Überlegungen gerissen, als sein Name hinter seiner linken Schulter in einer in lautem Flüsterton geführten Unterhaltung erwähnt wurde. Den Rest mitzuhören ließ sich nicht vermeiden.

„Ich weiß nicht, warum Weir ihn eingeladen hat", jammerte eine schwache, männliche Stimme. „Er ist keiner von uns. Und wenn man bedenkt, was er dem armen Ned angetan hat - tja!"

„Sir Charles hat für alles seine Gründe", sinnierte seine weibliche Begleitung. „Ich frage mich ..."

„Offensichtlich betrachtet Charlie die Angelegenheit nicht so wie wir, Mylady."

„Er ist auf seine kantige Art recht gutaussehend. Große, knochige Nase und große ...“

„Was? Kein Puder und nur ein Fetzen von Spitze machen ihn gutaussehend?“

„... blaue Augen“, endete Lady Cobham mit einem schrägen Lächeln und begutachtete Alec von seinen muskulösen Unterschenkeln bis zu den schwarzen Locken.

„Du bist blind! Man könnte ihn gut für einen amerikanischen Wilden halten.“

„Ja. Dieses alte Gerücht über ...“

„Gerücht?“

„... darüber, dass sein echter Papa ein schwarzer Lakai war, der sich Lady Delvins Gunst erfreute, ist hängengeblieben, nicht wahr?“

„Es ist hängengeblieben, Caro, weil der dunkle Teufel ein - ein Halbblut ist. Man muss ihn nur anschauen, um das zu wissen!“

Die Frau seufzte tief. „Ja, schau ihn nur an. Es heißt, er sei so männlich wie ein Wilder ...“

Ein verächtliches Schnauben ertönte. „Du bist reif für Bedlam, Caro! Bei Gott! Der Mann ist ungeschliffen, unzivilisiert und respektlos. Es wird dem Herzog nicht gefallen, dass er heute Abend hier ist, überhaupt nicht!“

„Ich würde sagen, George, deinem Vater wird es nicht gefallen, aber wenn ich die noch andauernde Trauer des Herzogs wegen der Herzogin bedenke, bezweifle ich, dass es für Cleveley eine Rolle spielt, wen Sir Charles eingeladen hat. Können Wilde blaue Augen haben?“

„Sei vernünftig, Caro.“ Lord George Stanton drückte sein Doppelkinn in die Halsbinde und sagte ernst: „Vater denkt daran, die Führung abzugeben.“

Die Dame schnappte nach Luft. „Das kann nicht dein Ernst sein? Er muss einen Scherz gemacht haben!“

„Der Herzog, meine liebe Lady Cobham, scherzt nicht. Und ich auch nicht. Und ich glaube nicht, dass Vaters Kummer ihn für die Welt blind gemacht hat. Er wird sicher ein Wort mit Weir zu reden haben, wegen des Mangels an moralischem Anstand, weil er einen Mann einlädt, von dem jeder weiß, auch wenn es nicht zu beweisen ist, dass er seinen eigenen Bru...“

„Oh, schau! Endlich ist er hier!“, platzte Lady Cobham heraus. Sie kicherte nervös hinter ihrem wedelnden Fächer, als Alec sie direkt ansah. Aber als Lord George zum Eingang schaute, senkte sie den Fächer aus geschnitztem Elfenbein, um ihre nach oben gepressten Brüste zu betonen, bevor sie sich umwandte, um das lebensgroße Porträt, das zwischen den beiden Fenstern hing, zu bewundern. „Ich frage mich, ob das ein Reynolds ist ...?", sinnierte sie, ohne jemanden im Besonderen anzusprechen, aber mit einem verstohlenen Seitenblick voll offener Einladung zu Alec.

Unruhe am Eingang ließ jedermann in diese Richtung sehen. Der Herzog von Cleveley war angekommen. Es sagte viel über den beträchtlichen politischen und gesellschaftlichen Einfluss des Mannes aus, dass sein bloßes Auftreten den Raum in Schweigen versinken ließ. Bald war er von den Getreuen der Partei umgeben, die alle bemerkt werden wollten, und Alec hatte die Befriedigung zu sehen, wie der große Mann seinen Stiefsohn, Lord George Stanton, zugunsten eines Geistlichen in verschlissenem Kragen und Manschetten übersah. Zumindest der Herzog war nicht bereit, einem arroganten Wesen den Vorrang vor dem Verstand zu geben, dachte er mit einem ironischen Lächeln.

Die Mahlzeit selbst wurde nicht zu der Tortur, die Alec befürchtet hatte. Zwischen den zwölf Gängen gab es viele politische Diskussionen und viele Reden aus dem Stehgreif, die Sir Charles' fünf Jahre als Parlamentsmitglied für den überrepräsentierten Wahlbezirk von Bratton Dene lobten. Und da Alec zwischen dem schäbigen Geistlichen, der ihn zugunsten seiner Unterhaltung mit dem Herrn zu seiner Rechten ignorierte, und Sir Charles, der am Kopf der Tafel saß, seinen Platz hatte, begann er, sich wohler zu fühlen. Während die beiden Diener mit den verschiedenen angebotenen Gerichten hin und her gingen, nahm er sich die Zeit, ringsum die anderen Gäste zu betrachten.

Der Herzog von Cleveley saß direkt gegenüber und schaute höchst gelangweilt drein. Seine Gnaden sagte während der Diskussionen wenig, aß wenig von den vielen Dingen, die ihm vorgelegt wurden, und trank stetig weiter, obwohl diese Tatsache seinen politischen Scharfsinn in keiner Weise beeinträchtigte. Alec beobachtete, dass der Herzog, wann immer er von einer Unterhaltung ermüdet war, mit seiner Schnupftabaksdose herumfummelte und dass seine Genossen das als Anzeichen werteten, dass sie mit ihrer Aufmerksamkeit nachlassen könnten; aber kaum, dass sie das taten, warf der große Mann eine beißende Kritik in den Raum, die dafür sorgte, dass die Speisenden sich in einer Reihe von Gegenargumenten verloren. Alec würde nie der Politik des Herzogs zustimmen, aber das hielt ihn nicht davon ab, den großen Politiker bei der Arbeit zu bewundern. Jetzt verstand er, warum sein Onkel Plantagenet den Herzog als so würdigen und aufreizenden Gegner empfand und das ließ ihn lächeln, weil er darüber nachdachte, was der alte Gentleman am nächsten Morgen beim Frühstück zu sagen haben würde, wenn er genau erfuhr, wer bei Sir Charles Weirs Abendeinladung zu Gast gewesen war.

Sir Charles beugte sich zu Alec.

„Es ist für dich absolut langweilig, fürchte ich. Keine Bange, wenn die Damen in den Salon gehen, können wir Männer einen guten Portwein trinken und uns ausruhen." Er klopfte auf Alecs samtenen Ärmelaufschlag. „Ich freue mich, dass du in die Stadt gekommen bist."

„Ich hätte mich daran erinnern sollen. In der Schule hattet du schon die Fähigkeit zu bekommen, was du wolltest, ob durch faire oder unfaire Mittel."

Sir Charles hob sein Glas. „Das ist es, was mich zu einem derart erfolgreichen Politiker macht, Mylord Halsey."

Alec zuckte zusammen. Sieben Monate waren nicht Zeit genug, um sich wohl zu fühlen, wenn man mit „Mylord" angeredet wurde." Er ärgerte sich über sich selbst, dass eine solche Kleinigkeit ihn aus der Fassung brachte und goss den Rest seines Weins in einem Zug hinunter. Als er aufschaute, traf er den durchdringenden Blick des Herzogs. Er erwiderte ihn und die Röte in seinem Gesicht verriet alles, denn der Herzog stellte sein Glas weg, hob seine Schnupftabaksdose und bot sie quer über den Tisch an.

Alec schüttelte den Kopf. „Danke, Euer Gnaden, aber ich schnupfe nicht."

Der Herzog neigte sein gepudertes Haupt und stellte die kleine, goldene Dose wieder auf den Tisch zurück. „Eine der vielen exzentrischen Eigenschaften Eures Onkels ist der Hass auf Tabak. Ich habe sein Pamphlet zu diesem Thema mit großem Interesse gelesen. Ihr wurdet von ihm erzogen, nicht wahr?"

„Ja, Euer Gnaden. Von ihm dazu erzogen, mir meine eigene Meinung zu bilden", antwortete Alec, überrascht, dass der Herzog sich die Mühe gemacht hatte, etwas zu lesen, das sein Onkel geschrieben hatte. „Ich finde nur einfach keinen Gefallen am Schnupfen."

„Aha", sagte der Herzog und beendete das Thema mit einer ausgiebigen Prise, als wäre er plötzlich davon gelangweilt. Alec fand diese Manieriertheit ärgerlich. „Sagt mir Eure Meinung über die Midnaich-Frage."

„Gibt es denn eine Frage, Euer Gnaden?", fragte Alec. Er wusste, dass die anderen Speisenden ihre Unterhaltungen unterbrochen hatten und intensiv lauschten. „Ich nahm an, dass diese kleine Ecke des nördlichen Europas jetzt zur Ruhe gekommen wäre. England hat die französische Besatzung des Fürstentums beendet und die Invasion von Hannover konnte abgewendet werden, was das vorrangige Ziel Eurer Regierung war. Also ein erfolgreicher Feldzug für Euch, Euer Gnaden ...“

Der Herzog tippte auf den Deckel seiner Schnupftabaksdose und klappte den filigranen Deckel mit einem Finger auf. Sein Blick hing weiter an Alec und schätzte seine Bemerkung ab, um zu entscheiden, ob sie einen feindseligen Unterton hätte. Schließlich war die Entscheidung seiner Regierung, die Franzosen zu vertreiben und Midnaich zu besetzen, von beiden Seiten des Parlaments mit Feindseligkeit aufgenommen worden. Alec Halseys Onkel Plantagenet war der wortreichste ihrer Kritiker. Aber Midanich hatte eine gemeinsame Grenze mit Hannover, dem Stammland des englischen Herrschers, und daher war es unabdingbar, die Franzosen dort herauszuhalten. Der strategische Zug erwies sich als erfolgreich und half England, den Siebenjährigen Krieg zu gewinnen.

„Mit dieser Bemerkung will ich es gut sein lassen, Halsey.“

„So war es gedacht, Euer Gnaden“, antwortete Alec höflich.

Es folgte eine lange Stille, nur unterbrochen durch das Geräusch, wie der Herzog Schnupftabak nahm. Es blieb Sir Charles überlassen, die Stimmung zu deuten, daher schob er seinen Stuhl zurück und nickte seinem Butler zu, ein Zeichen für die Damen, sich in den Salon zu verabschieden. Die anderen Gentlemen standen auf, noch immer schweigend, und warteten auf einen Hinweis des Herzogs, der die um ihn aufgekommene Spannung nicht zu spüren schien.

Nachdem die Tür sich fest hinter dem Rücken der Damen geschlossen hatte, bahnte sich Lord George Stanton einen Weg zu der Anrichte am anderen Ende des langen Raums, wo Sir Charles seine Schnupftabaksdose und die Dosen der Gäste, die der Füllung bedurften, aus einer Reihe verzierter Töpfe, die auf dem obersten Brett eines reich geschmückten Mahagoniregals aufbewahrt wurden, auffüllte. Die anderen Gentlemen hatten den untersten Westenknopf geöffnet und machten es sich bequem für den guten Tropfen Portwein, den der Butler in großen Kristallkaraffen auf den Tisch gestellt hatte.

Alec streckte seine langen Beine vor den Fenstern auf der der Anrichte gegenüberliegenden Seite, um den interessierten Blicken einiger Herren zu entgehen, die abgelenkt wurden, als der schäbige Geistliche sich selbst einlud, den Platz neben dem Herzog einzunehmen. Das vertrauliche Benehmen des Kirchenmannes ärgerte die Männer, die auf diese Gelegenheit gewartet hatten, um sich selbst dem großen Mann besser bekannt zu machen. Alec bemerkte, dass es auch den Stiefsohn des Herzogs verärgerte, der seine Verachtung für den alten Geistlichen nicht verbergen konnten. Und zwei Flaschen Rotwein hatten seine Zunge gelockert.

„Hört zu, Charlie", zischte Lord George laut und hickste. „Ich dachte, Ihr würdet seinetwegen etwas unternehmen."

„Was schlagt Ihr vor, was ich gegen einen Geistlichen unternehmen soll, Mylord?", antwortete Sir Charles mit deutlicher Ironie.

„Was macht er denn hier?", kam die arrogante Frage.

„Es war nicht meine Idee, ihn einzuladen. Ich dachte, das wäre offenkundig, selbst für Euch", antwortete Sir Charles schneidend und drückte den Korken wieder auf den Schnupftabakstopf aus Porzellan. Er stellte diesen und den zweiten wieder ins Regal. „Und bitte, senkt Eure Stimme."

„Ich bin nicht betrunken, müsst Ihr wissen", sagte Lord George und nahm eine Prise Schnupftabak aus der ihm angebotenen Dose. „Danke. Der alte Fuchs ist gekommen, um zu bleiben. Ist das zu glauben? Vater erlaubt diesem Stück Dreck, am St. James' Square zu wohnen? Er hat sein eigenes Zimmer, um Himmels willen!"

„Vielleicht in seiner Trauer ..."

„Oh, kommt schon, Charlie!", spottete Lord George und hickste wieder. „Ich vermisse Mama ebenso, aber es bringt mich doch nicht um den Verstand. Es ist zwölf Monate her und ich denke, das ist lange genug getrauert. Schließlich war Mama auch keine gesunde Frau. Sie war den größten Teil des Jahres vor ihrem Tod schon an ihr Zimmer gefesselt. Also erzählt mir keinen Unsinn über tiefe Trauer!"

„Mylord, ich ..."

Lord George stützte seinen langen Arm auf die Anrichte, sein rundes Gesicht dicht an Sir Charles'. „Wisst Ihr, was ich denke, Charlie."

„Nein, ich denke nicht ..."

„Er hat etwas gegen ihn in der Hand."

„Was?"

„Erpressung."

„Das ist absurd", antwortete Sir Charles mit einem hohlen Lachen. „Was könnte dieser alte Pfarrer denn gegen ..."

„Ihr glaubt, weil Ihr zehn Jahre lang Sekretär des großen Mannes wart, dass Ihr alles wisst, was es über ihn zu wissen gibt? Dann sagt mir, warum Vater dieser alten Krähe auch nur guten Tag sagt. Gestern erst haben sie sich drei Stunden lang in der Bibliothek eingeschlossen. Drei Stunden, Charlie."

Sir Charles packte Lord George am Ellenbogen und zog ihn so herum, dass er mit dem Rücken zum Zimmer stand. „Habt Ihr daran gedacht, dass seine Gnaden vielleicht nur den letzten Wunsch Eurer Mutter erfüllt?"

Lord George rülpste. „Hä?"

Sir Charles lächelte dünn. „Wenn Ihr Euch erinnern wollt, Mylord, es war die Herzogin, die Mr. Blackwell zu sehen verlangte. Kurz bevor sie auf ihr Totenbett fiel, ließ sie den Geistlichen an ihr Bett rufen. Er war es, der ihr die letzte Ölung gab."

„Was? Dieser schäbige Niemand wachte über Mamas Totenbett?" Das war Lord George neu und er wandte sich um, um zur anderen Seite des Raumes den Geistlichen anzusehen, der sich mit den Adligen um ihn herum sehr vertraut gab und sich dem Gelächter über ihre Bonmots anschloss. „Warum tat sie das, frage ich mich?"

Sir Charles seufzte. „Das werden wir jetzt nie erfahren, und ich rate Euch, den Herzog damit nicht zu belästigen." Er steckte seine Schnupftabaksdose in die Tasche, schloss die Tür der Anrichte und drehte den kleinen, silbernen Schlüssel im Schloss herum. „Wenn seine Gnaden es für angebracht hält, sich mit einem schäbigen Niemand abzugeben, ist es nicht an uns, das in Frage zu stellen."

Lord George Stanton gab ein Schnauben von sich und klatschte Weir auf den Rücken. „Immer der treue Sekretär, Charlie!"

Er schlenderte davon, um sich den anderen anzuschließen. Sir Charles zog eine missbilligende Grimasse und ging mit einem resignierten Lächeln zu Alec hinüber. „Mach dir nichts aus Lord George", sagte er entschuldigend. „Er ist jung und leider verträgt er seinen Schnaps nicht so gut wie wir anderen. Das lässt ihn Dinge sagen, die er nicht so meint. Blackwell ist nicht so übel."

Alecs unverbindliche Antwort und die Tatsache, dass er sofort hinüberging, um sich dem Geistlichen vorzustellen, erstaunten Sir Charles. Wenn er nicht angesprochen worden wäre, um eine Streitigkeit wegen einer Rechtsfrage zu klären, wäre er ihm gefolgt, um zu hören, was sein alter Schulfreund einem schäbigen Niemand zu sagen hatte.

„Mr. Blackwell", sagte Alec. „Ich muss Euch um Verzeihung bitten."

Reverend Blackwell lächelte und bot Alec den leeren Stuhl neben sich an. „Tatsächlich, Mylord?"

„Ja. Ich komme mir recht albern vor, weil ich Euch beim Essen nicht erkannte, aber wir sind uns schon früher begegnet, als sich der Vorstand des Belsay-Waisenhauses auf Einladung meines Onkels in meinem Haus traf."

„Ja, das stimmt. Verzeiht, wenn ich lächele, aber ich weiß, wer Ihr seid und ich bin mir unseres früheren Zusammentreffens wohl bewusst. Ich dachte, es wäre am besten, Euch die Gelegenheit zu geben, sich meiner zu erinnern oder nicht, wie es Euch gefällt."

Alec war überrascht. „Wie könntet Ihr denken, dass ich Euch nicht kennen wollen möchte? Ich gebe zu, dass ich gesellschaftliche Anlässe meide, seit ... ich komme nicht oft in die Stadt und ziehe es vor, meine Zeit in Kent zu verbringen, doch ich habe dieses Mittagsmahl damals sehr genossen - umso mehr, da die Gespräche sich um das Belsay-Waisenhaus drehten.“

„Meine anderen Vorstandsmitglieder und ich sind geehrt, dass wir benannt wurden, aber es ist Euer Onkel, der die Sache am Laufen hält, Mylord.“ Dem Geistlichen fiel Alecs Stirnrunzeln auf und er breitete seine fetten Hände in einer Geste des Mitgefühls aus. „Die letzten sieben Monate dürften nicht einfach für Euch gewesen sein. Es tut mir sehr leid. Ein geringerer Mann hätte es nicht durchgehalten. Doch habe ich jedes Vertrauen darin, dass Ihr das Beste aus Umständen machen werdet, die Ihr nicht zu verantworten habt.“

Alec schaute von dem schweren, goldenen Siegelring auf, der am kleinen Finger seiner linken Hand saß; an den Seiten seines Mundes hatten sich harte Falten gebildet. „Danke für Eure Unterstützung, Blackwell.“

Der Pfarrer nickte und beugte sich über den Tisch, um nach der nächstliegenden Schnupftabaksdose zu greifen. Sie war aus Gold und sah genauso aus wie die Dose, die der Herzog bei sich trug. „Hübsch, nicht wahr?“, sagte er, um das Thema zu wechseln. „Ein Geschenk. Ich habe Schnupftabak nie wirklich genossen, bis ich eine gute Mischung geschenkt bekam.“ Er sog eine großzügige halbe Prise in ein Nasenloch auf. „Habe immer Pfeife geraucht. Aber dies ist in Gesellschaft angenehmer.“ Dann schnupfte er den Rest in das andere Nasenloch auf und wischte sich die Finger an seinem Rockärmel ab.

Alec wartete höflich, obwohl er den Geistlichen so vieles fragen wollte. Nicht zu allerletzt, wie er dazu kam, seinen Schnupftabak aus einer goldenen Dose in einem eleganten Salon voll hochrangiger Politiker zu genießen, wo er doch weniger als ein Jahr zuvor die notleidenden Armen der Gemeinde von St. Jude betreut hatte. Er musterte den Herzog, der von den Getreuen seiner Partei umringt war und wunderte sich über die mögliche Beziehung zwischen einem Edelmannes höchsten Ranges und einem armen, schlecht gekleideten Kirchenmann ohne familiäre Beziehungen. Der Herzog war nicht wohltätig zu nennen. Seine Verachtung für alle gesellschaftlich unter ihm Stehenden war wohlbekannt. Er war der Inbegriff dessen, was Alec an seinem eigenen Stand am meisten verabscheute. Blackwell war ein ehrlicher Mann mit sanften Manieren, ohne Einbildung oder Ehrgeiz; ein Mensch, der für einen so eingefleischten Politiker wie den Herzog kaum einen Wert besaß. Seltsame Bettgenossen, in der Tat.

„Mylord, seid so freundlich, mein Glas nachzufüllen“, sagte der

Geistliche in einem dünnen, heiseren Flüsterton und zerrte an seinem verschlissenen Halstuch, als ränge er nach Luft.

Alec tat, worum er gebeten wurde, aber ein Blick auf Blackwell machte ihm klar, dass dem Mann übel geworden war. Sein Gesicht hatte die Farbe gewechselt und er sah plötzlich unangenehm erhitzt aus. Auf seiner Stirn begannen sich Schweißperlen zu bilden. Alec fühlte nach dem Puls des Mannes und war von dem raschen, schwankenden Schlag im Handgelenk überrascht. Er lockerte die Krawatte des Geistlichen und lehnte ihn dabei in seinem Stuhl zurück. Das schien dem alten Mann nur noch mehr zu schaden. Blackwell ließ seinen Kopf nach hinten fallen, während er durch den schlaff geöffneten Mund Luft einsog. Alec hatte dem Mann das Halstuch abgenommen und die Weste aufgeknöpft, aber Blackwell rang trotzdem noch nach Luft, sein Keuchen war so laut, dass die anderen Gäste auf seinen Zustand aufmerksam wurden und die Gespräche und das Lachen verstummten.

Sir Charles eilte an Alecs Seite und rief seinem Butler zu, einen Krug Wasser zu bringen. Er wandte sich ratsuchend an seinen alten Schulfreund, da er nicht wusste, was er mit dem keuchenden Körper tun sollte, der sich jetzt auf dem Stuhl in Krämpfen wand. „Was sollen wir tun?"

„Holt einen Arzt!", befahl Alec, dessen Arm sich anfühlte, als würde er unter der Last des Geistlichen brechen.

Gerade, als er dies sagte, klappte Blackwell vornüber zusammen und erbrach sich. Ein großer, stinkender Haufen unverdauter Nahrung spritzte auf Alecs bestrumpfte Füße und fiel in Brocken auf den Teppich. Das reichte, um die Zuschauer zurücktaumeln zu lassen. Ein Gentleman würgte, hielt seinen Kopf über den Nachttopf unter dem Tisch und folgte dem Beispiel des Geistlichen. Alec bezwang seine eigene Übelkeit und manövrierte den Geistlichen auf seine Knie, wonach dieser sich noch einmal erbrach. Die lauten, gutturalen Würgetöne waren selbst für den härtesten Magen der letzte Strohhalm und der Kreis der Gentlemen, der ihn umgab, öffnete und zerstreute sich. Lord George Stanton beging den Fehler, über Sir Charles' Schulter zu spähen. Der Gestank traf ihn noch vor dem Anblick und er wankte zurück und hätte fast das Gleichgewicht verloren, wenn der Herzog seinen Stiefsohn nicht am Ellenbogen gepackt und auf den nächsten Stuhl gedrückt hätte.

Alec hatte keine Ahnung, wie er das Leiden des Mannes lindern könnte. Bis ein Arzt gefunden werden konnte, gab es nicht viel zu tun, als hilflos und unbehaglich herumzuschleichen. Sir Charles versuchte, einen Becher Wasser an die ausgetrockneten Lippen des Pfarrers zu halten, aber das half nichts. Blackwell, dessen zuvor bleiche Gesichtsfarbe jetzt hellrot war, schnappte weiter nach Luft, sich seiner Umgebung nicht bewusst und nicht in der Lage, um Hilfe zu bitten.

Dann hörten die Krämpfe plötzlich ebenso abrupt auf, wie sie begonnen hatten. Rings um den Raum erhob sich erleichtertes Aufatmen. Blackwell war völlig still, sein kahler Kopf, jetzt ohne seine braune, kurzhaarige Perücke, war wie zum Gebet nach vorn geneigt. Er nahm einen letzten tiefen, zittrigen Atemzug und brach prompt, mit dem Gesicht in die Schweinerei, die er verursacht hatte, zusammen.

Er war tot.

„WAS FÜR EIN SCHEUSSLICHES ENDE DIESES ABENDS", KLAGTE Lord George Stanton und füllte erneut sein Portweinglas.

Alle schwiegen. Fünf Minuten lang hatte niemand gesprochen. Diese törichte Bemerkung trug wenig dazu bei, den Stiefsohn des Herzogs bei den anderen Gästen beliebt zu machen. Sir Charles sah peinlich berührt aus. Er wünschte, der Arzt würde sich beeilen, damit seine Diener den Raum säubern könnten.

Die türkischen Teppiche würden ersetzt werden müssen.

Sir Charles wurde an seine Pflichten als Gastgeber erinnert, als Viscount St. Edmunds den Mut aufbrachte, sich zu entschuldigen; er würde sich den Damen im Salon anschließen. Sir Charles schlug vor, dass der Rest der Gentlemen dasselbe tun sollte. Es gäbe keinen Grund für sie, weiter im Speisesaal zu bleiben und die Damen würden sich über ihre lange Abwesenheit bereits wundern. Es gab keinen Mann, der dem widersprechen wollte und sie drängten sich durch die offene Tür, hochgradig erleichtert, wenn auch noch unter Schock. Ein schönes Hängen war eine Sache, aber einen Gast am Esstisch über dem Portwein tot umfallen zu sehen ... Nun ja! Es war unaussprechlich geschmacklos und unglaublich unmanierlich.

Der Butler ergriff die Initiative und schickte einen Lakaien mit einer Schüssel sauberen Wassers und einem Tuch, um das Erbrochene von Alecs schwarzen Kniehosen und weißen, gewirkten Strümpfen zu wischen. Diener auf leisen Sohlen räumten leise Gläser und Karaffen beiseite, und die beiden kräftigsten von ihnen hielten sich bereit, um beim Fortschaffen des Körpers zu helfen, nachdem der Arzt bestätigt haben würde, dass der Geistliche wirklich tot war. Obwohl der Butler sich fragte, warum dies jetzt noch notwendig sein sollte, wo doch der Mann auf dem Teppich schon kalt wurde.

Sir Charles schien sich nicht bewusst zu sein, dass er nicht der Einzige war, der geblieben war, um über der Leiche zu wachen, bis der

Arzt in den Raum geführt wurde und seine Untersuchung begann, indem er Alec Fragen stellte. Sir Charles war recht zufrieden, seinen Freund über die Ereignisse berichten zu lassen. Außer, dass er den ganzen Prozess abstoßend fand, fehlte ihm die Energie, mehr zu tun, als über das katastrophale Ende einer Einladung zum Diner zu klagen, die dazu gedacht gewesen war, seine politischen Ambitionen zu fördern.

Wenn er die ganze grässliche Angelegenheit nur irgendwie vertuschen könnte! Er wusste, dass das Wunschdenken war. Schließlich war Lord George Stanton das größte Klatschmaul in der Stadt. Bis zum Morgen würden die Neuigkeiten nicht nur direkt bis zu seinem Club in der St. James' Street gelangt sein, sondern auch ins Parlament, und er würde den Großteil des seltsamen Sinns für Humor seitens der Opposition zu ertragen haben. Genau die Art von Vorfall, die garantiert dazu führen würde, dass sich der allgemeine Hohn über die vielen Jahre, die er damit verbracht hatte, sorgfältig die Erscheinung eines vertrauenswürdigen und ehrbaren Mitglieds der Regierung aufzubauen, ergießen würde. Er fragte sich, in welchem Licht der Herzog die ganze widerwärtige Angelegenheit betrachten würde.

Sein Mentor lehnte sich, unbemerkt und schweigend, aus einem geöffneten Fenster. Er schien sich für die Vorgänge nicht zu interessieren, bis der Arzt den Dienern mit einem Nicken zu verstehen gab, dass sie die Leiche wegbringen könnten, und sagte:

„Der arme Kerl hatte einen schweren Herzanfall. Hätte jederzeit passieren können." Er schaute Sir Charles entschuldigend an. „Schade, dass es bei einem Eurer Diners passieren musste, Sir Charles."

Daraufhin drehte der Herzog sich um und Alec bemerkte, dass das faltige Gesicht des Edelmannes so weiß geworden war wie die bauschigen Spitzen an seinen Handgelenken.

„Ihr seid der Meinung, dass Reverend Blackwell an Herzversagen starb?", fragte der Herzog.

Der Arzt blieb ungerührt. „Ja, Euer Gnaden. Das ist meine Meinung."

Der Herzog war nicht überzeugt. „Nach allem, was Halsey Euch über die letzten Momente des Mannes erzählt hat, könnt Ihr ohne zu zögern feststellen, dass es ein Herzanfall war?"

Sir Charles lachte nervös. „Euer Gnaden, was sonst könnte es sein?" Er sah zuerst Alec, dann den Arzt an. „Verdorbenes Essen vielleicht?"

„Nein. Nein. Nein", wehrte der Arzt ab. „Dafür war nicht genug Zeit. Außerdem wäre dann der Pfarrer nicht der einzige Betroffene. Andere würden auch Zeichen des Unwohlseins aufweisen. Und wie Lord Halseys mir versicherte, hat niemand sonst ähnlich gelitten, daher bezweifele ich stark, dass irgendetwas am Essen das Unwohlsein dieses Mannes verursacht hat."

„Niemand hat die Damen gefragt ...", begann Alec, nur, um von einem Glucksen des Herzogs unterbrochen zu werden.

„Immer noch so pedantisch auf Wahrheit bedacht, Halsey?", spottete der Herzog. „Auf der anderen Seite ...", fügte er affektiert mit einem Blick auf die Stelle, wo der Geistliche tot umgefallen war, hinzu: „... ist diese Art von Vorfall für Euch ja nicht neu, nicht wahr?"

Sir Charles' Mund blieb bei dieser offenen Anspielung auf den verdächtigen Tod durch Erschießen des älteren Bruders seines Freunds offen stehen. Er wusste nicht, wohin er schauen sollte. Und wie abwegig die Bemerkung auch war, er brachte es nicht fertig, Alec zu verteidigen und sich dafür das Missfallen seines Mentors zuzuziehen. Der Arzt blieb seinen Gedanken überlassen.

Alec unterdrückte eine scharfe Erwiderung und zog es vor, die Anspielung zu ignorieren. Stattdessen sagte er ruhig zu dem Arzt: „Seine Gnaden steht unter Schock und benötigt vielleicht ..."

„Ich benötige *nichts*", zischte der Herzog von Cleveley, ohne seinen Blick von seiner geöffneten Schnupftabaksdose zu wenden. Unfähig, das Zittern seiner Hand zu beherrschen, fummelte er an der Dose herum, um den Deckel zu schließen, und die kleine, goldene Dose fiel klappernd zu Boden, ihr kostbarer, puderartiger Inhalt verteilte sich auf den polierten Dielen.

Alec blickte starr auf die Schnupftabaksdose, die vor der Spitze seines polierten Schuhs zu liegen gekommen war, und im Augenblick warf Sir Charles sich vor ihm auf die Knie, eifrig darauf bedacht, derjenige zu sein, der seinem früheren Dienstherrn die kleine Golddose zurückbrachte. Es stimmte Alec traurig zu sehen, wie sein alter Schulfreund in so erniedrigender Weise herumkroch. Der Herzog beachtete diese Handlung äußerster Unterwerfung kaum und dankte Sir Charles keineswegs. In der Tat riss er ihm die Schnupftabaksdose aus der Hand und schritt, ohne auch nur gute Nacht zu wünschen, aus dem Raum. Für Alec war es keinen Moment zu früh. Er hoffte, dieser Abend würde das erste und letzte Mal sein, dass er sich in der Gesellschaft eines so arroganten, hässlichen Mannes aufhalten musste.

Eine Woche später hatte er das Pech, dem Herzog bei einer Kunstausstellung in der Oxford Street zu begegnen.

ZWEI

Das Parlamentsmitglied Plantagenet Halsey betrachtete sich als einen Mann, der in seinem sechzigsten Lebensjahr noch kampfeslustig war, und was er am meisten wünschte, war, das neueste Gesetz zu bekämpfen, das dem Unterhaus vorgelegt worden war. Ein Gesetz, das, wenn es verabschiedet würde, die Zahl der Schiffe, die in Bristol ausliefen, um afrikanische Sklaven für die Zuckerplantagen in Westindien und die Baumwollplantagen in den amerikanischen Kolonien zu beschaffen, steigen lassen würde. Ein Gesetz, das die Regierung vorgeschlagen hatte und das vom Herzog von Cleveley unterstützt wurde, als Mittel, um die Vorherrschaft des Königreichs gegenüber seinen europäischen Gegnern zu sichern. Plantagenet Halsey hasste den Herzog leidenschaftlich, fast so sehr, wie er die bloße Idee verabscheute, Menschen als Sklaven zu halten.

Der Gedanke an den Herzog hinterließ einen bitteren Geschmack in seinem Mund und mischte sich mit dem, was sein Neffe sagte. Beim letzten Mal, als er dem Herzog entgegengetreten war, hatte er sich zum Narren gemacht. Er hätte auf seine Kollegen hören und die Debatte im Parlament verlassen sollen. Zwei Stunden, in denen er Sir Charles zuhörte, wie dieser über die dringende Notwendigkeit predigte, dass nicht nur die Anzahl der Schiffe, sondern auch die erlaubte Anzahl der an Bord solcher Schiffe genommenen Sklaven vergrößert werden müsste, um sicherzustellen, dass Englands wirtschaftlicher Vorsprung nicht gefährdet würde, war alles, was der alte Mann brauchte, um sein Blut zum Kochen zu bringen.

Jeder wusste, dass Sir Charles die Marionette des Herzogs im Unterhaus war. Der Mann war zehn Jahre lang Cleveleys Sekretär gewesen, bevor er für seine Treue mit dem Sitz eines überrepräsentierten Bezirks, den der Herzog zu vergeben hatte, belohnt worden war. Und während der letzten fünf Jahre hatte er es dem Herzog gedankt, indem er dessen Augen und Ohren im Unterhaus war. Er verpasste keine Abstimmung, stimmte nie gegen ein von der Regierung unterstütztes Gesetz und focht immer für die Integrität des Charakters des Herzogs und dessen politischer Motive bei den vielen Gelegenheiten, wenn ein Parlamentsmitglied es auf sich nahm, diese in Frage zu stellen. In Plantagenet Halseys Meinung die übelste Art von Speichellecker: gedankenlos loyal und stur entschlossen.

Wie unsinnig von ihm war es daher gewesen, den Mann und sein Idol im Pavillon von Ranelagh Gardens zur Rede zu stellen. Es war das erste Erscheinen des Herzogs bei einer öffentlichen Gesellschaft seit dem Tod seiner guten Herzogin. Das Orchester hatte gerade das Spiel einer Auswahl aus Händels beliebter Wassermusik zu Ehren der Anwesenheit des Herzogs beendet. Das Publikum applaudierte nicht nur den Musikern, sondern einer aus der Menge übernahm es, drei Hochrufe zur Unterstützung des Herzogs auszubringen. Der Mann selbst hatte edel bescheiden gewirkt. Seine Marionette, Sir Charles, war nicht so bescheiden und grinste bei solch öffentlicher Begeisterung für seinen Wohltäter breit.

Es war eine Seltenheit, dass ein Mitglied der englischen Aristokratie solches Lob erhielt. Plantagenet Halsey war der Auffassung, dass derart gekünstelte Zurschaustellungen besser den Franzosen überlassen bleiben sollten, die ihre Adligen mit gedankenlosem Eifer verehrten. Dass dem Herzog eine solche Ehre zuteilwurde, nur, weil seine bewegenden Reden über die Ausdehnung des britischen Empires den schwellenden Geldbeuteln der Händlerklasse auf Kosten dieser armen, afrikanischen Einwohner, die wie Vieh zusammengetrieben und als Sklavenarbeiter in fernen Ländern an Bord britischer Fregatten geladen wurden, gefielen, war genug, dass es dem alten Mann den Magen umdrehte. Seine Reaktion war unmittelbar und instinktiv.

Er war direkt auf den Herzog zumarschiert, hatte ihm den Knauf seines Spazierstocks in die Brust gebohrt und ihn ein Völkermörder genannt, oder etwas ähnlich Provozierendes, woran er sich jetzt nicht genau erinnern konnte. Dann hatte er auf die funkelnden, diamantbesetzten Schuhschnallen auf den wohlpolierten Schuhen seiner Gnaden gespuckt. Der empörte Sir Charles stellte sich rasch vor den Herzog, und der Rest der Gesellschaft schloss sich schützend um den *großen Mann*, um es der herandrängenden Menge zu überlassen, sich zu wundern, was die Unruhe zu bedeuten hätte.

Der Herzog bot ihm nicht die Befriedigung, auf diese Verletzung seiner geheiligten Person zu reagieren. Er drehte sich nur auf dem Absatz um, schritt davon und überließ Plantagenet Halsey der Gnade seiner Anhänger, die ihn am Kragen seines einfachen, wollenen Rocks nach draußen zerrten und in das kalte Wasser des nächsten Teiches warfen. Sein Spazierstock, ein Geschenk seines Neffen, wurde mitten durchgebrochen und hinter ihm hergeworfen.

Der alte Mann nieste - eine Erinnerung daran, dass er sich nach dieser wässrigen Tortur noch nicht wieder ganz erholt hatte. Das half, ihn wieder in die Gegenwart zurückzubringen. Alec sah ihn an, als erwartete er eine Antwort von ihm.

„Erbrach sich, sagst du?", erkundigte sich Plantagenet Halsey und rief sich den Verlauf ihrer Unterhaltung ins Gedächtnis. „Ich bin kein Fachmann für solche Sachen, aber das scheint mir nicht zu einem Herzanfall zu passen. Oder doch?"

„Ich habe keine Ahnung", sagte Alec. „Alles, was ich weiß, ist, dass der Mann während des ganzen Essens völlig gesund war. Er hatte keinerlei Beschwerden. Keine Atemnot oder errötetes Gesicht. Und ganz sicher hatte er keine Schmerzen. Kein Anzeichen für das, was dann geschah." Er legte seine goldgeränderte Brille auf einen Stapel ungeöffneter Korrespondenz. „Blackwells Tod kam als völliger Schock."

„Ich werde den alten Fuchs vermissen, aber es tut mir nicht leid, dass er bei einem von Weirs Diners tot umfiel."

Alec lächelte dünn. Ihm war wohl bekannt, was in den Ranelagh Gardens vorgefallen war. Sein Kammerdiener, Tam, hatte ihm das unbeabsichtigt erzählt, als er ihm erklärte, warum er das Bad zu spät vorbereitet hatte - er wäre beschäftigt gewesen, einen Trank für den entzündeten Hals des alten Mannes, der die Folge von dessen Bad in einem Fischteich war, zuzubereiten. So war die ganze Geschichte herausgekommen, und Tam hatte ihn angefleht, diesen Vertrauensbruch nicht zu verraten. Alec hatte nicht die Absicht, seinen Onkel an dessen peinliche Unbesonnenheit zu erinnern. Er mochte die Gefühle seines Onkels teilen, aber stimmte ganz sicher nicht dessen Methoden zu.

„Als ich Charles' Einladung zum Essen annahm", sagte Alec geduldig, „tat ich das als alter Schulfreund und weil ich ihm einen Gefallen schuldete. Wenn dich das etwas besser fühlen lässt, ich fand den Abend eher langweilig."

„Eine diplomatische Untertreibung", brummte der alte Mann, „wenn man das Ende des Abends bedenkt."

„Wie ich sagte, der Tod des Pfarrers war ein völliger Schock!"

„Offensichtlich nicht für jeden, mein Junge!"

„Soll heißen?"

Plantagenet Halseys buschige, graue Augenbrauen hoben sich voll Überraschung. „Komm schon. Erzähle mir nicht, dass *du* glaubst, dass er eines *natürlichen* Todes gestorben wäre?

Alec runzelte die Stirn. „Ich habe keinen Beweis, der etwas anderes vermuten ließe, was bedeutet, dass ich jeden Verdacht als absurd verwerfen sollte."

„Aha! Also hast du einen Verdacht. Fragst dich doch, wer einen harmlosen alten Pfarrer loswerden wollen würde?", fragte Plantagenet Halsey schlau.

„Ja. Insbesondere, da ich, gerade als der Portwein auf den Tisch gestellt wurde, mithörte, wie Lord George Stanton Weir erzählte, dass er Blackwell verdächtigte, Cleveley zu erpressen.

„*Erpressen?* Das klingt nicht wie der Blackwell, den ich kannte."

„Nein. Aber es ist Stantons Überzeugung, dass nur Erpressung den Herzog hätte veranlassen können, Blackwell unter seinem Dach leben zu lassen."

„*Was? Blackwell* lebte im *Haus* dieses Edelmannes?"

„Außerdem vertrat Charles die Ansicht, dass es vielleicht der letzte Wunsch der Herzogin von Cleveley gewesen wäre, dass Blackwell ein Heim bekommen sollte, da er es war, der der Herzogin die letzte Ölung gab."

Der alte Mann war davon so verblüfft, dass er sich auf dem hochlehnigen Stuhl vorbeugte. „Bist du sicher, dass wir über denselben Pfarrer sprechen?"

„Ich kann mir nicht vorstellen, dass der Reverend Blackwell, den wir kannten, der mittellose Helfer der Armen und Vergessenen unserer Gesellschaft, einen Feind in der Welt haben sollte. Jedoch, wenn er auf freundschaftlichem Fuß mit der Herzogin stand, deren Sohn ihn der Erpressung bezichtigt und er seit kurzem dazu übergegangen war, wirtschaftlich und gesellschaftlich auf Kosten des Herzogs von Cleveley zu leben, dann könnte der Pfarrer sehr wohl Feinde gehabt haben, und zwar unter demselben Dach, unter dem er wohnte." Alec wirkte nachdenklich. „Er zeigte mir eine goldene Schnupftabaksdose, ein Geschenk. Der arme Gemeindepfarrer, den wir kannten, hätte solchen Luxus abgelehnt, oder hätte ihn wenigstens zugunsten von Arzneien, Essen, irgendetwas für seine zerlumpte Gemeinde, verkauft."

„Der Mann muss betrunken gewesen sein. Oder unter Drogen gestanden haben."

Alec grinste. „Vielleicht denkst du, ich war das, wenn ich deinen Gesichtsausdruck recht deute. Wann hast du Blackwell zuletzt gesehen?"

„Vor nur ungefähr einem Monat, als er nach Tam schickte, um ... vor ungefähr einem Monat."

Alec ignorierte den Versprecher für einen Moment. „Wenn wir den Ansatz verfolgen, dass Blackwell Feinde hatte - Stanton, zum Beispiel, war nicht entzückt, dass er in das Haus der Cleveleys gezogen war - und fragen, ob es Gelegenheit zum *Mord* gab, dann ja, ich glaube, er hätte vergiftet werden können; etwas hätte in sein Essen oder seine Getränke gemischt werden können. Die Diener kamen und gingen die ganze Zeit mit Platten und Flaschen herum. Und mehr als einmal musste Blackwell vom Tisch aufstehen, um sich hinter dem Wandschirm zu erleichtern. Und ich verbrachte mehr Zeit damit, mit Charles zu sprechen, als mit dem guten Pfarrer." Alec zuckte die Achseln. „Und das wäre unter der Annahme, dass er beim Essen vergiftet wurde. Er könnte vergiftet worden sein, bevor er bei Weirs Einladung ankam."

Der alte Mann stand mithilfe seines alten, abgesplitterten Gehstocks auf. „Vielleicht ... vielleicht hatte er einen Herzanfall. Vielleicht war das Erbrechen nur die Folge von zu viel schwerem Essen und ein bloßer Zufall, dass beides zur gleichen Zeit geschah? Die Tatsache, dass du neben ihm gesessen hast, hat nichts damit zu tun."

„Ist es das, was du den Zweiflern sagen wirst, Onkel?"

„Was meinst du damit?"

Alec seufzte. „Wenn du und ich denken, dass es eine Gelegenheit für ein Verbrechen gegeben haben könnte, wer sagt dann, dass nicht andere dasselbe denken? In der Tat, das ist doch, was bereits herumgeflüstert wird, nicht wahr?" Als der alte Mann sich mit einem Heben seiner dünnen Schultern unwissend stellte, sagte Alec ungeduldig: „Ich mag die letzten Monate zurückgezogen auf dem Land in Kent gelebt haben, aber das hat mich nicht blind, taub oder dämlich gemacht. Ich weiß, was hinter meinem Rücken geredet wird. Ich muss nur in meinen Club kommen, im Park ausreiten oder bei Anton ein Florett in die Hand nehmen, damit es einen unbehaglichen Austausch von geflüsterten Seitenbemerkungen von Männern gibt, die mich normalerweise über-haupt nicht kennen würden. Ich habe direkt neben Blackwell gesessen. Ich war derjenige, über den er sich erbrochen hat. Und ich war der einzige Anwesende bei der Abendeinladung, der je des Mordes eines Mannes angeklagt und dann freigesprochen worden ist - des Mordes an meinem Bruder. Man muss nicht die Kristallkugel einer Hexe bemühen, um zu wissen, wen alle verdächtigen!"

Plantagenet Halsey stützte sich schwer auf seinen Stock und begegnete ungerührt dem Blick seines Neffen. „Dein Bruder wurde wegen seiner Gier und der Verachtung für seine Mitmenschen erschossen. Aber du gibst dir die Schuld an seinem Tod, weil du nicht in der Lage warst, zu verhindern, was geschah. Du gibst immer noch dir die Schuld. Die bloße Tatsache, dass dir deine Erhebung zum Marquess unangenehm ist, bietet genug Beweis dafür. Lass mich ausreden! Ich wollte dies bereits seit einiger Zeit sagen, und es ist an der Zeit, dass ich das tue, bevor du noch tiefer in diesem Abgrund von Selbstmitleid versinkst ...“

„Onkel, ich ...“

„Nein. Du wirst mich bis zum Ende anhören. Während du weiter deine glänzende neue Krone ungeschickt trägst, weiter zusammenzuckst, wenn du mit *Mylord* angesprochen wirst, es weiter hinausschiebst, deinen Sitz im Oberhaus einzunehmen, dich weiter wie ein arbeitender Mann kleidest, mit ungepudertem Haar ...“

„Ha! Und das von einem Mann, der mich lehrte, dass man ein Sklave der Eitelkeit sei, wenn man dem Diktat der Mode gehorche ...“

„... es wird *immer* Zweifler geben. *Du bist* der Marquess Halsey, ob dir das verdammt noch einmal passt oder nicht. Es gibt absolut nichts, was du jetzt dagegen tun könntest! Also kannst du den Titel genauso gut in Ruhe tragen.“

„Kann ich das?“, fragte Alec mit einem skeptischen Heben seiner schwarzen Brauen. „Wie wohl kann ich mich dabei fühlen, wenn wir beide wissen - da es hinter den flatternden Fächern und Monokeln offen diskutiert wird - dass ich nicht den Titel des Earls meines Bruders geerbt habe, sondern zu einem Marquess aus eigenem Recht erhoben wurde, um das dauerhafte Gerücht zum Verstummen zu bringen, dass ich kein Recht auf den Titel der Familie hätte, weil meine Mutter und ihr Diener neun Monate vor meiner Geburt ein Liebespaar gewesen wären. Ein Umstand, den du dich starrköpfig zu bestätigen oder zu leugnen weigerst.“

Der alte Mann zuckte nicht mit der Wimper. „Je eher du dich damit wohl fühlst“, sagte er ruhig, „desto eher werden diese bösartigen, skandalverliebten Hurensöhne ihre Aufmerksamkeit auf etwas anderes lenken. Ich bin müde“, fügte er abrupt hinzu und schnäuzte sich. „Im Übrigen, wie hat der Junge die Nachricht über Blackwell aufgenommen?“

„Tam? Besser, als ich erwartet hatte“, antwortete Alec gleichmütig, erfreut, von sich ablenken zu können. Er wünschte, er hätte seinem Onkel nicht die Liebschaft seiner Mutter ins Gesicht geschleudert. Die Liebe des alten Mannes zu der Gräfin war unerwidert geblieben; ihre Liebschaft mit ihrem Diener, einem gesellschaftlich Unterlegenen und dazu einem Mulatten, wurde von ihresgleichen als abscheuliche Barbarei betrachtet. Es blieb zwischen den beiden unausgesprochen, aber Onkel und Neffe wussten beide, dass, selbst wenn Alec sich in den Augen der Gesellschaft rehabilitierte, der Zweifel daran, wer sein Vater war, für immer bestehen bleiben würde. „Das soll heißen, dass Tam mich nicht hat merken lassen, wie sehr Blackwells Tod ihn getroffen hat."

„Seit du ihn als Kammerdiener aufgenommen hast, ist er regelrecht ein Diener mit unlesbarem Gesicht geworden. Und von allem, was ich von deinen Mätzchen im Ausland höre, muss er auch gelernt haben, sich taub zu stellen. Ich weiß nicht, warum du dir die Mühe gemacht hast, ihn mit dir nach Paris zu nehmen, wenn du die ganze Woche zwischen den Laken verbracht hast. *Seine* Zeit hätte hier nützlicher verwendet werden können." Er unterbrach sich, verlegen, da er mehr gesagt hatte als beabsichtigt, und murmelte unter dem festen Blick seines Neffen: „Der Junge hat eine Begabung zum Heilen. Die Armen verdienen den Zugang zur gleichen medizinischen Behandlung, die die Reichen geboten bekommen, und wenn ..."

„Erspare mir die gewöhnliche Predigt über reich und arm. Ich kenne sie gut genug", antwortete Alec trocken. „Und glaub nicht, dass ich, nur weil ich mit den Geschäften des Landsitzes in Kent zu tun hatte oder, wie du es so deutlich formulierst, mich in einem Pariser Bett herumge-trieben habe, nicht weiß, was du angestellt hast. Tam zu schicken, damit er Blackwell in St. Jude hilft, der gefährlichsten Gemeinde in der Stadt, stellt meine Geduld etwas zu sehr auf die Probe. Ich habe keine Einwände, wenn der Junge seine apothekarischen Künste verwendet, um an meinem Gartentor Arme mit Medizin zu versorgen. Ich bin sogar bereit, ihn zu verteidigen, wenn die Büttel Fragen stellen sollten. Aber einen Jungen, der keine Ahnung von der Welt hat, und schlimmer, einen gebrechlichen, alten Mann wie dich, der tückischen Unterwelt von Hals-abschneidern, Mördern und krankheitsverseuchten Schlampen auszuset-zen, war leichtsinnig, unverantwortlich und äußerst töricht!"

Plantagenet Halsey wirkte verlegen. „Der Pfarrer bat um meine Hilfe. Und wie ich sagte, der Junge hat eine Gabe fürs Heilen. Sie sollte nicht vergeudet werden."

„Ich habe ja nichts gegen das, was du zu tun versuchst, aber - verdammt, Onkel! Es gibt andere Möglichkeiten, Hilfe anzubieten. Und so stand ich davor, solchen nächtlichen Besuchen ein Ende zu bereiten, als jetzt Blackwells Tod mich dieser Notwendigkeit enthob."

„Es war dieser schlangenäugige Butler, der uns verpetzt hat", murmelte der alte Mann rhetorisch. „Muss der alte Knabe sich überall einmischen."

„Dann ist das also klar. Du nimmst meinen Rat an und gönnst dir Ferien."

Plantagenet Halsey beäugte seinen Neffen mit liebevollem Groll. „In Bath?" Er zuckte mit den Schultern, seine Kampfkraft war am Ende. „Ich gehe nach dem Ende der Sitzungen. Nicht vorher. Ich will meinen Tag im Unterhaus haben. Dann kannst du deinen alten Onkel an jeden verdammten Kurort schicken, der dir gefällt!"

TAM SASS ÜBER SEINE ARBEITSBANK GEBEUGT, DEN KOPF IN DEN Händen, ein Finger wickelte gedankenverloren eine karottenfarbene Locke auf. Konzentration war unmöglich. Er hatte eine Stunde damit verbracht, die Seiten des englischen Arzneibuchs durchzublättern und zu versuchen, die Hauptbestandteile eines Umschlags für nässende Geschwüre am Bein herauszufinden. Er hätte die Antwort wissen müssen, ohne sein Buch zu befragen. Schließlich blieben ihm weniger als zwei Wochen bis zu seiner Prüfung vor der Ehrenwerten Gesellschaft der Apotheker. Aber die Stimmen auf der anderen Seite des Flurs störten seine Konzentration.

Da war die Stimme des alten Mannes wieder, die sich über dem gemessenen Ton seines Neffen erhob, als könne er recht bekommen, wenn er ihn zu Boden schrie. Tam lächelte. Es war nicht so einfach. Diese Taktik mochte dem alten Mann im Unterhaus gelingen, aber Lord Halsey hatte eine Art zu bekommen, was er wollte, ohne die Notwendigkeit, seine Stimme zu heben.

Wenn ich nicht studieren kann, sollte ich mich am besten beschäftigen.

Er beschloss, seinen Arbeitsraum aufzuräumen. Es gab genug zu tun, um sicherzustellen, dass seine Gedanken nicht zum Tod des Reverend Blackwells abschweiften. Sonst würde er wieder weinen. Man stelle sich vor! Schon neunzehn und heulen wie ein Mädchen. Was würden die Diener wegen seiner roten Augen denken?

Aus dem Gitterschrank nahm er den speziellen Apparat, den er zur Zubereitung seiner wachsenden Sammlung vorgefertigter Arzneien brauchte. Er hoffte, dass er an diesem Abend wenigstens ein Drittel seiner etikettierten Flaschen aufgefüllt haben würde, wenn seine Dienste als Kammerdiener nicht mehr benötigt wurden. Und er musste neu geschnittenes Grünzeug sortieren, das er früher am Tag im Kräutergarten der Küche gesammelt hatte. Mehrere Stapel von bestimmten Wurzeln, Knollen, Stängeln und Halmen verschiedener Pflanzen trockneten auf den Regalen am Fenster; einige hatte er im Arzneigarten von Chelsea gekauft.

Wer sollte einem alten Pfarrer etwas antun wollen? Und warum?

Der gerufene Arzt hatte Herzversagen diagnostiziert, aber die Fragen seiner Lordschaft deuteten darauf hin, dass etwas faul war. Ein Apotheker, der seinen Lohn wert war, kannte alle möglichen Substanzen, die Mensch oder Tier töten könnten, während es für alle Welt so aussah, als ob der Tod eine natürliche Ursache gehabt hätte. Aber Reverend Blackwell? Ein harmloser alter Mann aus der ärmsten Gemeinde Londons. Es war für Tam unbegreiflich. Blackwell war ein sanfter Mann, ein weicher und liebevoller Mensch, der sich um die unerwünschten, namenlosen Kinder kümmerte, die von verzweifelten Müttern und gesichtslosen Vätern der Gemeinde überlassen wurden.

Breitwegerich: *Plantago Major*. Ein Kraut, das man am Wegesrand und auf Weideland finden konnte. Als Umschlag wurden ganze, frische Blätter direkt auf das Beingeschwür aufgelegt.

Tam lächelte. Vielleicht würde es mit der Prüfung doch nicht so schlecht laufen?

Wenn seine Zeit es erlaubte, würde er die neuen Keramikbehälter auspacken, die erst an diesem Morgen eingetroffen waren, ein weiteres großzügiges Geschenk seiner Lordschaft, ebenso wie die Apotheke und ihr gesamter Inhalt.

Lord Halsey hatte Tam die Nutzung des kleinen Zimmers neben dem Vorratsraum des Butlers als Labor eingeräumt. Es war die Art von Raum, von dem jeder Student der Pharmazie träumte, es am Ende seiner siebenjährigen Lehrzeit zu besitzen. Es war mit Regalen, Schränken, einem Arbeitstisch und einem kleinen Herd für die Braukessel eingerichtet, und es lag direkt neben der Küche und dem dahinterliegenden Kräutergarten. Und es gehörte Tam allein. Er hatte den einzigen Schlüssel für die Tür zum Flur; die Hintertür konnte er von innen verriegeln. Nicht einmal dem Butler war es erlaubt, hereinzukommen.

Tam spielte mit dem Schlüssel und seiner Kette, die an einem Knopf in der Tasche seiner aus einfachem Stoff gefertigten Weste befestigt war, und grinste. Er betrachtete sich als den glücklichsten aller lebenden Jungen und dankte Gott täglich für sein großes Glück. Kammerdiener eines wohlhabenden Adligen, der nicht nur der beste Herr war, den ein Junge sich wünschen konnte, sondern auch einer, der seine Diener dazu ermutigte, mehr aus sich zu machen.

Anders als der Butler seiner Lordschaft, der ständig über seine Schulter schaute, um zu versuchen, Tam etwas dafür anzuhängen, weil er sich um die armen Dinger kümmerte, die oft auf der Suche nach kostenloser Arznei und Rat ans Gartentor kamen. Und Hausbesuche bei Blackwells kranken und elenden Gemeindemitgliedern zu machen, war der Ansicht des Butlers nach die Höhe der Verschwendung.

Das vertraute kurze, scharfe Klopfen des Butlers an der Außentür unterbrach Tams Gedanken und er ging widerwillig, um die Tür zu öffnen, nachdem er seine Augen mit einem Ärmel abgewischt hatte.

Wantage stand mit bösem Blick im Flur. Er missbilligte Tam und ganz sicher billigte er diesen Hokuspokus nicht. Er hielt es für unter der Würde des Kammerdieners eines Marquess, sich die Hände mit Gartenerde zu beschmutzen. Er versuchte, einen Blick in das Zimmer zu werfen, aber Tam stand fest unter der Tür. Dieses ganze Studieren von botanischem Kram hatte die Augen des Jungen rot werden lassen.

Tam zog die Tür hinter sich zu und nahm sich absichtlich Zeit, um den Schlüssel im Schloss zu drehen. Der Butler stand so nahe, dass Tam die Stumpen in seinem Atem spüren konnte.

„Man verlangt nach dir", schnüffelte Wantage, den es juckte, sich den Schlüssel zu schnappen, der an seiner langen Kette von der Hand des Jungen hing. „Nein. Nicht oben. Da drin", sagte er mit einem Ruck seines Daumens über seine Schulter zur Tür der Bibliothek. „Binde dein Haar zusammen, Thomas Fisher."

Tam hörte unmittelbar auf, den Schlüssel baumeln zu lassen und fuhr mit einer Hand in seine roten Locken. Wo war das verdammte Band? Er drehte seine Taschen um, fand den Fetzen schwarzer Seide, zog seine Haare hinten zusammen und band sie unter dem vorwurfsvollen Blick des Butlers zusammen, der es selbst übernahm, das Ergebnis von Tams Bemühungen zu inspizieren, bevor er ihm erlaubte, vorbeizugehen.

Tam knirschte mit den Zähnen und ließ dem Butler sein Vergnügen. Es lohnte sich nicht, Wantage zu verärgern. Er hatte eine Art, diejenigen, die er nicht mochte, dafür zahlen zu lassen, ganz gleich, wie nahe sie dem Herrn standen.

Er schlüpfte in die Bibliothek und wartete, kam erst aus dem Schatten, als Plantagenet Halsey langsam, auf den Arm seines Neffen gestützt, durch das Zimmer kam. Er konnte sehen, dass die Arthritis den alten Mann quälte, besonders an diesem kalten Tag, und bot ihm an, ihn zu seinem Zimmer zu begleiten. Sein Angebot wurde mit einem Grunzen quittiert, aber nicht abgelehnt. Als Tam zurückkam, bemerkte er, dass Lord Halsey seine Augengläser aufgesetzt hatte, an seinem Schreibtisch saß und schrieb. Tam lächelte. Es hatte eine Zeit gegeben, wo sein Herr sich geweigert hatte zuzugeben, dass seine Sehkraft sich verschlechterte. Schließlich hatte die Notwendigkeit über die Eitelkeit gesiegt.

Alec schaute über das goldgeränderte Gestell. „Warst du hier an der Tür, als Mr. Halsey bei mir war?"

„Lange genug, Sir", antwortete Tam ehrlich.

„Dann muss ich mich, was deine nächtlichen Ausflüge angeht, nicht wiederholen. Habe ich mich verständlich gemacht?"

Tam nickte.

„Sehr gut. Ich würde gerne wissen, ob du glaubst, dass Blackwell Feinde hatte."

„Keine, Sir", antwortete Tam ohne Zögern. „Er war bei allen beliebt. Niemand wusste ein böses Wort über ihn zu sagen. Warum sollten sie auch? Er war ein sehr anständiger Gentleman."

„Bei den Gelegenheiten, als du bei ihm warst und ihr seine Gemeindemitglieder besucht habt, hat er je einen ungewöhnlichen Umstand erwähnt oder etwas, das gar nicht zu ihm passte?"

Tams Stirn legte sich in Falten. „Mr. Blackwells Gespräche waren immer voller Fragen an mich. Was ich mache. Was ich davon hielte, ins Ausland zu fahren. Er drängte mich immer, meine Studien weiter zu betreiben. Er wollte, dass ich meine Lehre beende. Die Vorstellung, dass ich ein Diener bin, gefiel ihm nicht. Nichts für ungut, Sir."

„Kein Problem. Wusstest du, dass Mr. Blackwell aus der Old St. Jude's Gasse fortgezogen war?"

„Ja, Sir. Vor ungefähr zwei Monaten schickte er eine Nachricht, direkt nachdem Mr. Halsey und ich unseren letzten Besuch bei einem seiner Gemeindemitglieder machten, einem Wagner mit zwei gebrochenen Fingern. Mr. Blackwell schrieb, er würde zu *grüneren Weiden* ziehen. Ich weiß nicht, was er damit meinte." Tam rümpfte seine sommersprossige Nase. „Wenn ich darüber nachdenke, Sir, hat er keine neue Adresse hinterlassen."

„Hast du wieder von ihm gehört?"

„Nein, Sir. Vielleicht hat er wieder geschrieben, während wir in Paris waren? Aber wir waren nicht lange genug in Paris, dass uns Briefe hätten erreichen können, weil ..." Tam verstummte unter dem ungerührten Blick der blauen Augen seines Herrn und senkte seinen Blick auf den Orientteppich. *Weil Ihr Euch mit Mrs. Jamison-Lewis gestritten hattet*, war, was Tam beinahe gesagt hätte. Aber es gehörte sich nicht, dass er die Geliebte seines Herrn mit ihren tizianroten Haaren erwähnte. Ebenso wie es sich nicht gehörte, daran zu erinnern, wie er jede Nacht der Woche von ihrem lautstarken Liebesspiel im Nachbarzimmer wachgehalten worden war.

„Du kannst deine Memoiren schreiben, wenn ich tot und begraben bin. Nicht vorher", sagte Alec streng und war erfreut, dass der Junge genug Verstand hatte, ein ausdruckloses Gesicht zu bewahren. „Sag mir: Liegt es im Bereich des Möglichen, dass Blackwell vergiftet wurde?"

„Aber wer …?“

„Das ist etwas, worüber man nachdenken kann, *wenn*, und auch *nur*, wenn du es für möglich hältst.“

„Das wäre keine so einfache Sache, Sir.“

„Ihn zu vergiften oder es so aussehen zu lassen, als hätte er einen Herzanfall gehabt?“

„Lasst es mich erklären, Sir. Es wäre ein Leichtes, ihn zu vergiften. Etwas in seinen Wein zu tun, über sein Essen zu spritzen oder sein Taschentuch mit Oleanderwasser zu tränken. Wenn dann Mr. Blackwell es während des Abends benutzte, würde das Gift durch seine Nase aufgenommen und direkt auf sein Gehirn wirken. Er wäre fast sicher innerhalb von Minuten gestorben. Aber …“

Alec kam hinter dem schweren Mahagoni-Schreibtisch hervor und stützte sich auf eine der Ecken, während Tam laut denkend auf dem Teppich hin und her ging. „Aber?“, drängte er.

„Es muss das richtige Gift in der richtigen Form sein, um den passenden Effekt zu haben. Mr. Blackwell starb an einem Herzanfall, das sagt der Arzt. Also müssen wir nach einem Gift suchen, dessen Effekt dem eines Herzanfalls gleicht. Wir müssen wissen, welche Form das Gift hat, um zu wissen, wie es ihm beigebracht wurde.“ Tam sah seinen Herrn an. „Es wäre nicht einfach, Sir.“

„Das ist mir klar, Tam. Aber du wirst es für mich untersuchen, nicht wahr?“

Tam schluckte an etwas in seiner Kehle. „Ja, Sir. Es ist nur, weil … es ist nur, wenn es nicht um Mr. Blackwell ginge, würde ich mich dabei wohler fühlen. Ich würde die Herausforderung wahrscheinlich sogar genießen, aber …“

„Natürlich“, sagte Alec mit einem verständnisvollen Lächeln. „Es ist nicht einfach, wenn das Opfer jemand ist, den du kennst - jemand, den du gern mochtest.“

Obwohl Tam zustimmend nickte, ließ Alecs Beschwichtigung ihn sich nicht besser fühlen. „Ich verstehe noch immer nicht, warum irgendjemand Mr. Blackwell vergiften wollen würde.“

„Ich auch nicht. Dennoch, wenn Blackwells Tod keine natürliche Ursache hatte, habe ich vor, es mir zur Aufgabe zu machen herauszufinden, warum jemand einen anscheinend guten und harmlosen Gottesmann tot sehen wollte.“ Und, soweit Alec es beurteilen konnte, würde er mehr über den Herzog von Cleveley erfahren müssen, wenn er hoffte, mehr über Reverend Blackwell herauszufinden. Aber wie kam man einem Mann nahe, dessen Charakter selbst Nähe ausschloss?

„Sir“, sagte Tam mit einem Blick auf die Kaminuhr, „ich sollte mich besser um Eure Kleidung kümmern, wenn Ihr noch immer plant, diese Bilderausstellung zu besuchen."

„Ach ja", seufzte Alec. „Muss neue Talente unterstützen. Ach, Tam, bevor du wegrennst ... was würdest du davon halten, nach deiner Prüfung Ferien in Bath zu machen?"

„Um Mr. Halsey im Auge zu behalten?

„Sagen wir, um ihm Gesellschaft zu leisten."

„Was werdet Ihr tun, Sir?"

„Ohne dich?" Alec versuchte, bei dem tief besorgten Blick des Jungen nicht zu lächeln. „Ich werde zurechtkommen. Das ging bisher ja auch. Oh, schau nicht so besorgt. Es ist wichtiger, dass du deine Prüfungen bestehst. Kammerdiener kann man leicht finden, gute Apotheker nicht."

Tam war nicht beruhigt. In der Tat fragte er sich, ob dies der erste Schritt war, um ihn aus seiner Stellung zu entfernen. Schließlich hatte er seit Monaten kaum einen ganzen Tag als Kammerdiener gearbeitet. Er versuchte, nicht gekränkt auszusehen. „Mr. Halsey möchte meine Gesellschaft vielleicht gar nicht, Sir."

„Er hat die Wahl zwischen dir oder einem stämmigen Krankenpfleger. Ganz im Ernst, er wird nur zu dankbar sein, dich dabeizuhaben, und ich werde euch beide auch nicht lange alleine lassen. Nach vierzehn Tagen werde ich mich euch anschließen."

Mit schleppenden Schritten und schwerem Herzen ging Tam, um die Kleider zum Wechseln für seinen Herrn vorzubereiten. Er kam im Flur an Wantage vorbei, und auf dem langen Gesicht des Butlers lag ein solcher Ausdruck des Triumphs, dass Tam sicher war, dass er seine Stellung als Gentleman eines Gentlemans nicht nur zufällig als bedroht empfand. Er war sich dessen sicher, als Wantage ihm zublinzelte und seinen Weg mit einem deutlichen Schwung in seinem Schritt fortsetzte.

DREI

„ICH SEHE NICHT EIN, WAS AN EINEM REZEPT FÜR MRS. RUMBLES
Erdbeersauce so interessant sein soll", bemerkte Selina Jamison-Lewis,
ohne von dem schweren Bibliothekstisch aus Eiche aufzuschauen, wo sie
von einem gefährlich aufgetürmten Stapel von Kontenbüchern und
Korrespondenz umringt saß. Sie tauchte ihre Feder wieder in die Tinte.
„Obwohl ... es ist eine besonders gute Sauce. Soll ich es für dich
abschreiben?"

„Sei nicht albern, Lina!", erwiderte ihre Schwägerin, Lady Cobham,
und glättete eine Falte in ihrem Satinärmel, um ihre Verlegenheit
darüber, dass sie ertappt worden war, wie sie einen Brief las, den Selina
unvorsichtigerweise vom Tisch auf den türkischen Teppich hatte fallen
lassen. Sie klappte ihren Fächer zu, warf ihn und Selinas Brief auf einen
kleinen Beistelltisch aus Walnuss, um dann eine andere Leckerei aus der
silbernen Schale an ihrem Ellenbogen zu nehmen. Sie hatte ständig
Probleme mit ihren Zähnen. „M... Maria? Mary? Margaret? Miriam?
Maude?"

„Miranda."

Lady Cobhams dünn gezupfte Augenbrauen schossen nach oben.
„Oh? Das kleine Waisenkind mit der Bastardtochter ... Sophie, nicht
wahr?"

„Ich hasse dein Gedächtnis, Caro."

Lady Cobham lächelte und wählte sich eine andere Süßigkeit aus.
„Sie schreibt schöne Briefe, wenn das irgendetwas über ihren Charakter
zu sagen hat. Es ist beinahe Zeit für deine jährliche Pilgerreise zu dem

armseligen kleinen Bauernhof, wo du ihr Zuflucht gewährt hast, nicht wahr?"

Selina steckte die Feder auf den verzierten, silbernen Schreibstand und fuhr fort, die Seite voller sauber in Kolonnen geschriebenen Zahlen mit Sand zu bestreuen, um die Tinte zu trocknen. „Ich mag nicht über Miranda diskutieren."

„Über sie diskutieren? Du hast mir nie mehr als zwei Sätze über sie gesagt!", klagte Lady Cobham. „Du hast dem Mädchen ein Dach über dem Kopf gegeben; besuchst sie jedes Jahr und bringst *ihrem* Kind Geschenke mit. Und *jetzt* erfahre ich, dass du mit ihr korrespondierst. Ich ahne Intrige und Geheimnis. Die bloße Tatsache, dass du dich weigerst, mit mir, deiner liebsten und einzigen Schwägerin, über sie zu sprechen, ist Beweis genug dafür."

Selina biss sich auf die Unterlippe. Warum konnte man sie nicht in Ruhe ihrer Monatsabrechnung überlassen? Aber sie war nicht so kaltherzig, dass sie ihre Schwägerin hinausgeschickt hätte; die Frau war schließlich mit ihrem eingebildeten Bruder verheiratet, und das allein löste bei Selina Mitgefühl aus.

„Du hast keinen Grund, eifersüchtig auf meine Freundschaft zu einem missbrauchten Mädchen zu sein, die in der Wildnis Somersets ein untadeliges Leben führt", sagte sie, während sie den kleineren Stapel von Rechnungen sortierte und die herausnahm, nach der sie suchte. Geistesabwesend stapelte sie die anderen wieder zusammen. Als Lady Cobham weiter schwieg, schaute sie auf und sah sie schmollen. „Das Kind kam an meine Tür, als sie keinen Ort hatte, an den sie hätte gehen können", fügte sie geduldig hinzu. „Sie und ihr Säugling waren von ihrem Liebhaber verlassen worden. Sie war gerade erst fünfzehn geworden. Was hättest du getan?"

Lady Cobham kämpfte, um eine zerkaute Süßigkeit aus einem schmerzenden Zahn herauszuholen. „Sie ins nächste Arbeitshaus geschickt. Den Armen zu helfen ist eine Sache, Lina, aber einem Mädchen zu helfen, das töricht genug ist, mit einem Bastard sitzengelassen zu werden, na! Das ist, als ob man darum bittet, ausgenutzt zu werden. Die niederen Schichten müssen an ihrem Platz gehalten, ihre Handlungen dürfen nicht noch unterstützt werden."

„Danke für deinen Rat, Caro", antwortete Selina ruhig; das einzige Anzeichen ihres Ärgers war das Blitzen ihrer großen, dunklen Augen. „Das muss ich mir für das nächste Treffen des Vorstands des Belsay-Waisenhauses merken."

Lady Cobham rutschte unbehaglich zwischen den Gobelinkissen auf der Chaiselongue herum. „Liebe Güte, ich habe dich gekränkt." Sie nahm sich das letzte Bonbon aus der silbernen Schale. „Das Problem mit dir, meine Liebe, ist, dass du dein Herz gegenüber all dem vielen Elend um uns herum nicht verhärtet hast. Du glaubst, du kannst mit diesem albernen Waisenhaus einen Unterschied machen. Aber das kannst du nicht. Niemand kann das. Es wird immer Elend geben."

Selina warf ein Auge auf eine unglaubliche Rechnung für bestickte Seidenstoffe und zarte Spitzen aus Paris. Noch vier Monate, und dann würde sie ihre trostlose Trauerkleidung gegen Farben und modische Spielereien eintauschen können. Sie zählte die Tage. „Na, *das* hört sich an, als ob mein Bruder spräche", erwiderte sie geistesabwesend.

Lady Cobham musterte ihre schöne Schwägerin prüfend. Diese zarten Gesichtszüge, die von einer Überfülle flammend aprikosenfarbener Locken umrahmt wurden, verliehen Selina die Erscheinung eines ätherischen Wesens, das es verdient hätte, auf einen Sockel gestellt oder zumindest mit einem schwachen, goldenen Heiligenschein umgeben zu werden, wie der, den die in mittelalterliche Wandteppiche eingewebten Engel trugen. Aber Aussehen konnte täuschen, und nirgends so sehr wie bei Selina. Das Sprichwort sagte, stille Wasser wären tief. Lady Cobham fand dies sehr passend für ihre Schwägerin. Sie konnte das Gerücht, Selina hätte eine leidenschaftliche Affäre mit dem berüchtigten, auf seine dunkle Art gutaussehenden Lord Halsey, gerne glauben. Doch wäre es erfreulich, wenn sie das Gerücht bestätigt bekäme ...

„Ich war noch nicht zu Ende mit meinem Bericht über Sir Charles Weirs Abendeinladung", sagte Lady Cobham leichthin, in der Hoffnung, Selina zum Reden zu bringen.

„Ich habe über den Tod dieses armen Geistlichen so viel gehört, wie ich nur wissen mag."

„Wenn du dich erinnerst, ich wollte dir gerade erzählen, wer neben dem schäbigen Geistlichen saß, als wir vom Servieren des Tees unterbrochen wurden."

„Ist das wichtig?"

„Oh, ich denke, es wird dich ungemein interessieren, meine Liebe, denn der Mann steht ohnehin unter Verdacht, einen Mord begangen zu haben. Cobham sagt, das müsste ihn zum Hauptverdächtigen beim Tod des Geistlichen machen. Jedoch, warum er einen solchen Niemand würde ermorden wollen, kann man sich nicht vorstellen."

Selina seufzte. Sie hatte wirklich keine Zeit für Carolines Skandalgeschichten. Ihr Verwalter würde jeden Moment eintreffen, um über passende Mieter für diesen riesigen Steinhaufen von Haus am Hanover Square zu sprechen. Sie konnte nicht weiter unter diesem Dach leben. Es war das Heim ihres Mannes gewesen und es gab hier zu viele schmerzliche Erinnerungen an eine arrangierte Ehe, die vom ersten Tag an eine Katastrophe gewesen war.

„Ein Mord auf Sir Charles' Abendeinladung?", hörte sie sich sagen, als sie einen Stapel Briefe durchsah. „Wie schade, dass Cobham nicht in der Stadt war. Er hätte so gerne mit dem Finger auf jemanden gezeigt."

Lady Cobham schaute sich in dem riesigen Raum um, dessen Möbel noch immer Schutzhüllen trugen und vermied geschickt Selinas dunkle Augen, aus Angst, sie könnte sich verraten. „Ich könnte mir vorstellen, dass der größte Teil von London mit dem Finger auf ihn zeigt, Lina. Cobham sagt, dass darüber gesprochen worden wäre, ihn wieder bei White's zuzulassen, nachdem seine Majestät es für angebracht hielt, ihn zum Marquess zu erheben, aber nicht nach diesem letzten kleinen Drama, in das er verwickelt wurde. Und da er direkt neben dem Geistlichen saß, kann es alles nur schlimmer machen für Halsey ..."

„*Halsey?*" Plötzlich hatte Lady Cobham Selinas ungeteilte Aufmerksamkeit. „Warum war Al-Lord Halsey bei einem der parteipolitischen Diners von Sir Charles Weir?"

„Er und Sir Charles waren zusammen in Harrow", antwortete Lady Cobham nichtssagend, obwohl ihr Puls unter dem harten Blick ihrer Schwägerin schneller schlug. „Wie ich sagte, Halsey saß während des gesamten Diners neben dem Geistlichen und dann wieder, als die Männer ihren Portwein genossen, und da starb der Geistliche ganz plötzlich."

Selina verließ den Schreibtisch, um sich an die vorhanglosen Schiebefenster mit ihrem Blick auf den weitläufigen Platz zu stellen, in der Hoffnung, die Röte zu verbergen, die ihren Hals hinaufstieg. „Wie schrecklich", murmelte sie. „Was sagte der Arzt, der gerufen wurde, über den Tod des Pfarrers?"

„*Offiziell* starb er an einem Herzanfall. Natürlich *glaubt* niemand das. Wie könnten wir, wenn der Geistliche zu Füßen eines Mannes tot umfiel, der beschuldigt wurde, seinen eigenen Bruder ermordet zu haben, um den Titel eines Earls für sich zu bekommen?"

„Das ist eine Lüge!", rief Selina aus, und fuhr wütend zu ihrer Schwägerin herum. „Ich werde nicht dulden, dass du solche bösartigen Verleumdungen wiederholst, Caro!"

Lady Cobham setze sich auf und zog langsam ihre lavendelfarbenen Samthandschuhe an. „Ich missgönne dir ja deine Tändelei mit Halsey in Paris nicht", sagte sie glatt, einen durchtriebenen Blick auf das rote Gesicht ihrer Schwägerin werfend. „Keine vernünftige Frau würde solch potenter Männlichkeit gegenüber immun sein. Es spielt überhaupt keine Rolle, ob er einen mittellosen Pfarrer umgebracht hat, oder seinen eigenen Bruder, was das angeht. Was Cobham und ich besonders abscheulich finden, ist das hartnäckige Gerücht, dass er das gemeine Ergebnis der Affäre seiner Mutter mit ihrem Mulattendiener ist. Von dem Titel des Marquess abgesehen, es schaudert einen, wenn man an die mögliche Hautfarbe der Nachkommen eines Mannes mit so verdorbenem Blut denkt. Aber was Cobham besonders stört, ist nicht so sehr das schwarze Erbe des Mannes - das könnte man übersehen, wenn es sich um einen Prinzen des Kontinents gehandelt hätte - sondern dass die Gräfin von Delvin geruhte, sich zu erniedrigen, indem sie sich mit ihrem Lakaien einließ - einem *Dienstboten*. Du, Lina, bist eine Vesey, du stammst von einer ununterbrochenen Linie seit den Plantagenets ab, und niemand im Stammbaum der Familie ist mit jemandem unter dem Rang eines Viscounts verwandt. Ganz sicher ist dort kein Blut von Dienern irgendeiner Art. Unsere Interessen müssen und werden gewahrt werden. Habe ich mich verständlich gemacht?"

Selina schwieg hartnäckig weiter, das Gesicht abgewandt und eine schlanke Hand an ihren brennendroten Hals gelegt. Lady Cobham blickte zu der verzierten Uhr auf dem Kaminsims und machte Anstalten zu gehen, wartete jedoch auf die Reaktion ihrer Schwägerin. Schließlich nickte Selina, sie hasste sich selbst dafür, dass sie willensschwach genug war, anscheinend dem familiären Druck nachzugeben. Aber sie hatte nicht vor, ihrer Schwägerin den sehr privaten und herzzerreißenden Grund zu eröffnen, aus dem sie Alec nie würde heiraten können, nicht, wenn sie ihn dem Mann selbst erst noch erzählen musste.

„Cobham hat nichts für den Namen Versey zu befürchten", stellte sie düster fest. „Alec und ich ... die Lage zwischen uns ... ich habe nicht die Absicht, Lord Halsey zu heiraten."

„Dein Bruder wird erfreut sein", antwortete Lady Cobham süß und küsste Selinas errötete Wange. „Ich werde bei der Ausstellung sein. Cobham will sich nicht dazu herablassen, daran teilzunehmen. Aber man muss die Familie unterstützen. Vielleicht bin ich mit Talgarth nicht einverstanden, aber er ist dein Bruder und ein Vesey, also muss ich meine Pflicht tun. Ich weiß, *du* sagst, Talgarth sei sehr talentiert, aber ..." Sie zuckte die Achseln, als ihr klar wurde, dass Selina nicht zuhörte. „Adieu, meine Liebe."

Selina schaute zu, wie Lady Cobham ihre Reifröcke durch den Flur und die Treppen hinab zu ihrer wartenden Sänfte manövrierte, dann wandte sie sich wieder der Bibliothek zu. Verdammt sollte Caros Liebe zum Klatsch sein! Wie sollte sie mit sorgloser Begeisterung auf einer Ausstellung der Bilder ihres jüngeren Bruders (seiner ersten, noch dazu) auftauchen, wenn sie an nichts anderes denken konnte als daran, welche

Auswirkungen der Tod des unglücklichen Geistlichen auf die Liebe ihres Lebens hatte? Sie beschloss, ihm sofort zu schreiben. Sie hatten sich vielleicht in Bitterkeit getrennt, aber das würde sie nicht daran hindern, ihm ihre volle Unterstützung zu geben. Sie fragte sich, wie er einen solchen Brief aufnehmen würde.

Sie machte sich unnötig Sorgen.

Im Ausstellungsraum standen sie sich gegenüber.

Er war nicht erfreut, sie zu sehen.

Die Ausstellungsräume in der Oxford Street waren überfüllt, die Luft heiß und von Parfüm gesättigt. Und es war laut - zu viel schrilles Gelächter, das mit dem Klingen der Weingläser konkurrierte. Tische bogen sich unter dem Gewicht des angebotenen Essens, von Punsch in silbernen Schüsseln und aufwändigen Arrangements aus Früchten und Blumen der Jahreszeit. Wenn man die lebhafte Unterhaltung und die gute Laune bedachte, hätten Uneingeladene kaum erraten können, dass sie in eine auserwählte Vorschau zu Ehren eines neuen Talents in der Welt der Kunst gestolpert waren.

Diejenigen Mitglieder der Aristokratie, die sich dieser künstlerischen Halbwelt zugehörig erachteten, waren in ihren besten Seidenkleidern und Pudern gekommen; die Damen in Röcken über weiten Reifen bewegten sich seitlich durch das Gedränge und die Herren in empörend hohen Perücken, die bläulich gepudert und mit Bändern durchflochten waren. Die meisten hatten sich nicht einmal die Mühe gemacht, in den Nachbarraum vorzudringen, um die Bilder zu betrachten. Diese Aufgabe überließen sie dem kritischen Auge der Zeitungsschreiber, von denen erwartet wurde, dass sie für ihre Leserschaft einen prägnanten Bericht verfassen würden, bevor die Ausstellung, die die vier Wände füllte, am nächsten Tag formell für das Publikum eröffnet werden sollte.

In diese aufgeplusterte Vernissage hinein schlenderte seine Gnaden, der Herzog von Cleveley, als Begleiter der schönen Witwe Mrs. Jamison-Lewis, deren schlanke Finger in der Beuge des Satinärmels des Herzogs ruhten, gekleidet in ein weitausgeschnittenes, mit Perlen übersätes Mieder, das der Fantasie wenig überließ. Mehr als ein strategisch platziertes Schönheitspflästerchen bebte vor Überraschung, den Herzog von Cleveley bei einer solchen Veranstaltung zu sehen. Es war schwer, sich vorzustellen, dass der *große Mann* ein Interesse an der Protektion eines neuen, künstlerischen Talents hätte. Er begünstigte die alte Schule viel zu sehr. Raphael, Tizian und vielleicht noch Lely waren mehr sein Stil. Und noch mehr Aufsehen erregte die Wahl seiner Begleitung.

In vielen eleganten Salons wurde geflüstert, dass die aprikosenblonde Witwe das Bett eines Pariser Liebhabers verlassen hatte, nur, um sofort in die wartenden Arme Cleveleys zu sinken. Dass Mrs. Jamison-Lewis und der Herzog bei einer Kunstausstellung scherzhafte Bemerkungen austauschten, schien dies zu bestätigen. Das änderte den Schwerpunkt des Abends. Wo war jetzt das Interesse an einer Sammlung von Bildern einheimischer Künstler ohne Renommee, wenn es Klatsch zu berichten gab? Klatsch, der noch viel pikanter wurde, weil es um den Herzog von Cleveley ging, den wichtigsten Architekten der Außenpolitik des Landes. Dass er, selbst Witwer, sich dazu entschieden hatte, mit einer Frau in den letzten Monaten ihrer Trauerzeit am Arm zu erscheinen, ließ die Reporter hektisch, mit der Kunstwelt zugewandtem Rücken, kritzeln.

Talgarth Vesey, einer der ausstellenden Maler, schien von dieser Übernahme der Szene nicht beeindruckt. Während einige seiner Kollegen, die den Abend damit verbracht hatten, sich zwischen die Gäste zu mischen oder Fragen zu ihrem Werk zu beantworten, die die Journalisten ihnen stellten, voller Wut darüber waren, so einfach stehengelassen zu werden, weil ein Politiker mit seiner letzten Hure aufgetaucht, schien Talgarth Vesey zufrieden, in einer Ecke des Raums zu sitzen und grüblerisch an einem bis aufs Fleisch abgenagten Fingernagel zu knabbern. Sein Blick ruhte auf einer Leinwand, die mit schwarzem Tuch verhängt war und auf einer Staffelei stand. Das Tuch war die Idee seines Haushofmeisters, Nico. Da es das beste Werk seines Herrn bei der Ausstellung war, sagte Nico, dass das Gemälde verdiente, zeremoniell enthüllt zu werden, wenn alle Gäste versammelt und still waren. Es würde das Werk von denen anderer Maler abheben. Talgarth fragte sich, ob der Herzog von Cleveley sich dazu herablassen würde, die Enthüllung vorzunehmen. Nun, das wäre ein Coup!

Der Maler stand nicht sofort auf, als der hervorragendste Gast der Ausstellung auf ihn zu kam. Ein hochgewachsener Gentleman in einem dunklen Rock ohne Puder auf seinen kohlschwarzen Locken hatte seine Aufmerksamkeit abgelenkt. Der Fremde stand am Rande der pastellfarbenen Menge und so dicht an den Kunstwerken, dass es offensichtlich war, dass er eine Brille benötigte. Talgarth entschied auf der Stelle, dass er diesen Gentleman malen müsste und wollte durch den Raum gehen, als er von einer geliebten Stimme aufgehalten wurde, bevor er noch einen Schritt gemacht hatte.

„Das Mindeste, was du tun könntest, wäre, so zu tun, als ob du den

Abend genössest", scherzte Selina. „Das könnte dir einen oder zwei lukrative Aufträge einbringen."

Mit einem gedankenverlorenen Stirnrunzeln wandte der Maler seinen Blick von dem schwarzhaarigen Gentleman ab. Als er seine Schwester sah, sprang er auf die Beine, lächelte breit und zog sie an sich, um ihre Wange zu küssen. „Lina! Du bist gekommen! Ich kann gar nicht erwarten, bis dieser ganze Aufstand vorbei ist, und du?"

Selina lächelte beruhigend, drückte die Hand ihres Bruders und besorgte die erforderlichen Vorstellungen, erfreut, dass Talgarth so vernünftig war, sich respektvoll zu verbeugen. Aber als er den Herzog fest anschaute, hätte sie ihn für seinen Mangel an Manieren treten mögen; das Verlangen wurde zur Notwendigkeit, als er den Herzog mit einer seiner unverblümten Fragen ansprach.

„Wo sind wir uns bereits begegnet, Euer Gnaden?", erkundigte er sich und überlegte innerlich, wie der Herzog ohne seine prächtige, gepuderte Perücke aussehen mochte, die nur dazu beitrug, eine hervorstehende Hakennase zu betonen.

Der Herzog nahm eine Prise Schnupftabak und schaute stur geradeaus. „Wir wurden einander bis heute nie vorgestellt."

„Seid Ihr sicher? Venedig? Florenz? Bath, vielleicht?"

„Die Herzogin nutzte oft die Quellen in Bath."

„Nicht in den italienischen Staaten. Bath", stellte Talgarth Vesey fest und fügte ohne eine Entschuldigung hinzu: „Ihr seht, ich vergesse niemals ein Gesicht. Oder, Lina?"

„Oder war es vielleicht irgendwo in der Nähe des Ellick-Hofs? Er liegt auf den Ländereien des Herzogs, Tal. Erinnerst du dich?", sagte Selina mit einem Lächeln über das anhaltende Stirnrunzeln ihres Bruders, ein wachsames Auge auf den Herzog gerichtet, dem es nicht gefiel, so ausgefragt zu werden, schon gar nicht auf so unverschämte Art und Weise. Sie legte den Arm des Herzogs in ihren eigenen. „Kommt, lasst mich Euch zeigen, was ich für Talgarths bestes Werk halte, Euer Gnaden", und wanderte mit ihm davon, ihrem Bruder über die Schulter einen Kuss zuwerfend. „Ihr müsst Talgarth verzeihen", sagte sie in ihrem besten Plauderton. „Er ist jung und recht exzentrisch für einen Vesey. Außer Talgarth sind wir alle recht gesetzte Wesen. Cobham erbte den Titel, aber keine Fantasie; ich bin bei den meisten Dingen nutzlos, außer, dass ich einen mathematischen Verstand habe; Talgarth ist ein großes künstlerisches Talent, aber ihm fehlt jeder gesellschaftliche Schliff. Es muss wohl nicht erwähnt werden, dass Cobham unser altes Gemäuer mit scheußlichen Kunstwerken gefüllt hat, während Talgarth gezwungen ist, mit seinem großen Talent Kompromisse zu machen und läppische kleine

Hunde und ihre abscheulich fetten Besitzerinnen zu malen. Daher, Euer Gnaden, verlasse ich mich auf Euch, meinem Bruder etwas von der Respektabilität zu verleihen, die er verdient", und sie lenkte die Aufmerksamkeit des Herzogs auf das nächste Gemälde.

Es war Alec, den Talgarth Vesey in der Menge entdeckt hatte, und dessen Porträt malen zu müssen er beschlossen hatte. Alec war hinter dem Herzog eingetreten. In der Unruhe, die nach der Ankunft des Edelmannes entstand, war es ihm möglich gewesen, in den zweiten Raum zu schlüpfen und die Bilder in relativer Ruhe zu betrachten. Er war beinahe ohne Unterbrechung einmal im Kreis gegangen, als ihm rüde auf die Schulter geklopft wurde.

Er bekam ein Glas Champagner in die Hand gedrückt.

Es war Lord George Stanton, der rücksichtslos einen Arm zu den vier vom Boden bis zur Decke mit Gemälden bedeckten Wände schwang. „Was haltet Ihr von diesem Haufen von diesen neuen Malern?"

Alec steckte seine Brille ein. „Ich mag sie. Weniger steif als Reynolds und Lely." Er zeigte auf das Gemälde zu seiner Rechten. Es war eines der Werke Talgarth Veseys. „Betrachtet dieses Bild hier. Der Stil ist besonders erfrischend. Die Weite des Himmels, wo ein Gewitter droht, die Sonne, die gedämpftes Licht auf den Boden des Tals darunter fließen lässt, steht in direktem Kontrast zu der Unschuld des Kindes. Es scheint den Sturm in seinem Rücken gar nicht wahrzunehmen; die ganze Zukunft liegt vor ihm ...“

Lord George gab ihm einen Schubs, seine Augen huschten über Alec von den Zehen bis zu dem welligen, schwarzen Haar, das in einem langen Zopf zusammengefasst war. Er hatte kein Wort gehört. „Der schwarze Samt passt zu Euch. Ebenso der fehlende Puder. Eine Elster unter Pfauen", sagte er und unterdrückte ein Rülpsen. „Aber versteht mich nicht falsch. Es wird Euch nicht helfen, zum Rang eines Botschafters aufzusteigen. Vater sagt, jemand, der so aussieht, kann kein Botschafter werden."

Alec stellte fest, dass Lord George betrunken war, sehr betrunken. Und der Art nach, wie er den Champagner hinuntergoss, hatte er jede Absicht, es auch zu bleiben. Und das erklärte, warum er mit Alec sprach. Er bezweifelte, dass Cleveleys Stiefsohn, wäre er nüchtern gewesen, sich ihm auf weniger als zehn Fuß genährt hätte. Das hatte sich auf Weirs Abendeinladung gezeigt.

„Dies scheint nicht Eure Art von Gesellschaft zu sein, Mylord", sagte Alec im Gesprächston und wandte dem Gemälde des schönen Kindes seinen Rücken zu.

Lord George schnitt eine Grimasse. „Ist es nicht." Er beugte sich näher. Das führte nicht dazu, dass er leiser sprach. „Kann keinen von ihnen ausstehen. Maler. Pah! Nichtsnutziger Haufen von vogelhirnigen Schmarotzern. Schaut Euch zum Beispiel diesen Kerl Vesey an. Sagt Ihr mir, warum der Sohn unseres höchstdekorierten Generals sich müht, seinen Lebensunterhalt mit Malen zu verdienen, wenn er eine anständige Karriere hätte machen können, indem er in die Fußstapfen seines Vaters trat. Verrückt. Muss er sein. Keine andere Erklärung. Bilder und Bücher und solcher Unsinn werden das Königreich nicht zur Größe führen. Wie könnte das auch sein? Wen kümmert es in hundert Jahren noch, ob Mr. Reynolds oder dieser Gainsborough der bessere Maler war? Wen kümmert es *jetzt*?"

„Aber es ist ein weit genießbares und dauerhafteres Vermächtnis dessen, wozu unser großes Volk fähig ist, als, sagen wir - eine Gesellschaft, die auf den Unrecht erworbenen Gewinnen der Sklaverei begründet ist ...?"

Alec sagte das mit einem so netten Lächeln, dass Lord George nicht wusste, ob er sich über diese Unverschämtheit ärgern oder es als Witz begreifen und darüber lachen sollte. Er entschied sich für Letzteres und gab Alec einen freundlichen Knuff mit dem Ellenbogen.

„Ihr seid nicht so übel, Halsey. Gar nicht so übel. Dachte, Ihr wäret etwas seltsam im Oberstübchen. Nach dieser zweifelhaften Angelegenheit mit dem Tod Eures Bruders, und so, wie Ihr Euch zurückhaltet. Keiner von den Jungs, wenn Ihr wisst, was ich meine. Aber ich habe mich geirrt. Unter dieser Oberfläche seid Ihr doch ein treuer Trojaner."

Alec schenkte ihm ein ironisches Lächeln. „Danke, Mylord. Ich bin über diese Änderung Eurer Meinung sehr erfreut. Nun kann ich meinen Kopf in der Gesellschaft erhoben tragen, im Wissen, dass ich Eure Billigung genieße."

Der triefende Sarkasmus entging Lord George. „So ist es richtig", nuschelte er und rief einem vorbeikommenden Kellner zu, eine Flasche zu bringen, und zwar schnell. „Mögt Ihr Gemälde? Nicht diesen süßlichen Kram - italienische Schule und so?"

Alec blieb eine Antwort erspart, als Lady Cobham heranrauschte und Lord George für sich beanspruchte, der wenig Widerstand dagegen zeigte, fortgezogen und einer Gruppe kichernder Kunstliebhaberinnen vorgestellt zu werden, die sich vor einem lebensgroßen Porträt eines Admirals mit vier treuen Jagdhunden an seinen Fersen tummelten. Erleichtert, wieder seine Ruhe zu haben, nahm Alec seine Brille heraus, nur um sich einem großen, leicht hageren und schlaksigen jungen Gentleman mit dunklen Ringen unter den Augen gegenüberzusehen, der einen übergroßen, geblümten Rock und ein unordentliches Halstuch trug. Dieser starrte ihn von Kopf bis Fuß an, dabei zögerte der Blick etwas länger, als es höflich gewesen wäre, auf seinem Gesicht. Er seufzte. Noch ein Betrunkener ...

„Ich muss Euch malen", verkündete der junge Mann.

Alec ging weiter, um sich das Porträt eines kleinen Mädchens, das auf einer Schaukel saß, anzuschauen. Sie war nicht älter als drei oder vier Jahre und zu ihren bloßen Füßen lag ein umgefallener Korb mit Erdbeeren. Er war überrascht zu entdecken, dass es dasselbe schöne Kind war wie in dem Gewitterbild. Talgarth folgte ihm. Mit großem Widerwillen nahm Alec seine Brille ab. „Vielen Dank für das Angebot ..."

Talgarth Vesey schüttelte den Kopf. „Nein. Nein. Das ist kein *Angebot*. Ich *muss* Euch malen. Ich habe ein unfertiges Werk, eine Allegorie, die bis Weihnachten fertiggestellt sein muss, andernfalls ich mein Honorar nicht erhalte. Ihr seid genau der Apollo, den ich gesucht habe." Er streckte seine dünne, weiße Hand aus. „Talgarth Vesey."

Alecs verlegenes Stirnrunzeln wich sofort einem breiten Lächeln, als ihm klar wurde, dass er von Selinas Lieblingsbruder angesprochen worden war. „Verzeiht mir. Ich hätte es wissen müssen. Ihr habt die Augen Eurer Schwester."

Sie schüttelten sich die Hände.

Talgarth Vesey grinste. „Nicht Euer Fehler. Meiner. Schreibt meine mangelnden Manieren meinem Eifer zu. Ich treffe nicht jeden Tag auf jemanden, den ich malen möchte. Ihr werdet mir sitzen, ja?"

Trotz einer natürlichen Verlegenheit wegen der berechnenden Musterung seiner Person gefiel Alec die Direktheit des Malers. „Ich habe noch nie ..."

„Ihr müsst mich morgen besuchen kommen. Ich werde einige Skizzen zur Vorbereitung machen. Ich wohne bei Lina." Als Alec verwirrt dreinschaute, entschuldigte er sich. „Wir - die Familie - haben sie immer Lina genannt. Meine Schwester Selina, Mrs. Jamison-Lewis."

„Tut mir leid, Euch nicht dienen zu können, aber morgen Nachmittag verlasse ich die Stadt, nach Kent und dann nach Bath", sagte Alec ohne Enttäuschung.

„Dann kommt am Morgen. Umso besser, wenn Ihr in Bath seid. Mein Atelier ist in der Milsom Street." Der Maler lächelte selbstbewusst. „Ich verdiene meinen Lebensunterhalt hauptsächlich mit Porträtmalerei: ehrgeizige Mütter mit hübschen Töchtern und dicke, kleine alte Damen mit hässlichen Mopshunden."

„Ich kann nicht versprechen, dass ich für Euch sitzen werde, aber ich werde vorbeischauen."

Talgarth Vesey nickte, übergab Alec eine geprägte Karte mit seinem

Namen und der Adresse seines Ateliers in Bath und verschwand in der Menge, wo er von einer hochbegeisterten Mama mit Beschlag belegt wurde, die ihre großgewachsene Tochter im Schlepptau hatte.

Nicht einen Moment, nachdem der Maler fort war, spürte Alec einen Rippenstoß. Lord George hatte sich wieder an ihn herangemacht.

„Sieht neben dem Herzog aus, als gehöre sie dorthin, was?", spottete er. „Glaubt, jetzt hätte sie eine Chance, wo Mama tot ist. Ha! Nicht, wenn ich in der Sache etwas zu sagen habe. Vater kann ihre Beine so weit spreizen, wie es ihm gefällt, aber was eine Heirat angeht - *niemals*."

Alec versteckte seine völlige Überraschung über eine so grobe Rede und folgte mit den Augen der Richtung, in die Lord Georges Hohn gezielt hatte, dorthin, wo der Herzog von Cleveley im Gespräch mit Talgarth Vesey und Lady Cobham stand. Alecs Blick blieb an Selina hängen. Er hatte der Versuchung widerstanden, zu ihr zu gehen, seit er in den Raum geglitten und hinter einer Wand aus Seide und Parfüm verschwunden war. Mehr als einmal hatte er zu ihr hinübergeschaut und sich dann gewünscht, er hätte das unterlassen. Sie fühlte sich bei dem Herzog völlig wohl und die Art, wie sie gelegentlich lächelnd seinen seidenen Ärmel berührte und er ebenso antwortete, deutete an, dass sie alte Freunde waren. Für alle Welt wirkte es, als gehörte sie an die Seite des *großen Mannes*. Vor weniger als einem Monat hatte sie Alec gehört.

„Da ist das kleine Problem mit dem Ehemann der Viscountess", bemerkte Alec und riss endlich seinen Blick vom Gegenstand seiner Liebe und seines Verlangens los, um zu der Leinwand hinaufzusehen, deren Thema ein verwirrendes Durcheinander von Farben und Licht war.

„Nicht Caro, Mann!", sagte Lord George mit einem schnaubenden Lachen, da er Alecs Irrtum für einen großartigen Witz hielt. Er schubste Alec wieder (der sich wünschte, dass Lord George damit aufhören möchte), und sagte mit einem weiteren Schnauben: „Die Witwe. Ich spreche über die *Witwe*: Mrs. J-L." Er senkte seine Stimme und blies schalen Weingeruch in Alecs Ohr. „Es geht das Gerücht, dass sie ihre Beine in den Monaten seit dem Tod ihres Mannes öfter breitgemacht hat, als in den ganzen sechs Jahren ihrer Ehe. Aber wenn sie glaubt, dass es bei einem Heiratsantrag enden wird, wenn sie den Herzog sie spreizen lässt, hat sie Flusen in ihrem hübschen Kopf." Er schlürfte vom Wein in seinem Glas und sagte, als ein Tropfen an seinem fleischigen Kinn hinablief, den Blick fest auf Selinas schlanken Rücken gerichtet: „Dieses Weibsstück wäre es wert, sich die Pocken zu holen."

Bevor Alec fordern konnte, dass Lord George mit ihm nach draußen kommen möge, um eine so empörende Verleumdung zu wiederholen, wurde er grob nach hinten in einen fensterlosen Alkoven gezerrt und ihm wurde ein Glas Rotwein in die Hand gedrückt.

„Tut mir leid. Konnte dir nicht erlauben, ihn zu schlagen", sagte Sir Charles Weir atemlos mit einem Blick über seine Schultern, um sicherzugehen, dass Lady Cobham sich um Lord George kümmerte. Sie führte ihn mit freundlicher Überredung ins Nebenzimmer. Zufrieden wandte Sir Charles sich mit einem abschätzigen Lächeln an Alec. „Wollte einen alten Freund nicht bei Morgengrauen im Green Park enden sehen. Außerdem", sagte er mit einem nervösen Lachen, „würdest du ihn umbringen."

Alec trank den Rotwein. „Ich danke dir nicht hierfür, Charles."

„Vielleicht nicht jetzt, aber später. Stanton zu fordern würde das Ende deiner Karriere bedeuten. Seine Gnaden würde dafür sorgen."

Alec schaute ihn böse an, immer noch kochend vor Wut. „Ich frage mich, Charles: Hast du dich mir zu Liebe eingemischt oder um Cleveley die Verlegenheit zu ersparen, seinen betrunkenen Stiefsohn in einem einseitigen Duell zerlegt zu sehen? Du musst wirklich die Marionettenfäden durchtrennen."

Sir Charles schaute zu dem Rotwein in seinem Glas hinab. „Sie ist doch sicher deine Karriere nicht wert?"

Alec drückte Sir Charles sein leeres Glas in die Hand und wollte gehen, aber Sir Charles hielt ihn zurück, eine Hand fest auf die umgeschlagene Manschette seines Rocks gelegt. Alec schaute böse auf die ihn festhaltende Hand hinab und Sir Charles zog sie sofort weg.

„Wir müssen reden", stellte Sir Charles fest, und als Alec lediglich seine Augenbrauen hob, was ihn an die hochnäsige Behandlung seines Mentors erinnerte, wenn dieser unzufrieden war, stotterte er weiter, wobei er sich leicht töricht vorkam. „Um über den Abend zu sprechen. Blackwells - was mit ihm geschah."

„Blackwells Tod?"

Sir Charles nickte. „Es gibt viel Klatsch - *Geflüster* - darüber."

„Nicht überraschend, wenn man bedenkt, dass er einfach mitten in deiner Abendeinladung tot umgefallen ist."

„Der Klatsch betrifft dich." Sir Charles schaute auf und war insgeheim erfreut, dass sein Freund irritiert wirkte. „Ja. Unversöhnlich, nicht wahr? Die Leute können die Vergangenheit nicht begraben sein lassen. Der unglückliche *Unfall* deines Bruders ..."

Alec hoffte, dass seine Stimme einen Hauch von Gleichgültigkeit zeigte. „Das werde ich weder hier noch anderswo diskutieren."

„Natürlich nicht", sagte Sir Charles mitfühlend. „Du und ich wissen, *deine Freunde wissen*, dass du unmöglich etwas mit Blackwells Tod zu tun gehabt haben kannst, aber das ist nicht das, was andere denken - was hinter deinem Rücken gemunkelt wird."

„In der Tat? Du scheinst es zu deiner Beschäftigung gemacht zu haben zu wissen, was andere denken, Charles."

„Und du scheinst zu vergessen, dass es *mein* Haus war, in dem der elende Mann tot umgefallen ist!"

„Ich bezweifle, dass irgendjemand diesen Umstand vergessen wird. Jetzt musst du mich entschuldigen ..."

„Nein!"

Alec wandte sich um und schaute ihn an.

Sir Charles sprach in gedämpftem Ton weiter; für seinen Geschmack hatten sich zu viele gepuderte Köpfe in ihre Richtung gewandt. „Wir müssen sprechen, und zwar bald. Es gibt gewisse Einzelheiten, bestimmte Dinge, die Blackwell betreffen, über die ich mit dir reden *muss*."

Alec bemerkte ebenfalls die Aufmerksamkeit, die sie auf sich zogen.

„Nicht hier. Nicht jetzt", sagte er ungeduldig und drängte sich in die Menge, die auf die Enthüllung des verhängten Gemäldes wartete. Er fand sich bald nur ein paar weite Reifröcke von der Leinwand entfernt.

Die Schirmherrin der Ausstellung sprach zu den Anwesenden. Talgarth Vesey, Gavin Hamilton und die beiden anderen Maler, deren Werke ausgestellt wurden, standen an ihrer Seite. Direkt neben ihnen stand die kleine Gruppe der Journalisten, die Stifte bereit, und der Herzog von Cleveley mit Selina Jamison-Lewis neben ihm. Es gab viel Gelächter und Applaus, aber Alec hörte nichts davon. Er zwang sich, ruhig zu bleiben, aber er konnte sich nicht davon abhalten, Selina zu beobachten.

WÄHREND SIE SICH MIT IHREM BRUDER UNTERHIELT UND IHM DEN Herzog vorstellte, hatte Selina aus ihrem Augenwinkel heraus gesehen, wie Alec sich abwandte und in der Menge verschwand. Später hatte sie zugesehen, wie er seine goldgeränderte Brille aufgesetzt hatte, um eines der vielen Porträts in der Sammlung besser betrachten zu können. Zufällig war es ein Porträt ihrer selbst, wie sie eine in Seide gehüllte Schulter gegen den Stamm einer Ulme gelehnt hatte, einen breitkrempigen Strohhut in der Hand, dessen breites, blaues Band vom Wind erfasst wurde. Es war vor einem Jahr gemalt worden.

Sie musste zusammengezuckt sein, da der Herzog sie anschaute und sagte, sobald er sein Gespräch unterbrechen konnte: „Spüre ich eine gewisse angespannte Erwartung, meine Liebe? Seid beruhigt. Euer

Bruder hat beträchtliches Talent. Seine erste Ausstellung wird ein voller Erfolg werden. Meine Anwesenheit hier wird dafür Sorge tragen.“

„Ich bezweifle, dass Talgarth eine Vorstellung von Eurer gesellschaftliche Bedeutung hat, Euer Gnaden“, sagte Selina wahrheitsgemäß, was die herumschwänzelnden Anhänger des Herzogs wegen ihrer Unverblümtheit nach Luft schnappen ließ. „Die Form Eures Gesichts, ja; die Länge Eurer Hände, auch; aber was Euren Namen und Titel anbetrifft, sind sie für meinen kleinen Bruder von höchster Gleichgültigkeit. Ich hatte Euch gewarnt, er hat keine Spur von gesellschaftlichem Schliff. Aber er malt wunderschöne Bilder, nicht wahr?“

Der Herzog, weit davon entfernt, dies beleidigend zu finden, lächelte. „Deshalb bin ich gekommen. Ihr hattet mir wundervolle Bilder versprochen, und es sind wundervolle Bilder.“ Er sah, wie ihr Blick sehnsüchtig durch den Raum schweifte. „Soll ich Euch vorstellen? Ah! Ich vergaß! Ihr seid mit Lord Halsey bereits *bekannt*, nicht wahr?“

Selina täuschte Desinteresse vor und klappte ihren Fächer mit Gouache-Malerei auf, wagte es jedoch nicht, den Kopf zu heben aus Furcht, dass der Herzog die Verzweiflung in ihren dunklen Augen würde sehen können. Doch der Herzog war so ungemein aufmerksam ihren Gefühlen gegenüber, dass er sie in eine stille Ecke führte, wo ein Paar, das auf einem prall gepolsterten Sofa saß, ihnen den Gefallen tat, auf die Suche nach Erfrischungen zu gehen. Er ließ sie sich setzen und hob sein Monokel, um die Menge besser beobachten zu können, alles, während er mit leiser Stimme zu Selina sprach.

„Darf ich Euch einen Rat anbieten, meine Liebe? Haltet Abstand von Eurem Freund. Es gibt Gerede ... Es werden Fragen über seine Aktivitäten gestellt.“

Selina erbleichte. „Sicher nichts, was mit dem Tod dieses Pfarrers zu tun hat?“

„Grund genug für Euch, auf Distanz von ihm zu gehen.“

„Ihr könnt doch nicht glauben, dass er irgendetwas mit dem Tod des Mannes zu tun hatte? Das ist absurd!“

Der Herzog lachte leise. „Es lief wohl nicht so gut in Paris, oder?“

Rote Flecken bildeten sich auf Selinas hohen Wangenknochen, aber sie biss sich auf die Unterlippe und fächelte sich mit einer erregten Bewegung. „Ich schätze es nicht, wenn der speichelleckende Sekretär Eurer Gnaden mir nachspioniert!“

„Charles ist nicht länger mein Sekretär und er spioniert nicht; er hat andere, die die Schmutzarbeit für ihn erledigen“, antwortete der Herzog ruhig und fuhr fort, die Menge durch sein Augenglas unter die Lupe zu nehmen. „Glaubt mir, meine Liebe. Ihr habt Euch für den klügsten Weg entschieden."

Selina schaute zu Alec hinüber. Er sprach mit Sir Charles, selbst einen guten Kopf größer als der Handlanger des Herzogs, seine blauen Augen sahen nicht einmal zu ihr herüber.

„Was auch immer Ihr persönlich von ihm haltet, Euer Gnaden, er ist ein Mann von Ehre und würde niemals etwas tun, was mein Glück gefährden könnte."

„Ihr seid einem Irrtum erlegen, meine Liebe", entschuldigte sich der Herzog und bot ihr seine von Spitzenrüschen bedeckte Hand. „Es geschieht um *seinetwillen*, nicht Euretwillen, dass ich Euch bitte, diskreten Abstand zu halten." Dabei richtete er sein Monokel in eine Ecke des Zimmers. „Nun, dieses verdeckte Gemälde reizt mich ..."

TALGARTH VESEY GRINSTE BREIT. DIE MENGE NAHM AN, DASS DER bevorstehende Moment des Ruhms für ihn der Grund war. Der Herzog von Cleveley hatte sich überzeugen lassen, die verdeckte Leinwand zu enthüllen. Aber Talgarth war mit sich selbst zufrieden, weil er sich endlich daran erinnert hatte, wo er den Herzog schon zuvor gesehen hatte. Nicht in Bath, wie seine Schwester angenommen hatte, sondern in der Wildnis von Somerset. Es war vor etlichen Monaten gewesen, vielleicht vor einem Jahr, gerade nach Talgarths Rückkehr aus Florenz. Er war auf dem Weg zu einem Besuch auf dem Ellick-Hof gewesen und der Herzog war ihm auf der schmalen Allee begegnet, als er aus der Richtung des Hofs zu seinem Herrenhaus auf dem Berghang, das das Tal, in dem der Ellick-Hof lag, überblickte, zurückritt.

Hier auf der Ausstellung war es die prachtvolle, gepuderte Perücke des Herzogs gewesen, wegen der es Talgarth schwergefallen war, den *großen Mann* sofort richtig einzuordnen. Als Talgarth ihn zuletzt gesehen hatte, trug Cleveley keine Perücke. Sein breitkrempiger Hut, den er auf dem Land trug, war von seinem Kopf geweht worden, als sie aneinander vorbeiritten, was den natürlichen Schopf brauner Haare des Herzogs, die kurz über den Ohren wie bei einem mittelalterlichen Prinzen abgeschnitten waren, enthüllte. Er war ländlich einfach gekleidet: in einen schäbigen Reitrock und ein paar staubige Reitstiefel, die ein Putzen nötig hatten, und so entfernt von dem Äußeren des unnahbaren großen Staatsmanns, wie es nur möglich war.

Das Tuch, nachdem ein paar Mal an ihm gezupft worden war, fiel schließlich von der großen Leinwand.

Die Menge schnappte gleichzeitig nach Luft, was Talgarth Vesey wieder in die Gegenwart zurückbrachte. Er trat vor, um das verdiente Lob für das lebensgroße Porträt einer jungen Frau und ihrer Tochter zu erhalten. Er wusste, dass dies sein bestes Werk war, und so aufgebaut, dass es den größten Vorteil aus der majestätischen Landschaft von Felsen und Himmel und der blassen Unschuld der Personen in ihm ziehen konnte. Aber er war kein solcher Egoist, dass er nicht die Bewunderung der Menge für die atemberaubende Schönheit der Frau erkannt hätte. Das war es, was dieses Gemälde so viel wichtiger als ein gewöhnliches Porträt machte. Die Schönheit des Modells war außergewöhnlich. Niemand in London, außer seiner Schwester, wusste, wer sie war. Sie lebte zurückgezogen auf dem Ellick-Hof. Talgarth wäre nicht überrascht gewesen, hätte man ihn der Zauberei beschuldigt. Er konnte es nicht erwarten, die Zweifler zu widerlegen. Seine Schwester würde ihn unterstützen, denn sie war es gewesen, die Miranda Bourdon ein Heim gegeben hatte.

Er schaute zu den Gesichtern in der Menge, wartete begierig auf ihr Lob, aber das kam nicht. Der Gesichtsausdruck der Leute verwirrte ihn. Sie sahen bestürzt aus, einige zornig, einige im Hintergrund des Raums wollten wissen, was der Maler mit solcher Barbarei bezweckte. Andere riefen Beleidigungen. Talgarth schaute seine Malerkollegen an, aber alle drei hatten sich abgewandt und sich dabei von ihm und seinem wundervollen Gemälde distanziert.

Selina nahm Talgarths Hand, ihre breiten Reifröcke bildeten eine schützende Barriere zwischen ihrem Bruder und der empörten Menge. „Wie konnte das passieren, Tal?", fragte sie und in ihren Augen standen Tränen. „Es ist *monströs*!"

Talgarth Vesey wunderte sich über das Entsetzen seiner Schwester. „Ich verstehe das nicht. Warum gefällt es dir nicht, Lina? Es *muss* dir gefallen!"

Als er das sagte, drehte er sich um. Was er sah, war unbegreiflich. Es war sein Bild. Es war sein Porträt. Aber daran war nichts Schönes. Nichts, was die langen Stunden zeigte, die er damit verbracht hatte, die Farbe im genau richtigen Fleischton zu mischen und das Blau des stürmischen Himmels, wobei er über jeden Pinselstrich lange nachgedacht hatte. Dicke, rote Farbe - oder war es Blut? - war in einer Art frenetischer, hasserfüllter Attacke von einer vergoldeten Rahmenecke bis zur anderen über die Leinwand gespritzt, mit einer Hand oder Faust über blauen Himmel und grauseidenes Kleid geschmiert worden. Entsetzlicher noch, das Gesicht der zurückgezogen lebenden Schönheit war zu einem Nichts zerschnitten worden. Wo zuvor die außergewöhnliche jugendliche Schönheit und Lieblichkeit in einem perfekten Oval von der

Leinwand strahlte, blieben nun nur zerfetzte Überbleibsel der bemalten Leinwand. Auch ihre kleine Tochter hatte ein ähnliches Schicksal erlitten, war vielleicht noch übler behandelt worden als ihre Mutter, denn ihr ganzes Abbild war aus dem Bild herausgehackt worden. Nur ihre kleinen, bloßen Zehen blieben als sichtbarer Beweis, dass sie einst existiert hatte. Die Entstellung war so grausam ausgeführt worden, dass es kaum schlimmer gewesen wäre, hätte man Mutter und Tochter vor den schockierten Augen stummer Zuschauer ermordet.

Der Maler brach in die Knie und weinte.

VIER

Alec war nicht in der Stimmung, Sir Charles zu sehen. Er hatte gerade eine Stunde mit anstrengenden Fechtübungen verbracht, was ihn heiß, verschwitzt und voll Sehnsucht nach dem parfümierten Wasser seines Bades zurückgelassen hatte. Sein Haus war in einem Zustand des Aufruhrs, da die Abreise seines Onkels nach Bath vorbereitet wurde; in der Halle stapelten sich die Portmanteaux, um am nächsten Morgen in die Reisekutsche geladen zu werden. Er hatte hundert Dinge zu erledigen und einen Berg von Korrespondenz zu lesen, bevor sein Verwalter von seinem Landsitz in Kent eintreffen würde.

Er wollte dem wartenden Lakaien bereits sagen, er möge ihn entschuldigen, als sein Butler auftauchte und geschickt dem Diener auswich, der den Schweiß von den Dielen der Galerie aufwischte. Alec warf das Badetuch beiseite, das er verwendet hatte, um sein Gesicht, den Nacken und die bloßen Unterarme abzuwischen und schaute Wantage verärgert an. Der Butler hob den Rock seines Herrn auf und hielt ihm diesen hin, wobei er sagte, dass Sir Charles betont hätte, dass es äußerst wichtig wäre, fünf Minuten von der Zeit seiner Lordschaft eingeräumt zu bekommen.

Als Alec den Rock zurückwies, sagte Wantage sanft, während er den Rock sorgfältig über die Lehne eines Stuhls legte: „Sir Charles bat inständig darum, Mylord."

„Fünf Minuten", stellte Alec fest, als er sich auf einen der Fenstersitze mit Blick auf den Green Park setzte und seine Hemdsärmel herunterrollte.

Der Butler füllte Alecs Krug mit dem letzten Rest Ale auf und stellte die leere Karaffe und den Krug, die der Fechtmeister hinterlassen hatte, auf ein Tablett und blieb wartend stehen.

Alec begegnete dem Blick seines Butlers mit steinernem Schweigen und wartete.

Nach dem, was ein innerer Kampf zu sein schien, ob er sprechen sollte oder nicht, sagte Wantage: „Soll ich Jeffries Euch bei Eurer Morgentoilette behilflich sein lassen, Mylord?"

„Ich bin imstande, mich selbst anzukleiden."

Der Butler verneigte sich. „Sehr gut, Mylord. Ich dachte, da Master Thomas - *anderweitig beschäftigt* - ist, würden Sie Jeffries vielleicht benötigen, um ..."

„Das wäre alles", sagte Alec energisch und wandte sich zum Fenster.

Der Butler verbeugte sich wieder und ging seiner Arbeit nach, überließ seinen Herrn, die Aussicht auf Milchkühe, die auf dem taubedeckten Gras weideten, zu betrachten.

Alec war sich wohl bewusst, dass Wantage auf die Tatsache anspielte, dass Tam von seinen Pflichten als Kammerdiener beurlaubt war, um für seine Prüfungen zum Apotheker zu lernen, und dass Wantage dies nicht gefiel. Alec hatte es satt und er war der Eifersucht müde, die im Untergeschoss gegen seinen Kammerdiener herrschte, und er wusste, dass Wantage jede Gelegenheit nutze, Tam das Leben schwer zu machen. Daher hatte er beschlossen, etwas dagegen zu tun. Außerdem hatte er sich lange genug „beholfen" und durchaus die Absicht, einen perfekten Kammerdiener einzustellen. Die Zeitungsanzeige war geschrieben und musste nur noch weggebracht werden. Aber wie sollte er die Situation am besten handhaben, ohne Tam zu verletzen und seinen Haushalt in Aufruhr zu versetzen? Er wollte den Jungen nicht kränken, und er wollte auch Wantage nicht denken lassen, dass er gesiegt hätte, wie kleinlich der Sieg auch wäre. Daher konnte die Anzeige bis nach Tams Prüfungen warten, vielleicht bis nach seiner Rückkehr aus Bath.

Aber es gab eine unangenehme Sache, die er nicht aufschieben konnte, und das war ein Besuch bei Selina in ihrem Haus am Hanover Square. Er hatte ihre Nachricht erhalten, als er aus dem Haus gegangen war, um zu der Ausstellung zu gehen und sie in eine Tasche gesteckt in der Annahme, dass sie aus einer Stadt auf dem Kontinent stammte, wo sie sich aufhielt. Man stelle sich seinen Schock vor, als er sie wieder in London sah, als sie auf halben Weg nach Bern hätte sein sollen, um sich ihrem Cousin, Sir Cosmo Mahon, anzuschließen.

Der Schock hatte sich gesteigert, als er Zeuge von Talgarth Veseys völliger Verzweiflung vor der Zerstörung seines höchstgelobten Porträts geworden war. Alec hatte nach dieser öffentlichen Demütigung versucht, zu ihm zu gelangen, aber die Menge war nach vorn geströmt, um die tiefe Qual des Malers besser besichtigen zu können. Bis zu dem Moment, als Alec sich seinen Weg in die erste Reihe der glotzenden Zuschauer gebahnt hatte, waren Selina und ihr Bruder vom Herzog und seinen Begleitern durch eine Dienstbotentür hinausgeschafft worden; Sir Charles Weir lieferte noch ein Nachhutgefecht, um Journalisten und andere daran zu hindern, ihnen zu folgen.

Alec fragte sich, welche Rolle seine Gnaden in Selinas Leben spielte, von der er nichts wusste, so, wie dieser Trunkenbold Lord George Stanton gezischelt hatte. Er hatte nie Anlass gehabt, eifersüchtig oder misstrauisch zu sein, noch hatte er je einen Moment bezweifelt, dass Selina ihn liebte, aber als er sie am seidenen Ärmel des Herzogs hängen sah, verspürte er wieder dieses wachsende Gefühl des Unbehagens, das er in Paris gefühlt hatte, als sie sich trennten: dass die Möglichkeit einer Zukunft mit Selina als seiner Frau völlig außerhalb seiner Kontrolle geraten war.

„Verdammt!", knurrte er und trank den Rest des Ales aus seinem Krug, ohne es zu schmecken. Als er jemanden hinter sich spürte, drehte er sich um, wo er Sir Charles Weir ihn in einer halb verlegenen, halb lächelnden Art und Weise mustern sah, die ihn dazu veranlasste zu sagen: „Ich bitte um Verzeihung."

„Ich habe deine morgendliche Erholung gestört", sagte Sir Charles mit einem Blick auf Alecs feuchte und zerzauste Erscheinung. Vorsichtig berührte er den verzierten Griff einer in der Scheide steckenden Fechtwaffe, die quer über dem gepolsterten Sitz eines Mahagonistuhls lag. „Ich selbst bin aus der Übung. Aber ich schätze, ich werde es auch nie brauchen." Er lächelte und tätschelte den verzierten Griff seines eigenen Schwerts. Die Tatsache, dass er die Schärpe nicht abgeschnallt hatte, deutete an, dass er nicht beabsichtigte, lange zu bleiben. „Ich fürchte, ich würde gegen einen Räuber oder einen möglichen Duellgegner kläglich versagen."

„Was kann ich für dich tun, Charles?"

„Ich sehe, dass du mir noch nicht verziehen hast."

Alec runzelte die Stirn. „Ich verschwende meine Zeit nicht darauf, mich an kleinliche Streitereien der Vergangenheit zu erinnern."

„Wenn du in diesem Ton sprichst, erinnerst du mich an deinen Onkel", bemerkte Sir Charles mit einem schwachen Lächeln. „Nicht ein Tag vergeht im Unterhaus, ohne dass Plantagenet Halsey aufsteht und irgendeine Handlung der Regierung verurteilt. Selbst meine vernünftigsten Anträge werden mit Misstrauen empfangen."

„Zweifellos gibst du eine mehr als angemessene Darstellung der

Verteidigung der Tätigkeit deiner Regierung", erwiderte Alec, obwohl es für Sir Charles offensichtlich war, dass das kein Kompliment sein sollte. „Aber was haben die Redekünste meines Onkels mit diesem Besuch zu tun?"

Sir Charles wirkte unbehaglich. „Zuerst wollte ich dich wissen lassen, dass das Bristol-Gesetz verabschiedet wird, mit oder ohne der Stimme deines Onkels. Er kann schimpfen und toben wie er will, aber wenn es an die Stimmabgabe geht, ist Moral das Letzte, was die Parlamentsmitglieder im Sinn haben. Die Sitzungsperiode ist so gut wie vorbei. Das Einzige, was noch eine Rolle spielt, ist, das Gesetz vor der Sitzungspause zu den Lords zu befördern. Niemand will sich deshalb aufhalten lassen."

„Möge Gott verhüten, dass die Regierungsgeschäfte vorgehen", witzelte Alec, fügte aber in ernüchterndem Ton hinzu, als er aufstand: „Was mein Onkel sagt und tut, ist seine Sache. Ich habe keinen Einfluss auf seine Ansichten, und das sollte ich auch nicht. Wenn du also gemeint hast, als du herkamst, du könntest mich dazu bringen, ihn davon abzuhalten, das Parlament um eine oder zwei Wochen zu verzögern, tut es mir leid. Ich kann mich da nicht einmischen, und selbst, wenn ich es könnte, würde ich es nicht tun. Also Charles, wenn es dir nichts ausmacht, ich brauche mein Bad."

„Die Rede deines Onkels über die Rechte *aller* Menschen, ob sie Wilde oder Staatsmänner seien, hat das Gewissen einiger unserer Mitglieder berührt. Es wird geflüstert, mehr nicht, dass die Abstimmung von den *Ja*-Stimmen eines oder zwei unserer aus dem hohen Norden stammenden Gentlemen abhängen könnte."

Alec sah erfreut aus. „Möge es ihnen gelingen."

„Dieses Gesetz *muss* und es *wird* verabschiedet werden!", platzte Sir Charles, alle Vorsicht außer Acht lassend, heraus. „Wenn es verabschiedet wird, führt das zu einer Rechtfertigung von allem, woran der Herzog viele Jahre lang gearbeitet hat. Unsere Gegner werden kaum Argumente für das Gegenteil finden können. Du siehst, wir können uns einen Fehlschlag nicht leisten. Nicht jetzt. Nicht, wo es Gerüchte gibt - Gerüchte, dass seine Gnaden als Außenminister zurücktreten wird, wenn die Abstimmung nicht so verläuft wie erwartet." Er packte den Stuhl, um seine Beherrschung wiederzufinden. Das änderte aber nichts an dem Zittern in seiner Stimme. „Hast du irgendeine Vorstellung, was es für uns bedeuten würde, wenn der Herzog zurückträte? Du musst wissen, in welchem Ausmaß Leute von ihm abhängen, nicht nur mit ihren Stellungen, sondern mit ihrer bloßen Existenz. Wenn er stürzt, stürzen wir alle."

Sir Charles' Ton hatte etwas Melodramatisches an sich, aber Alec gab zu, dass der Mann ein Recht auf seine zornige Verzweiflung hatte. Er verdankte dem Herzog von Cleveley seinen politischen Einfluss, in der Tat seine politische Existenz. Ohne ihn hatte er keine Zukunft. Aber Alec war nicht völlig unwissend über die letzten Vorgänge im Parlament. Er hatte keinen Zweifel daran, dass das Gesetz verabschiedet werden würde, ob sein Onkel sich dagegen aussprach oder nicht. Ein schnelles Durchsehen der gestrigen Zeitungen schätzte die Zahl der Befürworter des Bristol-Gesetzes weit höher als die derer, die vermutlich dagegen stimmen würden. Die Regierung hatte nichts zu befürchten. Und als Cleveleys Sprachrohr im Unterhaus musste Sir Charles sich dessen bewusst sein, ebenso wie der Tatsache, dass es keinen glaubwürdigen Grund für den Herzog gab, von seinem Amt im Staat zurückzutreten. Warum dann machte Sir Charles den Eindruck eines verzweifelten Mannes?

„Ich weiß nicht viel über die Machenschaften hinter den Kulissen des Parlaments", sagte Alec ruhig. „Aber ich weiß alles über den hinterhältigen Gebrauch von Protektion. Ich habe keinen Einfluss auf die Gedanken und Taten meines Onkels, aber da ich von ihm erzogen wurde, sind einige seiner Ansichten auch die meinen. Zweifellos musstest du seine Reden über den vergiftenden Einfluss, den das System von Protektion auf das Regieren des Königreichs hat, durchstehen; wie diese Protektion denen dient, die am wenigsten geeignet sind, jeden Tag vernünftig zu arbeiten. Ich räume ein, dass in einer kleinen Zahl von Fällen es von Vorteil sein kann, wenn einem talentierten und engagierten Mann wie zum Beispiel dir geholfen wird, in eine Stellung aufzusteigen, wo er seinem Land von Nutzen ist. Leider gehörst du da zu einer Minderheit. Protektion liefert einen Mann dem Gutdünken seines Protektors aus. Nie darf er vergessen, wem er Gefolgschaft schuldet; seine eigenen Gefühle und sein Gewissen werden zweitrangig."

„Du meinst, ein solcher Mann wäre ich?" Sir Charles war sichtlich gekränkt.

„Ich habe keine Ahnung."

„Es wird generell behauptet, ich wäre Cleveleys Marionette", erwiderte Sir Charles mürrisch. „Dass die Reden, die ich im Parlament halte, nicht mehr als nachgeplapperte Tiraden nach Cleveleys Anweisung wären. Ha! Man vergisst bequemerweise, dass ich zehn Jahre lang der Sekretär des *großen Mannes* war. Wer, glaubst du, hat diese bewegenden Reden geschrieben über die Notwendigkeit für England, seine Ziele bei dem kürzlich mit Frankreich geschlossenen Frieden zu erreichen? Wer hat Stunde um Stunde damit verbracht, bis das Wachs auf dem Tisch schmolz, um die Richtlinien aufzustellen, die er dem Kabinett vorlegte? Ich habe keine Bedenken, keine Reue. Für seine Gnaden würde ich es alles noch einmal tun, aus freiem Willen. Viele mögen seine politische Einstellung nicht, wegen der einseitigen Entschlossenheit, die er benutzt, um seine Ziele zu erreichen, oder wegen seiner kalten, arroganten Haltung, aber vor allem anderen ist Cleveley ein Mann hoher Prinzipien und großen Pflichtgefühls. Er glaubt, dass das, was er tut, zum höheren Wohl des Königreichs ist. Ich teile diesen Glauben. Du kannst über mich denken, was du willst, aber eine *Marionette* bin ich nicht.“

Die sture Entschlossenheit auf dem erhitzten Gesicht seines Freundes warnte Alec, dass eine Antwort anders als in größtem Ernst als Beleidigung aufgefasst werden würde, daher sagte er höflich: „Natürlich wird niemand Cleveley der Undankbarkeit bezichtigen. Deine großen Bemühungen in seinem Dienst sind nicht unbelohnt geblieben: ein Ritterschlag, der Sitz für einen überrepräsentierten Bezirk. Aber wenn er von seinem Amt zurücktreten sollte, würdest du riskieren, einige reiche Pfründe zu verlieren, Pfründe, von denen dein Lebensunterhalt abhängt.“

Sir Charles lächelte, aber es war offensichtlich, dass er alles andere als erheitert war. „Es war ein großes Privileg, Sekretär des Herzogs zu sein, und ein noch größeres, sein Vertrauen erworben zu haben. Ich bin für alle Belohnungen, welche es auch immer sein mögen, die ich für meine Loyalität und mein Vertrauen erhielt, dankbar, aber ich wäre auch gerne ohne diese weiter in seinen Diensten geblieben.“ Er sah plötzlich verlegen aus und schaute auf die Spitzenrüschen, die seine Hände bedeckten. „Alec, es ist nicht der Verlust von ein paar Pfründen, der mir Sorgen macht. Ich hege die Erwartung, mich mit Lady Henrietta Russel verloben zu dürfen. Aber Lord Russel wird nicht sehr geneigt sein, seine Zustimmung zu unserer Heirat zu geben, wenn Cleveley zurücktritt und ich diese Pfründe verliere, nicht wahr?“

„Aber das sind großartige Neuigkeiten, Charles. Mein Glückwunsch“, sagte Alec und bot ihm die Hand.

Sie wurde zuerst nur zögernd ergriffen, doch dann hellte Sir Charles' Miene sich auf, als er die Aufrichtigkeit sah, mit der ihm der Händedruck angeboten wurde.

„Du bist der Erste, der es erfährt“, gab er unsicher zu. „Und danke für deine Unterstützung. Viele würden meinen, dass ich zu hoch hinaus will, wenn man an meine bescheidene Herkunft denkt, aber ich bin zuversichtlich, dass seine Lordschaft meinen Antrag in positivem Licht sehen wird.“ Sir Charles lächelte schwach. „Ich weiß aus guter Quelle, dass Earl Russel meine unappetitlichen Verbindungen nicht zum Nachteil auslegen wird.“

Alec wusste, dass die Familie Russel nicht nur eine der ersten Familien in der Politik des Landes, sondern auch extrem reich war. Lady Henriettas Mitgift würde erheblich sein, groß genug, dass Sir Charles sich nicht über den Verlust des Einkommens aus den Pfründen, die sein Mentor ihm verschafft hatte, würde Sorgen machen müssen. Was Alec mehr interessierte, war die Tatsache, dass, sollte Sir Charles tatsächlich die Hand Lady Henriettas erringen können, dies als ein sehr öffentlicher Wechsel ins feindliche Lager betrachtet werden würde. Es war kein Geheimnis, dass Earl Russel und der Herzog von Cleveley erbitterte politische Konkurrenten waren; sie führten jeweils die gegnerischen Fraktionen in der Regierung an. Das Erstaunliche war, dass der Herzog einer solchen Verbindung zugestimmt hatte. Andererseits, wenn Cleveley kurz vor einem Rücktritt stand, vielleicht hatte Sir Charles sich nicht verpflichtet gefühlt, es ihm zu erzählen?

Bei Alec hinterließ das einen nagenden Zweifel an Cleveleys Absichten.

„Du sagst, *wenn Cleveley zurücktritt*, als ob du wüsstest, dass das feststeht“, sagte er. „Ich kann mir nicht vorstellen, dass der Herzog wegen der Abstimmung über das Bristol-Gesetz zurücktritt. Du und ich wissen, dass er genug Stimmen hat, um es in beiden Häusern durchzudrücken. Warum sollte er dann mit Rücktritt drohen? Oder ist dieses Gerücht nur eine Täuschung, um Abweichler wieder auf Linie zu bringen? Obwohl ich das nicht glaube.“ Alec schaute seinen Freund scharf an. „Charles, du glaubst wirklich, dass Cleveley beabsichtigt, zurückzutreten, nicht wahr? Warum?“

Sir Charles sah seinem alten Schulfreund direkt ins Auge. „Erpressung.“

„Erpressung?“ Alec fuhr sich mit der Hand durch sein dickes, feuchtes Haar und lachte unsicher. „*Cleveley*? Ich bitte dich, Charles! Dieses eiskalte Stück Marmor soll den Drohungen eines Erpressers weichen wollen?“

„Es klingt unglaublich“, gab Sir Charles zu, „und ich hätte keinen zweiten Gedanken daran verschwendet, wenn nicht, ... wenn nicht ...“ Er zögerte und schien in Gedanken abzuwägen, Alec dabei mit einem Auge zu beobachten, bevor er dann sagte: „Um ehrlich zu sein, Cleveleys Rücktritt wird nicht aufgrund eines abgelehnten Gesetzvorschlags erfolgen. Das Bristol-Gesetz wird verabschiedet werden. Es ist Stanton. Lord George. Cleveleys Stiefsohn. Er wird der Untergang des Herzogs sein, wenn ich nicht mit deiner Hilfe etwas unternehme, bevor es zu spät ist.“

„Stanton erpresst seinen Stiefvater?“

„Nicht Stanton erpresst den Herzog. Es ist Stanton selbst, der erpresst wird.“

„Von wem?"

„Stanton dachte, es wäre Blackwell. Das heißt, bis der Pfarrer tot umfiel. Dann erhielt Stanton gestern einen neuen Drohbrief und in derselben Handschrift, daher kann es Blackwell nicht gewesen sein, nicht wahr?"

„Was auf Erden könnte Stanton dazu veranlassen zu glauben, dass er von einem armen, alten Geistlichen erpresst würde?"

Sir Charles seufzte. „Das ist alles recht kompliziert. Stanton erhielt die Drohbriefe bereits, bevor Blackwell kam, um beim Herzog zu wohnen. Dann hörten sie auf. Es war etwas, das Blackwell nebenher zu Stanton sagte, was ihn sich fragen ließ, ob der Pfarrer der Erpresser wäre, und ob er, indem er dem Herzog mit Stantons Geheimnis drohte, es geschafft hatte, sich Zugriff auf die Taschen des Herzogs zu erschleichen."

„Blackwell ist der letzte Mensch, den ich als Erpresser verdächtigen würde, und der Herzog der letzte Mensch, der sich erpressen ließe. Bist du sicher, dass diese Angelegenheit nicht etwas ist, das Stanton in einem seiner berauschten Zustände erfunden hat?"

„Es klingt ziemlich weit hergeholt, nicht wahr? Nur, dass ich einen dieser Drohbriefe gezeigt bekam, und ..." Sir Charles seufzte wieder. „Stanton hat das Verbrechen begangen, wegen dem er erpresst wird."

„Lass mich das verstehen", formulierte Alec neu. „Wegen dieses von seinem Stiefsohn begangenen Verbrechens will Cleveley diesen dramatischen Schritt tun und zurücktreten?"

„Wenn es bekannt werden sollte, ja."

Alec war erstaunt. „Und wenn das Verbrechen geheim bleibt?"

„Dann gibt es keinen Grund für den Herzog, von seinen Ämtern zurückzutreten. Alles kann bleiben, wie es ist."

„Ist es dir nicht in den Sinn gekommen, dass Stanton, wenn er das Verbrechen begangen hat, wegen dem er erpresst wird, dafür zur Verantwortung gezogen werden sollte, welche Folgen das auch immer für den Herzog und andere hätte?"

Sir Charles verzog das Gesicht. „Es ist für das Wohl des Landes wesentlich wichtiger, dass der Herzog Außenminister bleibt. Alle, die ihm ihren Lebensunterhalt verdanken, könnten ihre Plätze auf den Bänken der Regierung behalten. Die jugendliche Indiskretion eines Mannes sollte nicht den Sturz einer Regierung herbeiführen."

Alec war empört. „Und die Gerechtigkeit ...?"

Sir Charles verdrehte die Augen. „Mein lieber Alec, was für ein Romantiker du doch bist! Noch ein Fehler, den dein exzentrischer Onkel zu verantworten hat, zweifellos. *Gerechtigkeit?* Nennst du es *Gerechtigkeit,* wenn ein Mann mit Cleveleys Fähigkeiten aus dem Amt gezwungen wird wegen eines Verbrechens, das *er* nicht begangen hat? Wo ist dabei die Gerechtigkeit?"

„Kann Cleveley den Sturm nicht aussitzen, sich von der jugendlichen Indiskretion seines Stiefsohns distanzieren?"

„Leichter gesagt als getan."

„Du willst mir doch nicht sagen, dass Cleveley alles in seiner Macht Stehende tun würde, um einen Familienskandal zu vermeiden, bis dahin, seinen Ruf und seine Stellung zu riskieren, nur, um sein Gesicht zu wahren? Oder - doch - Charles?" Als die Antwort darauf Schweigen war, warf Alec ungeduldig einen Arm hoch und schaute aus dem Fenster. „Ich hielt Cleveley für einen kaltblütigen, berechnenden Manipulator, aber ich hätte nie erwartet, dass seine Urteilskraft von Selbstüberschätzung getrübt sein würde!"

„Mein lieber Freund, wenn es nur so einfach wäre. Seine Gnaden kann sich nicht distanzieren, selbst nicht, wenn er das wollte."

„Aha", sagte Alec, dem Erkenntnis dämmerte. „Er wusste von Anfang an von Stantons Handeln und versuchte, es zu vertuschen. Er hoffte, damit durchzukommen, aber jetzt wird sein Stiefsohn erpresst. Cleveley selbst könnte auch erpresst werden. Schließlich hat er Beihilfe geleistet, nicht wahr?"

Sir Charles stimmte widerwillig zu und stellte sich zu Alec neben das Fenster. „Das ist der Grund, warum ich - er - deine Hilfe brauche."

„Wieso bildet Cleveley sich ein, dass ich helfen würde, seinen Hals zu retten?"

Sir Charles starrte vor sich hin. „Es würde dir einen Botschafterposten einbringen ..."

Alecs Lachen klang schroff. „Mein Gott, glaubt er, er kann mich durch *Bestechung* dazu bringen, dass ich ihm helfe?"

„Ich würde es nicht *Bestechung* nennen, sondern die *Erwiderung* einer Gefälligkeit, die dir erwiesen wurde."

„Wie bitte?"

Sir Charles drehte sich um und sah den im Fensterrahmen stehenden Alec an. „In der Stadt wird geflüstert, dass es deine Patin, die Herzogin von Romney-St. Neots, wär, die die Anklage des Mordes gegen dich niederschlagen ließ. Dass du durch ihre Bemühungen zum Marquess Halsey erhoben wurdest, weil es immer noch einige unter den Lords gibt, die dagegen waren und noch sind, dass du die Stellung deines Bruders als Earl erben solltest. Und bevor du fragst, ich war keiner von denen, die dich für fähig hielten, deinen eigenen Bruder kaltblütig zu erschießen, nicht ohne guten Grund. Dein Bruder war eine widerwärtige Kreatur.

Der Herzog unterstützte die Bemühungen deiner Patin." Sir Charles konnte sich ein selbstgefälliges Lächeln nicht verkneifen. „Es war durch sein Bemühen, nicht ihres, dass seine Majestät schließlich dazu bewogen wurde, dir den Adelsbrief auszustellen."

Alec schaute seinen Schulfreund mit einer Mischung aus Abscheu und Unglauben finster an. „Du glaubst, ich sollte dem *großen Mann dankbar* sein? Du glaubst, indem du mir dies erzählst, werde ich Mitgefühl für seine - *und deine* - missliche Lage haben? Wie sehr du dich irrst!" Er schnappte sich seinen Rock. „Sage deinem Herrn, er könne seinen Botschafterposten sonst wo vergeben!"

Sir Charles war so verblüfft, dass er einen Moment wie betäubt nur dort stehenblieb. Aber mit dem nächsten Atemzug erwachte er wieder zum Leben und eilte hinter Alec her, stolperte dabei über seine Füße, als er die Galerie entlanglief, um Alecs zornige Schritte einzuholen. Er fing ihn ab, als dieser die Tür öffnete und sagte mühsam atmend: „Hör zu, Alec!" Er schluckte mit wogender Brust. „Ich garantiere dir ... Du ... du magst die Politik des Herzogs nicht ... Und du magst den Mann noch weniger, aber ich weiß, du magst ... du magst - Mrs. Jamison-Lewis sehr ..." Er lehnte seine Schultern gegen die getäfelte Wand, rang nach Luft und atmete tief durch. „Möchtest du, dass ihre Familie entehrt dasteht? Möchtest du, dass ihr Bruder Schaden erleidet; dass *sie* im Mittelpunkt eines Skandals steht? Nun? *Willst du das?*"

Alec versperrte mit seinem Körper die Tür. „Was hat Mrs. Jamison-Lewis mit Stanton zu tun?"

Sir Charles Atem wurde ruhiger. „Es ist ihr Bruder; nicht Cobham, ihr jüngerer Bruder, Talgarth Vesey. Er ist der Erpresser."

„Du scheinst dir sicher zu sein."

„Ja. Die Briefe sind in seiner Handschrift geschrieben."

„Warum sollte Talgarth Vesey, ein Porträtmaler, Lord George Stanton erpressen?"

„Weißt du, warum der Herzog Bruder und Schwester in solcher Eile von dieser Ausstellung wegbrachte?"

„Ich kann mir vorstellen, dass die Verlegenheit ein verstümmeltes Porträt enthüllt zu haben und Veseys darauffolgender Zusammenbruch in voller Sicht von hundert Menschen einfach zu viel für die zarte Empfindsamkeit seiner Gnaden waren."

„Weil ihm sofort klar war, wer das Porträt verschandelt hatte und warum."

„Meinst du?"

Sir Charles ignorierte den deutlichen Sarkasmus. „Es war Lord George. Er tat es in betrunkener Wut."

„Ich vermute, er hat dir das gesagt?"

„Er hat es dem Herzog gestanden, obwohl seine Gnaden es bereits erraten hatte."

Alec wurde plötzlich misstrauisch. „Würdest du bitte auf den Punkt kommen, Charles."

„Mein Freund, der Punkt ist folgender: Wenn du weder in der Lage noch willens bist, Vesey davon abzuhalten, Lord Georges Indiskretion aufzudecken, dann befürchte ich, dass Maßnahmen getroffen werden müssen, um sicherzustellen, dass Vesey seine Drohungen nie wahrmachen kann."

„Ist es das, was mit Blackwell geschehen ist? Hat er Stantons mieses kleines Geheimnis entdeckt, während er im Haushalt Cleveleys wohnte, und wurde deshalb ermordet?"

„Ich weiß überhaupt nicht, worüber du redest. Aber wir sprachen doch nicht über das Ableben eines armen, alten Geistlichen, nicht wahr?"

„Wie tapfer kleine Männer sind, wenn sie von Macht und Privileg beschützt werden", verkündete Alec eisig.

„Ich muss nicht um Verzeihung bitten", antwortete Sir Charles. „Es kann nicht zugelassen werden, dass Lord George unseren Außenminister und alle, deren Wohl in seinen Händen liegen, zu Fall bringt." Er zog seine Taschenuhr heraus. „Liebe Güte! Ich habe in einer Stunde ein Treffen mit den Fraktionsvorsitzenden unserer Partei. Darf ich seine Gnaden informieren, dass du tun wirst, was du kannst, um zu helfen ...?"

„Darf ich Lord Georges Verbrechen wissen?"

Sir Charles konnte nicht umhin, verlegen zu lächeln. „Vor etwa fünf Jahren - äh - zwang er seine *Aufmerksamkeiten* einer jungen Dame aus guter Familie auf: der Frau in Veseys Porträt, das anschließend zerstört wurde. Unglücklicherweise wurde sie schwanger ..."

„Jesu..."

„... und gebar leider ein gesundes Mädchen. Ihre Familie wurde davon *überzeugt*, keine Anklage zu erheben, und die Frau wurde an einen unbekannten Ort verbracht. Nichts wurde mehr von ihr gehört, bis Briefe drohenden Inhalts auf Lord Georges Türschwelle ankamen. Es ist unbekannt, wie Talgarth Vesey das herausgefunden hat, aber er setzt sich jetzt dafür ein, dass die Frau eine finanzielle Entschädigung durch den Herzog erhält, andernfalls er Lord Georges Torheit öffentlich verbreiten würde."

Alec war skeptisch. „Welchen Trumpf könnte Vesey in seinem Besitz haben, der jemanden wie Cleveley ausstechen könnte?"

Sir Charles folgte Alec hinaus in den Korridor, wo sie auf den die Treppe heraufkommenden Butler trafen.

„In einem Moment, wo er sich vor Schuldbewusstsein betrunken hatte, hat dieser Narr Lord George auf einen dieser Briefe geantwortet und das Mädchen tränenvoll um Verzeihung gebeten; Vesey hat dieses verdammende Stück Papier als Beweis in den Händen."

„Wantage", sagte Alec und unterdrückte sein Verlangen, die Halsbinde des Politikers zu ordnen, „bring Sir Charles bitte zur Vordertür."

„Ich würde meinen, wenn man deinen - äh - *Einfluss* auf die Schwester bedenkt, sollte es ein Leichtes sein, den Bruder zu überreden, einen so simplen Brief herauszugeben", schloss Sir Charles mit einem herablassenden Lächeln und ging am Butler vorbei, um vor ihm die Treppe hinabzusteigen.

Wantage blieb fest auf der obersten Stufe stehen.

„Wantage", sagte Alec zwischen zusammengebissenen Zähnen hindurch, „*wirf ihn hinaus.*"

Der Butler verneigte sich. „Selbstverständlich, Mylord. Das werde ich sofort tun. Es ist nur so, es ist Mr. Halsey, Mylord. Er ist oben in seinem Zimmer und hat einen hässlichen Schlag auf seinen Kopf erhalten. Der Arzt sagt, es sei eine Gehirnerschütterung und will ihn zur Ader lassen ..." Er verstummte.

Sein Herr hatte sich bereits umgedreht und rannte den Gang zu den Räumen seines Onkels entlang.

FÜNF

Früher am selben Tag, während Alec sein regelmässiges Training mit seinem Fechtmeister absolvierte, hatte Tam das *Stock and Buckle*, ein überfülltes Kaffeehaus in St. James an der Ecke von Berry und King Street, besucht. Das *Stock and Buckle* definierte sich, wie die meisten Kaffeehäuser, über seine regelmäßigen Kunden, die ihre wenigen freien Stunden damit verbrachten, Kaffee, Tee oder Schokolade zu trinken, Karten zu spielen und die Redefreiheit in dieser gemütlichen Umgebung zu genießen. Wenn man kein Interesse an Gesprächen hatte, konnte man Zeitungen leihen und vor Ort lesen.

Tam vergnügte sich oft eine Stunde in den angenehmen Räumen dieses Etablissements unter Dienern, die eine ähnlich hohe Stellung einnahmen wie er. Da er der Kammerdiener eines Marquess war, wurde ihm der Respekt entgegengebracht, der dem Rang seines Herrn zustand, seiner Jugend wegen aber eher widerwillig, und mit Misstrauen, da er in den apothekarischen Künsten versiert war und man wusste, dass er Arme mit Arzneien versorgte.

In seiner Rolle als Apotheker drängte er sich durch eine Gruppe von Kammerdienern, die sich im Foyer versammelt hatten und sich lärmend zum Weggehen bereitmachten, und glitt auf einen Stuhl am Tisch vor dem Erkerfenster. Er bestellte einen Kaffee. Er hätte für seine Prüfungen lernen sollen. Er hatte große Schuldgefühle, dass er die wertvolle Zeit, die seine Lordschaft ihm so großzügig gewährte, vergeudete, aber die Einladung war vom ‚Herzog‘ selbst gekommen und konnte daher nicht ignoriert werden. Außerdem gab es eine Reihe von Fragen, die er dem ‚Herzog‘ stellen wollte, und wenn dieser nicht zum Antworten bereit wäre, beabsichtigte er, die kleine Glasflasche mit Öl, die er in einer tiefen Tasche seines Rocks bei sich trug, zurückzubehalten.

Schon bei seinem ersten Besuch im *Stock and Buckle* war Tam gewarnt worden, dass der Tisch am Erkerfenster mit seiner Aussicht auf die Straße ausschließlich für Robert Molyneux, Kammerdiener des Herzogs von Cleveley, reserviert war. Molyneux, der als der ‚Herzog‘ bekannt war, eine Bezeichnung, die mit Spott verwendet wurde, da er sich benahm, als ob er tatsächlich diesen Rang innehätte und sogar mit derselben arroganten Betonung sprach, die seinem Herrn eigen war, diente dem Herzog von Cleveley seit zweiundzwanzig Jahren. Er trank, während er seine Zeitungen las, immer seinen Kaffee und übersah dabei kalt alle in seiner Umgebung. Die meisten seiner Standesgenossen mieden ihn, nicht nur, weil er unerträglich arrogant war, sondern auch, weil sein Gesicht und sein Hals hässliche Pockennarben trugen.

Der Kaffee kam und Tam wartete.

Molyneux fuhr fort, die *London Gazette* zu lesen, durch die hochgehaltenen Seiten vor allen Blicken verborgen. Normalerweise hätte Tam diese Unhöflichkeit nicht gestört, da er an die Art des ‚Herzogs‘ gewöhnt war, aber er hatte nicht die Muße zu warten, bis er angesprochen wurde. Er schlürfte seinen Kaffee und stellte die kleine, blaue Glasflasche auf den Tisch, vorsichtig seine Finger um ihren Hals geschlossen haltend.

„Ich habe das Öl mitgebracht, wie Ihr es wünschtet, Mr. Molyneux. Badet Euer Knie am Abend damit, bevor Ihr Euch zurückzieht, dann solltet Ihr am Morgen etwas Linderung verspüren. Wenn nicht, schlage ich vor ...“

„Woraus ist es gemacht?“, kam die grobe Antwort hinter der ausgebreiteten Zeitung hervor.

„Je eine Unze von Klosterbalsam und Weihrauchtinktur; zwei Unzen Terpentingeist ...“

Die Zeitung senkte sich und wurde zusammengefaltet. „Ich habe nicht nach dem Rezept gefragt, Thomas Fisher.“ Molyneux streckte eine Hand aus, um die Flasche an sich zu nehmen, zog sie aber langsam zurück, als Tam seine Finger um sie geschlossen hielt. Er war so verblüfft, dass er zuerst nicht wusste, was er sagen sollte. Er war es nicht gewöhnt, dass ihm etwas verweigert wurde. „Willst du bezahlt werden, *Junge?*“, zischte er im Flüsterton.

Tam schüttelte den Kopf. Sein Magen verkrampfte sich nervös, aber seine Augen hingen stetig am Gesicht des Mannes. „Nein, Mr. Molyneux. Ich nehme kein Geld. Das wisst Ihr. Aber ich möchte, dass Ihr mir ein paar Fragen beantwortet.“

„*Fragen? Antworten?* Du nimmst dir ganz schön viel heraus.“

Tom schluckte. Jetzt war nicht der Moment, um keine Worte zu finden. „Ja, Sir, das tue ich", sagte er höflich. „Aber nur Ihr könnt sie mir beantworten."

Molyneux starrte den Jüngling mit dem sommersprossigen Gesicht und seinem Schopf karottenroter Haare an, um abzuschätzen, ob er absichtlich unverschämt oder dümmlich naiv war. Er entschied sich für Letzteres. Er warf mehrere Pennys auf den Tisch und wollte aufstehen. Aber Tams nächster Satz ließ seine steifen Knie wieder unter den Tisch rutschen.

„Es geht um den Tod von Reverend Blackwell, Mr. Molyneux. Danke, Sir", sagte er, als der Mann sich wieder auf seinen Stuhl setzte. „Ich weiß es zu schätzen, dass Ihr Euch die Zeit nehmt, mit mir zu sprechen."

Molyneux beugte sich über den Tisch. „Wenn du denkst, dass wir dir irgendetwas über einen schäbigen Gottesmann zu sagen hätten, irrst du dich sehr!"

„Seine Gnaden mochte ihn nicht, Sir?", fragte Tam unschuldig. Er wusste, dass er geheiligten Boden betrat; es war ein ungeschriebenes Gesetz, dass innerhalb der Wände des *Stock and Buckle* niemals über die Herrschaften gesprochen wurde. Daher war es keine Überraschung, als Molyneux sichtlich erstarrte. „Dennoch, Sir, muss er etwas für ihn übrig gehabt haben. Schließlich kam es durch seine Einladung dazu, dass Mr. Blackwell am St. James' Square einzog, nicht wahr, Sir?"

„Was weißt du davon?"

Also stimmte es. Der Herzog hatte den Geistlichen in sein Haus eingeladen. Warum? Tam schaute auf die Flüssigkeit in der blauen Flasche. „Mr. Blackwell war mein Freund, Mr. Molyneux."

Molyneux schnaufte verächtlich. „Wie schade, dass er dann nicht an der Tür *deines* Herrn betteln kam. Es hätte uns jede Menge Ärger erspart!"

„Als er so unerwartet starb, Mr. Molyneux?", fragte Tam, ganz großäugige Unschuld. „Oder stand es zu erwarten?"

„Hör zu, Junge. Mir gefällt dein unverschämter Ton nicht. Wie hätten wir wissen sollen, dass der alte Narr auf diese Weise tot umfallen würde? Er hatte einen Herzanfall. Und es war wirklich sehr lästig für uns."

„Ich weiß, dass der Arzt sagte, es wäre ein Herzanfall gewesen", sagte Tam ruhig. „Ich weiß aber auch, was überall in der Stadt geflüstert wird, Mr. Molyneux."

„Geflüstert?" Der Kammerdiener schaute verwirrt. „Warum sollte sich jemand für den Tod eines Niemands von einem Pfarrer interessieren?"

Tam trank den Rest seines Kaffees. Er war kalt und sehr bitter. „Dienstbotenklatsch, Mr. Molyneux."

Molyneux drehte sich um und richtete sich auf. „Nicht in unserem Haus", verkündete er.

Tam ging ein Risiko ein. „Sir Charles Weirs Diener sind nicht ebenso loyal, Mr. Molyneux", sagte er entschuldigend.

Das traf ins Schwarze.

Molyneux runzelte die Stirn. Um die Tatsache zu verbergen, dass er verstört war, winkte er dem Kellner. Der Kellner wusste ohne zu fragen, was er bringen sollte.

„Du weißt, dass du nicht auf Dienstbotenklatsch hören solltest, Junge", sagte Molyneux und schaute Tam mit einer Art höhnischen Lächelns konzentriert an. „Wenn ich auf Dienstbotenklatsch hören würde, müsste ich sagen, dass man dir den Wind aus den Segeln nehmen sollte. Viel zu eingebildet, das sagt man über dich. Kammerdiener eines hübschen Marquess, und noch so ein Kind. Wer hat je von so etwas gehört. Was hast du denn getan, um es zu verdienen, hä? Ich werde dir sagen, was herumerzählt wird: dass du sein Lustknabe bist."

Tam spürte, wie ihm die Röte ins Gesicht stieg und verfluchte sich dafür, aber er hatte nicht vor, sich vom ‚Herzog' in die Enge treiben zu lassen. „Ihr wisst, dass das nicht wahr ist", sagte er ruhig. „Und ich bin nicht halb so eingebildet, wie die Leute behaupten. Jeden Tag bin ich für mein großes Glück dankbar." Er beugte sich zu dem Kammerdiener. „Ihr und ich habt etwas gemeinsam, nicht wahr, Sir? Ich meine, die Leute sind ebenso neidisch auf Euch, der Ihr Euch um einen so mächtigen Edelmann kümmert, und das schon seit so langem. Sie sagen, Ihr seiet ein papistischer Verschwörer im Auftrag der Jakobiten und dass seine Gnaden keine Ahnung hätte. Was wissen sie schon? Ich glaube keinen Moment, dass Ihr ein Verräter an König und Vaterland seid; nicht, wo Ihr seiner Gnaden derart ergeben seid. Und es kümmert mich überhaupt nicht, ob Ihr ein Papist seid. Schließlich sind wir doch alle Engländer, einer wie der andere, nicht wahr, Sir?"

Molyneux schob eine Kaffeetasse zu Tam und winkte den Kellner fort. Es schien Minuten zu dauern, während denen er nur an dem bitter-süßen Gebräu nippte und Tam über den Rand des Bechers betrachtete. Dann blinzelte er und sagte sehr leise: „Halte dich an deinen Instinkt, Junge."

Tam erlaubte sich ein kleines Lächeln. Er verspürte große Erleichterung, als ob man ihm erlaubt hätte, auf Molyneux' Seite des Flusses zu kommen. Sie tranken einen Moment lang schweigend ihren Kaffee, sich bewusst, dass das Kaffeehaus sich füllte und sie lange genug beieinander gesessen hatten, um mehr als einen Kopf zu veranlassen, sich in ihre Richtung zu drehen. Glücklicherweise gab es genug lautes Geschwätz, um ihre Unterhaltung zu übertönen.

„Sir. Glaubt *Ihr*, dass Mr. Blackwell vergiftet wurde?"

Diesmal reagierte Molyneux nicht mit Hohn. „Warum sollte jemand einen alten Pfarrer vergiften wollen, der seine Tage damit verbringt, den Ärmsten der Armen in der Stadt zu helfen?"

Tam seufzte. „Genau das ist es, Sir. Es erscheint irrsinnig. Aber findet Ihr es nicht seltsam, dass er so urplötzlich ausgerechnet bei einer Abendeinladung einen Herzanfall gehabt haben soll?"

„Warum? Wenn ein König zusammenbrechen kann, während er auf seinem *pot de chambre* sitzt, sehe ich nicht, warum ein Pfarrer nicht mitten beim Essen umkippen könnte."

Tam war nicht überzeugt. „Ich vermute, das ist wahr, aber es scheint trotzdem nicht richtig zu sein, Sir. Ich habe dieses scheußliche Gefühl, dass er vergiftet wurde."

„Nur du kannst wissen, ob das so ist", argumentierte Molyneux. „Sag du mir, ob er Feinde hatte. Du warst sein Freund."

„Freunde oder Feinde, ich bezweifle, dass sie einen Platz an Sir Charles Weirs Tafel verdient hätten."

„Hör auf mich, junger Herr Fisher: Pass auf, was du tust. Wenn auf irgendjemanden mit dem Finger gezeigt wird, dann ist es *dein* Herr. Denk darüber nach. Vor sieben Monaten wurde er beschuldigt, seinen eigenen Bruder ermordet zu haben. Dass die Anklage fallengelassen wurde, interessiert diejenigen, die einen Schuldigen suchen, keinen Penny. Auch nicht die Tatsache, dass Seine Majestät es für angebracht hielt, deinen noch so jungen Herrn zum Marquess zu erheben. Als ob ein Titel jemanden vergessen lassen könnte, dass seinem Bruder das Gehirn herausgepustet wurde! Das tut es nicht. Wir denken, es macht es für ihn nur schlimmer. Und du machst es auch nicht einfacher."

„*Ich*, Sir?" Tam war überrascht.

Molyneux lachte leise. „Du bist wirklich ein Grünschnabel! Du warst Lehrling bei einem Apotheker, bevor dein Herr dich aufnahm, *und* er lässt dich weiter deine Lotionen und Tränke bereiten. Du bereitest Arzneien zu und verteilst sie. Du hast Zugang zu allen möglichen Drogen und Giften und weißt, wie man sie anwendet. Wer will sagen, dass nicht du deinem Herrn das Gift besorgt hast, das den alten Blackwell tötete?"

Tam war entsetzt. „Aber Mr. Blackwell war auch Lord Halseys Freund."

Molyneux zuckte die Achseln. „Aber das weiß niemand, oder?"

„Warum sollte seine Lordschaft ihn ermorden wollen?"

„Aus demselben Grund wie irgendjemand anders bei dieser Abendeinladung, obwohl wir den Grund nicht kennen, nicht wahr?"

„Denkt *Euer* Herr ..."

„Wir haben keine Ahnung", antwortete Molyneux kurz und schaute aus dem Fenster.

„Ich verstehe, Sir", sagte Tam ruhig. „Ich hatte nicht von Euch erwartet, etwas Vertrauliches zu erwähnen. Ich muss nur wissen, in welche Richtung ich weitermachen muss. Was immer Ihr von Mr. Blackwell dachtet, ich kannte ihn als freundlichen und fürsorglichen Mann, der nichts Böses wollte. Zu denken, dass jemand ihn vergiftet hat, bereitet mir Übelkeit. Hier", sagte er und stellte die blaue Glasflasche vor Molyneux hin, bevor er aufstand. „Denkt daran, nur ein paar Tropfen in warmem Wasser." Er neigte den Kopf ein wenig. „Danke für den Kaffee, Sir."

Er wandte sich zum Gehen, aber der Kammerdiener packte sein Handgelenk und riss ihn zurück. „Misch dich da nicht ein, Junge. Dein Reverend Blackwell war nicht so, wie es schien. Er versuchte, seine Fehler wiedergutzumachen, aber manche Fehler lassen sich nicht rückgängig machen. Das ist alles, was ich dir sagen kann. Und du hast das nicht von mir gehört. Verstanden, Junge?" Er drückte Tams Handgelenk fest. „*Verstanden?*"

Tam nickte und sein Handgelenk wurde losgelassen. „Ja, Mr. Molyneux. Bei meiner Ehre."

„Fisher? Thomas *Fisher*? Wo ist Thomas Fisher?"

Mehrere Männer drängten sich am Eingang des Kaffeehauses und es kam zu einem heftigen Streit unter ihnen. Ein Kellner versuchte, zwei Männer davon abzuhalten, weiter in das Etablissement einzudringen, aber sie drängten sich doch hinein. Zwischen sich trugen sie einen Gentleman am Oberarm, der für alle Welt so aussah, als wäre er sinnlos betrunken. Sie lehnten ihn an die nächste Wand und ließen ihn auf die Bodendielen gleiten, wobei das Bein eines Tisches angestoßen wurde, an dem drei Männer Whist spielten.

Spielkarten flogen in alle Richtungen.

Sobald der Gentleman losgelassen wurde, sackte er vornüber zusammen, so, dass sein Kinn auf seiner Brust zu liegen kam. Aus diesem

Winkel hatte der Halbkreis der Zuschauer einen guten Blick auf seinen bloßen Kopf. Im Kerzenlicht glänzte Blut nass in dem graumelierten Haar über seinem linken Ohr. Man rätselte über den Grund, warum ein alter Mann überfallen worden war. Einer der Kellner rief den anderen zu, heißes Wasser und Tücher zu bringen. Ein anderer bot an, zur nächsten Taverne zu laufen, um Weinbrand zu holen, wobei er sehr wohl wusste, dass unter der Theke eine Flasche stand, was er aber nicht sagen durfte, da es Kaffeehäusern aufgrund eines Gesetzes nicht erlaubt war, Alkohol im Haus zu haben. Ein scharfsinniger Kunde machte rasch auf das teure Tuch aufmerksam, das der alte Mann trug. Vielleicht war er wegen seines Geldbeutels überfallen worden, sagte ein anderer. Was ein alter Mann von Vermögen in einer schmutzigen Gasse zu suchen hatte, konnte niemand sich vorstellen. Ein anderer fragte sich, ob er in die Gasse gegangen wäre, um sich zu erleichtern. Vielleicht hatte er eine Hure angesprochen? Daraufhin ertönte allgemeines Gelächter.

„*Fisher*? Thomas Fisher!"

„Er ist beim ‚Herzog'!", kam ein Ruf vom Kamin.

Ein Kellner packte Tams Ellenbogen und führte ihn eilig durch den Raum und sagte: „Es hat eine Schlägerei auf der Straße gegeben, Junge. Ein paar Schläger haben einen alten Gentleman überfallen. Hat eine große, klaffende Wunde am Kopf. Kannst du irgendetwas für ihn tun? Kommt schon, Leute! Macht Platz! Macht Platz, bevor das Blut die Dielen ruiniert!"

Die Menge teilte sich und begann, sich aufzulösen. Nachdem der junge Mann jetzt Ordnung geschaffen hatte, gab es keine Veranlassung mehr, herumzustehen und zu gaffen. Außerdem wurde der Kaffee kalt.

Der alte Mann hob mühsam den Kopf und blinzelte, als Tam sich neben ihn kniete.

„Verdammt froh, dass du es bist, mein Junge", murmelte Plantagenet Halsey und fiel prompt in Ohnmacht.

ALEC WARF DIE TÜR ZUM SCHLAFZIMMER SEINES ONKELS MIT solcher Wucht auf, dass die Türklinke die chinesische Tapete durchschlug. Plantagenet Halsey lag in seinem Himmelbett an einen Berg Kissen gelehnt, der Kopf war dick mit Bandagen umwickelt und die Arme hingen reglos an den Seiten hinab. Ein Arzt und dessen Helfer besprachen sich an seiner Bettkante. Der Helfer nahm aus einer großen, schwarzen Arzttasche ein Glas, in dem Blutegel schwammen. Plantagenet Halseys Kammerdiener und Tam standen schweigend mit grimmigen Gesichtern am Fuß des Bettes.

„Und? Wie geht es ihm?", verlangte Alec zu wissen, setzte sich auf die Matratze und nahm die schlaffe, kalte Hand seines Onkels in seine. Er schaute sich zu den vier Männern um. „Was ist geschehen? Ist er gestürzt? Wird er sich erholen?"

„Mylord, wenn Mr. Halsey zur Ader gelassen würde und die Arznei ..."

„Ich habe schon genug Blut verloren, also geht seiner Lordschaft nicht auf die Nerven", unterbrach der alte Mann brummig. Er wandte seinen verbundenen Kopf langsam auf dem Kissen zur Seite. „Aber ich werde Euer faulig schmeckendes Gebräu schlucken, wenn Ihr mir nur aus den Augen geht. Der Junge hier kann mir geben, was ich brauche."

Der Arzt sog an seinen fetten Wangen, warf einen missbilligenden Blick auf Tam und winkte seinen Helfer fort, der gottergeben das Glas wieder in die schwarze Tasche stellte, bevor er die zugemessene Dosis Laudanum betont nicht Tam, sondern dem Kammerdiener des alten Mannes überreichte.

„Ich muss eure Lordschaft wohl nicht daran erinnern, dass es für jeden außer einem zugelassenen Arzt gesetzwidrig ist, Arzneien zu verschreiben, und dass ich Mr. Halsey bereits bei *mehreren* Gelegenheiten gewarnt habe, dass, sollte es mir zu Ohren kommen, dass Thomas Fisher seine ungeprüften Fähigkeiten als Apotheker an den Einwohnern meines Bezirks ausübt, ich gezwungen sein würde, einen so groben Verstoß den entsprechenden Behörden ..."

„Ihr *wagt* es, Ihr elender Knochenbrecher", knurrte Plantagenet Halsey durch seine Zähne und erhob sich halb aus den Kissen.

„Ja, ich bin mir Eurer Drohungen wohl bewusst, Miller. Danke", sagte Alec kurz und wandte sich ab, wie, um diesen zu entlassen, so dass der Arzt und sein Helfer sich schweigend zu seinem Rücken hin verbeugten, bevor sie gingen. Alec drückte die Hand seines Onkels. „Ich sehe, dass ein Schlag auf den Kopf deine Sinne nicht beeinträchtigt hat", sagte er mir einem schrägen Grinsen, überaus erleichtert, dass der alte Mann nicht ernsthaft verletzt war. Er gab vor, den schmerzerfüllten Ausdruck nicht zu sehen, der über das faltige Gesicht seines Onkels huschte, als er sich in die Kissen zurücklehnte, und fügte ruhig hinzu: „Trotzdem, mir zu iebe, und ich denke, Tam wird mir zustimmen, solltest du das Laudanum als vorsorgliche Maßnahme einnehmen."

Der alte Mann öffnete seine Augen. „Noch nicht. Muss dir vorher noch etwas zeigen. Thomas, diese Papiere, die Barlow in meiner Rocktasche fand, gib sie seiner Lordschaft. Im Übrigen, ich habe mich bei dir bedankt, weil du mich zusammengeflickt hast, nicht wahr, Junge?"

„Ja, Sir. Das habt Ihr. Zweimal", sagte Tam, als er Alec ein eselsohriges, vergilbtes Pamphlet überreichte. Dann zog er sich, wie angewiesen, mit dem Kammerdiener des alten Mannes in das Ankleidezimmer zurück; der Kammerdiener hielt dabei die Dosis Laudanum begehrlich an seine Brust gedrückt.

„Direkt, bevor ich den Schlag auf den Kopf erhielt, stopfte ein lächerlicher Kerl in kanariengelber Seide, der mir gefolgt war, seit ich meine Versammlung verlassen hatte, das in meine Westentasche", erklärte Plantagenet Halsey. „Ich dachte, er versuchte, meine Taschenuhr zu stehlen, aber als er wegrannte, gerade, als um mich herum alles schwarz wurde, steckte ich meine Hand in die Tasche und mir wurde klar, dass der Kerl etwas dort hineingesteckt, nicht herausgenommen, hatte."

Alec nickte geistesabwesend, als er seine goldgeränderte Brille aufsetzte und die eng bedruckten, vergilbten Seiten eines Pamphlets durchblätterte, das die Sklaverei anprangerte. An den Rändern fanden sich mathematische Berechnungen. Auch ein dunkler, runder Fleck war da, wie eine Kaffee- oder Schokoladentasse ihn hinterlassen mochte. Aber was wirklich Alecs Interesse fand, waren zwei dünne Blätter Pergament, säuberlich in der Mitte gefaltet und zwischen die Seiten des Pamphlets geschoben. „Wusstest du, dass diese hier sind?", fragte er über das goldene Gestell hinweg, als er die dünnen Seiten entfaltete. „Hast du sie gelesen?"

„Habe einen kurzen Blick darauf geworfen, während der Junge meinen Kopf bandagierte", erwiderte der alte Mann. „Du wirst es klar und deutlich finden, so wie der Mann es selbst war."

Die Seiten erwiesen sich als das Testament des Reverends Kenneth Blackwell Dempsey-Weir, zuletzt wohnhaft in der Gemeinde St. Jude in der Stadt London; zweiter Sohn des verstorbenen Viscounts Dempsey-Weir aus Hawkhurst in Kent. Es war unterschrieben, von Zeugen bestätigt und auf den Tag vor Blackwells Tod datiert. Das Testament war von Justinian, Herzog von Cleveley, bezeugt und von dem Ehrenwerten Thaddeus Fanshawe, Anwalt, unterzeichnet worden. Haupterbin war eine Catherine Sophia Elizabeth Bourdon vom Ellick-Hof in Somerset, der Blackwells gesamtes Vermögen hinterlassen wurde, das aus zwei Zuckerplantagen in Barbados, einem Stadthaus in der Mount Street, das auf weitere zehn Jahre an die Familie Cornwallis vermietet war, und zehntausend Pfund zuzüglich der aufgelaufenen Zinsen, die vor mehr als zwanzig Jahren bei der Bank von England hinterlegt worden waren, bestand. Weitere fünftausend Pfund wurden Sir Charles Weir vermacht, dem ehemaligen Privatsekretär seiner Gnaden, des höchst ehrenwerten Herzogs von Cleveley. Blackwells Bibel, goldene Taschenuhr und tausend

Pfund waren für Thomas Fisher bestimmt, Apotheker und Kammerdiener Lord Halseys; eine goldene Schnupftabaksdose und eine kleine Miniatur der Herzogin von Cleveley in einem goldenen Rahmen sollten an Lord George Stanton gehen. Blackwell bat, in der Gruft der Familie in Hawkhurst beigesetzt zu werden.

Aus den daunengefüllten Kissen heraus betrachtete Plantagenet Halsey seinen Neffen mit einem Lächeln der Befriedigung, die nicht nachlassenden, pochenden Schmerzen in seinem Kopf für den Moment vergessen. „Da setzt du dich hin und wunderst dich, wie? Ich meine, wir haben alle gedacht, dass Blackwell eine kümmerliche Existenz in der ärmsten Gemeinde der Stadt fristete, weil er ein mittelloser Pfarrer war, und einer, der eigentlich keinen Feind in der Welt haben konnte, jedoch der Mann, der dieses Testament verfasst hat, war wohlhabend und aus guter Familie. Wer kann also sagen, dass er keine Feinde hatte? Du musst zugeben, dass das eine verdammt kuriose Angelegenheit ist."

„Sehr kurios", stimmte Alec zu und legte das Testament wieder zwischen die Seiten des Pamphlets. „Zwei Plantagen in Barbados und zehntausend bei der Bank von England ... und dennoch widmete er sein Leben denen, die weniger Glück hatten als er selbst. Was für ein bemerkenswerter Gentleman."

„Aber irgendetwas oder irgendjemand aus seiner Vergangenheit muss aufgetaucht sein und ihn verfolgt haben, denn der Mann wurde bei Weirs Abendeinladung ermordet."

„Aber warum wurde er ermordet? Wegen seines Geldes? Niemand auf der Abendeinladung außer Cleveley wusste, dass Blackwell ein reicher Mann war. Und wer unter den Gästen hätte durch seinen Tod gewonnen? Charles? Ich bezweifle, dass er Blackwell wegen fünftausend Pfund vergiftet hat. Charles' Pfründe von Cleveley allein müssen ebenso viel im Jahr wert sein. Was George Stanton angeht, er ist ein Trinker und schmarotzender Langeweiler, aber selbst er würde einen Pfarrer nicht wegen einer goldenen Schnupftabaksdose und einer Miniatur seiner Mutter umbringen." Alec nahm seine Brille ab. „Wir müssen etwas über Catherine Bourdon herausfinden, und da Cleveley und der Anwalt Fanshawe unterschrieben haben, müssen sie diese Frau und ihren Aufenthaltsort kennen."

„Blackwells Tod hat sie zu einer reichen Frau gemacht", stellte der alte Mann fest, schloss seine Augen und wünschte insgeheim, dass er das Laudanum genommen hätte, als es ihm zuerst angeboten wurde. Der Schmerz in seinem Kopf wurde unerträglich. „Und du sagtest selbst, Cleveley wusste, dass Blackwell reich war ..."

„Und er war Zeuge von Blackwells Testament. Aber er hätte ihn nicht wegen seines Geldes vergiften müssen", argumentierte Alec. „Wenn du Cleveley beschuldigen willst, müsstest du dir eine andere Erklärung einfallen lassen, warum er den Tod des Pfarrers wünschte." Er gab dem Kammerdiener seines Onkels ein Zeichen, dass dieser seinen Platz neben dem Bett einnehmen sollte und sagte, als er ins Ankleidezimmer ging, zu Tam: „Wo hat mein Onkel sich diesen Schlag auf seinen Kopf eingefangen?"

„In der Gasse neben dem *Stock and Buckle*, Sir.

„*Stock and Buckle*? Das ist nicht weit von hier, nicht wahr?"

„Nur die King Street hinauf, Sir."

„Er hätte seine Sänfte nehmen sollen. Er weiß, dass er nicht sicher auf den Beinen ist. Wird er sich erholen?"

„Ja, Sir. Mr. Halsey ist für einen Gentleman seines Alters bemerkenswert gesund. Er wird im Handumdrehen geheilt sein. Sein Schädel ist nicht gebrochen, daher besteht kein Grund zur Annahme, dass sein Gehirn verletzt sein könnte. Das habe ich auch Dr. Miller gesagt, aber er glaubte mir nicht und ließ seinen Helfer die Verbände entfernen, damit er eine korrekte, *fundierte* Diagnose stellen könnte."

„Ich wäre sehr enttäuscht, wenn Miller das nicht getan hätte, Tam", stellte Alec fest und beobachtete, wie der Junge stirnrunzelnd seinen Blick senkte. „Miller meint es gut, aber er hat wie alle seiner Art Vorurteile gegen die wachsende Fachkenntnis der Apotheker. Die Ärzte fühlen, dass ihre einzigartige Stellung in der Welt bedroht ist." Er lächelte. „Und das ist auch kein Wunder, wenn ein Junge von neunzehn ebenso fachgerecht eine Diagnose stellen kann wie unser guter Doktor. Sag mir nur: Weißt du, was meinen Onkel veranlasste, in eine Gasse zu gehen, um sich dort von irgendeinem Narren in Kanariengelb ansprechen zu lassen?"

Tam presste die Lippen zusammen. „Nun, Sir, ich glaube nicht, dass er die Absicht hatte, in die Gasse zu gehen."

„Soll heißen?"

„Er kam dem in Kanariengelb gekleideten Gentleman zu Hilfe, der ihm gefolgt war, seit er ein Treffen der Anti-Sklaverei-Liga verlassen hatte. Der Gentleman in Gelb wurde von zwei Schlägern in die Gasse gezerrt und Mr. Halsey hörte seinen Hilferuf. Und nach dem, was die Jungs, die Mr. Halsey ins *Stock and Buckle* brachten, mir sagen konnten, schaffte der Gentleman in Gelb es, zu entkommen und die Berry Street hinaufzurennen, als die Schläger auf Mr. Halsey losgingen ..."

„Und?", drängte Alec, als er Tam zögern sah.

„Nur ein seltsamer Umstand, Sir. Und ich weiß nicht, was ich davon halten soll, aber die Schläger trugen eine Livree."

„Livree?" Alec klang ungläubig. „Die Schläger waren *livrierte* Diener? Sind deine Freunde sicher?"

„Ja, Sir", sagte Tam und schaute durch die offene Tür zu dem alten Mann, der kleinlaut das Laudanum aus der Tasse nippte, die sein Kammerdiener an seinen Mund hielt.

„Wenn dieser unbekannte Gentleman von Männern in Livree überfallen wurde, scheint es höchst unwahrscheinlich, dass Diebstahl ihr Motiv war. Konnte irgendjemand den Gentleman, der Kleidung solch absurder Farbe trug, beschreiben?"

„Keine gute Beschreibung seines Aussehens, fürchte ich, Sir. Aber die Jungs meinten, dass ein Gentleman, der einen kanariengelben Seidenrock und passende Hosen trägt, wie man sie gewöhnlich an einem Dandy bei einem Rout oder einem Ball sieht, sollte nicht schwer ausfindig zu machen sein." Tam musste gegen seinen Willen lächeln. „Keinesfalls Tageskleidung hier in St. James, Sir."

Alec hob die Brauen. „Wie ein Mann von sechzig Jahren sich einbilden kann, den Helden spielen zu müssen, und das für einen Gecken in Kanariengelb, der von livrierten Dienern überfallen wird, spottet jeder Beschreibung. Aber du hast recht, ein solcher Mensch sollte nicht schwer zu finden sein, wenigstens nicht, nachdem wir eine vernünftige Beschreibung von meinem Onkel erhalten." Er blickte zu der jetzt schlummernden Gestalt, die still in dem riesigen Bett lag und winkte Plantagenet Halseys Kammerdiener heran. „Lass es mich im gleichen Moment wissen, wenn Mr. Halsey aufwacht." Und mit einem letzten Blick auf seinen Onkel, wie um sich zu überzeugen, dass der alte Mann wirklich bequem ruhte, klopfte er Tam auf die Schulter, als er sich zum Gehen wandte. „Danke, dass du dich um ihn gekümmert hast, Tam."

Tam lächelte und, da er bemerkte, dass sein Herr noch die Kleidung trug, die er früh am Morgen angelegt hatte, sagte: „Soll ich mich um Euer Bad kümmern?"

„Nein. Mach dich ans Aufräumen. Jeffries kann sich um alles kümmern, was ich brauche."

„Aber - Sir!", platzte Tam unhöflich heraus, während er Alec durch den Flur folgte und sich mehr denn je unsicher fühlte, weil er die Kontrolle über seine Pflichten als Kammerdiener zu verlieren schien. Hadrian Jeffries, ein hochrangiger, oberer Lakai, hatte seiner Lordschaft hin und wieder aufgewartet, wenn Tam mit seinen Studien beschäftigt war. „Jeffries besteht darauf, alles neu einzuräumen, was ich gerade in den Schrank geräumt habe und er faltet *alle* Eure Halstücher neu, weil er sagt, ich wisse nicht, wie ..."

„Das reicht", sagte Alec fest.

Als Tam ihm einen trotzigen Blick zuwarf, eine Hand tief in seine Rocktasche schob und den Kopf hängen ließ, wollte Alec böse werden. Aber der Junge zog ein Taschentuch heraus, faltete es sorgfältig auf und hielt es ihm hin. In der Vertiefung in seiner Mitte lag ein silberner Knopf gebettet.

„Einer der Herren, die Mr. Halsey halfen, sagte, dieser müsse im Handgemenge abgerissen worden sein. Er fand ihn in Mr. Halseys Hand." Er wartete, bis Alec seine Brille aufgesetzt hatte. „Er ist ungewöhnlich, nicht wahr, Sir?"

Alec beäugte den glänzenden Knopf mit der silbernen Kugel, die ein kompliziertes Muster trug. „Die Gravur scheint eine Hummel darzustellen?"

„Ja, Sir. Anscheinend ist es recht unüblich, dass Livreen gravierte Knöpfe haben, wie die Jungs drüben im *Stock and Buckle* mir erklärt haben." Tam lächelte unfreiwillig. „Einer von den Stammgästen erkannte ihn sofort."

Alec schaute mit einer gehobenen Augenbraue über den goldenen Rand seiner Brille.

„Dieser Knopf kann nur zu der Livree eines bestimmten Edelmannes gehören, Sir", sagte Tam mit Befriedigung. „Seiner Gnaden, des Herzogs von Cleveley."

SECHS

Der Portier eines gewissen Stadthauses am Cavendish
Square öffnete mit einem gelangweilten Gähnen die Vordertür weit und
blinzelte in die Dunkelheit. Auf der obersten Stufe stand ein prachtvoll
gekleideter Gentleman. Er trug eine prächtige, gepuderte Perücke und
ein Paar Samthandschuhe mit Brokatmanschetten. Der Portier hatte
keine Ahnung, wer er war, erkannte aber an dem reich bestickten Rock,
den großen, diamantbesetzten Schuhschnallen und dem verzierten und
mit Juwelen besetzen Griff seines Schwertes, dass er mit Sicherheit eine
sehr wichtige Person sein musste. Der Portier fragte sich, ob er träumte;
der Butler wusste, dass es nicht so war. Mit einem deftigen Stoß seines
Ellenbogens schubste der Butler den schläfrigen, unwissenden Portier zur
Seite und entbot mit einer Verbeugung, die dem Vasallen eines türkischen Sultans würdig gewesen wäre, dem Besucher seinen Gruß.

Der Herzog von Cleveley war zu Besuch zu seinem erbitterten politischen Gegner, Earl Russel, gekommen.

Lord Russel erwartete seine Gnaden und begrüßte ihn in seiner
Bibliothek.

In diesem von Büchern gefüllten Raum blieben diese beiden politisch
mächtigen Edelleute, die zusammen viel von Englands grünen Hügeln
besaßen, bis spät in die Nacht hinter verschlossenen Türen. Der Butler
zermarterte sich das Hirn mit Spekulationen darüber, was dort diskutiert
wurde.

Er wünschte sich, ein Floh in der Perücke seines Herrn zu sein.

⚜

Die Herzogin von Romney-St. Neots spähte aus ihrer Loge im Königlichen Theater in Haymarket und gab vor, ebenso von der bezaubernden Stimme der Sopranistin gefesselt zu sein wie der Rest des Publikums. Sie machte sich nicht viel aus der Oper. Sie wusste, dass sie eine der wenigen sein musste, die die „schrillen Schreiwettkämpfe", wie sie sie zu nennen pflegte, nicht schätzte. Das Theater war mehr nach ihrem Geschmack, aber ihre jüngste Tochter, Lady Sybilla, zog die Oper vor; sie brachte sie zum Weinen. Gott allein wusste, warum, überlegte die Herzogin, erfreut, dass ihr Patensohn die Einladung, sich ihnen anzuschließen, angenommen hatte und sie damit vor einem Abend krankhaften Weinens ihrer Tochter rettete. Sie war sich wohl bewusst, dass Sybilla, trotz ihrer ehelichen Treue zu ihrem Ehemann, dem lieben Admiral, in Alec Halsey vernarrt war. Sie hoffte, dass Alecs Gegenwart die erforderliche Ablenkung bieten würde, um den ständigen Tränen der Frau, zweifellos eine Folge ihrer fortgeschrittenen Schwangerschaft, Einhalt zu gebieten.

Die Herzogin hätte es vorgezogen, daheim zu sein, in einem warmen Bett zu sitzen und ihrer Enkelin Emily, die auf dem Weg nach Venedig war – oder war es Kopenhagen? – einen Brief zu schreiben. Sie vermisste Emilys Gesellschaft. Es zeigte sich auf ihren Gesichtszügen, als die Glocke des Souffleurs zum Ende des zweiten Akts läutete und damit ein allgemeines Ansteigen des Lärms und der Bewegungen im Publikum auslöste.

Wer in den Logen des doppelten Hufeisens saß, schickte Diener nach Erfrischungen; die Gespräche waren während der Vorstellung unter dem gelben Schein der Wandleuchter kaum unterbrochen worden, während die Abenteuerlustigsten einen Abstecher machten, um sich bei den Nachttöpfen, die hinter geschmückten Wandschirmen versteckt waren, zu erleichtern.

Die Herzogin entfaltete ihren Fächer aus bemalter Hühnerhaut und setzte sich bequemer vor dem quastengeschmückten Kissen in ihrem Rücken zurecht. Sie bemerkte nicht, dass ihre Tochter pflichtbewusst neben ihrem Stuhl stand, bereit, ihr zu helfen, sollte sie für ein paar Minuten aufstehen wollen. Lady Sybilla hüstelte höflich hinter der behandschuhten Hand, und als das ihre Mutter nicht aufmerksam machte, wandte sie sich mit einem flehenden Blick an den anderen Gast der Loge.

„Dein Stirnrunzeln hat sich in ein Lächeln verwandelt, Olivia, und ich weiß, dass du Opern hasst", bemerkte Alec dicht am Ohr der Herzogin. „Was hat dich amüsiert? Ich nehme nicht an, dass es Lord Rutherglens furchtbare Perücke *à la Mariner* ist? Er scheint damit den Kanal durchschwommen zu haben."

„Schrecklicher Junge", klagte die Herzogin mit einem Lachen und stieß mit den Stäbchen ihres Fächers gegen die weiten Reifröcke ihrer Tochter. „Setz dich hin, Sybilla! Wie soll ich denn etwas *sehen* können? Stehst in deinem Zustand da herum. Was würde der Admiral dazu sagen?"

„Mamma, ich dachte, wenn du in der Loge umhergehen wolltest ...?"

Die Herzogin schnaufte spöttisch. „Damit Rutherglens wieselgesichtige Frau mich herumhinken sehen kann? Sei nicht albern!"

Lady Sybilla knickste pflichtbewusst und verschwand wieder in einer Ecke im Hintergrund der Loge; Alecs beruhigendes Lächeln war genug, um sie erröten und sich hinter ihren flatternden Fächer zurückziehen zu lassen.

„Er sieht aus wie ein Narr, nicht wahr?", bemerkte die Herzogin hinter ihrem ungeöffneten Fächer mit einem Blick auf die Gruppe, die in der dritten Loge der Reihe saß. „Armer Jasper. Ein Wunder, dass seine Frau ihn noch nicht umgebracht hat. Du musst nicht so überrascht dreinschauen. Ich meine das nicht wörtlich. Obwohl ..." Sie ließ den geöffneten Fächer auf ihrem üppigen Busen ruhen und betrachtete die bewusste Frau durch leicht zusammengekniffene Augen. „Ich glaube, dass Frances Rutherglen zu allem fähig ist, was sie sich in den Kopf setzt. Sie ist eine kaltblütige Schlange."

„Bis Rutherglen zu den Lords abgeschoben wurde, war er das einzige Parlamentsmitglied, das Onkel Plant nicht lächerlich machen wollte", bemerkte Alec. „Ich habe keine Ahnung, ob das aus Mitleid mit dem Mann geschah, dessen Frau ein mörderisches Reptil ist."

Die Augen der Herzogin funkelten. „Du bist besser als jede Medizin, mein Junge. Was für ein Jammer, dass dein Onkel nicht mit uns kommen konnte. Wie macht er sich?"

„Er schlief noch, als ich das Haus verließ", sagte Alec mit einem knappen Nicken in Richtung einer Dame, die durch die subtilen Bewegungen ihres Elfenbeinfächers versuchte, ihn zu einem Flirt zu verleiten. „Ich wage zu behaupten, dass er am Morgen mit grässlich dröhnenden Kopfschmerzen aufwachen wird."

Er mied das Auge einer geschminkten Verführerin zwei Logen weiter in der Reihe und sah über den Zwischenraum hinweg, der die dunkel gekleideten Kaufleute in den Rängen von der in Seide gehüllten Aristokratie darüber trennte, zu der Loge, die vom Herzog von Cleveley belegt wurde. Seine Gnaden saß dort in tiefblauen Satin gekleidet mit glitzernden Auszeichnungen und Orden auf seine Brust geheftet, neben einem halben Dutzend grinsender Gesellen in Perücke und hohen Absätzen, die um ihn herum faulenzten, aber bereit waren, auf ein leises Wort hin achtungsvoll aufzuspringen. Dieser Edelmann und seine verwöhnten, gepuderten und Schönheitspflästerchen tragenden Freunde verströmten aus jeder Pore ihrer weichen, weißen Haut arrogante Selbstgefälligkeit.

Die Herzogin folgte Alecs Blick. „Du verfolgst doch nicht ernsthaft weiter die Idee, dass Cleveley eine Hand in dem Überfall auf deinen Onkel hatte?"

Alec drehte sein kantiges Gesicht, um seine Patentante direkt anzusehen. „Ist es dann reiner Zufall, dass der in der Hand meines Onkels gefundene Knopf von der Cleveley-Livree stammt?"

Die Herzogin zuckte mit den Schultern. „Ich kenne Cleveley, seit er noch am Gängelband hing. Er ist zu stolz, um solche Schlägermethoden zu benutzen."

Alec war nicht überzeugt. „Er musste nur den Wunsch aussprechen und einer seiner Speichellecker wäre sicher nur zu gerne bereit, ihm diesen zu erfüllen. Aber du denkst, dazu würde der *große Mann* sich nicht herablassen?"

Die Herzogin ließ ihren Blick auf die Spitzen ihrer purpur-goldenen Seidenpantöffelchen fallen, die auf einem gepolsterten Fußschemel ruhten. „So gerne ich dich hierbei unterstützen würde, mein lieber Junge, ich kann es nicht. Cleveley würde, *könnte* nicht zu solch feigen Methoden greifen. Das liegt nicht in seiner Natur." Als Alec ungerührt blieb, fügte sie hinzu: „Ein kleiner Knopf; der kann keinen Mann verdammen."

„Nein, aber er kann den Verdacht in seine Richtung lenken."

„Sicherlich", stimmte die Herzogin zu. „Verdacht, nicht *Überzeugung.*"

Alec wandte seine Aufmerksamkeit wieder der Loge des Herzogs zu. Es war Cleveleys erstes Erscheinen im Königlichen Theater seit dem Tod seiner Herzogin, und, wie es in Ranelagh Gardens geschehen war, zog er mehr als die übliche Aufmerksamkeit auf sich. Und wie immer schien der Herzog all das Getue nicht zu bemerken. Er saß weiter, ungerührt von dem Lärm der Unterhaltungen, der Musik und dem Läuten der Glocke, mit leicht nach links zu dem Gespräch hinter ihm zwischen Sir Charles Weir und dem Viscount St. Edmunds geneigtem Kopf da. Alec bemerkte, dass der Stiefsohn des Herzogs an diesem Abend nicht seinen Schatten spielte. Er fragte sich, ob Charles den Mut gehabt hatte, seinem Mentor von seinem Plan, Lady Henrietta Russel zu heiraten, zu erzählen, und vermutete, dass er das nicht hatte. Lady Henrietta und ihre Mutter saßen in der Loge neben der vom Herzog belegten und Charles hatte weder in ihre Richtung geschaut noch versucht, sich über die Trennwand zu lehnen, um mit ihnen zu sprechen.

Alec löste schließlich seinen Blick vom Herzog und seiner Gesellschaft und sagte beiläufig: „Olivia, erzähle mir über Cleveley.“

Die Herzogin rümpfte ihre kleine Nase. „Was willst du wissen? Ich muss zugeben, dass ich sehr wenig über seine Politik weiß, obwohl ich seine Karriere verfolgt habe. Seine und meine Mutter waren Cousinen und Romney zeigte Interesse an ihm, als er zuerst seinen Sitz im Oberhaus einnahm. Er war sehr jung, als er das Herzogtum übernahm - erst siebzehn. Romney dachte, die politischen Wölfe würden ihn zum Abendessen verspeisen, aber der Junge bewies ihm bald, dass er sich geirrt hatte. Kaum ein Jahr später heiratete er Ellen. Ellen war weniger als vier Monate Herzogin von Stanton gewesen, als sie Witwe wurde, schwanger mit George, und dann an Cleveley verheiratet wurde, bevor Stanton in seinem Sarg kalt war! Eine höchst ungehörige Angelegenheit.

„Natürlich, wie ihre erste Ehe war auch dies eine arrangierte Verbindung, und eine sehr kluge finanzielle Abmachung: Cleveleys Titel, ihr Vermögen. Es festigte Cleveleys Stellung als einem der hervorragendsten Lords des Königreichs. Romney und ich haben oft in Cleveley House gespeist, als Ellen Gastgeberin war, aber ich bin nie zu einer dieser parteipolitischen Einladungen gegangen. Das habe ich alles Romney überlassen. Warum fragst du, mein Junge? Ich dachte, du verabscheust die politische Einstellung des Herzogs.“

„Mein Interesse gilt dem Mann. Ich möchte wissen, welche Art von Mann dazu fähig ist, ein Gesetz durchzudrücken, das es zulässt, Menschen wie Tiere in den stinkenden Frachtraum einer Fregatte seiner Majestät zu pferchen ...“

„Mein lieber Alec“, schnaufte die Herzogin, „es sind doch schließlich nur Wilde.“

„Alle Menschen haben ein Recht auf ihre Würde und ...“

„Die radikalen Ideen deines Onkels ziehen bei mir nicht“, sagte die Herzogin hochmütig und machte mit ihrer juwelengeschmückten Hand eine abwehrende Bewegung. „Und ich werde nicht zulassen, dass einer von euch Cleveley die Schuld an dem auflädt, was sich auf den Fregatten seiner Majestät abspielt. Im Gegensatz zu deinem Onkel glaube ich, wie tatsächlich eine Mehrheit, dass dem Herzog die besten Interessen des Landes am Herzen liegen. Er ist ein Politiker, der stolz darauf ist, im Rahmen dessen, was rechtlich möglich ist, zum *Wohle des Königreichs* zu arbeiten. Er ist keiner dieser eigennützigen Strohmänner, denen jedes Mittel recht ist, um einen politischen Vorteil zu erlangen.“ Unruhig geworden, setzte sie sich mühsam auf und betrachtete Alec kritisch. „Zu behaupten, dass er einen seiner livrierten Diener einen kanariengelb gekleideten, lächerlichen Menschen überfallen ließ, um das Testament eines Niemands von Pfarrer in die Hände zu bekommen, ist fantastischer Unsinn!"

„Euer Gnaden, ich ..."

„Schließlich, was hätte Cleveley durch den Gebrauch solch feiger Methoden zu gewinnen? Er kann nicht höher steigen."

„Da wäre immer noch die Möglichkeit eines Sturzes ...", wandte Alec leichthin ein und gab vor, eine Fussel von einem seiner übereinander gekreuzten, satinbekleideten Knie zu wischen, wobei er aus einem Auge versteckt seine Patin musterte.

„Ich nehme an, dass das möglich wäre", räumte die Herzogin widerwillig ein. „Obwohl - du wirst dies seltsam finden, und dein Onkel würde sicherlich spotten - ich glaube nicht, dass Cleveley je eine solche Möglichkeit in Betracht gezogen hat. Nenn es überhöhte Arroganz, wenn du willst, obwohl ich es vorziehe, es eher als ein Übermaß an Selbstbewusstsein zu empfinden. Du lachst! Aber da gibt es einen Unterschied."

Alec küsste ihre gebrechliche Hand. „Ich habe dich vermisst, als ich in Paris war."

„Lügner", schalt sie spielerisch und wurde doch vor Freude leicht rot. „Ich habe es aus guter Quelle, dass du deinen gesamten Besuch in einem Pariser Bett verbracht hast."

„Schäme dich, Olivia", murmelte Alec ihr ins Ohr. „Es gibt ein paar bemerkenswerte Radierungen von Da Vinci im Louvre ..."

„Um die du dich den Teufel geschert hast", antwortete die Herzogin mit einem mädchenhaften Kichern und überzeugte sich mit einem Blick auf die benachbarten Logen, dass ihr spaßiges Flirten Aufmerksamkeit erweckte. „Du weißt natürlich, dass Selina in Paris zurückblieb, während Emily und Cosmo ohne sie weiterreisten?", fügte sie hinzu und wedelte mit ihrem Fächer über ihren Busen, mit einem selbstgefälligen Lächeln in die Richtung von Frances Rutherglen, die sie missbilligend anstarrte.

Alec war überrascht. „Aber ich nahm an, du wusstest - dass Mrs. Jamison-Lewis dir erzählt hätte - dass ich auf ihre Einladung hin nach Paris fuhr."

Der Kopf der Herzogin fuhr herum. „Ihre Einladung?" Sie nahm ihre Hand von seinem seidenbedeckten Knie und rutschte unbehaglich auf dem Goblinpolster herum. Mit einer ungenannten Pariser Hure herum zu tändeln war gut und schön für den Ruf ihres Patensohns als Wüstling, aber eine leidenschaftliche Affäre mit ihrer Nichte fortzusetzen, einer wohlhabenden Witwe, die noch in der Trauerzeit war, war nicht nur ihren Bemühungen, den Ruf ihres Patensohns wiederherzustellen, abträglich, sondern hatte wahrscheinlich auch verheerende Folgen für Selinas zerbrechliches emotionales Wohlergehen. „Nein. Das wusste ich nicht", stellte sie verärgert fest. „Ich nehme an, dass sie dir nicht gesagt hat, warum sie in Paris zurückblieb?" Sein Blick völliger Verwirrung beantwortete ihr diese Frage. Sie holte tief Luft. „Sie schien - gesund zu sein?"

Alec runzelte noch immer die Stirn. „Selina ist noch keinen Tag ihres Lebens krank gewesen."

Die Herzogin nickte nur geistesabwesend. „Sie neigt nicht dazu, sich zu beschweren, nicht wahr?", und wechselte abrupt das Thema. „Ich wünschte, du würdest etwas wegen Letitia Strangeways unternehmen. Die bemitleidenswerte, rehäugige Kreatur hat alles nur Erdenkliche getan, außer dir zu zeigen, was sie unter ihren Röcken zu bieten hat, und du ignorierst sie weiter."

Alec fragte sich, was die Herzogin in Bezug auf Selina andeuten wollte, hatte aber das Gefühl, dass das Theater nicht der rechte Ort war, um Aufklärung zu verlangen, und behielt sich daher seine Frage für später vor, um auf das Thema des Herzogs von Cleveley zurückzukommen, während er der übereifrigen Lady Letitia Strangeways die kalte Schulter zeigte. „Erzähle mir etwas über Cleveley als Mann, nicht als Politiker."

„Warum dieses plötzliche Interesse an Cleveley?", fragte die Herzogin, erleichtert, dass Alec so gute Manieren bewies, sie nicht weiter über Selina auszufragen. Sie würde das Vertrauen ihrer Nichte nie brechen, nicht einmal für ihren Patensohn. Aber es schmerzte sie im Herzen, dass er die Wahrheit nicht erfahren sollte.

„Ich schätzte deinen Rat, und offen gesagt, es gibt niemand anderen, den ich fragen kann, ohne in ein Wespennest zu fassen, was das Letzte ist, was ich so früh in meinen Ermittlungen ..."

„Ermittlungen? Sie haben doch sicher nichts mit dem Tod dieses Pfarrers auf Weirs Abendeinladung zu tun?"

„Man kann nur hoffen, dass der Arzt recht hatte."

„Du willst doch nicht andeuten, dass *Cleveley* irgendetwas damit zu tun hatte? Dein Onkel mag Cleveley für fähig halten, die gesamte Geistlichkeit zu vergiften, aber das ist reines Vorurteil!"

„Es ist mehr daran, als die vorgefasste Meinung meines Onkels", sagte Alec ernsthaft.

Die Herzogin presste die geschminkten Lippen fest aufeinander. „Soll ich dir diese Beschreibung hier und jetzt geben?"

„Wenn du so freundlich sein würdest."

Die Glocke des Souffleurs bimmelte heftig zur Ankündigung, dass die Vorstellung gleich weitergehen würde, aber die Herzogin von Romney-St. Neots ignorierte das schrille Klingeln und sagte ungeduldig, während sie ihre voluminösen seidenen Röcke mit bebender Hand glättete:

„Ich vermute, deshalb hast du die Einladung deiner alten Patentante in die Oper angenommen", grummelte sie, wurde aber durch sein liebenswertes Lächeln etwas besänftigt - sie war nie in der Lage, einem gutaussehenden Schurken zu widerstehen, insbesondere, wenn dieser gutaussehende Schurke zufällig ihr liebster Patensohn war. „Wenn ich dir Cleveleys Geschichte erzählen soll, lass uns weiter hinten bei einem guten Rotwein sitzen, wenn es so etwas in dieser Schwatzbude von Theater gibt. Sybilla? Sybilla!" Sie machte Anstalten aufzustehen und Alec hatte sie schon am Ellenbogen gefasst, bevor Lady Sybilla auf die Beine kam. „Verdammt! Ich wünschte, ich wäre nicht von diesem elenden Pferd gefallen. Gib mir meinen Stock, lieber Junge. Sybilla?" Als ihre Tochter aus ihrer ruhigen Ecke auftauchte, sagte sie: „Schick Peeble zur Kutsche um eine Flasche Rotwein und zwei Gläser. Oh! Und meinen Bourdaloue. Du wirst ihn brauchen, in deinem Zustand. Dann kannst du deiner Schwägerin Aufwartung machen. Frances erdolcht mich seit mindestens fünfzehn Minuten mit ihren Blicken."

„Aber - *Mama*!"

„Sag ihr, dass du schon wieder in Umständen bist. Sie wird entzückt sein zu erfahren, dass die Frau ihres Bruders schwanger ist. Es wird ihr einen guten Grund geben, um unglücklich zu sein. Nicht, dass Frances Rutherglen je einen bräuchte."

Lady Sybilla schaute Alec an, ihre Wangen brannten. Ihrer Mutter war es nie verständlich zu machen, wie unbehaglich sie sich fühlte, wenn offen über ihre Schwangerschaft gesprochen wurde, und das vor einem Gentleman, der so zum Umfallen männlich war, dass es keine Überraschung war, dass er sich eine ganze Woche mit ihrer Cousine Selina zwischen den Laken gewälzt hatte. Ach, die Beine für einen solchen Mann zu öffnen ...

„Ja, Mama, natürlich", schaffte Sybilla es zu flüstern und wandte ihren Blick ab, während ihr Gesicht vor Scham rot leuchtete, weil sie solche unschicklichen Gedanken, noch dazu in der Oper, gehabt hatte! „Ich werde ihr erzählen, wie glücklich ich bin."

„Ja! Ja! Wie glücklich wir *alle* sind. Jetzt lauf schon."

Lady Sybilla wurde in die private Loge, die die Rutherglens besetzten, eingelassen und fand sie von Besuchern überfüllt. Sie fragte sich, was vier junge Herren heiratsfähigen Alters dazu gebracht hatte, in der Pause ein älteres Ehepaar ohne Töchter aufzusuchen. Dann erspähte sie, dass die Gräfin Russel und ihre hübsche, aber unglaublich alberne Tochter, Lady Henrietta, eine Erbin, deren Mitgift dreißigtausend Pfund überstieg, bei den Rutherglens saßen. Diese Entdeckung ließ sie vor Erleichterung aufseufzen. Ihre Schwägerin, Frances Rutherglen, machte ihr Angst und Lord Rutherglen war ziemlich taub und senil, daher ließ die Anwesenheit der Russels, mit denen sie gut bekannt war, ihr die Aufgabe, wegen der sie geschickt worden war, leichter erscheinen.

Die vier Gentlemen, die sich um Lady Henrietta und ihre Mutter drängten, rutschten höflich auf der Bank zur Seite, um es Lady Sybillas weiten Röcken zu erlauben, ungehindert zu ihren Gastgebern zu kommen. Ein Geck in apfelgrünen Hosen und einer purpurn geblümten Weste was so freundlich, ihr ein Glas Madeira zu holen, da er schon so gut wie alle Chancen bei der Erbin aufgegeben hatte. Sie, die bei dem Ausflug der Talbots unablässig über seine Witzchen gekichert hatte, war an diesem Abend so interessiert wie ein Türknauf, und selbst dieser, da er aus Messing war, hatte mehr Glanz. Lady Henrietta sah elend aus. Wie viel Mühe ihre Mutter und Zofe sich auch gegeben hatten, Schminke auf die Ringe unter ihren wundervollen braunen Augen aufzutragen, es war für jeden, der auch nur halb aus einem Auge schauen konnte, offensichtlich, dass das Mädchen die letzte Nacht damit verbracht hatte, in ihre Kissen zu weinen.

Lady Rutherglen warf einen Blick auf Lady Sybilla, die in der Mitte der Loge stand, und schob sie beiseite. Sie versperrte ihr den Blick auf die Vorstellung. Der grüne Vorhang war inmitten eines Crescendos von Lärm aus Orchester und Chor hochgegangen. Die Stimmen in den Rängen wurden leiser und die Gespräche in den Logen für eine winzige Pause gedämpft, während alle die Szene betrachteten, bevor die Unterhaltungen wieder aufgenommen wurden, ohne Rücksicht auf die Darsteller und ihre stimmlichen Fähigkeiten. Für Lady Sybilla gab es nichts zu tun, als sich zurückzuziehen und neben die Gräfin Russel zu setzen, um auf eine Gelegenheit zu warten, mit den Rutherglens zu sprechen.

Die vier Schönlinge gaben einen eleganten Abgang, erschöpft, weil sie auf die mit trübem Gesicht dort sitzende Lady Henrietta keinen Eindruck zu machen vermocht hatten. Was die Qual anging, höfliche Konversation mit Lady Rutherglen zu machen, waren die jungen Herren unfähig, ihre Erleichterung über etwas in Worte zu fassen, das sie nur als Überleben einer Spinne in ihrem Nest beschreiben konnten. Es überstieg ihr Verständnis, wie eine so böse alte Frau die Schwester eines Flottenadmirals sein konnte, der nicht nur ein Kriegsheld war, sondern auch der liebenswerteste und gutmütigste Mann ihrer Bekanntschaft.

Die Gräfin Russel schien das Elend ihrer Tochter und das Elend, das die jungen Gentlemen in den spinnenartigen Händen Frances Rutherglens erlitten, nicht zu kümmern. In der Tat lächelte sie jeden heiter an, selbst ihre Gastgeberin, als diese Frau ihren turmartigen Kopfschmuck aus Federn, Bändern und einem strategisch platzierten Miniaturschiff mit Segeln verdammte, weil er aussähe wie Müll, der die Gossen verstopfte.

Nichts konnte Lady Russels Lächeln erschüttern. Schließlich hatte ihre jüngste Tochter, die mollig hübsch, aber nicht sehr klug war, gerade die Partie des Jahres gemacht, und das, obwohl ihre Unschuld kompromittiert worden war. Sie war daran verzweifelt, ihre jüngste Tochter je verheiraten zu können, nachdem diese gestanden hatte, bei dem Fest der Cavendishs unmäßig viel getrunken zu haben und beim Aufwachen ihre Röcke bis zum Bauchnabel hochgeschoben und ihr Hinterteil der kalten Nachtluft ausgesetzt zu finden, während Lord George Stanton seine Hosen zuknöpfte. Dieser entsetzliche Vorfall war nun ausgelöscht, da sie wusste, dass Henrietta heiraten würde, und zwar weit über die wildesten Träume ihrer Mutter hinaus.

Lady Sybilla, die einen Seufzer der Erleichterung darüber ausstieß, dass ihre Schwägerin sie fortgescheucht hatte, was bedeutete, dass sie das Unausweichliche noch mindestens eine halbe Stunde würde aufschieben können, fühlte sich plötzlich von Lady Russel an ihrer Spitzenrüsche gezupft.

„Sagt mir: wie ist *er*?", flüsterte sie eilig hinter ihrem steifen Fächer aus Spitze hervor, mit einem glühenden Blick entlang die Reihe der Logen zu ihrer Linken, enttäuscht, dass die Herzogin von Romney-St. Neots und Lord Halsey aus ihrem Blickfeld verschwunden waren.

Lady Sybilla folgte der Richtung von Lady Russels verschleiertem Blick und ihre Augen weiteten sich; aber sie schwieg.

„*Halsey*", verkündete Lady Russel verärgert, die dachte, Lady Sybillas Verstand sei so langsam. „Es wurde in mehr als einem Boudoir bestätigt, dass er so *äußerst* rücksichtsvoll auf die *Bedürfnisse* einer Dame bedacht wäre, dass es wohl wert wäre, das siebte Gebot zu brechen."

„Aber er ist kein - kein *Libertin*", protestierte Lady Sybilla, deren Wangen unter ihrer bleiweißen Schminke glühend rot brannten. „Ich meine ... natürlich habe ich keine Ahnung von seinen ... über *das*, aber er ist - er ist genau so, wie ein - ein *Gentleman* sein sollte."

„Genau", schnurrte Lady Russel und erschauerte, völlig vergessend, in wessen Loge sie saß. Sie zog Sybilla näher. „Ich habe ihn in Paris gesehen, im Louvre, in Gesellschaft von Selina Jamison-Lewis. Gott weiß, welche Listen Eure Cousine benutzte, aber es war aus ihrer vulgären Zurschaustellung von Zuneigung offensichtlich, dass er sie bis zur Bewusstlosigkeit gevögelt hatte. Aber wenn man bedenkt, warum sie vor allem nach Paris geflüchtet war, bin ich überrascht, dass sie so bald einen Mann zwischen ihre Schenkel gelassen hat. Andererseits, für Halsey hätte ich es riskiert."

„Nach Paris geflüchtet?", wiederholte Lady Sybilla blinzelnd.

Maria Russel riss ihre Augen auf und sie schürzte ihre geschminkten Lippen. „Kommt schon, Sybilla. Ihr seid ihre Vertraute. Ich muss es doch für Euch nicht deutlicher ausdrücken, oder?"

Lady Sybilla schaute stirnrunzelnd auf die Stäbchen ihres Fächers hinunter. „Ich weiß nicht, was Ihr meint ..."

Lady Russel verzog das Gesicht und flüsterte Sybilla ins rote Ohr. „Ihr wart nie eine gute Lügnerin. Ich werde nicht ausplappern, dass Selina sich das Balg vom Hals geschafft hat. Um die Wahrheit zu sagen, es muss eine große Erleichterung gewesen sein, es nicht auszutragen. Einen Bastard unbestimmter Farbe und Abstammung in Pflege zu geben, wäre eine ermüdende Angelegenheit. Aber jetzt lasst mich Euch meine Neuigkeiten erzählen. Ihr werdet nie erraten, wer gestern sehr spät Russel aufgesucht hat ..."

Lady Sybilla legte beruhigend eine Hand auf ihren beträchtlichen Bauch und bemühte sich, ihre Gesichtszüge ungerührt zu lassen. Aber ihr Verstand raste. Sie fragte sich, wie Maria Russel etwas über Selinas Fehlgeburt hatte herausfinden können. Es war ihr nie in den Sinn gekommen, dass dieses Baby unerwünscht hätte sein können, und aus den Gründen, die Maria Russel andeutete. Sie glaubte keinen Moment an das hartnäckige Gerücht, dass Alec das Produkt einer Affäre seiner Mutter mit einem Mulattendiener wäre, und doch, woher kamen diese schwarzblauen Locken und die olivfarbene Haut? Lord Halseys Bruder hatte sandfarbene Haare gehabt; seine Mutter war blassblond gewesen. Und warum hatte Selina Alec nichts über das Kind erzählt, denn mit Sicherheit war er der Vater, wenn sie nicht Bedenken gehabt hatte, einem farbigen Kind das Leben zu schenken? Sybilla schüttelte sich innerlich; schockiert über ihre eigene Unbeständigkeit einem Mann gegenüber, der immer freundlich und rücksichtsvoll gewesen war und nur ihre Loyalität verdiente. Natürlich hatte sie keine Ahnung, wer Russel besucht hatte.

„*Cleveley*", war Lady Russels atemlose Antwort und hielt fälschlich Lady Sybillas schweigende Gedankenverlorenheit für Erstaunen darüber, dass der Herzog von Cleveley das Haus der Russels mit seiner Gegenwahrt beehrt hatte. Sie fügte hinzu, dass die beiden großen politischen

Rivalen mehrere angenehme Stunden gemeinsam in Lord Russels Bibliothek verbracht hatten, und machte dann eine Andeutung, dass sie stündlich erwartete, dass ihre liebe Henrietta einen Antrag von seiner Gnaden von Cleveley erhalten würde. Da hatte sie die Befriedigung zu beobachten, wie Lady Sybillas Augen riesengroß wurden.

Lady Sybilla konnte nur erneut über den gefältelten Rand ihres Fächers zum Herzog von Cleveley spähen und sich innerlich für die arme Henrietta schütteln. Kein Wunder, dass das Mädchen elend aussah. So großartig die Partie sicherlich war, auch eine große Ehre, die Henrietta wiederfuhr, war das Mädchen doch kaum zwanzig und trotz des Gerüchts, dass sie beschädigte Ware wäre, wegen einer Indiskretion oder zwei, als sie auf einem Ball betrunken gewesen war, war der Herzog doch weit genug über die Vierzig hinaus, dass diese Idee geradezu etwas Unanständiges hatte. Außerdem neigte Sybilla dazu, Henrietta ihre betrunkenen Fehltritte zu verzeihen, denn sie war geistig nicht sehr rege und daher leicht zu verführen, dazu war sie warmherzig und freundlich; der Herzog strahlte so viel Wärme aus wie der trübste Tag eines Januars.

„Natürlich habe ich Frances gegenüber nichts von all dem erwähnt", sagte die Gräfin Russel gerade mit einem Seitenblick zu Frances Ruthergenlen. „Es wird ihr das Herz brechen. Nicht, dass sie sich nicht für Henrietta freuen würde; nach einiger Zeit wird sie das schon. Aber man darf ihren tragischen Verlust der kleinen Mimi nicht vergessen."

Lady Sybilla hatte Lady Rutherglens einziges Kind nicht vergessen. Schließlich war das Kind Sybillas Nichte und von klein auf eine große Schönheit gewesen. Sie war vor weniger als fünf Jahren gestorben, und in derselben Woche, in der Sybilla den zweiten Sohn des Admirals zur Welt gebracht hatte. Ihr Tod war wirklich herzzerreißend gewesen.

Lady Russel ließe die Tragödie nur zu bereitwillig wieder aufleben.

„Ihr erinnert Euch an Mimi. Das arme Kind starb nur wenige Tage vor ihrem fünfzehnten Geburtstag an Lungenentzündung. Ihre Gesundheit war nie sehr kräftig. Der Grund, warum sie kaum je das Schulzimmer verließ. Frances war so besorgt um ihre Gesundheit. Böse Zungen wollten glauben machen, dass ihre Eifersucht auf ihre Tochter sie Mimi einsperren ließ; dass Mimi nach einem von Frances' mütterlichen Wutanfällen ausgerissen wäre, nur um auf ihrer Flucht den Tod zu finden."

Lady Sybilla konnte es gut glauben. Ihre Schwägerin Frances hatte ein Herz von der Temperatur eines Eisklumpens und war so unscheinbar wie ein Schüssel Pudding; Lady Rutherglens Schwester, Ellen, die Herzogin von Cleveley, war hübscher, aber auch nie als große Schönheit angesehen worden. Was in der Familie an gutem Aussehen war, hatte der jüngere Bruder der Schwestern, der Admiral, Sybillas Ehemann, mitbekommen. Und so sehr Sybilla ihren lieben Admiral liebte, war sie seinen körperlichen Unzulänglichkeiten gegenüber doch nicht blind; er war kein Adonis, schon gar kein Alec Halsey.

„Was für ein Unfug", fuhr Lady Russel voller Verachtung fort. „Mimi ist nicht ausgerissen. Es war alles nur der Fehler ihrer Cousine vom Lande, eines hohlköpfigen Geschöpfs, das so viel Verstand hatte wie eine Biene in einer Flasche! Sie führte Mimi in die Irre und was ein ruhiger Spaziergang die Mall hinauf hätte sein sollen, endete damit, dass beide Mädchen stundenlang verschwunden waren, für das unsichere Wetter unzureichend gekleidet und die armen Rutherglens vor Angst, dass Mimi entführt worden wäre, völlig von Sinnen. Dann ihre Erleichterung bei der Nachricht, dass Mimi sicher gefunden worden wäre, nur, um zu erfahren, dass sie zusammengebrochen und gestorben wäre. Den armen Rutherglen traf bei der Nachricht der Schlag, und was Ihr da vor Euch seht, ist die Folge davon!"

Lady Sybilla schaute zu Mimis ältlichem Papa; im Winkel seines erschlafften Mundes standen Speichelbläschen. Sie wandte schnell ihre Aufmerksamkeit wieder Lady Russel zu.

„Ich meine mich zu erinnern, dass die Cousine, dass sie nicht ..."

„... zurückkam? Wie hätte sie das können? Warum sollte sie? Es war ihre Schuld, dass Mimi starb. Elende, *böse* Kreatur. Nein, Sybilla, du darfst den Klatschmäulern nicht glauben. Frances hing sehr an ihrem einzigen Kind. Es gab eine Abmachung zwischen den Schwestern, dass Ellens Sohn George und Frances' Mimi heiraten sollten; dass Mimi eines Tages die nächste Herzogin von Cleveley sein würde. Dann starb sie und so wurde nichts aus diesem Traum."

Das war eine Offenbarung für Sybilla, aber sie fand es typisch für ihre Schwägerin, solche Pläne zu schmieden. Ihre Augen wurden groß, als ihr Blick über die stämmige Gestalt des Herzogs von Cleveley schweifte. Eine Ehe mit dem Herzog war bereits eine sehr abstoßende Vorstellung, aber mit dem falschen, korpulenten Stiefsohn des Herzogs, Lord George, verheiratet zu sein, wäre weitaus schlimmer. Es hätte sie keineswegs überrascht, wenn Mimi einfach tot umgefallen wäre, um einer so abscheulichen Verbindung zu entgehen; die Cousine vom Lande könnte ihr am Ende einen Gefallen getan haben.

„Daher seht Ihr mein Dilemma", plapperte Lady Russel weiter. „Henrietta wird das gewinnen, was Mimi nicht mehr erlebte." Sie lächelte vor Freude und Befriedigung, ihre behandschuhten Hände öffneten und schlossen sich um den Griff ihres Fächers. „Ich wünschte, Ellen wäre noch am Leben, um diesen Tag zu sehen."

Lady Sybilla wollte darauf hinweisen, dass es für Lady Henrietta unmöglich sein würde, den Herzog von Cleveley zu heiraten, wenn Ellen, die Herzogin von Cleveley noch lebte. Sie war der Ansicht, dass Mimis Schicksal einer Heirat mit einem so kalten Fisch, wie der *große Mann* es war, weit vorzuziehen wäre. Diese mitfühlenden Gedanken wurden abgeschnitten, nicht durch die Gräfin Russel, sondern durch die harsche Stimme der Mama der armen Mimi. Lady Sybilla ertappte sich dabei, wie sie sich moralische Unterstützung suchend an Lady Russels Hand festklammerte und erkannte, dass die Gräfin ebenso viel Angst vor der alten Frau hatte wie sie selbst und zuerst nach ihrer Hand gegriffen hatte.

„Ich weiß, warum du herübergekommen bist, Schwester", zischte Lady Rutherglen, verärgert, dass die beiden Frauen sich vertraulich außerhalb ihrer Hörweite unterhielten. Sie beugte sich seitwärts über die Lehne ihres Sessels, die lose Haut an ihrem Hals hing in die Höhlung an ihrem Schlüsselbein. „Ich weiß alles über das Gör, das du erwartest, Sybilla. Glaubst du, dass der Admiral seiner eigenen, geliebten Schwester keine Briefe schreibt? Er mag dein Ehemann sein, aber er ist ein sehr pflichtbewusster Bruder. Gib ihm noch einen Sohn. Er braucht keine Tochter. Zeit- und Geldverschwendung, Töchter. Töchter machen nur *Ärger*. Töchter sind eine *Enttäuschung*. Töchter verursachen *Ungelegenheiten*." Sie ließ sich mit einem Hustenanfall in das Polster fallen, denn das letzte Wort hatte sie mit solch giftigem Zorn herausgebracht, dass ihre Kehle trocken geworden war. Ihre wässrigen Augen blieben fest auf ihre mit offenem Mund dasitzende Schwägerin geheftet.

Lady Sybilla wusste nicht, was sie sagen sollte. Sie war noch niemals so beleidigt worden und brachte es dennoch nicht fertig, auch nur den leisesten Widerspruch zu äußern. Sie hasste sich selbst für ihre Unfähigkeit. Sie war dankbar, dass ihre Mutter und Alec Halsey nicht Zeugin ihrer Feigheit geworden waren. Zum Glück wurde ihr weitere Demütigung erspart.

Lady Henrietta stand plötzlich aufrecht, aber schwankend da, eine behandschuhte Hand umklammerte die Falten ihrer seidenen Röcke und ihre braunen Augen standen voller Tränen. Sie starrte die in der nächsten Loge Sitzenden an. Zu ihrer Verwunderung ebenso wie der jedes anwesenden gepuderten Hauptes verbeugten sich der Herzog von Cleveley und Lord Russel, die erbittertsten politischen Rivalen, voreinander mit einem Schwung von Spitzen, der jeder Bühnenvorführung zur Ehre gedient hätte. Jegliche Vortäuschung von Interesse an dem Auftritt des Baritons verflog bei dem seidengekleideten Publikum. Ein gedämpftes Geflüster der Erwartung einer noch besseren Unterhaltung steigerte sich, bis es zu einem schwätzenden Lärm wurde, der die Vorstellung auf der Bühne übertönte und die Köpfe in den Rängen sich mit vulgären Rufen der Beschwerde zum Publikum darüber wenden ließ.

Der Herzog und Lord Russel tauschten Artigkeiten aus. Sie lächelten einander an. Sie lachten über einen geheimen Witz. Mehr als ein Mund blieb darob offen stehen. Ein aufmerksamer Zeitungsschreiber nahm seinen Block heraus und kritzelte eilig vor sich hin im Bewusstsein, dass er Zeuge eines historischen Moments war, der am späten Abend das Gesprächsthema in jedem Salon sein würde.

Was diese sehr öffentliche Zurschaustellung von Freundschaft für die Regierung bedeutete, konnte man sich nur fragen. In der Opposition war man nicht so vorsichtig beim Raten. In ihren Reihen sackten gepolsterte Schultern hinab, als klar wurde, dass ein Bündnis zwischen dem Herzog von Cleveley und dem Earl Russel eine unschlagbare Macht bilden würde, und eine zukünftige Aufspaltung des Kabinetts in Fraktionen, durch die die Regierung hätte gestürzt und vorgezogene Neuwahlen ermöglicht werden können, nicht mehr zu erhoffen war.

Aber der vorherrschende Gedanke, der die Edelleute beschäftigte, war, was geschehen sein mochte, um dieses ungewöhnliche Bündnis herbeizuführen. Die Antwort darauf wurde bald deutlich. Die beiden Lords hoben ihre Gläser in Richtung der nächsten Loge zu einem Toast. Monokel und falsche Wimpern blitzen wild in diese Richtung auf, um zu sehen, zu wessen Ehren dieser Toast ausgebracht wurde. Die Antwort führte zu kollektivem Lächeln und Seufzen. Natürlich! Warum hatte niemand einen solchen Ausgang vorhergesagt?

Mit einem Stoß ihres Fächers drängte Lady Russel ihre Tochter, zur Erwiderung hübsch zu knicksen. Schließlich wurde nicht jeden Tag ein Mädchen in so öffentlicher und demonstrativer Weise durch die Verkündung der Verlobung mit dem begehrtesten Witwer des Königreichs geehrt.

„Oh, Papa … nicht er …“, murmelte Lady Henrietta mit einem erschütternden Aufschluchzen und fiel prompt in einer Wolke sich bauschender Röcke ohnmächtig vor die seidenbezogenen Absätze der Füße ihrer Mutter.

„Hätte er die Wahl gehabt, vermute ich, dass Cleveley das Leben eines Landedelmannes vorgezogen hätte“, sagte die Herzogin von Romney-St Neots, während sie Rotwein aus einem Kristallglas nippte. „Aber er hatte natürlich nie die Wahl. Seine Mutter hatte sein Leben vorherbestimmt, noch bevor er sich vom Gängelband gelöst hatte. Vom einzigen Sohn eines Lord Kanzlers wird Großes erwartet. Sein Leben mit dem Zählen von Schafen und dem Pflügen des Bodens zu verbringen, zählt da nicht. Natürlich wurde Cleveley in dem Glauben erzogen, dass er ein göttliches Recht auf einen Platz im großen Plan der Welt hätte und verhielt sich entsprechend. Er war, und *ist noch immer*, ein unmäßig stolzer Mann. Als sein Vater starb und er den berühmten Titel und das riesige Gemäuer erbte, ging er daran, der Politik seinen Stempel aufzudrücken. Was seine Ehe angeht ... Was soll ich dir sagen? Er akzeptierte eine arrangierte Heirat mit Ellen, da auch in ihren Adern das Blut des Eroberers rann. Oh, ich dachte mir, dass dich das beeindrucken würde", scherzte sie, als Alec die Augen verdrehte. „Ellen war vom alten Herzog von Stanton schwanger, als sie Cleveley heiratete, einen Jungen von gerade achtzehn Jahren. Eine unschöne Angelegenheit."

„Seltsam, dass die normale Trauerzeit nicht eingehalten wurde", bemerkte Alec trocken und dachte an seine eigene Lage; dass Selina darauf bestand, die erforderlichen zwölf Monate abzuwarten. „Vor allem, wenn sie von Stanton schwanger war. Führte die Heirat mit Cleveley, bevor sie gebar, nicht dazu, dass ihr ungeborenes Kind als legitimes Kind ihres neuen Ehemannes galt?"

„Ellen war Stantons zweite Frau; er hatte von seiner ersten Herzogin drei erwachsene Söhne. Aber du hast schon recht. Es war ein äußerst ungewöhnlicher Umstand. Tatsächlich war es so, dass sie erst seit vier Monaten mit Stanton verheiratet gewesen war, als er mit einem Herzanfall tot umfiel. Zu viel Herumgetobe im Bett mit einer viel jüngeren Ehefrau wurde als Grund dafür angegeben! Dann, innerhalb von zwei Monaten, wurde sie an Cleveley verheiratet, und sie war im sechsten Monat schwanger. In vulgärer Eile, wenn du mich fragst. Eine Klausel im Ehevertrag mit Cleveley besagte, dass, sollte Ellen Cleveley keine Kinder schenken, wenn er keine legitimen Kinder, *Söhne*, zu seinen Lebzeiten hätte, und wenn Ellen vor ihm stürbe, das Kind, das sie trug und das nach der Heirat mit Cleveley geboren werden würde, der anerkannte Erbe des Herzogs sein sollte."

Alec schaute sein Rotweinglas stirnrunzelnd an. „Kommt dir das nicht ziemlich auffällig vor, wenn man bedenkt, dass die Braut offensichtlich fruchtbar war und Cleveley ein junger Mann? Eine solche Vereinbarung würde vermuten lassen, dass die Parteien, die den Ehevertrag aufsetzten, nicht erwarteten, dass das frisch verheiratete Paar eigenen Nachwuchs haben würde."

„Du bist sehr scharfsinnig. Es hört sich so an, nicht wahr?"

„Und?", drängte Alec.

„Und was, lieber Junge?“

„Warum sollte eine solche Klausel für notwendig erachtet worden sein, wenn nicht ..., wenn nicht angenommen wurde, dass Cleveley unfähig wäre, Kinder zu zeugen? Oder bin ich voreilig? Sag mir nicht, dass der *große Mann impotent* ist?“

„Er ist im Besitz seiner ganzen Männlichkeit, wie jede Menge Bordellschönheiten bestätigen können“, antwortete die Herzogin mit einer Schärfe, die Alec sagte, dass sie über seine Leichtfertigkeit nicht erfreut war. „Aber etwa zur Zeit seiner Heirat mit Ellen gab es sehr reale Bedenken, dass er impotent sein könnte. Die Ehe wurde über zwei Jahre lang nicht vollzogen. Dann nahm ein Chirurg einen einfachen, wirksamen, aber recht schmerzhaften Eingriff vor, der das Problem behob. Man sagt mir, dass die Juden alle ihre Söhne in dieser Weise misshandeln, wenn sie volljährig werden.“

„Beschneidung? Cleveley wurde beschnitten, um ein Problem mit seiner Erektion zu beheben? Aber das erklärt nicht, warum ihre Ehe kinderlos blieb.“

„Nein. Und da Ellen George gebar, muss man annehmen, dass die Schuld bei Cleveley liegt.“ Die Herzogin seufzte. „Ich weiß, dass man über Tote nicht schlecht sprechen soll, aber ich konnte mich nie für Ellen erwärmen. Sie war nicht *geeignet*, die Frau eines Herzogs zu sein, obwohl ihr die Äußerlichkeiten von Titel und Vermögen gefielen. Mit Sicherheit war sie Cleveley bei seiner Karriere keine Hilfe.“

Alec füllte ihre Gläser wieder auf. Der Gesang von unten drang in seine Gedanken und er warf einen verärgerten Blick auf die Bühne. Bei dieser speziellen Gelegenheit neigte er dazu, der Einstellung der Herzogin zur Oper zuzustimmen. Er machte sich nicht viel aus Glucks Werk. „Ich vermute, die Herzogin von Cleveley war allgemein beliebt.“

„Ja. Meine Gefühle für sie werden von der Tatsache beeinträchtigt, dass sie eine kurze Affäre mit Romney hatte.“

„Sicher ein kurzer Fehltritt seinerseits“, antwortete Alec höflich.

Die Herzogin stieß ein hohles Lachen aus und in ihren blassen Augen stand Heiterkeit. „Einer von vielen, mein Junge. Aber man erwartet nicht, dass das Mädchen, das man selbst bei Hofe vorgestellt hat, mit dem eigenen Mann schläft. Das zeugt von so schlechtem Geschmack, und was schlimmer ist, sie war so ungezogen, sich von ihm schwängern zu lassen.“

„Von Romney?“ Alec war überrascht. „Bist du sicher?“

„Mein lieber Junge, Romney musste nur einen Fuß über die Schwelle unseres Schlafzimmers setzen, und ich war schon wieder schwanger. Ich war öfter schwanger, als ich mich erinnern will, und lag *sechzehn* Mal im

Wochenbett. Der Mann war ein neuzeitlicher Ramses. Zu fruchtbar für das Wohl irgendeiner Frau. Ich war nur zu froh, dass er sich herumtrieb.“

Mit einem Schluck Rotwein unterdrückte Alec ein Lachen.

„Aber was ich nicht schätzte, war, dass man es mir erzählte.“

„Sie erzählte es dir?“ Alec war überrascht. „Zu welchem Zweck? Ich nehme an, sie hätte auf so unpassende Weise gezeugte Nachkommen loswerden wollen oder zumindest die Frucht ihres Ehebruchs verstecken wollen, wenn auch nur, um Cleveley die Demütigung wegen seiner offenkundigen Unfähigkeit zu ersparen?“

Die Herzogin zuckte gleichgültig mit den Schultern, aber Alec bemerkte in ihrer Antwort einen Hauch von Gefühl. „Ich schätze, sie wollte mit jemandem über ihre missliche Lage sprechen, und wer wäre besser geeignet als die Frau ihres Liebhabers; die einzige Person, bei der es unwahrscheinlich war, dass sie es in den Salons herumposaunen würde. Aber ich hatte einiges Mitgefühl für Ellen ...“

„Deine Großmütigkeit ist grenzenlos, meine liebe Olivia.“

„Hör auf zu lästern! Ihre Ehe war unfruchtbar. Und sie war verzweifelt darauf aus, ein Kind zu haben, und dann war sie mit dem Bastard meines Mannes schwanger und konnte es keiner lebenden Seele erzählen. Und sie erlitt eine Fehlgeburt, was eine weit bessere Lösung war, als wenn sie den Bastard ausgetragen hätte, nicht, dass ich das zu *ihr* gesagt hätte, weil sie mich ins Vertrauen gezogen hatte! *Mich.*“

Alec schaute auf seine schlanken Hände hinab. „Eine schwierige Zeit für euch beide.“

„Schwierig? Das beschreibt es nicht einmal ansatzweise. Nicht einmal drei Monate nach ihrer Fehlgeburt kam sie mit der erstaunlichsten aller Neuigkeiten zu mir. Sie hatte sich *verliebt*. Ist das zu glauben? *Verliebt*, und wohl auch noch zum allerersten Mal! Dumme Gans. Und in ihrem Alter.“

„Alter hindert einen nicht, sich zu verlieben, Olivia.“

Die Herzogin zuckte die Schultern, als ob diese einfache Wahrheit ihr Unbehagen bereitete, und sagte trocken: „Nun, Alter hinderte Ellen auch nicht daran, wieder schwanger zu werden! *Wieder* stellte Ellen fest, dass sie schwanger war und *wieder* nicht von ihrem Mann und *wieder* fand ich mich in der Lage, nicht nur ihre einzige Vertraute zu sein, sondern auch ihre Verbündete, um die Frucht ihres Ehebruchs vor Cleveley zu verbergen.“

„Sie hat nie daran gedacht, das Kind als Cleveleys auszugeben?“

„Es ging nicht. Er hätte es gemerkt. Die Zeit passte überhaupt nicht.“

„Also dachte sie daran, ihnen Ehemann hinters Licht zu führen.“

Die Herzogin musterte ihn grollend. „Wir dachten beide daran."

Alec behielt seine Ansicht über solche Hinterhältigkeit und Betrug für sich und sagte ruhig: „Ich vermute, dass sie es schaffte, diese Schwangerschaft vor ihm geheim zu halten. Wie hat sie das angestellt?"

Die Herzogin glättete eine imaginäre Falte in ihren Röcken. „Ellens unerwünschte Schwangerschaft war nicht die erste, die ausgetragen wurde, ohne dass irgendjemand, einschließlich des Ehemannes, etwas davon ahnte. Frauen gehen aufs Land, um Verwandte zu besuchen; liegen mit allen möglichen vorgetäuschten Krankheiten darnieder, die völliger Bettruhe und einsamer Erholung bedürfen. Tatsache ist, dass sie das Gör bekam, es irgendwo weit aufs Land weggab, an Gott weiß welches verarmte Paar, das nur zu bereit war, einen weiteren Mund zu füttern gegen ein garantiertes Jahreseinkommen, um dann nach London, in die Gesellschaft und zu Cleveley zurückzukehren, ohne dass jemand etwas ahnte."

„Außer dir."

„Ja. Außer mir." Die Herzogin seufzte. „Ich glaube, Ellen hat sich nie davon erholt, dass sie dieses Kind weggeben musste. Ihr Verlust wurde schlimmer dadurch, dass ihre Schwester, diese Schlange, gerade eine Tochter geboren hatte. Ellen konnte ihr Herz nicht genügend verhärten. Ihre Ehe blieb kinderlos. Es geht das Märchen, dass sie Cleveley treu ergeben war, und doch wurde sie zwei Mal schwanger, und einer ihrer Liebhaber war mein Ehemann." Sie tippte mit ihrem Fächer auf Alecs seidenen Ärmel. „Weißt du, ich glaube wirklich, dass *er* ihr während der ersten Hälfte ihrer Ehe treu ergeben war. Traurig. Sie verbrachte ihre letzten drei Jahre bettlägerig und verbittert, verspottete ihn bei jeder Gelegenheit wegen seiner Unfähigkeit, ein Kind zu zeugen, und sei es unehelich. Ich habe einige dieser Ausbrüche von ihr miterlebt. Ist es ein Wunder, dass er nicht an ihrem Bett war, als sie starb?"

Alec verzog das Gesicht. „Liebe Güte. Der Stolz verletzt, aber doch sicher nicht zerstört?"

Das Gesicht der Herzogin wurde hart. „Du hast keine Ahnung."

„Verzeih mir. Das war unangebracht."

„Ihre kinderlose Ehe war für einen stolzen Mann wie Cleveley eine wahre Hölle, vor allem, da er Kinder wirklich gerne hat. Er war für Mimi, Frances Rutherglens einziges Kind, ein sehr fürsorglicher Onkel. Ein überraschend schönes Mädchen, nein, *erstaunlich* ist eine bessere Bezeichnung, wenn man ihre Abstammung bedenkt, und so viel Haltung bei ihrer Jugend. Ich habe sie nur einmal gesehen. Das war nicht lange vor ihrem tragischen Tod. Sie wurde aus dem Schulzimmer geholt, um bei einem von Frances' tödlich langweiligen Nachmittagstees Klavier zu spielen. Cleveley blätterte die Noten um, während sie spielte. Der Tod des Kindes war ein schwerer Schlag für ihn. Ich werde Cleveleys Gesichtsausdruck, als er mir erzählte, dass er auf Bitten der Rutherglens Mimis Leiche identifiziert hätte, nie vergessen. Er sah so krank aus, dass ich dachte, ihm würde der Atem stillstehen ..." Die Herzogin schüttelte sich innerlich und drückte mit der Hand auf Alecs seidenen Ärmel. „Ich wusste, dass Cleveleys menschliche Seite dich überraschen würde. Das lässt ihn weniger als gefühllosen Unmenschen dastehen, nicht wahr? Und ein Mann, der bereit ist, diesen trunksüchtigen Clown George Stanton als seinen Sohn anzuerkennen, muss einen starken väterlichen Instinkt haben."

„Stark genug, um Stanton vor den Folgen einer jugendlichen Torheit zu schützen?"

„Was ist eine jugendliche Torheit im Lauf der Welt? Und welcher Vater würde sein Kind nicht schützen wollen? Der Herzog wird nichts und niemandem erlauben, George im Weg zu stehen, wenn er das Herzogtum der Cleveleys erbt."

„Ohne Rücksicht auf den Preis?"

Die Herzogin von Romney-St. Neots zögerte nicht. „Ohne Rücksicht auf den Preis."

<h1 style="text-align:center">SIEBEN</h1>

ALEC HATTE NOCH NIE EINEN SCHNALLENSCHUH IN DAS Herrenhaus am Hanover Square gesetzt, das Selina mit ihrem hassenswerten Ehemann geteilt hatte. Er hatte gehofft, das nie tun zu müssen und fragte sich, warum sie weiter in einem Haus wohnte, in dem es so viele schmerzliche Erinnerungen an eine Ehe voller Gewalt gab. Alec wünschte, sie würde es verkaufen, nicht nur vermieten, damit es keine alten Bindungen, tatsächliche oder andere, zu dem verstorbenen Wahnsinnigen, der ihr Ehemann gewesen war, mehr gäbe. Sein Stadthaus in St. James war mehr als ausreichend für ihre Bedürfnisse. Zumindest war es ein gemütlicher, warmer Ort, den man ein Zuhause nennen konnte, anders als dieser Monolith aus kaltem Marmor und Opulenz, der an seinen toten Herrn erinnerte: eine Fassade von Reichtum und Ansehen, der Herz und Seele fehlten.

Er schaute zum zweiten Mal auf das perlmutterne Zifferblatt seiner goldenen Taschenuhr und las die Zahlen mit ausgestrecktem Arm. Der Diener, der ihn in das Vorzimmer der Bibliothek führte, hatte ihm gesagt, dass seine Herrin Besucher hätte, aber es nicht lange dauern würde, bevor sie frei wäre, da die Reisekutsche des Herzogs auf der Straße wartete. Sie hatte Alec schon fünfzehn Minuten warten lassen.

Als der Butler mit einem Lakaien im Schlepptau aus der Bibliothek auftauchte, ließen sie die Tür weit offenstehen, was Alec einen guten Blick in einen von Büchern gesäumten Raum mit einem in der Mitte stehenden massiven Mahagoni-Schreibtisch gab. Dort saßen zwei Verwalter umgeben von Pergamenten und Papieren. Selina, deren Haar aus ihrem Nacken hochfrisiert war und die ihren gewöhnlichen schwarzen Samt trug, schritt zwischen dem Schreibtisch und der Wärme des Kamins hin und her, die schlanken Arme hinter dem Rücken verschränkt. Sie lauschte der Unterhaltung zwischen den beiden Verwaltern und dem Herzog intensiv. Seine Gnaden von Cleveley schien sich wie zu Hause zu fühlen und saß auf einer Ecke des Schreibtischs. Er ließ ein bestrumpftes Bein hinabbaumeln, seine unvermeidliche Schnupftabaksdose in Bereitschaft.

Selina sprach mit dem Herzog, und ihm hörte sie zu. Als sie anhielt und ihn anschaute, deutlich von einer Bemerkung eines der Verwalter erregt, zog Cleveley sie an sich und hielt sie leicht an den Oberarmen fest, während er sprach. Als sie schließlich ihren Kopf senkte und nickte, küsste er ihre Stirn und ließ sie langsam los, wobei seine Hände an ihren Armen entlang nach unten strichen und kurz ihre Hände drückten. Bei diesem vertraulichen Benehmen zog Alec sich zurück, um aus dem Fenster zu starren, verärgert, dass ein leichter Kuss und eine Zärtlichkeit eines Mannes, der alt genug war, ihr Vater zu sein, in ihm unbehagliche Gefühle auslösen konnte. Aber trotz der zusammen in Paris verbrachten genussreichen Woche war die Angelegenheit mit Selina nicht planmäßig verlaufen und er wusste nicht, warum, daher hatte er das Gefühl, jedes Recht auf Misstrauen zu haben.

Als hinter seinem Rücken Bewegung entstand, täuschte er Interesse an der prachtvollen Reisekutsche des Herzogs vor, die müßig unten auf dem Platz stand, und auf deren Türen das Wappen der Cleveleys vergoldet auf der schwarzen Tür angebracht war. Zwei pompös aussehende Lakaien in Livree standen hinten auf der Kutsche, ein anderer wartete geduldig zwischen den Köpfen der Pferde, während der Kutscher in seinem schweren Wollumhang zurückgelehnt dasaß, die Zügel in seinen behandschuhten Händen. Vier bewaffnete Vorreiter waren auf ihren Pferden sitzengeblieben und ließen ihre Tiere im Schritt die Straße auf und ab gehen, Kreise um die Kutsche ihres Herrn beschreiben, ungeduldig, losreiten zu dürfen. Dem Berg an Gepäck nach zu urteilen, das auf dem Dach befestigt war, sollte es eine beträchtliche Reise werden. Als er sich schließlich in den Raum umwandte, fand er den Herzog, wie dieser ihn beobachtete.

„Ich frage mich, wer hier wen gestört hat?", witzelte Cleveley, während er seine Samthandschuhe anzog. „Leider kann ich nicht bleiben, um es herauszufinden. Daher, wenn Ihr mich entschuldigen wollt ..."

„Macht Ihr es Euch zur Gewohnheit, diese Witwe zu stören, Euer Gnaden?"

Der Herzog hob seine ergrauenden schwarzen Brauen. „Darf man fragen, was eine solch unerwartete Frage aufwirft?"

Die Muskeln um Alecs Mund verhärteten sich bei dem Grinsen, das die Bemerkung des Herzogs begleitete. „Mrs. Jamison-Lewis und ich sind verlobt."

„In der Tat?", sagte der Herzog ohne jegliche Überraschung. „Ich hatte bei Mrs. Jamison-Lewis den starken Eindruck, dass sie hin- und hergerissen ist. Jetzt müsst Ihr mich entschuldigen ... Die Pferde ..."

In einem hastigen Einfall, von einem Moment tiefer Eifersucht angeregt, warf Alec den silbernen Knopf, der zur Cleveley-Livree gehörte, dem Herzog zu. „Ich glaube, Herzog, das gehört Euch."

Seine Gnaden hielt den kleinen Knopf zwischen behandschuhtem Daumen und Zeigefinger ins Licht eines Kerzenleuchters auf dem Kaminsims. „Und?"

„Dieser Knopf gehört doch zu Eurer Livree, nicht wahr?"

Der Herzog blinzelte. „Wie bitte?"

„Ich dachte, Ihr könntet mir vielleicht sagen, wie zwei Eurer livrierten Diener dazu kamen, sich an einer Schlägerei in einer Gasse neben dem *Stock and Buckle* Kaffeehaus zu beteiligen."

Das Gesicht des Herzogs blieb ausdruckslos.

„Es ist Euch nicht in den Sinn gekommen, Euch zu fragen, warum mein Onkel gestern nicht bei der Abstimmung im Unterhaus war?"

„Ich habe nicht die Gewohnheit, mich um Plantagenet Halseys Aufenthaltsort zu kümmern", sagte der Herzog kalt, seine Jovialität am Ende.

„Hätte mein Onkel seine Rede zur Verdammung des Bristol-Gesetzes gehalten, hätte er wahrscheinlich mehr als einen Abgeordneten davon überzeugen können, es abzulehnen. Zufällig gab es eine überraschende Anzahl von Enthaltungen. Das Gesetz wurde nur äußerst knapp angenommen."

Der Herzog wirkte ungläubig. „Plantagenet Halseys emotionale Raserei hätte keinen feuchten Kehricht an Unterschied bei dem Ergebnis dieser Abstimmung erzielt." Er runzelte voll Widerwillen die Stirn. „Seine Rede würde nur das Verfahren verzögert haben - eine lästige Gewohnheit, die er schon immer an sich hatte."

„Mein Onkel wurde bewusstlos geschlagen. Sein Kopf ist dick verbunden."

Der Herzog runzelte die Stirn. Er starrte wieder auf den Knopf in seiner Handfläche und dann zu Alec. Er schien weitere Erklärungen zu benötigen.

„Er kam einem Gentleman zu Hilfe, der von zwei Eurer livrierten Diener überfallen worden war und wurde deshalb selbst angegriffen."

Der Herzog sah Alec mit hartem Blick an. „Wer war dieser Kerl?"

„Diese Frage solltet Ihr vielleicht Euren Dienern stellen, Herzog."

„Ihr glaube, *ich* würde meine Diener anstellen, um solche Mittel zu ergreifen?"

„Das hätte ich nicht gedacht", antwortete Alec mit bemerkenswerter Selbstbeherrschung. „Jedoch, wenn es darum geht, seinen Stolz auf seine Stellung auf Kosten von Anstand und Ehrlichkeit zu schützen ..."

„Wie könnt Ihr es wagen", zischte der Herzog und trat einen Schritt vor, das Gesicht fahl vor Empörung. „Ihr ... *Ihr* besitzt die Frechheit, zu ... zu ... Seid Ihr *betrunken?*"

„Ihr leugnet, dass Ihr Weir geschickt habt, um Euch meiner Dienste zu versichern?"

Der Zorn des Herzogs wich der Verblüffung. „Ich soll ihn geschickt haben? *Weir?*"

„Eine kleine Angelegenheit in der betrüblichen Vergangenheit Eures Stiefsohns, Euer Gnaden", stellte Alec mit gefährlicher Höflichkeit fest.

„Weir kam wegen *Georges* Verhalten zu Euch?" Die Verblüffung des Herzogs wandelte sich zu Ungeduld, als sein Kammerdiener unangemeldet ins Zimmer schlüpfte und mit einem Ruck seines Kopfes zum Fenster deutete. „Ich habe keine Ahnung, was Ihr da plappert." Er übergab Molyneux ein versiegeltes Pergament. „Sorge dafür, dass Mrs. Jamison-Lewis dies erhält."

Alec beschloss, seine Taktik zu ändern, da er sich zu fragen begann, ob der Herzog tatsächlich von dem gewalttätigen Verhalten seiner Diener oder auch von Weirs Besuch wusste. Entweder nicht, oder der Mann war ein perfekter Schauspieler. „Vielleicht möchte Euer Gnaden etwas zu der Möglichkeit sagen, dass Reverend Blackwell vergiftet worden sein könnte?"

Es gab eine winzige Pause, bevor der Herzog antwortete, aber es war nicht sein Zögern, das Alec davon überzeugte, dass Cleveley es für eine sehr wahrscheinliche Möglichkeit hielt - es war die Art, wie der Kammerdiener, Molyneux, zusammenzuckte und schnell zu seinem Herrn sah, als ob er sagen wollte: *Ich habe es Euch gesagt.*

„Blackwell erlitt einen Herzanfall ..."

„.... und hinterließ sein beträchtliches Vermögen einer Catherine Bourdon", unterbrach Alec ihn. „Euer Gnaden hat das Testament als Zeuge unterschrieben."

Der Herzog versuchte nicht, dies abzustreiten und es war offenkundig, dass er im Augenblick schockiert war, dass Alec den Inhalt des Testaments des toten Pfarrers kannte. Er erholte sich jedoch schnell und sagte mit eisiger Selbstbeherrschung: „Ein Mann kann so viele Testamente machen, wie es ihm gefällt."

„Testamente?", wiederholte Alec. „Er hatte ein anderes, älteres Testament?"

Der Herzog erstarrte. „Das ist in sich selbst kein ungewöhnlicher Umstand."

„Nein, das ist es nicht. Ungewöhnlich ist die Tatsache, dass Blackwell am Tag, nachdem er dieses, sein letztes Testament, gemacht hatte, starb. Dieses Testament war im Besitz des Gentlemans, der von zweien Eurer livrierten Diener bedrängt wurde. Mein Onkel kam dem Gentleman zu Hilfe und in dem Gedrängel wurde Blackwells Testament meinem Onkel in die Tasche gesteckt. Dieses Testament ist jetzt in meinem Besitz und ich habe die Absicht, dafür zu sorgen, dass es in die Hände von Blackwells Anwalt, Thaddeus Fanshawe, gelangt. Ihr seht überrascht aus, Euer Gnaden ..."

Alec ließ den Satz in der Luft hängen und der Herzog schien bereits sprechen zu wollen, als das schwere Schweigen von Molyneux unterbrochen wurde, der noch immer neben seinem Herrn herumstand.

„Die Pferde, Euer Gnaden ..."

Daraufhin drehte der Herzog sich auf dem Absatz um und sagte: „Wie Ihr verstehen werdet, Halsey, kann ich meine Pferde unmöglich noch einen Augenblick länger auf der Straße stehen lassen. Ich muss sofort nach Somerset abreisen."

Alec, der seinen Blick von dem entstellten Gesicht des Kammerdieners zu dem Brief in dessen Hand hatte fallen lassen, und den es juckte, den Inhalt dieses Briefes zu erfahren, schaute schnell auf. Ihm kam eine blitzartige Erkenntnis. „Somerset?" Er folgte Herrn und Diener nach draußen auf den Treppenabsatz, wo am Fuße der geschwungenen Treppe der Butler und ein Lakai geduldig mit des Herzogs schwerem Umhang und Schwert warteten. „Wollt Ihr Euch selbst um Catherine Bourdon kümmern, Herzog?", fragte er mit beiläufiger Unverschämtheit. „Eine weise Entscheidung. Lord Russel wäre ein unnatürlicher Vater, wenn er seiner Tochter erlaubte, in eine Familie zu heiraten, die den Ruin und die Verstoßung eines jungen Mädchens aus guter Familie zugelassen hat."

Wenn Alec gehofft hatte, Cleveley dazu zu reizen, eine unbedachte Antwort zu geben, bekam er mehr, als er zu hoffen gewagt hatte, denn der Herzog taumelte und wandte sich halb um; er sah aus, als würde er gleich in Ohnmacht fallen, so ungesund blass war er geworden. Sein Kinn und Hals waren angespannt und eine behandschuhte Hand umklammerte das Geländer so fest, dass jeder Knöchel deutlich durch das straffe, schwarze Leder zu erkennen war. Der vollendet kaltblütige Staatsmann hielt durch die bloße Kraft seiner Persönlichkeit den verzweifelten und empörten Vater fest in Zaum. Es war nicht schwer für Alec, Mitgefühl für einen Vater aufzubringen, der Lord George seinen Sohn nannte.

Molyneux sprang die Treppe je zwei Stufen auf einmal hinab, schnappte sich seines Herrn Schwert, Schärpe und Umhang aus den Händen des mit großen Augen dastehenden Butlers und streckte sie seinem Herrn hin. Der Herzog folgte seinem Diener langsam die Treppe hinab, sich noch immer am Geländer festhaltend, und ließ sich mit aller Fürsorge und Bedachtsamkeit von Molyneux' zwanzig Jahren ergebenen Dienstes in den Umhang helfen, jedoch mit einem Anflug der Eile, den neugierigen Blicken Fremder zu entfliehen. Das hielt den Kammerdiener nicht davon ab, mit solcher Verachtung zu Alec aufzuschauen, dass sein Wissen um die Situation, auf die Alec anspielte, offensichtlich wurde, selbst wenn sein Herr es nicht über sich brachte, davon zu sprechen. Aber er würde darüber sprechen müssen, beschloss Alec und folgte Herrn und Diener in die Weite des mit schwarzem und weißem Marmor ausgelegten Eingangsfoyers und versuchte einmal mehr, den Herzog zu einer Beichte zu bewegen.

„Wenn ein schreckliches Unrecht begangen wurde, wie konntet Ihr dem Euren Rücken kehren?"

Der Herzog räusperte sich laut. „Was immer man Euch erzählt hat", sagte er heiser, „war eine unglaublich falsche Information."

„War es das, Euer Gnaden?", antwortete Alec zweifelnd und senkte seine Stimme, so dass die offenen Ohren der Diener, die sich in den Hintergrund des Foyers zurückgezogen hatten, ihn nicht verstehen konnten, so dass nur den Portier blieb, der die schwere Vordertür offenhielt. „Ein angeblich mittelloser Pfarrer könnte ermordet worden sein. Wie es sich herausstellt, war er der Sohn eines Viscounts. Er hinterließ ein beträchtliches Vermögen, das er einer gewissen Catherine Bourdon vom Ellick-Hof in Somerset vermachte. Wäre es vermessen von mir anzunehmen, dass diese Frau genau dasselbe Mädchen ist, das vor fünf Jahren verführt, geschwängert und aufgegeben wurde, von niemand anderem als …"

„Diese Angelegenheit geht Euch nichts an! Mischt Euch nicht ein!"

„Ein schreckliches Unrecht wurde mir anvertraut, und daher bin ich nun damit befasst. Ich kann mich nicht so einfach abwenden; nicht ohne guten Grund; nicht, wenn es wahr ist."

Der Herzog sah durch die offene Vordertür zu seiner wartenden Kutsche und reckte seinen Kopf aus seiner feinen, weißen Spitzenkrawatte. Auf seinem Gesicht lag ein hohler Ausdruck. Seine Augen waren leer. „Mischt Euch nicht in eine Angelegenheit, von der Ihr nichts wisst, Halsey." Und er flüsterte danach dicht an Alecs Ohr: „Die Zukunft des Namens Cleveley hängt davon ab."

✢

„SEINER LORDSCHAFT AUS DEM WEG ZU GEHEN HILFT NICHT", predigte Evans, ein Bündel frisch gewaschener Seidenstrümpfe an ihre dünne Brust gepresst, während sie Selina Jamison-Lewis aus der Wärme des gemütlichen Wohnzimmers in das weitläufige Schlafzimmer folgte. Sie legte die Strümpfe in eine offene Holzkiste, die säuberlich mit Kleidern vollgepackt war, stellte sich in die Mitte des Raums und winkte zwei wartende Lakaien herbei. Die stämmigen Diener schlossen und verriegelten den Deckel und trugen die Kiste zu zweit zu der Reisekutsche. „Ihr solltet ihm die Wahrheit sagen", fügte sie hinzu, während sie ihr weiter in das unordentliche Ankleidezimmer folgte. Sie hob ein Paar von Selinas vergessenen Seidenpantöffelchen auf. „Mr. Halsey - ich meine, *Lord Halsey* - ich werde mich nie daran gewöhnen, ihn so zu nennen - seine Lordschaft würde es verstehen."

„Er ist selbst nicht an den Titel gewöhnt", murmelte Selina, als Evans ihr besticktes Vorsteckmieder abnahm und die seidenen Bänder löste, die ihre Röcke hielten. Sie trat aus den schweren Samtröcken und setzte sich in Korsett und Leinenhemd vor den vergoldeten Frisiertisch, um ihre Strumpfbandhalter und weißen Seidenstrümpfe auszuziehen. „Sind Mr. Veseys Koffer auf die Kutsche gepackt worden?"

„Ja, Mylady." Und bevor sie sich beherrschen konnte, fügte sie hinzu, während sie die abgelegten Röcke und Strümpfe auflas: „Seine Lordschaft hat ein *Recht* auf die Wahrheit."

Auf diese vorwitzige Bemerkung hin schaute Selina ihre Zofe böse an, für einen Moment stumm vor Zorn. „Wenn du das Gefühl hast, mit meiner Entscheidung nicht leben zu können, steht es dir frei zu geh..."

„Nein! Ich könnte Euch nie verlassen", antwortete Evans schnell. „Wie könntet ihr das denken, zu einem Zeitpunkt wie diesem - zu *irgendeinem* Zeitpunkt?"

„Dann behalte deine puritanischen Grundsätze für dich, Mary", befahl Selina, obwohl sie jedes Mal vor Verzweiflung krank war, wenn sie daran dachte, was sie sich während ihrer abscheulichen Ehe zu tun gezwungen hatte und wie die Folgen ihrer Handlungen sie nun für den Rest ihres Lebens verfolgen würden. „Hilf mir beim Anziehen, dann kannst du mit dem Packen weitermachen", fügte sie leise hinzu, während sie saubere, weiße Strümpfe über ihre Knie hochrollte und sie mit Strumpfbandhaltern befestigte. „Ich will vor dem Mittagsmahl von hier fort sein."

Evans nickte und sah zur Seite, bevor Selina die bekümmerten Tränen in ihren Augen sah. Sie goss warmes, duftendes Wasser in eine große, gemusterte Porzellanschüssel auf dem Frisiertisch und fragte wie nebenbei: „Darf ich fragen, ob Eure - Eure Besprechung mit Seiner Gnaden gut verlaufen ist?"

„Ja, besser als erwartet. Ich habe dieses marmorne Scheusal an einen sehr reichen Mühlenbesitzer aus Lancashire vermietet. Er und seine Frau haben sechs Töchter und drei Söhne."

„Gelobt sei Gott." Evans seufzte erleichtert und half Selina, einen frischen Rock anzuziehen, bevor sie das Band mit zwei daran hängenden Taschen um die schmale Taille ihrer Herrin befestigte. Ein Kratzen an der äußeren Tür ließ sie leise gehen, um diese zu öffnen, sie ging wie auf Wolken, da sie wusste, dass ihre Tage in diesen elenden Mauern gezählt waren. Sie hasste dieses Haus. Es war von einem Ungeheuer beherrscht worden, das das Leben ihres Lieblings Selina sechs lange Jahre in eine Hölle verwandelt hatte. Vielleicht würden sie jetzt die schrecklichen Erinnerungen für immer hinter sich lassen können ...

Selina verschwand hinter dem verzierten Wandschirm, um sich fertig anzuziehen.

Über der gepolsterten Rückenlehne eines dünnbeinigen Stuhls hing ein Reisekleid in Seide von dunkelstem Blau und ein dazu passendes Vorsteckmieder, zart mit Streublümchen im chinesischen Stil bestickt; die Farbe war so dunkel, dass sie leicht für Trauerschwarz gehalten werden konnte; Seidenschuhe im gleichen Ton ergänzten das Kleid. Sie freute sich auf ihren Monat in Somerset mit Miranda und Sophie. Wenn nur das Gemälde ihres Bruders nicht geschändet worden wäre ... Wer hätte ein so harmloses Bild auf so scheußliche Weise verunstalten wollen? Und ein Gemälde eines harmlosen Malers. Talgarth hatte keinen einzigen bösen Zug an sich.

Sie waren schweigend von der Ausstellung nach Hause zurückgekehrt, sie hatte ihren Bruder in den Armen gehalten, keiner sprach über die mutwillige Zerstörung seines schönen Gemäldes, und sie war nicht fähig gewesen, tröstende Worte zu finden. Er hatte so krank ausgesehen, dass sie einen Arzt hatte holen wollen, aber er hatte das abgelehnt, war direkt in seine Zimmer gegangen, um mit seiner Verzweiflung allein zu sein, und hatte sich dort eingeschlossen. Sie wusste, dass er mit seinem Schmerz auf seine eigene Art fertigwerden würde; ebenso, wie er mit der psychischen und körperlichen Misshandlung, die ihr übermäßig strenger Vater ihm hatte zuteilwerden lassen, fertiggeworden war.

Ihr Vater, ein hochdekorierter General, hatte die künstlerischen Neigungen seines jüngsten Sohnes nie verstanden und ihn seit seinem siebten Jahr jede Woche bis zur Bewusstlosigkeit geschlagen, im Glauben, dass körperliche Strafen Talgarth zwingen würden, sich zu ändern. Talgarth hatte sich nicht geändert. Er war auch kein Offizier in der Armee geworden, wie die Familie es von ihm erwartet hatte. Die Jahre der Misshandlungen hatten ihn zum Opiumsüchtigen gemacht, Opium, das der Offiziersbursche des Generals, ein Infanterist, der im Fernen Osten gedient hatte und der selbst Opiumesser war, ihm heimlich verschaffte. Die Ironie daran war Selina nicht entgangen.

Die Tür zum Ankleidezimmer öffnete sich mit einem Quietschen, was Selina aus ihren Gedanken riss und zu der Erkenntnis brachte, dass Evans nicht da war, um ihr zu helfen, ihre Toilette zu beenden. Wie konnte sie alleine in ihr Kleid steigen, ganz zu schweigen davon, wie sie das Mieder befestigen sollte? Die leichten, gemessenen Schritte auf den polierten Dielen und dann dem Orientteppich waren nicht die ihrer Magd, genauso wenig wie die ebenso gemessene, tiefe männliche Stimme.

„Wie geht es deinem Bruder?"

Die Frage war einfach genug. Aber sie ließ Selina erstarren und ihr Herz hart gegen ihre Rippen schlagen. Nach einer Pause, die minutenlang gewesen zu sein schien, und voller Furcht, dass ihre Ohren sie getäuscht hätten, steckte sie ihren Kopf hinter dem verzierten Wandschirm hervor. Und da war Alec, auf dem Fensterbrett sitzend, sein gutaussehendes Profil mit der kräftigen, schmalen Nase gegen das Tageslicht gewandt, und er schien sich für den laut über die Pflastersteine des unten liegenden Platzes rumpelnden Verkehr zu interessieren. Sie verschwand wieder und beeilte sich, das Kleid überzustreifen, während sie die romantischen Gefühle ihre Zofe verfluchte.

„Er wird auf seine eigene Weise damit fertig", rief sie ihm ruhig zu, obwohl sie sich in seine Arme hätte werfen und ihm sagen wollen, wie sehr sie ihn seit ihrer bitteren Trennung in Paris vermisst hatte. Sie glättete die seidenen Ärmel an ihren Armen bis zu den Ellenbogen hinunter und tat ihr Bestes, um die Spitzenrüschen, die vom Ellenbogen bis zu den Handgelenken fielen, auszuschütteln. Aber es gab keine Möglichkeit, das Vorsteckmieder vorn an ihrem Korsett ohne Hilfe zu befestigen. Sie fluchte in sich hinein, weil Evans es gewagt hatte, sie allein zu lassen und weil Alecs Gegenwart die Macht hatte, all ihre Finger in Daumen zu verwandeln.

„Hast du mit ihm gesprochen?", erkundigte sich Alec.

„Nein. Aber es wird viel Gelegenheit dazu geben, wenn wir zusammen in meiner Kutsche eingesperrt sind. Die Reise in den Westen ist äußerst lästig."

Alec lächelte, er wusste, dass sie das Reisen nicht mochte.

„Hast du irgendeine Vorstellung, wer eines der Gemälde deines Bruders an einem so öffentlichen Ort zerstören wollen würde?"

„Nicht im Geringsten." Wo war Evans? Die Anwesenheit ihrer Zofe war dringend notwendig und würde intimere Gespräche verhindern, obwohl diese Idee absurd erschien, wenn man den Verlauf von Alecs Unterhaltung bedachte. Es war, als ob ihr Streit in Paris vergessen wäre. Aber hatte er ihr verziehen? „Obwohl ich zugeben muss, dass es verschiedene Gelegenheiten gegeben hat, besonders eine, wo er ein überaus unschönes Temperament an den Tag gelegt hat."

„Während seiner selbstgewählten Zeiten des Entzugs, vielleicht?"

Es entstand ein längeres Schweigen und dann antwortete Selina zögernd hinter dem geschmückten Wandschirm hervor, ihre Stimme war kaum zu hören. „Ja. Aber es ist ihm nie gelungen, und solche Zeiten waren zum Glück nur von kurzer Dauer."

Alec verließ das Fenster. „Es wurde angedeutet, dass die Zerstörung des Porträts eine Warnung für deinen Bruder sein sollte."

Selinas Kopf zeigte sich wieder, ihre Haare waren etwas zerwühlter als zuvor. „Warnung? Warum?"

„Um Talgarths Drohungen zu stoppen, ein an dem Modell begangenes Verbrechen öffentlich zu machen."

Das ließ Selina hinter dem Wandschirm hervorkommen. Sie trippelte auf Zehenspitzen in Strümpfen über den Teppich, ihre Masse hell aprikosenfarbener Haare fiel ohne Haarnadeln lose über ihre nackten weißen Schultern. Sie tat ihr Bestes, die auseinanderklaffenden Ränder ihres Satinkleids über ihrem weit ausgeschnittenen Korsett zusammenzuhalten, während sie in der linken Hand das bestickte Vorsteckmieder hielt und es auf die Lücke drückte, wo es befestigt werden sollte, was ihr aber beides völlig misslang.

Alec lächelte in sich hinein, als er den Kampf beobachtete, wie sie das chinesisch bestickte, schwärze - oder war es blau? - seidene Vorsteckmieder vor ihre vollen Brüste drückte. Sie war unfähig, sich selbst anzukleiden, aber welche Dame von Adel war das nicht? Weibliche Kleidung wurde nicht zur Bequemlichkeit geschaffen, erst recht nicht, um sich darin zu bewegen, und wurde von den Launen der Mode diktiert; ebenso zum Schutz vor sich selbst wie aus irgendeinem anderen Grund: Schwer auszuziehen, und genauso schwer wieder anzuziehen.

Selina runzelte noch immer die Stirn. „Verbrechen? An dem *Modell*?"

„Darf ich erfahren, wer deinem Bruder für dieses Porträt gesessen hat?", fragte er und kam ihr zu Hilfe. Er drehte sie so um, dass sie ihm direkt gegenüberstand, nahm ihr das Vorsteckmieder ab und ging daran, dieses zart bestickte Stück versteiften Materials zu befestigen, indem er die Laschen an den Seiten des Mieders an das Korsett steckte.

„Ich verstehe nicht, warum ..."

„Das wirst du noch. Alles zu seiner Zeit", sagte er milde und blickt von dem Werk auf, mit dem er gerade beschäftigt war. „Das Porträt war ein Ganzkörperporträt einer Frau mit einem kleinen Kind, nicht wahr?"

Selina zuckte mit den Schultern und versuchte, gleichgültig zu wirken. „Miranda. Ihr Name ist Miranda. Sie saß für Tal nach seiner Rückkehr vom Kontinent, das war vor ungefähr einem Jahr."

Er schwieg einen Moment, während er den Sitz des seidenen Vorsteckmieders über ihren Brüsten prüfte und ob es flach auf den Längen von Seide auflag, die an ihrer Taille zusammengerafft waren. Seine langen Finger berührten leicht ihre linke Schulter und dann ihre Brust, als er sanft den hübschen Spitzenbesatz ihres Hemdes unter dem viereckigen Ausschnitt des bestickten Rands ihres Korsetts versteckte. Rote Flecken bildeten sich auf Selinas Hals. An seiner Nähe und dem Gefühl seiner Finger auf ihrer Haut war etwas sehr Intimes, trotz seines sachlichen Vorgehens. Es ließ sie ihre dunklen Augen von den komplizierten Falten seiner einfachen, weißen Halsbinde zu seinem glattrasierten Kinn heben, und es wagen, noch höher zu gehen und in seine blauen Augen zu schauen, aber wie erwartet, war er auf seine gegenwärtige Aufgabe konzentriert. Das änderte jedoch nichts daran, dass die Hitze ihr den Hals hinaufstieg und die Farbe auf ihren Wangen vertiefte.

„Miranda?", wiederholte er, während er fortfuhr, die Laschen des Vorsteckmieders unsichtbar in den Falten der Seide zu verbergen. „Und der Name des Kindes?"

„Sophie: Mirandas Tochter." Selina schaute durch ihre Wimpern zu ihm auf. „Soll ich Evans kündigen?", fragte sie keck.

Alec ließ den Hauch eines Lächelns sehen, als er zurücktrat, bevor ihre Finger seine Wange streicheln konnten. „Die wahre Kunst ist das *Ent*kleiden, M'lady. Wie alt war Miranda, als sie Sophie bekam?"

„Ungefähr fünfzehn", antwortete Selina automatisch, weil sie sich fragte, warum er es vorzog, Abstand zwischen ihnen zu wahren, indem er zum Fenstersitz zurückkehrte. Sie zog sich zu ihrem Frisiertisch zurück und fing Alecs angewidertes Stirnrunzeln durch ihren Spiegel auf. „Es ist nicht ungewöhnlich, dass Mädchen in noch sehr jungem Alter an den Meistbietenden verheiratet werden", sagte sie sachlich. „Vor allem nicht die Töchter des Hochadels. Schließlich sind wir für unsere Eltern nur Waren, die so bald wie möglich, nachdem der erste Fetzen Blut zeigt, auf den Markt geworfen werden, um einen Ehemann mit Vermögen und Titel einzufangen."

Alec lächelte, um sein Unbehagen zu verbergen, da er wusste, dass dies genau das war, was mit ihr geschehen war. „Doch ... ich glaube nicht, dass Miranda an den Meistbietenden auf dem Heiratsmarkt versteigert wurde, nicht wahr? Die kleine Sophie ist das Produkt von etwas Vulgärerem als einer zum elterlichen Vorteil bewerkstelligten Heirat."

Das konnte Selina nicht leugnen. „Miranda wurde nicht *versteigert*. Sie lief von zu Hause fort und versagte ihren Eltern die Befriedigung, sie in der Gesellschaft vorzuzeigen."

„Weißt du, warum sie fortlief?"

„Sie konnte kaum bleiben, wenn man ihren Zustand bedenkt", erklärte Selina scharf. „Ich war überrascht, dass es ihr gelang, ihre Schwangerschaft so lange zu verstecken, wie sie es tat, denn sie ist ein zartes, kleines Ding; aber mit Reifröcken und einem guten Korsett ..."

„Sie wurde geschwängert, als sie noch im Schulzimmer war?", unterbrach Alec ungläubig. „Ich hatte angenommen, Gouvernanten wären bessere Wachen als jeder Gefängniswärter in Newgate. Sie hat dir das erzählt?"

„Ich habe es mir zusammengereimt. Miranda gibt nicht leicht Informationen über ihr früheres Leben von sich. Für jemanden, der so jung ist, ist sie sehr vorsichtig."

„Sie hat nie Familie oder Freunde erwähnt?"

„Nein. Das heißt, ich habe nie danach gefragt. Ich nahm an, dass sie ihre Vergangenheit hinter sich lassen und neu anfangen wollte."

„Wenn sie ihre Vergangenheit hinter sich lassen wollte, könnte es gut sein, dass sie ihren Namen geändert hat, um zu ihrem neuen Leben zu passen, nicht wahr?"

„Vielleicht ..."

„Wohin ging sie, nachdem sie von zu Hause geflohen war? Auf den Ellick-Hof? Hat sie Sophie dort zur Welt gebracht?"

„Nein. Sie verschwand in den Slums hier in der Stadt und kam an meine Türschwelle, als Sophie nur Wochen alt war, und mit einem Empfehlungsschreiben ihres Gemeindepfarrers ..."

„Gemeindepfarrer? Hast du den Brief noch? Kannst du dich an den Namen des Pfarrers erinnern?"

Selina betrachtete Alec mit einem nachdenklichen Stirnrunzeln. „Der Brief könnte noch bei meinen Sachen auf dem Ellick-Hof sein. Was den

Namen des Pfarrers oder des Pfarrbezirks angeht ... Es war vor fast fünf Jahren ... Ich kann mich nicht erinnern ... Es schien mir damals nicht wichtig. Woran ich mich erinnere, ist meine große Überraschung, dass dieses schöne Kind und ihr Baby zu mir kamen, und von einem so elenden Ort. Es bestand keine Notwendigkeit, die offensichtliche Frage zu stellen, warum sie in den Slums lebte, und es spielte auch keinerlei Rolle für mich. Ich war nur froh, dass der Pfarrer so viel Verstand hatte, sie und ihr Baby aufs Land zu schicken." Sie riss ihre dunklen Augen auf, als sie sah, wie Alecs Brauen sich hoben. „Lieber Gott! Du glaubst, der arme Mann, der bei Sir Charles Weirs Abendeinladung starb und Mirandas Pfarrer waren ein und derselbe, nicht wahr? Aber ist das kein zu großer Zufall?"

„Nicht, wenn man bedenkt, dass Reverend Blackwell in Wahrheit ein sehr wohlhabender Mann war, der sein gesamtes Vermögen einer Catherine Bourdon hinterließ, von der ich glaube, dass sie aller Wahrscheinlichkeit nach deine Miranda ist."

„Das hat er getan? Wie interessant! Dann sind der Pfarrer und Miranda verwandt?"

„Das wäre möglich." Alec ging vom Fenster weg. „Hast du dich je gefragt, warum Mutter und Kind auf den Ellick-Hof geschickt wurden?"

„Ja, natürlich. Aber meine jährlichen Besuche auf dem Ellick-Hof waren für mich immer eine Zeit, wo ich meine - Sorgen - vergessen konnte ... Und ich nahm an, dass Miranda nicht wollte, dass ich in ihrer Vergangenheit herumschnüffelte. Dass sie auch vergessen wollte ...."

„Und die Identität von Sophies Vater?" Als Selina ihren Kopf schüttelte und begann, ihre langen Haare zu entwirren, die Lippen fest aufeinandergepresst, fügte Alec geduldig hinzu: „Ich frage in der Hoffnung, dass die Information, die mir anvertraut wurde, sich als falsch erweist."

„Information?"

Alec schaute auf seinen schwarzen Lederschuh mit seiner großen, silbernen Schnalle hinab. „Hältst du es irgendwie für möglich, dass Miranda verführt wurde - möglicherweise vergewaltigt - und das in ihrem eigenen Heim? Dass sie fortlief, weil sie fürchtete, dass niemand ihr die Vergewaltigung glauben würde?"

„Vergewaltigt?" Selina hielt mitten in einem Bürstenstrich inne und starrte Alec an, der ihrem Blick mit einem verständnisvollen kleinen Lächeln standhielt. Es war für sie beide ein schmerzhaftes Thema. Selinas Ehemann hatte sie wiederholt im Verlauf ihrer sechsjährigen Ehe vergewaltigt. Aber in einer Ehe wurde es nicht Vergewaltigung genannt oder als solche betrachtet, wenn ein Ehemann sich von einer widerstrebenden

Frau nahm, was ihm zu Recht zustand. „Ich dachte - ich *nahm an*, es wäre eine unerlaubte Liebesgeschichte gewesen."

„Was solltest du sonst denken, wenn sie schwanger von zu Hause floh? Und sie hat ihrer Sache nicht gedient, indem sie sich über das Thema ausschwieg."

„Wer hätte ihr geglaubt?", antwortete Selina leise, deren errötete Wangen weiß erbleichten. „Das arme Kind. *Vergewaltigt.* Von ihrem Peiniger geschwängert ... Um solchen monströsen Nachwuchs zu gebären ..." Sie erschauerte und starrte ihr Spiegelbild an, ohne sich wirklich zu sehen. „*Unmöglich.*" Als sie aus ihrer Gedankenverlorenheit auftauchte, ertappte sie Alec, wie er sie intensiv musterte. Das ließ sie scharf fragen: „Wer hat dir das anvertraut?"

„Sir Charles Weir."

Selina kniff ihre dunklen Augen leicht zusammen. „Weir? Wie könnte dieser Kriecher so intime Details über ein Mädchen wissen, das ihm nie begegnet ist?"

Alec lächelte schief. „Woher weißt du, dass sie sich nie begegnet sind? Die Information, die Charles mir mittteilte, ließ mich vermuten, dass er tatsächlich sie und ihre Familie kennt. Siehst du, Charles hat mir anvertraut, dass der Adoptivsohn seines illustren Mentors erpresst wird, weil er es war, der Miranda vergewaltigt und geschwängert hätte."

„*George Stanton?*" Diese Vorstellung war für Selina so widerwärtig, dass ihre Schultern sich vor Ekel vorbeugten. Doch musste sie zugeben, dass an dieser Behauptung etwas Wahres sein könnte. Schließlich war Weir als der Sekretär des Herzogs in eine Menge von Geheimnissen eingeweiht. Er pflegte nicht nur seine Beziehung zum Herzog, sondern war auch mit der Herzogin vertraut gewesen, und infolgedessen mit ihrem nichtsnutzigen Sohn. „Aber warum würde Weir um *deine* Hilfe bitten?"

Alec ging im Raum auf und ab. „In der fehlgeleiteten Annahme, dass ich die Erpressung irgendwie beenden könnte. Er möchte, dass ich einen Brief, den Lord George an Miranda schickte und in dem er zugibt, der Vater ihres Kindes zu sein, wiederbeschaffe."

„Warum sollte Weir glauben, dass du Stanton aus seinen Schwierigkeiten helfen würdest?"

„Charles hofft, dass ich *dich* beeinflussen könnte, der Erpressung ein Ende zu setzen."

„Mich? Warum? Wer erpresst Lord George?"

„Laut Weir: Talgarth."

Wieder hielt Selina mitten in einem Bürstenstrich inne. „*Talgarth?*

Lord George Stanton erpressen? Aber welchen Beweis hat er, um eine solch abscheuliche Anschuldigung gegen meinen Bruder zu erheben?"

„Charles sagt, Talgarth drohe, Lord Georges Vergewaltigung öffentlich bekannt zu machen, wenn Miranda nicht für ihr Leiden angemessen entschädigt würde", erklärte Alec, während er ihr sanft die Bürste aus der Hand nahm, eine Hand in ihren weichen Locken vergraben. „Er sagt, Stanton habe Drohbriefe in seinem Besitz, geschrieben von der Hand deines Bruders."

„Briefe? Von Tal *geschrieben*?", sagte Selina mit beträchtlicher Verwunderung, aber sie war, zog man den Ernst der Behauptung in Betracht, bemerkenswert ruhig. „Hast du diese Briefe gesehen?"

„Nein. Weir erzählte mir von ihrer Existenz."

„Hat Weir diese Briefe gesehen?"

„Ich nehme es an, sonst hätte er sich nicht mit solcher Sicherheit an mich gewandt. Hältst du es für möglich, dass Miranda deinem Bruder ihre Vergangenheit anvertraut hat und er es übernahm, sich für sie einzusetzen?"

„Oh, das ist genau das, was Tal tun würde, vor allem für Miranda", antwortete sie und versuchte, unbeteiligt zu klingen, während Alecs lange Finger sich in ihren Locken verfingen und sein Daumenballen die bloße Haut in ihrem Nacken streichelte. „Er hat sich in sie verliebt, sowie er sie das erste Mal auf dem Ellick-Hof sah."

„Und wann war das?"

„Vor zwölf Monaten, nach seiner Rückkehr aus Florenz."

„Lebt er mit Miranda auf dem Hof?"

„Nein. Sie und Sophie leben dort allein. Tal hat ein Studio in Bath, aber aus Mirandas Briefen weiß ich, dass er sich angewöhnt hat, sie regelmäßig zu besuchen."

„Dann hat sie sich ihm vielleicht bei einem dieser Besuche anvertraut."

„Ich weiß nicht ... Was ich weiß, ist, dass Tal nicht fähig ist, Briefe zu schreiben, Drohbriefe oder was sonst ...‟

„Tatsächlich?", murmelte er, abgelenkt durch den angenehmen, allgegenwärtigen Duft von Lilien in ihrem Haar. Er strich die Masse ihrer langen Locken von ihren bloßen Schultern und beugte sich vor, um sie dort zu küssen. „Vier elende Monate der Enthaltsamkeit", murmelte er. „Ist es das, was du wünschst?"

Wünschst? Es war noch kaum ein Monat vergangen, seit sie sich geliebt hatten. Doch jene letzte Nacht hemmungsloser Leidenschaft, die auf dem Tisch des Speisezimmers begonnen hatte, um dann auf der Chaiselongue im Wohnzimmer fortgesetzt zu werden und einen Höhepunkt auf dem Kaminteppich im Schlafzimmer zu finden, und ihren leidgeprüften Vermieter dazu brachte, in gallischem Protest mit der Faust gegen die dünne Wand der Wohnung zu hämmern, schien für Selina ein ganzes Leben her zu sein. *Natürlich* war das nicht, was sie *wünschte*.

Sie drehte sich auf dem Hocker um, um ihn anzusehen, die Arme um seinen Hals zu legen, ihre Lippen teilten sich in der Erwartung, dass seine Küsse ihren Mund erreichen würden. Sie wusste, dass sie nicht die gottähnliche Willenskraft hatte, diesem Mann zu widerstehen, den sie über alles liebte. Und doch tadelte sie die winzige, nörgelnde Stimme des Gewissens dafür, dass ihr die moralische Kraft fehlte, sich irdische Befriedigung zu versagen (schließlich war sie es gewesen, die verlangt hatte, ihre Affäre zu beenden, bis ihre Trauerzeit abgelaufen war), und wegen ihrer Eingebildetheit.

Sie war sich nur zu bewusst, dass sein tiefes körperliches Verlangen nach einer Vergangenheit, die mit Liebhaberinnen übersät war, jetzt ausschließlich ihr galt; dass er nur sie liebte und sie als seine Frau wollte. Dies machte sie jedoch nur unglücklich, da sie kein Recht auf ihren Triumph hatte, wenn er bedeutete, mit einer Lüge zu leben und seine Zukunft zu ruinieren. Sie musste sich und ihm jede weitere körperliche Bestätigung ihrer Gefühle und Verbundenheit versagen, bis sie den Mut aufbrachte, ihm die Wahrheit zu sagen. Und so machte sie sich aus seiner Umarmung los, bevor das leidenschaftliche Verlangen sie beide überwältigte.

„Verzeih mir", flüsterte sie und fiel auf den Hocker zurück, eine Hand an ihren bebenden Mund gehoben. Sie senkte ihren Blick auf das Durcheinander von Kristallfläschchen mit Kosmetik und Firlefanz, das die Oberfläche des Frisiertischs bedeckte. „Ich hatte nicht beabsichtigt, dass das geschehen sollte ..."

Ein langes, verlegenes Schweigen breitete sich zwischen ihnen aus. Dann sprach Alec, aber seine Stimme klang so verändert, dass Selina unwillkürlich erschauerte. Sie stahl einen Blick auf sein Spiegelbild und wünschte sogleich, sie hätte es nicht getan. Sein schönes Gesicht war angespannt und die ärgerliche Verwirrung in seinen blauen Augen nur zu sichtbar.

„Mache ich mich zum Narren, Madam?", verkündete er kalt, wobei der scharfe, unerträgliche Schmerz frustrierten Begehrens seiner gewöhnlich so ruhigen, tiefen Stimme etwas Schneidendes verlieh. Als sie stumm blieb, knirschte er mit den Zähnen und ließ ein lautes, zorniges Schnauben hören. „Jesus, Selina, ich war bereit, ganze zwölf Monate lang ein Mönch zu bleiben, wenn das bedeutete, dass wir am Ende deiner Trauerzeit heiraten würden. Dann schicktest du mir ohne Vorwarnung eine Nachricht aus Paris. Es kostete mich keine Sekunde, wieder in deinen Armen sein zu wollen, nur zu froh, auf diese lächerliche Scharade zu verzichten, da ich glaubte, wir könnten endlich unsere Leben weiterführen. Aber nach einer Woche beiderseitigen Vergnügens hast du dann beschlossen, dass es *meinen* Interessen besser diente, wenn wir getrennt blieben?" Er hielt inne, um tief Atem zu holen, ohne dass seine blauen Augen ihr blasses Spiegelbild je losließen. „Worum ging es überhaupt in dieser Woche? Wenn du nur nach mir geschickt hast, damit ich dein *Jucken* befriedigen sollte, hättest du dir besser einen Pariser Kavalier gesucht. Oder vielleicht glaubst du, ich wäre nicht fähig, beständig zu sein und hast mich gerufen, bevor ich vor Verlangen verrückt würde und im nächsten Bordell verschwände, um meiner Lust zu frönen?"

„Du traust mir sehr niedrige Gedanken zu, Sir", sagte Selina mit leiser Stimme.

„Oh, ich beklage mich gar nicht wirklich", sagte er mit einer Leichtigkeit, die die zornige Verwirrung Lügen strafte. „Unsere Woche der Liebe war die vorherigen Monate des Zölibats wohl wert." Er lief wieder um den Raum und etwas auf dem Kaminsims fiel ihm ins Auge. Es war ein geöffneter Brief, der an einer Sèvres-Vase lehnte. Instinktiv erkannte er ihn als Cleveleys Nachricht. Der anmaßende Kuss des Herzogs und die selbstgefällige Sicherheit, Selinas Gedanken zu kennen, stachelte ihn dazu an, ihr zu erwidern: „Aber vielleicht ist es jetzt dein lieber Freund, der Herzog, der sich an deinem beträchtlichen Elan gütlich tut?"

Bei einer solch absolut empörenden und ungerechtfertigten Unterstellung konnte Selina nicht länger versteinert bleiben und stellte sich vor ihn, ihre Hände bauschten zornig die Lagen ihrer seidenen Röcke zusammen. „Ist mein Ruf in deiner Achtung so gesunken, dass du mich für fähig hältst, *jeden* Mann zu lieben, nur, weil ich mich dir so bereitwillig hingegeben habe?"

Er bereute es sofort.

„Selina, ich ..."

„Es gab nie einen anderen Mann - ich habe nie *willentlich* das Bett meines Mannes geteilt, und das weißt du wohl - nur dich."

Er sah beiseite und starrte blicklos durch das unordentliche Zimmer. „Das war unverzeihlich von mir. Ja. Das weiß ich." Doch konnte er nicht umhin, einen nagenden Zweifel zu äußern, als er seinen Blick wieder zu ihrem erröteten Gesicht hob. „Aber ich frage mich, welchen Einfluss seine Gnaden von Cleveley auf dich hat?"

Verdammt sei Cleveleys weiser Rat, dachte Selina zornig. „Ich schätze seine Ansichten", stellte sie kühl fest und sah ihn tapfer an.

Er hob eine bewegliche Augenbraue.

„Du meinst, du wärest bereit, dich auf Kosten unseres zukünftigen Glücks von ihm beeinflussen zu lassen?“ Und als sie zur Seite sah, dabei auf ihre Unterlippe biss, wusste er, dass es so war. Nun, zumindest wusste er, gegen wen er anzutreten hatte. Jetzt würde es darum gehen, die überzeugende Argumentation des Herzogs herauszufinden, die verdammt gut sein musste, um Selina zu beeinflussen, denn sie ließ sich von niemandem zum Narren halten. „Da du ihn besser kennst als ich, kannst du mir vielleicht verraten, wie weit Cleveley gehen würde, um sicherzustellen, dass die Zukunft seines Stiefsohns nicht durch eine Handlung lustvollen Wahnsinns in der Vergangenheit ruiniert wird.“

„Cleveley? Lord George decken?“ Und obwohl Selina nicht überzeugt klang, musste sie doch innerlich zugeben, dass der Herzog, dessen anerkannter Erbe Lord George war, alles in seiner Macht Stehende tun würde, um ihn zu schützen. Es war ein deprimierender Gedanke, und einer, den sie nicht aussprach.

Alec fasste ihr Schweigen als sturen Unglauben auf.

„Wie sehr du ihm auch vertrauen magst, ich kann nicht ausschließen, dass Cleveley in die Vertuschung des abscheulichen Verhaltens seines Stiefsohns verwickelt ist. Als ich seiner Gnaden die Gelegenheit bot, die Vergewaltigung, Schwängerung und das Verlassen von Catherine Bourdon zu leugnen, gab er mir die Genugtuung, mir zu erklären, dass er auf dem Weg nach Somerset wäre ...“

„Sein Landsitz ist in Somerset“, unterbrach Selina abwehrend.

„... und dass jede Einmischung meinerseits den Namen Cleveley in Gefahr bringen würde.“

„Das sagte er?“, fragte Selina rhetorisch, da sie wusste, dass Alec sie nie belügen würde, wie sehr auch eingebildete Eifersucht ihn gegen den Herzog einnehmen mochte. „Dann ist es nur gut, dass Tal und ich kaum einen halben Tag hinter ihm folgen. Wir reisen heute zum Ellick-Hof ab. Miranda wird unsere Unterstützung mehr denn je brauchen, wenn das, was Weir dir erzählt hat, tatsächlich wahr ist. Obwohl ...“ Ein nachdenklicher Ausdruck stieg in ihre dunklen Augen und sie schnappte sich die Nachricht des Herzogs vom Kaminsims. „Dies ist meine jährliche Einladung zum Michaelmess-Ball nach Bratton Dene, dem Landsitz des Herzogs. Alle dortigen Grundbesitzer sind eingeladen. Der Ellick-Hof, das Anwesen, auf dem Miranda und Sophie leben, liegt auf dem Landsitz des Herzogs, und ist in der Tat vom Ostturm von Bratton Dene aus zu sehen, und in diesem Jahr wurde ich speziell darum gebeten, Tal mitzubringen. Er hat den Auftrag erhalten, ein offizielles Porträt des Herzogs zu malen. Warum sollte er Tal einen so lukrativen und ehrenvollen

Auftrag erteilen, wenn er denkt, dass mein kleiner Bruder Lord George erpresst?"

„Du bist Cleveleys Pächterin?", fragte Alec, seine ärgerliche Überraschung überschattete ihre wichtige Frage und die Tatsache, dass er gerade den gleichen Gedanken hatte aussprechen wollen.

„Ja. Er übertrug mir den Hof auf Lebenszeit. Eine Zuflucht, sagte er; einen Ort, an den ich mich zurückziehen könnte - vor J-L."

Alec lächelte schief. „Ein kluger Zug. Dein Mann würde es nie gewagt haben, ungebeten das Land des *großen Mannes* zu betreten."

Sie sank auf den Fenstersitz, ihre seidenen Röcke bauschten sich um sie, und verkrampfte ihre Hände in ihrem Schoß. „Du hast kein Recht, ihn zu verspotten, weil er mir die einzige Zuflucht bot, die ich vor diesem Unhold hatte." Sie wollte wegen eines beständigen Kratzens an der äußeren Tür aufstehen, aber Alec setzte sich neben sie und ergriff ihre beiden Hände. „Die Tür ...", fing sie an und verstummte, als er seine Lippen sanft zuerst auf das eine Handgelenk, dann das andere drückte.

„Verzeih mir", sagte er sanft. „Ich benehme mich wie ein Unhold. Ich bin eifersüchtig auf Cleveley, weil er in der Lage war, dir etwas Schutz vor diesem Wahnsinnigen zu gewähren, als mir das nicht möglich war. Ich werde dem Herzog auf ewig dankbar sein, dass er dir Zuflucht gewährte." Er strich eine aprikosenfarbene Locke von ihrer Wange. „Ich habe jedes Wort gemeint, das ich in Paris zu dir sagte. In deinem Bett und außerhalb. Ich wiederhole die Frage, die ich dir dort stellte und möchte jetzt eine Antwort, bevor du in die Wildnis von Somerset und die Gesellschaft anderer davonläufst: Willst du mir die Ehre erweisen, meine Frau zu werden?"

Sie hielt ihren Kopf gesenkt, unfähig, die in seinen blauen Augen stehende Erwartung zu ertragen, und entzog ihm ihre Hände. Mehr als alles andere, was sie sich in ihrem Leben je gewünscht hatte, wollte sie ihn heiraten, aber Cleveley sprach mit der Stimme der Vernunft. Eine Heirat war völlig unmöglich. Als Frau konnte sie Alec nicht bieten, was er verdiente und zu Recht erwarten durfte. Die Vergangenheit ließ sich nicht ändern. Sie hatte nicht das Recht, seine Zukunft zu ruinieren.

Mit allem Mut, den sie aufbringen konnte, begegnete sie seinem ungerührten Blick.

„Alec ... Liebling, ich liebe dich von ganzem Herzen ... nur ... ich kann dich nicht heiraten." Sein Schweigen ließ sie stotternd weitersprechen, um das zu sagen, was sie in Paris nicht ausgesprochen hatte, voller Angst, dass ihr Mut sie ein zweites Mal im Stich lassen würde. „Ich dachte, vielleicht könnten wir eine Art ... *Arrangement* treffen. Das ist unter unseresgleichen nichts Ungewöhnliches, wie du weißt. Natürlich würde ich diskret sein müssen, um Cobhams willen, aber Tal würde es verstehen, in der Tat glaube ich nicht, dass es für ihn so oder so eine Rolle spielen würde. Ich habe sehr eingehend über diese Idee nachgedacht und je mehr ich darüber nachdenke, desto sicherer bin ich mir, dass ein solches Arrangement sich für uns beide eignen würde."

Alec zog seine Augenbrauen unwillig zusammen. „Du willst lieber meine Mätresse als meine Frau sein?"

Selina lächelte hoffnungsvoll. „Ja, so ist es."

Er konnte kaum seinen Ohren glauben. Die Hoffnung in ihren dunklen Augen und dazu das ängstliche Lächeln gaben ihm ein hohles Gefühl.

„Du möchtest, dass ich dich im Schutz der Dunkelheit besuche, durch den Lieferanteneingang und die Hintertreppen hinaufschleiche, damit du hinter den geschlossenen Türen deines Boudoirs die Hure für mich spielen kannst? Und wenn wir diskret sind, kannst du die anständige, reiche Witwe bleiben, die in den allerbesten Salons empfangen wird, und dein Bruder muss nichts erfahren?" Er schluckte. „Du wärest mit einem solch armseligen Arrangement zufrieden?"

„Wenn du es in solche Worte fasst ...?"

„Um Himmels willen, Selina, wie anders könnte man es ausdrücken? Du hast keine Vorstellung davon, wie es ist, die Hure eines Mannes zu sein!"

Selina errötete. „Oh doch. So naiv bin ich nicht."

„In der Tat? Dann hältst du so wenig von *mir*, dass du glaubst, ich würde dich als nichts mehr betrachten als ein begehrenswertes Objekt zur Befriedigung meiner Lust? Dass ich deinen Körper und seine Vorzüge nutzen könnte, wann und wo es mir gefiele, mit wenig oder gar keiner Rücksicht auf deine Bedürfnisse? Das ist eine Hure."

„Viele Adlige lieben ihre Mätressen mehr als ihre Frauen."

Alec seufzte verzweifelt. „Selina, ich *liebe* dich. Ich will dich zu meiner Frau, nicht als meine Hure oder geliebte Mätresse", sagte er geduldig und ergriff wieder ihre Hände. „Du bedeutest mir so viel mehr. Ich könnte dich mir nicht in einer so würdelosen Lage vorstellen. Ich möchte jeden Morgen mit meiner Frau aufwachen, nicht nur ein paar Stunden vorübergehender Befriedigung erhaschen, wann immer ich den Drang dazu verspüre. Ich möchte dich als die Partnerin meines Lebens, du sollst deinen angemessenen Platz als die Marchioness Halsey einnehmen; ich möchte, dass wir unser Leben teilen, Kinder haben ...“

„Nein! Bitte - *bitte* mich nicht darum", flehte sie krächzend und riss ihre Hände zurück. „Ich muss die Tür öffnen. Es könnte Tal sein ..."

Alec zog sie heftig an sich.

„Bis vor einem Monat, bis ich nach Paris zu dir kam, gab es kein Anzeichen dafür, dass die Gefühle deines Herzens sich geändert hätten …"

„Nicht meines Herzens. *Niemals* mein Herz." Sie kämpfte gegen seine Arme, die ihre Taille umschlungen hielten. „Ich muss die Tür öffnen. *Bitte.* Du weißt doch - ich kann - kann es nicht *ertragen* - *gefangen* zu sein."

Ihr verzweifeltes Flehen brachte ihn zur Besinnung und er ließ sie los, sogleich beschämt, dass er ihr auch nur einen Moment Unbehagen verursacht hatte. Bei all ihrer äußerlichen Heiterkeit mussten die unsichtbaren Narben einer Ehe voller Misshandlungen erst noch völlig heilen. Er hatte gehofft, dass ihre Ehe bei diesem Heilungsprozess helfen würde - in der Tat einen Abschluss dieses abscheulichen Kapitels in ihrem Leben bilden würde, aber jetzt schien diese Heirat nicht einmal im Rahmen des Möglichen. Warum hatte sie sich plötzlich dagegen entschieden, ihn zu heiraten? Warum hatte sie sich an Cleveley um Unterstützung gewendet? Warum hatte er das Gefühl, als ob sie ihm etwas für ihr Glück Wesentliches vorenthielte? Warum konnte sie sich ihm nicht anvertrauen? Verwirrt und mit dem Gefühl, als ob die Kontrolle über ihre Zukunft seinen Händen entglitte, riss er die Tür auf.

Selinas Zofe fiel ins Ankleidezimmer und versank in einem Knicks, um ohne Vorrede mit auf den Boden gerichteten Augen zu sagen: „Mylady, es ist Mr. Vesey. Er wartet in der Kutsche auf Euch."

Evans wurde ignoriert, als Selina Alec in den Flur folgte. Er verbeugte sich zum Abschied vor ihr und sagte mit einer Kühle, die weit verletzender war als ein zorniger Ausbruch:

„Ich brauche dich in meinem Leben. Frau oder Mätresse, das entscheidest du. Aber in welcher Rolle auch immer, ich komme zur Vordertür herein, oder gar nicht. Guten Tag, Madam."

ACHT

ALS ALEC AN DEN ST. JAMES PLACE ZURÜCKKEHRTE, BEGRÜSSTE
sein Butler ihn in der Eingangshalle, eifrig bedacht, ihm die Nachricht
mitzuteilen, dass Plantagenet Halsey nach unten gekommen wäre und
nun im Speisezimmer ein sehr spätes Frühstück einnähme. In der Tat
teilte der alte Mann seinen Bückling mit einem lächerlich aussehenden
Gentleman mit übergroßen Zähnen in einem kanariengelben Rock, der
schon bessere Tage gesehen hatte. Aber Alec sah so grimmig und geistesabwesend aus, dass Wantage den Mund hielt. Er schaute zu, wie zwei
Lakaien Lord Halsey Umhang und Schwert abnahmen, bevor seine
Lordschaft sich und seine schlechte Laune ins Billardzimmer
verfrachtete.

Alec hoffte, dass sein Zorn und seine Frustration wegen Selina
verrauchen würden, wenn er vor dem Mittagsmahl ein paar Kugeln
herumstieße, bevor er nach oben ginge, um zu sehen, wie es seinem
Onkel ging. Seine grimmige Einsamkeit dauerte ganze zehn Minuten.

Von der Tür ertönte ein leises Klopfen, das er ignorierte, aber Tam
platzte doch ins Zimmer; sein karottenrotes Haar fiel ihm in die grünen
Augen und er drückte ein ledergebundenes Buch an die Brust. Die
schweren Vorhänge waren zurückgezogen worden, um es dem Licht zu
erlauben, über die grüne Filzoberfläche des Billardtischs zu strömen, wo
die drei Bälle verstreut lagen. Der Rest des holzgetäfelten Zimmers lag im
Schatten, und in diesem Schatten stand Alec, damit beschäftigt, die
Spitze seines Queues mit Kreide einzureiben, während er in Gedanken
über seinen nächsten Schuss versunken war. Tam sah ihn trotzdem und

ging direkt zu ihm, er war so verängstigt, dass er sprach, bevor er angeredet worden war.

„Mr. Wantage sagte, ich würde Euch hier finden, Sir. Sir, in der Stadt geht das Gerücht, weil ich Arzneien an die Armen verteile und Ihr auf der Abendeinladung wart, wo Mr. Blackwell starb, dass Ihr – wir - eine Hand darin - Sir, nur, weil Ihr einmal fälschlich des Mordes angeklagt worden seid, heißt das doch nicht - nun, es ist nicht fair!"

„Ja, das Gerücht habe ich auch gehört. Ich hoffe, du hast es nicht für nötig gehalten, den Klatschbasen den Gefallen zu tun, etwas dazu zu bemerken?"

„Ich würde mich nicht dazu herablassen, mit ihnen zu sprechen!"

„Schließlich könnte Blackwell wirklich einen Herzanfall gehabt haben. Er sah nicht gerade aus wie das blühende Leben", antwortete Alec knapp, mehr, um die Furcht des Jungen zu besänftigen, als aus Glauben an diese Aussage. Er ging zum Tisch und legte zu seinem Schuss an. „Du hast Wichtigeres, worum du dich zu kümmern hast. Morgen ist deine Prüfung ..."

„Aber Sir, je mehr ich darüber nachdenke, desto überzeugter bin ich, dass Mr. Blackwell vergiftet worden sein könnte. Wegen Mr. Halseys Verletzung hatte ich keine Gelegenheit, Euch das früher zu erzählen, aber als ich im *Stock and Buckle* war, hatte ich eine äußerst interessante Unterhaltung mit Mr. Molyneux, und er sagte ..."

„Mr.—äh—Molyneux?"

Tam ließ den schweren, ledergebundenen Folianten auf die Anrichte fallen und ging zum Tisch zurück, wobei er geistesabwesend das Haarbüschel, das in seine Augen fiel, zurückschob.

„Mr. Molyneux ist der Kammerdiener des Herzogs von Cleveley. Normalerweise spricht er nicht mit uns - den anderen Kammerdienern und Oberlakaien - sondern sitzt nur in seiner Ecke und liest die Zeitungen. Er denkt, dass wir unter seiner Würde sind, da er eine solche großartige Stellung bei einem so wichtigen Edelmann bekleidet. Wir alle nennen ihn den ‚Herzog' und das gefällt ihm auch, Sir."

„Und diese Unterhaltung?", drängte Alec und stellte sein Queue nach einem besonders misslungen Versuch eines Stoßes nach der Roten weg.

„Er hat nur mit mir gesprochen, weil er mir einen Gefallen schuldig war. Er leidet unter einem arthritischen Knie und ich versorge ihn mit einer Ölzubereitung, die den Schmerz zu lindern hilft. Die Sache ist die, Sir", fuhr Tam fort, während er Alec um den Tisch folgte, ohne auf die grüblerische Gedankenverlorenheit seines Herrn zu achten, „ich schaffte es, das Gespräch auf Mr. Blackwell zu lenken. Mr. Molyneux sprach nur widerwillig über Mr. Blackwells Aufenthalt am St. James' Square. Alles, was er sagen wollte, war, dass Mr. Blackwell *nicht das war, was er zu sein schiene*, und dass *manches Unrecht sich nicht wiedergutmachen ließe*. Aber welches Unrecht könnte Mr. Blackwell einem Herzog angetan haben? Es scheint unmöglich."

„Glaubst du, dass Mr. Molyneux aufrichtig sprach?"

Tam nickte. „Ja, Sir. Er wirkte ziemlich betroffen. Es schien, als wäre *ihm* durch Mr. Blackwell Unrecht geschehen."

Alec lehnte sich an den Tisch und verschränkte die Arme; die eifrigen Fragen des Jungen hatten ihn genügend aus seinen zornigen Grübeleien geholt, dass er fragen konnte: „Abgesehen von Mr. Molyneux' Gefühlen, warum vermutest du jetzt, dass Mr. Blackwell vergiftet worden sein könnte?"

Tom brauchte einen Moment, um seine Gedanken zu ordnen.

„Ihr habt mich gefragt, ob eine Vergiftung möglich wäre, und ich habe darüber nachgedacht. Zu Anfang versuchte ich auszuschließen, dass es unmöglich gewesen wäre, Mr. Blackwell beim Essen oder direkt davor zu vergiften, in der Form, dass die Substanz, welche auch immer verabreicht wurde, ihre Wirkung während seiner Anwesenheit auf der Abendeinladung zeigte. Je mehr ich versuchte, eine Vergiftung auszuschließen, desto wahrscheinlicher wurde sie, bis ich gezwungen war zuzugeben, dass er so hätte vergiftet werden können, dass es *erschien*, als hätte er einen Herzanfall erlitten."

„Gift vor oder während des Essens verabreicht?"

„Die Tatsache, dass ihm so bald nach dem Essen übel wurde, lässt darauf schließen, dass das Gift ihm während der Mahlzeit zugeführt wurde."

„Ich verstehe. Ich erinnere mich, dass du sagtest, es wäre ein Leichtes, einen Mann bei einer Abendeinladung zu vergiften, aber wir müssten nach einem Gift suchen, das Symptome wie ein Herzanfall hervorruft, und die Form des Gifts herausfinden, in der es verabreicht wurde ...?"

„Richtig, Sir! Und in diesem Moment müssen wir feststellen, wie ein solches Gift einem Mann eingegeben werden könnte, ohne dass seine Begleiter dabei ebenso vergiftet wurden."

„Eine sehr vorsätzliche und absichtliche Handlung, die keine Fehler erlaubt ... Und kennst du ein Gift, das die Symptome eines Herzanfalls hervorrufen könnte?"

Tam konnte seinen Eifer nicht zügeln. Sein sommersprossiges Gesicht verzog sich zu einem Grinsen. „Ja, Sir. Ich kam darauf, als ich über die Zubereitung von Abtreibungsmitteln las." Sein Lächeln erlosch und verwandelte sich in ein verlegenes Stirnrunzeln; er wirkte unbehaglich. „Nicht, dass ich die Gewohnheit hätte, solche Mittel zuzubereiten, Sir. Ich dachte nur, die Prüfer können fragen, ob ...“

„Es ist völlig unnötig, mir eine Erklärung anzubieten“, sagte Alec friedlich. „Ich habe jedes Vertrauen in dein Urteil. Das Gift ...?“

„Danke, Sir. Ich habe zwei im Auge: *Taxus baccata* und *Aconitum napellus*. Das sind Eibe und Eisenhut, Sir“, erklärte Tam. „Ich kann nicht feststellen, welches von beiden verwendet wurde. Beide sind gleichermaßen giftig und leicht erhältlich. Beide rufen Symptome hervor, wie ein Opfer eines Herzanfalls sie zeigen würde. Eibenblätter können zu Tee verarbeitet werden, der, wenn eine Frau ihn trinkt, ihr Kind vor der Zeit zur Welt kommen lässt. Oft jedoch sterben sowohl die Mutter als auch das Kind bei dem Versuch. Eisenhut, oder richtiger, der Echte Eisenhut, wird in Tinkturen und als Bestandteil von Einreibemitteln verwendet, die, wenn sie *äußerlich* angewendet werden, nicht tödlich sind. Wenn man ihn jedoch *zu sich nimmt*, und er wird oft in Pulverform mit anderen Bestandteilen vermischt, kann der Tod innerhalb von Minuten auftreten.“

„Pulver?“, wiederholte Alec und hielt den Blick seiner blauen Augen fest auf Tam gerichtet. „Gemischtes Pulver? Schnupftabak. Das Gift könnte in Blackwells Schnupftabak gemischt worden sein. Wäre das möglich?“

„Mit Sicherheit, Sir. Wie ich sagte, Eisenhut ist leicht als Pulver erhältlich. In der Tat wäre es eine einfache und wirkungsvolle Methode, ohne unter Verdacht zu geraten, einen Mord zu begehen, indem man eine tödliche Dosis Gift in den Schnupftabak eines Mannes mischt.“

„Genau! Vor allem, wenn dann das Opfer vor aller Welt den Eindruck macht, als hätte es einen Herzanfall erlitten“, sagte Alec und machte eine weitere Runde um den Tisch. „Der Schnupftabak eines Mannes gehört zu seiner Privatsphäre, vor allem bei einem Mann wie Blackwell, der nicht an die Etikette des gemeinsamen Schnupfens gewöhnt ist. Er erwähnte, dass das Schnupfen für ihn neu wäre; dass man ihm vor Kurzem eine hochfeine Mischung geschenkt hätte. Er zeigte mir eine verzierte, goldene Schnupftabaksdose. Ein Geschenk, sagte er ...“ Alec hörte auf herumzugehen, stützte seine Handflächen auf den polierten Mahagonirahmen des Billardtischs und betrachtete seinen Kammerdiener. „Blackwells Schnupftabaksdose war das identische Gegenstück derer, die der Herzog von Cleveley bei sich trug.“

Tams Augen wurden groß und er gab einen leisen Pfiff von sich. „Vielleicht war der Tabak, den Mr. Blackwell schnupfte, für den Herzog bestimmt? Vielleicht wurden während des Abends ihre Dosen vertauscht und Mr. Blackwell nahm versehentlich eine Prise aus der Schnupftabaksdose des Herzogs? Es hat den Anschein, nicht wahr, Sir? Schließlich hatte Mr. Blackwell keine Feinde, nun, nicht der Blackwell, den wir kannten, während der Herzog jede Menge haben dürfte. Es ist einleuchtend, dass jemand ihn aus dem Weg schaffen wollen könnte."

„Ich bezweifle nicht, dass das politische Handeln des *großen Mannes* ihm über die Jahre Feinde gemacht hat, aber ihn deshalb tot sehen zu wollen? Das ist der Wunsch eines Verrückten."

„Vergiften ist das Handeln eines Verrückten, Sir."

„Vergiften", sagte Alec, während er Tam sein ledergebundenes Buch zurückwarf, als der Butler in den Raum trat, um anzukündigen, dass das Mittagsmahl bereit sei, „ist das Handeln eines Feiglings."

Als Alec das Speisezimmer betrat, war er angenehm davon überrascht zu entdecken, dass sein Onkel ein herzhaftes, spätes Frühstück zu sich nahm, auch wenn sein graumeliertes Haupt noch immer in Verbände gewickelt war, er nach einer Nacht ruhelosen Schlafs etwas krumm wirkte und nur einen reich bestickten Schlafrock nachlässig über sein zerknittertes Nachthemd geworfen hatte. Doch es war der Besucher, der dem alten Mann gegenübersaß, wegen dem Alec überrascht stehenblieb. Ein junger Mann mit frischem Gesicht, einem fliehenden Kinn und übergroßen Schneidezähnen genoss einen Teller mit Eiern und Bückling und einen Krug Ale. Er trug einen Rock aus kanariengelbem Damast. Dieses Kleidungsstück geckenhafter Mode saß schlecht und war so eng, dass es sich um die Schultern des jungen Mannes spannte und übermäßige, unüberlegte Bewegungen die Säume der Waschseide an verschiedenen Stellen entlang beider Arme dort, wo die Ärmel eingesetzt waren, hatten aufplatzen lassen.

Plantagenet Halsey grüßte seinen Neffen mit einem freundlichen Wedeln seiner Gabel und kündigte ihn dem Besucher verschmitzt als Marquess Halsey an, woraufhin der junge Mann klirrend Messer und Gabel auf seinen Teller fallen ließ und von seinem Stuhl hochschoss. Er schluckte einen Mund voll Ei herunter, während er sich hastig so tief verbeugte, wie es für einen ausländischen Würdenträger angemessen gewesen wäre, wobei die schmutzigen Seidenrüschen an seinen Handgelenken noch durch das Rührei strichen.

„Thaddeus Fanshawe, Rechtsanwalt und Euer ergebenster Diener, Mylord", verkündete der junge Mann großspurig; als er freundlich aufgefordert wurde, wieder Platz zu nehmen, tat er dies mit einer Reihe weiterer, kleiner Verbeugungen, die drohten, seine Perücke *à la pigeon* verrutschen zu lassen. „Ich bin Mr. Halsey sehr dankbar, dass er so liebenswürdig angeboten hat, sein Frühstück mit mir zu teilen", sagte er anstelle einer Entschuldigung, weil er Messer und Gabel wieder aufnahm und einen Räucherhering energisch in zwei Teile schnitt. „Und ich bitte Euer Lordschaft um Verständnis, wenn ich dazu sage, dass ich seit dem Frühstück gestern nichts gegessen habe. Ich muss zugeben, dass es nichts Besänftigenderes für gereizte Nerven gibt als einen großen Teller warmes Ei."

„Sein Frühstück zu teilen, ist das Mindeste, was mein Onkel tun konnte, wenn man bedenkt, und bitte, korrigiert mich, wenn ich falsch liege, er doch bei Eurer Verteidigung einen Schlag direkt auf den Kopf erhalten hat."

„Ich muss Eurer Lordschaft, ebenso, wie ich es bei Mr. Halsey getan habe, meine demütigste Entschuldigung anbieten, dass ich der Grund für seine Verletzung durch diese beiden Bestien war, die mich in der Gasse angriffen", antwortete der Anwalt ernst, ohne Alecs tiefe Ironie zu bemerken. „Um nichts auf der Welt wäre ich Mr. Halsey von der Anti-Sklaverei-Versammlung aus gefolgt, wäre mir klar gewesen, dass ich selbst verfolgt wurde, und das von zwei solchen Unholden. Ich fürchtete um mein Leben, muss ich Euch sagen, Mylord, und zwar auch jetzt noch!" Er leckte seine kaninchenähnlichen Vorderzähne, senkte seine Stimme bis zu einem Flüstern und hob seinen Blick von Alecs kunstvoll gebundener Leinenkrawatte zu seinen unverwandt blickenden blauen Augen. „Ich habe mich nicht nach Hause gewagt, aus Furcht, dass diese Strolche meiner Familie Gewalt antun könnten, und daher findet Ihr mich in derart bedauerlichem, schlecht gekleidetem Zustand an Eurem Tisch."

„Nehmt Ihr nicht an, dass die Männer, die Euch folgten, Euren Namen und Eure Anschrift kennen und zu Eurem Heim gehen können, trotz Eurer Abwesenheit?", fragte Alec obenhin, während er eine leinene Serviette auf seinem Schoß ausbreitete.

„Ich hatte solch wilde Gedanken, Mylord", stimmte Thaddeus Fanshawe ernsthaft und mit weit aufgerissenen Augen zu, „daher schickte ich einen Botenjungen mit einer Nachricht zu meinem Vater, dass er die Vordertür verriegelt halten und auf keinen Fall für Fremde öffnen möge …"

„… vor allem nicht für Fremde, die die Livree Cleveleys tragen?", ergänzte Alec.

Thaddeus Fanshawe blinzelte und schaute den alten Mann um Bestätigung bittend an. „Mylord? Die Livree Cleveleys? Tatsächlich? Diese Unholde standen im Sold des Herzogs von Cleveley? Das wusste ich nicht." Er lächelte abwertend. „Es ist mein großes Unglück, dass ich für viele Farben blind bin, Mylord, und daher hat die Livree des einen Herzogs für mich denselben Ton wie die eines anderen."

Deshalb der kanariengelbe Rock, dachte Alec, lächelte in sich hinein und tauschte einen Blick und denselben Gedanken mit seinem Onkel, als er sein Weinglas hob. Zweifellos der üble Scherz eines unterbezahlten Schneiders oder ein Geschenk von einem Bruder mit einem gewissen Sinn für Humor. „Und hat die wohltuende Wirkung von warmem Ei die Beule und den Schmerz deines Kopfes gelindert, Onkel?"

„Ei und Fanshawes Gesellschaft haben Wunder gewirkt", antwortete Plantagenet Halsey lebhaft, obwohl er sich nicht im Geringsten gesund fühlte. Er hätte sich ein Frühstückstablett auf sein Zimmer schicken lassen sollen, denn der Schlag auf den Kopf war noch böse zu spüren, aber die Gelegenheit, den Anwalt mit den Kaninchenzähnen auszufragen, hatte er sich nicht entgehen lassen wollen. Daher ignorierte er den tadelnden Unterton in der Stimme seines Neffen und lächelte den Besucher ermutigend an. „Fanshawe, seid so gut, seiner Lordschaft zu erklären, warum Ihr mir von der Versammlung aus gefolgt seid."

„Ja, Sir. Natürlich, Sir", sagte Thaddeus Fanshawe und sprach ausschließlich zu Alec weiter. „Mr. Blackwell hatte darum gebeten, dass ich Mr. Halsey anlässlich einer Versammlung der Anti-Sklaverei-Liga aufsuchen möge, da, wie er sagte, das der einzige Ort wäre, wo Mr. Halsey und ich uns unterhalten könnten, ohne dass dieser Umstand bestimmten Personen in Cleveley House berichtet würde, woraus ich entnahm, dass er nicht wünschte, dass seine Gnaden von meinem Auftrag für Mr. Blackwell erfahren sollte. Und jetzt entdecke ich, dass die Strolche, die mich angriffen, im Dienste des Herzogs standen!" Er leckte das Ale von seinen feuchten Lippen. „Ich muss Euer Lordschaft sagen, dass ich noch nie so viel Angst um mein Leben hatte wie in dem Moment, als diese Schurken über mich herfielen und verlangten, dass ich Mr. Blackwells Testament herausgeben sollte. Wenn nicht Mr. Halsey so rechtzeitig eingegriffen hätte, schaudert es mich zu denken, welche Folgen dieses Zusammentreffen für meine Person hätte haben können!"

Alec warf einen Blick auf den verbundenen Kopf seines Onkels, unterließ aber jeden Kommentar.

„Habt Ihr irgendeine Vorstellung, warum die livrierten Diener des Herzogs Blackwells Testament herausverlangen sollten, wenn der Herzog von Cleveley, der als Zeuge unterschrieben hatte, sehr wohl von den Wünschen des Pfarrers wusste?"

„Ich wünschte, ich wüsste das, Mylord. Für mich ergibt das keinen Sinn. Wie Ihr sagtet, seine Gnaden kennt den Inhalt von Mr. Blackwells Testament nur zu gut. In der Tat, wenn er befürchtete, dass ich eine

Kopie des früheren Testaments haben könnte, würde ich seinen Wunsch, diese zurückzuerhalten, verstehen. Denn er ließ mich bei nicht weniger als zwei Gelegenheiten versichern, dass es nur eine Abschrift von Mr. Blackwells ursprünglichem Testament gäbe, und diese hatte ich auf Mr. Blackwells Anweisung hin in seine Hände gelegt. Da wir alle Zeugen des Verbrennens dieses bestimmten Dokuments auf dem Rost seines Kamins waren, muss seine Gnaden mit Sicherheit bezüglich seiner Vernichtung befriedigt sein. Tatsächlich bestand er ausdrücklich darauf, dass wir alle im Zimmer blieben, bis das Pergament völlig zu Asche geworden war."

„Was stand in Blackwells ursprünglichem Testament, dass Cleveley es so dringend zu Asche verwandeln wollte?", fragte Plantagenet Halsey. „Könnt Ihr uns das sagen, Fanshawe?"

„Ganz sicher, Sir, denn das zweite Testament war genauso wie das erste. Alle Begünstigten und ihre Vermächtnisse blieben unverändert. Ein Bezug auf bestimmte, unwichtige Einzelheiten betreffs der Begünstigten wurden entfernt, wie die Nennung der Mutter der Haupterbin. Ich kann nur sagen, dass die Entfernung solcher Beschreibungen das zweite Testament zu einem viel klareren und weniger sentimentalen Dokument machte, und vielleicht lag das in der Absicht seiner Gnaden? Es gab eine andere Änderung, und auf dieser bestand seine Gnaden, während Blackwell nur äußerst zögernd zustimmte. Das war die Streichung eines der beiden Testamentsvollstrecker, was den Herzog zum alleinigen Testamentsvollstrecker von Blackwells Nachlass machte."

„Da mein Onkel und ich das Testament, das Ihr während der Schlägerei in die Tasche meines Onkels stecktet, bereits gelesen haben, macht es ja kaum etwas aus, wenn Ihr uns den Inhalt des Originals etwas genauer erklärt."

Alec sagte das mit einem so freundlichen Lächeln, als er Messer und Gabel hinlegte, um sein Weinglas hochzuheben, dass der Anwalt zurücklächelte in dem Gedanken, dass es ihm lieber war, gebeten zu werden als befohlen zu bekommen, und daher zögerte er nicht, sondern sagte in vertraulichem Ton, da zwei Lakaien auf leisen Sohlen Teller vom Tisch nahmen und neue hinstellten:

„Überhaupt nicht, Mylord, denn Mr. Blackwell verlangte dringend von mir, dass dieses Testament seinem guten Freund Plantagenet Halsey übergeben werden sollte, da dieser als einer der Testamentsvollstrecker im ersten Testament benannt war und bei dem seine Gnaden heftig darauf bestand, dass er gestrichen werden sollte ..."

„*Was*? Zum Teufel!", rief Plantagenet Halsey, sich halb von seinem Stuhl erhebend, aus. Seine Faust schlug so hart auf dem Tisch auf, dass die Weingläser klingelten. „Dieser lausige, schmutzige Hundesohn! Von allen verabscheuungswürdigen Dingen! Einen bescheidenen, sanftmütigen Mann wie Blackwell dazu zu zwingen, nicht zuzulassen, dass ich seine letzten Wünsche erfülle! Ha!" Er setzte sich wieder und schob den verrutschen Verband von seinem linken Auge hoch. „Aber es überrascht mich nicht, dass diese Schlange sich zu so feigen Methoden herablässt, nur, um einen Vorteil für sich daraus zu ziehen, denn ich hätte ihn nicht mit einem Penny mehr davonkommen lassen, als ihm zustand!"

„Aber Sir, der Herzog von Cleveley hat aus Mr. Blackwells Testament nichts zu gewinnen", erklärte Thaddeus Fanshawe korrekt. Er machte einen kleinen Satz und quietschte unwillkürlich, als die Faust des alten Mannes wieder auf den Tisch donnerte.

„Was hat er dann zu verbergen, indem er mich streichen ließ, he? Sagt mir das!"

„Ganz genau, Onkel", stimmte Alec zu und konzentrierte sich auf den Anwalt. „Ihr erwähntet, dass bestimmte *unwichtige Einzelheiten* über die Begünstigten beim zweiten Testament weggelassen worden wären, wie die Nennung von Catherine Bourdons Mama ...?"

„Oh, ja! Ich erinnere mich an die Auslassungen ganz genau." Der Anwalt lächelte selbstgefällig. „Man macht mir häufig Komplimente wegen meiner außergewöhnlichen Fähigkeit, mich an Unwichtiges zu erinnern ... Wie Ihr Euch erinnern werdet, vermachte Blackwell seine Bibel, goldene Taschenuhr und die Summe von tausend Pfund einem Thomas Fisher, der zufällig Euer Kammerdiener ist, Mylord. Die ausgelassenen Worte lauteten: *Weil er seine apothekarischen Künste gut nutzte, indem er kostenlos die Gemeindearmen von St. Jude medizinisch versorgte.*"

„Kaum unwichtige Einzelheiten", grummelte Plantagenet Halsey mit einem schuldbewussten Seitenblick auf seinen Neffen, wobei er Messer und Gabel ablegte und seinen Teller fortschob.

„Aber gut, wenn sie aus einem offiziellen Dokument verschwinden, wenn Tam hofft, eines Tages zu der Ehrenwerten Gesellschaft der Apotheker zugelassen zu werden", betonte Alec ruhig. „Und Sir Charles Weir, Fanshawe? Die Tatsache, dass Sir Charles und Blackwell, oder richtiger, Kenneth Blackwell Dempsey-Weir, wie sein vollständiger Name lautet, einen gemeinsamen Familiennamen tragen, ist nicht unbemerkt geblieben."

„Bei Gott! Daran hatte ich nicht gedacht", verkündete der alte Mann.

„Genau so ist es, Mylord. Wie Ihr Euch erinnern werdet, wurde Sir Charles Weir die Summe von fünftausend Pfund hinterlassen, *da mein Neffe der Welt bereits ohne meine Hilfe seinen Stempel aufgedrückt hat*, wurde gestrichen ..."

„*Neffe*? Dieser heuchlerische Speichellecker ist Blackwells *Neffe*? Das übersteigt jegliche Vorstellung!“, erklärte Plantagenet Halsey verblüfft. „Ihr habt eine merkwürdige Ansicht über das, was unbedeutend ist, Fanshawe. Blackwells Leben wird mit jedem Satz, den Ihr aussprecht, komplizierter. Als Nächstes werdet Ihr uns erzählen, dass Catherine Bourdon die lange verschollene Mätresse des Pfarrers oder seine geduldige Ehefrau war und Charles Weirs Mama, nicht weniger!“

„Das ist unmöglich, Sir“, antwortete der Anwalt respektvoll und ignorierte die Leichtfertigkeit des alten Mannes, „denn Mr. Blackwell vertraute mir an, dass Catherine Bourdon ein altkluges Kind von vier Jahren wäre, mit den schwarzen Locken ihrer Mutter und den grauen Augen ihrer Großmutter.“

„E-ein *Kind* - von - *vier* Jahren?“, platzte Plantagenet Halsey heraus.

„Nicht sein Kind, Fanshawe?“, fragte Alec rhetorisch.

„Nein, Mylord.“

Alec versuchte, uninteressiert zu klingen. „Aber vielleicht ein Kind aus seiner Gemeinde?“

Diesmal war der Anwalt an der Reihe, erstaunt zu sein. „Ich glaube, Ihr habt recht, Mylord, da Mr. Blackwell mit nicht wenig Stolz erwähnte, dass Miss Catherine zu seiner Herde gehörte.“

Der alte Mann setzte sich kerzengrade auf. „Hä? Aus St. Jude? Er hinterließ sein Vermögen dem Balg eines *Bettlers*?“

„Könntest du dir eine verdientere Erbin vorstellen, Onkel?“

„Nein! Natürlich nicht!“, brauste Plantagenet Halsey auf.

„Fanshawe, Ihr sagtet, dass das ursprüngliche Testament Catherine Bourdons Mutter erwähnte?“

„Ja, Mylord. Das erste Testament stellte fest, dass Catherine Sophia Elizabeth Bourdon die *natürliche Tochter von Miranda Ann Miriam Bourdon* wäre.“

„Ihr seid sicher, dass das der Name der Mutter des Kindes war, Fanshawe?“

„So sicher wie ich bin, dass dieser Rock rotbraun ist, Mylord“, erklärte der Anwalt nachdrücklich.

„Machte der Herzog eine Bemerkung darüber, warum er wünschte, dass die Erwähnung von Catherine Bourdons Mama aus dem Testament gestrichen werden sollte?“, fragte Alec mit einem nachdenklichen Stirnrunzeln. „Außer dem offensichtlichen Verlangen, die Erwähnung der Bastardgeburt des Kindes zu löschen.“

„Seine Gnaden machte keinen besonderen Kommentar, aber es war recht deutlich, selbst für mich, einen Amtsträger, dass die bloße Erwähnung des Namens Miranda Bourdon ausreichte, um seine Gnaden sich übermäßig unbehaglich fühlen zu lassen. In der Tat machte er kein Geheimnis aus der Tatsache, dass er das ganze Gespräch äußerst abstoßend fand."

„Aha! Da haben wir es!", erklärte der alte Mann, obwohl er das mit wenig Überzeugung sagte und es nicht ganz sicher war, was er mit einem solchen Ausbruch meinte; er fügte, als Alec und der Anwalt ihn erwartungsvoll anschauten, hinzu: „Sagt mir nicht, dass hinter Cleveleys Handeln keine finstere Absicht steht, denn ich würde es nicht glauben. Er hockt sich nicht einmal ohne Zweck hin. Wer soll sagen, dass er nicht das abscheuliche Verhalten seines Sekretärs deckt, der dieser Miranda ein Kind gemacht und sie dann sitzengelassen hat. Genau die Art von niederträchtigem Benehmen, die zu dem edlen Verbündeten seiner Gnaden passen würde!"

„Da bin ich keineswegs anderer Meinung als du, Onkel, und ich glaube, du könntest der Wahrheit näher sein, als du ahnst, aber die Verbindung zwischen Blackwell und Miranda Bourdon dürfte komplizierter sein, als du andeutest. Wenn, rein hypothetisch, Charles Weir der Vater ihres Kindes wäre, glaube ich, dass Blackwell diese Tatsache in seinem Testament erwähnt hätte oder doch zumindest die Verbindung zwischen seinem Neffen und Catherine Bourdon. Dass er das nicht tat, lässt mich glauben, dass Weir nicht der Vater des Kindes ist."

„Warum sollte er dann einer Fremden ein Vermögen hinterlassen?"

„Wenn Miranda Bourdon ihr Kind in der Gemeinde St. Jude gebar, waren sie und das Kind für den Pfarrer kaum Fremde. Vielleicht appellierten ihre tragischen Umstände an Blackwells Gewissen? Vielleicht wollte er ihrem Kind ein Erbe zukommen lassen, auf das es keinen Anspruch gehabt hätte, wenn es ein legitimer Nachkomme seines Vaters gewesen wäre ...?"

Die Augen des alten Mannes wurden schmal. „Hieran ist mehr, als du zugibst. Du hast eine Ahnung, was die Identität des Kindsvaters angeht, mein Junge?"

Alec warf einen warnenden Blick in Richtung auf den Anwalt, was seinem Onkel den Mund verschloss, und sagte ruhig: „Außer, dass Cleveley die Erwähnung von Catherine Bourdons illegitimer Abstammung und den Namen ihrer Mama entfernen ließ, hat er noch einen Versuch unternommen, Blackwell zu beeinflussen, sein Testament zugunsten seines Neffen Charles zu ändern, statt sein Vermögen einem Kind aus seiner Gemeinde zu hinterlassen?"

„Tatsächlich hat er das nicht, Mylord!", antwortete Thaddeus Fanshawe mit schockierten Unterton. „Seine Gnaden mochte vielleicht nicht mit Mr. Blackwell übereinstimmen, aber mit Sicherheit versuchte er

nicht dessen Wünsche über die erwähnten Streichungen hinaus zu beeinflussen."

„Dann, so sehr es mir widerstrebt, das zuzugeben, könnte Cleveley
ausschließlich in seiner Rolle als Testamentsvollstrecker gehandelt haben,
um die Privatsphäre der Begünstigten zu schützen, indem er ein zweites
Testament aufsetzen ließ, in dem solche geheimen und möglicherweise
gefährlichen Informationen weggelassen wurden", schloss Alec. „Wie ich
schon zuvor erwähnte, würde Tam nicht in der Ehrenwerten Gesellschaft
der Apotheker aufgenommen, wenn ihnen zu Ohren käme, dass einer
ihrer Lehrlinge seine Künste ohne ihre Anleitung ausübt, und ohne für
erwiesene Dienste Honorar zu verlangen. Und Charles wurde von seiner
Mutter im Glauben erzogen, dass sein Onkel, der ältere Bruder seines
Vaters, als Held auf See gestorben wäre. Man stelle sich vor, wenn
Charles beim Lesen eines Testaments erfährt, dass der Verstorbene eben
dieser Onkel war; kein großer Held zur See, sondern ein schlecht gekleideter Pfarrer, der sich um die Armen kümmerte und dem nichts an
Reichtum und noch weniger an Titeln lag. Und um die Beleidigung
noch zu verschlimmern, zog dieser Onkel es vor, sein gesamtes Vermögen
einem altklugen, vierjährigen Mädchen unbekannter Abstammung zu
vermachen. Wie überaus demütigend für Charles."

„Aber nicht mehr, als dieser Schleimer verdient", murmelte Plantagenet Halsey.

„Selbst du musst zugeben, Onkel, dass Cleveley Tam und seinem
geduldigen Sekretär einen Gefallen tat, indem er Blackwell überredete,
seine Vermächtnisse kurz und knapp zu formulieren."

„Nun, dagegen kann ich nichts einwenden", brummte der alte
Mann. „Aber ich wünschte, ich könnte es! Ich kann einfach nicht glauben, dass eine arrogante Schlange wie Cleveley, der keine Unze Gefühl
für das unvergleichliche menschliche Elend und Leid, das diese armen
schwarzen Kreaturen auf den Fregatten seiner Majestät erleiden, hat,
auch nur eine Unze Gefühl im Körper für irgendjemand oder irgendetwas anderes hat!"

„*Schließlich sind das doch nur Wilde*", zitierte Alec, und als sein Onkel
fragend zusammenzuckte, fügte er hinzu: „Eine Ansicht, die man mir in
der Oper zu bedenken gab, und eine, von der ich fürchte, dass die
meisten unserer Landsleute ehrlich daran glauben. Du und ich wissen,
dass selbst anständig denkende Männer es vorziehen, nicht zu wissen,
was an Bord der Fregatten Seiner Majestät vor sich geht, ebenso, wie sie
die Not nicht sehen wollen, die hier vor unseren Türen herrscht." Er sah
den Anwalt an und sagte beiläufig, während er sich selbst mit einem
Löffel Pilzragout bediente: „Ihr habt es versäumt, den vierten und letzten

Begünstigten, Lord George Stanton, zu erwähnen, dem eine goldene Schnupftabaksdose und ein Miniatur-Porträt vermacht wurde.“

„Seltsame Wahl eines Vermächtnisses“, meinte Plantagenet Halsey und hob seinen Alekrug an. „Und für einen Mann, der in jeder Hinsicht so sehr das Gegenteil des Pfarrers war, dass es wirklich verblüfft. Meint Ihr nicht, Fanshawe?“

„Darüber habe ich mich auch gewundert, Sir“, stimmte der Anwalt zu, ohne aufzuschauen, da er damit beschäftigt war, in einer tiefen, ausgefransten Tasche seines Rocks herumzukramen. Er zog ein verkrumpeltes Taschentuch mit zerrissener Spitze, ein angeschlagenes Etui, einen großen Schlüssel und eine Handvoll gefalteter Papiere heraus, die er neben seinem schmutzigen Teller auf den Tisch fallen ließ, bevor er das Objekt seiner Suche fand, ein gerolltes, zerknittertes Pergament, das mit einem ausgefransten schwarzen Band zusammengebunden war. „Insbesondere, da im ersten Testament nichts über ein solches Vermächtnis stand.“

„Pah! An diesem Testament ist noch mehr als das, verdammt!“, unterbrach Plantagenet Halsey und schaute stirnrunzelnd auf das Durcheinander aus den Taschen des Anwalts, das jetzt auf dem Tisch herumlag. „Kommt schon, Mann, *denkt nach*. Blackwell bestimmte mich als Testamentsvollstrecker aus einem verdammt guten Grund, und dann erlaubte er diesem pompösen Windbeutel Cleveley, meinen Namen zu streichen, einfach so? Das passt nicht. Ihr habt selbst zugegeben, dass Blackwell mich über sein Testament informiert sehen wollte, selbst, nachdem ich als Testamentsvollstrecker gestrichen worden war, also ist an dieser Sache etwas, das so faulig riecht wie ein Fischkopf, der in der Sommersonne verrottet!“

„Da widerspreche ich Euch nicht, Sir“, antwortete der Anwalt respektvoll, sprach dabei aber in seine tiefe Tasche, da er die seltsame Sammlung, die er gerade herausgeholt hatte, wieder einpackte. Aber das mit dem Band zusammengefasste Pergament übergab er Alec. „Wie ich gerade hinzufügen wollte, enthält dieses Dokument, das als Kodizill zu dem ersten Testament geschrieben wurde, und von dem Mr. Blackwell nicht wünschte, dass es dem Herzog bekannt würde, während weder das erste noch das zweite Testament eine Erklärung für das kleine Vermächtnis an Lord George Stanton, zweifellos eine solche. Wenn Ihr erst die darin enthaltenen Informationen verarbeitet habt, werdet Ihr sicher zustimmen, dass dies ein erstaunliches Stück Prosa ist.“

„*Kodizill?* Warum zur Hölle habt ihr das nicht gleich auf den Tisch geknallt, als Ihr Eure Füße darunter gesteckt habt?“, fragte sich Plantagenet Halsey laut.

Der Anwalt wirkte verblüfft. „Sir, Ihr habt mich über Mr. Blackwells Testament befragt, und ich habe euch geantwortet.“

Der alte Mann war zu entgeistert, um etwas zu erwidern, und eine lange Stille folgte, während Alec das entrollte Pergament las. Als er fertig war, schaute er über den Rand seiner goldenen Brille und in seiner tiefen Stimme klang beträchtliche Überraschung mit, als er seinem Onkel das Kodizill übergab. „Das liest du am besten selbst. Andernfalls würdest du es mir wahrscheinlich nicht glauben.“

NEUN

Voll Eifer riss der alte Mann seinem Neffen das Dokument aus den Händen.

Ich, Kenneth Blackwell ... dies, das und jenes, las Plantagenet Halsey stumm und überflog die schlampige Handschrift, um langsamer zu werden, als er Worte aufnahm, die sorgfältigerer Überlegung bedurften:

... möchte bekanntgeben, dass ich heimlich Ellen Sophia Dewalter in der Hawkhurst-Kirche in Kent am 6. September 1738 geheiratet habe, drei Tage vor meiner Abreise nach Barbados, wohin ich zur Verwaltung der Zuckerplantagen meines Vaters geschickt worden war. Die Vereinbarung mit meiner Braut lautete, dass ich nach ihr schicken würde, nachdem ich mich in den Kolonien erst eingerichtet hätte. Tragischerweise verbündete sich das Schicksal gegen uns.

Durch eine Reihe von Missgeschicken erlitt ich Schiffbruch, strandete auf einem kolonialen Außenposten der Portugiesen und wurde dort unter der Anschuldigung, ein Spion meines Landes zu sein, gefangen gesetzt. Nach einem Jahr elender Gefangenschaft erhielt ich die Erlaubnis, meine Reise zu meinem ursprünglichen Ziel fortzusetzen, wo ich Nachrichten von zu Haus erhielt. Als ich entdeckte, dass meine Frau jetzt ihre Gnaden, die Herzogin von Cleveley, war, zog ich es vor, von meiner Familie „als tot aufgegeben" zu bleiben.

Während ich in Barbados lebte, eigentlich schon, während ich noch Gefangener war, begann ich, für meine wahre Berufung zu studieren, die, ein Pfarrer der Kirche von England zu werden. Diesen würdigen Beruf hatte ich mir immer gewünscht, aber mein Vater verweigerte es mir. Entschlossen, mein Leben den Armen zu widmen, kehrte ich im Frühling 1742 als Reverend Blackwell nach England zurück, als jemand, der keine besonderen Familienverbindungen hatte, und wurde der Gemeindepfarrer von St. Jude in der Innenstadt.

Nicht viele Monate nach meiner Rückkehr nach England traf ich mich unter größter Geheimhaltung wieder mit meiner geliebten Frau und wir bestätigten leidenschaftlich unsere Liebe; jedoch stimmten wir äußerst widerstrebend darin überein, wegen des Ablaufs der Jahre, unsere unterschiedlichen Lebensumstände und den dringenden Wunsch, anderen weder Schmerz noch Verlegenheit zu bereiten, wir in diesem Leben für immer getrennt bleiben müssten, um gemäß Gottes großer Güte im Himmel wieder zusammengeführt zu werden.

Meine liebe Frau trifft für den traurigen Zustand unserer Angelegenheiten, so wie sie sich entwickelten, nachdem ich auf Befehl meines Vaters in See gestochen war, kein Tadel. Der Fehler liegt vollständig bei ihren Eltern, die sie bedrängten und zwei Monate nach meiner Abreise zwangen, einen Heiratsantrag von seiner Gnaden, dem edlen Herzog von Stanton anzunehmen, wegen dem, was sie für das lüstern-böswillige Verhalten ihrer Tochter hielten, die von dem mittellosen zweiten Sohn eines niederen Viscounts schwanger geworden war. Obwohl unsere Ehe rechtmäßig war, ließ sich meine junge Frau, ohne Freunde, denen sie hätte vertrauen können und mit Eltern, die sie zu verstoßen und in die Welt hinaus zu werfen drohten, sollte sie ihnen nicht gehorchen, in ihrem verwirrten, elenden Zustand dazu überreden, mich zu verlassen.

Als seine Gnaden, der Herzog von Stanton, nur drei Monate nach dieser bigamistischen Heirat starb, wurde meine Frau wieder von ihren Eltern bedroht und misshandelt, bis sie zustimmte, eine ebenso bigamistische Ehe mit seiner Gnaden, dem sehr edlen Herzog von Cleveley, einzugehen, alles nur, um die Zukunft ihres ungeborenen Sohnes zu sichern. Also ist der Edelmann, der als Lord George Lucius Stanton bekannt ist, von dem man annimmt, dass ein Herzog ihn gezeugt und er in der Ehe eines anderen geboren worden sei, in Wahrheit mein Sohn und Erbe.

Die Ehe zwischen mir und Ellen, der Herzogin von Cleveley, als die sie ihr Leben lang bekannt war, blieb bis zu ihrem letzten Atemzug vor den Gesetzen von Kirche und Staat rechtmäßig bestehen. Es ist mein ernster Wunsch, diese unabänderliche Wahrheit mit Tinte zu Papier zu bringen, damit eines Tages, irgendwann in der Zukunft, wenn die Lebenden von einer solchen Offenbarung nicht mehr verletzt werden können, die Wahrheit ans Licht kommt. Ich kann nicht mit gutem Gewissen zulassen, dass meine Ehe mit einer Frau, die ich mein ganzes Leben liebte und ehrte, verleugnet wird, so wahr Gott mein Zeuge sein möge.

Daher vertraue ich dieses Kodizill meinem guten und ehrlichen Freund Plantagenet Halsey, Esq., St. James' Place, an mit dem ausdrücklichen Wunsch, dass er dessen Inhalt niemals einer lebenden Seele außer meinem Sohn anvertrauen möge, damit er versteht, warum ihm ein kleines Geschenk in Form einer goldenen Schnupftabaksdose und einer Miniatur seiner Mutter als junger Frau, die im Besitz eines armen alten Pfarrers war, vermacht wurde, der in elfter Stunde scheinbar ohne Grund und Erklärung an das Totenbett seiner Mutter gerufen wurde.

Sollte ich vor seiner Gnaden von Cleveley versterben und seine Gnaden ohne rechtmäßigen männlichen Erben sterben, bitte ich demütigst darum, dass Plantagenet Halsey, in Gegenwart von Mr. Thaddeus Fanshawe und solchen Rechtsvertretern, die mein Sohn beauftragen möchte, George Lucius Stanton über seinen wahren Vater und die tragische Abfolge von Ereignissen aufklären, die zu den bigamistischen Ehen seiner Mutter führten. Ich glaube, dass Plantagenet Halsey, trotz seiner - mehr oder weniger gerechtfertigten - Vorurteile gegen den Herzog von Cleveley und Lord George Stanton, und Mr. Thaddeus Fanshawe, ein junger Anwalt von untadeligem Ruf, der mir zu Hilfe käm, beide über jeden Vorwurf erhabe Gentlemen sind, die meine Wünsche ohne Fragen erfüllen werden, wofür ich ihnen danke. Worte können meine Dankbarkeit nicht ausdrücken.

Unterzeichnet in diesem Jahre unseres Herren und so weiter und so fort, Euer bescheidener Diener, Kenneth Blackwell Dempsey-Weir.

Der alte Mann, dessen Mund beim Lesen des ersten Absatzes offen stehen geblieben war, legte das Pergament auf den Tisch und schaute zu, wie es sich wieder zusammenrollte, als hätte es ein eigenes Leben. Ihm fehlten die Worte.

Der Anwalt nahm es auf sich, das Pergament wieder korrekt aufzurollen und mit dem Band zu befestigen.

„Gehe ich recht in der Annahme, dass dieses Dokument das einzige solche ist, das existiert?", fragte Alec.

„Gewisslich, Mylord", bestätigte Fanshawe. „Mr. Blackwell schrieb es in einiger Eile und übergab es mir, als die Tinte noch nicht ganz getrocknet war, wie Ihr an der leicht verwischten Handschrift in der letzten Zeile erkennen könnt. Er wünschte meine Anwesenheit, um seine Unterschrift zu bezeugen, für den Fall, dass das Kodizill und sein Inhalt später bestritten werden könnten. Ich nahm das Dokument dann sofort in Besitz, etwa eine halbe Stunde vor dem Beginn unseres Treffens mit seiner Gnaden."

„Um das erste Testament neu zu formulieren?"

„Genau so, Mylord."

Alec nahm seine Brille ab und begegnete dem offenen Blick des Anwalts geradeheraus. „Hatte der Herzog eine Ahnung von Blackwells Absicht, ein Kodizill zu schreiben?"

„Das glaube ich nicht, Mylord."

„Aber Ihr könnt nicht sicher sein", widersprach Alec. „Dass Ihr von zwei Männern in der Livree des Herzogs angegriffen wurdet, könnte etwas anderes vermuten lassen ..."

Der junge Anwalt leckte über seine Kaninchenzähne und dachte über diese Aussage nach. „Damit könntet Ihr sehr wohl recht haben, Mylord. Ihr glaubt, die beiden Schläger hätten es auf das Kodizill und nicht auf das Testament abgesehen haben können?"

„Der Gedanke ist mir gekommen", sagte Alec trocken. „Ebenso wie die Idee, dass es nicht ihr einziges Ziel gewesen sein mochte, das Kodizill an sich zu bringen."

Die Augen des Anwalts weiteten sich, aber es war der alte Mann, der zuerst sprach.

„Sie sollten Fanshawe mit gleich welchem Mittel zum Schweigen bringen?"

„Ja."

Der Anwalt schluckte hörbar.

„Hat seine Gnaden eine Bemerkung über Blackwells Vermächtnis an Lord George gemacht?", fragte Alec Fanshawe.

Fanshawe schüttelte sein gepudertes Haupt. „Seine Gnaden machte nur sehr wenige Bemerkungen über Mr. Blackwells Bestimmungen, nur die Streichung bestimmter Einzelheiten, über die wir bereits gesprochen haben."

„Aber das ergibt keinen Sinn! George Stanton kann nicht Blackwells Sohn und Erbe sein, oder?", widersprach Plantagenet Halsey. Geistesabwesend kratzte er an seinen Verbänden. „Wenn dieser nichtsnutzige Rüpel Blackwells Nachwuchs ist, aber geboren wurde, nachdem seine Mama Cleveley heiratete, macht ihn das nicht von Rechts wegen zu Cleveleys Sohn?"

Alec lächelte dünn. „Fanshawe kann mich korrigieren, wenn ich mich irre, aber wenn Ellen Dewalter rechtmäßig mit Blackwell verheiratet war, würden ihre folgenden Ehen mit Stanton und dann Cleveley beide als Bigamie gelten. Sie war mit keinem der beiden Herzöge je rechtmäßig verheiratet. George Stanton ist der Abkömmling ihres ersten und einzigen Ehemannes, Kenneth Blackwell, und daher der legitime Sohn und Erbe des Pfarrers."

„Das ist in der Tat korrekt, Mylord", strahlte der Anwalt.

„Nun, ich bin sprachlos!", verkündete Plantagenet Halsey. „Je mehr ich über den guten Pfarrer erfahre, desto weniger weiß ich über ihn. Er wartet bis zum Ende seines Lebens, um seine Heirat mit einer Frau zu verkünden, die in der Gesellschaft als Herzogin herumstolzierte und von deren Sohn man annahm, dass ein Herzog ihn gezeugt hätte und er der Erbe eines anderen wäre! Und was von seinem Vermögen hinterlässt der gute Pfarrer seinem ihm fremden Sohn? Eine kleine Schnupftabaksdose und eine Miniatur. Na, ist das nicht wunderbar!"

„Ungeheuerlich ist das Wort, das mir da einfällt", antwortete Alec, als er seinen Stuhl nach hinten schob. Er nickte seinem Butler zu, dass dieser die Lakaien anweisen sollte, die restlichen Teller und Gläser vom Tisch abzuräumen. „Ich glaube, dein guter Freund, der Pfarrer, hatte nicht die Absicht, Lord George Stanton als Betrüger dastehen zu lassen. Du solltest Lord George erst *nach* dem Tod des Herzogs von seiner wahren Herkunft unterrichten, und das setzt voraus, dass Lord George bis dahin sicher zum Herzog von Cleveley erhoben worden wäre. Ich würde meinen, *dieses* Vermächtnis, das Blackwell machte, überwiegt jedes andere, nicht zu vergessen, dass dabei auch ein Vermögen einem kleinen Kind von vier Jahren vererbt wird, nicht wahr?"

Plantagenet Halsey und der Anwalt tauschten mit weit aufgerissenen

Augen einen Blick, bevor sie Alec mit dämmernder Erkenntnis anstarrten.

Alec betrachtete sowohl seinen Onkel als auch den Anwalt mit seinen Kaninchenzähnen mit einem schiefen Lächeln. „Die Frage ist: hättest du zugelassen, dass Blackwell mit diesem Betrug davonkommt und zugesehen, wie Lord George ein Herzogtum erwirbt, das ihm rechtlich nicht zusteht?"

Die Brauen des alten Mannes zogen sich über dem Rücken seiner langen Nase zusammen. „Blackwell wusste, dass ich ein Mann bin, der zu seinem Wort steht", sagte er düster und streckte seinen Rücken durch. „Ich wäre durch seine Wünsche gebunden gewesen. Das weißt du."

„Ja, und er wusste das auch. Das war egoistisch von ihm und ein unentschuldbarer Missbrauch von Freundschaft." Alec führte den Anwalt zur Tür. „Ich habe eine letzte Frage, Fanshawe: Wurde während der Abfassung von Blackwells zweitem Testament der Aufenthaltsort von Catherine Bourdon und ihrer Mutter erwähnt?"

„Somerset, Mylord. Ein Anwesen auf den Ländereien des Herzogs von Cleveley", antwortete Thaddeus Fanshawe ohne zu zögern, während er die Vorderseite seines kanariengelben Rocks glattzog.

„Hä? Also nicht St. Jude?", fragte Plantagenet Halsey verwirrt, während er durch den Raum hinter ihnen her schlurfte.

„Nein, nicht St. Jude", sagte Alec befriedigt, „sondern ein Hof in Somerset, wie ich vermutet hatte. Kennt Ihr den Namen des Hofes, Fanshawe?"

„Leider nicht, Mylord, da die Korrespondenz, die ich für Mr. Blackwell frankierte, an ein Hotel in Bath geschickt wurde. Barrs Hotel in der Trim Street; ein eher gehobenes Haus, wie man mir sagte."

„Hat Mr. Blackwell Euch eine Erklärung gegeben, warum die Korrespondenz für Miranda Bourdon ans Barrs statt zu dem Hof gesendet wurde?", fragte Alec.

Der Anwalt war verwirrt. „Ich nehme an, dass er dies tat, weil die Briefe an einen Mr. Ninian Boudon unter dieser Anschrift gerichtet waren, Mylord."

Onkel und Neffe schauten sich an.

„Mr. Ninian Bourdon?"

„Miranda Bourdons Ehemann, Mylord", antwortete der Anwalt, als ob der Zusammenhang selbstverständlich wäre. Als Neffe und Onkel einen überraschten Blick wechselten, blinzelte Thaddeus Fanshawe und fügte hinzu: „Mr. Blackwell führte die Zeremonie selbst durch, vor etwas weniger als einem Jahr. Er war besonders erfreut, dass das kleine Mädchen endlich einen Vater haben würde."

„Natürlich", antwortete Alec mit einem schwachen Lächeln, als ob alles bestens wäre. Er trat beiseite, um Wantage zu erlauben, den Anwalt aus dem Haus zu geleiten. „Vielen Dank, dass Ihr heute hierhergekommen seid, Fanshawe. Euer Besuch war wirklich von unschätzbarem Wert. Ich werde Euch mit meiner Kutsche nach Hause bringen lassen."

„Das Kodizill, Mylord ..."

„... wird hier sicher aufbewahrt werden, bis dieser Wirrwarr geordnet ist. Solltet Ihr erneut von den Dienern des Herzogs heimgesucht werden, wäre ich Euch verbunden, wenn Ihr sie an mich verweisen würdet. Ich bezweifle, dass sie Euch danach noch belästigen werden. Aber wenn es Euch ein besseres Gefühl gibt, biete ich Euch an, zwei meiner kräftigsten Diener für eine oder zwei Wochen vor Eurer Tür zu postieren."

„Vielen Dank, Mylord." Der Anwalt verbeugte sich dankbar und verbeugte sich erneut, als er sich in den Durchgang zurückzog. „Ich bin Euer Lordschaft sehr dankbar. Vielen Dank, Mylord."

„Wer ist dieser Kerl, dieser Ninian Bourdon?", fragte Plantagenet Halsey, nachdem der Butler die Tür hinter den fortwährenden Verbeugungen und Kratzfüßen geschlossen hatte. „Vielleicht hat er Blackwell vergiftet, damit das Kind seiner Frau die Erbschaft bekäme?"

„Niemand dieses Namens war Gast bei diesem Diner."

„Also benutzte er einen anderen Namen!", warf der alte Mann bedenkenlos ein.

Alec grinste. „Drehe diesen Gedanken um, und du könntest der Wahrheit näher kommen." Als sein Onkel verwirrt dreinschaute, fügte er hinzu: „Könnte es sein, dass einer der Herren, der bei Charles' Abendeinladung anwesend war, den Namen Ninian Bourdon als *nom de guerre* verwendet? Ja, ich dachte mir, dass das deine Augen öffnen würde. Das wäre eine These, die eine Überprüfung wert wäre. Aber darüber werden wir später sprechen", fügte er schroff hinzu und legte stützend einen Arm um den gebeugten Rücken des alten Mannes. „Jetzt heißt es für dich zurück ins Bett und eine Dosis Laudanum. Wir haben morgen eine lange Reise vor uns."

Plantagenet Halsey war müde und sein Kopf schmerzte. Er hatte keine Kraft zum Streiten. Laudanum und Schlaf würden willkommen sein. Doch äußerte er einen tödlich letzten, nagenden Zweifel: „Wie praktisch, dass Miranda Bourdon und ihre Tochter zufällig auf einem Hof auf den Ländereien des Herzogs leben ..."

Alec lächelte grimmig über den Scharfsinn seines Onkels. Er grübelte über die Rolle, die Talgarth und Selina Vesey in Miranda Bourdons rätselhaftem Leben gespielt haben mochten und war der Meinung, dass Selina in Wahrheit sehr wenig über ihren verwaisten Schützling wusste, und noch weniger darüber, wie eng ihr Bruder mit der Frau und ihrer Tochter verbunden war. Was die Rolle des Herzogs bei Blackwells Ableben genau am Tag, nachdem der Pfarrer ein äußerst ungewöhnliches Kodizill geschrieben hatte, anbetraf? Die in diesem Dokument enthaltenen Enthüllungen bedrohten die Zukunft des Herzogtums Cleveley und machten die Ehe des Herzogs mit Ellen Dewalter zu einer Farce. George Stanton war nicht, was er zu sein behauptete, ob er es wusste oder nicht, und Charles Weir war genau die Art von Speichellecker, der alles in seiner Macht Stehende tun würde, um sich den Herzog und seinen angeblichen Erben zu verpflichten. Alle hatten Grund und Motivation genug, um den guten Pfarrer lieber tot sehen zu wollen.

„Praktisch?", antwortete Alec mit einem Schnauben. „Eher eine finstere Machenschaft."

„Ha! Ich wusste es", sagte der alte Mann entzückt und schaute mit Befriedigung zu den sich verhärtenden Zügen seines Neffen auf: „Cleveley steckt bis zum Hals im Dreck und säuft schnell ab!"

Alec bezweifelte es nicht.

⚭

Sir Charles Weir fand Lord George Stanton mit dem Gesicht nach unten in einer Pfütze seines eigenen Erbrochenen liegend. Die Diener wagten es nicht, ihn zu bewegen. Der persönliche Diener seiner Lordschaft hatte in eine Stellung gewechselt, die für den Gentleman eines Gentlemans passender war. Dieser letzte Anfall von Trunksucht hatte das Maß vollgemacht. Er konnte nicht, *würde* nicht im Dienste eines solchen betrunkenen Flegels bleiben, ganz gleich, welchen noblen Namen er trug; der Mann war in jeder Weise nur als Bewohner der Gin Alley geeignet.

Sir Charles' erste Handlung war es, nach einem Eimer kalten Wassers zu schicken. Dann legte er seinen Rock ab, entfernte seine Spitzenrüschen, rollt die Hemdsärmel hoch und schaffte es mit einiger Mühe, Lord George auf den Rücken zu drehen. Der junge Mann gab einige Schnaufer von sich, die seine Nasenlöcher befreiten und fiel dann wieder in Schlaf. Sir Charles selbst fühlte, dass sein Magen sich umdrehte, eilte zum Fenster, schob es heftig auf und saugte die frische Luft ein.

Als der Diener mit dem Eimer Wasser zurückkam, erhielt er Befehl, den Inhalt über seinem schlafenden Herrn auszuschütten. Dem kam der Diener mit erschrockener Freude nach, warf dann den Eimer beiseite und rannte auf den blasphemischen Aufschrei des Edelmannes hin aus dem Zimmer.

Zunächst neigte Lord George dazu, ausgestreckt auf dem Boden liegenzubleiben, so schlimm war das Hämmern in seinem Kopf. Aber er war kalt und nass und seine trockene Zunge fühlte sich an, als hätte sie das Doppelte ihrer normalen Größe. Er kämpfte sich, seine Diener verfluchend, hoch und wischte sich mit der Perücke die Spucke aus dem Gesicht. Da erblickte er Sir Charles Weirs Spiegelbild in dem hohen Spiegel und er fragte sich, ob er sich inmitten eines Albtraums befände - etwas, das seit dem Tod seiner Mutter allwöchentlich geschah. Sir Charles beendete seine Zweifel bald.

„Ich warte im Speisezimmer auf Euch", sagte er knapp. „Ich schlage vor, Ihr wascht Euch. Eure Person stinkt."

Als ein unrasierter Lord George erschien und sich an den Türrahmen lehnte, trug er ein am Hals offenes Hemd ohne Rüschen und braune, weite Hosen, die hätten gebügelt werden müssen. Auf seinem rasierten Kopf saß ein Turban aus roter und goldener Seide, der nicht nur an sich lächerlich wirkte, sondern seinen Träger auch noch wie einen Eierkopf aussehen ließ. Sir Charles konnte es sich nicht verkneifen, in sein Bier zu lächeln, trotz der Tatsache, dass er furchtbar wütend auf den Stiefsohn des Herzogs war.

Lord George sackte am Tisch zusammen und bedeckte sein Gesicht mit seinen fetten Händen. „Jesus, ich bin krank. Warum habt Ihr mich aufgeweckt, Charlie? Hatte ich Euch gebeten, mich zu wecken? Ich kann mich nicht erinnern ..."

„Seid still", maulte Sir Charles und schob seiner Lordschaft einen Krug zu. „Trinkt aus. Davon werdet Ihr Euch besser fühlen."

„Ich will nicht ..."

„Los!"

Lord George starrte Sir Charles durch seine gespreizten Finger gereizt an. „Mir gefällt Euer Ton nicht, Charlie."

Sir Charles lächelte unfreundlich. „Dann benehmt Euch."

Lord George legte seine Stirn auf den Tisch und stöhnte. „Geht weg, seid ein lieber kleiner *Sekretär*."

„Ihr habt für keinen Penny Dankbarkeit, nicht wahr?", sagte Sir Charles bitter.

Lord George zuckte gleichgültig die Schultern.

„Hört mir zu. Wenn Ihr nicht nüchtern werdet und seht, was um Euch vor sich geht, riskiert Ihr es, alles, *alles*, was Euch rechtmäßig zusteht, zu verlieren. Versteht Ihr das?"

„Was steht mir rechtmäßig zu?", stöhnte Lord George. „Alles, wovon ich träumte, starb mit Mama."

„Was für ein selbstmitleidiges Geschwätz!"

Lord Georges Kopf fuhr hoch und er schüttelte Sir Charles' Arm. „Entschuldigt Euch, *Sekretär*! Entschuldigt Euch! Entschuldigt Euch, verdammt!"

Sir Charles seufzte. Warum musste er sich mit diesem Einfaltspinsel abgeben? Aber er kannte die Antwort darauf, und obwohl er nichts lieber wollte, als diesem großen, aufgeblasenen Tölpel zu erzählen, was er wirklich über ihn dachte, beherrschte er diesen Drang und sagte mit einer vor falscher Ehrlichkeit triefender Stimme: „Natürlich bitte ich Euch um Verzeihung, George. Ihr wisst doch, dass ich nur an Eurem Besten interessiert bin. Ebenso, wie die Herzogin es war. Ihretwegen bin ich heute hier."

„Mamas wegen?"

„Ja. Es war doch ihr Wunsch, nicht wahr, dass Ihr Cleveleys Nachfolge antretet?"

„Was zählt das jetzt noch?", jammerte Lord George und ließ sein Kinn auf seinen Ärmel fallen. „Ihr habt gesehen, was in der Oper geschah. So viel zu Mamas Wünschen! Der liebe Papa ist hergegangen und hat sich mit Hatty Russel verlobt. *Meiner* Hatty Russel. *Meiner.*" Er schob das Ale weg und bedeckte sein Gesicht mit seinen Händen. „Wie konnte er mir das antun?"

Sir Charles verdrehte seine Augen zum Himmel und betete um Geduld. Er tätschelte Lord Georges Arm. „Schon gut. Schon gut. *Liebster* George. Man kann die Handlungen von anderen nicht immer vorhersehen. Ich war bei diesem Schauspiel auch am Boden zerstört. Das war mir nie in den Sinn gekommen. Diesmal hat der politische Scharfsinn seiner Gnaden sogar mich überrascht. Aber man muss lernen, sich anzupassen, und auch mögliche Katastrophen in einen Vorteil für sich zu verwandeln. Im Moment mag er die Oberhand haben, aber das wird sich bald ändern ..."

Lord George wies ihn achselzuckend ab. „Was plappert Ihr da, Charlie? Wer gibt einen Dreck darum, ob es Euch überrumpelt hat? Die Frage ist, was wollt *Ihr* dagegen tun?"

Sir Charles hob die Augenbrauen. „Ich? Wogegen?"

Lord George schnitt eine Grimasse. „Kommt schon, Charlie! Spielt bei mir nicht den Ungerührten. Ihr werdet dieser Verlobung einen Riegel vorschieben, nicht wahr?"

„Warum sollte ich das?"

Ein seltener Blitz der Erkenntnis ließ Lord George vorübergehend seine Kopfschmerzen vergessen. „Ihr habt zu viel in mich investiert, um alles an ein Balg verschwendet zu sehen, das Vater mit Hatty zeugen könnte." Als Sir Charles lachte, wusste Lord George, dass es gezwungen war und er konnte es sich nicht verkneifen, das Messer noch weiter in der Wunde zu drehen. „Für einen Mann, der praktisch Vaters Perücke für ihn getragen hat, seid Ihr jetzt etwas in der Zwickmühle, was wegen dieser Verlobung zu unternehmen ist, nicht wahr, Charlie? Und ich wette, dass Ihr seine Handschrift besser nachahmen könnt, als er selbst. Also was habt Ihr vor, um ihn davon abzuhalten, Hatty zu heiraten?"

Sir Charles nahm eine Prise Schnupftabak. Er fand Lord George nicht erheiternd und das war ihm anzusehen.

„Und wenn Cleveley entdeckt, zu welchen Mitteln Ihr bereits gegriffen habt, um *Euren* Anspruch auf Hatty zu *untermauern*?"

„Na, Charlie, fangt nicht an, mir zu drohen!", knurrte Lord George und ließ seinen Kopf erneut in seine Hände sinken. „Oh Gott, mir ist so schlecht", stöhnte er. „Ich wünschte, ein Sturm würde Euch fortblasen ..."

„Ihr und ich müssen entscheiden, was unser nächster Zug sein soll."

Lord George seufzte ungeduldig. „Ihr seid derart langweilig. Aber ich werde zuhören. Ich habe keinen eigenen Einfall."

„Selbstredend", murmelte Sir Charles.

Plötzlich kam Lord George ein Gedanke.

„Vielleicht brauche ich mir keine Sorgen zu machen. Schließlich ist es ja nicht so, dass die Ehe aus Mamas Verschulden unfruchtbar blieb. Wir alle wissen, was in den Clubs geflüstert wird: Vater kann nicht einmal einer Hure ein Kind machen. Und Gott weiß, dass er über all die Jahre eine Menge davon hatte." Er schnaubte mit einem schiefen Grinsen und gab Sir Charles einen leichten Stoß. „Wer will sagen, dass es ihm bei Hatty besser ergeht? Ha! Überhaupt kein Grund zur Panik!"

„Denkt einen Augenblick darüber nach, George. Wenn Lady Henrietta Euren Vater heiratet, wird sie in *seinem* Bett liegen, nicht in Eurem."

Lord George runzelte die Stirn und kaute düster an einem Fingernagel.

„Obwohl ... Es hat noch keine *offizielle* Ankündigung der Verlobung gegeben ..."

Lord George biss ein Stück Nagelhaut ab und schnippte es weg.

„Soll heißen?"

„Das soll heißen, dass, bis eine Nachricht in den Zeitungen erscheint, die die Verlobung zwischen seiner Gnaden und Lady Henrietta Russel bekannt gibt, Ihr ebenso viel Hoffnung darauf habt, Lady Henriettas Ehemann zu werden, wie ich sie habe."

Lord Georges Mund blieb offen stehen, dann brach er in Gelächter aus, als er zu einer Anrichte aus Nussbaumholz schlurfte, in deren unterster Schublade ein Nachttopf verborgen war. Er machte sich daran, in die geöffnete Schublade zu urinieren. „*Ihr? Hattys* Ehemann?", sagte er über seine Schulter. „Das ist unbezahlbar, Charlie!" Als er sich umdrehte, um seine Kleidung wieder zu richten, entdeckte er, dass der Nachttopf fehlte. Ein Diener hatte ihn zum Ausleeren entfernt, sich aber nicht die Mühe gemacht, ihn zurückzustellen. Unbeeindruckt knöpfte Lord George seine Hosen zu und gab der jetzt tropfenden Schublade einen Tritt, um sie zu schließen.

Sir Charles betrachtete ihn mit kaum verhülltem Ekel. Es bereitete ihm Übelkeit, daran zu denken, dass dieser beturbante Hanswurst je eine Pfote auf Lady Henrietta Russel gelegt hatte. Was die Nachfolge als Herzog anging ... Jedoch, während er seine bittere Enttäuschung würde überwinden können, sollte der Herzog Earl Russels Tochter heiraten, der Gedanke daran, dass aus dieser Ehe ein Erbe entstehen könnte und Lord George nicht der nächste Herzog würde, war unausdenkbar. Ein solches Ende würde Sir Charles keinen Raum mehr für die Ausübung politischen Einflusses mehr lassen. Er hatte den größten Teil seiner sich entwickelnden politischen Karriere damit verbracht, seine Beziehung zur Familie des Herzogs, insbesondere zur Herzogin und ihrem Sohn, zu pflegen und hatte nicht die Absicht, diese Bemühungen zunichtemachen zu lassen. Bis zum Ableben der Herzogin war er äußerst zuversichtlich gewesen, sich noch viele Jahre im goldenen Lichte von Cleveleys Protektion sonnen zu dürfen. Nach ihrem Tod war deren Fortdauer unsicher geworden; die bevorstehende Verlobung des Herzogs drohte, seiner politischen Karriere einen Stoß zu versetzen, der ihr Ende sein könnte, es sei denn, hieß das, er könnte Lord George zum Tätigwerden veranlassen.

„Seid ein guter Junge, Charlie, und lasst einen Lakaien einen Arzt holen."

Sir Charles ignorierte diese Bitte.

„Seine Gnaden ist Hals über Kopf nach Somerset abgereist. Ich vermute, er möchte dem Atelier eines gewissen Malers in Bath einen Besuch abstatten, um festzustellen, aus welchem göttlichen Recht dieser es unternahm, ein Bastardbalg und dessen Hure von einer Mutter unsterblich zu machen. Es war teuflisches Glück, dass sein höchstgelobtes Gemälde zur Unkenntlichkeit zerstört worden war. Das könnte Euch gerettet haben."

Dies entfaltete eine tiefe Wirkung auf seine kränkelnde Lordschaft. Er betrachtete Sir Charles mit einem Gefühl überwältigender Panik. Seine Augen wurden rund. „Sie ist Veseys Hure? Und Vater ist gefahren, um sie zu finden?" Er ließ sich wieder auf einen Stuhl fallen. Das Ale sah doch nicht so schlecht aus. Er trank es auf einen Zug aus und rülpste. „Ihr habt mir gesagt, dass sie weggelaufen wäre!" Er sah Sir Charles schmollend an und schüttelte seinen Arm. „Ihr habt Mama einen *Schwur* darauf geleistet, dass sie für uns so gut wie tot wäre. Ha! Und jetzt erzählt Ihr mir, dass sie auch noch ein Gör hat? Ihr habt mich *belogen*, Charlie!"

Sir Charles machte sich los. „Keineswegs", antwortete er hochmütig. „Gegen mein besseres Wissen, aber aus Rücksicht auf die Herzogin, verwickelte ich mich unwiderruflich in Eure schmutzige Angelegenheiten. Ich tat, was mir gesagt wurde. Nicht mehr und nicht weniger. Es liegt kaum an mir, dass die Hure jetzt von einem ausgemergelten Malerjungen protegiert wird und nach all diesen Jahren wieder auftaucht, um Euch zu verfolgen."

Lord George kaute an einem nicht vorhandenen Daumennagel. „Aber Ihr werdet etwas deshalb unternehmen, nicht wahr?"

Sir Charles schrak zurück. „Ich? Warum sollte ich mich damit noch weiter belasten? Im Gegensatz zu Euch kann ich meine Rolle damit erklären, dass ich ein loyaler Sekretär war, der nur das beste Interesse seines edlen Dienstherrn im Sinne hatte."

„Verdammt, Charles!", jammerte Lord George. „Ihr steckt genauso tief mit drin!"

Sir Charles schnüffelte verächtlich, war aber insgeheim erfreut, dass Lord George ehrlich genug war, um sich zu fürchten. Er spürte, dass der Wind sich wieder einmal zu seinen Gunsten gedreht hatte. „Ach, schaut doch nicht so verloren drein", sagte er mit einem breiten Lächeln. „Ich bin bereit, Euch meine Hilfe anzubieten." Er lenkte Lord George ins Schlafzimmer. „Kleidet Euch an. Wir reisen nach Somerset ab, sobald Ihr gepackt habt."

Lord George erstarrte sichtlich in der Tür. „Ihr werdet mich nicht dazu bekommen, meinem Vater eine Silbe zu gestehen! Nicht nach all diesen Jahren. *Niemals.*"

„Niemand will, dass Ihr das tut", sagte Sir Charles mit erzwungener Geduld, die sein Lächeln angespannt wirken ließ. „Diese Bilder waren eine mächtig unangenehme Erinnerung für Euch, George, aber ich bin der Meinung, dass man die Toten begraben sein lassen sollte. Die einzige Person, die dafür sorgen kann, dass diese Angelegenheit ein für alle Mal geregelt wird und zwar, ohne den Herzog mit hineinzuziehen, ist Eure Tante, Lady Rutherglen. Sie ist die Person, die wir aufsuchen werden. Ich weiß aus sicherer Quelle, dass sie zur Kur in Bath ist."

Lord George schleuderte seinen Turban auf den Haufen Bettzeug und kratzte sich die plattgedrückten Haare an seinem Hinterkopf. „Tante Rutherglen?", brummte er. „Was kann diese alte Schlange für mich tun?"

Sir Charles biss sich absichtlich auf die Zunge. Lady Rutherglen hatte mehr getan, um den fetten Hals ihres undankbaren Neffen zu retten, als jeder andere lebende Mensch. In vieler Hinsicht hatte sie den höchsten Preis für ihre Liebe zum Sohn ihrer Schwester gezahlt, und jetzt würde sie noch ein letztes Mal gefordert sein, um sicherzustellen, dass Lord George Stanton das Herzogtum Cleveley erbte. Die Existenz zu vieler Menschen hing von diesem Ausgang ab, einschließlich die der Lady selbst. Aber Sir Charles wusste, dass es Lord George in keiner Weise kümmerte, welche Opfer für ihn gebracht worden waren oder von wem, denn George hatte sein ganzes Leben alles bekommen, was George haben wollte, ohne Rücksicht auf die Folgen für andere. Daher ihre derzeitige Zwangslage. Aber Sir Charles hatte weder die Energie noch die Lust, eine Predigt über das Offensichtliche zu halten, daher sagte er einfach:

„Vertraut mir, Mylord. Alles wird sich aufklären, sobald wir Bath erreichen.“

Seine Lordschaft vertraute ihm. Er hatte jedes Vertrauen darin, dass Sir Charles in der Lage sein würde, alles in Ordnung zu bringen. Schließlich hatte er es vor fünf Jahren geschafft, und zwar mit dem Segen seiner Mutter und seiner Tante. Er erwartete nichts als absolute Loyalität vom Handlanger seines Stiefvaters. Plötzlich fühlte er sich nicht mehr so krank.

„Was ist also Euer Plan, Charlie?“

„Dieser, Mylord, wurde bereits in Bewegung gesetzt. Wir müssen nur unser Vertrauen in das erbärmliche Verlangen meines Schulfreundes mit den rabenschwarzen Locken nach Wahrheit und Gerechtigkeit setzen.“ Er nahm seine Taschenuhr heraus, um nach der Zeit zu sehen und grinste. „Ich schätze, inzwischen ist er schon auf der Straße nach Somerset, um den Herzog zur Rede zu stellen.“

„*Was*?“, donnerte Lord George. „Ihr habt *Halsey* mithineingezogen? Warum in drei Teufels Namen? Wenn irgendjemand dazu fähig ist, die Toten auferstehen zu lassen, ist das dieser verdammte, Unruhe stiftende Prinzipienreiter.“

Sir Charles lächelte unfreundlich. „Haargenau. Und welche bessere Möglichkeit gäbe es, einen selbstgerechten Herzog dazu zu bekommen, die Toten in ihren Gräbern ruhen zu lassen, als einen Kreuzritter im Nacken zu haben, der das Unrecht zu besiegen wünscht?“

Lord George war nicht von so schwachem Verstand, wie Sir Charles angenommen hatte, denn zur Antwort brach er in so ungehemmtes Gelächter aus, dass der frühere Sekretär fast bereit war, den Geruch von altem Erbrochenen und Urin an der massigen Person seiner Lordschaft zu ignorieren.

ZEHN

Selina sass in einer Ecke ihrer Reisekutsche und wurde auf den unebenen Straßen herumgestoßen, während sie versuchte, die Morgenausgabe der *Gazette* zu lesen. Sie hasste das Reisen: ständig herumgestoßen, -geworfen und -gerüttelt zu werden, noch dazu auf schmalen, verkommenen und schlammigen Straßen; die Öde von Meilen um Meilen der Landschaft; und den Geruch von Pferdeschweiß und Mist in den überfüllten Ställen der Gasthöfe entlang der Strecke. Nicht, dass sie das Land oder das Landleben nicht gemocht hätte. Aber dorthin zu kommen fand sie lästig.

Und ihre beiden Reisegefährten versorgten sie mit keinerlei Abwechslung, die ihr geholfen hätte, die verstreichenden Stunden kurzweiliger zu machen.

Evans saß neben ihr, den Rücken steif wie immer, aber fast eingeschlafen, wobei ihr Kopf ständig nach vorn fiel, so dass ihr spitzes Kinn auf ihre magere Brust sank. Talgarth war in der gegenüberliegenden Ecke zusammengekauert, hellwach, ohne aber die weiten Felder eines Blickes zu würdigen. Er starrte blicklos auf die gepolsterten Samtbezüge zwischen den beiden Frauen. Obwohl er in drei Decken gehüllt war und an seinen Füßen ein heißer Backstein lag, stand ihm der Schweiß in Perlen auf der Stirn und er zitterte unaufhörlich; seine Arme hatte er in brütendem Schweigen fest vor seiner Brust verschränkt.

Er hatte seit ihrer Übernachtung in Marlborough nicht mehr gesprochen, wo er sich im Hof der Stallungen heftig hatte erbrechen müssen, der dritte solche Anfall seit ihrer Abreise aus London. Selina war sich bewusst, dass dieses Leid selbstgewählt war. Übelkeit, Schüttelfrost und

Schweiß begleiteten immer die periodischen Zeiten des Opiumentzugs bei ihrem Bruder. Er strafte sich selbst für das, was er als sein Versagen als Künstler betrachtete. Es war ein aus Selbsthass entstehendes Handeln und obwohl Selina es verabscheute, ihn in dieser elenden Verfassung zu sehen, wusste sie, dass keine Schmeichelei ihrerseits ihn sich irgendwie besser fühlen lassen würde, und mit Sicherheit würde ihn das nicht zum Reden bringen. Man musste es ihm überlassen, zu der von ihm gewählten Zeit eine Unterhaltung zu beginnen.

Daher wandte sie sich wieder den Seiten der *Gazette* zu und beendete die Lektüre eines Artikels über die erfolgreiche Verabschiedung des Bristol-Gesetzes, wobei ihr Interesse nur für einen Augenblick durch ein Zitat von Sir Charles Weir erweckt wurde, der die Abstimmung im Unterhaus lobte und *wortwörtlich* erklärte, was dieses Gesetz für die kaufmännische Größe des Königreichs bedeuten würde.

„Was Cleveley nur in diesem Mann sieht?", fragte sie sich laut und warf die gefaltete Zeitung zur Seit, um den *Public Advertiser* aufzunehmen.

„Ich bin ein verdammter Versager!", verkündete Talgarth, der für kurze Zeit seinen mageren Körper zwang, sein unwillkürliches Zittern einzustellen.

Selina täuschte einen Moment der Geistesabwesenheit vor. Sie schaute nicht von den gedruckten Nachrichten auf. „Verzeihung, mein Lieber ... Was sagtest du?"

„Ich bin ein Versager."

„Versager?"

„Die Ausstellung war ein Misserfolg. Niemand wird ein Porträt von einem Versager bestellen. Verdammt! Ich habe es mir erlaubt, vor *aller Welt* Augen zusammenzubrechen."

Selina faltete den *Public Advertiser* zusammen und warf einen Seitenblick auf die dösende Evans.

„Tal, du bist zu streng mit dir selbst. Kein normal fühlender Mensch wäre von solch scheußlichem Vandalismus unberührt geblieben. Wer könnte geringer von dir denken, weil du deine Gefühle gezeigt hast? In der Tat würde es mich überraschen, wenn du nicht deshalb eine Flut von Aufträgen bekämest." Sie hielt die Zeitung hoch. „Sieh nur, hier drin ist ein Artikel über die Ausstellung, in dem dir drei Paragraphen gewidmet sind, im Vergleich zu einem für Hamilton."

Was sie nicht erwähnte, war die Tatsache, dass fast ebenso viel Druckerschwärze darauf verwendet worden war, über die Identität des oder der Zerstörer von Talgarths Porträt oder die Identität der Modelle des Porträts zu rätseln. Ein Berichterstatter stellte stolz fest, dass er die beschädigte Leinwand untersucht hätte und war der Meinung, dass die geheimnisvolle Dame niemand anders war als die neueste Mätresse des französischen Louis, Jeanne du Barry. Selina hatte keine Ahnung, wie diese erstaunliche Schlussfolgerung zustande gekommen war, wenn man bedachte, dass das Porträt so übel mit roter Farbe entstellt worden war, dass unmöglich auch nur die Haarfarbe des Modells zu erkennen war.

„Lina", sagte Talgarth in gequältem Flüsterton, „es war mein *bestes* Werk. Mein *allerbestes*."

Selina hatte das Porträt vor seiner Zerstörung nicht gesehen, aber sie war sicher, dass er recht hatte. Sie hätte ihn in den Arm nehmen und seine Verletztheit wegtrösten mögen. Sie bekam jedoch keine Gelegenheit, ihm zuzustimmen. Talgarth hieb plötzlich mit der Seite seiner Faust gegen die Täfelung der Tür; Wut stieg in ihm auf.

„Cobham wird denken, dass *ich* es tat, um Aufmerksamkeit zu bekommen. Er glaubt, ich sei verrückt." Er begegnete dem offenen Blick seiner Schwester. „Bin ich das? Bin ich *verrückt*, Lina?"

„Überhaupt nicht", antwortete sie ruhig, was sie auch ehrlich glaubte.

Cobham dachte völlig anders darüber. Aber ihrem ältesten Bruder fehlte auch jegliche Fantasie. Ebenso wie ihren Eltern, die, unfähig, mit Talgarths schulischer Unfähigkeit umzugehen, ihn stundenlang an einen Stuhl gefesselt hatten, während ein Tutor neben ihm stand und griechische und lateinische Verse rezitierte. Als ob ihr widerspenstiger Sohn seine Bildung durch die bloße Anwesenheit eines Oxford-Gelehrten einatmen könnte!

„Die Tatsache, dass du diese Frage stellst, zeigt, dass du ebenso geistig gesund bist wie ich", fügte Selina mit einem verständnisvollen Lächeln hinzu. „Außerdem, welche Rolle spielt Cobhams gute Meinung für dich? Für mich mit Sicherheit keine."

Talgarth war nicht vollends überzeugt. Er zog die Decken enger um seine hagere Gestalt und zitterte unkontrolliert. „Warum hast du dich dann auf seine Seite gestellt und mich wegschicken lassen?", klagte er. „Du sagtest, Reisen auf dem Kontinent würde mir guttun. Du sagtest, es wäre am besten, wenn ich aus England fortkäme. Und als ich wiederkam, wo ausgerechnet habt Cobham und du mich hingeschickt, nach Bath?! Einem Kurort auf dem absteigenden Ast, der sich am besten für Hypochonder und invalide Soldaten eignet! Er hält mich für eine Schande für den Familiennamen. Und du? Ist das der Grund, warum du dich auf seine Seite geschlagen hast?"

„Eine Schande? Lieber Gott, Tal. Deine trüben Stimmungen bedeuten Cobham nichts, wenn man sie mit meinem *Freigeist* vergleicht.

Sein Euphemismus für die Tatsache, dass ich mich weigerte, das Ehebett mit einem Mann zu teilen, der ein misogyner Irrer war. Er verabscheut es, eine offen sprechende Schwester zu haben. Außerdem", fügte sie mit einem traurigen Lächeln und einem Blick nach unten auf ihre behandschuhte Hand hinzu, „nachdem ich verheiratet worden war, schien es das Beste, dass du fort wärest - fort von all diesen - *Unannehmlichkeiten.*"

Talgarths Selbsthass verzehnfachte sich und er schniefte in die Decke. „Gott, Lina, ich bin ein gedankenloser *Trottel.* Verzeih mir. Was ist der Verlust einer einzigen Leinwand im Vergleich zu den Jahren der Qual, die du in den Händen dieses Ungeheuers zu erdulden hattest ... Ich hoffe, Apollo ist gut genug für dich."

Mit schmerzender Kehle neigte Selina ihren Kopf, sie fand es zutreffend, dass ihr Bruder Alec als den griechischen Gott männlicher Schönheit und Vernunft bezeichnete. Aber da ihre Gefühle nach Alecs abruptem und zornigen Abgang aus ihrem Haus noch schmerzlich verwundet waren, fühlte sie sich nicht in der Lage, über ihn zu sprechen. Er war wirklich noch zornig auf sie. In Marlborough waren ihre Kutschen sich begegnet. Er hatte sich zur Abreise bereit gemacht, als ihre Kutsche in den geschäftigen Stallhof einbog.

Talgarth sprach aus, was sie dachte. „Er hat in Marlborough kaum mehr als zwei Worte zu dir gesagt."

„Du hast ihn gesehen?"

„Apollos schöne Züge sind kaum zu übersehen, selbst wenn meine Wenigkeit dabei war, ins Stroh zu kotzen. Was hast du getan, um ihn zu verärgern?"

Selina blieb vor Empörung der Mund offen stehen. „Warum gehst du davon aus, dass es mein Fehler war?"

„Weil du wie ich bist", sagte Talgarth mit einem seltenen Lächeln. „Verdammt starrköpfig."

Selina musste zugeben, dass dies stimmte, fügte aber kleinlaut zu ihrer Verteidigung hinzu: „Ich habe die beste Entscheidung für uns beide getroffen."

Als Talgarth die Achseln zuckte und wenig überzeugt wirkend aus dem Fenster starrte, als ob er das Interesse verloren hätte, wechselte sie geschickt das Thema in der Hoffnung, dass er noch aufnahmefähig genug wäre, um ein paar der Fragen zu beantworten, die Alec ihr gestellt hatte.

„Möchtest du herausfinden, wer eines deiner Bilder zu zerstören wünschen könnte, Tal?", fragte sie sanft.

„Du kennst mich, Lina", antwortete er mit einem resignierten Seufzer, den Blick auf die Fensterscheibe, aber nicht auf die Landschaft dahinter gerichtet. „Ich habe mehr Leute beleidigt, als ich mir Freunde gemacht habe. Ich ertrage keine Dummköpfe. Bath ist ein von Narren und alten Frauen bevölkerter Ort. Ich male jedermanns Porträt, wenn das Honorar stimmt, aber ich lasse mich nicht wie einen dämlichen Lakaien behandeln!"

„Oh ja, das stimmt. Vielleicht ist es deine Art, mit Dummköpfen umzugehen, die einer Verfeinerung bedürfte. Da war dieser *Vorfall* mit Mrs. Sudgemoor und ihren drei kleinen Möpsen, erinnerst du dich?"

Talgarth knirschte mit seinen perfekten Zähnen. „Übergroße Fellratten! Sie hätten meinen liebsten türkischen Teppich zerstört, hätte ich nicht den Nachttopf nach ihnen geworfen."

„Aber mein Lieber", betonte Selina, und biss sich in die Wangen, um ein Lächeln zu unterdrücken, „Mrs. Sudgemoor war es, die vom Inhalt dieses Nachttopfes getroffen wurde."

„Dämliches Frauenzimmer kam mir in den Weg", brummte er; Übelkeit und hartnäckige Kopfschmerzen ließen ihn die amüsante Seite des Vorfalls nicht erkennen. „Ihre Schuld, nicht meine."

„Und Lady Russel hast du öffentlich in den Gesellschaftsräumen gedemütigt, als du ihr mit einer Stimme, die Tote hätte aufwecken können, sagtest, dass es nur an ihr läge, wenn sie mit deinem Porträt ihrer beiden jüngsten Töchter nicht zufrieden wäre, da sie so hässlich wären, dass *man sie nur nach einer Enthauptung erfolgreich verheiraten könnte.*"

„Na und? Nun, ich tat mein Bestes. Sie *sind* hässlich, Lina. Die schönste Seide und Schminke machen keinerlei Unterschied. *Und* ich habe die Warzen weggelassen."

„Ein ähnlicher Vorfall, der sich ereignete, betraf Cleveleys Schwägerin, Lady Rutherglen. Du sagtest, sie wäre, als sie zur Besichtigung des Porträts von ihr und Lord Rutherglen in dein Atelier kam, so empört gewesen, dass sie verlangte, du solltest ein neues malen und sich weigerte, dein Honorar zu zahlen, bevor das zweite Gemälde nicht vollendet wäre ... Und du sagtest, dass nur ein Porträt ihrer - ihrer - *Backen* - eine Verbesserung gegenüber dem Original darstellen könnte!"

„Na und?", sagte Talgarth, für einen Augenblick mit sich selbst zufrieden. Er rutschte ruhelos auf der gepolsterten Bank herum. „Ich könnte hundert Porträts von dieser Frau malen und es würde nichts an der Tatsache ändern, dass man nicht erwarten kann, wenn man ein Schwein in Seide hüllt, dass es nicht mehr nach Schwein riecht."

„Ich weiß, dass du versuchst, dein Bestes zu geben, Tal", erklärte Selina mitfühlend. „Es ist eine harte Prüfung, diese Leute malen zu müssen, nur, um einen Platz unter den Malern der Gegenwart zu erobern. Aber es missfällt dir doch nicht völlig, in Bath zu leben, nicht wahr?", fragte sie und griff mit ihrer behandschuhten Hand nach dem Seil über ihrem Kopf, als die Kutsche sich nach links neigte, um einer Abzweigung der Straße zu folgen. „Und der Ellick-Hof ist weniger als einen halben Tagesritt entfernt. Miranda und Sophie freuen sich immer so auf deine Besuche. Du hast in ihrem einsamen Leben für Abwechslung gesorgt."

Talgarth gab ein überhaupt nicht überzeugtes Schnauben von sich, verschluckte aber die ursprüngliche Frage seiner Schwester, indem er herausplatzte: „*Einsam?* Da sieht man, wie viel du über das Leben auf dem Hof weißt! Bei einem bestimmten Besuch ritt ich hinaus, um zu sehen, ob Mrs. Bourdon Besorgungen erledigt haben wollte, und fand sie und Sophie dabei, wie sie eine Wagenladung Geschenke von einem älteren Londoner Herrn auspackten, der zu Besuch gekommen war.

„Älterer Londoner Herr?"

„Kam mir vor wie ein Eindringling, muss ich dir sagen, Lina", brummte Talgarth. „Obwohl sie ihr Bestes gaben, damit ich mich willkommen fühlte, konnte ich spüren, dass ich unerwünscht war."

Selina setzte sich auf, zwischen ihren schönen Augenbrauen bildete sich eine Falte. „Wer war dieser Gentleman?"

„Du musst nicht so besorgt aussehen, er machte ihr nicht den Hof. Er war alt und stämmig genug, um ihr Großvater zu sein. Und er machte sich die Mühe, mir zu erzählen, dass er nicht auf dem Hof lebe, sondern oben in dem großen Haus auf dem Hügel ...."

„Bratton Dene?"

Talgarth nickte. „Netter Kerl. Plauderte viel. Pensionierter Pfarrer. Schäbige Kleider. Recht seltsam, das Ganze. Den Geschenken nach zu urteilen, die er mitgebracht hatte, Ballen von Spittelfield-Seiden und Samt, Seidenstrümpfe und dergleichen, hätte ich gedacht, er könnte sich besser kleiden. Es scheint, er ist von der Art, die lieber gibt als nimmt, schätze, deshalb ist er Pfarrer. Ganz offensichtlich war er völlig vernarrt in deine Miranda und Sophie."

„Hat er dir seinen Namen gesagt?", fragte Selina, obwohl eine Ahnung ihr sagte, dass sie ihn schon kannte.

„Blackburn? Blackbird?" Talgarth schnitt eine Grimasse. „Blackirgendwas ..."

„Black-*well?* War sein Name Blackwell?"

„Blackwell? Ja. Ich schätze, so lautete er."

„Sagte er, was ihn auf den Hof brachte?", drängte Selina. „Weißt du, ob das sein erster Besuch war, oder ob er schon früher auf dem Hof war?" Sie ließ den Lederriemen über ihrem hübschen Kopf los, die

Kutsche rumpelte jetzt eine ebenere Straße entlang, und knabberte nachdenklich an ihrer Unterlippe. „Tal? Hat er dir irgendetwas über sich erzählt? Offensichtlich war er mit Miranda gut bekannt, aber ... Tal?"

Ihr Bruder hatte sich wieder in die Ecke der Kutsche gekuschelt und seine Augen geschlossen. Das Pochen in seiner Schläfe war so schlimm geworden, dass es das Sehvermögen seines linken Auges beeinträchtigte. Er hatte zu viel geredet. Im nächsten Gasthof würde er in seiner Bambuspfeife Opium rauchen und der Schmerz würde erträglicher werden. Er hatte gerade noch genug *chandu*, dass es vorhalten würde, bis er sein Atelier in Bath erreichte.

Wann würde diese grässliche Reise enden?

„Tal, ich muss wissen, was er ..."

„Genug, Lina. Das reicht für jetzt", murmelte Talgarth, ohne die Augen zu öffnen und wandte seinen Kopf von ihr ab und der samtverkleideten Ecke zu.

Mit einem Seufzer klappte Selina ihren Mund zu und lehnte sich neben ihrer noch immer schlafenden Zofe zurück; sie wusste, dass es sinnlos war, weiter zu fragen. Sie würde sich gedulden und auf die nächste Gelegenheit warten müssen, wenn Talgarth wieder zu vertraulichen Gespräche bereit wäre. Sie starrte, ohne etwas zu sehen, aus dem Fenster und grübelte über die Verbindung zwischen einem schäbigen Pfarrer und einer jungen Frau und deren illegitimer Tochter nach und musste einräumen, dass Alecs Verdacht jetzt noch plausibler schien - dass der Reverend Blackwell der Gemeindepriester war, der Miranda vor all diesen Jahren zu ihr geschickt hatte.

Aber warum hatte er das Mädchen zu ihr gehen lassen? Und warum auf den Ellick-Hof? Hatte der Pfarrer Miranda oft auf dem Hof besucht? Und wenn er das tat, ergab sich die Frage: Wenn er regelmäßigen Kontakt zu Miranda gehabt hatte, hatte diese dann ihm die Umstände von Sophies Zeugung anvertraut und war er es doch, der George Stanton erpresst hatte, um Entschädigung für Miranda und ihre Tochter wegen Stantons abscheulichem Verbrechen zu erlangen? War Stanton die Identität seines Erpressers die ganze Zeit bekannt gewesen und hatte er bei Weirs Abendeinladung die Sache in die eigenen Hände genommen? Aber Blackwell schien nicht die Art von Mann gewesen zu sein, der sich an einer Erpressung beteiligen würde. Und George Stanton war ein Feigling. Er würde jemand anderen finden, der die Schmutzarbeit für ihn erledigte; jemanden mit Verstand ... sofort kam ihr Sir Charles Weir in den Sinn.

Aber auch der Herzog war bei der Abendeinladung gewesen. Und Talgarth sagte, dass Blackwell im Herrenhaus des Herzogs gewohnt hätte

… Wusste Cleveley, dass der Pfarrer Miranda auf dem Hof besucht hatte? Hatte Blackwell den Herzog mit dem Wissen konfrontiert, dass die Frau, die sein Adoptivsohn vergewaltigt hatte, praktisch vor seiner Tür wohnte? Hatte Cleveley beschlossen, die Angelegenheit in die eigenen Hände zu nehmen und den Pfarrer zum Schweigen zu bringen, bevor die Wahrheit ans Licht kommen konnte?

Solche Theorien und das stundenlange Herumgestoßenwerden auf schlechten Straßen trugen offensichtlich zu den von der Reise verursachten, scheußlichen Kopfschmerzen bei, so dass Selina hörbar erleichtert aufseufzte, als die Kutsche vor dem St. George's Gasthof in der High Street von Norton St. Philip vorfuhr. Hier sollten sie die Nacht verbringen und beim ersten Morgenlicht zum Ellick-Hof weiterfahren. Und als ein Postillon ihr die Hand zum Aussteigen reichte, war Selina ebenso darauf bedacht wie Talgarth, die relative Ruhe und den Frieden in den besten Schlafzimmern des St. George's aufzusuchen.

Die Bodenfliesen waren mit Stroh bestreut, um Lehm und Schmutz zu verbergen, der von müden Reisenden und Wollhändlern, die kamen, um sich hier zu treffen und die Gastlichkeit dieses Gasthofes aus dem dreizehnten Jahrhundert zu genießen, hereingeschleppt worden war. Der Gasthof war überfüllt und sehr laut, aber Selina bemerkte die Männer und das Geschwätz kaum, als sie sich mit Evans im Schlepptau ihren Weg durch den Torbogen in die Wärme des Innenraums bahnte. Aber direkt hinter dem Eingang bemerkte Selina die schmale Gestalt eines großen, dünnen Jungen mit einem ausgeprägten Hinken, denn in seiner Eile, nach draußen zu gelangen, schob seine Schulter sie zur Seite und sie schaute ihn böse an, als sie rücklings in die Arme eines anderen Reisenden fiel.

Der Reisende überschüttete den Jungen wegen seines Ungeschicks mit Schmähworten, so dass der halbe Raum sich umdrehte und starrte. Der Junge erstarrte und murmelte eine unzusammenhängende Entschuldigung, als er flüchtig zu der Dame aufschaute, mit der er unfreiwillig zusammengestoßen war, dann floh er hinaus in die kühle Luft des Nachmittags.

Selinas Erstaunen war sichtbar, und der andere Reisende, der dachte, ihr Erschrecken wäre durch das ungehobelte Verhalten eines einheimischen Tölpels verursacht, bot an, dem Schwächling nachzulaufen und ihm Manieren einzuprügeln. Selina wies das zurück, aber sie nahm sich vor, nach dem Jungen zu suchen, sobald sie sich die Zimmer für die Nacht gesichert hatte. Sie kannte ihn.

Es war Billy Rumble, der Neffe der Köchin auf dem Ellick-Hof. Eines seiner Beine war kürzer als das andere und endete in einem

Klumpfuß; er kümmerte sich um Selinas Pferde, wenn sie zu Besuch war. Zu anderen Zeiten erledigte er Gelegenheitsarbeiten auf dem Hof und während der Erntezeit arbeitete er auf dem Landgut des Herzogs von Cleveley. Was machte er hier, Meilen von zu Hause entfernt, und alleine? Miranda hatte ihr anvertraut, dass der Junge davon träumte, zur See zu gehen. War er schließlich weggelaufen?

BILLY HUMPELTE, SO SCHNELL SEINE UNGLEICHEN BEINE IHN tragen wollten, in die entfernteste, dunkelste und ruhigste Ecke einer schmalen Gasse, die die Küche des Gasthofs von den Ställen trennte. Er hielt an, um Atem zu holen, knöpfte seinen alten Wollmantel auf, zog hastig sein Hemd aus den Hosen und nahm ein Bündel Briefe heraus, die in einen abgenutzten Socken gepackt waren, den er seit dem Verlassen des Bauernhofes direkt auf der Haut getragen hatte. Dann stopfte er sein Hemd wieder in den Hosenbund, knöpfte schnell seinen Mantel wieder zu und schob das Bündel in eine tiefe Tasche.

Er hatte Schmuck und Briefe von Mrs. Bourdon gestohlen, weil man ihm die fürstliche Summe von fünf Guineen versprochen hatte. Die Guineen bedeuteten Billys Freiheit. Sein neuer Reichtum würde es ihm erlauben, der Schufterei seiner elenden Existenz zu entfliehen. Er hasste es, das Land zu bearbeiten. Er wollte zur See gehen. Er wollte Schmuggler werden, wie sein Onkel Nate.

Und dann hatte ihm das Glück zugelächelt.

Beim Durchwühlen von Mrs. Bourdons persönlichen Sachen in ihrem Schlafzimmer hatte er ein zusammengeknotetes Spitzentaschentuch entdeckt, das Schmuck enthielt, der das Lösegeld für einen König wert war. Das feine Leinentuch mit seinem zarten Spitzenrand war in die hintere Ecke der untersten Schublade eines kleinen, geschnitzten Mahagonischreibtisches gestopft gewesen, der am Fenster stand. Drei goldene Armreifen, ein gravierter Silberknopf, ein Paar Diamantohrringe und ein gravierter Goldring, der an den zarten Finger einer Dame passte. Und da war auch ein Bündel mit einem Band zusammengefasster Briefe.

Die versprochenen paar Guineen spielten jetzt kaum noch eine Rolle, wo er das Gold in der Tasche hatte.

Trotzdem wollte Billy die Guineen. Er hatte seiner Schwester Annie eine Krone versprochen, um ihm zu helfen, Miss Sophie vom Hof verschwinden zu lassen. Er hatte das auf zwei Kronen erhöht, als Annie gezögert hatte, das Kind einem Londoner Herrn, *von dem wir doch nix wissen*, zu übergeben. Aber Billy hatte sie angelogen, hatte ihr gesagt, dass der Gentleman in Wahrheit Sophies Papa wäre, der gekommen wäre, um sie zu holen, damit sie bei ihm in einem großen Haus in London ein schöneres Leben bekäme. Was Billy zu tun plante, war, die kleine Sophie dem Londoner Gentleman für einen hohen Preis anzubieten. Sein Onkel Nate hatte ihm erzählt, dass Entführungen mehr einbrachten als Schmuggel, je nach dem Opfer. Billy schätzte, dass die kleine Sophie mindestens zehn Guineen wert sein musste, vielleicht zwölf.

Eine halbe Guinee hatte ihm Annies Beihilfe gesichert.

Annie und der Londoner Gentleman brauchten nie etwas von den Ohrringen mit den Diamanttropfen oder den goldenen Armreifen zu erfahren. Vielleicht würde er den Goldring, der an den schmalen Finger einer Dame passte, anbieten. Wenn der Londoner Gentleman Sophie nicht wollte, würde er abhauen und es Annie überlassen, sich mit dem Balg abzugeben, nachdem er jetzt von der feinen Dame aus London gesehen worden war, die einmal im Jahr auf den Hof kam. Von allen verflixten Zufällen - musste gerade sie ausgerechnet an diesem Abend in ausgerechnet diesem Gasthof auftauchen? Er hoffte, dass Annie so viel Verstand besaß, außer Sichtweite zu bleiben, bis er von seinem Treffen mit dem Londoner Gentleman zurückkäme. Er würde die Briefe unter die Sparren in der dritten Box auf der rechten Seite stecken, genau, wie der Londoner Gentleman es befohlen hatte, seine Guineen unter dem Sattel in dieser Box holen und verschwinden.

Er würde sich einen Sitzplatz in der Postkutsche nach Bristol kaufen

...

Annie würde ihr Geld nicht sehen, bevor er nicht alles geregelt hatte, um es ihr zu schicken. Auf diese Weise konnte er sich ihres Schweigens und ihrer Hilfe sicher sein. Billy lächelte über seine eigene Schlauheit. Er mochte ein Krüppel sein, aber niemand konnte behaupten, dass Billy Rumble keinen Verstand im Oberstübchen hätte!

Die Ställe waren voller Hektik, Lärm und dem Schweiß erschöpfter Pferde, die für die Nacht hereingekommen waren; die Stallburschen waren zu beschäftigt damit, ihrer Arbeit des Fütterns und Tränkens der Pferde nachzukommen, und sie vor Sonnenuntergang zur Ruhe zu bringen, um sich um einen Krüppel zu kümmern, der zwischen den Bergen verschwitzten Pferdefleischs und Dutzenden herumhuschender, mit Trensen und Zaumzeug beladener Burschen hindurchschlüpfte. Billy verschwand in der leeren, dritten Stallbox. Er zog seinen Wollmantel aus, und wäre er nicht so eifrig darauf bedacht gewesen, sich seines gestohlenen Besitzes zu entledigen und ihn zwischen zwei Balken außerhalb der Sichtweite zu stopfen, hätte er vielleicht bemerkt, dass in einer dunklen Ecke eine Gestalt in weitem Umhang und Reitstiefeln lauerte.

Billy sprang von einem der Querbalken hinunter und trat zurück, befriedigt, dass das Bündel nicht zu sehen war. Er richtete Hemd und Hosen und wollte schon seinen Wollmantel aufheben, um wieder in ihn hineinzuschlüpfen, als er in seiner Tasche den Schmuck ertastete, der in das weiche, spitzenumrandete Taschentuch gewickelt war. Um sich zum soundsovielten Male zu versichern, dass der Schmuck wirklich echt und noch in seinem Besitz war, ließ er seinen Mantel fallen und holte das Taschentuch heraus. Als er das tat, fielen der silberne Knopf und die Ohrringe auf den mit Stroh bestreuten Boden.

Er schob das Taschentuch wieder in die Hosentasche, ohne sich darum zu kümmern, den Rest des wertvollen Inhalts zu überprüfen, und versuchte in dem schwächer werdenden Licht die unschätzbaren Ohrringe zwischen dem schmutzigen Stroh und Mist zu finden. Sein Seufzer der Erleichterung, als er einen der Diamantohrringe fand, war hörbar. Er hätte weiter nach dem Gegenstück gesucht, aber er spürte die Anwesenheit einer anderen Person, und als er sich aufrichtete, geriet er mit seiner Nase in eine Leinenkrawatte, die aus dem hohen Kragen eines teuren Reisemantels mit vielen Kragen herausragte.

Vor Überraschung torkelte er zurück, in seiner Kehle bildete sich ein Kloß, da er wusste, wer es war, ohne dass er hätte aufschauen müssen, dann spürte er etwas Kaltes, Scharfes ihn von unten am Kinn stechen. Er schluckte und heiße Tränen stiegen hinter seinen Augenlidern auf. Den Ohrring hielt er fest umklammert in seiner Hand.

„Du bist eine elende Enttäuschung, Billy, mein Junge", ertönte die affektierte, arrogante Stimme des Londoner Gentlemans. „Rauf da und hol diese Briefe herunter."

Billy wollte sich unter dem Arm des Londoner Gentlemans hindurchducken und so schnell er konnte wegrennen, aber die Schwertspitze schwebte gefährlich dicht an seinem hochroten Ohr und er wusste mit bitterer Sicherheit, dass seine ungleichen Beine ihn nicht weit bringen würden. Er betete, dass das Taschentuch und die Diamantohrringe unbemerkt geblieben waren. Also tat er, was ihm gesagt wurde, hielt den Ohrring noch etwas fester umklammert und fühlte, wie seine Arme und Beine bei dem Gedanken, was der Londoner Gentleman ihm antun könnte, wenn er nicht gehorchte, schwächer wurden. Das Wissen, dass die Stallburschen weiter vor der Stalltür ihrer Arbeit nachgingen, war ein kleiner Trost, weil er nicht alleine war.

Wieder auf festem Boden hielt Billy das Bündel Briefe ausgestreckt vor sich. Der Londoner Gentleman schnappte mit seiner behandschuhten Hand danach, das Schwert immer noch auf Billy gerichtet, und löste die seidene Schleife, indem er ungeduldig an einem Ende mit den

Zähnen zerrte. Als die Briefe in alle Richtungen herunterfielen, fluchte er. Billy erhielt den Befehl, sie aufzuheben und dem Londoner Gentleman die Anschrift jedes Briefes zu zeigen, einen nach dem anderen, so dass dieser im schwindenden Licht die Handschrift sehen konnte.

Billy, dem das Herz bis zum Hals schlug, tat, was ihm gesagt wurde und wartete auf die unvermeidliche Frage, die der Londoner Gentleman ihm stellen würde, während das Fluchen des Gentlemans sich mit jedem ihm zum Anschauen vorgezeigten Brief verstärkte. Das Schwert wurde bedrohlich geschwungen.

„Bist du sicher, dass das hier alle Briefe sind?"

Billy nickte heftig. Er traute sich nicht zu sprechen. Vorsichtig hielt er das Bündel der aufgesammelten Briefe ausgestreckt hin. Sie wurden ihm aus der Hand gerissen und auf den Boden geworfen.

„Jesus! *Wertlos.* " Diese Briefe waren nicht, was er wollte. Sie waren von dieser Schlampe Jamison-Lewis geschrieben - für ihn von keinerlei Nutzen. Es musste andere Briefe geben; sie war jetzt für wie lange auf dem Land versteckt gewesen - drei, oder waren es vier Jahre? Sie musste mit jemanden in dieser Zeit Briefe gewechselt, jemandem von ihrer Notlage berichtet haben.

Eine Bewegung ließ ihn den Blick wieder auf Billy richten. Im Licht eines brennenden Wandleuchters konnte er sehen, dass der Junge seinen Blick fest zu Boden gerichtet hielt. Was verbarg er? Seine linke Hand war tief in die Hosentasche gesteckt.

„Was hast du da drin, Billy, mein Junge, he?"

„Ich - ich habe Euch noch etwas mitgebracht!", sagte Billy eifrig. „Ich habe Miss Sophie. Sie muss für Euch doch etwas wert sein, oder?"

„Was? Wovon schwätzt du da, Junge?"

„Mrs. Bourdons Tochter. Die hab' ich auch. Ihre Ma weiß nix davon, weil sie nach Bath gefahren ist. Für eine hübsche Summe könnt Ihr sie auch haben."

„Du hast ein - ein *Balg* von seiner *Mutter gestohlen*?" Der Londoner Gentleman klang ungläubig. „Hölle und Teufel! Nicht nur ein verdammter Krüppel, sondern auch ein Menschenhändler!"

„Sie ist gesund und hübsch und würde einen guten Preis einbringen. Meine Schwester hält sie an einem sicheren Platz, bis ich einen guten Preis für sie ausgehandelt habe."

„Einen Preis ausgehandelt?" Die Schultern des Londoner Gentlemans zuckten vor unterdrückter Heiterkeit. „Ich will zugeben, dass du Mumm hast, Billy, mein Junge!"

„Soll ich sie für Euch holen, Sir?", fragte Billy eifrig, in der Hoffnung auf einen Vorwand zur Flucht.

Der Londoner Gentleman betrachtete ihn leidenschaftslos. Seine Stimme war ruhig.

„Nimm die Hand aus deiner Tasche und öffne deine Faust."

Billy zögerte.

Er fühlte den Stich, bevor er sah, dass sich das Schwert bewegte. Der Londoner Gentleman hatte sein Hemd über dem Ellenbogen seines linken Arms aufgeschlitzt und Blut begann aus einem langen Kratzer zu sickern. Er schaffte es, einen Schrei in seiner Kehle zu ersticken und zog bereitwillig seine linke Hand heraus, aber seine Faust blieb geschlossen. Wieder kam der Schmerz, bevor er die Bewegung des Schwerts bemerkte, und der Junge starrte verständnislos auf seine Faust, wo ein langer, dünner Streifen rohen Fleisches sich über seinen Knöcheln löste. Er blinzelte zu seinem Peiniger auf, biss sich auf die Lippe, um sich am Weinen zu hindern und öffnete seine schmutzigen Finger.

Der Londoner Gentleman schnappte sich den Diamantohrring und ein verzerrtes Lächeln verzog seine Lippen. Er kannte dieses Schmuckstück. „Wo ist der andere, Billy, mein Junge?", fragte er seidenweich.

„Was, Sir? Der andere Ohrring? Den habe ich nicht, Sir", log er. „Ich habe nur den - *den da* genommen." Nichts sonst. Ehrlich."

„Du hattest Zeit, in der Unterwäsche dieser Dirne herumzuwühlen, ein bisschen zu *klauen*, und doch bringst du mir einen Packen wertloser Briefe? In deiner Tasche ist ein Taschentuch, *Lügner*. Gib es mir."

Billy griff tief in seine Tasche und war so geistesgegenwärtig, das Taschentuch an einer Ecke der Spitze herauszuziehen, so dass wenigstens einer der Goldarmreifen weit genug in seiner Tasche fallen könnte, um der Entdeckung zu entgehen. Es war der kleine Goldring, der in seine Tasche zurückfiel. Als er seine Beute aushändigte, ließ er den Kopf hängen, weil er als Lügner entlarvt worden war, enttäuscht, weil er es nur geschafft hatte, den schmalen Goldreifen aus dem Schatz zu retten. Trotzdem, es war Gold und er würde etwas dafür bekommen. Unter seinen Wimpern heraus beobachtete er, wie der Londoner Gentleman den Inhalt des Taschentuchs befühlte, ohne es zu öffnen und es dann in eine Tasche seines Reitrocks schob, zusammen mit dem Diamantohrring.

„Du bist ein Lügner, Billy, mein Junge", sagte der Londoner Gentleman schleppend. „Ein *Lügner*, ein *Entführer* und ein *Dieb*."

Billy hätte schluchzen mögen. Blut sickerte an seinem Arm und zwischen seinen Fingerknöcheln hinab. „Bitte, Sir, ich - ich hab' doch die Briefe gebracht, wie Ihr es wolltet. Der Schmuck, der lag zwischen ihren Sachen und ich dachte, Ihr könntet ihn zusammen mit dem Gör verkaufen und eine hübsche ..."

„Ich habe dir kein Geld fürs Denken geboten, *Krüppel*."

„Bitte, Sir, Ihr müsst mir glauben …"

„Weißt du, was mit Dieben und Entführern passiert, Billy, mein Junge?"

Das wusste Billy. Er hatte gesehen, wie drei Männer und ein Junge, der jünger war als er selbst, auf dem Dorfplatz gehängt wurden, weil sie ein Schaf von Squire Hinton gestohlen hatten. Alle waren in ihren Sonntagskleidern dort erschienen und es war in den nächsten Monaten ständig darüber gesprochen worden. Trotzdem hielt er es für besser, Unwissen vorzutäuschen, und fand, dass der Londoner Gentleman ebenso viel Schuld trug, da er ihn beauftragt hatte, die Briefe zu stehlen. Er sagte nichts, schüttelte nur den Kopf.

Das Lächeln des Fremden verzog sich zu einem Grinsen, als Rufe draußen im Stall forderten, dass die Stallburschen mit ihren Albernheiten aufhören und ihre Arbeit wieder aufnehmen sollten, wenn sie nicht ihr Abendessen einbüßen wollten.

„Kein Abendessen für dich, Billy, mein Junge", schnurrte der Londoner Gentleman und, mit einem schnellen, tiefen Stoß seines blutigen Schwertes durchbohrte er Billy Rumbles Herz.

⚘

Nachdem Talgarth sicher im Schlafzimmer neben ihrem eigenen untergebracht war, verließ Selina Evans dabei, wie diese das Überziehen der Betten mit ihrem eigenen, sauberen Leinen beaufsichtigte, während sie sich auf die Suche nach Billy Rumble machte. Sie nahm an, dass der Junge nicht weit fort sein könnte, denn es war schon fast dunkel, und niemand reiste ohne guten Grund in einer mondlosen Nacht, nicht ohne ein frisches Pferd und eine Eskorte, alles Dinge, die Billy sich zu leisten zu arm war.

Auf der Galerie des zweiten Stocks, die um die drei Seiten des Innenhofes des Gasthauses lief, stand sie plötzlich einem schlanken Mädchen gegenüber, das ein kleines Kind an der Hand hielt. Da der Durchgang so schmal war und Selinas Röcke so weit, dass sie nicht aneinander vorbeikamen, wartete sie geduldig, bis sie an der Treppe waren, die nach unten in den Hof oder nach oben zu einem weiteren Stockwerk mit Zimmern führte, und fragte sich, in welche Richtung sie wohl gehen würden. Das schlanke Mädchen setzte seinen Fuß auf die nach oben führende Stufe, so dass Selina vortrat, in der Erwartung, die Treppe hinabgehen zu können. Aber das kleine Kind zögerte. Das kleine, runde Gesicht, das von einer Fülle schwarzer Ringellocken umrahmt wurde, schaute die dunkle Treppe hinauf, als wäre sie ein unüberwindliches Hindernis, und rieb sich mit einem pummeligen Fäustchen das Auge. Sie gähnte und blinzelte und fragte das schlanke Mädchen nach ihrer Mutter.

Das Kind sprach französisch, aber das Mädchen, das es an der Hand hielt, nicht, was aus der ungeschickten Antwort, sie hätte kein Geld für Essen, erkennbar wurde. Die französische Sprache des Kindes lösten eine Erinnerung in Selina aus, aber der ländliche Dialekt des Mädchens ließ sie ungläubig erstarren, denn sie folgerte, dass das müde Kind Sophie Bourdon sein müsste und das schlanke Mädchen, das sie an der Hand hielt, keine andere als Annie Rumble, Billy Rumbles jüngere Schwester, sein dürfte.

Wie kam es, dass sie hier waren, in einem geschäftigen Gasthaus voller Reisender, Meilen von zu Hause entfernt, allein, schlecht angezogen und hungrig? Noch wichtiger, überlegte Selina, warum waren sie im Gasthof, Billy und seine Schwester Annie mit der kleinen Sophie im Schlepptau? Wo war Sophies Mutter, Miranda? Dass das kleine Mädchen nicht mehr anhatte als ein weißes Leinennachthemd, das schmutzig und zerknittert war und keinen warmen Mantel für eine so kalte Nacht, warnte Selina, dass hier etwas nicht stimmen konnte. Miranda würde ihrer Tochter nie erlauben, ohne angemessene Kleidung das Haus zu verlassen und sie würde sie sicher nicht der Obhut einer jungen Spülmagd und eines Stalljungen überlassen. Wo also war Miranda?

Selina schob sich langsam nach vorn und hoffte, Annie nicht so zu erschrecken, dass sie mit dem Kind eine plötzliche Bewegung machte. Sie wollte sich dem Paar so weit wie möglich nähern, damit, im Falle Annie die Flucht zur Treppe antreten würde, sie imstande wäre, Sophie ohne größere Mühe festzuhalten. Sie war fast bei ihnen angelangt, als vom dritten Stockwerk oben der Klang von Stimmen zu hören war.

Annie zuckte erschrocken zusammen und zögerte, um zu lauschen.

Türen öffneten sich knarrend und wurden über ihren Köpfen zugeknallt. Auch von unten aus dem Hof drangen Rufe herauf. Es schien eine Ansammlung von Männern dort zu sein. Das plötzliche Aufblitzen von Licht, als mehrere Fackeln gleichzeitig angezündet wurden und dies bestätigten. Das Licht wanderte aus dem Hof hinaus zu den Ställen, wie Selina erriet, aber sie wagte es nicht, über das Geländer zu schauen. Sie konzentrierte sich weiter auf Annie und Sophie und Annies nächsten Zug.

Annie hatte ihren Rücken an die Wand gepresst, als ob sie nicht gesehen werden wollte. Als Sophie ein paar kleine Schritte auf die Treppe zu machte und wieder nach ihrer Mutter verlangte, zerrte Annie sie dicht zu sich und drückte dabei ihr winziges Handgelenk fest.

Sophie begann, laut zu weinen, und Annie hockte sich hin, um sie zum Schweigen zu bringen.

Gleichmäßige Schritte, die von oben die Treppe herabkamen, lenkten Annie für einen Moment ab und sie schaute über ihre Schulter, bevor sie dem kleinen Mädchen direkt ins Gesicht zischte:

„Hör mit deinem Gejammer auf! Willst du, dass Billy den bösen Riemen holt? Das wird er. Das wird er, wenn du nicht sofort mit dem Krach aufhörst! Du hast doch Angst vor dem bösen Riemen, oder?"

Sophie schüttelte heftig ihre Locken und sagte mehrfach weinerlich *nein*, bevor sie wieder nach ihrer Mutter verlangte.

Selinas Herz setzte einen Schlag aus. Annie und Billy hatten Sophie entführt.

Es war Zeit zu handeln.

Die Schritte waren verklungen.

Annie spähte vorsichtig den Gang entlang, die schluchzende Sophie hinter ihre Wollröcke geschoben, um zu sehen, ob die Treppen jetzt frei von Reisenden waren. Gerade, als sie das tat, stürmte Selina nach vorn, über die Treppenöffnung hinweg, hob das kleine Mädchen auf ihre Arme und wandte sich von Annie ab, so dass die junge Frau keinen Versuch machen konnte, das Kind einfach wieder an sich zu reißen. Sie hielt das kleine Mädchen dicht an die Wärme ihres eigenen Körpers gedrückt und redete in Französisch beruhigend auf es ein, dass es bald wieder bei ihrer Mutter sein und etwas Warmes zu essen und zu trinken bekommen würde, alles, um das Widerstreben des Kindes und seine angstvollen Schluchzer zu beruhigen.

Als Sophie bald darauf ruhig wurde und sich an den parfümierten braunen Samtumhang der Dame klammerte, stürzte sich Selina wütend auf Annie, eine Hand noch über die bloßen Füße des Kindes gelegt, die kalt wie Eisklumpen waren.

„Wo ist Mrs. Bourdon, Mädchen?"

Voll überraschten Erschreckens war Annie zu verängstigt, um zu sprechen oder sich zu bewegen. Sie starrte mit wilden Augen die prachtvoll gekleidete Dame mit ihrer durchscheinend zarten Haut, den dunklen Augen und den feuerroten Haaren an, die von der Reise zerzaust waren, als ob sie eine Erscheinung sähe. Aber nach zwei Wimpernschlägen wusste sie, wer diese war. Sie schluckte. Über dem Kaminsims im Salon des Ellick-Hofs hing ein großes Gemälde dieser Dame. Billy hatte ihr erzählt, dass der Bruder der Londoner Dame es gemalt hätte. Annie schaute sich das Gemälde gerne jedes Mal an, wenn sie den Ruß vom Kamingitter putzte und träumte davon, solche großartigen Röcke aus himmelblauer Seide zu tragen und in einer Pferdekutsche zu fahren.

Aber Billy hatte nichts davon erwähnt, dass die Londoner Dame an diesem Abend im Gasthof sein würde. Vielleicht war sie eine Freundin des Londoner Gentlemans, der gekommen war, Miss Sophie abzuholen?

„Weiß ich nich', M'lady. Billy sacht, sie wäre nach Bath gefahren." Annie machte vorsichtshalber einen plumpen Knicks. „Meine Schwester Janie is' bei ihr."

„*Bath*?" Selina glaubte ihr nicht. Sie hielt Sophie fester. „Warum habt Billy und du Sophie an diesen Ort gebracht?"

Also wusste die Londoner Dame nichts von dem Londoner Gentleman. Annie hoffte, Billy würde bald zurück sein. Er könnte die Angelegenheit viel besser erklären als ihr das je möglich wäre. Aber Billy war jetzt schon lange Zeit fort und deshalb war Annie aus ihrem Versteck gekommen, um ihn zu suchen. Sie glaubte nicht, dass Billy wünschen würde, dass sie den Londoner Gentleman bei dieser Londoner Dame erwähnte. Dann würde er ihr vielleicht nicht die versprochene halbe Guinee geben. Aber nachdem jetzt die Londoner Dame Sophie hatte, wie standen ihre Chancen, überhaupt etwas zu bekommen?

Annie sah zur Treppe und überlegte, ob sie entwischen könnte, aber ihre Augen wurden groß beim Anblick eines großen Fremden in einem Reiseumhang mit zahlreichen Kragen und Reitstiefeln, der im Schatten stand und den Ausgang blockierte. Vielleicht könnte sie sich auf dem Absatz umdrehen und die Galerie entlang fliehen? Die Londoner Dame würde ihr nicht folgen können, da sie Sophie fest im Arm hielt. Für den Moment war es am besten, sich dumm zu stellen. Es war ohnehin alles Billys Schuld.

Daher zuckte Annie zur Antwort auf Selinas Frage mit einem trotzigen Zug um den Mund mit den Schultern und zog sich ein paar Schritte den Gang zurück, mit einem furchtsamen Blick auf den Fremden im Schatten.

Selina sah den Blick und schaute über ihre Schulter nach hinten. Während sie das tat, hob Annie den Saum ihres guten Sonntagskleids an und floh den Gang entlang. Nach zwei Schritten wurde sie aber im Nacken gepackt.

Annie quietschte und kämpfte und versuchte, sich loszureißen, aber es gab keine Chance, dem Fremden zu entkommen, was er ihr in gemessenem Ton klar machte, als er sie zurückbrachte, so dass sie wieder der Londoner Dame gegenüber zu stehen kam.

„Was machst du hier?", fragte Selina erstaunt, obwohl sie große Erleichterung und eine seltsame Freude gleichzeitig verspürte.

„Du tatest mir leid", bemerkte Alec mit einer festen, behandschuhten Hand um den Oberarm der verschreckten Annie, obwohl in seinen blauen Augen Heiterkeit ob Selinas großäugigen Erschreckens stand. „Ich hatte keine Ahnung, dass Talgarth auch die familiäre Eigenschaft hat, ein schlechter Reisender zu sein." Er warf einen Blick auf Sophie, die sich in Selinas Halsbeuge gekuschelt hatte. „Bring das Kind besser nach drinnen. Ich komme gleich wieder."

Selina blinzelte. „Wohin bringst du sie?"

Die Heiterkeit verschwand aus seinen Augen. Er wirkte grimmig. „Sie soll eine Leiche identifizieren."

ELF

Bis Alec zurückkam, hatte Evans das kleine Mädchen abgeschrubbt, gefüttert und in Selinas Bett zum Schlafen eingepackt, mit einem heißen, in ein Tuch gewickelten Ziegelstein zwischen den Laken, um es warmzuhalten. Selina hatte ihr Haar gerichtet, aber ihre Mahlzeit blieb unberührt auf dem Tisch des Wohnzimmers, ein Glas Wein halb ausgetrunken. Jedes Mal, wenn Schritte im Flur ertönten, lief sie zum Fenster, weil sie dachte, es wäre Alec, nur, um zurückzukehren und vor der Wärme des Kamins auf und ab zu wandern. Evans hatte sich ins Schlafzimmer zurückgezogen, um am Bett zu sitzen und das kleine Mädchen zu bewachen, falls es sich rühren sollte, hatte jedoch absichtlich die Tür zum Wohnzimmer in Erwartung von Lord Halseys Ankunft angelehnt gelassen.

Es klopfte zweimal kurz und Selina riss die Tür auf, um ohne Vorrede zu fragen: „Wo ist Annie Rumble?"

„Darf ich hereinkommen, Mrs. Jamison-Lewis?", fragte Alec, obwohl sein Lächeln im Gegensatz zu der Formalität in seiner tiefen Stimme stand. Er trat aus dem Flur in das gemütliche Wohnzimmer ein und ließ einen kleinen Reisesack aus Kalbsfell direkt neben der Tür fallen. „Ich hoffe, Ihr habt nicht mit dem Essen auf mich gewartet?"

„Ist sie weggelaufen? Wo ist ihr Bruder Billy?"

„Ah, ich sehe, Ihr konntet die Kost des Gasthauses nicht vertragen", fuhr er fort, als er den unberührten Teller mit kaltem, gebratenen Lammfleisch und eine von weißer Sauce bedeckte undefinierbare Masse, von der er annahm, dass es sich um eine Auswahl von Gemüsen handelte, entdeckte. Durch die Verbindungstür sah er Selinas geduldige Zofe am

Bett sitzen. „Mrs. Jamison-Lewis, Ihr hättet wirklich etwas essen sollen, so lange es noch heiß war.“

„Es gibt nur einen Zuhörer, weißt du“, sprach sie in lautem Flüsterton und folgte ihm zum Kamin. „Du hast das mit der Leiche nicht erklärt. Wessen Leiche? Warum brauchtest du Annie Rumble?“

„Ja, Mrs. Jamison-Lewis, mir ist kalt und ich bin ziemlich müde. Und hungrig“, fuhr Alec laut fort und streifte seine Handschuhe ab. Er streckte seine schlanken Finger der Wärme entgegen, die der kleine Kamin ausstrahlte. „Aber Kaffee würde reichen, wenn es nicht zu viel Umstände macht ...?“

„Hör auf, Alec“, zischte Selina seinen Rücken an, als sie ihm half, den Umhang abzulegen. Sie ließ diesen und seine Handschuhe auf die Armlehne des Sofas fallen. „Und hör auf, meinen grässlichen Namen ständig zu wiederholen! Hier ist nur Evans - die einzige Zuhörerin.“

Alec schaute sie über seine Schulter hinweg an, eine Augenbraue fragend gehoben. „Aber die Wände sind dünn, meine Liebe, daher sollten wir die Formalitäten einhalten. Wir müssen an deinen Ruf denken. Oh, und wo wir von Formalitäten sprechen, in Gesellschaft heißt es *Mylord*.“

Selina schmollte und sah aufsässig aus. „Du benimmst dich nur schwierig, um etwas zu beweisen!“

„Ja.“

Sie hob den Kopf. „Ich werde dich nicht *Mylord* nennen.“

„Nein?“, sagte er drohend und wandte sich wieder dem Feuer zu, aber nicht, bevor Selina sein Grinsen gesehen hatte. „In der Tat ist ein Schlafzimmer der perfekte Ort für eine Mätresse, um ihren Liebhaber *Mylord* zu nennen.“

„*Unsinn!*“, sagte Selina grob und warf ihre Arme um seinen Hals, um sich von ihm in die Arme schließen zu lassen. Sie lächelte in sein schönes Gesicht hinauf. „Vielleicht werde ich mich zwischen den Laken dazu hinreißen lassen, dich meinen Herrn zu nennen. Aber ... nur, wenn du mir gefällst. Jetzt küss' mich, damit ich weiß, dass du nicht böse bist. Evans war völlig verstört, seit du aus meinem Ankleidezimmer gestürmt bist.“

„Evans, und ich auch“, murmelte er und beugte sich vor, um sie leidenschaftlich zu küssen. Als er den Kopf hob, um Luft zu holen, sagte er ernsthaft: „Das bedeutet nicht, dass ich irgendwie glücklich über das Arrangement wäre, zu dem du mich zwingst. Aber weil ich möchte, dass wir zusammen sind, bin ich bereit, mich damit abzufinden - vorerst.“ Er kniff sie ins Kinn. „Das ist nicht endgültig. Verstanden?“

„Ja“, sagte sie mit einem zittrigen Lächeln und schaute aus seiner

Umarmung in seine fragenden blauen Augen hinauf. „Aber mit der Zeit wirst du verstehen lernen, warum dies unsere einzige Lösung ist."

Alec fragte sich, wie viel Zeit sie brauchen würde, bevor sie ihm anvertraute, warum sie nicht heiraten konnten und warum sie sich imstande fühlte, es dem Herzog von Cleveley zu erklären, jedoch ihm nicht den Grund für ihren Sinneswandel nennen konnte. Er hoffte nur, die Geduld zu besitzen, um zu warten, bis sie bereit war. Er lächelte beruhigend, obwohl er alles andere als erfreut war, und küsste sie sanft auf die Stirn.

„Jetzt bestelle bitte Essen und Kaffee. Ich habe seit dem Frühstück nichts gegessen, und das war in Marlborough."

„Aber du bist mit deinem Onkel ohne Schwierigkeiten in Bath angekommen?", fragte sie besorgt, löste sich aus seinen Armen, um sich mit unnötigem Getue um das Feststecken einer Locke zu bemühen, in dem Bewusstsein, dass Evans sich von ihrem Stuhl neben dem Bett erhoben hatte. Mit einem Blick schickte Selina sie auf die Suche nach Essen.

„Ich ließ ihn in Tams fähigen Händen, während er Mängel in Barrs ausgezeichnetem Essen suchte."

„Du hättest bleiben und zu Mittag essen sollen", tadelte Selina ihn, als sie die Müdigkeit in seinen Augen sah. „Du hättest nicht die ganze Strecke hierher zurückreiten sollen. Ich komme schon zurecht."

Alec lachte laut auf. „Ja, das habe ich im Marlborough Arms gesehen. Mein armer Liebling, es war eine furchtbare Reise von London, nicht wahr?"

„Überraschenderweise ging die Zeit schneller als gewöhnlich vorbei", gestand sie widerwillig. „Mit Talgarths Anfällen von Übelkeit und meiner Grübelei über das Missfallen eines bestimmten Lords ..." Sie berührte seine stoppelige Wange. „Ich freue mich, dass du gekommen bist. Ich war so unglücklich, seit wir uns am Hanover Square trennten."

„Ebenso", antwortete er und küsste ihr Handgelenk."

Sie führte ihn zum Sofa und sie setzten sich dorthin, ihre Hand in der seinen.

„Wirst du mir jetzt von Annie und Billy erzählen?", fragte sie so beiläufig, wie sie es schaffte. „Oder möchtest du zuerst essen?"

Er grinste, wohl wissend, dass ihre Neugier sie fast platzen lassen würde, wenn er sie warten ließe, aber der Gedanke an das, womit er im Stall konfrontiert worden war, ließ sein Lächeln verschwinden. „Die Neuigkeiten sind nicht erfreulich", sagte er nüchtern. „Im Stall wurde ein toter Junge gefunden ..."

Selina setzte sich sehr gerade auf. „Billy?"

„Ja. Ein Schwertstoß ins Herz."

„Mein Gott ... dieser arme Junge ...“ Selina schlug eine Hand vor ihren Mund, schluckte und holte tief Luft, bevor sie leise sagte: *„Warum?“*

„Das muss noch festgestellt werden.“

„Aber wer? Wer würde Billy Rumble töten wollen? Der Junge ist ein harmloser Krüppel. Ich habe ihn nur ein paar Stunden zuvor gesehen, wie er den Gasthof verließ. Wurde er in einen Kampf verwickelt? Aber mit einem Schwert ... ich verstehe es nicht.“

„Nein. Ich glaube nicht, dass es ein Kampf war. Er hat einen Schnitt am Oberarm und einen weiteren über die Knöchel seiner linken Hand, aber es gab keine Anzeichen für einen echten Kampf. Ein örtlicher Arzt sollte dies bestätigen, aber solche kleinen Verletzungen und der einzige Stich ins Herz lassen vermuten, dass der Junge seinen Angreifer kannte.“

Selina war noch immer verdutzt. „Seinen Angreifer kannte? Billy kannte jemanden, der ein Schwert trug, der einem Jungen so etwas antun konnte? Das scheint unmöglich!“

„So ist es, aber seine Schwester bestätigte, dass Billy hier war, um einen Gentleman aus London zu treffen.“

„Gentleman aus London?“

„Annie sagte, sie hätte keine Ahnung von der Identität dieses Gentlemans“, fuhr Alec geduldig fort, „da sie den Mann nie selbst kennengelernt hätte und Billy den *Londoner Gentleman*, wie Billy ihn nannte, stets alleine traf. Das war schlau. Alles, was Annie weiß ...“

„Du glaubst ihr?“

„Ja. Das arme Ding musste den Körper ihres Bruders identifizieren. Der Schock reichte aus, um ihr jeden Hang zur Lüge auszutreiben. Bedenke, sie wusste ohnehin nicht viel.“

„Was hast du mit ihr gemacht?“

„Ich habe sie in der Obhut der Frau des Gastwirts gelassen - gegen Entgelt. Sie bekommt eine warme Mahlzeit und ein Bett für die Nacht. Am Morgen werde ich Vorkehrungen treffen, dass sie den Leichnam ihres Bruders nach Ellick zurückbegleiten kann, wo sie zweifellos eine Menge zu erklären haben wird - Tante Rumble, nicht wahr?“

Selina nickte. „Meine Köchin und Haushälterin auf dem Ellick-Hof. Die einzige Familienangehörige, die die drei Rumble-Kinder haben. Beide Eltern starben vor einigen Jahren am Schweißfieber.“ Sie berührte seine Hand, die auf der abgenutzten Rückenlehne des Sofas lag. „Danke, dass du dich um sie gekümmert hast - und um Billy. Obwohl Annie die warme Mahlzeit wegen allem Unheil, das Billy und sie geplant hatten, kaum verdient. Arme Mrs. Rumble. Billys Tod wird ein großer Schock für sie sein. Warum waren sie hier, noch dazu mit der kleinen Sophie im Schlepptau? Hat Annie dir das erklärt?"

„Ja. Nach dem, was ich Annies heulendem Geständnis entnehmen konnte, brachte Billy sie mit, weil er alleine mit dem Kind nicht zurechtkam. Er bot Annie zwei Kronen dafür. Gott weiß, was dieser Londoner Gentleman Billy dafür versprochen hatte, dass er die kleine Sophie aus ihrem Heim entführte, aber ich schätze, es waren mehrere Guineen."

„Aber wie haben sie es geschafft, Sophie fortzulocken?"

„Mit dem Versprechen, sie zu ihrer Mutter zu bringen, die zufällig in Bath ist."

Selina war überrascht. „Warum sollte Miranda nach Bath fahren und Sophie in der Obhut von Dienern zurücklassen? Das sieht ihr gar nicht ähnlich. Die wenigen Male, wo sie nach Bath gereist ist, hat sie Sophie mit sich genommen."

„Welche Gründe sie auch haben mochte, ihre Tochter auf dem Ellick-Hof zu lassen, in Barrs Hotel an der Trim Street ist eine Miranda Bourdon eingetragen. Wie der Zufall es wollte, bemerkte ich ihren Namen, als ich meinen eigenen dort eintrug. Ich bezweifle sehr, dass es zwei Miranda Bourdons gibt. Sie kam vor zwei Tagen in Bath an."

„Du hast sie gesehen?"

Alec schüttelte den Kopf. „Ich hatte kaum Zeit, meinen Onkel nach oben in seine Zimmer zu bringen, bevor ich kehrt machte, um bei Tageslicht hierher zu reiten." Er lächelte. „Ich habe Onkel die Ehre überlassen, bei der nächsten Gelegenheit ihre Bekanntschaft zu machen. Er kann es kaum erwarten."

Selina lächelte. „Er wird begeistert sein. Sie ist nicht nur das Hübscheste, was mir je vor Augen gekommen ist, sondern die Güte in Person. Ich würde darauf wetten, dass dein Onkel, selbst wenn sie eine Sklavenhändlerin wäre, ihrem Zauber verfallen würde!"

„Daher die Vernarrtheit deines Bruders."

„Genau! Aber warum haben Billy und Annie Sophie für eine Handvoll Guineen entführt?"

„Für dich mag das Nadelgeld sein, Liebling, aber für Menschen wie einen armen Landarbeiter und eine Spülmagd ist eine Handvoll Guineen ein kleines Vermögen."

Selina lächelte schief über sein Missverständnis ihrer Frage und drückte seine Hand ein klein wenig zu fest. „Nicht alle wohlhabenden Witwen sind den Nöten der weniger Glücklichen gegenüber gefühllos, *Mylord*, welche gegenteiligen Vorurteile diesbezüglich du auch hegen magst. Ich kenne den Wert einer Guinee. Ich mag allein für Schuhe eine Summe ausgegeben haben, die die Armen Bristols eine Woche lang ernähren könnte, aber mein Verwalter kann meine sorgfältige Buchhaltung gar nicht genug loben. In der Tat", sagte sie mit nachdenklichem Stirnrunzeln, „ich glaube, jedes Mal, wenn ich Brown meine Bücher vorlege, fürchtet er, dass seine Stellung in Gefahr wäre ..." Sie riss sich aus ihrer Gedankenverlorenheit. „Nein, nicht Billy und seine Guineen, du Dummer. Was wollte Billys Mörder mit Sophie anfangen?"

„Ich habe wirklich keine Ahnung", antwortete Alec mit einem Seufzen. Er war so müde, dass, sollte Evans nicht wenigstens mit einer Schüssel Suppe zurückkommen, Essen für ihn bald keinen Reiz mehr haben würde. „Mir kommen jede Menge Möglichkeiten in den Sinn, aber angesichts der Tatsache, dass das Gemälde deines Bruders, das Miranda und ihre Tochter zeigte, zerstört wurde, ist meine Vermutung, dass das Kind benutzt wurde, um an ihre Mutter heranzukommen. Das zerstörte Gemälde war eine Warnung an deinen Bruder. Ebenso, wie Miranda Sophie wegzunehmen, wenn es tatsächlich derselbe Mann war, wobei ich keinen Grund habe, etwas Gegenteiliges zu vermuten. Es wäre zu viel des Zufalls, wenn Talgarths zerstörtes Bild und die versuchte Entführung Sophies nicht irgendwie miteinander im Zusammenhang stünden."

„Du denkst, Lord George zerstörte Talgarths Gemälde und ist irgendwie in Billys Ermordung verwickelt?"

„Ich habe keine Beweise, um ihn mit einem der beiden Umstände in Verbindung zu bringen, und nur Charles Weirs Wort dafür, dass Lord George erpresst wurde."

Selina war skeptisch. „Du hältst Lord George eines kaltblütigen Mordes für fähig? Ein Gemälde zerstören, ja, ich kann sehen, wie ein betrunkener George Stanton so etwas Feiges tut, aber ein Schwertstoß ins Herz benötigt doch etwas mehr Rückgrat."

„Ich stimme dir zu, aber ich vermute, Billy wurde aus Zorn getötet, weil er unserem Mörder nicht gab, was dieser wollte, und dann erfolgte der Stoß ins Herz des armen Jungen in ohnmächtiger Wut."

„Wenn du es so ausdrückst", räumte Selina ein, „ist es genau die Art von Verhalten, die ich Lord George zutrauen würde. Er mag feige sein, aber er hat kein Gewissen."

„Ich bin nicht davon überzeugt, dass Lord George selbst die Finger in diesen Verbrechen hat. Jemand anderen dafür bezahlen, es zu tun, ja. Aber sich seine eigenen, feinen Hände schmutzig machen?" Alec zuckte mit den Schultern. „Er ist nicht der einzige, der unter Verdacht steht."

Selina hob in Gedanken ihre Hände zu den blassen Wangen und starrte in das verdunkelte Schlafgemach. „Die Vorstellung, dass dieser Hanswurst Sophie in die Hände bekommen könnte ..." Sie erschauerte angeekelt. „Das arme, kleine Ding war völlig verstört, erschöpft, hungrig und hätte sich fast Erfrierungen geholt. Wenn ein harmloser Bauernjunge, der noch dazu hinkt, kaltblütig ermordet werden kann, dann würde dieser Mörder auf Sophies Wohlergehen keinen zweiten Gedanken verwendet haben, nicht wahr?"

Alec folgte Selinas Blick zum Schlafzimmer, wo ein kleiner Buckel unter dem Bettzeug das schlafende Kind erahnen ließ. „Lass sie nicht aus den Augen. Wer weiß, ob Billys Mörder nicht noch im Gasthof auf eine Gelegenheit zum Zuschlagen wartet?" Er schaute Selina eindringlich an. „Sie ist nicht irgendwie verletzt worden, oder?"

„Nein, nicht körperlich. Sophie ist ein sehr gesundes kleines Mädchen. Aber je eher ich sie zu Miranda zurückbringen kann, desto besser für den Seelenfrieden des Kindes." Selina lächelte wehmütig. „Sophie erinnert sich nicht daran, wer ich bin. Es ist ein Jahr her, dass ich sie zuletzt gesehen habe. Aber sie vertraut mir, weil ich Französisch mit ihr spreche. Miranda hat sich mit ihrer Tochter immer in dieser Sprache unterhalten."

„Wenn Miranda Bourdon fließend Französisch spricht, dann hat sie offensichtlich die Erziehung einer jungen Dame genossen ... Aber warum beschloss sie, es in einer kulturellen Öde wie dem Ellick-Hof zu sprechen?"

Selina betrachtete Alec, als wäre die Antwort selbstverständlich, aber als er weiter verwirrt dreinschaute, erklärte sie mit einem Lachen: „Die Einheimischen. Sie können nicht lesen oder schreiben, also ist es völlig in Ordnung, auf Englisch Briefe zu schreiben. Aber sie sind nicht taub. Es ist gut und schön für uns, Diener als eine Art Möbelstücke anzusehen, aber wenn man weit draußen auf dem Land ist, funktioniert diese Einstellung nicht, wenn man gute Helfer aus dem Dorf einstellen möchte. Daher ist es vorzuziehen, sich auf Französisch zu unterhalten, als die Einheimischen die Gespräche belauschen und sie noch vor Sonnenuntergang im Dorf verbreiten zu lassen." Selina rümpfte bei einem plötzlichen Einfall ihre Nase. „Obwohl ... wenn wir das tun, berauben wir sie ihrer einzigen Möglichkeit der Unterhaltung, nicht wahr? Es ist ja nicht so, als könnten sie ins Theater oder die Oper gehen, oder?"

„Weibliche Denkweise", murmelte Alec mit verdrehten Augen. Er nahm ein Bündel Briefe aus seiner Rocktasche. „Diese wurden neben Billys Körper verstreut gefunden. Es sind Briefe, die du an Miranda Bourdon geschrieben hast. Und das hier", fügte er hinzu, nachdem er seine goldgeränderte Brille auf seine Nase gesetzt und einen kleinen Silberknopf mit der hervorstechenden Gravur einer Hummel in Selinas

Hand hatte fallen lassen, „wurde neben Billy gefunden. Hast du schon einmal einen ähnlichen Knopf gesehen?"

Selina schüttelte den Kopf und gab den Knopf zurück. „Müsste ich ihn kennen? Er sieht aus wie ein völlig gewöhnlicher Knopf. Oder hat dieser Knopf eine besondere Bedeutung? Es muss so sein, denn du lachst mich aus!", beschuldigte sie ihn, als er sie über den Rand seiner Brille hinweg musterte, wie ein Tutor es bei seinem Schüler tun mochte. Das hielt sie nicht davon ab, sich mit einem geübten Schmollen an seine bestickte Weste zu kuscheln. „Zuerst beschuldigst du mich, ein nutzloses Wesen zu sein und jetzt erwartest du, dass ich die Herkunft eines winzigen Silberknopfes kenne! Sag du es mir. Du bist doch der als Edelmann verkleidete Bow-Street-Mann."

„Ich hatte nicht erwartet, dass du es weißt", gab er zu und hielt den Knopf zwischen Daumen und Zeigefinger hoch. „Ich muss gestehen, dass ich keine Ahnung hatte, bevor Tam mich nicht aufklärte. Aber ich würde wetten, dass, wenn du irgendeinen Diener in höherer Stellung bätest, diesen Knopf zu identifizieren, könnte er dies augenblicklich tun. Livreen und ungewöhnlich gravierte Knöpfe sind in Kreisen der Dienerschaft sehr wichtige gesellschaftliche Kleinigkeiten."

„Davon hatte ich keine Ahnung", sagte Selina mit vorgetäuschter Bewunderung. „Ich muss Evans den Knopf zeigen, um zu sehen, ob sie diese Prüfung bestehen würde. Obwohl sie, da sie Methodistin ist, solchen Firlefanz als nutzlose Eitelkeit abtun wird. Warum sie noch immer bei diesem unmoralischen Geschöpf hier bleibt, weiß ich nicht."

Alec zupfte an einer ihrer losen Locken. „Vielleicht möchte sie erleben, dass du zu einer ehrenwerten Frau gemacht wirst? Oder hast du ihr von deiner neuen Berufung erzählt? Auf jeden Fall wirst du sie mit einem Überfluss an Stoff zur Erweiterung ihres Nachtgebets versorgen."

„Dieser Knopf. Wem gehört er?", fragte Selina, nahm den Knopf zurück und untersuchte ihn näher, um die Hitze, die ihr in die Wangen stieg, zu verbergen.

„Zur Livree von Cleveley", antwortete Alec beiläufig, obwohl er Selina über den Rand seiner Brille hinweg aufmerksam beobachtete. „Das kein Faden daran hängt, lässt vermuten, dass er nicht vom Rock des Mörders gerissen wurde, wie es bei einem Kampf geschehen könnte. Ebenso wie kein Faden an dem Knopf hing, der in der Faust meines Onkels gefunden wurde. Mein erster Gedanke war, dass Onkel den Knopf in einem Kampf abgerissen hatte. Dass dieser Knopf auch neben Billy gefunden wurde, lässt mich darüber nachdenken, ob er absichtlich dort hingelegt wurde."

„Da hast du es!", sagte Selina selbstsicher und gab den Knopf zurück. „Sie wurden so hingelegt, um Cleveley zu belasten."

„Oder vielleicht als eine Warnung an den Herzog, sich dem Mörder nicht in den Weg zu stellen?"

Selina schaute böse, musste aber zugeben, dass Alecs Gedanke etwas für sich hatte. „Ich weiß nicht, warum du so bereit bist, Cleveley wegen eines - zweier - Knöpfe zu verurteilen", widersprach sie, während die Röte an ihrem Hals und auf ihren Wangen sich verstärkte, da er sie anschaute, als hätte sie sich wegen etwas zu rechtfertigen. „Lord George oder Weir könnten ebenso gut einen oder mehrere Schläger angeheuert haben, um die Knöpfe dort zu platzieren und den Verdacht auf Cleveley zu lenken."

„Richtig", stimmte Alec zu und steckte seine Brille ein. „Charles ist der methodische Typ, aber George Stanton?"

„George ist ein Hanswurst und Weir ein Kriecher, aber Cleveley ist keines von beidem.

„Deine Tante Olivia verteidigt ihn auch. Sie hat ihre eigenen Gründe dafür ... was sind die deinen?"

„Wie ich dir in London gesagt habe ..." Ihre Stimme versagte, sie krampfte ihre Hände im Schoße ihrer voluminösen Röcke fest zusammen. „Er war während meiner Ehe freundlich zu mir. Er war kein Freund von J-L. Und wenn ich jemanden brauchte - wenn ich eine Schulter brauchte, um mich daran auszuweinen, dann - dann war er da."

„Ihr wart ein Liebespaar."

Das war keine Frage. Er wünschte, das wäre es.

Als Selina betrübt zur Seite sah, hob er ihr Kinn und drehte ihr Gesicht zu sich.

„Das ist in Ordnung, Liebling. Das ändert nichts an meinen Gefühlen für dich. Ich liebe dich. Und jetzt sind wir zusammen. Das ist alles, worauf es ankommt. Gott, ich war während deiner furchtbaren Ehe mit Jamison-Lewis kein Heiliger. Ich wollte jeden Gedanken daran ersticken, dass du mit einem anderen verheiratet warst. Dass du Trost in den Armen eines verständnisvollen Liebhabers fandest, überrascht mich nicht. Ich wünschte nur, dass ich für dich hätte da sein können; dass ich es gewesen wäre."

Selina schluckte.

„Einmal. Es ist nur einmal passiert", gestand sie und sprach ihre Gedanken aus, denn das war besser, als das Schweigen zwischen ihnen zu ertragen. „Ich war seit zwei Jahren verheiratet. Man hatte seiner Herzogin gesagt, dass sie sterben würde, und er hatte gerade seine Nichte begraben. Wir waren beide sehr niedergeschlagen und einsam. Es passierte einfach.

Wie, kann ich nicht erklären. Er war sehr lieb und verständnisvoll." Sie schaute zu ihm auf. „Wenn es irgendein Trost ist, die ganze Zeit, die ich bei ihm war, wünschte ich, du wärest es."

„Sei nicht so hart zu dir selbst", hörte Alec sich in gleichmütigem Ton sagen, obwohl er sich alles andere als ruhig fühlte. „Manchmal gibt es Umstände ... Situationen ergeben sich ..." Seine Stimme verklang, er wusste nicht, was sonst er sagen sollte.

Er dachte, dass einmal doch einmal zu viel war. Kein Wunder, dass Cleveleys Lächeln am Hanover Square so selbstgefällig gewesen war. Er wusste, es hätte ihn nicht stören dürfen, dass Selina Trost in den Armen des Herzogs gefunden hatte, denn dieser hatte Selina mit Güte und Verständnis für ihre üble Lage in der Ehe mit einem sadistischen, frauen-hassenden Ehemann behandelt. Aber es störte ihn doch, nicht nur, weil sie ein Bett geteilt hatten, sondern weil der Herzog noch immer sehr ein Teil von Selinas Leben zu sein schien. Er wusste, dass er äußerst egois-tisch und eitel war, vermutlich unvernünftig, aber es schmerzte, gleich, auf welche Weise er darüber nachdachte.

Was sie ihm als Nächstes anvertraute, ließ die Luft aus seinen Lungen entweichen.

„Ich wurde schwanger, aber verlor das Kind früh in der Schwan-gerschaft."

„Von Cleveley? Du wurdest von *Cleveley* schwanger?"

„Ja. So etwas kann passieren, und passiert eben."

„Bist du sicher, dass es sein Kind war und nicht das deines Mannes?"

Selina runzelte die Stirn und fragte sich, wohin seine Fragen führen sollten; sein Ton gefiel ihr nicht. „Ja. Mit Sicherheit. Frauen wissen so etwas."

Alec mäßigte seinen Ton und sagte gelassener: „Ich frage nur, weil laut den Gerüchten, wie Olivia erzählt, Cleveley ..."

„... kein Kind zeugen kann? Ja, so wird geflüstert. Aber es ist nicht wahr. Es ist nur so, dass er - Justinian - es für das Beste hielt, meine Schwangerschaft nicht von allen Dächern zu verkünden; wo die Herzogin am Krebs krank im Sterben lag ..."

„Seine Gnaden ist voller Rücksicht", murmelte Alec und fragte, bevor Selina eine weitere Verteidigungsrede für den *Großen Mann* halten konnte: „Also hast du es ihm gesagt?"

„Natürlich. J-L? Nicht, wenn der Monat nur Sonntage hätte!" Selina war plötzlich den Tränen nahe. „Er - Justinian - freute sich so sehr über die Nachricht. Er sagte, meine Schwangerschaft wäre ein Geschenk; sie gäbe ihm *Hoffnung,* und dann ... dann verlor ich das Baby ..."

Als Alec nur dasaß, eine tiefe Falte zwischen seinen Brauen, konnte

Selina sein brütendes Schweigen nicht ertragen, mit dem noch schwerer und schmerzhafter umzugehen war, als dem Tadel eines eifersüchtigen Liebhabers, daher platzte sie heraus, als ob das Gestehen jeder scheußlichen Einzelheit sie reinwaschen könnte:

„Cleveley ist mein *Pate*, was die Affäre und die folgende Schwangerschaft noch umso schmutziger macht, nicht wahr? Mit seinem eigenen Paten zu schlafen ist nicht weit entfernt davon, mit dem eigenen Vater oder Bruder oder Onkel zu schlafen. Schließlich war er bei meiner Taufe mit ihnen zusammen. Was das betrifft, dass ich von ihm schwanger wurde ... Das ist Stoff für ein Melodrama um Julius und Claudius. Und um sicher zu sein, dass ich mich für das, was ich getan hatte, noch mehr hassen würde, stellte er sich vor, während ich mir einbildete, dass er du wäre, dass ich *sie* wäre ... Im entscheidenden Moment rief er nach Mimi. Er rief nach seiner fünfzehn Jahre alten *Nichte*.“

EVANS ÖFFNETE DIE TÜR ZU EINER DUMPFEN STILLE. IHR FOLGTEN vier der Kellner des Gasthofs. Zwei trugen Tabletts mit Abendessen, ein dritter trug zwei Flaschen des feinsten Rotweins des Gasthofs und zwei Gläser und der vierte brachte neue Kerzen und einen verzierten Kerzenleuchter für die Tischmitte. Alec stand vom Sofa auf und ging, um das verlöschende Feuer zu schüren, während der Tisch mit Besteck, Tellern, Weingläsern und dem Kerzenleuchter frisch gedeckt wurde. Brot, eine elegante Terrine, die eine magere Suppe enthielt, ein Topf mit Öl, Schüsseln mit eingelegtem Gemüse, Pastinaken, Pilzen und Karotten sowie verschiedene Saucen in kleinen Schüsseln vervollständigten das Festmahl. Nichts war für seine Lordschaft zu schade. Evans hatte dem Koch klargemacht, dass das Abendessen, das er zubereiten sollte, für den Marquess Halsey bestimmt war.

Als ein Kellner hinter dem Stuhl am Kopfende des Tisches stehenblieb, entließ Alec ihn und sagte, sie würden sich selbst bedienen. Evans führte den Bediensteten, dem der Mund offen stehen geblieben war, zur Tür, bevor sie sich wieder ins Dunkel des Schlafzimmers zurückzog; ein Blick von einem düsteren Gesicht zum anderen brachte sie zu der Überzeugung, dass das Essen in keinem schlechteren Moment hätte eintreffen können. Sie schloss leise die Tür, um dem Paar etwas mehr Privatsphäre zu geben.

Alec war am Verhungern. Er hatte seine Suppe und einen guten Teil des Hauptgerichts verzehrt, bevor Selina ihren Platz am Tisch einnahm und beschloss, dass sie ungeachtet ihres Gemütszustands der Nahrung bedurfte. Das Schweigen zwischen ihnen blieb bestehen bis Alec, während er ihr ein Glas Wein eingoss, milde fragte:

„Wo ist Talgarth?"

„Im Zimmer nebenan. Er hat sich eingeschlossen. Zweifellos erlebt er zu dieser Stunde eine neue Welt, nachdem er endlich seiner Sucht Nahrung gegeben hat."

„Damit geht mein Plan, mich für die Nacht auf dem Boden seines Zimmers hinzulegen, dahin." Als Selina ihn böse anschaute, fügte er mit einem schiefen Lächeln hinzu: „Das ist kein neuer Gedanke, Liebling. Ich hatte ohnehin geplant, bei deinem Bruder zu übernachten. Heute Nacht ist hier nicht einmal ein Strohsack zu finden. Und mit deiner Zofe und der kleinen Sophie zur Gesellschaft dürftest du dein Bett überfüllt genug finden. Aber es könnte sein, dass ich das Sofa nehmen und vor der Sonne aufstehen muss. Talgarth sollte bis dahin in der Lage sein, sich bis zur Tür zu schleppen und dann kann ich mich in seinem Zimmer waschen und rasieren. Hier, probiere diese karamellisierten Zwiebeln. Sie sind köstlich."

„Ich hätte es dir nicht erzählen sollen!"

„Warum?" Er versuchte, lässig zu klingen. „Wenn eine Nacht mit deinem Paten zu verbringen, das Allerschlimmste ist und der Grund, warum du meinst, dass du nicht frei wärest, mich zu heiraten, dann ..."

„Nein! *Das* hat wenig mit meinem Entschluss zu tun."

Alecs Gabel blieb mitten zwischen Teller und Mund in der Luft schweben. „Ich verstehe. Nun, nein, ich verstehe nicht ..." Er legte die Gabel auf den Teller zurück. „Berichtige meine Unterstellung, aber ich nehme an, dass Cleveley, seinen Pflichten als Pate gemäß, dir davon abrät, dich mit einem Mann zu verbinden, von dem viele glauben, dass er kein Recht hätte, die Grafenkrone seines Bruders zu tragen, geschweige denn, einen brandneuen Titel als Marquess zu erhalten, und auf dem der Verdacht des Mordes lastet - jetzt zweifach, da der gute Pfarrer tot umfiel, nachdem er seine Mahlzeit auf dem Platz neben mir verzehrt hatte."

Selina stärkte sich mit einem Schluck Wein. „Ja, das riet er mir als mein Pate. Aber du hast es völlig verdreht. Er ist gegen deine Heirat mit mir. Er sagt, dein Ruf bedürfe der Wiederherstellung in der Gesellschaft und das brauche Zeit. Aber sein überzeugendster Gedankengang ist unwiderleglich."

„Seine Bedenken werden zur Kenntnis genommen", murmelte Alec trocken und nahm seine Gabel wieder auf. „Aber ich denke, die Entscheidung, die Frau zu heiraten, die ich liebe, ist ausschließlich die meine, nicht wahr, ungeachtet der berechtigten Einwände deines Paten?"

„Nicht heute Nacht", flehte sie und griff nach seinen schlanken Fingern, die um den Stiel seines Weinglases gelegt waren. „*Bitte*. Ich möchte heute Abend nicht noch niedergeschlagener werden."

Er schaute in ihr blasses Gesicht, nickte und fuhr fort zu essen, was auf seinem Teller lag, wobei er das Essen weniger schmackhaft fand als zuvor.

Eigentlich war er erleichtert, die Diskussion zu beenden. Die Nahrung hatte seine Kräfte aufgefüllt, aber er war innerlich erschöpft. Sie hatte auch recht. Zu wissen, dass Cleveley seine Stellung als ihr Pate missbraucht hatte und sie nicht nur als jung verheiratete Frau von zwanzig verführt hatte, als er selbst ein Mann mittleren Alters war, sie noch dazu geschwängert hatte, hatte in ihm große Abscheu aufsteigen lassen. Er war sich des Altersunterschieds zwischen ihm und Selina immer bewusst gewesen; kein so großer Unterschied in ihrem Alter jetzt, aber sie war erst achtzehn und er in den hohen Zwanzigern gewesen, als sie sich verliebt hatten und er sie gebeten hatte, ihn zu heiraten. Aber Cleveley liebte Selina nicht, und er, der alt genug war, um ihr Vater zu sein und bei ihr eine Vertrauensstellung einnahm, hatte sie ausgenutzt, ein junges, unglücklich verheiratetes Mädchen; dass die lüsternen Gedanken des Herzogs, während er mit seinem Liebling Selina schlief, sich mit seiner noch jüngeren Nichte beschäftigten, ließ jede moralische Empfindung Alecs revoltieren.

„Hast du es irgendwann während der Reise geschafft, mit Talgarth zu sprechen?", fragte er beiläufig und brach das Schweigen mit einer Frage, von der er hoffte, dass sie die Stimmung aufhellen würde.

Selina wählte ein Stück der kandierten Früchte und schob die kleine Schüssel weg.

„Er war nicht sehr zu Vertraulichkeiten geneigt. Und als ich ihn drängte, den Namen von jemandem zu nennen, der eines seiner Porträts entstellen wollen könnte, rasselte er eine Reihe früherer Kunden herunter, die er in irgendeiner Weise gekränkt hatte. Aber ich bezweifle, dass selbst jemand wie Lady Rutherglen sich dazu herablassen würde, eines von Talgarths Gemälden zu attackieren, um ihrer Unzufriedenheit Ausdruck zu verleihen, nicht wahr?"

„Talgarth hätte nur ein wahres Abbild schaffen müssen, um den Zorn der Lady zu erregen."

Selina lächelte.

„Also kennst du Lady Rutherglen. Furchtbare Frau. Die arme Sybilla lebt im Schrecken vor den Besuchen ihrer Schwägerin. Obwohl ihr Adel aus einer ununterbrochenen Linie von Herzögen von Romney-St. Neots, die bis zu Edward dem Dritten zurückgeht, stammt, wird Sybilla in

Frances Rutherglens Augen nie gut genug für ihren angebeteten Bruder, den Admiral, sein. Frances ist völlig in Männer vernarrt. Der liebe Admiral und ihr Neffe George Stanton können nichts Falsches tun. Aber sie hat sehr urtümliches Ansichten über Mädchen. Wertlose Geschöpfe, die man als Futter für die Wölfe aussetzen sollte. Ihre Tochter Mimi war von Geburt an verflucht, weil sie nicht der Sohn war, den sie so begehrt hatte." Sie biss mit einem wehmütigen Seufzer in die kandierte Frucht. „Die geduldige Mimi und ihre Cousine vom Lande wurden ins Schulzimmer verbannt, um dort zu verfaulen. Die arme Mimi verließ es im Sarg."

„Und die Briefe an Lord George?", fragte Alec und riss sie aus ihren Gedanken.

Selina wollte nach einer weiteren Süßigkeit greifen, aber auf diese einfache Frage hin zog sie ihre Hand zurück und hielt ihr Glas zum Nachfüllen hin. „Ich muss etwas gestehen. Ich wollte es dir sagen, als du an den Hanover Square kamst, aber wir wurden abgelenkt und dann gingst du weg ... Ich bin sicher, Talgarth würde es nicht das Mindeste ausmachen, wenn ich es Apollo erzähle ..."

„Apollo?"

„Dir. Talgarth bezeichnet dich als Apollo. Er hat ein sehr gutes Auge für männliche Schönheit ..." Sie legte den Kopf schräg und lächelte ihn rätselhaft an. „Ich frage mich, ob es je ein Gemälde von Apollo mit einem abendlichen Bartschatten gab ...?"

Wieder Willens errötete Alec und rieb sich über die stoppelige Wange.

„Dieses Geständnis?"

„Talgarth kann weder lesen noch schreiben."

„Wie bitte?"

Selina lächelte dünn über sein Erstaunen.

„Er war nie fähig zu lesen und kann kaum die Buchstaben formen, um seinen Namen zu schreiben. Gott weiß, dass er es versucht hat, nur um den Schlägen zu entgehen. Das Opium half ihm, die Jahre der Misshandlungen zu überstehen, oder wie meine Eltern es zu betrachten wünschten, sein widerspenstiges Verhalten."

„Der arme Kerl", murmelte Alec entsetzt. „Aber er malt solch wundervoll empfindsame Porträts. Sahen eure Eltern nicht den Wert eines so enormen Talents?"

„Mein Vater war Lord-General der Armee. Ein vollends männlicher Mann, der wusste, wie man Disziplin bewirkt und er erwartete absoluten Gehorsam. Meine Mutter war ein hübscher Hohlkopf, sie konnte kaum lesen und ihren eigenen Namen schreiben. Warum auch? Sie war eine

Frau. Talgarths großes Talent wurde von meinen Eltern als Gräuel betrachtet.“

„Lieber Gott, welche Dämonen muss er mit sich herumtragen? Kein Wunder, dass er im Opium Trost und Vergessen findet!“

„Genau so“, war Selinas angespannt Antwort; ihr Blick war starr auf die komplizierten Falten von Alecs Leinenkrawatte gerichtet. Talgarths Behandlung durch ihre Eltern hörte nie auf, ihre Augen mit Tränen zu füllen. „Daher, siehst du, hat Sir Charles Weir dich angelogen, als er sagte, dass mein Bruder George Stanton erpresste. Diese Briefe sind eine Fälschung.“

„Das wäre eine Möglichkeit ... Entweder Lord George täuschte Charles, um ihn glauben zu machen, dass die Briefe von deinem Bruder geschrieben worden wären ... Oder die Briefe sind echt und George glaubt aus dem ein oder anderen Grund, dass sie von Talgarth geschrieben wurden.“

„Wie? Das ist absurd, wenn Talgarth nicht Lesen oder Schreiben kann!“

Alec betupfte seinen Mund mit einer Ecke seiner Serviette und legte sie beiseite. „Absurd, dass Talgarth sie geschrieben hat, ja, aber nicht unbedingt absurd von ihm zu *denken*, dass Talgarth sie geschrieben habe. Ich nehme an, dass weder Charles Weir noch George Stanton wissen, dass dein Bruder Analphabet ist?“

„Nur sehr wenige Menschen wissen das. Also, nein, Weir und Lord George können das über Talgarth nicht wissen.“ Sie rümpfte ihre Nase in Gedanken, während sie geistesabwesend eine lose Locke um einen Finger wickelte. „Was du unterstellst, ist, dass die Briefe, wenn sie in Talgarths Namen geschrieben wurden, das durch die Hand eines anderen geschah? Nun, das *ist* absurd!“

„Tatsächlich? Hast du Briefe von Talgarth erhalten, als er in Florenz war?“

„Natürlich. Fast wöchentlich.“

„Wer schrieb diese Briefe?“

„Nico.“

„Nico?“

„Meines Bruders Kammerdiener, Haushofmeister, wie immer du ihn nennen willst.“

Alec hob eine seiner beweglichen Augenbrauen.

Selina blieb der Mund offen stehen. „Nein! Nicht Nico. Er ist Talgarth treu ergeben. Talgarth könnte ohne Nico nicht überleben.“

„Nico hat eine Vertrauensstellung. Er muss deinen Bruder genau kennen. Er liest und beantwortet dann auch alle Korrespondenz deines Bruders und kümmert sich um seine Buchhaltung."

„Aber warum sollte Nico Drohbriefe an Stanton schreiben und vorgeben, Talgarth zu sein?"

„Das habe ich nie gesagt. Wenn Talgarth den Inhalt diktierte und Nico nur als sein Schreiber handelte, dann wäre es so, als hätte Talgarth in der Tat diese Briefe an Stanton geschrieben."

„Ich kann mir Talgarth nicht als Erpresser vorstellen. Er würde niemanden in solcher Art bedrohen."

„Du sagtest selbst, er hätte viele seiner Kunden bedroht, also warum heißt das, er würde George Stanton nicht bedrohen?", fragte Alec, als er seinen Stuhl zurückschob, um seine langen Beine auszustrecken, so dass seine staubigen Reitstiefel in die Nähe des warmen Feuers kamen, und um Selina besser sehen zu können, die den Tisch verlassen hatte, um vor derselben Wärme auf und ab zu gehen. „Rache für die Frau, die er liebt, zu nehmen, wäre Motiv genug. Rache im Namen seiner Frau und ihres Kindes zu nehmen, wäre ein Grund mehr, ihren Peiniger zu erpressen."

„Du kannst doch nicht andeuten wollen, dass Talgarth und Miranda *verheiratet* wären?" Selinas wogende Röcke kamen rauschend zum Halten. Sie lächelte ungläubig. „Wer ist jetzt der Getäuschte! Niemals. Er würde nie ... Sie würde nie ... Nicht, ohne zuerst mit mir zu sprechen."

„Vielleicht hatten sie nicht den Luxus der Zeit oder Lust, auf deine ablehnende Antwort zu warten?"

„Ich weiß nicht, warum du lachst! Außerdem, woher weißt du, dass sie verheiratet sind?"

Alec erzählte ihr, was Blackwell Thaddeus Fanshawe anvertraut hätte, dass er Miranda auf dem Ellick-Hof mit einem Mr. Ninian Bourdon getraut hätte. Selina war nicht überzeugt.

„Das Wort eines gekauften Anwalts, der keine Beweis für diese lächerliche Idee vorbringen kann, weil der Pfarrer tot ist? Und er hat Talgarths Namen nie erwähnt."

„Du musst nur deinen Bruder fragen, um herauszufinden, ob der Anwalt die Wahrheit sagt."

„Und du glaubst, Talgarth und dieser Mr. Bourdon sind ein und derselbe Mann?"

„Hast du einen anderen Kandidaten, der Mirandas Ehemann sein könnte?"

Den hatte Selina nicht. Miranda lebte ein einsames Dasein in der Wildnis der Mendips und außer den einheimischen Dorfbewohnern und während ihrer Reisen nach Bath sah sie niemanden und ging nirgendwohin. Oder zumindest hatte Selina das immer angenommen.

„Sag mir, Liebling, ob du nicht auch meinst, dass Talgarth ein Mensch ist, der, wenn er in der rechten Stimmung ist, einfach losgehen und etwas tun würde, ohne Rücksicht auf die Folgen?" Alec nahm seine Brille aus eine flachen Westentasche, setzte sie auf die Nasenspitze und holte dann aus derselben Tasche einen Ohrring in Form eines Diamanttropfens und einen dünnen, goldenen Ehering und legte beides auf den Tisch. „Glaubst du nicht, dass dein Bruder einen gefühlsbetonten Charakter hat, der ihn zu ritterlichem Verhalten veranlassen würde? Nicht zu erwähnen sein Leiden, das selbst zu den besten Zeiten sein Verhalten unberechenbar und spontan machen dürfte ...?"

Selina schüttelte ihren schönen Kopf, aber dann hielt sie nachdenklich inne. „Hin und wieder ... vielleicht", gab sie widerwillig zu. Neugierig hob sie den Goldring hoch. Als sie erkannte, was es war, legte sie ihn schnell wieder ab.

„Er ist nicht für dich", sagte Alec affektiert mit einem Blick über seine Brille und hielt ihr den Ring mit einem schiefen Lächeln hin. „Ich würde es nicht wagen, dir ein solches Zeichen meiner Hochachtung und Treue anzubieten, bevor deine Trauerzeit vorbei ist. Und wenn ich es dir anbiete, wird dein Ring mit Diamanten besetzt sein. Dieser hier wurde in der Tasche des toten Jungen gefunden; der Ohrring war im Stroh nahe der Stelle, wo die Leiche lag. Zweifellos zusammen mit den Briefen gestohlen. Ja, der Ring ist ein Ehering und wenn du genauer hinschaust, siehst du die Gravur."

„Drei Initialen: T, oder ist es ein G oder ein J? Es ist schwierig zu erkennen. Die anderen beiden Buchstaben sind besser graviert. B und ein M. Alle drei sind verschlungen, das B am Anfang ist der größte der drei."

„Irgendein Einfall, wer diese Initialen trägt?"

Selina zuckte die Schultern und gab Alec den Goldring zurück, der ihn wieder in seine Westentasche gleiten ließ. „Die offenkundige Antwort ist Miranda. Aber jetzt scheint mir das alles eine zu einfache Antwort." Sie hob den Tropfenohrring auf und hielt ihn dicht vor den Arm des Kerzenständers auf dem Tisch. Das Arrangement des schweren, tropfenförmigen Diamanten, der von einem Dutzend kleiner werdender Diamanten umringt war, funkelte und blinzelte im Kerzenlicht. „Wie kommt ein Mädchen, das in den Tiefen der Mendips lebt, zu extravaganten Ohrringen, die besser in einen Londoner Ballsaal passen? Und wer hat sie ihr geschenkt?" Ihr Blick wanderte zu dem verdunkelten Schlafzimmer und dem kleinen Hügel auf dem Bett; Alecs Augen folgten ihm. „Je mehr ich über Miranda Bourdon erfahre, desto weniger kenne ich sie. Ich habe mehr Fragen als Antworten."

„Und der einzige Mensch, der diese Antworten vielleicht hätte geben können, ist tot.“

Als sie die Müdigkeit in seiner Stimme hörte, drehte sie sich wieder zu ihm um und steckte mit einem kessen Lächeln den goldenen Haken des Diamantohrrings durch das Loch in ihrem rechten Ohrläppchen. Sie lachte über seine Überraschung. „Kannst du dir einen sichereren Platz für einen Ohrring vorstellen, bis er wieder mit seinem Gegenstück vereint ist?“ Dann führte sie ihn an der Hand zum Sofa, wo sie sich, plötzlich sehr müde, an seine Wärme kuschelte. „Es gibt noch jemanden, der vielleicht die Antworten liefern könnte ...“

Alec nickte, eine Hand leicht auf ihrem Haar und den Blick auf die flackernden Flammen auf dem Rost des kleinen Kamins gerichtet.

„Ja. Miranda.“

ZWÖLF

BATH, SOMERSET

Miranda suchte zwischen den verpackten Päckchen einer Einkaufstour am Tag zuvor, als ihre Zofe leise in das Wohnzimmer kam; sie trug ein Tablett, das mit allem für den Morgentee beladen war und stellte es auf den niedrigen Tisch zwischen einem gestreiften Sofa und einem dickgepolsterten Ohrensessel.

„Janie, ich kann das Päckchen von Bricknell und Moore nicht finden. Das mit dem bunten Garn. Ich hatte Sophie versprochen, dass ich ihre Schürze fertig haben würde, bis wir nach Hause kämen", sagte Miranda, als sie sich aufs Sofa setzte, um ihr Gewicht von den schmerzenden Füßen zu verlagern. „Du hättest das Tablett nicht selbst bringen müssen", fügte sie hinzu, während sie zuschaute, wie das Mädchen Tee in eine Porzellanschale goss. „Es gibt Diener im Hotel, die solche Arbeiten verrichten, sogar für dich."

Janie Rumble erinnerte sich an die anzüglichen Seitenblicke zwischen zwei der hochnäsigen Zimmermädchen, die bei ihrer Rückkehr von der Einkaufsexpedition im Flur vor ihnen geknickst hatten. Das hatte Janie auf der Stelle dazu veranlasst, der Dienerschaft des Hotels den Zutritt zu ihren Zimmern zu verbieten.

„Ja, Ma'am", antwortete Janie und überreichte ihr eine Schale Tee und eine Scheibe dünn geschnittenes Brot mit Butter. „Aber sie hätten den Tee nicht genau so gemacht, wie Ihr ihn mögt."

Bei ihrer Ankunft im Barrs Hotel in der Trim Street, dem exklusivsten, kleinen Beherbergungsbetrieb in Bath, hatte der arrogante Besitzer seine Augenbrauen hochgezogen, als ob er offen den Anstand der Tatsache in Zweifel zog, dass zwei junge weibliche Wesen ohne männ-

liche Begleitperson reisten. Janie hatte das Gefühl gehabt, dass ihr
Wangen in Flammen stünden, als sie an der Seite ihrer Herrin auf dem
dicken türkischen Teppich stand und sich in dieser luxuriösen Umgebung unbehaglich fühlte. Die Zimmer waren insgesamt viel zu prachtvoll
ausgestattet und die Menschen, die während der Zeit, als sie im Foyer
standen, kamen und gingen, waren alle in einer Art gekleidet, die sie für
die allerletzte Mode hielt. Aber Miranda zeigte kein Anzeichen von Verlegenheit oder Verärgerung über diesen Affront und hatte ruhig in der
Gästeliste unterschrieben und im Voraus für die Suite ihrer Räume
gezahlt. Dies ließ das lange Gesicht des Besitzers kaum auftauen, als er
Mirandas Unterschrift mit einer absichtlichen Langsamkeit, die an
Frechheit grenzte, untersuchte.

Aber an diesem Morgen, nach drei Tagen eisiger Blicke und kaum
einem höflichen Wort, hatte sich der Besitzer zu Janies Erstaunen von
einem Eisblock in einen grinsenden Idioten verwandelt, als er Miranda
im Foyer absichtlich aufgehalten hatte. Die Veränderung war so groß,
dass Janie wieder und wieder geblinzelt hatte, um ihn zu erkennen.

Erst, als sie schon halb die Treppe hinaufgegangen waren, gefolgt von
einem Lakaien, der den Befehl bekommen hatte, ihnen ihre Päckchen
abzunehmen, wurde Janie der Grund für die Verwandlung des Besitzers
klar. Er hatte Miranda ein versiegeltes Pergament mit einer kleinen
Schleife überreicht und gesagt, dass seine Lordschaft auf eine Antwort
warte, die Mrs. Bourdon ihm, sobald es ihr möglich wäre, geben möchte.

Janie hatte noch nie von Lord Halsey gehört und sie hätte das Leben
ihrer Tante Rumble darauf verwettet, dass es Mrs. Bourdon nicht anders
ging.

„Seid Ihr sicher, dass Ihr nicht doch etwas Suppe oder eine Scheibe
Pastete möchtet, Ma'am?", fragte Janie, als sie ein Kissen hinter Mirandas
Rücken stopfte und einen gepolsterten Schemel herbeirückte, um es der
jungen Frau zu ermöglichen, ihre bestrumpften Füße auszuruhen.
„Wenn Ihr Eure Füße nicht hochlegt, werden sie anschwellen."

„Du musst aufhören, solches Aufhebens um mich zu machen", sagte
Miranda freundlich. „Mein Zustand macht mich nicht zur Invalidin."

Janie schaute beiseite, sofort unbehaglich und ebenso wegen dieses
Gefühls ärgerlich über sich selbst. Es war ja nicht so, als wüsste sie nicht,
wie die Lage war. Schließlich war sie Mirandas persönliche Zofe.
Außerdem war sie insgeheim glücklich über das Baby. Aber wie anders
würde jeder die Schwangerschaft ihrer Herrin betrachten, wenn es wirklich einen Mr. Ninian Bourdon gäbe.

„Ich bin froh, dass du mit mir gekommen bist, Janie."

„Euch zu einem solchen Zeitpunkt in die Stadt fahren lassen, ohne selbst dabei zu sein, um mich um Euch zu kümmern?", polterte Janie und räumte überflüssigerweise das Teegeschirr um. „Ich hätte auf dem Hof kein Auge zugetan. Ich musste mitkommen."

„Ich wünschte ... ich wünschte, ich könnte mich dir anvertrauen. Du bist mir eine solche Stütze gewesen, manchmal meine einzige." Miranda schaute von der blassen Flüssigkeit in ihrer Tasse auf. „Bis bestimmte Einzelheiten nicht geklärt sind, bin ich nicht frei, mich jemandem anzuvertrauen. Du verstehst das, nicht wahr?"

„Ja, Ma'am", antwortete Janie, die überhaupt nichts verstand.

„Danke, Janie."

Miranda trank schweigend den Rest ihres Tees, während Janie sich im Zimmer zu schaffen machte und die begleitenden Geräusche von Kutschenrädern und auf dem Pflaster unter dem Bogenfenster vorbeiwandernde Besucher der Stadt die Stille in dem hübsch möblierten Wohnzimmer füllten. Janie räumte das Teegeschirr weg, warf einen Blick auf ihre junge Herrin und grübelte zum tausendsten Mal über das wahre Ausmaß der traurigen Geschichte dieser jungen Frau.

Ein marodes und zugiges Landhaus aus Backstein mit nur ihrer vierjährigen Tochter und den Dienern zur Gesellschaft zu teilen, war kein Leben für ein so schönes Geschöpf. Die aristokratischen Gesichtszüge des Mädchens, ihre anmutigen Manieren und ihre flüssige Beherrschung zweier Sprachen zeugten für ihre sorgfältige Erziehung, aber Janie ahnte, warum ihre Familie sie verstoßen hatte. Ein uneheliches Kind zu haben hatte Schande über ihre Familie gebracht, eine Familie, die Vermögen und Beziehungen hatte und daher den übermütigen Fehltritt einer Tochter nicht dulden würde. Und jetzt sollte jeden Tag ein weiterer Bastard geboren werden. Zuerst hatte Janie sich geweigert, den Klatsch der Diener über die Herrin zu glauben, bis die unvermeidlichen Veränderungen im Körper des Mädchens das bösartige Geflüster bestätigte. Miranda hatte er geschafft, ihren anschwellenden Körper während der ersten sechs Monate der Schwangerschaft gut in einem Korsett zu verschnüren, aber jetzt konnte keine noch so gute Verschnürung das Ergebnis ihrer Lasterhaftigkeit mehr verbergen.

Der Klatsch besagte, dass ihr Liebhaber und Vater dieses Kindes der Maler wäre, der Gentleman und Bruder der modischen und sehr reichen Londoner Dame, Mrs. Selina Jamison-Lewis, die dem Hof jedes Jahr einen Besuch abstattete. Der Maler lebte, nachdem er vor zwölf Monaten vom Kontinent zurückgekehrt war, in Bath, besuchte aber regelmäßig den Hof, um Zeichnungen und Gemälde von Mrs. Bourdon und ihrer Tochter, den Dienern und der wilden Landschaft der Mendip-Berge anzufertigen. Es bedrückte Janie zu denken, dass der Maler nicht den ehrbaren Weg gewählt und das Mädchen geheiratet hatte, bevor er mit ihr ins Bett fiel.

Entfernte Rufe rissen Janie aus ihren Gedanken und sie schaute von dem Tablett auf, um Miranda aus dem Fenster spähen zu sehen. „Ich bringe das Tablett in die Küche zurück", sagte sie fröhlich, „und dann beginne ich, den Schal zu stricken, den ich Euch versprochen habe."

Miranda wandte sich mit einem ungewohnten Stirnrunzeln von dem Ausblick auf die Straße ab. „Schal?"

„Ja, Ma'am. Während Ihr gestern das Garn aussuchtet, habe ich die Wolle für Tante Rumbles Stricknadeln gekauft."

„Wolle?", wiederholte Miranda zerstreut.

„Ich stricke einen Schal für das Baby, Ma'am. Aber vielleicht möchtet Ihr das Schaltuch von Miss Sophies Geburt verwenden?", fragte Janie zögernd.

„Sophies Schal? Nein. Nein", antwortete Miranda schnell und zwang sich zum Lächeln. „Ein Schal wäre wunderhübsch, Janie. Danke." Sie wandte sich vom fragenden Blick des Mädchen ab, um ihre weichen Samthandschuhe anzuziehen. Es schmerzte sie, an Sophies Schal zu denken. Er war am Tag ihrer Geburt verschwunden. „Es gibt einen Gottesdienst um elf Uhr in der Abtei", schaffte sie es, beiläufig zu sagen, trotz eines Gefühls der Panik, das sie zu überwältigen drohte. „Während ich fort bin, kannst du dich um den Rest der Päckchen kümmern."

Janie war überrascht. „Solltet Ihr nicht ein wenig ruhen, Ma'am?"

„Es geht mir sehr gut, Janie."

„Ihr möchtet nicht, dass ich Euch begleite, Ma'am?"

„Ich nehme eine Sänfte."

Miranda hob ihre Strohhaube auf und war aus der Tür, bevor Janie noch weiter protestieren konnte. Als sie die Haupttreppe zur Hälfte hinabgegangen war, hob sich der Druck auf ihrer Brust so weit, dass sie mühelos atmen konnte. Warum traf sie die Erwähnung eines Babyschals nach all diesen Jahren noch so tief? Sie hatte in den einsamen Monaten von Sophies Schwangerschaft mühevoll einen Schal gestrickt. Nach langen, schmerzhaften Wehen, während derer sie mehrfach ohnmächtig geworden war, hatte der Apotheker ihr Sophie gereicht, nicht in das Umschlagtuch, das sie gestrickt hatte, gewickelt, sondern in ein zerfetztes Laken. Niemand konnte ihr sagen, weder der Pfarrer, noch der Apotheker oder sein jugendlicher Gehilfe, was mit dem Babyumschlagtuch geschehen war, das sie gestrickt hatte.

In jenen ersten Wochen nach Sophies Geburt, als sie und das Baby heimlich aus der Stadt verschwanden, wurde es für sie zu einer Obsession zu wissen, wo dieses Umschlagtuch hingekommen war. Es brachte sie fast um den Verstand, da sie überzeugt war, dass der Verlust dieses Umschlagtuchs der Grund war, aus dem ihre liebste Cousine Miriam gestorben war und dass, hätte sie besser auf dieses Umschlagtuch aufgepasst, ihre liebste Freundin noch hätte leben können. Nur die wiederholten Versicherungen des Pfarrers erlaubten ihr schließlich zu erkennen, dass es nichts gab, was sie hätte tun können, um den Tod ihrer Cousine zu verhindern, und dass ihre Besessenheit mit diesem Umschlagtuch das Ergebnis der traumatischen Erlebnisse der Geburt und der durch die Pflege eines Neugeborenen resultierenden schlaflosen Nächte war. Es hatte lange gedauert, bis sie innerlich wieder zur Ruhe gekommen war. Aber was war mit dem Tuch geschehen? Vier Jahre lang hatte sie nicht an das verlorene Umschlagtuch oder Sophies Geburt und den Verlust ihrer allerliebsten Cousine denken wollen. Mit Miriam hatte sie einen Teil ihrer selbst verloren.

Sie legte schützend eine Hand auf ihren geschwollenen Leib. Bald würde dieses Baby geboren werden, und *er* hatte ihr versprochen, dass die Geburt dieses Kindes so völlig anders sein würde als Sophies Eintritt in die Welt.

Warum hatte *er* es dann für notwendig gehalten, dass sie nach Bath käme, um das Baby zu gebären? Sie hatten sich darauf geeinigt, dass das Baby auf dem Ellick-Hof geboren werden sollte. Er hatte versprochen, dort zu sein, sobald er London verlassen konnte. Aber seit über einem Monat hatte sie keinen Brief mehr erhalten. Dann war vor einer Woche ein Brief eingetroffen, der seinen früheren so wenig ähnelte, dass er sie krank vor Sorge gemacht hatte. Er enthielt keine seiner üblichen Beteuerungen über die Zukunft und schien in Eile geschrieben worden zu sein. Er wies sie an, Sophie auf dem Hof zu lassen und nach Bath zu kommen, in Barrs Hotel, wo er Zimmer hatte. Er würde den Besitzer, einen sehr diskreten Mann, von ihrer bevorstehenden Ankunft informieren. Unter keinen Umständen dürfte sie irgendjemandem ihren Aufenthaltsort verraten und sie müsste alleine kommen.

Sie hatte ihm nicht gehorcht, aber aus gutem Grund. Sie konnte das Kind nicht ohne Janies Anwesenheit bekommen. Sie vertraute Janie. Janie war ihre Versicherung, dass das Baby in Sicherheit sein würde. Janie würde sich um das Baby kümmern, sollte sie Fieber bekommen oder, schlimmer noch, sterben. Janie würde nicht zulassen, dass irgendjemand ihr das Kind abnähme. Sie hatte Janie auf die Heilige Bibel schwören lassen, dass, sollte ihr etwas zustoßen, sie das Baby niemand anderem geben dürfte als Mrs. Jamison-Lewis, zusammen mit dem Brief, den sie in ihr Korsett eingenäht hatte.

Männer konnten so gedankenlos sein.

Was, wenn *er* aufgehalten würde? Wie lange sollte sie warten? Was, wenn Geschäfte ihn in London zurückhielten? War Lord Halsey sein Freund? Die Nachricht seiner Lordschaft war mit Sicherheit willkommen, und in einer Art geschrieben, dass sie annehmen musste, dass er alles über sie wüsste. War es reiner Zufall, dass Lord Halsey zur selben Zeit wie sie in Barrs Hotel wohnte, oder war er gebeten worden, ein wachsames Auge auf sie zu halten? Aber *er* hatte seine Lordschaft nie erwähnt. Was, wenn *er* es nicht schaffte, bei der Geburt bei ihr zu sein? Nun, das war ein noch dümmerer Einfall. Natürlich würde *er* da sein. *Er* hatte sein Wort gegeben. Daran musste sie sich erinnern. Sie konnte es sich nicht leisten, Zweifel zu hegen. Zweifel würden ihre Entschlossenheit schwächen. Die Geburt dieses Babys würde so anders sein als Sophies - dieses Mal würde sie nicht verlassen, allein und so furchtbar verängstigt sein. Wenn sie nur wüsste, wem sie vertrauen durfte ...

Sie war so vertieft in ihre Gedanken und darauf bedacht, nach draußen zu kommen, um frische Luft zu atmen, dass sie auf der Treppe mit einem ältlichen Gentleman und seinem jungen Begleiter zusammenstieß, die langsam die teppichbelegten Stufen hinabschritten. In der folgenden Verwirrung stieß Miranda den Gehstock aus der behandschuhten Hand des alten Mannes und dieser rollte zusammen mit ihrer Strohhaube zum Fuße der Treppe hinab. Sie verlor den Halt auf dem Teppich, mit dem die Stufen belegt waren, aber der alte Gentleman, der sich instinktiv am Geländer festgeklammert hatte, um sich davor zu schützen, vornüber zu fallen, fing sie auf und hielt sie beide fest, während er ihr mit freundlicher Stimme versicherte, dass es allein seine Schuld wäre. Sein Begleiter, ein junger Mann mit karottenfarbenen Haaren, schoss die Treppe hinab und hob Stock und Haube, die mitten im Weg lagen, auf, während eine Gruppe neu angekommener Reisender gaffend die Vorgänge auf der Treppe beobachtete.

Miranda zitterte so sehr, dass sie sich weiter am Rockärmel des alten Gentlemans festklammerte, während sie den Rest der Stufen hinabgingen und langsam durch das Foyer und aus der Vordertür hinaus schritten. Sie waren schon unter dem Backsteinbogen angekommen, der zur Queen Street führte, bevor der alte Gentleman eine behandschuhte Hand nach seinem Stock ausstreckte.

⚬

„DANKE, TAM", SAGTE PLANTAGENET HALSEY UND WANDTE Miranda einen freundlichen Blick zu. „Eure Haube, Madam." Er war nicht überrascht, als seine Stimme das Mädchen wieder zu sich brachte. Sie hatte Tam angestarrt, während sie seinen Arm noch in einem festen Griff hielt, löste sich aber jetzt schnell von ihm und band eilig die Haube mit einer schrägen Schleife fest, die ein Lächeln auf sein Gesicht brachte. „Ha! *Madam*: Das ist ein verstaubtes Wort für einen so hübschen, jungen Schmetterling. Jetzt habe ich Euch zum Erröten gebracht und es lag nicht in meiner Absicht, Euch in Verlegenheit zu bringen. Ist dies Euer erster Ausflug zu dieser Wasserstelle?" Als das Mädchen zu ihm aufschaute und dann einen Blick in die Runde warf, als ob sie sehen wollte, ob ihre Unterhaltung belauscht würde, fügte er hinzu: „Ihr müsst einem alten Mann sein Geschwätz verzeihen. Wir sind selbst gerade erst angekommen. Die Kutschfahrt von London muss meinen Verstand verwirrt haben. Nicht wahr, mein Junge?"

Tam grinste, aber Miranda war so vom Vorwitz des alten Gentlemans schockiert, dass sie eine unzusammenhängende Antwort auf Französisch stammelte und in Englisch hinzufügte, dass sie zu spät zum Gottesdienst in der Abtei kommen würde. Sie wäre fortgegangen, aber der alte Mann hielt sie zurück.

„Genau der Ort, zu dem wir unterwegs sind", sagte er gutgelaunt und verbeugte sich, wobei er sich innerlich eine Notiz über ihre kultivierte Stimme und ihre französischen Sprachkenntnisse machte. „Mein Name ist Plantagenet Halsey. Dies hier ist Thomas Fisher, Apotheker. Ihr kennt vielleicht meinen Neffen, Lord Halsey?"

„Lord Halsey ist Euer Neffe?", antwortete Miranda und fügte hinzu, als der alte Mann lächelnd nickte: „Ich muss die Bekanntschaft seiner Lordschaft erst noch machen, aber er schrieb mir einen höflichen Brief, um sich vorzustellen." Sie schaute Tam erneut an, sein sommersprossiges Gesicht, das von einem Schopf karottenroter Haare umrahmt wurde; er sah viel zu jung aus, um Apotheker zu sein. Unerklärlicher Weise kehrte der Druck in ihrer Brust zurück. Ewas an dem jungen Mann bereitete ihr Unbehagen. Sie rang nach Atem. „Ihr ... Ihr alle wohnt in Barrs Hotel?", hörte sie sich sagen.

„So ist es, Ma'am. Nennt es eine Art Familienurlaub", sagte Plantagenet Halsey mit einem Lachen, obwohl seine scharfen Augen ihre Not bemerkten. Er bot ihr seinen abgewinkelten Arm. „Darf dieser alte Gentleman das Vergnügen Eurer Gesellschaft bis zur Abtei haben? Ich verspüre nicht das Verlangen, von einem Kreis alter Witwen oder verwundeten Hinterlassenschaften des Siebenjährigen Krieges eingefangen zu werden. Bei meinem letzten Besuch dieser Wasserstelle habe ich nie zuvor in meinem Leben einen so verstaubten Haufen verkniffener Gesichter gesehen!" Ihr Zögern ließ ihn bemerken: „Meine Liebe, meine

Gesellschaft wird Euch nichts schaden. Ich beiße nicht. Ich könnte ebenso gut Euer Großvater sein."

Daraufhin lächelte Miranda und gehorchte ihm, indem sie seinen Arm nahm. „Verzeiht mir, Mr. Halsey. Eure Begleitung wäre mir eine Ehre." Sie schaute zu seinem faltigen Gesicht auf. „Und vielen Dank, dass Ihr mich auf der Treppe vor einem Fall bewahrt habt. Ich hasse es, daran zu denken, was hätte geschehen können ..."

„Ihr seid sicher. Es besteht kein Grund, darüber nachzudenken, Ma'am", sagte Plantagenet Halsey schnell, Zeichen genug, dass er sich des fortgeschrittenen Zustands ihrer Schwangerschaft bewusst war.

Sie senkte ihre langen, schwarzen Wimpern, dankbar für sein Verständnis, und sie gingen die Queen Street in dem stummen Schweigen eines bewölkten Tages entlang, während Tam ihnen in diskretem Abstand folgte. Sie hatten die Stadtmauer des oberen Stadtteils bereits überquert, als Miranda mitten auf dem Kopfsteinpflaster abrupt stehenblieb.

„Oh! Wie unhöflich von mir, dass ich mich nicht vorgestellt habe." Sie wandte sich zur Seite und bot Plantagenet Halsey ihre behandschuhte Hand. „Ich heiße Bourdon; Mrs. Bourdon."

Plantagenet Halseys scharfe graue Augen blinzelten, aber seine Stimme blieb gleichmütig. Er wusste genau, wer sie war, wusste, welche Räume sie bewohnte und dass eine junge Dienerin sie begleitete. Der Hoteleigentümer war seinem Neffen gegenüber gerne auskunftswillig gewesen, und sie hatten nur darauf gewartet, dass eine Gelegenheit wie diese sich bieten würde. Zu schade, dass Alec sich verpflichtet gefühlt hatte, nach Marlborough zurückzueilen, um bei seinem Zankteufel von einer Liebsten und ihrem kränklichen Bruder den Ritter auf dem weißen Ross zu spielen. Trotzdem gefiel es dem alten Mann, einmal einen Zug voraus zu sein.

„Werdet Ihr einem alten Mann noch einen Gefallen tun und ihm Euren Vornahmen verraten, Mrs. Bourdon?"

„Wie könnte ich das nach Eurer Freundlichkeit mir gegenüber auf der Treppe ablehnen, Sir? Ich heiße Miranda."

„Ah! Und ich dachte schon, Ihr wäret eine Catherine. Aber versteht mich nicht falsch. Miranda passt sehr gut zu Euch. Wirklich sehr gut."

„Catherine? Wie merkwürdig, dass Ihr das sagt, Mr. Halsey", antwortete sie überrascht, als sie die Cheap Street überquerten. „Der Name meiner Tochter ist Catherine."

„Tatsächlich?", antwortete der alte Mann begeistert. „Zu meiner Zeit waren kleine Catherines mit einer ganzen Kette hübscher Namen gesegnet. Ist das noch immer Mode, Mrs. Bourdon?"

Tam starrte Plantagenet Halseys geraden Rücken mit offenem Mund an. Wann hatte der alte Mann sich je dafür interessiert, mit jungen Müttern über ihren Nachwuchs zu plaudern? Er fragte sich, ob der Schlag auf den Kopf mehr angerichtet hatte, als eine Delle im Schädel zu hinterlassen.

„Über diese Mode weiß ich nichts, Mr. Halsey", sagte Miranda, die sich jetzt in der Gesellschaft ihres älteren Begleiters völlig wohl fühlte. „Aber sie hat tatsächlich eine Reihe schöner Namen: Catherine Sophia Elisabeth; nach der Mutter meines Ehemannes. Eine ganze Menge für eine Vierjährige, nicht wahr? Wir nennen sie immer Sophie."

„Sophie? Wie hübsch!", sagte Plantagenet Halsey mit einem befriedigten Lächeln und einem neuen Schwung in seinem Schritt, der Tams Mund schloss und ihn leicht die Augen zusammenkneifen ließ, als er über die echte Bedeutung hinter diesen so simplen Fragen grübelte. An diesem angenehmen Spaziergang zur Abtei musste mehr sein, als auf ersten Blick zu sehen war, und Tam beabsichtigte herauszufinden, was das war. Er war in keinster Weise überrascht, als der alte Mann die Unterhaltung abrupt in eine Lektion über die historische Vergangenheit der Stadt verwandelte, insbesondere über die römische Besetzung von Bath, und seine junge Begleiterin damit bezauberte, bis sie die imposante Westseite der Abtei erreichten.

Tam lehnte es höflich ab, mit Plantagenet Halsey, Miranda Bourdon und dem Rest der Elite von Bath, die in die Abtei strömte, am Gottesdienst teilzunehmen. Er entschuldigte sich damit, dass er sagte, er hätte noch Besorgungen zu machen. Seine Entscheidung hatte wenig mit seinen Pflichten oder seiner religiösen Einstellung zu tun, aber alles damit, dass er seinen Platz kannte. Der alte Mann mochte die Gesellschaftsordnung außer Acht lassen, sie bisweilen offen lächerlich machen, aber als Sohn eines Earls und Onkel eines Marquess konnte er sagen und tun, was ihm beliebte, seine radikalen Ansichten wurden von Seinesgleichen als reine Exzentrizität entschuldigt. Tam konnte es sich nicht leisten, sich außerhalb dessen zu bewegen, was von ihm als Kammerdiener eines Lords des Königreichs erwartet wurde, und sich Seite an Seite mit dem alten Mann und dessen Standesgenossen hinsetzen.

Daher machte er sich auf einen Spaziergang entlang der Nordparade zum Avon-Fluss und setzte sich auf das grasbewachsene Ufer, um die Aussicht zu bewundern. Er hatte noch immer keine Ahnung, ob er seine Apothekerprüfung bestanden hatte. Er war zuversichtlich, dass er mehr als befriedigende Antworten auf die detaillierten Fragen, die ihm von den düster aussehenden Prüfern in der Großen Halle gestellt wurden, gefunden hatte. Er hatte alle möglichen Pflanzen, die vor ihn hingestellt wurden, korrekt identifiziert, klassifiziert und ihre Verwendungsmöglichkeiten angegeben. Er hatte wissend über Beispiele gesprochen und Antworten gegeben, die fast Wort für Wort Absätze aus der Pharmakopöe wiedergaben. Nicht einmal die letzte Frage des Morgens hatte sein Selbstvertrauen erschüttert. Er wusste die Antwort wohl genug, konnte die Erwiderung im Schlaf hersagen und rasselte sie herunter, ohne besonders darüber nachzudenken. Die Vorbereitung und Anwendung von Tinkturen, die Eisenhut enthielten; genauer die Frage, was die wahrscheinlichste Folge wäre, sollte eine solche Mischung, insbesondere in Pulverform, eingenommen werden, wurde mehr als befriedigend beantwortet.

Erst später, als er in der Stille des holzgetäfelten Vorzimmers mit einigen anderen nervösen Lehrlingen wartete, stieg Panik in ihm auf und Furcht ließ ihn bis auf die Knochen frieren. *Eisenhut: Seine Zubereitung und Verabreichung.* Er war so von seiner eigenen Klugheit eingenommen gewesen, dass er blind für die Bedeutung einer solchen Frage war. Und sie war ihm vom Oberprüfer, einem hochmütigen, hageren kleinen Mann gestellt worden, der Apotheker des vorigen Königs George gewesen und für seine Dienste zum Ritter geschlagen worden war.

Sicher war die Frage ein bloßer Zufall? Sir Septimus Bott konnte nichts von Tams Verdacht betreffs der Todesursache von Reverend Blackwell wissen: Erstickung und Herzstillstand durch das Einatmen einer pulverisierten Form von Eisenhut, die in seinen Schnupftabak gemischt war. Aber der Zufall war für Tam genug, um ernsthaft darüber nachzugrübeln, ob die Frage absichtlich gestellt worden wäre.

Als er, ausgestreckt auf dem grasbewachsenen Ufer, in Schlaf fiel, auf das Fließen des Flusses und das Lärmen von Wasservögeln im Schilf lauschte, fragte er sich, ob er auf Botts entsprechende Frage nur zu überempfindlich reagierte. Aber Sir Septimus wusste, dass er Kammerdiener bei Lord Halsey war, und wie jeder andere gebildete Londoner las er die Zeitungen und wusste daher, dass seine Lordschaft bei der Abendeinladung anwesend gewesen war, bei der ein Pfarrer mit einem Herzanfall einfach tot umgefallen war. Aber sicher konnte Sir Septimus nichts über den Verdacht seiner Lordschaft wegen Reverend Blackwells Tod wissen? Doch das war genau das, was Tam jetzt annahm.

Er war der letzte der Lehrlinge gewesen, der entlassen wurde, und der einzige, den man informierte, dass, da er eine Apotheke an seinem Arbeitsplatz hatte, die nicht von einem Apothekermeister geführt wurde, sie zuerst inspiziert und zugelassen werden musste, bevor eine abschließende Entscheidung über Tams Aufnahme in die Gesellschaft getroffen werden könnte. Zeitpunkt oder Datum wurden ihm nicht mitgeteilt, er wurde einfach fortgeschickt.

Tam wusste nicht, wie er seiner Lordschaft erklären sollte, dass er nicht nur keine Ahnung hatte, ob er die Prüfung bestanden hatte oder durchgefallen war, sondern auch, dass die Londoner Residenz seiner Lordschaft am St. James' Platz Nr. 1 ohne Einladung von drei Aufsehern der Ehrenwerten Gesellschaft der Apotheker besichtigt werden würde.

Das Bellen der Hunde, die Wasservögel aus dem Schilf jagten, ließ Tam eilig auf die Beine kommen und sich das Gras von seinen Hosen und dem Rock bürsten, bevor er auch nur richtig wach war. Die Stellung der Sonne am Himmel sagt ihm, dass er eingeschlafen war, und er rannte den ganzen Weg zur Abtei zurück und hielt erst an, als er den Kirchhof erreichte. Außer Atem beugte er sich vornüber und schaute von seinen Knien auf, um zu sehen, dass der Gottesdienst endgültig vorbei war und die letzten der Gemeinde in den Sonnenschein herauskamen. Die meisten der Gläubigen standen noch herum und machten Pläne für den Nachmittag, während die kränkeren mit Tragsesseln in ihre Unterkünfte zurückgebracht wurden, während ihre Diener und Begleiter hinter den stämmigen Trägern her gingen.

Ein privater Tragsessel verblieb vor dem Eingang der Abtei, seine Tür wurde von einem livrierten Diener offengehalten und die beiden langen Stangen, auf dem er getragen wurde, durften von seinen Trägern abgelegt werden, während sie auf den bejahrten Insassen warteten. Etliche der Kirchgänger zog es wieder zu diesem Sessel zurück, als sich das Wort verbreitete, dass einer aus ihren Reihen in der Abtei krank geworden wäre. Einen grausamen Moment lang befürchtete Tam, es wäre der alte Mann, aber da dieser keinen Sessel besaß, konnte er den Gedanken schnell abwehren. Als er dann die kleine Menschenansammlung weiter umkreiste, um nach Plantagenet Halsey und dessen Begleiterin zu suchen, ohne sie jedoch zu sehen, überlegte er, ob die junge Dame vorzeitig Wehen bekommen haben könnte.

Er war Miranda Bourdons wegen besorgt. Aber es war nicht nur das fortgeschrittene Stadium ihrer Schwangerschaft, das ihm Angst machte. In dem Moment, als er im Treppenhaus des Hotels einen Blick auf ihr Gesicht hatte werfen können, war ihm ein Schauer des Wiedererkennens über den Rücken gelaufen, und damit ein Gefühl der Vorahnung. Erst später, als er ihr Gespräch mit dem alten Mann beobachtet hatte, redete er sich ein, dass er sich keinen Umstand denken konnte, wann er mit einer so wohlerzogenen jungen Dame in Kontakt gekommen sein könnte. Ihre Schönheit allein war Grund genug, um sich an sie zu erinnern. Doch das Gefühl, dass er sie schon früher gesehen hätte, hatte nicht verschwinden wollen und als er sich zum der offenen Haupttor drängte, zermarterte er sich wieder das Hirn, um sich an eine Gelegenheit oder einen Ort zu erinnern, wo er die junge Frau getroffen haben könnte.

Er wäre in die Abtei eingetreten, wäre da nicht das dichte Gedränge von Menschen gewesen, die in den gedämpften Sonnenschein herauskamen. In ihrer Mitte befand sich eine reich gekleidete ältere Dame, die von zwei Männern aufrecht gehalten wurde, die ihre Masse stützten, indem sie die schlaffen Arme der Frau an den Ellenbogen hielten. Sie war unfähig, ohne Hilfe zu gehen, und ihre seidenen Röcke schleppten hinter ihren Füßen her. Ihr Kopf mit seiner komplizierten Frisur gepuderter Locken, die über ein Polster gebürstet waren und einem hellen Turban mit Straußenfedern schwankte zu einer Seite und ihre Augenlider flatterten.

Tams Meinung nach war die Frau offensichtlich nicht im Zustand, bewegt zu werden, aber zwei der reichgekleideten Gentlemen, die hinter ihr folgten, drängten die Männer, die sie trugen, sie so schnell wie möglich in den Sessel zu bringen. Um zu diesem Trubel beizutragen, schluchzte die Zofe der älteren Dame und versuchte, ihrer Herrin Riechsalz unter die Nase zu halten, während eine andere Frau eine schlaffe Hand tätschelte und beschwichtigende Floskeln von sich gab.

Der Ausfall wurde von einem grimmigen Kirchenvorsteher angeführt, der sich dienstbeflissen mit seinen ausgestreckten Armen einen Weg bahnte; seine Bibel mit einer Hand umklammernd wandte er sich nach rechts und links, als ob er ein Schwert wäre, das die wilden Horden abwehrt.

Tam presste sich gegen das Mauerwerk, um der aufgeregten Gruppe zu erlauben, in den Hof weiterzugehen und schlüpfte in die höhlenartige Abtei. Er fand Plantagenet Halsey, wie dieser im Gespräch mit einem anderen Kirchenältesten neben einer Gruppe von Stühlen stand und sich auf den Knauf seines Gehstocks stützte. Miranda Bourdon saß nahebei auf einem Stuhl.

„Ich bedaure, dass dieser Vorfall sich hier vor Euch beiden abspielte", entschuldigte sich der Kirchenälteste, als Tam nähertrat und ein wenig weiter wartete. „Wie Euch bewusst sein wird, hat Bath insbesondere zu dieser Jahreszeit viele ältere Einwohner, die nicht bester Gesundheit sind. Diejenigen, deren Konstitution besonders empfindlich ist, bedürfen äußerster Sorge und Aufmerksamkeit. Die Lady könnte ebenso gut in den Gesellschaftsräumen einen Anfall bekommen haben wie hier in der Abtei. Und es war weit besser, dass es hier geschah als, sagen wir, während sie im Königsbad badete. Ich habe volles Vertrauen darin, dass sie, so Gott will, in kürzester Zeit wieder ganz sie selbst sein wird."

Er schaute erwartungsvoll von dem alten Mann zu der jungen Dame, als ob er ihrer Zustimmung bedürfe, und war überrascht, als Miranda fortfuhr, geradeaus durch das große Ostfenster zu starren. Ihr zartes Profil war tödlich bleich, während ihr Puls an ihrem langen, schlanken Hals heftig pochte. Erst, als sie ihre Augen mit der Ecke eines Spitzentaschentuchs betupfte, wurde ihm klar, dass sie geweint hatte. Sie war so schön anzuschauen, dass er seinem Blick erlaubte, viel länger zu verweilen, als es höflich war. Seine kleinen Augen wanderten von ihren tränenbefleckten Wangen zu ihren schlanken Armen, über die Fülle ihrer Brust dorthin, wo ihre Hände sich über einem sehr runden Bauch verschränkten. Seine Augen weiteten sich und blitzten den alten Mann an, dessen langsames Heben der buschigen Augenbrauen nicht nur den nächsten Gedanken des Kirchenältesten bestätigte, sondern auch seine Wangen und Knollennase mit tiefstem Rot überziehen ließ.

„Wenn irgendjemand sich erholen kann, ist es Frances Rutherglen", stellte Plantagenet Halsey fest, der sich der Bedrängnis seiner Begleiterin bewusst war, mehr, um die akute Verlegenheit des Kirchenältesten zu verdecken, als um eine Gelegenheit zu einer weiteren Unterhaltung zu bieten. „Die Frau hat die Konstitution eines Ochsen und so viel Gefühl wie ein toter Dorsch. Außerdem ist sie nicht so alt, wie sie aussieht. Bleiweiß und zu viel Schnupftabak haben sie vorzeitig altern lassen."

„Ihr kennt Lady Rutherglen, Sir?", fragte der Kirchenälteste und hatte das Gefühl, dass er etwas sagen sollte, obwohl er eher das große Verlangen verspürte, unter den nächsten leeren Stuhl zu kriechen. „Sie ist eines der, wenn ich so sagen darf, *scharfzüngigen* Mitglieder unserer Gemeinde. Aber eine sehr großzügige Wohltäterin."

„Das bezweifle ich nicht. Der einzige Weg, wie sie die Tore des Himmels zu sehen bekommen könnte, wäre, sie zu kaufen!"

Der Kirchenälteste zwang sich zu einem Lachen. „Aber, aber, Sir! Ich glaube kaum, dass dies der richtige Ort für Scherze über Lady Rutherglens ..."

„Wer scherzt hier?", sagte Plantagenet Halsey, um ihn zum Schweigen zu bringen. Er machte mit seinem Daumen ein Zeichen nach oben. „Er weiß nur zu gut, was ich meine. Es ist Zeit, dass wir ein bisschen frische Luft bekommen, nicht wahr, Mrs. Bourdon?"

„Vielleicht möchte Mrs. - ? - Mrs. Bourdon lieber noch kurze Zeit länger hier sitzenbleiben?", schlug der Kirchenälteste sanft vor. „Lady Rutherglens Zusammenbruch hat ihre Nerven angegriffen. Äußerst verständlich, wenn man die - äh - Umstände berücksichtigt. Vielleicht hat Lady Rutherglen sich plötzlich erschrocken? Vielleicht kam eine Maus herausgerannt aus ...“

„Seid kein Esel, Mann! Gut, die Frau hat sich erschrocken. Aber es braucht mehr als eine Maus, um Frances Rutherglen zu erschrecken.“

Miranda richtete ihre großen, glänzenden blauen Augen auf den alten Mann. „Warum sagt Ihr das, Mr. Halsey?“

„Sie hat mich direkt angeschaut, deshalb, Ma'am.“

Miranda blinzelte und betrachtete das nasse, zerknüllte Taschentuch in ihrem Schoß. „Euch? Oh ... Ja, ja, Euch ... Aber warum, Sir?“

„Meine offenherzigen - Narren würden sie als radikal betrachten - Meinungen über bestimmte Themen kränken die feine Gesellschaft, besonders die steifnackigen Matriarchinnen von der Art einer Frances Rutherglen. Wenn es nach ihr ginge, würde ich im Tower zum Schweigen gebracht.“ Der alte Mann grinste verlegen. „Ich bin sicher, dass sie denkt, ich hätte kein Recht, in Gottes Tempel einzutreten.“

„Aber sicherlich doch nicht ...“, begann der Kirchenälteste, wurde aber unterbrochen.

„Ihr habt ein gutes Herz und ein reines Gewissen, Mr. Halsey“, stellte Miranda fest. „Lady Rutherglen hat keines von beidem ...“ Sie machte eine plötzliche Bewegung, um aufzustehen, und der alte Mann und der Kirchenälteste beeilten sich, ihr zu helfen. „Danke. Ich - ich bin nicht ganz ich selbst.“

„Was Ihr braucht, ist frische Luft“, stellte Plantagenet Halsey fest. Mit einem Nicken zu dem Kirchenältesten und einem Zeichen zu Tam, dass er ihnen folgen möge, führte er Miranda über die weit offene Fläche der Abtei, eine Hand hielt ihren Arm über dem Ellenbogen, die andere ruhte auf seinem Gehstock. „Und eine Schale guten Tees in Barrs Hotel wird uns beide beleben.“

„Ja, das wäre nett“, antwortete sie mit zerstreuter Stimme und erlaubte es dem alten Mann, sie aus der Tür heraus auf den geschäftigen Kirchhof zu führen.

Lady Rutherglens Sessel war aufgehoben worden und bewegte sich langsam auf die Ahornbäume des Orange Groves zu, wobei ihre Begleiter mit den Sesselträgern Schritt hielten. Ein Gentleman, eine spitzenbedeckte, weiße Hand leicht auf die Tür des Tragsessels gelegt, redete ernsthaft auf die leidende Insassin ein. Plantagenet Halseys Augen wurden schmal, als er diese Szene beobachtete, aber er fasste sich schnell wieder, da er sich an seine Begleiterin erinnerte und wandte sich zu ihr, um vorzuschlagen, dass sie sich auf den Weg machen sollten, ertappte sie aber dabei, wie sie den sich fortbewegenden Sessel unverwandt anschaute. Ein Blick auf Tam, der zur Bestätigung, dass er Mrs. Bourdons Geistesabwesenheit ebenso bemerkt hatte, mit den Schultern zuckte, und die Neugier des alten Mannes über die junge Dame vertiefte sich.

Er fragte sich, ob Miranda Bourdon auch nur ahnte, dass Blackwell tot war. Er fragte sich, was sie nach Bath geführt hatte, wenn eine solche Reise in dem fortgeschrittenen Zustand ihrer Schwangerschaft doppelt gefährlich sein musste. Er grübelte über Mr. Ninian Bourdon und ob dieser Gentleman der Grund dafür war, dass sie den Ellick-Hof verlassen hatte, um nach Bath zu reisen. Nicht zuletzt, ob sie vielleicht für ihre Entbindung in Bath sein könnte. Und dann war da ihre Aufregung gerade jetzt in der Abtei ...

Aber es war unwahrscheinlich, dass er die Antworten finden würde, wenn er hier im Kirchhof herumstand, daher wollte er gerade vorschlagen, dass sie sich auf den Weg machen sollten, als eine glatte, unverschämte Stimme ihm ins Ohr stach. Er wusste sofort, wem sie gehörte und es war keine Überraschung, dass der Mann sich umgedreht hatte, um ihn anzusprechen; in der Tat war er froh, dass er das getan hatte.

„Liebe Güte, Halsey! Ich kann kaum sagen, was verblüffender ist: Euch aus einer Kirche kommen zu sehen oder die Tatsache, dass Ihr das schönste Geschöpf am Arm habt, das ich jemals gesehen habe." Seine Brauen hoben sich leicht, als er Mirandas deutlich sichtbare Schwangerschaft bemerkte, aber sein Blick hing weiter an ihrem Gesicht. „Darf ich bemerken, wie wohl Ihr ausseht, Ma'am?"

Bevor Plantagenet Halsey einen Schwall von Flüchen über die Dreistigkeit des Mannes loslassen konnte, streckte Miranda eine behandschuhte Hand aus. „Guten Tag, Mr. - Weir?"

Sir Charles Weir beugte sich mit einem selbstgefälligen Lächeln in Richtung des alten Mannes über ihre Hand. „Wie freundlich von Euch, sich an mich zu erinnern, Ma'am. Aber jetzt ist es Sir Charles." Sein Blick fiel wieder auf ihren Leib. „Und zu sehen, dass Ihr ebenso entzückend ausseht wie bei unserem letzten Zusammentreffen ist eine wahre Freude ..."

„Vie-vielen Dank, Sir Charles", erwiderte Miranda höflich und zog ihre Hand zurück; sie wusste nicht, was sonst sie hätte sagen sollen.

„Darf man fragen, wo Ihr untergekommen seid?", fragte Sir Charles.

„In - in Barrs Hotel ..."

„... in der Trim Street? Ein äußerst anständiges Haus, und dazu eines, das ein gutes Diner anbietet?"

„Ihr könnte uns gerne dort aufsuchen, solltet Ihr dies wünschen, Sir Charles", antwortete Miranda, die sich sehr wohl bewusst war, dass ihr diese Einladung abgenötigt worden war, sich jedoch nicht in der Lage fühlte, eine Entschuldigung zu finden, um ihn zurückzuweisen. Sie hoffte, dass der alte Gentleman scharfsinnig genug war, um den Hinweis in ihrer gemeinsamen Einladung zu erkennen.

Sir Charles beugte sein gepudertes Haupt. „Und unter welchem Namen soll ich nach Euch fragen, Ma'am?"

Der alte Mann fühlte ihr Zittern und wie sie sich an ihn lehnte.

„Namen?", wiederholte Miranda, nur noch aufgeregter. „Ja, natürlich. Bourdon. Mrs. Bourdon."

„Ihr solltet uns nicht zu lange aufhalten, Weir", belehrte Plantagenet Halsey ihn und fügte hinzu, als wäre es das Natürlichste in der Welt: „Meine Nichte bedarf der Ruhe."

Die Augenbrauen des Politikers schossen bei dieser interessanten Information in die Höhe, aber er machte keine Bemerkung, sondern verbeugte sich mit einem schiefen Lächeln vor Miranda. „Ich werde Euch heute Abend aufsuchen, Mrs. Bourdon." Dann schlenderte er davon, um sich den anderen anzuschließen, die Lady Rutherglens Sessel während dessen langsamen Fortschreitens auf dem Weg zu ihrer Unterkunft umringten.

„Danke, Mr. Halsey. Ich bin Euch äußerst dankbar", sagte Miranda, die Augen auf Sir Charles Weirs Rücken gerichtet. Sie schaute den alten Mann mit einem leichten Erröten auf ihren Porzellanwangen an. „Verzeiht mir, dass ich Eure Güte so missbrauche, und wenn Ihr nicht den Wunsch hegt, Euch mir anzuschließen, wenn ..."

„Es wird mir eine Ehre sein", antwortete er und tätschelte väterlich ihre Hand. „Und verzeiht mir meine Keckheit, Euch als meine Nichte zu bezeichnen, aber das war die schnellste Methode, um ihn loszuwerden. Ihr solltet wissen, dass Weir und ich erbitterte politische Gegner sind."

„Oh! Ich weiß fast nichts von der Welt außerhalb meiner kleinen Ecke der Mendips; ein Umstand, den, wie Mr. Bourdon mir versichert, er für meine liebenswerteste Eigenschaft hält. Zweifellos ist Sir Charles inzwischen eine sehr wichtig Person in der Regierung. Es war nachlässig, dass ich ihm nicht zu seinem Ritterschlag gratuliert habe."

Plantagenet Halsey blieb abrupt an der Ecke von Trim und Queen Street stehen und sah sie an. „Weir erhielt diesen Ritterschlag vor ungefähr fünf Jahren, Ma'am."

„Tatsächlich? Ja! So muss es sein, denn ich habe ihn seit der Zeit vor seiner Ernennung zum Baronet nicht gesehen. Wie seltsam, dass er mit Lady Rutherglen in der Abtei war ...", grübelte sie, erwachte dann plötzlich mit einem Lächeln zum Leben und streckte dem alten Mann ihre behandschuhte Hand entgegen. „Wenn Ihr mich entschuldigen wollt, Mr. Halsey, ich habe eine Besorgung zu machen, die nicht warten kann.

Und ich bin für einen Tag auch lange genug gelaufen. Ich freue mich darauf, unsere Bekanntschaft beim Diner fortzusetzen."

Der alte Mann sah sie ein Stück die Queen Street hinuntergehen, bevor sie eine Sänfte anrief, die sie aufnahm und dann in der Quiet Street außer Sicht geriet. Zu Tam, der schräg hinter ihm stand, sagte er leise: „Mein Junge, schau nach, wohin sie will. Und achte darauf, Abstand zu halten." Er ging mit einem Schwung in seinem Schritt weiter zum Barrs Hotel in der Hoffnung, dass Alec von seinen Ritterdiensten zurückgekehrt wäre, denn er konnte es kaum abwarten, ihm zu erzählen, dass er den Morgen mit der schwer fassbaren Miranda Bourdon verbracht hatte.

DREIZEHN

„Hure!“, zischte Lady Rutherglen und schob ihre herumstehende Zofe beiseite, die versuchte, eine schwelende Feder unter ihre Nase zu halten. „Raus, Frauenzimmer! Raus hier!“, kreischte sie. „Ich bin nicht ohnmächtig geworden, du Trottel!“ Sie kämpfte, um sich zwischen den seidenen Kissen aufzusetzen und warf die quastengeschmückte Decke, die ihre umfangreichen Röcke bedeckte, ab, und ignorierte dabei das Glas Rotwein, das Sir Charles ihr geduldig hinhielt, völlig. „Wie kann sie es *wagen*, sich unter anständigen Leuten sehen zu lassen, von allen Orten noch dazu in der Abtei! Und mit der Frucht ihrer Lüsternheit offen in Gottes Haus zu prahlen. Hure! Schlampe! *Hexe!*“

„Euer Wein, Mylady“, erinnerte Sir Charles sie.

„Zu denken, dass sie das Abendmahl nahm!“, hauchte Lady Rutherglen, ihr Spitzentuch an ihre gerissenen, blassen Lippen gedrückt. „Die Stirn zu haben. Lüstern. *Verrucht!*“

„Halsey war so dumm, sie als seine Nichte auszugeben.“

Lady Rutherglens Mund blieb offen stehen und ihre Empörung verwandelte sich in Heiterkeit. Sie ließ vor Ungläubigkeit ein lautes, feuchtes Gackern hören und fiel keuchend in dem mit gestreifter Seide bezogenen Sofa zurück. „Hast du - hast du das gehört George? George! *Seine* Nichte? Die *Nichte* dieses alten Narren?“ Sie hustete Schleim aus ihrer Kehle heraus und streckte eine Hand nach dem Glas Rotwein aus, das Sir Charles ihr nur zu gerne übergab. „Na! Keine zwei Leute könnten besser zueinander passen, als ein alter Schürzenjäger und eine so leichtgeschürzte Mätresse!“

Eine Reihe lauter Schnauber ertönte von hinter den ausgebreiteten

Seiten des *Bath Chronicles*, bevor die Zeitung grob in Lord George Stantons Schoß über seinen übereinandergeschlagenen Beinen zerknäult wurde. „Leichtgeschürzte Mätresse? Das ist ein feiner Witz, Tante! Leichtgeschürzt für den Schürzenjäger! Ha! Ha!"

Sir Charles machte eine Runde um den Salon, um Abstand von Lady Rutherglens abstoßender Person zu gewinnen; ein verrottender Körper hatte mehr Leben in sich als ihre Hülle aus faltiger, schlaffer Haut und brüchigen Knochen, und von Lord George, der nach Pferd und Schweiß roch. Er war ungezogenerweise reiten gegangen, um seine Tante nicht in die Abtei begleiten zu müssen, ebenso wie am Tag zuvor, wo er dies auch dem Besuch eines Konzerts in den Gesellschaftsräumen vorgezogen hatte und die alte Schlange Sir Charles' Obhut überließ. Er wäre keineswegs überrascht gewesen zu erfahren, dass Stanton noch immer die Reitkleidung des Vortags trug, so stark war der scharfe Geruch, der von seiner aufgequollenen Person ausging.

„Ein Jammer, dass sie nicht Halseys Nichte ist, dann wären wir nicht in dieser Zwangslage, nicht wahr, Mylady?", bemerkte Sir Charles trocken und schaute durch das Fenster auf den sich hinter der Rasenfläche schlängelnden Avon-Fluss.

Lady Rutherglen schnitt eine Grimasse. „Glaubt Ihr, sie hat es ihm gesagt?"

Sir Charles hob die Schultern und nahm eine Prise Schnupftabak. „Nein. Oder er würde keine so empörende Behauptung aufgestellt haben, dass sie seine Verwandte wäre."

„Konntet Ihr erfahren, wo sie wohnt?"

„Sie ist im Barrs Hotel in der Trim Street abgestiegen."

„Bei Barr?" Stanton verzog das Gesicht. „Wie kann sie sich das leisten?"

„Genauer noch", sinnierte Sir Charles, „warum würde ein so exklusives Haus jemandem wie ihr erlauben, unter seinem Dach zu schlafen? Ich frage mich, ob sie ihren Bastard im Schlepptau hat?"

„Bei Gott! Ich hoffe, nicht!" Lord George erschauerte. „Bedaure es nicht, den Gottesdienst verpasst zu haben. Ihr in der Abtei von Angesicht zu Angesicht gegenüberzustehen, wäre unerträglich gewesen." Mit jammerndem Flehen wandte er sich an seine Tante: „Sie wird doch nicht versuchen, mir ihr Balg aufzudrücken, oder, liebste Tante?"

Lady Rutherglens wässrige, gelbe Augen wurden schmal. „Mit einem anderen Bastard unterwegs? Sie würde es nicht *wagen*."

„Hä? *Noch einem?*", fragte Lord George, als ob diese Information gerade erst zu seinem Hirn durchgedrungen war. Er starrte Sir Charles an. „Sie trägt noch einen Bastard?"

„Ich stimme Ihnen zu, Mylady", antwortete Sir Charles und ignorierte Stantons Gejammer. „Ihr derzeitiger - äh - Zustand muss jeden zukünftigen Versuch, Lord George zu erpressen, ausschließen; denn wie kann sie ihn beschuldigen, wenn diese zweite Schwangerschaft sie für immer als bedauerlich tief gesunken verdammen muss? Ich frage mich, ob der Maler zugeben wird, dass er der Vater ist?"

„Nun, dieses ist jedenfalls nicht von mir!", erklärte Lord George mit einem Schnauben und zog sich hinter die verknitterte Zeitung zurück.

„Ich habe mich selbst eingeladen, heute Abend mit ihr zu speisen", informierte Sir Charles sie mit einem selbstzufriedenen Lächeln.

Die zerknitterte Zeitung wurde erneut rücksichtlos in Lord Georges Schoß zerdrückt.

„Mit ihr *essen*?" Lord George mühte sich, sich aufrecht zu setzen, seine Unterlippe stand in schmollendem Unverständnis vor. „Ein Diner mit einer Hure? Zu welchem Zweck? Nach allem, was sie *mich* hat durchmachen lassen? Seid Ihr verrückt, Charlie?"

Lady Rutherglen streckte eine dünne Hand nach ihrem Neffen aus und freute sich, als er sie ergriff. Sie zog an ihr, bis er sich aus seinem Sessel erhob und sich neben ihren kniete. „Du bist ein guter Junge, Georgie", flüsterte sie und kniff etwas zu fest in sein fleischiges, gespaltenes Kinn. „Wenn du weiter ein guter Junge bist, wird deine Tante Frances dafür sorgen, dass du der nächste Herzog von Cleveley wirst. Aber du musst das Denken Charles überlassen. Verstehst du mich, mein lieber Junge?"

„Ja, Tante", antwortete er brav und starrte mit einer Mischung aus gleich viel Abscheu und Furcht in ihre gelblichen Augen. Er schnitt Sir Charles eine Grimasse. „Viel Spaß mit der Dirne, Charlie!", was ihm ein festes Zupfen an seinem dicken Ohrläppchen einbrachte. „Au! Warum - warum hast du das gemacht, Tantchen?"

„Unverschämter Bub", zischte Lady Rutherglen ihn an und verfluchte das Gedächtnis an ihre tote Schwester, die eine sentimentale Närrin gewesen war, es jedoch geschafft hatte, einen Sohn zu produzieren, der eines Tages ein Herzogtum erben würde, während sie, Frances, die jüngere und viel intelligentere Schwester, eine unwichtige und widerspenstige Tochter hervorgebracht hatte, die nichts als eine Enttäuschung gewesen war und dann noch das schlechte Benehmen hatte zu sterben, bevor sie verheiratet werden konnte. Sie ließ das rot gewordene Ohr ihres Neffen los und sagte in täuschend süßem Ton: „Behandle Charles gut. Ihm liegen unsere Interessen am Herzen. Und jetzt hilf mir hoch."

Widerwillig tat Lord George, was ihm gesagt wurde. Er konnte es jedoch nicht lassen, über die gepuderte Perücke seiner Tante hinweg Sir

Charles böse anzuschauen. „Bist du sicher, dass ihm *meine* Interessen am Herzen liegen und nicht seine?"

Lady Rutherglen musterte Sir Charles aus halb von Lidern ohne Wimpern verdeckten Augen. „Indem er uns dient, dient er sich selbst, George. Nicht wahr, Charles?"

Sir Charles verbeugte sich höflich, sein Gesicht verbarg seine Gefühle, und er ignorierte Lord Georges verächtliches Schnauben ebenso wie Lady Rutherglen, die zu Sir Charles sagte:

„Maria Russel und ihre Tochter sollen heute in Bath eintreffen. Ich möchte diese Hure nicht im Umkreis von fünf Meilen der Stadt wissen."

„Wie Ihr wünscht, Mylady", antwortete Sir Charles gehorsam mit einem Blick zu Stanton. „Es wäre zu übel, wenn Lady Henrietta—"

Lord George machte einen wütenden Schritt auf Sir Charles zu. „Erwähnt Hattys Namen nicht in meiner Gegenwart! Niemals!", blaffte er. „Ich habe Euer Spiel durchschaut, *Sekretär*."

„ - sich plötzlich Mrs. Bourdon gegenüber sähe", endete Sir Charles, ohne Lord Georges Wutanfall zu beachten. Seine Brauen zogen sich über seiner Stupsnase zusammen. „Was meint Ihr mit *Spiel*, Mylord?"

Lord George packte krampfhaft den dünnen Arm seiner Tante. „Tantchen hat mir von Euren Absichten auf Hatty Russel erzählt. Als ob ihr Vater Euch je erlauben würde, auch nur ein Haar auf Hattys Kopf zu berühren, geschweige denn, sie zu *heiraten*! Ha!"

„Und hat seine Lordschaft eine Ahnung, was Ihr bereits berührt habt, Mylord?"

„Genug! Genug!", knurrte Lady Rutherglen und wehrte beide Gentlemen mit ausgebreiteten Armen ab, als sie zusammenstießen. „Ich werde hier keine Cheltenham-Tragödien dulden!" Sie gab Lord Georges aufgeblasener Brust einen verächtlichen kleinen Schubs. „Setz dich hin, lies deine Zeitung, Georgie, und überlasse das Denken Sir Charles und mir."

„Habt Ihr irgendeinen Anhaltspunkt dafür, warum Mrs. Bourdon, wie sie sich selbst nennt, plötzlich beschlossen hat, uns nach all diesen Jahren aus dem Grab heraus zu belästigen, Mylady?"

„Ich habe keine Ahnung, warum die Schlampe beschlossen hat, sich in guter Gesellschaft zu zeigen, aber sie irrt sich, wenn sie meint, dass sie mich austricksen kann", grummelte Lady Rutherglen und knirschte mit ihren wenigen verbleibenden Zähnen, während ihr Blick durch das Fenster starr auf eine Erinnerung gerichtet war. „Sie dachte, sie wäre so furchtbar schlau, als sie Georgie unter meinem Dach verführte und noch schlauer, als sie sich von ihm schwängern ließ. Pah! Als ob ein Bastard irgendetwas zu bedeuten hätte! Schmutziges Geschöpf. Der Apfel fällt nicht weit vom Stamm. Den Vorwurf muss ich Ellen machen."

„Mama?" Lord George blinzelte, sein Gesichtsausdruck war wie üblich leer, als er über die ausgebreitete Zeitung zuerst seine Tante, dann Sir Charles und wieder sie anblickte. „Tantchen? Charlie? Was hat Mama mit dieser verdammten Klemme zu tun, in der wir uns befinden?"

Lady Rutherglen betrachtete ihren Neffen, ohne im Geringsten überrascht zu sein. Sie öffnete ihren trockenen Mund, um ihm zu antworten, überlegte es sich dann anders und richtete ihren Blick fest auf Sir Charles.

„Ich werde dieser undankbaren Straßenhure nicht erlauben, unsere Zukunft aufs Spiel zu setzen. Findet heraus, ob sie vom Tod des Pfarrers weiß. Wenn nicht, erzählt es ihr. Es könnte sie doch noch überzeugen, sich in den Wald zurück zu schleichen, aus dem sie gekommen ist. Und, Charles: bis Sonnenuntergang."

Sir Charles verbeugte sich. „Habe ich Eure Erlaubnis, jede Methode der Überredungskunst anzuwenden, die ich für notwendig halte, Mylady?"

Lady Rutherglen machte eine abweisende Handbewegung. „Nach der Hölle, die sie George - und uns alle - hat durchmachen lassen? Was mich angeht, könnt Ihr sie mit meinen guten Wünschen in einem Sarg in die Unterwelt schicken!"

⚮

TAM FOLGTE DEM SESSEL, IN DEM MIRANDA GETRAGEN WURDE, den ganzen Weg zur Milsom Street. Hier setzte der Sessel sie ab und sie begann, die Straße hinaufzugehen, während die Sesselträger ihr folgten, als wollte sie sich nur die Beine vertreten, bevor sie wieder in die Enge des Sessels kletterte, um ihren Weg fortzusetzen. Tam hielt vorsichtig Abstand, war jedoch nahe genug, um ihr zu Hilfe zu eilen, sollte sie, eine junge Dame ohne Begleitung, von einem unwillkommenen Fremden angesprochen werden. Genug Köpfe drehten sich nach ihr um, Käufer, Stallburschen, Arbeiter auf Gerüsten, was nicht nur daran lag, dass sie hochschwanger und ohne Begleitung war. Es war nicht überraschend, dass ihre außergewöhnliche Schönheit auf der Straße Aufmerksamkeit erregte. Sie schien sich jedoch der Wirkung, die sie auf ihre Umgebung ausübte, nicht bewusst zu sein. Oder sie ignorierte es, wenn sich Köpfe nach ihr umdrehten. Tam hätte gedacht, dass eine Schwangerschaft einer so elfenhaften Schönheit nicht stehen würde, aber sie passte sehr gut zu ihr.

Plötzlich blieb sie auf der anderen Seite der Straße gegenüber von einem schmalen Stadthaus stehen, das sich zwischen die achteckige

Kapelle und ein Gebäude mit breiter Front schmiegte, dessen Fassade gerade von einem Gerüst verkleidet war. Vor dem Stadthaus stand ein Pferd mit Karren, auf dem Kisten, lange, flache und in Tücher gehüllte Pakete sowie Möbel und allerlei Gerümpel von einem starken Seil festgehalten wurden. Einige Stühle und eine Staffelei warteten noch auf dem Bürgersteig darauf, zu den beiden jungen Männern mit starken Armen hinaufgeworfen zu werden, die den Karren beluden; ein dritter Mann stand an der weit offenen Tür. Ein kleiner, dunkelhaariger Mann, der eine fröhlich bunte Weste trug, kam auf den Fersen eines Verwalters aus dem Gebäude und gestikulierte mit ausgreifenden Armbewegungen von dem Stadthaus zu dem beladenen Karren und zurück zu dem Verwalter, der seinen Kopf gesenkt hielt, während er laut eine Liste von Mobiliar zu den beiden Jungen oben auf dem Karren hinaufrief, um über den Lärm der Wagenräder des Verkehrs gehört zu werden.

Tam wartete geduldig darauf, dass Miranda weiter die geschäftige Straße hinaufgehen oder sie überqueren würde, als ob der Vorgang einer Räumung (denn so sah es für Tam aus), nur eine Ablenkung von ihrem eigentlichen Ziel war. Aber sie beobachtete weiter das Kommen und Gehen des Gerichtsvollziehers und seiner Helfer, fünf Minuten lang, bis ihr gemieteter Tragsessel sie wieder aufnahm und die stämmigen Sesselträger kehrt machten, um die Milsom Street zurückzugehen und um eine Ecke zu verschwinden. Tam beobachtete die langsame Bewegung des Tragsessels und wagte dann einen Blick über die Straße zu dem schmalbrüstigen Stadthaus, das Mirandas Aufmerksamkeit so angezogen hatte, dass sie für alles andere um sich herum blind war. Und dort, auf dem Bürgersteig im Gespräch mit dem Gerichtsvollzieher und dem gestikulierenden kleinen Mann in der fröhlich bunten Weste, stand Lord Halsey.

Bis in dem Verkehr von Kutschen, Karren und Reitern eine Lücke entstand und Tam die Milsom Street überqueren konnte, war Alec in dem schmalen Stadthaus verschwunden und der Gerichtsvollzieher wies seine Männer an, den Karren mit dem beschlagnahmten Inhalt abzuladen und alles wieder ins Haus zu bringen. Tam glitt an den beiden Männern, die einen schweren Frisiertisch aus Mahagoni balancierten, vorbei und betrat das Gebäude, nahm die Treppe ins erste Stockwerk, wo zwei weitere Männer vorsichtig etwas, das aussah wie eine in Leinwand gehüllte Tischplatte, durch die offene Tür hievten. Der kleine Mann in der fröhlich bunten Weste gab ihnen Anweisungen, wedelte dabei mit den Händen herum und hüpfte auf den Fußballen. Er plapperte dabei in einer Sprache, von der Tam nach seinen Lateinstunden vermutete, dass es italienisch wäre, und war damit den beladenen Männern keine Hilfe. Jedoch war es aus seinem Gesichtsausdruck und dem schrillen Ton seiner Stimme offensichtlich, dass ihre Last kostbar war.

Als die Männer erfolgreich die Tür durchquert hatten, folgte Tam dem Italiener in das Zimmer und fand seinen Herrn, wie er im Atelier eines Malers herumschlenderte. Der Raum erstreckte sich über die ganze Tiefe des Gebäudes und war halb so breit. Am äußersten Ende befand sich ein verzierter Wandschirm, der ein schmales Bett von einer kleinen Küche abtrennte, die von einer großen, vertieften Kochstelle beherrscht wurde. Über dem Bett führte eine eiserne Wendeltreppe zu einem offenen Dachboden mit Kamin, großem Himmelbett aus Mahagoni und einigen Möbelstücken. Der Rest des höhlenartigen Raums war der ernsthaften Arbeit des Malens gewidmet. Die einst polierten Dielen waren dick mit Farbe bespritzt, die Wände stöhnten unter einer großen Sammlung von Porträts und Landschaften und eine lange Arbeitsbank, die unter zwei Schiebefenster geschoben war, war mit allem Handwerkszeug eines Künstlers übersät. Aufgerollte Leinwände waren unordentlich neben der Werkbank aufgestapelt und etliche große, fertiggestellte Gemälde in verzierten Goldrahmen waren sauber am Rest derselben Wand ausgestellt. Hier stellten die beiden Männer, die die Leinwand ausgepackt hatten, unter den hektischen Anweisungen des Italieners drei weitere gerahmte Bilder ab.

Kaum waren diese Männer gegangen, kamen zwei ihrer Kumpane mit dem schweren Frisiertisch und hinter ihnen ein anderer, der einen dünnbeinigen Polstersessel und ein paar Staffeleien trug. Der Italiener gab Zeichen, wo die Möbel hingestellt werden sollten und scheuchte die Männer hinaus. Am Ende dieses Kommens und Gehens dachte Tam, es wäre an der Zeit, seinen Herrn auf seine Anwesenheit aufmerksam zu machen, aber der Italiener bemerkte ihn zuerst.

ALEC HATTE DEM TRUBEL DEN RÜCKEN ZUGEWANDT UND blätterte lässig durch einen Packen Skizzen in Tinte und Kohle, die auf einem Stuhl bei der Werkbank aufgestapelt waren. Eine bestimmte Skizze zog seinen Blick auf sich. Es sah aus wie eine frühe Vorzeichnung des so grässlichen verstümmelten Bildes von Mutter und Tochter bei der Ausstellung in der Oxford Street, denn er erkannte die Komposition von Personen und Landschaft. Das untere Drittel der Skizze wurde von einer großen, detaillierteren Studie des Gesichts der Mutter gefüllt. Dass sie von großer Schönheit war, war unbestreitbar, aber da war noch etwas in ihrem Gesichtsausdruck, das eine Güte in Verstand und Herz widerspiegelte und ebenso viel über das außergewöhnliche Talent des Künstlers aussagte wie über das Modell. Plötzlich fühlte er große Trauer für Talgarth wegen des Verlusts dieses Gemäldes, wurde aber von dem kleinen Italiener, der ihm zu Füßen auf die Knie fiel und begann, seine schmale weiße Hand mit Küssen zu bedecken, aus dieser momentanen Melancholie gerissen.

„*Grazie, Signore*! *Grazie*! Ihr retten Nico! *Grazie*! *Grazie*!"

„*Fermata*! Hör sofort damit auf und steh auf!", befahl Alec auf Italienisch, befreite seine Hände, als der Mann seinen Griff auf die bestickten kurzen Schöße von Alecs dunkelblauem Samtrock verlegte. Er lächelte Tam an, der mitten in dem großen Raum stand. „Schön, dich zu sehen, Tam. Verstehst du Italienisch?

„Nicht fließend, Mylord", erwiderte Tam und trat mit einem misstrauischen Blick auf den kriechenden Italiener hinzu.

„Dann wird Nico mit dem wenigen Englisch, das er spricht, sein Bestes tun müssen. *Si*? Und steh bitte auf. *Subito*!"

„*Si, Signore*", antwortete Nico gehorsam und erhob sich von seinen Knien. „Nico kann Euch nicht danken genug, *Signore*. Ich sage *Signore* Vesey immer wegen Forderungen von Bezahlen, aber er nie zuhören. Nie! Ich ihm sage, er kann Rechnungen nicht ignorieren und erwarten, wir trotzdem essen. Aber er zu stolz um Hilfe von Familie zu bitten. Also kommt Gerichtsvollzieher."

„Wie werden Mr. Veseys Rechnungen gewöhnlich bezahlt?"

„Ah! Die Rechnungen werden jeden zweiten Monat von einem Diener der *Signora* Jamison-Lewis, der schönen Schwester von *Signore* Vesey, gesammelt. Und sie sieht nach Abrechnung. Dieses Mal, *Signore* Vesey, er entschied, Rechnungen mit nach London zu nehmen. Ich ihm sagen, Ihr werdet vergessen, sie zu geben an *Signora* Jamison-Lewis. Und dann, dies passieren!"

„Mr. Veseys Schwester zahlt seine Rechnungen? Und du, du liest und schreibst für Mr. Vesey?", fragte Alec glatt weiter, während er den Stapel Kohlezeichnungen durchblätterte. Als keine Antwort kam, schaute er auf und sah, wie Nico Tam voller Argwohn musterte. „Tam ist mein *servitore* - mein *valletto*. *Capisce*?" Als Nico nickte, fügte er hinzu: „Ich weiß, dass Mr. Vesey nicht lesen und schreiben kann."

„*Si, Monsignore*, aber *Signore* Vesey, er mag nicht Leute dies wissen. Er sagen, nur Bauern nicht lesen und schreiben und er, *Signore* Vesey, kein Bauer. Aber ich sage zu ihm, lasst mich, Nico, schreiben die englischen Briefe. Mein Schreiben in Englisch", fügte er stolz hinzu, „ist besser als Sprechen. Wenn ich Briefe an *Signore* Vesey vorlese, übersetze ich in Italienisch. Das es macht einfacher für uns beide. *Signore* Vesey, er sprechen wundervoll meine Sprache.“

Alec hielt die Ecke eines Pergaments hoch, das er bewunderte. „Kennst du diese Dame?“, fragte er Nico, und als er sah, wie Tam zusammenzuckte und seine Augen sich beim Wiedererkennen weiteten, sah er ihn Antwort heischend an.

„Mrs. Bourdon, Sir“, antwortete Tam, gerade, als Nico seinen Kopf zu schütteln begann.

„Ja, natürlich“, sagte Alec gelassen und bevor er seine Frage dem kleinen Italiener gegenüber wiederholen konnte, fügte Tam hinzu:

„Mr. Halsey und ich machten ihre Bekanntschaft im Treppenhaus von Barrs Hotel. Mr. Halsey wurde eingeladen, heute Abend mit ihr zu speisen.“

„Ich sehe, der Schlag auf seinen Kopf hat seinem Charme nicht geschadet“, witzelte Alec und wiederholte seine Frage.

„Nico, er nie haben getroffen diese *Signora*. Aber Männer, sie wollen“, antwortete Nico in seinem gebrochenen Englisch. „Sie sehr schön, also natürlich, *Signore* Vesey, er zeichnet sie. Aber *Signore* Vesey, er mir sagen, ich darf nie ihr Bild verkaufen. *Niemals.*“

„*Signore* Vesey hat Angebote für die Bilder von ihr bekommen?“

Nico zog ein resigniertes Gesicht. „*Signore* Vesey, er ihr versprechen. Er sie zeichnen, aber nie malen. Und nie ihr Bild verkaufen. *Niemals.* *Signore* Vesey, er halten Versprechen mit nicht verkaufen, aber er kann nicht widerstehen von den Zeichnungen zu malen. Sie nicht weiß davon. Aber ich, ich nie geben solches Versprechen an sie. *Niemals.*“

„Sind *Signore* Vesey und diese Frau ein Liebespaar?“, fragte Alec offen auf Italienisch.

Der kleine Mann grinste und machte eine übertriebene Geste der Verlegenheit mit einem Heben seiner Schultern, als ob er seine Muttersprache nicht verstünde. Als Alec seine Frage wiederholte, antwortete ihm Nico in seiner Muttersprache und sagte mit einem kleinen, wissenden Lächeln: „*Signore* Vesey hat mit ihr viele, viele Male Liebe gemacht, aber nur mit seinem Pinsel. Sie verstehen, *Monsignore*, *si?*“

Alec gab vor, es nicht zu verstehen.

„Weil sie seine Avancen zurückwies oder weil die Opiumsucht deines Herrn ihn impotent gemacht hat?“

Nico schaute für einen Moment verblüfft drein, aber als Alec seinem Blick standhielt, verzog er seine Mundwinkel nach unten und zuckte mit den Achseln. „Er liebt die schöne *Signora*, das ist wahr, aber mit der Beschreibung habt Ihr den Nagel auf den Kopf getroffen, *Monsignore*.“

„Hat dein Herr dich Briefe an einen Lord George Stanton schreiben lassen, im Namen der schönen *Signora*?“

„Stanton? Nein. Ich kenne diesen Namen nicht“, antwortete Nico, obwohl Alec bemerkte, dass er ihm nicht in die Augen sehen konnte. „Warum soll ich Briefe für sie schreiben, wenn sie selbst schreiben kann? Ich habe die Briefe, die sie von ihrem Hof an *Signore* Vesey geschrieben hat.“

„Erwähnt sie in ihren Briefen einen Lord George Stanton?“

„Ich sagte Euch: Nico hat diesen Namen nie zuvor gehört. Und ich sage Euch für nichts“, fügte er hinzu und verzog sein Gesicht: „Die Briefe der *Signora* sind nur voll Frauensachen wie Marmelade und Wetter und ihre kleine *Bambina*. Sehr langweilig, versichere ich *Monsignore*. Daher ist es gut, dass sie schön ist, weil ihre Bilder Nico gute Preise einbringen.“

Alec lächelte über den offensichtlichen Ekel des Italieners vor dem, was für Frauen wichtig war, fragte ihn aber ernst: „Warum hast du ihre Bilder verkauft?“

„Weil *Signore* Vesey und ich Essen brauchen und es warm haben wollen“, antwortete Nico in zorniger Verteidigung. „Der Kopf meines Herrn ist bei seiner Kunst oder bei gar nichts. Für ihn ist Essen nicht wichtig, aber für Nico ist es sehr wichtig. Einer von uns muss praktisch denken. *Sì?*“

„Ja, natürlich“, antwortete Alec gleichmütig und fügte, Tam zuliebe auf Englisch, hinzu: „Wer hat die Skizzen gekauft?“

„Ein Gentleman; sehr aufdringlich. Er hierherkommen zwei, drei, vielleicht fünf Mal“, sagte Nico in Englisch. „Er wollen alle Bilder von dieser schönen Dame. Er sagen, sehr wichtig. Ich ihm sagen, keine Bilder von ihr hier. Ich ihm nicht erzählen von großes Gemälde, das *Signore* Vesey für wichtige Ausstellung mitgenommen hat nach London. Alles sonst ich sage, ist *immondizia*; nicht wichtige. Nur Skizzen wie diese, auf Papierstücken.“

„Aber dieser Gentleman wollte sie dennoch?“

Nico grinste und breitete seine Arme aus. „*Molto! Molto!* Er wollte *alle* Bilder von ihr aufkaufen! Ich denke, Signore Vesey, ihm nichts ausmachen, wenn er versteht, Nico genug englische Guineen bekommen um für Essen und Wein und neue Rock zu zahlen! Dies hier“, fügte er mit einem Schmollen hinzu und deutete kurz mit dem Daumen auf das Pergament, das Alec noch in der Hand hielt, „ich nicht wissen, dass hier, sonst ich auch verkaufen.“

„Hat der Gentleman dir einen Namen genannt?“, fragte Alec und trat von der Bank weg, um die Reihe gerahmter Porträts zu inspizieren, die an die Wand gelehnt waren. Nico und Tam folgten ihm, der kleine Italiener schob Tam grob mit der Schulter beiseite, um einen Schritt hinter Alec zu bleiben.

„Nein, *Monsignore*. Er nie sagen und er immer kommen bei Dämmerung am Abend, wenn nur Nico hier." Der kleine Italiener verzog das Gesicht. „Ich denke, er kommen in Dunkelheit, weil er sehr, *sehr* hässlich."

„Hässlich? In welcher Weise?"

Nico klopfte sich mit den Fingerspitzen auf die Wangen: „*Vaiolo*. Pocken. Narben. Sie sehr, *sehr* schlimm."

„Molyneux!", verkündete Tam.

„Er mir gibt englische Guineen im Voraus und ich habe Skizzen zusammengebunden mit Band bereit für ihn, am Tag, als *Signore* Vesey, er nach London gehen. Aber Nico nicht wieder mit ihm sprechen."

Alec wandte sich von einigen realistischen und daher wenig schmeichelhaften Porträts dessen, was Mitglieder des niedrigen Adels und einheimische Bürger von Somerset zu sein schienen, ab. Diese waren zweifellos noch im Atelier des Malers anstatt den Ehrenplatz über dem jeweiligen Marmorkamin ihrer Eigentümer zu schmücken, weil die Modelle sich geweigert hatten, der Wahrheit ins Auge zu sehen. „Der Gentleman kam nicht zurück, um die Skizzen, die er gekauft hatte, abzuholen?"

Nico schüttelte den Kopf. „Nein. Er kommen, aber warten auf anderer Seite von Straße. Ich sehen, wenn ich draußen Männer sagen wie wichtigste Gemälde für Ausstellung auf Karren legen. Wenn hineingehen andere Gemälde holen, ich andere Probleme haben. Die *Signora dell'aristocrazia*, sie hier mit ängstliche Zofe und sehr böse, wie immer. Sie beklagen sich. Sie immer sich beschweren, aber *Signore* Vesey, er sich weigern ihr Porträt zu ändern. *Signore* Vesey, er sagen, Porträt schmeichelhaft genug. *Signore* Vesey, er Dickkopf, aber hat recht. Sie ihr Geld wiederhaben wollen; sie gezahlt halbe Honorar gleich, halbe wenn fertig. Wir haben halbe bekommen und ausgegeben wie immer. Nico nur verstehen eine Wort von fünfe von ihre Tirade, also sich dumm stellen wie immer. Ist Beste mit Frauen wie das. Vor allem, bei eine, die Messer halten."

„Ein *Messer*?"

„*Si, Monsignore*. Sie es von Werkbank nehmen und herumschwenken wie verrückte Frau. Ihre Zofe viel Angst vor ihr mit Messer. Sie bleibt zurück. Ich verstehen. Nur klar, sie hat Angst. Die *Signora dell'aristocrazia* sehr, *sehr* böse. Wütend. Ich glaube, sie dicht davor Schmerzen zu haben in ihre Herz."

„Also wenn der Gentleman die Skizzen nicht mitnahm, wer dann? Diese Lady?", fragte Alec mit unendlicher Geduld mit einem Auge auf Tam, der unbewusst gereizt seine Fäuste ballte und wieder öffnete.

„Ich sehen von Fenster, der Mann, er noch warten, aber nicht hereinkommen. Ich kann nicht böse sein, wo die *Signora dell'aristocrazia* so viel Aufruhr und Lärm machen", erwiderte Nico und ging zu der Arbeitsbank hinüber. „Sie nehmen Stapel, das gehört zu dem Mann, werfen ihn zu Zofe und gehen einfach so hinaus! Und noch immer halten das Messer! Als ob sie haben bezahlen für Skizzen! *Si.* Es ist wahr, ich Euch sagen! Ich folgen, aber bleiben weit zurück, weil sie noch immer haben Messer und noch immer sehr wütend. Sie nehmen sie mit und ich sie *nie* wieder sehen. Sehr seltsam. Jetzt bitte warten, *Monsignore*, und Nico Euch geben etwas für große Mühe für ihn machen."

„Das Gemälde, das schon auf den Karren gebunden war - befand sich jemand in der Nähe, während du mit dieser *Signora dell'aristocrazia* zu tun hattest?"

„Nein, *Monsignore*. Den beiden Männern, die den Karren beluden, wurden von der *Signora dell'aristocrazia* befohlen, als Zeugen nach oben ins Atelier zu kommen", sagte Nico auf Italienisch. „Zeugen für was, frage ich Euch, sollte das ihr verrücktes Benehmen sein, das so schlecht war? Und natürlich hatten die Männer wegen des Messers und dem, was sie damit tun könnte, solche Angst vor ihr, dass sie hier viele Minuten warteten, bis ich sie holen kam, um nach unten zu dem Karren zurückzugehen. Ich kann ihnen das nicht übelnehmen."

„Und das Gemälde von Mrs. Bourdon und ihrer Tochter? War das noch immer sicher auf dem Karren befestigt?"

Nico zuckte mit den Schultern und schob die Unterlippe vor. „Was soll ich dazu sagen? Meine Augen waren immer auf das Messer gerichtet, das die *Signora dell'aristocrazia* in der Hand hielt."

„Der Name dieser *Signora dell'aristocrazia*?", fragte Alec.

„Ja, ja, ich sage es Euch, aber zuerst habe ich etwas für Euch ..." Nico kam zurück, er hielt die Skizze in der Hand, die Alec bewundert hatte, jetzt zusammengerollt und mit einem weißen Band umwunden. Er machte eine zierliche kleine Verbeugung und sagte in stockendem Englisch mit einem Blick zu Tam, um sicherzugehen, dass dieser zuschaute und zuhörte: „Bitte Ihr nehmen dies, *Monsignore*. Von Nico. Nur Kleines, aber Nico sehr dankbar, Ihr wegschicken lästigen Gerichtsvollzieher."

Als Alec das Pergament nahm, klatschte er in die Hände und ging schnell zu den an der Wand lehnenden gerahmten Gemälden hinüber. Mit einiger Mühe zog er eines aus einem Stapel heraus und lehnte es gegen die umgedrehte, bekleckste Lehne eines Stuhls. „Das ist sie. Die wütende *Signora dell'aristocrazia*. Vielleicht Ihr denken, *Signore* Vesey grausam? Aber ich Euch sagen, Sie haben sehr hässliche Herz. *Signore* Vesey, er nur malen es und zeigen dies der Welt. *Sì*?"

Alec konnte seine Meinung nur völlig teilen. Das Porträt zeigte Lady Rutherglen.

Als sie Talgarth Veseys Atelier verliessen, fragte Tam sich, was seine Lordschaft beabsichtigte, als er an den Rand des Bürgersteigs trat, um die Reihe von Stadthäusern und Läden, die diesen Teil der Milsom Street säumten, besser überblicken zu können. Die Frage seines Herrn brachte ihn völlig aus der Fassung.

„Wie viele rote Türen siehst du, Tam?"

Tam rümpfte seine sommersprossige Nase und ging zu seinem Herrn an den Straßenrand, mit dem Rücken zu dem Verkehr aus Kutschen und Pferden.

„Rote Türen? Zwei, Sir." Er zeigte darauf. „Diese hier gehört zu dem Atelier des Malers, obwohl man sie kaum rot nennen kann, nicht wahr? Mit dieser Menge von Schmutz und Staub sieht sie eher braun als rot aus, aber diese Tür, die nächste daneben, mit dem Gerüst, das die Fassade verdeckt, ist von einem schönen Hellrot."

Alec lächelte und klopfte Tam auf die Schulter, bevor er die Straße entlangzugehen begann, wo ihm sein Kammerdiener hinterherstolperte. „Ja, Tam, ein schönes, helles, *frisches* Rot."

VIERZEHN

Alec und Tam wanderten den Rest der Milsom Street in Richtung der Stadtmitte schweigend entlang, trotz Alecs Verlangen, Tam nach Mrs. Bourdon zu fragen und Tams, zu erfahren, was die Bedeutung einer *frisch* hellroten Tür war. Stattdessen erkundigte Alec sich nach Tams Prüfung vor der Ehrenwerten Gesellschaft der Apotheker. Er wusste von Sir Septimus Botts Absicht, drei Älteste der Gesellschaft Tams Arbeitsraum inspizieren zu lassen. Während sein Onkel und sein Kammerdiener bequem in Alecs Reisekutsche die Fahrt nach Bath antraten, hatte er es vorgezogen, zu Pferd zu reisen, um sich ein paar weitere Stunden zu gönnen, in denen er mit seinem Verwalter Vermögensangelegenheiten regeln konnte. Daher war er noch zu Hause gewesen, als der Brief des ehrsamen Sir Septimus abgegeben wurde.

Sir Septimus' Nachricht war umständlich und voll wortreicher Rhetorik, er informierte ihn über den bevorstehenden Besuch am St. James-Platz Nr. 1 und umriss die Missbilligung der Gesellschaft gegenüber Tams Doppelrolle von Kammerdiener und Apotheker. Sir Septimus machte deutlich, dass er Tams Aufnahme in die Gesellschaft nicht unterstützen würde, solange dieser als höherer Dienstbote im Hause eines Adligen beschäftigt war. Ein Apotheker musste alle seine Kräfte seinem gewählten Beruf widmen. Und Tam hatte noch immer ein Jahr der siebenjährigen Lehrzeit zu absolvieren, ungeachtet der Ergebnisse seiner Prüfung.

Der Brief war eine nur wenig verhüllte Brüskierung für Alec und dazu bestimmt, Tam auf seinen Platz zu verweisen, denn wie könnte ein Jüngling, der seinen Meister (und damit seine Lehre) unter unangenehmen Umständen verloren hatte und Kammerdiener geworden war, um sein Essen zu verdienen, je hoffen, ohne finanzielle Unabhängigkeit seine Lehre zu beenden? Aber Sir Septimus' Brief war genau der Vorwand, den Alec brauchte, um dafür zu sorgen, dass der Junge wieder ganz zu seiner Ausbildung zurückkehrte. Er hatte schon alles in Bewegung gesetzt, indem er eine Anzeige zur Suche nach einem passenden Gentleman für den Gentleman aufgab. Und in einer höflichen Antwort an Sir Septimus erkundigte er sich nach dem Namen eines Apothekermeisters, der bereit wäre, die Last eines zusätzlichen Lehrlings für das Jahr, das Tam noch brauchte, um seine Lehre zu beenden, auf sich zu nehmen. Alle Ausgaben würden natürlich von Lord Halsey getragen.

Bis Alec die elegante Umgebung von Barrs Hotel in der Trim Street betrat, hatte er es vermocht, Tams Ängste wegen des bevorstehenden Besuchs von Sir Septimus Botts Kumpanen zu lindern und die Vorstellung, dass hinter den Fragen, die ihm durch die Prüfer gestellt worden waren, eine dunkle Absicht steckte, als fantasievoll abzutun. Er dachte, dieser Zeitpunkt wäre ebenso gut wie jeder andere, um das Thema von Tams Rückkehr zu seiner vollzeitigen Ausbildung anzuschneiden, aber dann erschien Jeffries wie aus dem Nichts in einem geflüsterten Gespräch mit einem der Hoteldiener und die Gelegenheit war verloren.

Tams Ärger beim Anblick des ausdruckslosen Gesichts von Hadrian Jeffries war spürbar.

Jeffries scheuchte den anderen Diener sofort weg und trat mit einer Verbeugung vor, um Alec aus seinem Umhang zu helfen, den er über einen Arm legte, wonach er Alecs lederne Reithandschuhe nahm, ohne Tam mit einem Hauch des Erkennens zu bedenken, als er tonlos mit einem Blick auf die von der Reise abgetragenen Reithosen und staubigen Reitstiefel sagte:

„Ich habe für Euer Lordschaft alleinige Benutzung die größte Badewanne des Hotels beschaffen können. Sie wird aufgestellt, während wir hier sprechen." Und als Alec mit einem Nicken die Treppen hinaufging, folgte er seinem Herrn dicht auf den Fersen, so dass Tam mit dem Anblick des schmalen Rückens des unterwürfigen Dieners und dessen perfekt zu einem Zopf geflochtenen, mit schwarzer Seidenschleife zusammengefassten Haares zurückblieb. „Und ich habe angeordnet, dass das Bad sofort gefüllt werden soll. Bevorzugen Euer Lordschaft die venezianische Verde-Seide oder den mitternachtsblauen Samtrock zum Diner zu tragen? Beide passen zu der cremefarbenen Seidenweste, die ich ausgesucht habe. Und ich denke, ein cremefarbenes Seidenband m..."

„Was immer dir lieber ist Jeffries", unterbrach Alec ihn milde und dachte, dass ein langes Bad in heißem, parfümierten Wasser genau das

Richtige wäre nach einer ruhelosen Nacht, die er auf dem harten Rosshaarsofa verbracht hatte, auf dem Selina sich die Hälfte der Nacht neben ihm zusammengerollt hatte; die andere Hälfte hatte sie damit verbracht, einem sehr verwirrten kleinen Mädchen zuzuhören, das nach seiner Mutter jammernd aufgewacht war und nicht sehr erfolgreich von Selina, ihrer Zofe oder beiden beruhigt werden musste. Er lächelte in sich hinein. Er beneidete Selina nicht um ihre Fahrt nach Bath mit ihrem schläfrigen Bruder und der verängstigten Sophie als Reisebegleitung, und zweifellos würde er alles darüber zu hören bekommen, wenn sie im Barrs Hotel ankam. Mehr denn je lockte ihn das Bad. Er seufzte. „Lass es mich in dem Moment wissen, wo das Bad bereitsteht. Ich muss zuerst mit Mr. Halsey sprechen. Danke, Jeff..."

„Sir! Mylord!" Es war Tam, er hatte sich auf dem Treppenabsatz an Jeffries vorbeigedrängt, um neben Alec zum Stehen zu kommen. „Das ist meine Arbeit, nicht seine, und ich ..."

„Kein Wort", fauchte Alec und warf Jeffries einen schnellen, zornigen Blick zu, als der Diener ein unwillkürliches Schnauben der Missbilligung hören ließ, das sofort unterdrückt wurde, ebenso wie sein hochmütiges Grinsen durch den auf seine makellos polierten Schuhe gerichteten Blick verborgen wurde. „Ich darf daran erinnern, dass dieses Arrangement vorübergehen ist, Mr. Jeffries. Wenn Ihr hofft, mehr daraus zu machen, solltet Ihr mehr aus Euch selbst machen. Geht."

Der Diener verbeugte sich ohne einen Blick auf Tam, seine Augen waren tief auf den Boden gesenkt. Er trat still zurück und verschwand, während Alec sich zu Tam umwandte, der so vernünftig war, auch den Mund zu halten und die Augen zu senken, obwohl die Tatsache, dass er von einem Fuß auf den anderen trat, während er seine Hände hinter dem Rücken verkrampfte, deutlich genug zeigte, dass er es schwer fand, seinen Ärger zu beherrschen.

„Zerdrücke diese schöne Skizze nicht", sagte Alec ruhig. „Ich möchte sie Mr. Halsey zeigen. Lauf in sein Zimmer und ich werde euch gleich beim Nachmittagstee Gesellschaft leisten." Bei dieser Einladung hellte sich Tams Gesicht sichtlich auf, aber der Junge hatte noch immer einen misstrauischen Ausdruck, daher fügte er mit einem halben Lächeln hinzu: „Wir müssen über deine Zukunft in meinem Hause sprechen. Nicht, dass du es verlässt, sondern wohin du *darin* gehörst. Nach dem Diner. Charles?", sagte er mit kaum verhohlener Überraschung und wandte sich von Tam ab, um Sir Charles Weir zu begrüßen, der die breite Treppe hinter einem Hotelträger hinaufkam.

Sir Charles blieb auf der Treppe stehen und schaute nach oben, nur zwei Stufen unterhalb der Stelle, wo Alec wartete. Er war so in seine

Gedanken versunken gewesen, dass er zuerst zusammenzuckte, als er angesprochen wurde, und als er dann sah, wem die tiefe, gemessene Stimme gehört, wurde er vorsichtig, da er sich an ihr letztes Gespräch in Alecs Stadthaus in London erinnerte. Er verbeugte sich höflich. „Mylord Halsey."

„Ich war mir nicht bewusst, dass die Russels Gäste dieses Hauses sind", sagte Alec mit einem freundlichen Lächeln und einem bedeutungsvollen Blick auf den Strauß frischer Blumen, den Sir Charles in seiner rechten Hand hielt, ein großes Bouquet aus lila und roter Heide, Dahlien, Herbstzeitlosen und Fuchsien, das er schnell an seiner Seite hinabhängen ließ, als ob er nicht wollte, dass Alec sein Geschenk wahrnahm, und doch wusste, dass es zu spät war, um das zu verhindern. „Lady Henrietta hat eine Vorliebe für die Farbe Lila?"

„Nein. Ja. Ich bin nicht ganz sicher, Mylord", murmelte Sir Charles und räusperte sich. „Die Russels mieten immer ein Haus am Queen Square."

„Ah. Ich verstehe ...", antwortete Alec mit einem schrägen Lächeln. „Verzeih meine Impertinenz."

Sir Charles wehrte, sein Selbstbewusstsein wiedererlangt, mit der Hand ab. „Nein. Nein. Es war nur natürlich, dass du denken würdest ... Aber du warst im Drury Lane. Du hast gesehen, was Seine Gnaden und Lord Russel verkündeten." Er kam zu Alec auf den Treppenabsatz. „Nichts wurde gesagt. Es gibt keine öffentliche Ankündigung, aber es war ganz offensichtlich, was mit ihrem offenen Waffenstillstand gemeint war und was, oder besser *wer*, dazu benutzt werden würde, um ihren politischen Frieden zu besiegeln."

„Aber sicher, wenn es keine Bekanntmachung gegeben hat ..." Alec hob die Schultern. „Du kennst seine Gnaden besser als irgendjemand sonst ... Aber ich würde nicht verzweifeln, bevor die Verlobungsanzeige nicht in den Zeitungen gedruckt wird."

Sir Charles lächelte und schüttelte den Kopf. „Für einen Diplomaten bist du beklagenswert romantisch."

Alec verzog das Gesicht. „Es ist nur eine Frage der Trennung von Privatem und Politischem. Sicher ist sogar seine Gnaden fähig, dies auseinanderzuhalten?"

Sir Charles hob eine spitzenberüschte Hand.

„Bitte. Das war ein Kompliment. Ich habe es nicht herabsetzend gemeint, sondern mit ehrlicher Anerkennung. Aber, wie du sagst, kenne ich seine Gnaden besser als jeder andere, und daher magst du mir glauben, wenn ich dir sage, dass er nichts unternimmt, keine große Geste im Leben macht, ohne sorgfältig darüber nachzudenken. Jede seiner Handlungen hat einen Grund. Jede Entscheidung, die er trifft, wird zuvor auf alle möglichen Folgen hin durchdacht.“

„Der vollendete Politiker. Doch was für ein langweiliges Privatleben ...“

Sir Charles war sich angesichts des Lächelns, das diese Aussage begleitete, nicht sicher, ob Alec das abfällig meinte oder nur eine Beobachtung anstellte. Ein teuflisch schönes Lächeln, das für große diplomatische Effekte benutzt wurde, stellte Sir Charles mit einem Anflug von Neid fest. Er seufzte und verbeugte sich kurz vor Alec, während der große Blumenstrauß nun am Ende seines Arms hinabhing, wobei er sich des noch immer wartenden Hotelportiers, der mit niedergeschlagen Augen, aber zweifellos weit offenen Ohren dort stand, bewusst war.

„Du musst mich entschuldigen, Mylord“, sagte er höflich mit einem Blick auf den Hotelportier. „Ich darf meine Gastgeberin nicht auf ihren Nachmittagstee warten lassen.“

Und mit einer weiteren knappen Verbeugung winkte er den Diener weiter in den Gang hinein. Alec schaute ihm mit einem leichten Stirnrunzeln nach, denn Sir Charles hatte unbewusst tief geseufzt, so sehr war er mit seinen Gedanken beschäftigt gewesen.

Dieser Seufzer bekümmerte Alec. Es war, als trüge sein Freund aus Schülertagen eine große Last auf seinen Schultern, deren er sich nicht entledigen konnte. Er hatte es so gemeint, als er sagte, dass Lady Henriettas Verlobung mit dem Herzog von Cleveley noch nicht feststünde und Charles Hoffnung behalten sollte. Doch es schien, als hätte Sir Charles alle Hoffnung aufgegeben - aber so bald einer anderen Blumen zu schenken? Alec hatte nicht das Herz gehabt zu erwähnen, dass er in der Fülle lila und dunkelroter Blütenblätter eine leblose Hummel erspäht hatte. Er hoffte um Sir Charles‘ willen, dass das Insekt vor dem Überreichen des Blumenstraußes herausfallen und leblos bleiben würde. Ein wenig Wärme könnte es aufwecken und seinem Freund mehr Ärger bereiten, als die Geste mit dem Strauß wert war.

Sir Charles wäre äußerst überrascht gewesen, dass sein Freund so um sein Wohlergehen besorgt war, denn kaum hatte er Alec Halsey den Rücken zugedreht, konzentrierte er sich auf die Aufgabe, die vor ihm lag. Er wusste, dass es der richtige Weg war; in der Tat war es die einzige ihm offenstehende Möglichkeit, wenn er hoffen wollte, auf den rechtmäßigen Erben des Herzog von Cleveley politischen oder sonstigen Einfluss zu behalten.

Jeder weitere Gedanke wurde unterdrückt, als er zur Tür der Archsuite, dem größten und am üppigsten eingerichteten Komplex von Zimmern, die in diesem eleganten Hotel angeboten wurden, das

Herzöge, Marquesse, Earls und ausländische Fürstinnen zu seinen ausgewählten Kunden zählte, geführt wurde. Und nun wurden sie, dachte Sir Charles, während er sich bemühte, nicht mit den Zähnen zu knirschen, sondern ein höfliches Lächeln auf sein Gesicht zu zwingen, von einer schönen, aber herzlosen Dirne bewohnt, deren bloße Existenz sie alle mit dem Untergang bedrohte.

„Du bist spät dran!", knurrte Plantagenet Halsey Tam an. Aber in seiner Stimme lag weder Hitze noch Leidenschaft, nur Sorge. „Habe mir unnötig Gedanken gemacht, als Mrs. Bourdon in einem Sessel hier ankam und du nicht zwei Schritte hinter ihr folgtest." Er schaute sich um, als die Tür sich öffnete und sein Neffe hereinspazierte. „Aber jetzt sehe ich, wer dich aufgehalten hat. Ich hatte dich bereits vor Stunden erwartet, mein Junge. Aber ich hätte wissen müssen, dass dieser flammenhaarige Zankteufel dich zurückhalten würde. Wie geht es ihr?", fragte er, das Grinsen seines Neffen ignorierend. „Und wie geht es ihrem Schwächling von Bruder?"

„Selina geht es gut; ihrem Bruder weniger, aber es wird besser, obwohl er keinesfalls sich selbst überlassen werden kann. Bei Sonnenuntergang sollten sie in Bath ankommen. Es gab einen Zwischenfall." Alec erzählte ihnen von Billy und Annie Rumbles Entführung der kleinen Sophie und dem Tod von Billy durch eine oder mehrere unbekannte Personen, wobei er annahm, dass es sich um den Londoner Gentleman handeln dürfte, der Billy ein paar Guineen versprochen hatte, wenn er Sophie aus ihrem Heim entführte; dann fügte er hinzu: „Ihr werdet zustimmen, dass wir am besten nichts hiervon Mrs. Bourdon gegenüber erwähnen, bis sie nicht wieder mit ihrer Tochter vereint ist."

„Bei Gott! Die arme Frau wäre völlig außer sich. Was hast du da?"

Der alte Mann schaute zu, wie Alec Talgarths Kohleskizze von Miranda Bourdon auf einem Tisch, der schon mit dem besten Besteck und Geschirr des Hotels für den Nachmittagstee gedeckt worden war, entrollte. Alec stellte eine silberne Zuckerdose und ein Marmeladentöpfchen auf die gegenüberliegenden Ecken des Pergaments, um es daran zu hindern, dass es sich wieder einrollte.

„Was hältst du von ihr?", fragte Alec.

Der alte Mann spähte über die Schulter seines Neffen. „Es ist ein nettes Abbild."

Alecs Lachen hatte einen skeptischen Unterton. „Nett?"

Der alte Mann wechselte einen Blick mit Tam und lächelte schräg. „Du hast sie noch nicht in Fleisch und Blut gesehen, mein Junge."

An der Anrichte goss Alec Kaffee in drei Tassen.

„Verknallt, Onkel?"

„So, wie du es auch sein wirst. Ich bin eingeladen, mit ihr zu dinieren, und du wirst mit mir kommen und dir selbst ein Urteil bilden."

Als Tam zögerte, die Tasse zu nehmen, die ihm angeboten wurde, sagte Alec freundlich: „Wenn du an meinem Tisch sitzen willst, musste du lernen, die neue Stellung in meinem Haushalt mit Fassung zu akzeptieren. Was bedeutet, dass ich dir gelegentlich eine Tasse Kaffee einschenken werde."

„Aber, Sir ..."

„Als ein junger Mann mit eigenem Vermögen kannst du nicht länger mein Kammerdiener sein", stellte Alec fest und wechselte einen Blick mit seinem Onkel. „Mr. Blackwell hat dir eintausend Pfund hinterlassen ..."

„Eintausend Pfund?", platzte Tam heraus, und die Tasse in seiner Hand klapperte auf ihrer Untertasse. Er sah von Alec zu dem alten Mann und wieder zurück. „Mir, Sir? Ein*tausend* Pfund?"

„Um deine Ausbildung zu beenden, mein Junge", fügte Plantagenet Halsey hinzu und nahm die Tasse Kaffee, die Alec ihm anbot. „Und soweit ich das einschätzen kann, die beste Verwendung für den Kies eines Mannes."

„Genau so ist es, Onkel. Und als ein junger Mann mit Vermögen", fuhr Alec glatt fort, während er an seinem Kaffee nippte, „wirst du, Tam, alle nötige Zeit haben, um deine Lehre zu beenden, während du an meinem Tisch sitzt."

„Den Kies solltet Ihr bekommen, Sir", schlug Tam vor. „Ich schulde es Euch für alles, was Ihr für mich getan habt - für die Arzneikammer."

Alec lächelte und schüttelte den Kopf. „Eine schöne Geste, Tam, danke, aber nein. Das Legat steht dir zu und du musst es weise verwenden. Wenn du mir etwas zurückzahlen willst, dann tue das, indem du deine Lehrzeit beendest und dem Andenken an den Apothekermeister Dodd und Mr. Blackwell Ehre machst. Jetzt sage mir", fragte er, um das Thema zu wechseln, weil Tam den Tränen nahe war, „was hat dich in die Milsom Street geführt?"

„Ich bin Mrs. Bourdon von der Abtei aus gefolgt, wie Mr. Halsey mir auftrug, und die Sesselträger haben sie dorthin gebracht. Sie blieb auf der anderen Straßenseite stehen und beobachtete, wie die Männer den Karren beluden, dann setzte sie sich wieder in den Sessel und ließ sich die Straße hinuntertragen." Er lächelte verlegen und nahm ein Stück von dem Sandkuchen von dem Teller, den Alec ihm hinhielt. „Danke, Sir. Ich nehme an, sie hat sich mit dem Tragsessel direkt hierher zurückbringen lassen?"

„Ja. Keine Ahnung, was in ihren hübschen Kopf gefahren ist, durch die ganze Stadt zu trapsen, wenn man ihren delikaten Zustand bedenkt."

„*Delikat*?" Alec verzog das Gesicht. „Sie ist schwanger?"

Plantagenet Halsey sog seine mageren Wangen nach innen und warf einen Blick zu Tam. „*Hochschwanger*, ja, mein Junge."

„Ich frage mich, was ihr eingefallen ist, zu einem solchen Zeitpunkt nach Bath zu kommen?"

Der alte Mann hob seine buschigen Brauen. „Mr. Ninian Bourdon, vielleicht?"

Alec war skeptisch und schlürfte schweigend seinen Kaffee, wobei er zuschaute, wie Tam den letzten Kuchenkrümel auf seinem Teller verzehrte. Er bot dem Jungen ein zweites Stück an, das wieder mit einem schüchternen Lächeln angenommen wurde.

„Jeffries sagt, der Hoteleigentümer wäre nicht sonderlich erfreut, eine Frau unter seinem Dach zu haben, deren Schwangerschaft schon so weit fortgeschritten ist", erklärte Plantagenet Halsey. „Er möchte nicht, dass das Kind hier geboren wird, siehst du. Schlecht fürs Geschäft. Aber Jeffries sagt, der Eigentümer würde keinen Ton mehr gegen Mrs. Bourdon sagen, nicht, nachdem er ihr deine Nachricht mit dem Siegel darauf überreicht hat. Also hat deine Ernennung sich am Ende doch als nützlich erwiesen."

„Jeffries hat sich gut eingelebt; er könnte sich als nützlich erweisen", bemerkte Alec und übersah das schiefe Grinsen seines Onkels und Tams fast unhörbares Grummeln über anmaßende Lakaien.

„Einer der mürrischen, hochnäsigen Kellner sagte Jeffries, dass Mrs. Bourdon keine Mrs. wäre, sondern das Spielzeug eines reichen Mannes. Verdammte Unverschämtheit!"

„Das könnte dichter an der Wahrheit sein als du glaubst", antwortete Alec ruhig und war überrascht, als die Wangen seines Onkels sofort vor Verlegenheit glühten. „Liebe Güte, dich *hat* es erwischt. Selina hat es vorhergesehen."

Der alte Mann knirschte mit den Zähnen. „Tatsächlich? Ha! Ein Grund, mich mit der lieben Mrs. J-L in die Haare zu bekommen, wenn sie ankommt!"

Tam hatte den Eindruck, er sollte zu der Unterhaltung beitragen, besonders, wenn Hadrian Jeffries Verrenkungen machte, um sich in die Gunst seiner Lordschaft einzuschmeicheln. Außerdem musste er sein gruseliges Gefühl des Wiedererkennens von Mrs. Bourdon äußern, wenn auch nur, um sich von seinem Herrn versichern zu lassen, dass das Gefühl, Mrs. Bourdon bereits früher begegnet zu sein, absurd war und daher ohne weiter Beachtung beiseitegelassen werden konnte.

„Sir, glaubt Ihr nicht … Wo doch Mr. Vesey all diese Skizzen von Mrs. Bourdon gemacht hat und sie heute vor dem Atelier wartete … Glaubt Ihr nicht, sie … dass er und sie … Ich weiß, dass sein Kammerdiener etwas anderes sagt, aber ich kann nicht umhin zu denken, und wo sie doch schwanger ist …" Er schluckte, als Plantagenet Halsey ihn böse anschaute und seine Lordschaft dem alten Mann gegenüber eine Braue hob, aber nichts sagte. „Vielleicht ist sie deshalb nach Bath gekommen? Um bei ihm zu sein. Und sie ging heute zu seinem Atelier, um zu sehen, ob er schon aus London zurückgekommen wäre. Ich weiß, dass sie sich Mrs. Bourdon nennt, aber wie der Kellner im Hotel sagte, und Ihr müsst mir meine Unverfrorenheit vergeben, Sir", entschuldigte er sich bei Plantagenet Halsey, „aber ich weiß genau, dass viele unverheiratete Frauen in einem bestimmten Alter das tun. Nicht, dass Mrs. Bourdon in dem Alter wäre, das zu tun, aber sie hat ein Kind und ein weiteres ist unterwegs. Und in der Gemeinde von St. Jude waren viele Frauen, die sich Mrs. Soundso nannten, aber sie hatten, soweit ich sehen konnte, keine Ehemänner. Mr. Blackwell sagte, sie würden sich Mrs. nennen, um ihre Schande zu verbergen und ihren Gören die Scham zu ersparen, dass sie keinen Vater hätten, der sie anerkannte … Ihr versteht doch, nicht wahr, Sir?"

„Ja, Tam", sagte Alec gelassen. „Deine Skepsis bezüglich der Versicherung des aufgeregten Kammerdieners, dass Mr. Vesey und Mrs. Bourdon kein Liebespaar sind, ist gerechtfertigt. Ich neigte dazu, Nico zu glauben, als er sagte, dass Mr. Vesey Mrs. Bourdon in völlig platonischem, eher ehrfürchtigem Lichte sähe: etwas verschwommen und mit einem Heiligenschein. Aber vielleicht muss ich mein Vertrauen in die Aussage des Kammerdieners revidieren, nachdem ich höre, dass Mrs. Bourdon schwanger ist?"

„Wenn sie das Flittchen eines Malers ist oder irgendeines Mannes Frau in Wasserfarben, küsse ich Cleveleys grauen, großen Zeh!", zischte der alte Mann und stieß mit dem Finger auf Talgarth Veseys Skizze. „Und ich verlange, dass du dich mit deiner schlechten Meinung über sie zurückhältst, wenn du sie kennenlernst! *Ihr beide!*"

Tam hielt den Mund, er war nicht so zuversichtlich wie zuvor, was seinen nagenden Verdacht betraf, dass er Mrs. Bourdon schon zuvor gesehen hätte. Schweigend verzehrten sie mehr Kaffee und Kuchen, dann zeigte ein kurzes, hartes Klopfen an der Außentür die Ankunft von Hadrian Jeffries mit der willkommenen Nachricht an, dass das heiße, parfümierte Wasser der großen Kupferwanne auf Alec wartete. Alec sagte schließlich, als er aufstand, um sich zu verabschieden:

„Ich hatte kein Recht, den Ruf einer Frau zu verleumden, die ich noch nicht einmal kenne, Onkel. Ich bitte um Verzeihung dafür." Seine eigenen Umstände bedenkend, fügte er leise hinzu: „Man sollte keine Vermutungen über den Charakter einer Frau anstellten, wenn sie sich, aus welchen Gründen auch immer, als Mätresse eines Mannes wiederfindet." Er schaute Tam an und sah, dass der Junge seine Tasse auf der Untertasse abgestellt hatte und seinen Blick zu den Krümeln auf seinem Teller gesenkt hielt. Er fragte sich, ob es aus Verlegenheit war oder Schuldbewusstsein oder ein wenig von beidem. „Dennoch, nur weil Mrs. Bourdon wie ein tugendhafter Engel aussieht und so handelt, macht sie das nicht unbedingt zu einem solchen, Onkel. Tams Bemerkungen, die Tatsache, dass Weir glaubt, dass sie an Talgarths Erpressung von Stanton beteiligt ist und wenn man bedenkt, dass sie bereits ein Bastardkind geboren hat und mit einem zweiten schwanger geht ..."

„Nun, und ich glaube das trotzdem nicht!", widersprach der alte Mann dickköpfig. „Du kannst mich für einen verliebten, alten Narren halten, und ich gebe keinen Penny darauf, aber sie macht einfach nicht den Eindruck wie jemand der Art, der andere erpressen würde. Da ist etwas an ihr ... Ich wünschte, ich könnte meinen Finger darauflegen ... Die meisten Mädchen in einer solchen Lage sind entweder kesse Flittchen oder überemotionale Heulsusen, aber sie geht ruhig ihren Weg, ohne Anstandsdame, übersieht die Brüskierungen durch das Hotelpersonal mit erhobenem Kopf und gibt diesem alten Gent, den sie noch nie zuvor gesehen hat, höflich die Hand und erlaubt ihm, sie zur Kirche zu begleiten. Zur Kirche! Gott segne sie. Jetzt fort mit dir in ein schönes Bad", fügte er schroff angesichts des beherrschten Lächelns seines Neffen hinzu; nichts konnte die Heiterkeit in den blauen Augen verbergen. „Ein meditatives Seifenbad wird dir Zeit geben, über das, was ich sagte, nachzudenken. Wenn du zurückkommst, um mit mir zu Abend zu essen und sie endlich kennenlernst, wirst du sehen, dass ich nicht einfach honigtriefende Worte über die Frau verliere!"

Alec machte seinem Onkel eine kurze Verbeugung und entfernte sich schweigend. Tam wollte ihm schon folgen, um festzustellen, welches Durcheinander Hadrian Jeffries mit seinen arroganten Gewohnheiten angerichtet hatte - zweifellos hatte er Tams sorgfältige Sortierung beim Auspacken des Portmanteau seiner Lordschaft seinen eigenen, erhaben Standards gemäß umgeräumt - als eine junge Frau durch die Dienstbotentür hereingehuscht kam, die besorgt ihre Hände vor ihrem einfachen Musselinkleid rang.

Tam und der alte Mann dachten, sie wäre gekommen, um das Geschirr des Nachmittagstees abzuräumen, aber als sie in der Tür zögerte und einen kurzen Knicks machte, um dann dort stehenzubleiben und darauf zu warten, angesprochen zu werden, bedeutete Plantagenet ihr, vorzutreten. Es war ihr fester Blick auf Tam, der diesen davon abhielt, das Zimmer zu verlassen, und als sie sich umwandte, um den alten Mann anzusprechen, wartete er darauf, was sie zu sagen hatte.

„Sir, der Hotelportier sagte mir, dies wären die Zimmer von Mr. Plant-Plant-... von Mr. Halsey. Seid Ihr das, Sir?" Als der alte Mann nickte, knickste das Mädchen erneut. „Sehr gut, Sir. Mrs. Bourdon erwähnte, wie freundlich Ihr zu ihr gewesen wäret. Es gibt sonst niemanden, niemanden sonst in Bath, den sie kennt ... Mr. Vesey ist nicht in seinem Atelier ...“

Als der alte Mann sich auf seinem Stuhl nach vorn beugte und einen besorgten Blick mit Tam wechselte, ließ das Mädchen einen abgrundtiefen Seufzer hören.

„Es ging ihr gut, bis zu diesem Besucher. Er hat sie sehr aufgeregt. Ich weiß nicht, was er gesagt hat, weil ich geschickt wurde, um den Tee zu holen. Aber ich konnte sehen, dass etwas nicht in Ordnung war. Ich wollte dableiben, aber Mrs. Bourdon schickte mich nach dem Tee und ich war so lange fort, weil in diesem Haus alle ihren Tee zur gleichen Zeit wollen und die Haushälterin sich nicht die Mühe machen wollte, eine Vase für die Blumen zu suchen, die er ihr mitbrachte, und dann, als eine Vase gefunden worden war und ich in ihre Zimmer zurückkam, war er fort und sie in einem erschreckenden Zustand. Sie zitterte von Kopf bis Fuß und war weiß wie eine Wand.“

„Bist du Mrs. Bourdons Zofe?"

Das Mädchen nickte heftig.

„Ja, Sir. Janie. Mein Name ist Janie. Janie Rumble. Ich bin schon seit ein paar Jahren Mrs. Bourdons Zofe." Sie machte erneut einen Knicks und ließ dann die umklammerten Rockfalten los, schaute von Plantagenet Halsey zu Tam. „Ihr werdet doch kommen, nicht wahr?"

Plantagenet Halsey kam langsam auf die Beine und Tam reichte ihm seinen Gehstock. „Ich komme", sagte er energisch.

Janie knickste wieder.

„Das ist sehr freundlich von Euch. Aber sie will ihn dort", sagte sie mit einem Nicken zu Tam. Als Plantagenet Halsey und Tam einen verblüfften Blick wechselten, fügte sie hinzu: „Sie hat das *ganz* deutlich gesagt.“

„Sie fragte nach *Thomas Fisher*?"

„Nein, Sir. Sie nannte keinen Namen." Janie sah Tam an. „Ist das Euer Name: Thomas Fisher?"

Tam nickte, war aber noch immer zu überrascht, um zu sprechen.

„Bist du sicher, Mädchen?", fragte der alte Mann, ohne sich aufzuregen.

„Ja, Sir. Sie sagte, ich sollte den rothaarigen Jungen holen, der bei Mr. Plant- bei Euch war, Sir." Sie schaute Tam angstvoll an. „Ihr werdet zu ihr gehen, nicht wahr, Mr. Fisher? Sie braucht Euch. Sie sagt, nur Ihr könntet ihr in einer Zeit wie dieser helfen."

Tam fand seine Stimme wieder. „Braucht mich, Miss? Zeit? Was für eine Zeit ist das?"

Janie starrte ihn an, als ob das sich von selbst verstünde.

„Das Baby. Das Baby kommt."

⚬

EINE STUNDE ZUVOR HATTE SIR CHARLES DEN HOTELPORTIER AN die Tür der Archsuite klopfen lassen. Es gab einen Moment des Zögerns, als der Hotelportier dem Mädchen, das kam, um nach dem kurzen, scharfen Pochen die Tür zu öffnen, sagte, dass Sir Charles Weir gekommen wäre, um Mrs. Bourdon zu besuchen. Miranda hatte Janie gesagt, dass sie mit einem Mr. Plantagenet Halsey und einem Sir Charles Weir später am Abend speisen würde und dass ein paar Hoteldiener den Tisch am anderen Ende des Wohnzimmers decken sollten, und dass sie auch zusehen sollte, ob zwei von ihnen engagiert werden könnten, um am Abend bei Tisch zu bedienen. Sie hatte sich dann in ihr Schlafzimmer zurückgezogen, um sich auszuruhen. Sie schlief noch, als der unerwartete Besucher in den Salon geführt und ihm ein Platz auf dem mit gestreifter Seide bezogenen Sofa angeboten wurde, während Janie ging, um ihre Herrin zu wecken; Sir Charles bat um Verzeihung, sagte aber, es wäre notwendig für ihn, besser jetzt als später mit Mrs. Bourdon zu sprechen. Janie knickste und tat, was ihr gesagt wurde, Sir Charles' Befehlston machte ihr deutlich, dass es sinnlos war zu versuchen, ihn mit der wahrheitsgemäßen Entschuldigung, dass ihre Herrin zu dieser Zeit Ruhe bräuchte, abzuweisen.

Sir Charles wartete weiter, hielt den Blumenstrauß und fühlte sich fehl am Platze, und als fünf Minuten kamen und gingen, begann er, sich zu fragen, ob seine List überhaupt notwendig war. Und dann erschien Miranda in der Tür, mit zerzaustem Haar und vom Schlaf apfelrot gefärbten Wangen, einen bestickten Schlafrock aus schwerer Seide über ihrem Nachtgewand, der die Tatsache, dass sie hochschwanger war, kaum verbarg. Bei alledem sah sie so himmlisch aus, dass sie Sir Charles an ein mittelalterliches Gemälde einer schwangeren Madonna erinnerte. Alles, was fehlte, war der Heiligenschein. Er verspürte einen Stich der Sehnsucht. Er hatte seine Verbindung mit dem erlauchten Haus von Cleveley, insbesondere mit Lord George Stanton, noch nie so gehasst. Er wünschte, dieser Edelmann wäre vor Jahren an seinem eigenen Erbrochenen erstickt; vor fünf Jahren, genauer gesagt.

Miranda zuckte zurück, als sie das Parlamentsmitglied sah, verbarg aber schnell jedes Gefühl des Unbehagens, indem sie lächelnd und mit ausgestreckter Hand durch das Zimmer auf ihn zu kam. Er verbeugte sich höflich und überreichte zierlich die Blumen; Janie trat rasch hinzu und nahm den Strauß an sich.

„Welch schöne Herbstfarben, Sir Charles", sagte Miranda und roch vorsichtig an dem Blumengesteck, als Janie es ihr hinhielt, wandte sich aber wegen des übermäßigen Geruchs des Heidekrauts ab. „In der Küche wird es eine Vase geben, Janie. Du kannst eine mitbringen, wenn du den Tee für mich holst. Tee, Sir Charles?" Sie bat Sir Charles, sich auf das Sofa zu setzen und sagte entschuldigend: „Ich habe das Gefühl, wenn ich mich jetzt hinsetze, nie mehr aufstehen zu können. Janie? Der Tee ...", erinnerte sie das Mädchen, als Janie unentschlossen an der Tür für die Dienerschaft stehenblieb, die sich auf die zur Küche hinabführende Treppe öffnete; die Blumen hatte sie auf den Fenstersitz mit Blick auf die ganze Trim Street gelegt.

Sir Charles setzte sich nicht und sprach nicht, bevor Janie, die zögernd knickste und ging, nicht die Tür hinter sich geschlossen hatte. Dann wandte er sich mit einem Gesichtsausdruck zu Miranda, den sie schwer zu deuten fand. Es war, als wollte er durch ihre Haut hindurch oder eine andere Schicht darunter schauen, die nur sie und niemand sonst kannte. Sein Starren ließ sie erröten und sich langsam zu dem Fenstersitz zurückziehen. Sie tat ihr Bestes, es wie eine natürliche Handlung erscheinen zu lassen, nicht wie etwas, das zeigte, dass sie so viel Abstand wie möglich zwischen sich und ihrem ungebetenen Besucher schaffen wollte; eine Hand ruhte auf ihrem runden Bauch, als ob ihr Kind des Schutzes bedürfte. Ihr Verhalten ließ ihn schief lächeln, im Vertrauen, dass er die Oberhand hätte; jegliches Gefühl der Reue war mit der Zofe verschwunden. Er sprach mit völlig anderer Stimme zu ihr als der, die er benutzt hatte, während Janie noch anwesend war.

„Ich werde Eure Zeit nicht in Anspruch nehmen und Ihr auch nicht die meine", sagte er knapp und machte einen Schritt auf sie zu. „Ihr wisst, wer ich bin und könnt zweifellos auch erraten, wer mich schickt."

Miranda zuckte bei seinem Ton zusammen und täuschte Interesse an dem Blumenstrauß vor, den sie hochhob und dann gegen den Fensterrand lehnte, so wie Janie das getan hatte. Sie holte tief Luft und hoffte,

dass ihr Gesichtsausdruck nicht ihr Gefühl des Unbehagens verriete,
dann wandte sie sich ihm mit einem verwirrten Lächeln zu:

„Was das Erstere angeht, Sir Charles, habe ich keine Ahnung. Und
da ich das Letztere erraten muss, würdet Ihr mir vielleicht die Freundlichkeit erweisen, es mir zu sagen?"

„*Freundlichkeit?*" Er spuckte das Wort förmlich aus. „Wie könnt Ihr
von Freundlichkeit sprechen, wenn es mit Sicherheit Eurer *Unfreundlichkeit* geschuldet ist, dass wir uns in dieser hübschen Sackgasse befinden?"

„Darf ich fragen, welche Unfreundlichkeit ich Euch - irgendjemandem - erwiesen habe?"

„Madam. Darüber könnten wir den ganzen Tag streiten. Ihr hattet
jahrelang Zeit, über die Torheit Eurer lüsternen Handlungen zu grübeln.
In der Tat erzeugte diese Lüsternheit die übelste aller Früchte und jetzt
steht Ihr schwer vor Scham vor mir und gebt vor, nicht zu wissen, was
Ihr getan habt? Dass Ihr die unverschämte Frechheit besaßt, Euch in
diesem schamvollen Zustand in anständiger Gesellschaft zu zeigen; ein
Gotteshaus zu betreten, als ob Ihr das Recht dazu hättet! Es ist absolut
kein Wunder, dass Lady Rutherglen einen Zusammenbruch erlitt."

Wieder hielt Miranda inne und holte tief Luft, die Worte des Politikers ergaben wenig Sinn; sein Zorn war verblüffend. Sie hatte keinen
Zweifel an seiner Aufrichtigkeit. Die Erwähnung von Lady Rutherglen
jedoch entlockte ihr eine Antwort.

„Es tut mir leid, wenn Lady Rutherglen sich unwohl fühlte, aber da
die Lady seit dem Tag meiner Geburt nie irgendwelche Rücksicht auf
mich nahm, ja, mich nicht einmal kennen wollte, wenn sie in mein
Gesicht sah, bin ich nicht verpflichtet, Euch Worte zu bieten, die ihr ein
Trost sein könnten."

„*Nicht verpflichtet?* Lieber Gott, Madam, die Frau zog Euch auf,
versorgte Euch mit Essen und anständiger Kleidung und wie habt Ihr es
ihr gelohnt? Indem Ihr Eure sorgfältige Erziehung vergaßt, eine Erziehung, die Ihr nur erhieltet, weil Lady Rutherglen gegen besseres Wissen
gezwungen war, Eure Blutsbande anzuerkennen, und es nur aus einem
Gefühl christlicher Nächstenliebe tat. Und wie habt Ihr es ihr gelohnt?
Indem ihr mit dem ersten Narren, der Euch ein Blumensträußchen und
ein freundliches Zwinkern bot, herumhurtet!"

Sie starrten einander über den Teppich hinweg an: Mirandas Gesicht
war völlig bleich, Sir Charles' Wangen rot von dem ihm ins Gesicht
gestiegenen Blut. Der eine wollte die andere zwingen, die Anschuldigungen zu bestätigen; die andere überlegte, wie sie sie am besten zurück-
weisen könnte, ohne sich und alles, was ihr teuer war, bloßzustellen. Die
einzigen Geräusche im Zimmer waren die, die von der Straße durch den

Bogen und das Schiebefenster über dem Fenstersitz, das nach oben geschoben worden war, um frische Luft in den Salon zu lassen, heraufdrangen: Wagenräder und das Klappern von Hufen auf dem Pflaster, die singenden Rufe eines Obstverkäufers und das leise Summen einer Biene …

„Mit Narr, Sir Charles, meinen Sie etwa Lord George?"

„Ihr wisst sehr wohl, dass ich mich auf Lord George Stanton beziehe, Madam!", zischte er. „Als ob Ihr Unwissenheit vorschützen könntet! Als ob es Euch einen *Penny* kümmerte, ob er ein Narr ist oder nicht! Eure Motive waren von Anfang an nur zu klar. Ihr mögt Eure Verführungskünste bei einem Hirnlosen wie George haben anwenden können, das ist keine große Kunst, aber Ihr konntet nie Eure Pläne verwirklichen, solange Ihr unter den wachsamen Augen von Lady Rutherglen und seiner Gnaden von Cleveley lebtet. Und auch jetzt werdet Ihr das nicht!"

„Welche Pläne sollen das gewesen sein, Sir Charles?"

Weir starrte sie an, als wäre ihr ein zweiter Kopf gewachsen, so groß war seine Ungläubigkeit. Sie war entweder unglaublich naiv oder so hohlköpfig wie George Stanton; vielleicht waren sie doch füreinander geschaffen gewesen. Er lache spöttisch.

„Kommt schon! Wie alle Eurer Art habt Ihr alle im Arsenal einer Hure vorhandenen Waffen genutzt: Ihr habt ihn bezirzt, Eure Beine für ihn geöffnet und Euch von ihm schwängern lassen, alles in der Hoffnung, dass er Euch heiraten würde!"

Miranda zuckte bei dieser groben Rede zusammen, schrak aber vor der Anschuldigung nicht zurück.

„Warum müsst Ihr eine so hässliche Geschichte daraus machen, Sir Charles? Es wäre ebenso denkbar, dass Lord George verliebt war …"

„Verliebt? *Verliebt? George?*"

Sir Charles trat einen Schritt näher, als ob er Miranda deutlicher sehen müsste, um ihre Worte verdauen zu können. Nun war er nur noch einen Schritt von ihr entfernt.

„Warum findet Ihr die Vorstellung so erstaunlich, Sir Charles?", fragte sie mit fester Stimme und zwang sich, ruhig zu klingen, obwohl sie sich alles andere als das fühlte. Sie machte einen Schritt zurück, da ihr seine Nähe nicht behagte. „Lord George ist eines solchen Gefühls fähig; ich habe es gesehen. Er …"

Weir wedelte mit seiner Hand, als ob er ein Insekt verscheuchen wollte.

„Nein. Nein. Nein, Madam. Was Ihr saht, ist, was Ihr zu sehen wünschtet. Seid Ihr wirklich so einfältig, dass Ihr nicht zwischen Lust und Liebe unterscheiden konntet? Und wenn das wahr ist, tut es mir wirklich leid für Euch, aber es ändert nichts an der Tatsache, dass Ihr, als Ihr endlich von ihm schwanger wart, Euer Möglichstes tatet, um ihn zu einer Heirat zu überreden."

„Vielleicht bin ich nicht die Einzige, die alles völlig missverstanden hat?", entgegnete Miranda mit einem Blick auf die Dienstbotentür und dann über Weirs Schulter hinweg zu der Tür, die in den Gang hinaus führte, wo ein Hoteldiener auf seinem Posten saß und darauf wartete, die Wünsche der Hotelgäste zu erfüllen. Wenn sie nur zu der Tür käme, würde der Diener doch sicher ihre Rufe hören? „Vielleicht hat Lady Rutherglen Euch davon überzeugt, dass es keine Liebe gab, da sie selbst solcher Gefühle unfähig ist und daher Liebe nicht erkennen würde, selbst, wenn sie ihr auf einem silbernen Tablett präsentiert würde? Ich glaube ehrlich, dass Lord George verliebt war, und wenn nicht die rück-sichtslosen Handlungen anderer vor so vielen Jahren gewesen wären, hätte eine Tragödie vermieden werden können, was dies zu einer wahr-haftig bedauerlichen Angelegenheit macht ..."

Sir Charles sah ihren verstohlenen Blick zu der Dienstbotentür, und während sie noch sprach, trat er hinüber, verschloss sie und ließ den Schlüssel in die dicht bestickte Tasche seines Rocks gleiten. Bei dieser Handlung stieß Miranda einen leichten Seufzer der Niederlage aus, bewegte sich aber nicht von dem Fenstersitz fort. Die Sonne schien ihr auf den Rücken, eine durch das Fenster kommende Brise kribbelte an ihrem Handgelenk und das Summen der Hummel in dem Blumenstrauß wurde lauter, als diese von der Wärme der Sonne geweckt wurde. Miranda hoffte, Janie würde bald wiederkommen. Aber nachdem jetzt die Dienstbotentür verschlossen war, was sollte sie tun? Ein unange-nehmes Ziehen ließ sie eine Hand auf ihren Bauch legen; die andere ließ sie verstohlen nach hinten gleiten und fühlte mit den Fingern nach dem Blumenstrauß. Wenn sie nur die Blumen erreichen könnte; ihm den Strauß ins Gesicht schleudern; ihn genug ablenken könnte, um die Tür zu erreichen ... aber der Einfall verflog fast so schnell, wie er ihr gekommen war; die Blumen waren gerade außer Reichweite.

„Madam, ich bin nicht hierhergekommen, um mit Euch zu streiten", sagte Sir Charles selbstbewusst; nachdem er jetzt die Tür verschlossen und den Schlüssel an sich genommen hatte, fühlte er sich in Kontrolle. Außerdem war die Frau nicht in einem Zustand, dass sie vor ihm hätte davonlaufen können. „Und Lord Georges unwichtige Gefühle spielen für mich weder so noch so eine Rolle. Was ich weiß, ist, dass hier und jetzt er nichts mit Euch oder Eurem illegitimen Nachwuchs zu tun haben will. Dass Ihr glaubtet, Ihr könntet ihn dazu erpressen anzuerkennen, dass er der Vater Eures Bastards ist ..."

„Erpressen? George? Damit er anerkennt, Sophies Papa zu sein?"

Miranda sah so verwirrt aus, dass Sir Charles ihr fast glaubte und er für einen Moment sprachlos war. Sie sah seine vorübergehende Unsicherheit und hatte den Funken einer Hoffnung, dass er von welcher bedrohlichen Handlung, die er planen mochte, indem er allein in ihr Zimmer kam und die Dienstbotentür verschloss, abgehalten werden könnte. Ihre einzige Hoffnung lag darin, ruhig zu bleiben und ihn mit Vernunft zu überzeugen, denn sie hatte gehört, dass er kein unvernünftiger Mann wäre. Seinerzeit war er ein treuer Angestellter des Hauses Cleveley gewesen; war er nicht Politiker? Schätzte er nicht seinen Ruf und sein Ansehen in der Gesellschaft? Es gab nur einen Weg, das herauszufinden.

„Welchen möglichen Grund könnte ich haben, George als Sophies Vater bloßzustellen, Sir Charles? Ich habe seit fünf Jahren nichts von ihm gesehen oder gehört, was genau das ist, was ich am meisten auf der Welt begehre. Ich habe nicht den Wunsch, dass George als Sophies Vater bekannt wird, denn damit würde ich die Schande ihrer Abstammung öffentlich machen, und das ist etwas, das ich vor ihr und der Welt geheim halten möchte, bis der letzte Atemzug meinen Körper verlässt."

Miranda verzog das Gesicht und setzte sich auf den Fenstersitz, beide Hände auf ihren runden Bauch legend, denn das Zwicken hatte sich in einen scharfen Krampf verwandelt. Sie holte tief Atem, zwang sich, nicht in Panik zu geraten und schaute zu Sir Charles auf. Sein tiefer werdendes Stirnrunzeln und die Verwirrung in seinen blassen Augen waren merkwürdig tröstlich.

„Sicher könnt Ihr sehen, dass es mein letzter Wunsch auf Gottes Erde wäre, dieses kleine Mädchen dem Spott aller Welt preiszugeben. Sie soll nie ihre wahre Abstammung erfahren. Sie ist die Unschuldige in all dem. Ich kann mir nicht vorstellen, dass Lord George dies wünschen könnte."

Sir Charles schaute immer noch finster drein, aber etwas von seiner bitteren Entschlossenheit hatte ihn verlassen.

„Wenn Ihr denn nicht an der Erpressung von Lord George beteiligt seid, wie Ihr behauptet, dann werdet auch ihr missbraucht, Madam. Euch dem Maler anzuvertrauen war nicht klug von Euch, denn indem Ihr Euch ihm anvertrautet, habt Ihr ihm die Mittel gegeben, nicht nur Lord George zu erpressen, sondern auch genau das zu tun, was ihr so verzweifelt zu vermeiden sucht, nämlich, das Kind vor der Welt bloßzustellen."

„Der Maler?"

„Talgarth Vesey, Madam. Lord George glaubt, dass die Drohbriefe in Eurem Auftrag von dem Maler geschrieben wurden."

Miranda schüttelte den Kopf.

„Nein, Sir Charles, das kann nicht sein. Ich habe mich Mr. Vesey nicht anvertraut. Das würde ich nicht, aus den Gründen, die ich Euch gerade erklärt habe. Er war mir und Sophie ein guter Freund und wir genießen seine Gesellschaft um seiner selbst willen. Seine Besuche sind eine willkommene Abwechslung im Alltag so fern von der Welt geworden. Aber Ihr müsst mir glauben: ich habe meine Lage oder Sophies Geburt nie jemandem außer einem anvertraut. Ist Lord George sicher, dass diese Briefe von Mr. Vesey kamen?"

Sir Charles nickte stumm und überraschte Miranda dann, indem er die kurzen Schöße seines Rocks lupfte und sich ohne Einladung auf den Fenstersitz setzte; der Blumenstrauß drückte in seinen Rücken, was die Hummel aufstörte, de irritiert summte und ihren schweren Körper zum Abflug hob.

„War es Reverend Blackwell, dem Ihr Euch anvertraut habt?", fragte er fast im Flüsterton, als ob er befürchtete, belauscht zu werden.

„Mr. Blackwell?" Miranda runzelte verblüfft die Stirn. „Nein, Sir Charles. Er hat sich mir anvertraut."

„Er hat sich Euch anvertraut? Aber ..."

Er ließ den Satz unbeendet und wartete darauf, dass sie ihm eine Erklärung anböte.

Ein weiterer scharfer Krampf durchfuhr Mirandas Köper und sie schnitt eine Grimasse und holte tief Luft, bevor sie offen zu dem Politiker sagte: „Ihr müsst doch sicher verstehen können, dass Mr. Blackwell ebenso viel Grund hatte wie George, dafür zu sorgen, dass Sophies Abstammung für die Welt ein Geheimnis bleibt, denn wenn er Sophies Schande vor der Welt offenlegte, würde er auch George bloßstellen, was nicht nur zu Lächerlichkeit und Verachtung, sondern zu einem weit schlimmeren Schicksal führen würde, wenn man Georges größten Wunsch bedenkt, den er tatsächlich als sein gottgegebenes Recht betrachtet, nämlich, der nächste Herzog von Cleveley zu werden."

Sir Charles war von Mirandas Vortrag so verwirrt, dass er noch dabei war, ihn zu verarbeiten, als er herausplatzte, aus dem Bedürfnis heraus, die Stille zu füllen und ihren durchdringenden Blick abzuwenden:

„Ihr wisst, dass Reverend Blackwell kürzlich einen Herzanfall erlitt und starb?"

Ein weiterer schmerzhafter Krampf ließ Miranda ihre Augen fest schließen, was Sir Charles ihrer ersten Reaktion auf seine Nachricht beraubte, und als sie wieder Atem holte und direkt seinem offenen Blick begegnete, standen Tränen in ihren Augen. Er war sich nicht sicher, ob die Schmerzen der Grund für ihre Tränen waren oder die Nachricht vom Ableben des Pfarrers.

„Nein. Das wusste ich nicht", gab sie zu und bevor er sie noch etwas über den toten Pfarrer fragen konnte, sagte sie atemlos: „Sir Charles ... ich flehe Euch an ... Schließt die Dienstbotentür auf und ruft nach meiner Zofe ... Sofort."

„Wo ist Lord George Stantons Kind?", fragte er und ignorierte ihre Bitte, während etwas an seinem linken Ohr kitzelte, was ihn unbewusst mit seiner Hand durch die Luft nahe seiner Wange schlagen ließ. „Ist es hier bei Ihnen, Madam?"

„Bitte ... Das Baby wird nicht auf Euch oder mich warten. Die Tür ..."

„Sagt mir, wo Sophie Stanton ist, Madam!"

„Sophie Stanton?" Mirandas Augen öffneten sich weit bei der neuen Erkenntnis. „Also wisst Ihr nicht ... George hat es Euch nicht anvertraut ..."

Sir Charles kramte in einer Rocktasche und holte den Schlüssel zur Dienstbotentür heraus, den er zwischen Daumen und Zeigefinger vor ihren Augen baumeln ließ.

„Sagt es mir und ich werde tun, worum Ihr bittet."

Wieder schloss Miranda ihre Augen mit einer Grimasse des Schmerzes und versuchte, die Krämpfe zu unterdrücken oder doch abzuschwächen, bis Janie wieder da wäre. Sie erschauerte mit einem weiteren tiefen Atemzug und als sie die Augen öffnete, fand sie, dass Sir Charles noch immer den Schlüssel hochhielt (hatte der Mann keine Ahnung, was mit ihr geschah?) und sie erkannte, wenn sie ihm keine befriedigende Antwort auf seine Frage gäbe, er sie nicht in Ruhe lassen oder tun würde, worum sie ihn ersuchte, daher platzte sie mit dem erstbesten Namen heraus, der ihr in den Sinn kam.

„Lord Halsey. Er weiß es. Die Tür ... Sir Charles, *um Himmels willen*, ich *muss* meine Zofe bei mir haben!"

Der Name drang zu Sir Charles durch, aber er hielt den Schlüssel weiter außerhalb ihrer Reichweite und starrte sie an, nicht nur von ihrer Schönheit betroffen, die offensichtlich war, sondern von ihrer Selbstbeherrschung, die für jemanden, der so jung und so unerfahren war, verblüffend war, vor allem, wenn man ihre derzeitige Lage bedachte; denn ihre Wehen hatten doch sicher eingesetzt? Es war etwas unglaublich Großartiges an ihr, als ob ihr seine Huldigung ganz natürlich gebührte. Zu seinem größten Erstaunen fand er sich unter der Last seines Anstands als Edelmannes beugen und erlaubte endlich ihren Worten, in seinen Kopf vorzudringen:

Blackwell hatte ebenso viel Grund wie George, dafür zu sorgen, dass Sophies Abstammung für die Welt ein Geheimnis bleibt, denn wenn er

*Sophies Schande vor der Welt offenlegte, würde er auch George bloßstellen
…*

Was meinte sie damit?

Erstaunen wurde zu Unruhe und Unruhe zu Zweifel.

Also wisst Ihr nicht … George hat es Euch nicht anvertraut …

Was wusste sie, das er nicht wusste? Und was verschwieg ihm der
törichte George? Wurde er zum Narren gehalten? Von wem? Stanton?
Lady Rutherglen? Dieser Hure mit ihrem Engelsgesicht? Zum ersten Mal
seit sehr langer Zeit hatte er das Gefühl, dass er die Kontrolle über die
Dinge verlor, und wenn es irgendetwas in diesem Leben gab, was ihn
halb zu Tode erschreckte, dann, nicht die Kontrolle innezuhaben. Er
liebte Ordnung und Berechenbarkeit, und dass jeder seinen Platz in der
Welt kannte; nur dann konnte er arbeiten und sicher sein. Jetzt, in
weniger als einer Stunde, die er in der Gesellschaft einer Frau verbracht
hatte, die sich Mrs. Bourdon nannte, stieg in ihm eine Ahnung auf, dass
seine wohlgeordnete Existenz kurz davorstand, sich aufzulösen und in
Stücke zu zerfallen.

Sein Herz begann schneller zu schlagen und an seiner Schläfe
pochte es.

Wieder wurde sein Ohr von einer summenden Störung gekitzelt,
und ohne seinen Blick von Miranda abzuwenden, die ihn stetig in der
willkommenen Pause zwischen den lähmenden Krämpfen betrachtete,
fuhr er neben den gerollten, gepuderten Locken seiner Perücke über
seinem rechten Ohr mit der Hand durch die Luft.

„Ihr dürft nicht danach schlagen, oder sie wird denken, dass Ihr sie
angreift", riet Miranda und strich mit ihren Händen sanft über ihren
Bauch, besänftigte das Baby darin mit einem Auge auf die Hummel, die,
nachdem sie sich genug erholt hatte, um von den dunkelroten Blättern
einer Fuchsie aufzusteigen, neben Sir Charles' Ohr herumsummte und
sich dann weggefegt und in den Spitzenrüschen, die seine Handgelenke
bedeckten, gefangen zu finden. „Bleibt still und die Biene wird
wegfliegen und sich anderswo niederlassen, aber wenn ihr weiter nach ihr
schlagt, wird sie euch stechen."

Aber Sir Charles hörte weder ihren Rat noch bemerkte er die
Hummel, die aus den Falten der Spitzen an seiner Hand kroch, denn das
Dröhnen in seinem Kopf wurde übermächtig; ein Dröhnen von Zweifel
und eine anschwellende Panik. Und mit der Panik kam eine furchtbare
Übelkeit auf, die seinen Magen sich umdrehen und sein Herz rasen ließ
und seinen rasierten Kopf unter der sauber gepuderten Perücke mit
Schweiß bedeckte. Er starrte die junge Frau, die ihm auf dem Fenstersitz
gegenübersaß und bei seinem offenen Blick nicht vor Furcht mit der

Wimper zuckte, geradeheraus an, bis ihre Worte und ihr Gesicht in seinem Verstand eingemeißelt waren. Und dann kam ihm die Erkenntnis und er wusste: Sie - Lady Rutherglen, Lord George Stanton und vor allem er selbst - waren getäuscht worden; sie waren alle großartig und vollkommen getäuscht worden.

Von Panik erfasst schoss seine Hand vor und er packte Mirandas Handgelenk und riss sie an sich.

„Wer seid Ihr?", fragte er in furchtsamem, heiseren Flüsterton. „Gott im Himmel, Madam, sagt mir, wer Ihr seid!"

Die Hummel hob ihren Unterleib und versenkte ihren Stachel tief in den weichen Ballen von Sir Charles Weirs Daumen.

FÜNFZEHN

Alec genoss es, seine müden Glieder in dem heissen, parfümierten Wasser der großen Kupferbadewanne auszustrecken, wobei er immer wieder eindöste, da der Duft und die Hitze halfen, seinen Geist, der von unbeantworteten Fragen über die Vergiftung eines alten Pfarrers und die Ermordung eines verkrüppelten Jungen weit weg von seinem Heim gequält wurde, wenigstens vorübergehend zu beruhigen.

Vor seinem inneren Auge erschienen Bilder des zusammengesunkenen und leblosen Körpers des armen Billy Rumble, dessen einziger Wunsch es gewesen war, zur See davonzulaufen und Tage voller Seefahrtsabenteuer zu erleben. Stattdessen war sein junges Leben durch einen Stoß ins Herz beendet worden; seine letzten Minuten hatte er allein in einer dunklen, einsamen Stallbox verbracht. Der ruchlose Mord an Billy Rumble und die vereitelte Entführung der kleinen Sophie Bourdon ließen ihn die Stirn runzeln und seine breiten Schultern unter Wasser gleiten, während er über die Identität des „Londoner Gentlemans" grübelte, der Billy Rumble ein paar Guineen dafür versprochen hatte, sie zu entführen. Waren die Ohrringe mit den Diamanttropfen, die im Stall des St. George Gasthofs gefunden worden waren, für jemanden wie Annie und Billy Rumble ein Vermögen wert, und hatten sie eine weitere Belohnung für die Übergabe der kleinen Sophie sein sollen? Jetzt hing einer dieser Ohrringe am Ohrläppchen seiner Liebsten.

Er lächelte, als er sich Selina vorstellte, wie sie ihm im Gasthof gegenübersaß, ihre hell kupferfarbenen Locken von der Reise zerzaust, den einen Diamanttropfenohrring, dessen Diamanten im Kerzenschein funkelten, am Ohr herabbaumelnd. Sie lächelte ihn an, das Kinn auf die

Faust gestützt, die schwarzen Augen vor Mutwillen blitzend. Zweifellos würde sie bis zu dem Moment, in dem sie in Bath anlangte, einen Packen von Ausreden erfunden haben, die sie ihm vortragen wollte, warum sie nicht gut seine Frau werden könnte, und noch einen Packen voller Gründe, warum es am besten war, wenn sie seine Mätresse wäre.

Was verheimlichte Selina ihm? Und doch hatte sie sich dem Herzog von Cleveley anvertraut. Was die Enthüllung anging, dass sie und der Herzog ein Liebespaar gewesen waren, dass sie das Kind des Herzogs bei einer Fehlgeburt verloren hatte ... Das war ein ganzes Kapitel ihres Lebens, von dem er lieber nichts wissen wollte. Doch hatte ihn der Hauch einer Eingebung gestreift, dass ihre Affäre mit Cleveley und ihre Folgen irgendwie Einfluss auf seine Zukunft mit ihr hatten.

Er hätte am liebsten jeden Gedanken an den Herzog zum Teufel gewünscht, aber er musste über den Herzog nachdenken, denn er glaubte, dass der Edelmann irgendwie mit dem Tod Blackwells zu tun hatte. Alec hatte keinen Zweifel daran, dass der Pfarrer vergiftet worden war. Aber er glaubte nicht, dass der Herzog Blackwell vergiftet hatte; er war kein Feigling. Aber hatte jemand anders das für ihn getan? Cleveley war als Testamentsvollstrecker für Blackwells letzten Willen benannt und wusste daher, dass der arme Pfarrer in Wirklichkeit ein wohlhabendes Mitglied des Adels war - aber wusste der Herzog, dass Lord George Stanton Blackwells Sohn war? Würde er sich unwiderruflich in Stantons niederträchtiges Verhalten verwickeln lassen und die Verführung und folgende Schwangerschaft von Miranda Bourdon vor fünf Jahren vertuscht haben, hätte er die wahre Abstammung seines Stiefsohnes gekannt? Wurde Cleveleys Handeln immer noch von dem Missverständnis bestimmt, dass Lord George Stanton sein Stiefsohn und damit sein Erbe war? Oder hatte er vielleicht die Wahrheit entdeckt und fuhr dennoch, da er keinen Sohn hatte, fort, Lord George als den zukünftigen Erben des Herzogtums Cleveley zu fördern? Wenn dem so war, hatten Blackwell und der Herzog sich verschworen, um Stantons wahre Abstammung geheim zu halten? Das Kodizill würde diese Vermutung sicherlich stützen.

Das Kodizill, das ein äußerst erstaunliches Dokument war, trug nur zu dem Gewirr der Geheimnisse bei, die sich um Blackwells Tod rankten.

Es gab weitere handelnde Personen, die irgendwie mit Blackwell in Verbindung standen, wenn nicht sogar mit seinem Tod, und diese musste Alec erst noch genauer unter die Lupe nehmen, wie etwa Selinas opiumsüchtigen Bruder und die rätselhafte Miranda Bourdon. Hatte Lord George wirklich Talgarths Porträt von Miranda und ihrer

Tochter verschandelt, wie Weir angab, oder gab es einen weniger finsteren, aber nicht weniger emotionalen Grund für die Zerstörung des Porträts? Alec war überzeugt, dass das Gemälde zerstört worden war, bevor es die Milsom Street auch nur verlassen hatte. Wenn es, wie Charles Weir angab, George Stanton gewesen war, der das Gemälde mit Messer und Farbe verunstaltet hatte, dann musste er im Atelier des Malers gewesen sein, aber wann? Talgarths italienischer Haushofmeister hatte den korpulenten jungen Adligen nie erwähnt oder beschrieben.

Nach dem, was Nico ihm erzählt hatte, neigte Alec dazu, Stanton als den Vandalen auszuschließen, und das ließ ihn sich fragen, ob nicht die wütende und messerschwingende Lady Rutherglen eine wahrscheinlichere Verdächtige war, die sich in einem Anfall giftiger Wut auf das hochgelobte Porträt gestürzt hatte. Was war mit dem Kammerdiener des Herzogs, Molyneux, und seinen Besuchen im Atelier des Malers? Was waren seine Gründe dafür, dass er sämtliche Porträts von Miranda Bourdon aufkaufte? Dass er das im Auftrag seines Herrn tat, stand außer Frage; aber der Grund dafür war fraglich. Half der Herzog wieder seinem Stiefsohn dabei, alle Spuren des Mädchens, das George Stanton vergewaltigt hatte, auszulöschen? Zu welchem Zweck? Sollte die Frau selbst ein für alle Mal zum Schweigen gebracht werden? War das das vorgesehene Ende für Miranda Bourdon?

Miranda Bourdon. Die Frau blieb ein Rätsel. Alec konnte es nicht erwarten, endlich ihre Bekanntschaft zu machen und sie einschätzen zu können. Wenn er sich bei einer Sache sicher war, während er versuchte, das Knäuel aus Gedanken und vielen unbeantworteten Fragen zu entwirren, dann, dass Miranda Bourdon das Mittel war, durch das er in dem Tod von Blackwell und Billy Rumble einen Sinn finden konnte. Je eher er ihr vorgestellt würde, desto besser, beschloss er, als er in einen Dämmerzustand verfiel, nur, um fünf Minuten später von heißem Wasser, das zu seinen Füßen in das warme Wasser gemischt wurde, geweckt zu werden.

Es war Jeffries.

Er goss umsichtig heißes Wasser aus einem schweren Kupferkrug in das Wasser nahe Alecs Zehen, während er schweigend einen bulligen Lakaien aus der Küche anwies, zwei Eimer frischen, heißen Wassers am Fußende der Wanne abzustellen und zu verschwinden. Er stellte den Krug beiseite, um zwei dicke Badetücher von dem gepolsterten Sitz eines dünnbeinigen Stuhls vor dem Frisiertisch zu nehmen. Diese legte er vorsichtig auf einen Schemel näher an der Wanne. Dann verschwand er im Schlafzimmer und kam mit einem rotseidenen Morgenrock, der mit goldgelbem Damast gefüttert war, zurück, und legte diesen säuberlich über die Rückenlehne des Stuhls, um dann zu warten.

Alec öffnete ein Auge und warf mit einer Kopfbewegung eine dunkle, schwere Locke zurück, die ihm ins Auge gerutscht war, nicht, weil er die leichtfüßige Anwesenheit des Lakaien bemerkt hätte, sondern wegen eines hörbaren und aufreizenden Klopfgeräusches. Jeffries hielt die Hände vor sich gefaltet und die Finger seiner linken Hand klopften unablässig auf den Rücken der rechten, doch sein langes, blasses Gesicht mit seinen nach oben gerichteten Nasenlöchern und dem gespaltenen Kinn war leer von jeglichen Gedanken. Den Mund zu einem dünnen Strich zusammengepresst starrt Jeffries auf eine Stelle auf den glänzenden Dielen etwa zwei Fuß vor seinen perfekt polierten Schuhen. Die leicht hochgezogenen, dichten geraden Brauen und das anhaltende Klopfen machten Alec darauf aufmerksam, dass jemand oder etwas den normalerweise gleichmütigen Hadrian Jeffries verärgert haben musste.

Mit einem tiefen Atemzug ließ Alec seine Schultern an der Wand der Wanne hinaufgleiten, bis er aufrecht saß und strich mit der Hand über sein feuchtes Gesicht und seine nassen Haare, wohl wissend, dass seine Überlegungen und die kurze Atempause des Alleinseins ein Ende hatten. Er bat um frisches, heißes Wasser und Jeffries erwachte sofort zum Leben.

Abgespült, abgetrocknet, seinen nackten Körper in den seidenen Schlafrock gehüllt, saß Alec auf dem Frisierhocker und rieb sich die Nässe aus den schulterlangen, schwarzen Locken, mit einem Auge auf Jeffries, der keinen Ton von sich gegeben hatte. Alec lächelte in sich hinein, er wusste, dass der Mann vor Verlangen zu sprechen förmlich platzte, aber seinen Mund fest geschlossen lassen würde, bis er die Erlaubnis dazu bekäme; der perfekte Gentleman eines Gentlemans. Aber wollte Alec Perfektion? John, der vor Tam sein Kammerdiener gewesen war, hatte sich der Perfektion so weit genähert, wie es für einen Kammerdiener möglich war, aber er war auch ein völliger Langweiler gewesen. War Hadrian Jeffries ein Langweiler? Er hatte keine Ahnung. In der Tat wusste er nichts anderes über Hadrian Jeffries, als dass er zwei Jahre lang Diener in seinem Haus gewesen war. Während die meisten Adligen sich keinen feuchten Kehricht um mehr als den Namen ihres Kammerdieners und darum, dass der Diener seine Arbeit ordentlich machte, kümmerten, störte es ihn, dass er nicht mehr wusste als den Namen des Mannes. Zweifellos würde sein Onkel mehr über seinen Mangel, oder eher, sein fehlendes Interesse an seinem Haushalt zu sagen haben. Sein Onkel machte es sich immer zu seiner Aufgabe, seine Diener als Menschen zu kennen und hatte seinen Neffen die gleiche exzentrische Gewohnheit anerzogen. Alec lächelte. Sein Onkel machte es sich auch zur Aufgabe, die Diener anderer Leute als Menschen zu kennen, was bedeutete, er würde alles wissen, was man über Mr. Hadrian Jeffries wissen musste.

Alec warf das feuchte Handtuch beiseite und strich seine Locken zurück, die er mit einem Band zusammenhielt, das er auf dem wohlgeordneten Frisiertisch fand. Nun, das war das erste Mal! Der Inhalt seines Reisenecessaires: Schildpatt-Haarbürste, Kleiderbürste, Elfenbeinkamm, geschärftes Rasiermesser, ein graviertes Silberetui, dessen Deckel leicht geöffnet war, sollte Alec die Gegenstände in ihm benutzen wollen, ein sauberes Bündel schwarzer Seidenbänder, Nagelfeile im richtigen Winkel zu dem Bürstenset, Sandelholzparfüm von Floris, zwei Paar polierter Schuhschnallen, sogar der gravierte Silberknopf, der zu der Livree von Cleveley gehörte und den Tam ihm gegeben hatte (er musste ihn in einer Rocktasche vergessen haben) - alles war fein säuberlich, fast zu ordentlich, in einer Anordnung, die nur Jeffries für die genaue Stellung jedes Gegenstandes zur persönlichen Körperpflege kannte, ausgelegt.

„Also, Jeffries, wer möchte dringend mit mir sprechen? Oder gibt es etwas weit Unterhaltsameres, das du mir sagen möchtest? Hat Mr. Fisher ein Feuer in der Küche gelegt oder Mr. Halsey einen der Gäste mit einer seiner Bemerkungen über die Unmoral der Bristoler Sklavenhändler beleidigt?"

Hadrian Jeffries zuckte mit keiner Wimper. Er hob jedoch die Augenbrauen.

„Mr. Barr wünscht Euch zu sprechen, sofort, Mylord. Er bestand darauf. Ich erklärte ihm, er müsste warten, bis es Euer Lordschaft recht wäre und schickte ihn fort. Möchtet Ihr, dass ich Euch jetzt ankleide, Mylord?"

Alec sah den raschen, ungehaltenen Blick auf seine bloßen Füße und stand auf, wobei er seine Hände aus den Taschen des Schlafrocks zog. „Sehr gut. Ich muss bei dem Diner mit Mrs. Bourdon so elegant wie möglich sein, oder mein Onkel wird mir nie verzeihen."

„Eben über Mrs. Bourdon wollte Mr. Barr ein Wort mit Euch sprechen, Mylord", sagte Jeffries, nahm den Schlafrock und reichte Strümpfe und Unterwäsche.

„Ein Wort mit mir sprechen? Das klingt unheilvoll. War Barr unheilvoll?"

„Ja, Mylord. Er versuchte sein Bestes, aber er war in einem solchen Zustand der Erregung, dass es ihm nicht gelang, seine Wünsche in verständlicher Weise vorzubringen."

Alec warf ein gestärktes, weißes Leinenhemd über seinen Kopf und schlüpfte in ein Paar Samthosen; erst, als er sein bauschiges Hemd in die

Hose gesteckt und deren Klappe zugeknöpft hatte, sagte er: „Erregung? Weil ihm ein Gespräch mit meiner geehrten Person verwehrt wurde, oder aus anderem Grund?"

„Er war schon erregt, als ich auf sein unaufhörliches Klopfen an der äußeren Tür reagierte, Mylord. Dass ihm ein Gespräch mit Eurer Lordschaft geschätzter Person verweigert wurde, steigerte seine Aufregung nur noch."

Alec verdrehte innerlich die Augen, als er vor dem hohen Spiegel stand und gekonnt die leinene Halsbinde um seine Kehle schlang. Verstand der Mann keine Ironie? *Geschätzte Person*, wirklich! Tam hätte gelächelt. Vielleicht war Jeffries nervös und er sollte ihm das zugutehalten? Er erlaubte Jeffries, ihm in eine austernsilberne Weste mit bestickten Taschen und Knöpfen zu helfen und sich einen Augenblick lang mit ihrem Sitz zu befassen, dann winkte er ihn zur Seite, um sich auf den Frisierhocker zu setzen, um seine bestrumpften Füße in einem Paar polierter Lederschuhe zu versenken, während Jeffries die einfachen Silberschnallen befestigte.

„Weißt du, warum Barr in einem solchen Zustand der Erregung war?"

„Einer der Gäste ... Nein, es war der Besucher eines Gastes. Ja, so stimmt es", erklärte der Kammerdiener befriedigt, als er aufstand und sich neben den Frisiertisch stellte. „Ein Gentleman, der den Gast in der Archsuite besuchte, verursachte einen Eklat ..."

„Die Archsuite?" Jeffries genoss Alecs volle Aufmerksamkeit. „Mrs. Bourdons Zimmer?"

„Ja, Mylord. Aus diesem Grund bestand Mr. Barr darauf, mit Euch zu sprechen. Er sagte, Ihr wäret mit Mrs. Bourdon bekannt und ..."

„Erzähle mir zuerst von Mrs. Bourdons Besucher."

„Wie ich sagte, Mylord, der Besucher verursachte einen kleinen Eklat unter den Gästen. Laut dem Wasserjungen ... Verzeihung, Mylord", sagte Jeffries abrupt mit einem Hauch von Farbe auf den Wangen, „ich sollte nichts wiederholen, was ich nicht selbst gesehen habe."

„Das darfst du, wenn du die Quelle für zuverlässig hältst. Und, Jeffries, es heißt ‚Sir‘, nicht ‚Mylord‘. Du bist mein Kammerdiener."

Zu Alecs Überraschung errötete Jeffries, lächelte und nickte.

„Dieser Besucher?", fragte Alec mit so viel Gleichmut, wie er aufbringen konnte, denn er war sicher, dass Mrs. Bourdons Besucher kein anderer war als Sir Charles Weir. „Lasse keine Einzelheiten aus, wenn du sie für wesentlich hältst."

„Was der Junge sagte, der das heiße Wasser bringt", sagte Jeffries und ordnete seine Gesichtszüge, „einer der Jungen, der am Fuße der Treppe stand und einer alten Dame mit ihrem Portmanteau behilflich war, sah, wie der Besucher die Haupttreppe zwei Stufen auf einmal hinabrannte, ohne sich darum zu kümmern, wer hinaufging. Der Besucher stieß grob die Damen Musgrave zur Seite, zwei ältliche Jungfern, von denen man mir sagte, dass sie die Tanten des Baron Stokes wären und Stammgäste dieses Hauses, und eine der Damen Musgrave fiel gegen das Geländer und ließ eine Hutschachtel fallen; zwei Hüte wurden unter den Füßen eines ihr zu Hilfe eilenden Lakaien zerdrückt. Der Junge sagte, der Besucher hätte seinen linken Arm vor seine Brust gehalten und sein Handgelenk umklammert, als hätte er es gebrochen oder sich die Haut mit kochendem Wasser verbrüht. Aber das war nicht das Schlimmste, My... Sir", sagte er und holte schließlich Luft. Als Alec nickte, fuhr er fort. „Der Besucher trug auf seinem Gesicht einen Ausdruck, von dem der Junge sagte, dass er ihn nur als Todesschrecken bezeichnen könnte. Wie das Gesicht eines hündischen Mörders, der am Ende eines Seils in Tyburn hängen soll und weiß, dass er auf dem Weg zur Hölle ist. Diese Art von Gesichtsausdruck." Jeffries runzelte die Stirn. „Einer der Lakaien, ein sehr unhöflicher Mensch, der zur Rede gestellt wurde im Moment, als er die Frage von sich gab, war kühn genug, den verschreckten Gentleman zu fragen, ob er einen Geist gesehen hätte!"

Als Jeffries der besseren Wirkung wegen eine Pause machte, erkannte Alec, dass das sein Stichwort war, das Offensichtliche zu fragen.

„Und, hatte der Besucher einen Geist gesehen?"

Der Kammerdiener nickte mit weit aufgerissenen Augen. „Ja, Sir. Genau das antwortete er. Dass ein Geist zurückgekommen wäre, um sie alle heimzusuchen!"

„Das waren die genauen Worte des Besuchers? *Ein Geist ist zurückgekommen, um uns alle heimzusuchen?*"

„Wortwörtlich, Sir."

Alec konnte seine Überraschung nicht verbergen; nicht wegen der Vorstellung, dass es einen Geist im Gebäude geben sollte, sondern weil Sir Charles Weir, einer der selbstbeherrschtesten Männer, die er kannte, auf so melodramatische Weise reagierte, sollte er sich tatsächlich in Gegenwart einer Erscheinung wiedergefunden haben. Alec neigte zu der Ansicht, dass es Weir vermutlich ähnlicher sähe, das Gespenst kühl zu fragen, ob es tatsächlich ein Geist wäre, als Zeichen der Panik zu zeigen, selbst wenn er davon überzeugt wäre, in der Gegenwart von etwas Übernatürlichem zu sein. Was also hatte sein alter Schulfreund in dieser offensichtlichen Erscheinung gesehen, das ihn so schockiert hatte, dass ihm vorübergehend der Verstand und sein normales Verhalten verließen?

„Wisst Ihr, was der Besucher als Nächstes tat, Sir?"

Alec hatte keine Ahnung; was er jetzt wusste, war, dass Jeffries das Melodram liebte und dass er von ihm erwartete, die Frage zu stellen, also tat er das:

„Was machte der Besucher?“

„Es ist mir peinlich, das zu sagen, aber er bedeckte sein Gesicht mit seinen Händen und brach in Tränen aus, wie ein Kind, das hingefallen ist und sich verletzt hat, oder das von seinem Kindermädchen wegen schlechten Benehmens bestraft wurde. Das war wirklich eine Schande. Sir“, fügte Jeffries mit einem Flüstern und einem schnellen, verstohlenen Blick über seine Schulter hinzu, „glaubt Ihr, dass es in Barrs Hotel spukt?“

Nicht nur ein Liebhaber des Melodrams, sondern er glaubte auch noch an Geister! Er war froh, seinen ersten Eindruck von Jeffries berichtigen zu können: nicht langweilig, sondern nervös bei dem Versuch, der perfekte Gentleman eines Gentlemans zu sein. Er schaute auf die fehlerlose Aufreihung seiner persönlichen Toilettengegenstände und hielt bei dem Rasierer an. Nur war das Letzte, was er in jeder Lage brauchen konnte, ein nervöser Kammerdiener.

„Nein“, sagte Alec trocken, „ich glaube nicht, dass es in Barrs Hotel spukt. Hat der Kerl, der diese Aussage weitergab, erwähnt, wo der Besucher diesen Geist gesehen haben will?“

„Der Besucher erwähnte keinen bestimmten Raum, Sir, sondern eine Person.“

„Eine Person?“ Dies überraschte Alec. „Er *erkannte* den Geist?“

Mit weit aufgerissenen Augen nickte Jeffries heftig.

„Ja, Sir. Ich schätze, das ist der Grund, aus dem Mr. Barr so darauf bestand, dass er mit Euch sprechen müsste.“

„Mit mir? Über einen Geist? Warum?“

Jeffries trat dichter an den Frisierhocker heran, als ob er nicht von den Lebenden oder den Toten gehört werden wollte.

„Es ist die Bewohnerin der Archsuite“, sagte er laut flüsternd, sein Blick huschte nach rechts und links und dann zurück zu Alec. „Mrs. Bourdon: Sie ist der Geist.“

Plantagenet Halsey zog eine Grimasse aufgrund des Schmerzes, als er seine arthritischen Knie ausstreckte, aber er war entschlossen, sich zu seiner vollen Höhe aufzurichten, um den breitschultrigen Diener, der den Zugang zu der Suite verstellte, so lange anzustarren, bis er nachgab. Der Diener war so breit wie groß und füllte den

Türrahmen aus; bestrumpfte Beine mit eindrucksvoll breiten Oberschenkelmuskeln standen gespreizt und seine dicken, muskulösen Unterarme waren über der massigen Brust verschränkt. Er war genau die Art von Schläger, wie man ihn in einem lokalen Bristoler Bordell finden konnte, wo Handelsmatrosen ihren Landurlaub verbrachten, nur dass diese massige Bestie eine Livree trug und der Rock silberne Knöpfe hatte. Was machte er in Barrs Hotel? Aber der alte Mann hatte weder die Zeit noch die Lust, das herauszufinden. Er wollte lediglich, dass der Kerl aufhörte, den Zutritt zu Mrs. Bourdons Zimmern zu versperren, und er wollte, dass er sofort ginge. Und das hatte er von dem stummen Riesen und jedem Diener, der geschickt wurde, um ihn zu beruhigen, verlangt, bis der Eigentümer des anständigen Hauses, Mr. Barr selbst, bei ihm erschien, mit einer Haltung, die dazu gedacht war, ebenso umgänglich zu sein wie die des alten Mannes widerspenstig war.

„Bringt den großen Kerl da weg", befahl Plantagenet Halsey und fuchtelte bedrohlich mit seinem Gehstock, „und öffnet diese Tür!"

Tam und Janie duckten sich aus dem Umkreis des sausenden Stocks und standen hinter dem alten Mann, als der Eigentümer seinen Kopf zurückwarf, da die Spitze des Stocks sein spitzes Kinn nur haarscharf verfehlte. Eine Reihe von Dienern, die an der Treppe standen, machten ein paar Schritte nach vorn, eifrig darauf bedacht, Zeuge einer Auseinandersetzung zwischen ihrem hochnäsigen Dienstherrn und dem streitsüchtigen alten Gast zu werden. Nachdem zuvor ein Besucher mit dem Schrei, einen Geist gesehen zu haben, die Treppe herabgekommen war, entwickelte sich der Tag zu einem, der es wert war, dass man darüber bei einem Krug im Wirtshaus redete.

„Ich muss Euch leider darüber in Kenntnis setzen, Sir, dass es mir nicht möglich ist, diese Tür zu öffnen", sagte Mr. Barr überaus verbindlich und mit einem frostigen Lächeln, das er für Besucher reservierte, die nach den Kosten einer Übernachtung in dem exklusiven Haus fragten; wenn jemand so fragen musste, blieb er nicht.

„Nicht möglich? Natürlich ist es möglich, verdammt!", knurrte der alte Mann. „Mrs. Bourdon hat um unsere Anwesenheit gebeten, und daher soll sie sie bekommen!" Er funkelte den ungerührten Riesen vor der Tür an, dann wieder Mr. Barr und ließ seinen Stock von dem Eigentümer zum Diener sausen. „Sagt diesem Trottel, dass er seinen großen Korpus hinwegheben soll!"

Mr. Barr rang seine Hände vor seiner Brust und fuhr fort zu lächeln, war sich jedoch der wachsenden Menge im Gang am oberen Ende der Treppe bewusst. Zu den beiden neugierigen Lakaien, die vorgaben, ihrer Pflicht, im Gang zu stehen und zu warten, ob ein Gast ihrer Dienste bedürfte, nachzukommen, aber die Ohren weit aufgesperrt hielten, war eine der Damen Musgrave gestoßen. Ihre behandschuhte Hand war tief in ihrem samtgefütterten Reticule versenkt, als ob sie etwas suchte, und hinter ihr stand ihre Zofe. Und im Rücken des alten Mannes befand sich sein junger, rothaariger Begleiter und aus einem für den Eigentümer, Mr. Barr, nicht erfindlichen Grund stand neben diesem Mrs. Bourdons bleichgesichtige Zofe.

„Lieber Sir. Mr. Halsey. Meine überaus untertänige Entschuldigung, dass ein stummer Riese diese Tür blockiert, aber ich bin nicht in der Lage, ihrem Wunsch nachzukommen. Ich habe den Eindruck, dass es das Beste wäre, auf das Eintreffen Lord Halseys zu warten, dessen geschätzte Konversation in dieser Angelegenheit erforderlich ist."

Die Erwähnung seines Neffen kühlte die Hitze in Plantagenet Halseys Stimme etwas ab, aber er war nicht weniger kampflustig.

„Geschätzte Konversation? Das hier ist keine Kartenpartie oder die verdammte Soirée einer schäbigen Witwe! Hier ist keine Zeit für Konversation!"

„Es ist immer Zeit für Konversation, lieber Sir. Und ich muss darauf bestehen. Ich werde meine Bedenken seiner Lordschaft leidenschaftlich auseinandersetzen."

„Bedenken?", polterte der alte Mann mit einem Blick aus wilden Augen auf die Gruppe der Zuschauer, bevor er sich wieder dem Eigentümer zuwandte. Er trat einen weiteren Schritt auf diesen zu und knurrte leise: „Habt Ihr überhaupt eine Ahnung, was hinter dieser Tür vor sich geht?"

Der Eigentümer riss seine Augen auf und sein Mund öffnete sich.

„Es ist nicht üblich in unserem anspruchsvollen Haus, und solange ich Eigentümer bin, wird es das auch nicht werden, sich irgendwelche Vorstellungen davon zu machen, was hinter den Türen und in den Räumen, die von meinen geehrten Gästen bewohnt werden, vorgeht, Mr. Halsey", verkündete er mit einem Schnüffeln, laut genug, um von der Gruppe der Zuschauenden gehört zu werden. „Barrs Hotel dient der guten Gesellschaft ..."

„... wenn diese gut genug ist, um ausreichend Goldstücke in Eure Taschen fallen zu lassen!"

Das Giggeln und Schnauben kam von einem der lauschenden Diener, der sofort sein Kinn auf die Brust drückte und sich hinter die ältliche Miss Musgrave verzog, direkt vor die Tapete.

„Sir! Mr. Halsey!", polterte Mr. Barr. „Ich muss Euch sagen, dass ..."

Aber Plantagenet Halsey hörte nicht mehr zu. So sehr er dem pompösen Mr. Barr seinen Stock über den Kopf schlagen wollte, so groß war seine zornige Frustration, wandte er sich doch über seine Schulter zu Tam, der auf einen Ruck des graumelierten Kopfes des alten Mannes näherkam.

„Lass das Mädchen dich über die Dienstbotentreppe in Mrs. Bourdons Zimmer führen. Wenn irgendjemand vom Personal Ärger macht, hast du meine Erlaubnis, sie niederzuschlagen. Deine oberste Pflicht ist die Sorge für Mrs. Bourdon. Verstanden?"

Tam nickte grimmig und mit einem Zeichen an Janie wandten die beiden sich ab und verschwanden; Janie ging auf dem Weg durch das Labyrinth der Dienstbotengänge zur Küche hinab voran.

Der Eigentümer, in der Annahme, dass der alte Mann den Jungen und die Zofe weggeschickt hätte, um Lord Halsey zu holen, sagte gönnerhaft: „Ich hatte bereits um Lord Halseys Anwesenheit ersucht. Ich warte nur darauf, dass er zu erscheinen geruht."

„Hat Euch erst mal abgefertigt, wie?" Plantagenet Halsey deutete mit seinem Stock wieder auf den Diener, der die Tür bewachte. „Was glaubt Ihr, was seine Lordschaft wegen Mrs. Bourdons Zustand tun kann? Er ist kein Apotheker und er ist auch kein ..."

„Ja! Ja! Bitte, Sir, es ist nicht notwendig, dass Ihr das Offensichtliche aussprecht. Hätte ich gewusst ..."

„... Accoucheur."

„... dass der *Zustand* der jungen Frau so weit fortgeschrittenen war, hätte ich sie dahingehend beraten, dass es nicht die klügste Wahl wäre, sich in der Archsuite niederzulassen. Barrs Hotel ist eine seriöse Unterkunft für anständige und vornehme Gäste. Eine private Unterkunft hätte ihren Bedürfnissen besser gedient." Er schaute über den grauen Kopf des alten Mannes zu der ältlichen Miss Musgrave, die endlich damit aufgehört hatte, in ihrem Reticule herumzuwühlen und die ihn jetzt kühn anschaute, um dann seine Stimme zu einem vertraulichen Flüstern zu senken. „Hätte ich früher gewusst, was ich erst heute Morgen erfahren habe, hätte ich *Mr.* Bourdons schmutziges Geld nicht angenommen, obwohl er großzügig für die alleinige Nutzung der Archsuite zahlt, und ich habe vor, ihm den Rest seines schmutzigen Geldes zurückzuzahlen, sobald das möglich sein wird."

„Hä? *Schmutziges Geld?* Wovon schwätzt Ihr da, Barr? Die Frau in diesem Zimmer ist verheiratet und wenn Ihr irgendetwas anderes andeuten wollt, werde ich ..."

„Das möchte sie jedermann glauben machen", unterbrach Barr tapfer, wobei seine Stimme nur ein schwaches Flüstern war. „Aber nach dem, was mir an diesem Morgen enthüllt wurde, habe ich ernsthafte Zweifel, ob die Heiratszeremonie, die in der Archsuite durchgeführt wurde, in der sie jetzt wohnt, eine christliche Verbindung unter Schutz von Staat und Kirche war."

Der alte Mann knirschte mit den Zähnen.

„Ich brauche Eure Andeutungen nicht, Barr. Erklärt Euch!"

Trotz des flammenden Blicks seines Gastes trat der Eigentümer einen Schritt näher.

„Sagt mir, Sir, ob es nicht eine seltsame Reihe von Umständen ist, dass vor weniger als zwölf Monaten die junge Frau in eben den Räumen, die sie jetzt bewohnt, nicht in einem Gotteshaus, wie es der übliche und anständige Ort dafür ist, mit Mr. Bourdon getraut wurde, und dazu von dem merkwürdigsten aller Geistlichen, einem schäbigen Kerl, der einen Bettler ähnlicher sah als einem Pfarrer, mit zwei *Dienern*, die als Zeugen für diese Verbindung dienten. Natürlich achtete ich Mr. Bourdons Wunsch nach Vertraulichkeit und ich fand es damals nicht so sehr seltsam ...“

„Bourdons offene Börse ließ die Rädchen in Eurem Gehirn ein wenig laufen, oder nicht, Barr?", scherzte Plantagenet Halsey, obwohl seine Ohren bei der Beschreibung des Geistlichen geklingelt hatten: Das musste Blackwell gewesen sein. Er wedelte mit seinem Stock. „Ihr sagtet, *Umstände*. Was noch?"

Der Eigentümer lächelte ein dünnes, selbstgefälliges Lächeln der Überlegenheit, da er glaubte, dass sein Gast begänne, sich seiner Denkweise anzuschließen.

„Das jung verheiratete Paar verbrachte eine Woche zurückgezogen in der Suite und dann reisten sie ab, ohne dass ich wüsste, wohin! Mrs. Bourdon ist seit dem Tag ihrer Eheschließung dreimal in ebendieser Suite abgestiegen, kam immer allein, ohne ihren Ehemann, und unter höchst zweifelhaften Umständen!"

Ein quietschendes Keuchen und dann ein Husten ertönten. Das kam von der ältlichen Miss Musgrave. In seiner selbsttäuschenden Selbstgewissheit, dass der Onkel Lord Halseys begänne, Zeichen dafür zu zeigen, dass er sich seiner Denkweise anschlösse, hatte Bernard Barr seiner Stimme erlaubt, sich über ein Flüstern zu erheben. Nun hüstelte er schnell und senkte sie wieder.

„Und obwohl ich bereits zu der Zeit meine Vermutungen hegte, bin ich niemand, der seinen Gästen nicht glaubt, aber nachdem, was ich auf den Seiten des Briefes entdeckte, den ich erhielt ...“

„Zweifelhaft?", unterbrach Plantagenet Halsey mit hartem Blick; seine Frage war ein leises Flüstern.

„Würdet Ihr es nicht zweifelhaft finden, wenn eine Frau ohne ihre Zofe in einem Hotel absteigt und ein Kind in einem Alter mitbringt, von dem jeder sehen kann, der zwei und zwei zusammenzuzählen in der Lage ist, dass es nicht in ihrer Ehe mit Mr. Bourdon geboren wurde?"

„Hatte sie Besucher, während sie hier wohnte?", fragte der alte Mann und ignorierte einfach die berechtigte Frage des Eigentümers.

Bernard Barrs Augen weiteten sich. „Wie bitte? Dies, Mr. Halsey, ist ein anständiges Haus!"

„Also außer dem Kind traf Mrs. Bourdon sich mit niemanden, keinerlei Herrenbesuch?"

„Was dies angeht, Sir, macht es meine Stellung als Eigentümer dieses hoch achtbaren Hauses unmöglich, Euch zu antworten", erwiderte Barr, dessen Gesicht rot glühte, da er an ihren jüngsten Besucher eben dieses Morgens dachte; einen wohlgekleideten Gentleman mit einem Blumenstrauß, dessen Abgang, um es gelinde auszudrücken, melodramatisch gewesen war, und der viele gehobene Augenbrauen verursacht und viele Fragen aufgeworfen hatte.

Also hatte Mrs. Bourdon Besucher gehabt, männliche noch dazu! Das bedeutete nicht, das an diesen Besuchen etwas Unanständiges gewesen wäre und Plantagenet Halsey weigerte sich, das zu glauben, was auch immer Gegenteiliges Barr andeuten mochte. Er würde an seinem ersten Eindruck von Mrs. Bourdon festhalten, bis die Frau selbst ihm etwas anderes sagte. Er seufzte. Er war mehr als verärgert über diesen moralinsauren Windbeutel, und nachdem er Tam seines Dafürhaltens ausreichend Zeit gegeben hatte, um die Suite über die Dienstbotentreppe zu erreichen, kehrte seine Sorge um das Wohlergehen Miranda Bourdons verzehnfacht zurück. Er zeigte mit der Spitze seines Stocks auf den reglosen, bulligen Lakaien, sprach aber mit dem Eigentümer. „Es wird nicht mehr lange ein geachtetes Haus sein, wenn Mrs. Bourdon nicht die Pflege und Rücksichtnahme erhält, die sie und ihr ungeborenes Kind benötigen und Ihr der Grund für ihrer beider Tod werdet! Jetzt sagt Eurem großen Trottel, dass er seinen Elefantenkorpus hier wegschaffen und die Tür öffnen soll; und erzählt mir keinen Unfug darüber, dass mein Neffe anwesend sein müsse!"

„Aber Mr. Halsey, Sir, wie ich Euch sagte. Ich ..."

„Moment mal!", unterbrach der alte Mann auf einen plötzlichen Einfall hin und sein Stock sauste von dem bewegungslosen Lakaien zu dem Eigentümer. Er stieß Barr leicht vor die Brust. „Was für ein Brief?"

Barrs Blick senkte sich auf den Stock, der vor seine Brust gehalten wurde, und er zitterte.

„Brief?"

„Ihr sagtet, Ihr hättet etwas über Mrs. Bourdon entdeckt durch einen Brief, der Euch geschickt wurde. Wer schickte ihn? Wann?"

„Ah! Ja, der Brief. Ein äußerst erhellendes Schriftstück, das meine Vermutungen über den Gast in der Archsuite bestätigte, und über ihre ...“

Der alte Mann stieß wieder gegen die Brust des Eigentümers.

„Wer. Wann.“

Barr lachte nervös und berührte mit seinen Fingern sacht das Ende des Stocks. Er wurde nicht weggenommen.

„Ich erhielt den Brief erst heute, Sir. Er wurde mit der Morgenpost gebracht und ich war zufällig gerade dabei, seinen höchst erstaunlichen Inhalt zu lesen, als der Gentleman, der diese Suite besuchte, seinen eiligen Abschied aus dem Hause nahm.“

„Wer.“

„Lady Rutherglen.”

„*Lady Rutherglen?*”

Barr gab ein unwillkürliches Aufjaulen von sich, nicht als Antwort auf den gedonnerten Ausruf des alten Mannes, sondern, weil der Stock ihn hart auf das Brustbein stieß.

„Verzeihung“, murmelte Plantagenet Halsey und ließ den Stock sinken. „Ihr könnt den Brief holen lassen. Ich bin völlig sicher, dass Lord Halsey sich sehr für die verleumderischen Ausführungen Lady Rutherglens interessieren wird. Und nun“, fügte er mit einem weiteren Seufzer hinzu, währen sein Stock wieder nach oben sauste, um auf den reglosen Diener zu zeigen, der die Tür zu der Archsuite bewachte, „sagt diesem Gorilla, dass er sich fortschaffen soll!“

„Aber Sir, das versuchte ich doch, Euch zu erklären: Ich kann nicht tun, was Ihr verlangt, aus zwei sehr guten Gründen.“

„Verdammt! Um Himmels willen, Mann! Was für verdammte Gründe?“

Die beiden Lakaien, Miss Musgrave, ihre Zofe und drei Gäste - ein kürzlich geadelter Bauer mit seiner Frau und dem kleinen Sohn, die gerade erst zu der lauschenden Gesellschaft an der Treppe hinzugekommen waren - beugten sich alle vor und warteten auf die Erwiderung auf die herausgeschleuderte Frage des alten Mannes.

„Zunächst wurde die Tür von innen verschlossen und zweitens - und ich vermute, dass dies auf Lord Halseys Veranlassung geschah, was der Grund dafür ist, dass ich mit ihm sprechen möchte - wie Eure Augen Euch bestätigen werden, steht tatsächlich ein stummer Diener in der Größe eines Gorillas hier, der den Zugang zu der Tür versperrt. Und wenn er nicht zu Lord Halsey gehört, dann bin ich ebenso im Unklaren darüber wie Ihr, Sir, auf wessen Befehl er die Suite bewacht.“

Janie fand den Ersatzschlüssel zu der Dienstbotentür der Archsuite an einem Haken der Kammer der Haushälterin hängen und nahm ihn, ohne um Erlaubnis zu fragen. Sie hatte weder Zeit noch Lust, Erklärungen abzugeben. Dies zu tun, würde mit Sicherheit unnötigen Klatsch über ihre Herrin verursachen; die Ereignisse würden ohnedies bald dazu führen. Dem rothaarigen jungen Mann schien ihr Diebstahl nichts auszumachen, in der Tat lag in seinem grimmigen Lächeln ein Hauch von Ermutigung, als sie den Schlüssel vom Haken gleiten ließ und in ihrem Ärmel außer Sicht brachte, wo sie ihn durch das Verschränken ihrer Arme festhielt. Sie betete, dass er nicht herausrutschen und klirrend auf den Steinboden fallen möge, als sie zwischen den Küchendienern, die mit der Vorbereitung der Abendmahlzeit zu beschäftigt waren, um sich die Mühe zu machen, das Eindringen zweier fremder Dienstboten in Frage zu stellen, die offensichtlich zu den oben wohnenden Gästen gehörten, hindurchschlüpften.

Als Janie zuvor durch die schmale Dienstbotentreppe mit einer Vase für die Blumen in der Hand hinaufgestiegen war, war sie überrascht und erschrocken gewesen, als sie die Dienstbotentür verschlossen vorfand. Sie hatte an der Vertäfelung gescharrt und nach ihrer Herrin gerufen, und als sie keine Antwort erhielt, schon die Treppe wieder hinuntergehen wollen, um über den mit Teppich ausgelegten Flur, der von den Gästen benutzt wurde, zur Vordertür zu gehen, als sie einen schwachen Ruf hörte. Es war Mrs. Bourdon, und ein unfreiwilliges, ängstliches Stöhnen ließ es ihr zu ihrem Schrecken möglich erscheinen, dass ihre Herrin vorzeitige Wehen hätte; dass die Tür verschlossen blieb, steigerte Janies Befürchtungen nur noch. Und dann hatte Mrs. Bourdon ihr zugerufen, dass sie den Freund Mr. Plantagenet Halseys, den Jungen mit dem roten Haar, holen sollte. Er könnte ihr helfen, und Janie sollte nicht nach einem Arzt oder einem Accoucheur rufen, nur nach dem Jungen mit dem roten Haar. Und sie sollte sich beeilen!

Janie hatte es versprochen, aber sie war skeptisch, überzeugte sich aber selbst davon, dass eine Frau in den Schmerzen des Kindbetts haben könnte, was immer sie wollte, wenn es nur ihr Leiden milderte. Was der frischgesichtige Thomas Fisher für sie tun könnte, wusste sie nicht. Er war kein Accoucheur und er war viel zu jung, um Arzt zu sein. Und doch, als sie über ihre Schulter schaute, während er ihr die steinerne Wendeltreppe hinauf folgte, beruhigte sie sein Ausdruck grimmiger Entschlossenheit.

Der Schlüssel drehte sich im Schloss und öffnete, sehr zu Janies und Tams Erleichterung, die Tür. Tam ließ Janie vorgehen, wobei das Mädchen ihm einen schrägen Blick zuwarf, bevor sie durch das Wohnzimmer ins Schlafzimmer ging, da er sich seines Rocks entledigte.

Vor dem Fenstersitz bis zum Kamin, wo noch immer ein Feuer leise knisterte, waren Blumen über den Teppich verstreut, als wären sie heftig weggeschleudert worden; die zarten Blütenblätter von Fuchsien, roter Heide und Dahlien waren zerquetscht, die Stängel gebrochen. Alles andere in dem Zimmer - Kissen aus Damast und Gobelin auf dem Fenstersitz, zwei Armsessel, ein niedriger Walnussholztisch und ein Korb, in dem eine Nadelarbeit lag - waren Tams schneller Beobachtung nach nicht in Mitleidenschaft gezogen worden. Da es kein Anzeichen für einen Kampf oder Schwierigkeiten außer der mutwilligen Zerstörung eines Straußes aus Herbstblumen gab, folgte Tam der Zofe durch das Zimmer, wobei er seinen Rock über die Rückenlehne eines Armsessels warf. Doch auf der Schwelle des Schlafzimmers hielt er an und wartete. Es ging nicht an, dass er unangemeldet eintrat. Obwohl die Zofe gesagt hatte, dass Mrs. Bourdon nach ihm gefragt hätte, wartete er, bis er hereingebeten wurde.

Er zog seine glatten, weißen Rüschen ab und rollte die weiten Hemdsärmel bis zum Ellenbogen hoch. Sechs Jahre Erfahrung als Lehrling eines Apothekermeisters kamen zum Vorschein und überlagerten alle Bedenken und Ängste eines jungen Mannes, der seine Jugendjahre noch nicht hinter sich gelassen hatte, und sein Verstand konzentrierte sich auf die Patientin hinter der Schlafzimmertür. Er musste seine Apothekerreisekiste aus Mr. Halseys Suite bringen lassen. Er brauchte Seife, heißes Wasser und Badetücher von unten. Er nahm an, dass es im Schlafzimmer eine Waschkommode gab. Der Porzellankrug würde mit frischem, heißen Wasser gefüllt werden müssen, die Porzellanschüssel ausgewaschen und aufgefüllt. Einen heißen Backstein, in ein weiches Tuch gehüllt, um das Neugeborene warmzuhalten, konnte die Zofe holen, wenn es so weit wäre. Aber sie brauchten eine Kanne frischen Tees; eine Tasse davon versetzt mit einem starken Beruhigungsmittel, um Mrs. Bourdons Schmerzen zu lindern. In dem versteckten Fach auf der Rückseite der Reisekiste aus Mahagoni waren mehrere Arzneien in sorgfältig beschrifteten Glasfläschchen zur Auswahl, aber er musste die richtige auswählen und die korrekte Dosis verabreichen, um sicherzugehen, dass die Mutter noch fähig sein würde, fest zu pressen, wenn die Wehen es so verlangten. Was gab die Pharmakopöe als korrekte Dosis an für ...

Ein Schmerzensschrei, dann drängten sich ein halbes Stöhnen, ein halbes Jammern durch seine pharmazeutischen Überlegungen und er warf ohne Rücksicht auf höfliches Benehmen die Schlafzimmertür auf und war in zwei Schritten an dem Himmelbett, von wo aus Janie sich ihm in den Weg stellte.

„Ich weiß nicht, was ich machen soll! Sagt mir, was ich für sie tun kann!"

Tam schaute über den Kopf der verzweifelten Zofe hinweg. Miranda Bourdon hatte ihre Arme fest um den geschnitzten Mahagonibettpfosten geschlungen, ihr Kopf hing vornüber und sie stöhnte leise. Tams Blick huschte unter den Morgenrock zu ihrem Hemd und sein Herz schlug schneller, als er den dunklen, sich ausbreitenden Fleck sah. Ihre Fruchtblase war geplatzt.

„Ihr müsst stark für sie sein, Miss", sagte er eindringlich zu Janie. „Und Ihr müsst genau tun, was ich Euch sage und wann ich es Euch sage."

Er machte sich los und hielt die zitternde Magd auf Armeslänge vor sich, um ihr in die tränengefüllten Augen zu sehen und ihr zu sagen, was er brauchte. Er ließ sie seine Befehle wiederholen und als sie nickte und ruhiger war, ließ er sie gehen und trat vor, wobei er sanft aber fest zu Miranda sagte:

„Ma'am, Ihr habt nach mir geschickt. Ich bin Thomas Fisher. Ich bin gekommen, Euch zu helfen."

Miranda stöhnte und schauderte, als eine erneute Wehe ihren Körper zerriss; diese war noch stärker als die vorige. Sie atmete mehrfach flach, ihre Arme schlossen sich um den Bettpfosten und sie schaute schließlich durch ein Gewirr von Haaren zu Tam auf. Der Schrecken in ihren blauen Augen war greifbar.

Tom schluckte. Das Selbstvertrauen, mit dem er ins Zimmer getreten war, dass er ebenso fähig wäre wie jeder Accoucheur, ein Neugeborenes zu entbinden - schließlich hatte er seinem Meister geholfen, mehr als zwei Dutzend Babys in Mr. Blackwells Pfarrei von St. Jude zur Welt zu helfen - wurde von der Panik dessen, was der Schrecken in ihren Augen offenbarte, davongespült.

Die Geburten, bei denen er seinem Meister geholfen hatte, die Babys von Londons Ärmsten zu entbinden, waren alle bei Müttern gewesen, die ihr drittes oder viertes Kind bekamen, manchmal war es das sechste oder siebte Mal, dass die Frau in den Wehen lag. Während es für Tams begrenzte Erfahrung jedes Mal ein aufregendes Ereignis war, wurden sie von seinem Meister als recht langweilig betrachtet. Es gab keine Komplikationen und nur eines der Babys hatte nicht überlebt, und das, weil das kleine Leben den Weg in die große Welt zu früh angetreten hatte.

Obwohl jeden Tag Frauen im Kindbett starben, dankte Tam der

Vorsehung, dass er nur einmal Zeuge eines solch tragischen Erlebnisses gewesen war. Es war auch seine erste Erfahrung mit einer Kindsgeburt gewesen und hatte sich daher in sein Gedächtnis eingegraben. Sein Meister war für eine Geburt, die er für ereignislos hielt, nach St. Jude gerufen worden; er hatte das Mädchen in den beiden letzten Monaten ihrer Schwangerschaft betreut und da sie ein gesundes und kräftiges Geschöpf war, stand nicht zu erwarten, dass sie bei der Geburt Schwierigkeiten haben würde. Er bot Tam an, ihn zu begleiten, und wenn die Gelegenheit sich böte, würde er ihm erlauben, ihm zu assistieren, aber er musste Geheimhaltung schwören; diese Mutter und ihr Kind waren anders als alle, die sein Meister in St. Jude betreut hatte und Tam müsste alles vergessen, was er sah und hörte. Hatte er das verstanden? Tam hatte dem bereitwillig zugestimmt und erklärt, er hätte es verstanden.

Und daher war er nicht überrascht gewesen zu entdecken, dass diese junge werdende Mutter nicht nur ein Mädchen von kaum mehr als fünfzehn Jahren war, sondern zu seiner Überraschung feine, weiße Hände mit Nägeln, die nicht rissig waren, sondern manikürt, die Hände einer Dame besaß, die nie auch nur eine Stunde, geschweige denn einen Tag ihres jungen Lebens körperlich gearbeitet hatte, Hände, wie er sie in der elenden Armut von St. Jude nie gesehen hatte. Überraschung wandelte sich zu Erstaunen, als er bemerkte, dass dort zwei junge Mädchen waren: eine schwanger, eine nicht; beide mit dunklen Locken und feinen Gesichtszügen, beide überaus schön.

Es war leicht, zu tun, was sein Meister gefordert hatte und seine Anwesenheit am Kindbett dieser jungen Mutter zu vergessen, denn es war das traumatischste Erlebnis seines jungen Lebens gewesen. Er war fast fünfzehn Jahre alt gewesen, und obwohl er schon viel Armut, Krankheit und Tod in den drei davorliegenden Jahren seiner Lehre gesehen hatte, hatte nichts davon ihn auf den Schrecken vorbereitet, wie ein Baby aus dem Bauch seiner Mutter gerissen wurde.

Tam hatte neben der Cousine der Mutter still und vergessen in einer kalten Ecke des kleinen, dunklen Zimmers gekauert, das von den scharfen Gerüchen einer Geburt erfüllt war, als sein Meister und der Pfarrer den Entschluss fassten, das Baby auf Kosten des Lebens seiner Mutter zu retten. Die junge Mutter, die nicht länger vor Schmerzen schrie und zum Pressen zu erschöpft war, während das Baby sich nicht in den Geburtskanal senken konnte, stand am Rande des Todes, lebte aber noch.

Und dann geschah es, einfach so, bevor Tam die Cousine auch nur aus dem Zimmer bringen konnte. Es war nicht einmal Zeit, sie vor dem grässlichen Anblick zu bewahren. Die Tat geschah und das Baby wurde herausgezogen und an seinen kleinen Beinen hochgehoben. Ein Finger wurde in seinen Mund gesteckt, um Schleim zu entfernen, damit es atmen könnte, und dann schrie es, oder war es das Mädchen neben ihm? Er konnte sich nicht erinnern und hatte sich sehr bemüht, es zu vergessen. Die immer wiederkehrenden Albträume des aufgeschnittenen Körpers der toten Mutter und des herausgezogenen Kindes brauchten viel länger, bis sie fortblieben.

Vier Jahre später stand er nun hier mit einer jungen Frau, die vor der Geburt stand, nicht länger der Assistent eines erfahrenen Apothekers und Arztes, sondern allein, noch immer ein Lehrling, aber ihre einzige Hilfe und der einzige Trost. Sie sah so tödlich erschrocken aus wie er sich fühlte. Mit aller inneren Kraft, die er aufbringen konnte, zwang er sich, sich auf die vor ihm liegende Aufgabe zu konzentrieren und alle anderen Überlegungen beiseite zu schieben. Er *war* Apotheker. Er hatte sicherlich seine Prüfung zur Aufnahme in die Ehrenwerte Gesellschaft der Apotheker bestanden. Er war fähig, dieser jungen Frau zu helfen, ein gesundes Baby zu gebären. Er sagte sich dies ständig vor, während er schnell zum Bett ging und die Überdecke beiseite warf, die Laken glattstrich und eilig die Kissen, die an dem verzierten Mahagonikopfteil lehnten, die halbe Länge der Matratze herunterzog, was es ihm erlauben würde, sie vom Fuß des Bettes aus einfacher untersuchen zu können.

Als das Bett bequem vorbereitet war, nahm Tam Miranda am Ellenbogen und löste sie sanft von dem Bettpfosten, sprach ihr mit beruhigend Worten Ermutigung und Trost zu, während er sie ans Kopfende des Bettes führte, und hätte dabei, obwohl er nicht zum Wetten neigte, all seine mageren Besitztümer und alles, was seinem Herrn, Lord Halsey, gehörte, darauf gewettet hätte, dass Miranda Bourdon davor stand, ihr erstes Kind zu gebären.

„Ich weiß nicht, was ich tun muss, Thomas", flehte Miranda, ihre Worte ähnelten unheimlich Janies, und bestätigten Tams Ängste. „Aber du weißt es. Du musst mir helfen."

„Das werde ich tun, Ma'am. Ich werde mich gut um Euch und das Baby kümmern. Hier, setzt Euch einen Moment auf die Bettkante. Janie wird bald wiederkommen und ich werde Euch dann etwas verabreichen können, das hilft, den Schmerz etwas zu lindern. Keine Sorge. Ich werde Euch nicht verlassen, bis nicht ein Arzt ..."

Sie packte seinen Unterarm mit festem Griff.

„Nein. Keine Ärzte und keine Hebammen. Niemand sonst. Nur du ... Du warst dabei ... *Wir* waren dabei ... erinnerst du dich, Thomas?"

Tam schaute von ihren blutbedeckten Fingern zu ihren blauen Augen auf. Zuerst hatte er keine Ahnung, wovon sie sprach, und obwohl er vermutete, dass der Schmerz ihren Verstand verwirrte, war sie doch sehr ruhig und klar für eine junge Frau in den Wehen. Und dann schickten ihre nächsten Worte ihn kopfüber in den Schrecken jener Nacht, an die er sich gerade erinnert hatte und ließen auch ihn sich fragen, ob Miranda Bourdon in Wahrheit ein Geist wäre.

„Das Umschlagtuch, Thomas. Was geschah mit Sophies Umschlagtuch?"

SECHZEHN

Alec ging den Gang zu dem Absatz vor der Archsuite entlang und fand sich in einer verbalen *mêlée* wieder. Eine vier Reihen tiefe Menge hatte sich inzwischen vor der Tür versammelt, während ein Knäuel neugieriger Zuschauer auf den oberen Stufen der Treppe herumlungerte, weder heraufkam noch nach unten ging, doch ihr Bestes tat, so zu tun, als würden sie nicht bleiben, um zu lauschen.

Miss Musgrave erkannte den hochgewachsenen und dunklen Lord Halsey und mit einem schnellen, kichernden Flüstern in das Ohr der Person vor ihr teilte sich die Menge, sowie das Flüstern die Reihe hinunter weitergegeben wurde, was Alec leichten Zugang zu seinem Onkel und dem Eigentümer verschaffte, die mit ihrem Streitgespräch in einer Sackgasse gelandet waren. Aber es war der große Lakai, der mit seinen baumstammähnlichen Armen und Beinen den Türrahmen füllte, auf dem Alecs amüsierter Blick fasziniert verweilte. Seine blauen Augen huschten über das reglose Gesicht des Mannes, dann über seine wohlgepflegte Kleidung als Lakai und blieb an den silbernen Knöpfen seines Rocks hängen, die seine linke Augenbraue veranlasste, sich interessiert ein wenig zu heben. Ohne seine Brille war er nicht in der Lage, die Gravur zu erkennen, aber er hatte eine Ahnung, wie sie aussah und das beschleunigte seinen Herzschlag, obwohl er in der Lage war, ruhig zu dem Eigentümer, der mit einem unterwürfigen Lächeln auf seine Herablassung wartete, zu sagen:

„Ihr hättet mir etwas zu sagen, Barr?"

„Dem ist so, Mylord."

Alec wandte sich halb zu den Zuschauern um. „Ohne Publikum ..."

Als der Eigentümer damit beschäftigt war, die kleine Menschenmenge zu zerstreuen, sagte Alec mit gesenkter Stimme und einem Ruck seines dunklen Kopfes zur Tür der Archsuite zu seinem Onkel: „Hast du die silbernen Knöpfe bemerkt, Onkel?"

Das hatte Plantagenet Halsey nicht, und er musterte den großen Diener eindringlich. Seine buschigen Augenbrauen schossen nach oben, was ausreichte, um Alec davon zu überzeugen, dass sein Bauchgefühl sich als richtig erwiesen hatte und er lächelte, als der alte Mann verwundert sagte:

„Na, ich will verdammt sein! Bienen!" Mit dem nächsten Atemzug knirschte er mit den Zähnen und sein blasser Blick blitzte zu seinem Neffen auf. „Ich wusste es!", zischte er. „Ich sagte dir, dass Cleveley bis zum Hals in Stantons schmutzigen Angelegenheiten steckt!"

„Was mir Rätsel aufgibt, ist, wie seine Gnaden wissen kann, dass Mrs. Bourdon hier in Barrs Hotel und nicht auf dem Hof ist, und wenn er das weiß, ist ihm auch bekannt, dass ihre Tochter weder im Landhaus noch hier bei ihrer Mutter ist? Und was hofft er zu erreichen, wenn er sie in einem Hotel gefangen hält?"

Plantagenet Halsey deutete mit seinem Stock in die Richtung des Dieners. „Nun, es ist eine verdammte Zeitverschwendung, ihre Tür zu bewachen, da die Wehen der armen Frau eingesetzt haben, so dass sie nicht fliehen könnte, selbst, wenn sie dies wünschte."

„Wehen? Sie bekommt ihr Baby, *jetzt*?

Der alte Mann lächelte über die Panik in der Stimme seines Neffen. „Ja. Der Junge ist bei ihr."

„Tam? *Tam* entbindet ihr Baby?"

„Kannst du dir jemanden denken, der qualifizierter wäre?"

Alec zog seinen Onkel zur Seite, außer Hörweite des Eigentümers und des Lakaien. „Nun, ja, wenn ich die Namen von Ärzten oder Accoucheurs in der Nachbarschaft wüsste! Onkel, du sagtest es doch selbst: Tam ist ein Junge. Ich bezweifle, dass er eine völlig unbekleidete Frau gesehen hat; was das - äh - *da unten* angeht, kann ich mir keine Situation vorstellen, die es für ihn nötig machen würde ..."

„Sapperlot! Du hältst ihn für unwissend!", sagte der alte Mann mit einem Lächeln und einem Schütteln seines grauen Kopfes. „Nun, das ist er nicht und ist es seit Jahren nicht mehr. Was glaubst du, was er mit seinen apothekarischen Künsten gemacht hat? Den Verkäufer von Arzneien hinter einem Ladentisch gespielt und sonst nichts?"

„Wenn es nach mir ginge, ja. Das ist, womit ein Junge in Tams Alter sich beschäftigen sollte", stellte Alec verärgert fest, dessen glattrasierte Wangen sich gefärbt hatten, mit einem Blick zurück auf den Eigentümer, der scheuchende Bewegungen zu zweien seiner Diener machte, damit sie sich beeilen sollten. „Dass andere seine Fähigkeiten ausnützten, indem sie ihn zu widerwärtigen und unsicheren Orten wie St. Jude mitnahmen, kann ich nicht ändern. Aber ich kann und werde etwas gegen Tams derzeitige Lage tun ...“

„Arme Frauen unterscheiden sich bei ihren Bedürfnissen für Arzneien und Salben für alle Arten weiblicher Beschwerden nicht von ihren reichen Schwestern“, unterbrach der alte Mann ihn kampflustig. „Und es gibt nicht viele Ärzte, die sich in eine Pfarrei wie St. Jude trauen, um sich um eine arme Frau im Kindbett oder in *irgendeiner* Notlage zu kümmern! Blackwell hatte Glück, dass er auf Dobbs und Thomas' Dienste zurückgreifen konnte ...“

„Du sagst es selbst: Dobbs *und* Thomas. Tam hat nicht länger einen Meister. Er ist allein in diesem Zimmer mit einer jungen Frau in den Qualen einer Geburt. Was, wenn etwas schiefgeht? Wen soll er um Rat bitten? Was, wenn die Frau oder das Kind stürben? Tam würde dafür verantwortlich gemacht!“

„Du solltest mehr Vertrauen in die Fähigkeiten des Jungen haben“, brummte Plantagenet Halsey kleinlaut, da er wusste, dass sein Neffe recht hatte. „Ich habe es.“

„Ich habe jedes Vertrauen in seine Fähigkeiten, Onkel“, sagte Alec mit großer Geduld. „Es ist die Unberechenbarkeit von Geburten, die mir die Haare zu Berge stehen lässt. Barr!“, befahl er und drehte sich zu dem Eigentümer, der in ein Gespräch mit einem Diener vertieft war, der die Treppe zwei Stufen auf einmal heraufgestürzt war und jetzt die Stufen zum Foyer hinabzeigte. „Barr!”

Der Eigentümer winkte den Diener fort und huschte zu Alec hinüber, wobei er versuchte, einen dienstbeflissenen Eindruck zu erwecken, während er sich den Schweiß von der Stirn tupfte. Schnell steckte er das feuchte Taschentuch ein. „Ja, Mylord. Eine Auseinandersetzung im Foyer bedarf meiner sofor...“

„Noch einen Moment. Habt Ihr einen ständigen Arzt, der zu Euren Gästen kommt, wenn sie krank sind?“

„Ja, Mylord. Dr. Ketteridge ist äußerst liebenswürdig und kompetent ...“

„Schickt sofort nach ihm.“

„Aber Mylord, die Gäste ...“

Alec sah kühl zu dem Eigentümer hinab, was Barrs Mund augenblicklich verschloss, und neigte seinen Kopf in die Richtung des gorilla-großen Lakaien.

„Es gibt einen anderen Weg, um die Suite zu betreten, als den von den Gästen benutzten. Ketteridge kann die Dienstbotentür benutzen. Dann möchte ich, dass Ihr Euren kräftigsten Diener abstellt, um diesen Eingang vor unerwünschtem Eindringen zu schützen. Niemand hat die Archsuite ohne meine Erlaubnis zu betreten. Ich werde dem Arzt die Tür öffnen."

„Einen Diener, um die Dienstbotentür zu bewachen. Niemand hat ohne Eure Erlaubnis einzutreten. Euer Lordschaft wird Dr. Ketteridge an der Dienstbotentür empfangen. Ja, Mylord. Ich werde mich sofort darum kümmern. Bitte, mich jetzt zu entschuldigen", antwortete der Eigentürmer artig, indem er bei jedem der ausgesprochenen Sätze mit dem Kopf auf und nieder fuhr.

Mit einer tiefen, ausgreifenden Verbeugung und vorgebeugten Schultern schlurfte Barr davon.

Er hatte beinahe zwei Jahrzehnte damit verbracht, Barrs Hotel in der Trim Street zu einem exklusiven Gästehaus zu machen, mit nur der auserwähltesten Kundschaft. In der Tat weilten an ebendiesem Tag unter seinem Dach ein Marquess, die Nichten eines Herzogs, um eine verwitwete Viscountess von unbestreitbarer Tugend nicht zu erwähnen, und nun dies: eine Frau von unsicherem Ehestand lag in den Wehen und würde in seinem Haus ihren fragwürdigen Nachwuchs gebären, und wenn Ketteridge gerufen würde, um sie zu behandeln, würde er nicht in der Lage sein, dieses Ereignis geheim zu halten. Welches Mitglied der gehobenen Gesellschaft würde in einem Gästehaus absteigen wollen, das schwangere Frauen zweifelhafter Tugend beherbergte? Die Situation war schlimm genug, dass sie ihn eilig nach einem Kopfschmerzpulver suchen ließ, aber ein anderer Umstand hatte sich entwickelt, der das Kopfschmerzpulver überflüssig machte. Er hätte sich ebenso gut eine Pistole an den Kopf setzen und seinem elenden Leben ein Ende bereiten können. Er sah voraus, dass bei Einbruch der Nacht die Hälfte seiner Gäste abgereist sein würde. Kein Gästehaus, von dem er wusste, hatte sich je davon erholt, einen Geist in seinen Mauern zu haben.

Ein dumpfer Schlag, gefolgt von einem lauten Wehklagen, das mehr von Schock denn von Scherz geprägt war, ließ Alec und seinen Onkel hinter Barr den Gang hinabgehen. Ein Diener tauchte neben seinem Herrn auf, der die Stufen beinahe auf allen vieren heraufgeeilt war, außer Atem und mit über seinem geröteten rechten Ohr klebendem Haar; es schien, als hätte er eine Ohrfeige erhalten.

Der Eigentümer seufzte vernehmlich und verlangte eine Erklärung.

„Lady Rutherglen sagt, sie sei nicht an Euren albernen Entschuldigungen interessiert", berichtete der Lakai. „Mylady verlangt, dass man ihr die - den *Geist* zeige. Dann gab sie Euch alle möglichen Schimpfworte, die meisten davon habe ich vergessen, aber an eines erinnere ich mich: Mistkäfer. Sir!"

❦

Alec sah, wie der Eigentümer seine Hände vor dem Diener mit den weit aufgerissenen Augen hochwarf, der trotz des geröteten Ohrs mehr darüber besorgt schien, dass sich ein Geist auf dem Gelände befand als wegen des körperlichen Angriffs durch die schlangenähnliche Lady Rutherglen. Nachdem Barr außer Sichtweite war, wandte Alec sich zu seinem Onkel, der verwirrt aussah, und gab ihm kurz wieder, was Hadrian Jeffries ihm über Sir Charles Weirs melodramatischen Abgang aus Barrs Hotel erzählt hatte.

„Und man hat Weir aussprechen hören, dass *ein Geist wiedergekommen ist, um uns alle heimzusuchen*", wiederholte der alte Mann ungläubig, „und ihn dann in - *in Tränen* ausbrechen sehen?

„Und nicht wenige Stunden später überfällt Lady Rutherglen Barrs Hotel und verlangt, diesen Geist zu sehen. Faszinierend, nicht wahr?"

„Diese Frau ist eine Bedrohung und Weir ein schnüffelnder Feigling. Ich weiß nicht, warum du grinst!"

„Ich habe noch nie einen Geist getroffen."

„Sei ernst! Ich muss zugeben, dass diese Wespe mit ihrem steinharten Herzen einen Geist aus seinem Lieblingsplatz vertreiben könnte, aber es ist unwahrscheinlich, dass sie hier ist, um Barr einen guten Dienst zu erweisen. Du hast diesen Diener gehört, sie ist gekommen, um einen Geist zu sehen. *Einen Geist!*"

„Ja."

Plantagenet Halsey stützte sich auf seinen Stock und schaute an den breiten Schultern seines Neffen vorbei zu dem reglosen Lakaien, der den Türrahmen der Archsuite blockierte und schüttelte stirnrunzelnd den Kopf. Als Alecs Grinsen breiter wurde, kam dem alten Mann eine blitzartige Erleuchtung. Es ergab keinen Sinn, aber er sprach sie trotzdem aus.

„Sie möchte Mrs. Bourdon sehen?"

„Ja."

„Warum?"

„Weil sie der Geist ist."

Die Stimme des alten Mannes zeigte, dass er kurz vor einer Explosion stand.

„Miranda Bourdon ist ein Geist?"

Alec schob den Arm seines Onkels durch seinen und sie gingen den Gang entlang, der zu den Dienstbotentreppen führte.

„Dass sie ein Geist ist, beantwortet viele Fragen.“

Plantagenet Halsey stand kurz davor, seinen Neffen zu fragen, ob er Badewasser verschluckt hätte, was sein verwirrtes Denken erklären könnte. Doch schien er im Vollbesitz seiner geistigen Fähigkeiten zu sein, und daher ließ er ihn gewähren, wenn auch nur, um zu sehen, wohin seine unerwarteten Gedanken führen würden.

„In der Tat?“

„Ja. Aber nicht alle. Es gibt einige, die nur Mrs. Bourdon beantworten kann.“

„Kann sie das?“

Sie blieben in einer schwach beleuchteten Nische vor der Dienstbotentür stehen.

Alec lächelte über den interessiert verwirrten Gesichtsausdrucks seines Onkels. An diesen erinnerte er sich aus seiner Kindheit, halb bemühtes Interesse, halb unterdrückte Ungläubigkeit, wenn er ihm langatmig über die üblichen Dinge, von denen kleine Jungen träumten, vorschwätze - ein Pirat auf hoher See zu sein; wie ein Vogel zu fliegen; was auf der anderen Seite der Welt wäre, wenn man tief genug grübe; wo Ungeheuer sich bei Tageslicht versteckten.

„Es gibt keinen Geist im echten Sinn des Wortes“, antwortete er friedlich. „Aber Miranda Bourdon ist von den Toten aus Lord Georges Vergangenheit auferstanden; daher ist sie ein Geist. Obwohl, warum Weir eine sehr öffentliche Erklärung abgegeben hat, dass sie ein Geist wäre, der zurückgekommen sei, ihn zu verfolgen, wenn er weiß, wer sie ist und sie beschuldigt hat, Lord George zu erpressen, ist nicht nur überraschend, sondern überaus interessant ...“

„Wirklich?“

„Ja“, stellte Alec fest. „Eine öffentliche Erklärung ist das Letzte, was Lord George, Weir und der Herzog wollen könnten, denn es lenkt die Aufmerksamkeit auf genau die Person, die sie tief in der Erde halten wollten. Charles hat versucht, mich dazu zu erpressen, dass ich ihm helfe, die ganze schmutzige Angelegenheit davor zu bewahren, ans Tageslicht zu kommen. Es ist dieser Umstand – dass die Gesellschaft sich Lord Georges abscheulichen Verhaltens gewahr wird – den er so verzweifelt zu vermeiden sucht. Und dann ist er hier im Gästehaus und macht melodramatische Verlautbarungen und verwandelt sich in ein jammerndes Häufchen Elend, dass Mrs. Bourdon ein Geist wäre? Es ergibt keinen Sinn. Offensichtlich lief die kleine Aufgabe, Miranda Bourdon davon abzubringen, Lord Georges übles Benehmen nicht bloßzustellen, nicht nach Weirs Wunsch, und welch sorgfältig ausgearbeiteten Pläne er für seine Zukunft auch gemacht haben mochte - und glaube mir, Onkel,

Charles verlässt nicht einmal sein Haus, ohne Stunde für Stunde zu wissen, was er an diesem Tag tun wird. Er war schon in der Schule so, und ...“

„Hinterhältiger Dummkopf!“

„... diese Pläne sind jetzt zerstört, wahrscheinlich unwiederbringlich. Aber das erklärt nicht die so öffentliche Zurschaustellung seiner Enttäuschung.“ Alec machte eine nachdenkliche Pause. „Warum Lady Rutherglen sich selbst einmischt, verwirrt mich ...“

„Tatsächlich?“, fragte Plantagenet Halsey und versuchte, den komplizierten Gedankengängen seines Neffen zu folgen.

„Lady Rutherglen folgte Weir eilig auf den Fersen, um den Geist zu stellen, was bedeutet, dass sie sich der schmutzigen Vergangenheit ihres Neffen wohl bewusst und ebenfalls darauf bedacht ist, dass Miranda Bourdons Erpressungsversuch nicht ans Licht kommt. Aber die bloße Art ihres Auftritts hat auch Aufmerksamkeit auf Mrs. Bourdon gelenkt ...“

„Wenn diese junge Frau jemanden erpresst hat, werde ich zum Tory!“

„*Angeblich* erpresst hat, lass es mich so ausdrücken“, antwortete Alec mit einem Lächeln. „Mir ist klar, dass Lord George Lady Rutherglens Neffe ist, aber sicher wäre es am besten gewesen, dem Herzog die Angelegenheit zu überlassen ... Obwohl ... Seine Gnaden könnte noch immer auf seinem Landsitz sein ... Dass einer seiner livrierten Diener die Tür zu Mrs. Bourdons Räumen bewacht, weist darauf hin, dass er von ihrem Hiersein weiß, und lässt vermuten, dass er zu erscheinen gedenkt; sein Diener ist hier, um sicherzustellen, dass sie sich nicht - äh - *in Luft auflöst*.“

„Du glaubst, er will sie auch wegen Stanton zur Rede stellen?“ Als sein Neffe einen Moment zu lange brauchte, um zu reagieren, sagte der alte Mann nachdrücklich: „Ich werde nicht zulassen, dass er ihr ein Haar auf dem kostbaren Kopf krümmt!“

Alec lächelte liebevoll bei dieser offenen Ritterlichkeit seines Onkels. „Olivia versicherte mir, dass Cleveley nicht zu Handgreiflichkeiten neigt, daher kannst du getrost deine Ritterrüstung ablegen. Seine Gnaden ist in seiner Herangehensweise subtiler. Daher der Riese vor der Tür.“

„Also denkst du, Weir rannte schnüffelnd mit der Mütze in der Hand zu Lady Rutherglen nach diesem Schrecken mit dem Gespenst?“, murmelte Plantagenet Halsey und fühlte sich wegen seines Ausbruchs albern.

„Es scheint so, angesichts der Tatsache, dass Lady Rutherglen unten ist und Forderungen stellt. Obwohl, wie Weirs früheres Schauspiel, macht ihre Anwesenheit in ähnlich dramatischem Stil nur die Gegenwart von Mrs. Bourdon bekannt, und wird die Neugier unter Barrs auserwählter Klientel, warum gewisse aufrechte Mitglieder der gehobenen Gesellschaft sich so über ihre Gegenwart aufregen, nur steigern.“

„Nun, die alte Hornisse wurde in ihrem Nest aufgestört, und zum dritten Mal an einem Tag.“

„Zum dritten Mal?“

„Sie besaß die blanke Unverschämtheit, Barr einen Brief mit der Morgenpost zu schicken, indem sie Miranda Bourdons guten Ruf verleumdete und sie für unpassend erklärte, in diesem Haus unterzukommen. Machte alle möglichen Andeutungen, sie wäre unmoralisch und hätte Herrenbesuch und dergleichen. Verdorbener Unsinn!“ Als sein Neffe schwieg, fügte der alte Mann hinzu, als ob er Alecs Gedanken lesen könnte: „Ich weiß. Du fragst dich ebenso wie ich mich frage, warum sie etwas derart Leichtsinniges tun sollte, wenn es, wie du sagst, Aufmerksamkeit auf Miranda Bourdon lenkt. Indem sie ihre Behauptungen zu Papier brachte, hat sie ihren Namen mit Mrs. Bourdons in Verbindung gebracht, ohne eine Erklärung dafür zu bieten. Natürlich wird sie nicht erwähnen, warum; wird nicht Stantons gemein schmutzige Wäsche waschen wollen, nicht wahr?“

„Nein. Und das dritte Mal?“, fragte Alec leicht ungeduldig, denn ihm war sehr wohl bewusst, dass, je länger er zögerte, desto länger Tam mit der Frau in den Wehen allein war.

„Als Mrs. Bourdon und ich im Gottesdienst um elf Uhr in der Abtei waren, hatte Frances Rutherglen eine Art von Anfall, und Mrs. Bourdon machte die treffende Bemerkung, dass Lady Rutherglen weder ein gutes Herz noch ein reines Gewissen hätte. Ich stimmte ihr zu, dachte aber nicht weiter darüber nach. Wenn ich aber jetzt darüber nachdenke, wurde nie etwas Wahreres über diese Lady gesagt, und das von einer jungen Frau, von der ich bis heute angenommen hätte, dass sie Frances Rutherglen überhaupt nicht kennt! Das arme Kind hatte auch noch Tränen in den Augen, als sie das sagte. Seltsam.“

„Ja“, antwortete Alec ruhig, obwohl die Enthüllungen seines Onkels seinen Puls beschleunigten, denn sie bestärkten seinen Verdacht, dass die Verbindung zwischen Miranda Bourdon und Lady Rutherglen tiefer gingen als eine bloße Bekanntschaft. „Ein Riese, der ihre Tür bewacht, wird sicherlich eine Unterredung mit Mrs. Bourdon verhindern, was ausreichen dürfte, um Lady Rutherglen wieder ihres Weges gehen zu lassen. Dem Herzog gebührt Dank dafür, dass er für eine Wache gesorgt hat. Nun musst du mich entschuldigen, Onkel.“

„Das heißt nicht, dass Cleveley nicht bis zum Hals in diesem Schmutz steckt!“

Alec öffnete die Dienstbotentür.

„Im Gegenteil", antwortete Alec mit einem rätselhaften Lächeln. „Was du mir gerade erzählt hast, macht mich noch sicherer, dass der Herzog so fest in dieses Durcheinander verstrickt ist, dass es ihm geradezu die Luft abdrücken könnte."

„Bravo! Ich hoffe, dass es ihm die Blutzufuhr abschneidet, dann bekommt er vielleicht einen Eindruck, wie es für diese armen Menschen an Bord der Fregatten seiner Majestät ist!"

Nach dieser befriedigten Bemerkung seines Onkels verschwand Alec in den dunklen, engen Gängen des Dienstbotenflurs und Plantagenet Halsey kehrte auf den Gang vor der Archsuite zurück, wo er sich festzusetzen beabsichtigte, bis er Nachricht darüber erhielte, wie es Miranda Bourdon ginge. Ein Diener brachte ihm einen hochlehnigen Stuhl, einen Beistelltisch mit einem brennenden Kerzenleuchter und die neueste Zeitung. Er befahl, dass man ihm sein Diner auf einem Tablett bringen möchte und auch etwas zu essen und zu trinken für den stummen Riesen holen sollte, der dort im Türrahmen stand. Da er ein Berg von einem Mann war, sollte die Küche am besten einen Berg Essen beschaffen, um ihn aufrecht zu halten, denn wenn er eines über Geburten wusste, was sich auf die Geburt seines Neffen beschränkte, war es, dass das Ganze ungefähr zwischen einigen Stunden bis zu einigen Tagen dauern konnte. Er breitete dann die Zeitung weit aus und, indem er das Druckwerk ins Kerzenlicht hielt, machte er es sich hinter den Seiten gemütlich; ein süffisantes Lächeln belebte sein Gesicht, als der stumme Koloss im Türrahmen ihm mit leiser Stimme dankte - alles in allem doch ein sanfter Riese.

※

„Das Umschlagtuch, Thomas. Ich hatte ein Umschlagtuch für das Baby gestrickt", erklärte Miranda und setzte sich vorsichtig auf den Rand der Matratze, ihre steifen Arme und Hände krampften sich fest um die weiche Bettdecke, als eine erneute Wehe sie zwang, die Augen zu schließen und die Zähne zusammenzubeißen. Als sie wieder frei atmen konnte, schaute sie Tam an, der seine Hände in der Porzellanschüssel auf der Waschkommode aus Mahagoni abspülte. „Als Sophie mir in den Arm gelegt wurde, war sie nicht in das Umschlagtuch gewickelt. Du musst dich daran erinnern ..."

„Ja. Ja, ich erinnere mich", sagte Tam leise und hockte sich vor sie hin. Als sie mit Tränen in den Augen nickte, schluckte er schwer und drückte ihre Hand. „Aber ich erinnere mich nicht an alles, Ma'am. Um ehrlich zu sein, habe ich mich sehr bemüht zu vergessen, dass es jene Nacht je gab."

„Ich auch", gestand Miranda. „Aber ich werde nie deine Freundlichkeit vergessen. Du - *wir* waren kaum mehr als Kinder. Niemand sollte Zeuge eines solchen Horrors werden. Hast du seither ..."

„Nein. Niemals", sagte Tam schnell. „Ich habe bei anderen Geburten assistiert, aber bei keiner so schrecklichen wie in jener Nacht." Er lächelte und hoffte, Zuversicht auszustrahlen; innerlich war er ein bebendes Nervenbündel. „Das hier wird anders. Es wird so sein wie Geburten sind: schmerzhaft und langsam, weil es Euer Erstes ist, aber Ihr und das Baby werdet es überstehen. Das verspreche ich."

Er stand auf, als eine weitere Wehe Miranda veranlasste, aufzuschreien und eine Hand auf ihren Bauch zu legen. Sie stöhnte, und als sie ihren Atem wieder unter Kontrolle hatte, sagte sie sie ängstlich:

„Ich möchte dir glauben, Thomas. Aber die Schmerzen sind - *unerträglich* ... Ich ... ich fürchte mich so ... Ich fürchte mich *so sehr*."

„Mr. Blackwell nahm das Umschlagtuch an sich", sagte Tam, weil es die Wahrheit war und um sie von ihrer Angst abzulenken.

„Charles Weir sagte mir, dass Mr. Blackwell tot wäre. Stimmt das?" Als Tam nickte, senkte Miranda den Kopf. Tränen tropften auf ihr beflecktes Nachthemd. „Er war ein guter Mann, Thomas. Ein *sehr guter* Mann."

„Ja. Ja, das war er, Ma'am", antwortete Tam, dem die Tränen kamen.

Er wischte schnell mit einer Hand über sein Gesicht und schniefte laut. Es ginge nicht an, dass er anfinge, loszuheulen wie ein Baby! Wie würde sie ihm dann vertrauen können? Als sie sich anschickte aufzustehen, kam er schnell hinzu, um ihr mit einem Arm um ihre Schultern aufzuhelfen.

Sie schlurften durch das Zimmer; von dem Himmelbett zum Fenstersitz, wo Tam die Vorhänge zurückgezogen und das Schiebefenster hochgeschoben hatte, um Licht und Luft einzulassen; vom Fenstersitz zur Waschkommode und wieder zum Bett. Bevor er sie nicht ordentlich untersucht hatte, konnte er nicht sicher sein, aber aufgrund früherer Erfahrung schätzte er, dass das Baby noch viele Stunden lang nicht geboren werden würde, wenn überhaupt heute.

Er wartete, während sie sich im Schmerz einer weiteren Wehe krümmte, ihr Atem abgehackt ging, und sich dann wieder beruhigte, bevor er sanft sagte:

„Mr. Blackwell wollte, dass Sophies Mama mit etwas zusammen begraben würde, das dem Baby gehörte. Das hörte ich ihn zu Mr. Dobbs sagen. Ihr erinnert Euch an Mr. Dobbs?", schwätzte er weiter im

Versuch, Miranda, aber auch sich selbst ruhig zu halten. „Er war mein Meister und Apotheker, und wenn es sein musste, auch ein Accoucheur. Er entband viele Babys in St. Jude. Ich bin viele Male mit ihm gegangen. Mr. Blackwell sagte, das Umschlagtuch wäre etwas Persönliches, das das Kind mit seiner Mutter verbinden würde. Er wollte nicht, dass sie allein begraben würde. Er sagte, sie könnte das Umschlagtuch im Himmel benutzen. Daher nahm er es.“

Miranda nickte befriedigt. „Ich bin froh darüber. Er liebte Miriam trotz all ihrem Eigensinn. Er war ihr ein guter Vater.“

„Vater? Dann war sie nicht Eure Schwester? Sie war Mr. Blackwells *Tochter*?“

Eine neue Wehe und Miranda erschauerte, stöhnte und klammerte sich schwer an Tam.

„Verzeihung, Ma'am. Es steht mir nicht zu, Fragen zu stellen. Es ist nur ... wenn ich mich an eines so deutlich erinnere, als wäre es gestern gewesen, dann, dass Ihr beide Euch so ähnlich saht. Aber wenn Mr. Blackwell ihr Vater war ... er war ein guter Mann, Mr. Blackwell ...“

„Ja. So wie dein Meister - Dobbs? Dobbs fand eine Amme für Sophie und versicherte mir, dass die Frau kein gingetränktes Flittchen wäre, wo ich zu der Zeit nicht die geringste Ahnung hatte, was ein Flittchen war, geschweige denn, dass sie Gin tranken.“ Sie lachte bei der Erinnerung und Tam stimmte ein. „Das hatte ich bis jetzt vergessen.“ Sie lächelte Tom an. „Dein Meister war auch ein guter Mann, Thomas.“

Tam spürte, wie Tränen an seinen Lidern brannten und verfluchte sich, weil er sich wie ein Mädchen benahm; einen feinen Apotheker würde er abgeben! Er räusperte sich und nickte.

„Ja. Ja, das war er. Und ein großartiger Apotheker. Es gab keinen besseren.“

„Miriam und ich wuchsen zusammen auf und sehr lange glaubten wir, dass wir echte Schwestern wären. Wir waren uns so ähnlich“, erklärte Miranda und lächelte bei der Erinnerung, „dass wir uns jede für die andere ausgeben konnten, und das gelegentlich auch taten. So nahe. So ähnlich. Aber so verschiedene Naturen ... Als wir älter wurden, wurde uns klar, dass, wenn wir Schwestern wären, entweder mein Vater oder meine Mutter eine Affäre gehabt haben musste. Ein überaus närrischer Gedanke.

„Ich weiß, dass es respektlos ist und du wirst von diesen Worten einer Tochter vielleicht schockiert sein, Thomas, aber meine Mutter ist eine kalte, lieblose Kreatur und mein Vater, hätte er Kinder außerhalb der Ehe gehabt, würde sie mit Sicherheit nicht nach Hause mitgebracht haben. Und dann vertraute mir Miriam eines Tages an, dass Mr. Blackwell ihr

Vater wäre! Einfach so sagte sie mir das. Sie hatte keine Ahnung, wer ihre Mutter wäre, und Mr. Blackwell wollte es ihr nicht erzählen, ganz gleich, wie viele Male sie ihn anflehte. Ich möchte mich wieder hinsetzen, Thomas. Und du musst tun, was du tun musst."

„Ja, Ma'am, es muss sein", entschuldigte Tam sich mit ruhiger Stimme, obwohl ihre Enthüllungen über Mr. Blackwell ihn schwindelig werden ließen. „Wenn Ihr Euch an diesem Ende des Bettes mit dem Kopf auf den Kissen, dort, wo ich sie arrangiert habe, hinlegen würdet, kann ich Euch untersuchen, um festzustellen, wie weit das Baby schon ist und wenn Eure Zofe mit meinem Arzneikasten zurückkommt, kann ich Euch etwas gegen die Schmerzen geben. Der Arzt ..."

„*Nein*. Kein Arzt. Es war der Arzt, der Miriam *umbrachte*. Wenn er auf Euren Meister gehört hätte ... wenn Mr. Blackwell nicht nach einem *Quacksalber* geschickt hätte ...“

„Er musste es tun; er dachte, es wäre das Richtige. Sie war so schwach ... Sogar Mr. Dobbs hatte die Hoffnung aufgegeben ... Ihr dürft ihm dafür nicht die Schuld geben. Zwei Tage schwerer Wehen ..."

„Aber sie so aufzuschneiden, wie er es tat ... er hat sie *zerfetzt*. Er war blutig und brutal ..." Sie hob ihren Kopf aus den Kissen und versuchte, Tam über ihren runden Bauch hinweg anzusehen. „Versprich es mir, Thomas. Kein Arzt."

„Ich verspreche es. Aber ich werde einen holen, wenn Euer Leben oder das Eures Babys in Gefahr ist", stellte Tam offen fest. „Es nicht zu tun, wäre eine Verletzung meiner Pflichten und ich werde den Eid, den ich abgelegt habe, nicht brechen."

„Er darf mich nicht aufschneiden. Nicht, bevor ich nicht wirklich tot bin. *Du* musst sichergehen, dass ich tot bin. Versprich es mir."

„Ja, Ma'am. Das verspreche ich."

Befriedigt ließ Miriam ihren Kopf wieder auf die Kissen zurückfallen und starrte zu dem gefältelten Betthimmel über ihrem Kopf hinauf im Versuch, nicht an Tam zwischen ihren gespreizten Beinen zu denken, obwohl sie nicht verhindern konnte, dass ihr die Röte in die Wangen stieg. Aber bei der nächsten Wehe, die noch stärker war als die letzte, löste sich ihre Sittsamkeit auf und sie schrie auf und fluchte lange und laut auf Französisch.

„So ist's richtig, Ma'am", ermutigte Tam sie. „Schreit so laut, wie Ihr wollt, wenn es hilft."

Zwischen zwei keuchenden Atemzügen brachte Miranda ein halbherziges Kichern zustande.

„Es tut mir leid, Thomas. Sprichst du Französisch?"

„Gut genug, um zu wissen, dass das, was Ihr gerade gesagt habt, die

Ohren einer alten Dame rot anlaufen lassen würde, wenn es das ist, was
Ihr wissen wollt. Lord Halsey ist ein außergewöhnlich sprachbegabter
Mann und daher habe ich es geschafft, einige ausgesuchte französische
Ausdrücke aufzuschnappen.“

„Lord Halsey…?“

Tam war klug genug, um das als Aufforderung zu sehen, über seine
Geschichte zu schwätzen und wie er dazu kam, Alecs Kammerdiener zu
sein, denn es war ihm sehr wohl bewusst, wie unangenehm es für sie sein
musste, ihn sich ihr so nahe zu wissen, also kam er dem nach; alles, um
ihre Gedanken von der Unanständigkeit ihrer derzeitigen Lage abzulenken; alles, um seine Gedanken von der immensen Aufgabe abzulenken,
die vor ihm lag.

Als Janie ins Schlafzimmer kam, fand sie Tam zwischen den
weit gespreizten Beinen ihrer Herrin vor. Aber was sie fast den Griff um
den Kasten seiner Reiseapotheke loslassen ließ, war nicht der Schock des
Anblicks, der sich ihr bot, so empörend dieser auch war, es war die Tatsache, dass ihre Herrin und der junge Apotheker auf so vertrautem Fuß
miteinander standen. Als ob es die natürlichste Sache der Welt wäre und
sie sich über einer Tasse Tee und Butterbroten unterhielten.

Als Tam sich aufsetzte und sanft ein Laken über die bloßen Beine
ihrer Herrin zog und zu der Waschschüssel ging, um sich die Hände zu
schrubben, stellte Janie den Kasten mit der Reiseapotheke hin und
folgte ihm.

„Ist alles, wie es sein sollte, Mr. Fisher?“, flüsterte sie.

„Ja. Aber sie ist noch nicht so weit, dass sie zu pressen beginnen
könnte. Es wird noch lange dauern.“

Janie nickte mit einem Blick über die Schulter zu Miranda, die leise
zwischen den Kissen stöhnte. Sie leerte das schmutzige Wasser in einen
Eimer und füllte die gemusterte Porzellanschüssel mit frischem Wasser,
um ein Tuch für Mirandas Stirn zu befeuchten.

„Ich habe Ale und eine kalte Mahlzeit für Euch heraufbringen lassen.
Beides steht im Wohnzimmer. Ich nahm an, dass Ihr das vorziehen
würdet.“

„Danke, Miss, das war sehr rücksichtsvoll von Euch.“

„Ich heiße Janie. Ich dachte, Ihr solltet wissen“, sagte sie, unfähig zu
verhindern, dass ihr Gesicht flammend rot wurde, „dass ein gutausse-
hender Gentleman im Fenstersitz sitzt. Schwarze Haare und sieht aus wie
eine von diesen Statuen, die Mr. Talgarth in einem Notizbuch hat, das er
mir einmal gezeigt hat. Kennt Ihr ihn?“

„Eine griechische Statue?" Tam grinste. „Ja. Das dürfte seine Lordschaft sein. Lord Halsey. Ich werde Mrs. Bourdon etwas geben, um die Schmerzen zu lindern, dann gehe ich kurz hinaus, um mit seiner Lordschaft zu sprechen, komme aber gleich wieder. Ist es Euch recht, mit Eurer Herrin alleingelassen zu werden?"

„Natürlich! Ich hab' mich um sie gekümmert, seit ..."

„Nein. Nein. Ich wollte Euch nicht beleidigen, Janie. Ich dachte nur, unter den gegenwärtigen Umständen ..."

„Mischt Euren Trank und dann geht und esst etwas, Mr. Fisher."

„Thomas. Thomas", rief Miranda, die dachte, Tam wollte den Raum verlassen, als er aus ihrem Blickfeld verschwand. „Ich muss dich um ein weiteres Versprechen bitten ..."

Vom anderen Ende des Betts, wo er in seinem Arzneikasten kramte, schaute Tam hoch und nickte Janie zu, die Mirandas Kopf mit einem feuchten Tuch abtupfte und sagte: „Er hört Euch zu, Ma'am. Er mischt Euch einen Trank, um Euch gegen die Schmerzen zu helfen."

Miranda drückte Janies Hand und lächelte sie an, um sie in ihre Bitte miteinzuschließen, als sie zu Tam sagte: „Niemand darf das wirkliche Geschlecht des Babys erfahren. Ihr müsst sagen, dass das Baby ein Mädchen ist. Völlig gleichgültig, ob es ein Junge ist, Ihr müsst sagen, es wäre ein Mädchen. Ich flehe euch an. Um des Babys willen. Das ist, was Mr. Bourdon wünschen würde. Versprecht es mir, Thomas. Janie?"

Tam und Janie tauschten einen besorgten Blick, bevor beide in stummer Annahme einer Bitte nickten, die beide innerlich für äußerst seltsam hielten. Tams folgendes lautes Versprechen und Janies rasches Nicken stellten Miranda jedoch zufrieden und sie ging wieder dazu über, zu dem gefältelten Betthimmel zu starren, angespannt in der Erwartung, wann die nächste Wehe sie packen würde und betend, dass das Baby bald kommen möge.

„Wart Ihr früher schon bei einer Entbindung dabei, Janie?", fragte Tam.

„Natürlich! Ich war zweimal bei den Geburten meiner Mama dabei."

Janie stellte einen Becher mit Stärkungsmittel neben den Arzneikasten und warf einen Blick über Tams Schulter, weil sie sich für den Inhalt interessierte, der dort zwischen den beiden kleinen Mahagonitüren, die an ihren Messing-Scharnieren weit geöffnet waren, dargeboten wurde. Zwei Schubfächer waren herausgezogen, die beide mit dem vollgestopft waren, was sie für verschiedene medizinische Apparate hielt: Kerzen, ein kleines Porzellantellerchen, eine zusammengefaltete Waage aus Messing mit Waageschalen und Gewichten und verschiedene kleine Porzellantöpfchen mit Salben. Tam nahm die doppelte Rückwand des

Kastens ab und öffnete ein Geheimfach, das mit kleinen Glasfläschchen gleicher Form und Höhe gefüllt war. Kleine, sorgfältig beschriftete Etiketten, die mit Schnüren an den Glasverschlüssen jeder Flasche befestigt waren, trugen die Bezeichnungen Alraune, Mithridat, Laudanum und Theriak, aber für Janie, die nicht lesen konnte, hatten die Worte keine Bedeutung. Sie starrte die Flüssigkeiten an - einige der Flaschen waren mit in Flüssigkeit getränkten Kräutern gefüllt, eine war aus weißem und blauen Porzellan, eine aus durchsichtigem Glas, und alle waren mit einem Wort in großen, roten Buchstaben gekennzeichnet: Gift. Sie erkannte das Aussehen dieses Wortes. Tante Rumble bewahrte eine Flasche mit genau einem solchen Wort darauf hinten im Mehlschrank der Speisekammer auf.

Als Tam eine bestimmte Flasche auswählte und sorgfältig eine abgemessene Dosis in das Stärkungsmittel tropfte, um dann den Becher sanft zu schwenken, damit die Arznei sich auflösen sollte, konnte Janie ihre Neugier und ihre Besorgnis nicht zurückhalten; Arzneien bereiteten ihr Unbehagen.

„Was mischt Ihr dort hinein, Mr. Fisher?"

„Es heißt Mithridat. Das wird ihre Schmerzen lindern."

Janie versuchte, an dem Becher zu schnuppern. Er hatte einen senfähnlichen Geruch. „Was ist in Mithri-mithri- was ist darin?"

Tam lächelte über ihren Ton; er nahm es ihr nicht übel, dass sie misstrauisch war. „Zu viele Zutaten, um sie alle aufzuzählen. Opium, Myrrhe, Ingwer, Zimt und ähnliches. Es ist ein Standardmittel für Apotheker, um es zu verwenden, wenn man Schmerzen abhelfen will. Also keine Bange, es wird Eurer Herrin nicht schaden."

Janie nahm den Becher, als er ihn ihr hinhielt, bewegte sich aber nicht vom Fuß des Bettes fort. „Es wird sie aber nicht krank machen, oder?"

„Nein. Nur etwas beruhigen", sagte er ruhig und sicherte die Gifte, indem er die doppelte Rückwand des Arzneikastens wieder am richtigen Ort befestigte. Als Janie sich noch immer nicht bewegte, fügte er mit einer Stimme, von der er hoffte, dass sie einen strengen Unterton hätte, hinzu:

„Wenn Ihr wollt, dass ich Eurer Herrin durch diese Wehen helfe, Janie, müsst Ihr tun, was ich sage." Und als wäre es das Stichwort gewesen, stieß Miranda einen lauten, von Schmerz und Angst erfüllten Schrei aus, der Janie ihr zu Hilfe eilen ließ. *Denn Gott weiß,* sagte er zu sich, während er die Mahagonitüren des Kastens schloss, *dass ich alle Hilfe brauchen werde, die ich bekommen kann.*

SIEBZEHN

Janie war damit beschäftigt, zwischen dem Schlafzimmer und der Küche hin und her zu eilen, um Tams Besorgungen zu erledigen. Irgendwann folgten ihr zwei Mägde mit aufgerissen Augen, aber gesenkten Köpfen, die einen großen Kupferkessel und frische Laken trugen. Sie sorgte sich um ihre Herrin und das Fortschreiten der Wehen, und doch war sie sich bewusst, dass Lord Halsey sie vom Fenstersitz aus beobachtete. Sie wagte es sogar, einen langen Blick von der Seite auf ihm ruhen zu lassen, als er sich bei der lärmenden Ankunft einer sechsspännigen Kutsche, deren Insassen auf die gepflasterte Straße unten ausstiegen, zum Fenster wandte. Er war der schönste Mann, den sie je gesehen hatte, mit seinem schwarzen, lockigen Haar, der olivfarbenen Haut und dem kantigen Profil. Prachtvoll in Samt und Spitzen gekleidet, sah er noch besser aus als Mr. Talgarth, der sie sprachlos machte und kichern ließ, wenn er ihre Herrin besuchen kam.

Unter den gegenwärtigen Umständen und weil sie wusste, dass sie erröten würde, wenn seine Lordschaft es wagen sollte, sie anzusprechen, entschied sie sich, ihrer Arbeit nachzugehen, als ob der Edelmann nicht im Zimmer wäre. Diese Taktik funktionierte gut, bis der Kammerdiener seiner Lordschaft in der Dienstbotentür auftauchte. Sie schaute auf ihre Füße statt nach vorn und stieß daher mit Mr. Hadrian Jeffries zusammen, wodurch sie nicht nur das Tablett umwarf, das er trug, sondern auch die Vorderseite seines makellosen Rocks zerknitterte.

Zu beobachten, wie die Zofe und sein Kammerdiener zusammenstießen und das Mädchen Entschuldigungen murmelte, während ein empörter, aber beherrschter Jeffries die Falten aus seinem Rock glättete, verschaffte Alec etwas sehr nötige Abwechselung von den nervenaufreibenden Stunden, die er still und schweigsam im Fenstersitz gesessen hatte, während er auf die Schreie und das Stöhnen einer Frau in den Qualen einer Geburt lauschte, die aus dem Nachbarzimmer drangen. Er hatte gehofft, dass der Arzt bald eintreffen würde. Seiner goldenen Taschenuhr zufolge waren es mindestens zwei Stunden, womöglich mehr, seit Ketteridge eine Nachricht mit einer Entschuldigung für seine Säumigkeit geschickt hatte; er hatte ein Kind mit Verbrennungen und einen ältlichen Patienten, der im Königsbad ausgerutscht war und sich den Oberschenkelknochen gebrochen hatte.

Nicht viele Minuten nach Ketteridges Nachricht kam eine überraschende Notiz von Lady Rutherglen, die von einem der Diener des Gästehauses abgegeben wurde, in der sie von Alec forderte, ihr sofortigen Zutritt zur Archsuite zu verschaffen, andernfalls sie die lokale Miliz die Suite stürmen lassen würde. Warum sie Zutritt haben musste, wurde nicht erklärt; dass sie ihn forderte, fand Alec höchst interessant. Seine Abweisung ihres Verlangens zusammen mit der fortgesetzten Anwesenheit des bärenartigen Lakaien an der Eingangstür der Suite musste Lady Rutherglen zum Gehen veranlasst haben, denn er hörte nichts weiter von ihr, bis Jeffries im Dienstboteneingang erschien.

Jeffries rückte einen spindelbeinigen Schreibtisch und einen dazu passenden Stuhl mit gerundeter Rückenlehne näher an den Fenstersitz und in den Schein des verblassenden Nachmittagslichts. Dann brachte er Papier, Feder und Tinte und ein Paar von Alecs goldgeränderten Brillen, die er mit höchster gradliniger Präzision auf dem schmalen Escritoire arrangierte. Er zündete einen Kerzenleuchter an, stellte diesen auf die Oberfläche des Schreibtischs und mit einer Verbeugung vor Alec, der all dies mit höflichem Interesse verfolgt, aber nichts gesagt hatte, und verließ dann das Wohnzimmer, um nicht viel später mit zwei Küchenjungen auf den Fersen zurückzukehren, von denen einer ein Tablett, das mit Tellern unter silbernen Hauben gefüllt war und der andere eine silberne Kaffeekanne mit Geschirr trug.

„Diner, Mylord", verkündete Jeffries, und nicht ein Muskel seines Gesichts zuckte ob des Jammerns und Stöhnens bei der Geburt im Nachbarzimmer.

Alec war im Stillen beeindruckt und ein wenig verunsichert. Der Kerl hätte genauso gut in einem prachtvollen Speisesaal stehen können, so hochmütig war sein Benehmen.

„Ich habe mir die Freiheit genommen, Euch Eure Schreibutensilien zu bringen, Mylord", fügte Jeffries unnötigerweise hinzu, als Alec auf das Arrangement von Schreibtisch und Stuhl hinüberblickte. Er übergab

Alec zwei versiegelte Briefe. „Damit Ihr diese nach Eurem Belieben beantworten könnt. Ich dachte, Ihr hättet vielleicht Zeit dafür ...“

Aha, also hatte Jeffries doch eine Ahnung, was im Nebenzimmer vor sich ging; ihm fehlte nicht jegliche Emotion!

Alec erkannte die Handschrift und das Siegel auf einem der Briefe; er war von seiner Patentante, der verwitweten Herzogin von Romney-St. Neots. Der andere war von Lady Rutherglen. Der Brief seiner Großmutter konnte warten. Er steckte ihn in eine Tasche seines Rocks und erbrach das Siegel auf dem zweiten, den er von sich weg hielt, bis die Schrift klar wurde. Tintenflecken zierten die Sätze, als ob die Nachricht in großer Eile oder großer Aufregung geschrieben worden wäre. Alec neigte zu letzterer Erklärung aufgrund der gefühlsgeladenen Ausdrucksweise der Lady; Sätze wie *Verhöhnung der Gerechtigkeit, schlaue Tricks* und *empörender Vertrauensmissbrauch* sprangen ihn aus dem Blatt an, zusammen mit der vorhersehbaren Forderung, dass Alec ihr Zutritt zu den Räumen gewähren sollte, und dass er kein Recht hätte, ihr den Eintritt zu verwehren, um *diese Kreatur selbst zu sehen*.

Kreatur, eine interessante Bezeichnung für eine junge Frau, die, davon war sein Onkel ohne jeden Zweifel überzeugt und hätte diese Überzeugung mit der Klinge verteidigt, nur süß und rein war, überlegte Alec, während er säuberlich die ihm vorgelegten Scheiben Lammfleisch verzehrte. Lady Rutherglens Worte trieften vor galliger Bosheit, aber war da nicht noch ein Unterton von etwas anderem ... Furcht? Ja, das war es. Sie *fürchtete* die Frau im Nachbarzimmer, die in diesem Moment einen solchen Klageton von sich gab, dass Jeffries dort, wo er stand, einen kleinen Satz machte.

Alec grübelte, ob die nervöse Erwartung, die er ob der bevorstehenden Geburt empfand, das war, was Väter erlebten, wenn ihre Frauen in den Wehen lagen. Würde er je bei Selina diese Gelegenheit bekommen? Waren sie überhaupt dazu bestimmt, zu heiraten und eine Familie zu haben? Er hatte über diese Seite ihrer Ehe nicht zu eingehend nachgedacht: Kinder. Er war so darauf bedacht, die Frau, die er liebte, vor den Alter zu bekommen und zu seiner Frau zu machen, dass alle anderen Überlegungen zweitrangig waren. Jetzt, erstaunlicherweise, als er ein unfreiwilliger Zuhörer einer Frau war, die in den Schmerzen der Wehen lag, um ein neues Leben zu gebären, wurde ihm klar, dass er sich eigene Kinder wünschte, sehr sogar.

Er wünschte, Tam würde aus dem Schlafzimmer kommen, und wenn auch nur, um ihn zu überzeugen, dass der Junge sich unter der Last der Verantwortung für das Leben einer Mutter und ihres Ungeborenen aufrecht hielt. Zu viel Verantwortung für jemanden, der so jung war,

Alecs Meinung nach, trotz aller Erfahrung, die Tam als Lehrling eines Apothekers gesammelt hatte. Er war noch immer ein Lehrling und musste noch die schwindelerregenden Höhen, zur Ehrenwerten Gesellschaft der Apotheker zugelassen zu werden, erklimmen. Ungeachtet des felsenfesten Vertrauens seines Onkels in die Fähigkeit des Jungen, gefährliche und emotional anstrengende Dinge, vor allem tödliche Gefahren, wozu das Kindbett zweifellos gehörte, zu bewältigen, hegte Alec nicht den Wunsch, Tams Karriere beendet zu sehen, bevor sie begann, sollte die Geburt kein glückliches Ende nehmen.

„Sir? Mylord?"

Es war Tam. Er zog die Schlafzimmertür zu, schloss sie aber nicht und wischte sein gerötetes Gesicht und seine Hände mit einem feuchten Handtuch ab, das er dann zur Seite warf. Er sah zerzaust aus, die roten Locken klebten an seinem Kopf, das zerknitterte weiße Hemd war bis über die Ellenbogen aufgekrempelt und schweißnass. Er leckte über seine trockenen Lippen und seufzte, wobei er sich im Raum umschaute, als suchte er etwas Bestimmtes. Seine Augen wurden größer, als er das Tablett auf der Anrichte sah, auf dem ein Krug und ein Becher standen, und es war Alec, der vom Sofa aufsprang, ihm Ale eingoss und ihm überreichte, nicht Jeffries. Aber bevor einer der beiden sprechen konnte, sagte der Kammerdiener zur Antwort auf Alecs frühere Bemerkung:

„Wenn Ihr Euer Mahl beendet habt, Mylord, soll ich dann das Geschirr abräumen? Und ich versichere Eurer Lordschaft, dass ich es vorziehe zu bleiben, sollte meine Hilfe von Nöten sein, wenn etwas Unvorhergesehenes geschehen sollte. Ich bin Euer Lordschaft hier mehr von Nutzen als anderswo."

Die Betonung des Wortes *Unvorhergesehenes* blieb von Alec oder Tam nicht unbemerkt, aber da Tam der Einzige war, der den Kammerdiener anschaute, war er derjenige, der sah, wie Jeffries die Augenbrauen hoch- und die Mundwinkel herunterzog, um die Unterstellung, dass Tam der Lage, in der er sich jetzt befand, nicht völlig gewachsen wäre, zu betonen. Aber Tam war zu müde und zu sehr mit den Vorgängen im Nebenzimmer beschäftigt, als dass er sich von einem kleinlichen Streit mit jemandem, der am Ende nicht mehr war als ein Lakai, der zeitweise über diese Stellung hinaus erhoben worden war, hätte belästigen lassen. Dennoch konnte er Jeffries eine solche Unverschämtheit nicht durchgehen lassen, daher warf er dem angeberischen Hadrian Jeffries einen Blick völliger Verachtung zu, einen Blick, den Alec auffing und ebenfalls zu ignorieren vorzog, wobei er über seine Schulter zu Jeffries sagte:

„Sei so gut, meinen Teller abzuräumen, mir Kaffee einzuschenken und eine halbe Stunde oder so fernzubleiben, während ich ein vertrauliches Gespräch mit Mr. Fisher führe. Kümmere dich solange um Mr. Halsey. Ich möchte wissen, wie es ihm geht und ob er von der anderen Seite dieser Tür etwas zu berichten hat. Nun, Tam", sagte er und nahm eine Tasse Kaffee auf ihrer Untertasse von Jeffries entgegen, „Mrs. Bourdons Zofe hat dir eine kalte Mahlzeit hingestellt. Ich nehme jedenfalls an, dass sie das ist, obwohl sie sich größte Mühe gab, jeden Blick auf mich zu vermeiden, als ob ich zwei Köpfe hätte und ihr Angst machte. Geht es dir gut? Gibt es irgendetwas, das ich für dich tun kann?"

Tam schüttelte den Kopf. „Nein, Sir. Das heißt, es geht mir gut. Es gibt nichts, was irgendjemand tun könnte. Die Natur wird ihren Lauf nehmen, und wir warten einfach. Meiner Schätzung nach dürfte es nicht mehr lange dauern."

Alec bemerkte mit Sorge die Müdigkeit in den Augen des Jungen und den grimmigen Zug um seinen Mund.

„Es tut mir leid, dass der Arzt noch nicht gekommen ist, um dich abzulösen."

„Was das angeht, Sir, ich ..."

Er hielt abrupt inne, da er bemerkte, dass Jeffries noch immer im Zimmer war, daher trank er sein Ale, weil er sich plötzlich sehr durstig fühlte, mit einem Auge auf seinem Vertreter, der seiner Meinung nach viel zu lange herumtrödelte, um die Überbleibsel des Diners seiner Herren auf ein Tablett zu stapeln, bevor er unnötig an der Kaffeekanne auf ihrem kleinen Ständer herumfummelte, sie hochnahm und wieder hinstellte, als ob es nötig wäre zu prüfen, ob die Kerze im Stövchen noch brannte.

Als Jeffries endlich die Tür schloss, hob Tam die silberne Haube von seinem Teller mit einem Blick zu Alec, der ihm zuwinkte zu essen, und betrachtete die Zusammenstellung von Scheiben kalten Roastbeefs, Karotten und Kartoffeln, einer Handvoll Brot und einem Stück Käse, und sein Magen knurrte zur Antwort. Jedoch fühlte er unerklärlicherweise nicht das Bedürfnis zu essen. Nur wusste er, dass er sich stärken musste, da die Wehen gut die ganze Nacht dauern könnten. Er spießte eine Scheibe Roastbeef auf.

„Mrs. Bourdon will keinen Arzt, Sir. Sie ließ es mich versprechen. Aber ich habe ihr die Zustimmung abgerungen, dass ich, im Falle dass es schlecht liefe, wenn Komplikationen aufträten oder ihr oder das Leben ihres Babys in Gefahr wäre, einen Arzt holen dürfte, um ihr zu helfen. Ich darf mein Versprechen nicht brechen."

„Natürlich nicht, aber sie hat dir eine immense Last aufgebürdet."

„Sie ist vor Angst außer sich, Sir. Und mit Recht. Sie hat zugesehen, wie ihre Cousine unter den denkbar schrecklichsten Umständen im

Kindbett starb; wir beide waren dort. Der Arzt zerfetzte ihren Bauch, um das Kind herauszuholen; das rettete das Kind, tötete aber die Mutter. Die Sache ist die, Sir, das Mädchen war nicht tot, dem Tode nahe, aber nicht tot, als er sie so schlachtete."

Alec erbleichte. „Lieber Gott! Wie grässlich ... Aber ... Mrs. Bourdon kann doch sicher sein, dass ihr dies nicht geschieht, in Anbetracht der Tatsache, dass dies ihr zweites Kindbett ist?"

Tam schluckte hart, da er dringend seinem Herrn alles gestehen wollte, zögerte jedoch, dies zu tun, weil es einen Vertrauensbruch bedeutet hätte. Aber er musste sich seiner Lordschaft anvertrauen; er konnte sich niemanden vorstellen, der seine Qual und ihre besser verstünde, außer vielleicht Mr. Halsey. Und was, wenn bei der Geburt etwas schiefginge? Es war das erste Kind ihrer Cousine Miriam gewesen und es hatte sie umgebracht; es könnte auch bei Miranda Bourdon passieren. Aber er würde niemanden ihr das antun lassen, was man ihrer Cousine angetan hatte, unter keinen Umständen. Er brauchte Alec, um das sicherzustellen, um ihre und seine Entscheidung zu unterstützen.

Ein Blick in Alecs sorgenvolle Augen und das verständnisvolle Lächeln dazu und alles kam aus ihm herausgestürzt: Cousine Miriams schwierige Entbindung - dreißig Stunden, während denen Dobbs nicht in der Lage gewesen war, das Baby aus der Beckenendlage zu drehen; dass sie erst fünfzehn Jahre alt gewesen war, wie Miranda; dass die beiden Mädchen sich äußerlich so ähnlich sahen, dass es unheimlich war. Sie waren von zu Hause fortgelaufen und Mr. Blackwell hatte ihnen Zuflucht gewährt; der alte Pfarrer war gezwungen gewesen, die herzzerreißende Entscheidung zwischen der sterbenden Mutter und ihrem Kind zu treffen; dass ein Arzt das sterbende Mädchen aufgeschnitten hatte in der Hoffnung, das Baby zu retten; dass er nie etwas so Gräuliches in seinem Leben gesehen hätte und hoffte, das nie wieder zu erleben; wie er sich gesorgt und gefragt hatte, was aus Miranda und dem Baby geworden war und wie Mr. Dobbs, um seinen Verstand zu retten, ihm befohlen hatte, sich die ganze Geschichte aus dem Kopf zu schlagen, als wäre sie nie passiert. Und dann war Mrs. Bourdon wieder in seinem Leben aufgetaucht und hatte ihm enthüllt, dass ihre Cousine Miriam die leibliche Tochter Reverend Blackwells war.

„... Daher seht Ihr, Sir, dass es nicht erstaunlich ist, dass Mrs. Bourdon vor Angst fast den Verstand verliert, wo dies doch ihr erstes Baby ist."

Alec antwortete nicht sofort. Er konnte es nicht. Er versuchte noch, alles zu verarbeiten, was Tam ihm erzählt hatte. Es war, als wäre er gerade aus einem Albtraum erwacht und versuchte in einem geistigen Nebel sich die Einzelheiten des Albtraums zurückzurufen, ohne es wirklich zu wollen. Er hob seine Kaffeetasse auf, trank den letzten Kaffee aus, ohne zu bemerken, dass er kalt war, und nickte geistesabwesend, mit einem Blick über Tams Schulter zur Tür des Schlafzimmers.

„Die arme Frau hat jeden Grund, solche Angst zu haben ... Ihre Cousine, hat sie dir anvertraut, war Blackwells *leibliche* Tochter? Und Mrs. Bourdon und ihre Cousine - Miriam? Mrs. Bourdon und Miriam waren sich äußerlich so ähnlich, dass man sie miteinander hätte verwechseln können?"

„Ja, Sir. Mrs. Bourdon sagte, dass Miriam, als sie aufwuchsen, manchmal vorgegeben hätte, sie zu sein, nur, um Unfug zu machen." Er lächelte schief. „Klang, als wäre Miriam ein ziemlich wildes Ding gewesen."

„Eine Untertreibung. Das Mädchen wurde mit vierzehn schwanger."

„Mr. Fisher! Mr. *Fisher*!", rief Janie aus dem Schlafzimmer. Sie erschien eilig in der Tür, ihre Hände in ihre Röcke geklammert, aber als sie Alec sah, versank sie in einem Knicks und senkte die Augen. „Verzeihung, Euer Lordschaft." Sie sah zu Tam. „Ich glaube, das Baby kommt gleich. Sie fragt nach Euch. Ihr solltet besser schnell kommen." Damit verschwand sie nach einem Nicken Tams im Zimmer.

„Sir", sagte Tam, der sofort auf die Beine gekommen war, aber noch dort stand. „Mrs. Bourdon hatte noch eine letzte Bitte, was das Baby anging. Sie wollte, dass ich sage, es sei ein Mädchen, was es auch sein mag."

„Wie seltsam ... aber wenn es sie beruhigt und weniger ängstlich macht, kann das nichts schaden. Sie könnte sehr wohl eine Tochter gebären. Geh jetzt. Mr. Halsey und ich, und offensichtlich auch Mrs. Bourdon, wir haben jedes Vertrauen in deine Fähigkeiten." Er lächelte. „Ich weiß, du wirst es großartig machen."

Tam erwiderte Alecs Lächeln und fühlte sich sicherer, was die vor ihm liegende Aufgabe anging, machte eine knappe, kurze Verbeugung und verschwand im Schlafzimmer, gerade, als Hadrian Jeffries wieder das Wohnzimmer betrat.

Alec schrieb drei kurze Einladungsschreiben, je eine an Sir Charles Weir, Lord George Stanton und Lady Rutherglen, in denen er um das Vergnügen ihrer Anwesenheit im Salon von Barrs Hotel in der Trim Street bat, sobald es ihnen ehestens möglich wäre, und versprach, dass sie die Gelegenheit haben würden, einen Geist kennenzulernen.

„Was sie auf schnellstem Wege herbringen dürfte", sagte er voll Befriedigung, als er das vierte Blatt Papier in der Mitte faltete und mit seinem Fingernagel darüberstrich, um ihm eine klare, scharfe Kante zu geben, sehr zu Jeffries Zustimmung und Bewunderung.

Er übergab seinem Kammerdiener drei der Nachrichten und behielt die vierte zurück; sie war an Talgarth Vesey adressiert.

„Sieh zu, dass sie sofort überbracht werden. Dann teile Barr mit, dass ich den Salon zu meiner ausschließlichen Benutzung brauche. Ich möchte, dass auch mein Onkel anwesend ist ...“ Als der Kammerdiener wie gefesselt dastand und vor Entsetzen blass dem Schreien, Grunzen und lauten, ermutigenden Aufforderungen zu *pressen*, das aus dem Schlafzimmer kam, lauschte, wagte Alec zu grinsen und dem jungen Mann einen Klaps auf den steifen Rücken zu geben. „Erschreckend, nicht wahr? Aber es ist nötig, um ein Baby auf die Welt zu bringen.“

„Nötig? Bist du sicher? Es klingt absolut furchtbar!“

Diese Aussage kam nicht von Hadrian Jeffries, sondern von der Dienstbotentür, und löste die Erstarrung des Kammerdieners, der das Wohnzimmer nicht schnell genug verlassen konnte, obwohl der Ausgang vorübergehend blockiert war. Er erhaschte einen flüchtigen Blick auf zerzauste, aprikosenfarbene Locken und das Glänzen eines Diamantohrrings in Tropfenform, bevor die Dienstbotentür weit aufgerissen wurde und er Gelegenheit hatte, ohne einen Blick auf die majestätische Frau, die mit diesem Ausruf ins Zimmer gerauscht kam, zu fliehen.

Selina schaute kurz auf Alec vor dem Kamin und ihre dunklen Augen wurden weich.

Die zwei qualvollen Stunden, wo sie über eine nasse und zerklüftete Landstraße gerüttelt worden und in einer Kutsche eingesperrt gewesen war mit ihrem einem Schlafwandler ähnlichen Bruder, ihrer geduldigen Zofe und einem vorwitzig plaudernden Kind von vier Jahren, das selten Atem holte und nie stillsaß, waren vergessen. Ebenso ihre Entschlossenheit, willensstark genug zu sein, ihrer Sehnsucht nach ihm zu widerstehen. Ein Lächeln zur Begrüßung, und sie schmolz dahin.

Sie streifte ihre Samthandschuhe ab und warf sie auf den Fenstersitz, warf einen neugierigen Blick auf das Bündel verwelkter Blumen und tat ihr Bestes, gelassen zu wirken. „Du stehst da, als wäre es das Natürlichste auf der Welt.“

Das brachte Alec zum Lachen und er zog sie an sich. „Nun, die Geburt eines Kindes ist etwas Natürliches, nicht wahr? Ich bin sehr froh, dich sicher hier zu sehen, wenn auch etwas müde von dieser Tortur?“

Sie erwiderte seinen Kuss und schmollte. „Eine Geburt ist etwas Natürliches, ja. Aber ich meinte dich, dass du hier in diesem Zimmer bist, das hörst und so ruhig bleibst. Und ja, es war eine Tortur, aber ich konnte mich ja auf dich freuen.“

Er küsste sie wieder und legte seine Stirn an ihre. „Oh, ich wäre nicht so kühl und wäre alles andere als gelassen, wenn du es wärest, die unser Kind bekommt, sei dessen gewiss. Und es ist nur eine Fassade. Innerlich bin ich so wackelig wie ein Milchpudding. Was ist los?", fragte er, als sie sich mit schmerzlich zusammengezogenen Brauen aus seinen Armen löste.

„Als dein Onkel mir sagte, dass Miranda ein Kind bekommt, hättest du mich umpusten können!", sagte sie und ignorierte den Klumpen in ihrem Hals bei seiner zärtlichen Aussage.

Sie hatte sich sein Kind so sehr gewünscht und ihm anvertrauen wollen, dass sie in Paris eine Fehlgeburt gehabt hatte. Aber sie wusste nicht mit absoluter Sicherheit, ob das Kind von ihm gewesen war, denn direkt bevor er sich in den Kopf schoss, hatte ihr gewalttätiger Ehemann, George Jamison-Lewis, ein beliebtes Mitglied der Londoner Gesellschaft und Neffe eines Herzogs, sie vergewaltigt, wie so oft in den sechs Jahren ihrer Ehe. Und daher hatte sie den Verlust des noch nicht weit entwickelten Babys nicht betrauert, wie sie auch nicht getrauert hatte, als sie von Cleveley schwanger geworden war, nur um auch bei diesem Baby eine Fehlgeburt zu erleiden. Die Fehlgeburt in Paris hatte sie jedoch tief getroffen, da das Baby von Alec hätte sein können, und weil der Meinung des Pariser Arztes gemäß, der sie betreut hatte, sie nach dieser Fehlgeburt unfruchtbar sein würde.

Und daher dienten die Schreie einer Frau in den Wehen des Kindbetts, die von der anderen Seite der Schlafzimmertür herausdrangen, nur dazu, die herzzerreißende Realität ihrer traurigen Lage zu betonen. Der Herzog von Cleveley hatte richtig, zwar sanft, aber nicht weniger unverblümt, darauf hingewiesen, dass sie nicht das Recht hätte, dem Marquess Halsey falsche Hoffnungen zu machen, indem sie ihn heiratete, wenn es keine Hoffnung gab, ihm einen Sohn und Erben zu schenken.

„Auf der anderen Seite der Tür ist eine regelrechte Menschenmenge versammelt", teilte sie ihm ruhig mit und hielt sich davor zurück, in einem Abgrund der Verzweiflung zu fallen, als sie auf die Eingangstür deutete, wo im Gang der riesenhafte Lakai Wache stand. Es war besser zu sprechen als über das zu grübeln, was hätte sein können. „Barr hat es aufgegeben, sie fortzuscheuchen. Jetzt bringen Diener Stühle und Tee für die alten Damen und Krüge mit Ale für die Herren. Natürlich bleibt dein Onkel der Zeremonienmeister. Er und sein Gehstock haben das Regiment übernommen und er amüsiert sich prächtig! Ich stellte fest, dass das Ausüben solcher Herrschaft sicher im Gegensatz zu seinen republikanischen Prinzipien stehen müsste, worauf er antwortete: *Fort mir Euch, Hexe!* Und deshalb bin ich hier - nachdem ich einen Spießrutenlauf durch die Küche absolviert habe - vor Spülmägden, Köchen und einem verwirrten Topfputzer, der vermutlich noch nie eine Dame in einer Küche oder auf der Dienstbotentreppe gesehen hat.

„Und da ich noch nie in der Küche eines Gästehauses gewesen bin, waren wir schon zu zweit. Was für eine neue Erfahrung!" Als Alec grinsend den Kopf schüttelte, lächelte sie. „Dein jähzorniger republikanischer Verwandter hat sich auch schnell mit dem Braunen Bären angefreundet ..."

„Dem Braunen Bären?"

„Der bärenstarke Lakai vor der Tür kann dir doch nicht entgangen sein?", erwiderte sie rhetorisch. „Bär, weil er die Figur eines Bären hat, und Braun, weil er Brown heißt. Urig. Seit ich denken kann, gehört er zu Cleveleys Haushalt. Wenn mein Gedächtnis mich nicht trügt, rettete der Herzog ihn aus einem herumziehenden Zirkus, als er nur ein Kind war, allerdings ein übergroßes Kind."

„Ich hoffe, dass der Braune Bär das meinem Onkel erzählt hat. Es könnte seine hartnäckig schlechte Meinung über den Herzog verbessern."

„Verbessert sie deine?", fragte sie zu schnell und biss sich umgehend auf die Unterlippe, während sie ihrer Impulsivität wegen errötete.

„Selina ... *Herzallerliebste* ..."

Ein erschreckendes Jammern, viel lauter als die früheren Schreie der Anstrengung bei der Geburt, ließ sie beide erwartungsvoll zur Tür des Schlafzimmers schauen, aber als die Tür fest geschlossen blieb und eine Zeitlang Ruhe herrschte, die nur von dem Geräusch miteinander sprechender Stimmen unterbrochen wurde, platzte Selina heraus:

„Es ist nicht von Talgarth!"

„Das weiß ich."

„Oh? Dann weißt du, wer der Vater ist?"

„Ich glaube es zu wissen, aber es steht mir nicht zu, es auszusprechen. Miranda muss es uns selbst sagen."

„Miranda? Also hast du sie kennengelernt?"

Alec grinste bei dem Unterton weiblicher Eifersucht und der unbegreiflichen Tatsache, dass selbst schöne Frauen unter Unsicherheit litten. Er nahm sie sanft in die Arme. „Ich liebe dich, trotz deiner Albernheiten. Nein. Ich habe Mrs. Bourdon noch nicht kennengelernt. Diese Freude steht mir noch bevor. Erzähle mir von deiner Reise von Philip St. Norton. Haben sich alle gut benommen oder wurdest du von der Gesellschaft und der Kutschfahrt sehr auf die Probe gestellt?"

„Beides, und ich wurde sehr auf die Probe gestellt, *weil* alle sich benahmen, wie es zu erwarten war."

Alec zog sie mit sich, um bei ihm im Fenstersitz Platz zu nehmen, ihre Hand in seiner, und sie erzählte ihm von ihrer Fahrt nach Bath; er musste sich Mühe geben, ernst zu schauen und ihrem Hass auf das Herumgestoßenwerden in einer durchs Land fahrenden Kutsche mitfühlend zu begegnen.

„Hast du Talgarth und Nico wiedervereint?"

„Wenn du damit meinst, ob ich meinen Bruder in der Milsom Street abgesetzt habe, bevor ich hierher herauf kam? Nein. Ich habe ihm befohlen, unten im Wohnzimmer zu bleiben und ein Auge auf Sophie zu haben, während Evans mit Koffern, Zimmern und einem Gästehaus beschäftigt ist, dessen Diener unfähig scheinen zu arbeiten, weil im Obergeschoss eine Frau in den Wehen liegt! Ich brauche ihn hier, bis Sophie wieder ihrer Mutter zurückgegeben werden kann. Außer Evans ist Tal der Einzige, der imstande ist, das Kind beschäftigt zu halten. Und das tut er mit so ruhiger Gelassenheit, dass ich mich dabei völlig untauglich fühle. Ich weiß nicht, was es dabei zu lachen gibt!", sagte sie und drückte seine Hand ein wenig zu fest, als er in sich hineinlachte. „Fünf Minuten mit einem übermäßig lebhaften Kind eingesperrt zu sein sind für mich fünf Minuten zu lange; und ich habe *zwei Stunden* lang ihre Unruhe und ihr Geplapper ertragen. Wenn ich nicht wüsste, dass sie ein Mensch ist, hätte ich gesagt, sie wäre eine als Puppe gestaltete Aufziehuhr, deren Federn so fest angezogen sind, dass sie eineinhalbmal so schnell läuft!" Sie schüttelte ihr hellrotes Haar bei seinem mitleidigen Glucksen und sagte mit einem Seufzer: „So völlig anders als ihre Mutter, die das fügsamste, süßeste aller lebenden Geschöpfe ist."

„Selina, da ist etwas, das ich dich wegen Sophie fragen muss ..."

„Mylady! Das Baby! Sie ist von einem - einem *Ungeheuer* entführt worden."

Alec und Selina sprangen schnell vom Fenstersitz auf, Selina schaute zur Schlafzimmertür, aber als diese geschlossen blieb, das Stöhnen, die Schreie und die ermutigenden Rufe weitergingen, wandte sie sich zur Dienstbotentür, wo Evans auf der Treppe schwankte, als wäre sie auf den Dielen festgewachsen, eine dünne Hand in ihren einfachen Leinenrock gekrallt, die andere um den Türrahmen geklammert; ihr Gesicht war weiß und voller Furcht.

„Evans? *Ungeheuer*? Sei nicht albern!", sagte Selina abwehrend und barscher, als sie die Absicht gehabt hatte, weil sie müde und um Mutter und Kind im Schlafzimmer besorgt war. „Die Reise hat dich ermüdet. Ich werde kommen und Mr. Vesey Gesellschaft leisten, dann kannst du dich ein paar Minuten hinlegen und wirst dich gleich besser fühlen."

„Nein! Nein, Mylady! Das kann ich nicht. Miss Sophies! Miss Sophie ist von einem pockennarbigen *Teufel* entführt worden."

„Entführt? Was meinst du damit, Mary?", verlangte Selina alarmiert zu wissen. „Wer hat sie entführt? Wo ist sie?"

Evans schaute Selina betroffen an. „Ich dachte, Mr. Vesey würde auf sie aufpassen ..."

„Er ist im Salon, wo ich ihn verlassen habe, nicht wahr?", fragte Selina.

Evans nickte. „Ja, Mylady. Er schläft."

„Das sieht Tal ähnlich!", stellte Selina verärgert fest. „Sophie ist vermutlich weggelaufen, um jemand anderen zu finden, der mit ihr spielt. Ich bin sicher, die Hoteldiener werden sie finden ..."

„Oh nein, Mylady", antwortete Evans ungewöhnlich energisch. „Das können sie nicht."

„Warum denn nicht?"

„Weil sie entführt worden ist."

„Zuerst teilt mir eine Miss Musgrave mit, dass es in diesem Haus einen Geist gibt und jetzt erzählst du, Evans, die vernünftigste Frau, die ich je gekannt habe, mir, dass es hier ein Ungeheuer gibt - oder ist es ein Teufel? Was denn nun? Vielleicht ist diese Kreatur beides? Armer Mr. Barr. Bald wird er keine Gäste mehr haben, vor denen er sich verbeugen und katzbuckeln kann!"

Evans brach in Tränen aus und bedeckte ihr Gesicht.

„Sei nicht so hart mit ihr. Es war ein Schock für sie", murmelte Alec in Selinas Ohr, was ihr die Röte in die Wangen steigen ließ, weil er ihre Neckerei für Kritik gehalten hatte und Evans schließlich *ihre* Zofe war.

„Komm herein, Evans", sagte Alec ruhig. „Mrs. Jamison-Lewis wollte sich gerade um den Tee kümmern und du wirst mir in aller Ruhe erzählen, was mit Miss Sophie passiert ist."

Er hatte herausgehört, dass die Zofe das Wort *pockennarbig* benutzt hatte und sein Puls beruhigte sich, denn er hatte eine gute Vorstellung, wer das kleine Mädchen geholt haben könnte. Wessen er sich versichern musste, war die Art und Weise, auf die sie mitgenommen worden war, obwohl er darauf vertraute, dass seine Intuition nicht versagen würde.

Deshalb war er ruhiger, als Selina es nach Evans' Äußerungen erwartet hätte. Daher, als er die Zofe bat, hereinzukommen und von ihr verlangte, dass sie Tee holen sollte, stand Selina nur mit offenem Mund da. Zuerst hatte er sie beleidigt, indem er ihren Umgang mit ihrer Zofe kritisierte und jetzt erwartete er, dass sie in die Küche verschwände. Als Alec sie jedoch anlächelte, konnte sie es ihm nicht abschlagen. Sie rauschte in ihren Seidenpantöffelchen aus dem Zimmer und die Treppe hinab, verfluchte gutaussehende Männer im Allgemeinen und einen im

Besonderen und murmelte in sich hinein, dass Lärm, Hitze und Gerüche in einer Küche dem Lauschen der schmerzvollen Anstrengungen einer Frau im Kindbett vorzuziehen waren. Wenigstens würde ihr dieses Schicksal erspart bleiben, dachte sie befriedigt. Aber die Befriedigung verwandelte sich in Selbstmitleid und bald darauf in Kummer.

Alec ließ Evans sich in einen Sessel setzen und drückte ihr sein sauberes Leinentaschentuch in die steifen Hände.

„Vielen Dank, Mylord."

„Sag mir, was mit Sophie geschehen ist und dann werde ich helfen können."

„Sollte nicht ... sollte nicht jemand ihn verfolgen, Mylord? Herausfinden, wohin er sie gebracht hat?"

„Ja. Das werden wir tun. Aber erzähle mir zuerst, was geschehen ist."

Evans nickte und fühlte sich bei Alecs ruhigem, aber festem Ton weniger besorgt.

„Ja, Mylord. Ich habe das Zimmer nur für eine Viertelstunde verlassen", erklärte sie und verdrehte das Taschentuch in ihren Händen. „Eines der Zimmermädchen hatte angeboten, ein frisches Hemd, Kleid und Strümpfe, und wenn es möglich wäre, einen wollenen Umhang für Miss Sophie zu holen; ihre Schwester hat ein kleines Mädchen im gleichen Alter und ist Zimmermädchen in einem Haus auf der anderen Straßenseite. Und deshalb habe ich die Kleine allein gelassen ... ich habe sie alleingelassen ... Verzeihung, Mylord, ich bin ... Der Schock, diesen Mann mit ihr zusammen zu sehen ..."

„Du sagst, er sei pockennarbig. Ist das der Grund, warum du ihn ein Monster nennst? Weil sein Gesicht von Pockennarben verwüstet ist?"

Evans nickte. Sie schaute Alec reuevoll an. „Ich hätte ihn nicht Monster oder Teufel nennen dürfen. Das war gemein. Aber er ist ein erschreckender Anblick."

„Vielleicht warst du von seinem Anblick mehr schockiert als davon, Sophie in seiner Begleitung zu sehen ...?"

Evans dachte darüber einen Moment nach und riss die Augen auf; dann bereute sie es noch mehr. „Ja ... Ja! Das ist wahr, Mylord. Denn als ich in den Salon kam, saßen Miss Sophie und er vor dem Kamin auf dem Teppich und schwatzen auf Französisch miteinander, als ob es das Natürlichste von der Welt wäre!" Sie erschauerte. „Er ist so abscheulich von Narben bedeckt, dass es ein Wunder wäre, wenn ein erwachsener Mensch mit ihm sprechen würde, ganz zu schweigen von einem kleinen Mädchen."

„*Molyneux!*", verkündete Selina von der Tür her. Am Fuße der Treppe hatte sie ein Dienstmädchen gefunden, ihr befohlen, Tee zu bringen und war hinauf in das Zimmer zurückgeflogen, darauf bedacht, kein Wort von Alecs Befragung zu verpassen. „Molyneux hat Sophie! Er muss es sein, denn wer sonst hat …"

„Ja, Robert Molyneux, der Kammerdiener des Herzogs von Cleveley. Danke, Mrs. Jamison-Lewis", unterbrach Alec sie mit einem wissenden Augenzwinkern, wandte sich dann an Evans und sagte: „Dass Sophie mit Molyneux schwatzte und sie miteinander vertraut schienen, würde das nicht vermuten lassen, dass sie gar keine Angst vor ihm hatte, meinst du nicht auch?"

„Ja, Mylord", sagte Evans mit einem Seufzer der Erleichterung. Sie sah zu ihrer Herrin und dann wieder zu Alec und fühlte sich ihres Ausbruchs wegen töricht. „Mrs. Jamison-Lewis hat recht. Ich bin übermüdet. Ich dachte nicht … Miss Sophie hatte keine Angst vor ihm; weder vor seinem Aussehen noch vor seinem Benehmen."

„Bitte denke sorgfältig nach, Evans, und dann beantworte mir diese Frage: Wurde Sophie von Molyneux entführt oder ging sie freiwillig mit ihm? Da gibt es einen Unterschied …"

„Um die ganze Wahrheit zu sagen, Mylord, ich dachte, dieser Mr. Molyneux ging etwas zu vertraulich mit dem Kind um, wollte ihr Vertrauen gewinnen, um sie sich schnappen zu können. Wenn ich jetzt zurückdenke und da ich jetzt weiß, dass Ihr beide wisst, wer er ist und dass er im Dienst des Herzogs von Cleveley steht, scheint mir, dass die Kleine und Mr. Molyneux einander kennen."

„Das ist doch Unsinn, Evans!", sagte Selina vom Fenstersitz herüber. „Zuerst beschuldigst du den armen Molyneux, ein Ungeheuer zu sein, dann, mit dem Kind zu vertraut umzugehen, und jetzt glaubst du, er wäre der beste Freund des Kindes. Was denn nun? Wirklich, Mary, du brauchst eine Nacht guten Schlafs."

„Und da ist sie nicht die Einzige", murmelte Alec und sagte hörbar: „Meine liebe Mrs. Jamison-Lewis …"

„Oh, hör doch auf, mich mit diesem verhassten Namen anzureden", beklagte Selina sich mit einem ermüdeten Seufzer. „Evans ist meine Zofe, nicht meine Mutter!" Sie begegnete offen seinem Blick. „Um die Wahrheit zu sagen, Evans weiß alles, was es über mich zu wissen gibt und mehr über *uns*, als gut für sie ist."

„Wir brauchen nur eine Sonderlizenz, einen Pfarrer und dich, meine Liebe, um diesen Namen loszuwerden", sagte Alec ruhig und seufzte innerlich, als Selina seinem Blick nicht standhalten wollte, die einzigen Anzeichen inneren Aufruhrs waren ihr zusammengepresster Mund und die Art, in der sie leicht an dem Ohrring mit dem Diamanttropfen zupfte.

„Wie können sie miteinander bekannt sein?", wollte Selina, deren Neugier ihren Starrsinn überwand, wissen. „Molyneux ist Kammerdiener eines Herzogs und Sophie ist ein vierjähriges Kind, das sein ganzes Leben lang auf einem Landgut tief im Landesinneren gelebt hat."

„Es ist nicht nur möglich, sondern hochwahrscheinlich, wenn du statt des Kammerdieners den Herzog nimmst", erklärte Alec. „Molyneux als Cleveleys Kammerdiener ist der verlängerte Arm seines Herrn. Und daher tut er alles, was er tut, im Namen des Herzogs."

„Dieser Logik gemäß war es der Herzog, der Sophie aus dem Salon mitnahm. Es ist der Herzog, den Sophie kennt und sie ist ihm bekannt?"

„Ja."

„Aber ... Nein! Das ist nicht möglich!"

„Das ist sehr wohl möglich. Du sagtest selbst, Sophie habe ihr ganzes Leben auf diesem Hof verbracht. Und wem gehört der Hof?", widersprach Alec. „Und du sagtest mir, dass das Gemäuer von Landsitz des Herzogs oben auf einem Berg steht, und dass von einem der Fenster, wo er ein Teleskop stehen hat, der Hof, den er dir auf Lebzeit verpachtet hat, genau zu sehen ist."

Selinas Mund blieb vor Unglauben offen stehen. Waren die Geräusche, die aus dem Nachbarzimmer drangen, dabei, ihren Verstand zu umnebeln? „Willst du andeuten, dass Cleveley seine Zeit damit verbrachte, den Hof *auszuspionieren*?"

„Nicht direkt auszuspionieren, aber er hielt sicher ein wachsames Auge darauf."

„Warum?"

„Warum das Teleskop aufstellen, wo er doch einen perfekten Blick auf den Hof hat, wenn er nicht genau beobachten wollte?"

„Ich hätte dir das nicht erzählen sollen!"

Alec runzelte die Stirn, da er den Sinn ihres Ausrufs nicht verstand, bis er zufällig zu Evans blickte, deren Gesicht sich hochrot gefärbt hatte und die Selina mitfühlend und verständnisvoll anschaute. Sie hatte ihrer Zofe alles erzählt, dachte Alec mit einem ironischen Lächeln.

„Das hat nichts mit dem Interesse seiner Gnaden an dir zu tun", sagte er sanft und fügte mit einem entschuldigenden Lächeln hinzu: „Nicht du warst es, über die er wachte. Obwohl ich sicher bin, dass er sehr froh war, dich dort zu wissen."

„Willst du sagen, dass Cleveleys Interesse *Sophie* galt?"

Alec wollte gerade antworten, als Evans die rebellische Pause zwischen dem Paar ausfüllte: „Ja, Mylady, denn wenn ich jetzt darüber nachdenke, kann es nur eine Erklärung geben: Der Herzog ist der Vater des kleinen Mädchens."

Selinas ungläubiges Lachen explodierte in die Stille hinein. Sie vergaß sich so weit, dass sie in die Kissen des Fenstersitzes zurückfiel, presste aber eine Hand über ihren Mund, um einen Lachanfall zu unterdrücken: es war eines, über die Aussage selbst zu lachen, aber in Gegenwart einer Dienerin über sie zu lachen war unmöglich.

„Bitte fahre fort, Evans", sagte Alec sanft.

Evans setzte sich bei Alecs höflicher Nachfrage auf und erklärte, was sie meinte.

„Ich habe Miss Sophies Geplapper damals nicht beachtet, weil sie erst vier Jahre alt ist. Sie sagte mir bei mehr als einer Gelegenheit, dass sie bald Papa Hummel sehen würde. Ich nahm an, er wäre ein erfundener Spielgefährte, wie Kinder sie manchmal haben. Sie erzählte mir davon, als ich sie im Gasthof badete, dann wieder in der Kutsche und als ich sie vor dem Feuer des Salons unten absetzte." Sie sah zu der jetzt schweigenden Selina hinüber, sagte aber zu Alec: „Als Mr. Molyneux sie in seinen Armen forttrug, folgte ich ihm ins Foyer und flehte ihn an, sie loszulassen, aber ganz freundlich, weil ich dem Kind keine Angst machen wollte. Aber sie war alles andere als beunruhigt! Sie winkte mir zu und erklärte fröhlich, dass sie ginge, um Papa Hummel zu besuchen. Mein Französisch ist vernünftig, aber nicht gut, und ich weiß, dass Ihr ein außergewöhnlich sprachkundiger Mann seid, daher könnt Ihr mir sagen, ob ich *Père Bourdon* richtig übersetzt habe - es heißt doch Papa Hummel in Englisch, oder nicht?"

„*Père Bourdon*?" Selina blieb ungläubig. „Evans? Wie kannst du aus solch einem Umstand schließen, dass dieser Papa Hummel der Herzog ist? Nur, weil der Name des Kindes Bourdon ist? Es ist ein bloßer Zufall, dass das französische Wort für Hummel Bourdon ist und dass Miranda und ihre Tochter diesen Nachnamen tragen."

„Das glaube ich nicht."

Selina blinzelte bei Alecs Behauptung und antwortete mit deutlich erkennbarer Ironie:

„Also glaubst du, dass Miranda Bourdon, eine junge Frau ohne Familie oder Verbindungen, die einen Bastard hat, dessen Vater George Stanton sein könnte oder auch nicht, und die noch nicht zwanzig Jahre alt ist, Mutter Hummel sein soll, während Cleveley, der erste Staatsmann dieses Landes, ein direkter Abkömmling Williams des Eroberers, oh!, und ein Herzog ist, der, um es nicht zu vergessen, doppelt so alt ist wie Miranda, Papa Hummel ist; und dass die kleine Sophie, die der Herzog als sein Kind akzeptiert ... sie ihre kleine Hummel ist?" Selina wand sich auf dem Fenstersitz und drückte dann ihre Schultern durch. „Verrückter Unsinn!"

„Und so wird es auch bleiben, wenn du die Angelegenheit weiter emotionell und mit dem Vorurteil deines Standes betrachtest, nicht mit der Objektivität, die sie verdient", belehrte Alec und war nicht überrascht, als Selinas Gesicht errötete und sie, so kritisiert, den Kopf in den Nacken warf. Er zupfte an den Spitzen seiner Ärmel und sagte sachlich: „Mein Onkel leidet unter denselben Vorurteilen und dem Mangel an Objektivität, wenn es um den Herzog geht, aber aus ganz anderen Gründen. Er, wie du auch, betrachtet den Charakter des Herzogs wie eine Schattenpuppe - flach und schwarz. Es gibt keine Grautöne und mit Sicherheit keine Tiefen in seinem Wesen. Für dich ist er der große Staatsmann auf einem Podest, und du empfindest etwas Ehrfurcht für ihn. Er kann in deinen Augen nichts Falsches tun. Oh, seine Rüstung hat einen kleinen Schaden, weil er bei dir einmal die Grenzen des Anstands überschritten hat, aber das hast du ihm verziehen, weil du weißt, dass er tief im Inneren ein guter und anständiger Mann ist."

Als Selina keinen Kommentar dazu abgab, ihre Schultern sich aber lockerten, fuhr er fort.

„Mein Onkel wiederum ist ein Humanist und glaubt, dass nicht alles dem Willen Gottes überlassen werden sollte. Und weil Cleveley ein Herzog ist und ein Abkömmling von Königen, denkt er, er sollte von seinem Podest herabkommen und seine soziale Stellung und politische Macht zum Wohle der Menschen nutzen; um diese Welt, in der wir leben, zu verbessern. Eben weil der Herzog das Wohl seines Landes und seinen Ruf in der Welt an allererste Stelle stellt, ohne Rücksicht auf alle anderen persönlichen und gesellschaftlichen Rücksichten, brandmarkt mein Onkel Cleveley als herzlosen, gewissenlosen Politiker der übelsten Sorte."

„Und du? Wie siehst du seine Gnaden von Cleveley?"

Alec lächelte schief. „Vor zwei Wochen hätte ich meinem Onkel zugestimmt. Ich bin in vielen Dingen nicht der Ansicht des Herzogs, aber als Diplomat verstehe ich, warum er beharrlich seine Politik verfolgt, um die Sicherheit und den Wohlstand des Königreichs zu sichern. Sein Verhalten dir gegenüber hätte sicher meine schlechte Meinung über seinen Charakter festigen sollen ..."

„Ist der Herzog also so schwarz, wie dein Onkel sagt, oder so weiß, wie ich ihn sehe?"

Alec lachte und schüttelte den Kopf. „Liebling, er ist keines von beidem, und das versuche ich, dir zu erklären, so wie Olivia es mir in der Oper zu erklären versuchte. Cleveley wird durch seinen Stand und seinen Status bestimmt, aber er ist auch ein Mann, und wie bei allen Männern gibt es bei ihm Grautöne. Vermutlich wusste er das selbst viele Jahren lang nicht, und dann geschah etwas, das ihn veränderte oder ihm zumindest die Augen für die Möglichkeit öffnete, dass sein Leben sich von dem, das er damals führte, sehr unterscheiden könnte. Und so sind wir dahin gekommen, wo wir an diesem von allen Tagen stehen."

Selina runzelte die Stirn. „Was ist geschehen? Was hat ihm die Augen geöffnet? Nicht der Mord an diesem armen Pfarrer. Glaubst du immer noch, dass er daran beteiligt war?"

„Nein. Das heißt, der Tod von Reverend Blackwell war nicht der Katalysator, der Cleveleys Leben änderte, aber", fügte Alec mit einem rätselhaften Lächeln hinzu, „der gute Pfarrer war es, der dem Herzog auf seinen gegenwärtigen Weg half. Du warst es. Du hast seine Augen für das Mögliche geöffnet."

„Ich?" Selina war verblüfft. „Wie das?"

Der Unterton von Trauer in seiner tiefen Stimme war unüberhörbar.

„Er sagte es dir selbst. Und du hast es mir erzählt. Du gabst ihm *Hoffnung* ..."

Ein langes Schweigen breitete sich zwischen ihnen aus. So lang, dass Evans sich wie ein Eindringling vorkam und ihren Kopf senkte, denn sie wusste genau, worauf Alec anspielte. Das wusste auch Selina, aber sie war nicht stark genug, an diese alte Wunde zu rühren, denn das würde zu ihrem wirklichen Schmerz und Herzenskummer führen, und daher sagte sie mit einem Stirnrunzeln:

„Aber daran ist mehr, als du mir erzählst, besonders was den Tod Reverend Blackwells angeht."

„Ja. Ich habe dir nicht alles erzählt", sagte Alec, ohne sich zu entschuldigen. „Ich habe vor, eine vollständige Erklärung abzugeben und zu enthüllen, wer für Blackwells Ermordung verantwortlich ist, sobald ich ein Wort mit Mrs. Bourdon gesprochen habe, und die *Dramatis Personae* sind in Barrs Salon bereits anwesend. Ich bin zuversichtlich, dass meine Einladungen angenommen wurden und sie sich versammeln, während wir hier sprechen."

Die Aussicht auf Aufklärung reichte, um Selina von ihren dunklen Gedanken abzulenken und ihre Augen glänzten, als sie vom Fenstersitz hüpfte und ihre zerknitterten Röcke ausschüttelte. „Wie wunderbar! Ich verlasse mich darauf, dass dein Onkel und ich in dieser auserwählten Versammlung einen Sitz haben werden, oder ist nur den Beschuldigten der Zutritt zum Salon erlaubt?"

Alec machte ihr eine tiefe Verbeugung. „Du sollst einen Platz in der ersten Reihe haben, Mylady."

„Wunderbar! Aber du hast mich nicht davon überzeugt, dass Cleveley, er unter all den Edelmännern dieses Königreichs, je zulassen würde, dass man ihn mit einem so lächerlichen Kosenamen wie Papa Hummel anredet!"

„Nein?", antwortete Alec und stellte sich ihrer Herausforderung. „Du hast es vielleicht nicht bemerkt - warum solltest du auch - aber Evans hat das sicher, und es ist etwas, worauf Diener in großen Häusern stolz sind, nämlich ihre Livree. Die Livree Cleveleys hat die ungewöhnlich extravagante und recht einzigartige Ergänzung des Rocks mit einer gravierten Hummel auf den silbernen Knöpfen. Und es ist auch nicht unrealistisch, dass jemand sich hinter einem *nom de guerre* versteckt, wenn er nicht gefunden werden will oder", fügte er mit einem kläglichen Lächeln hinzu, „einen Kosenamen als Ausdruck der Zärtlichkeit bei einem lieben Menschen verwendet."

Selinas dunkle Augen weiteten sich bei dieser neuen Erkenntnis, aber dann runzelte sie die Stirn und sagte unverblümt: „Aber der Herzog kann nicht Sophies Vater sein! Das ist rechnerisch unmöglich. Der Zeitablauf ist völlig falsch, wenn man das Datum der Empfängnis plus die vier Jahre seit ihrer Geburt berechnet und die Tatsache, dass Cleveley und ich ..."

„Verdammt sei dein rechnerisch begabter Verstand, mein Liebling", unterbrach Alec sie und zog sie an sich, um ihre Stirn zu küssen. „Hast du nicht bemerkt, wie still es plötzlich ist?"

Und dann, wie auf ein Stichwort, wurde die Stille durch den willkommenen und freudigen Ton des ersten Schreis eines Babys erschüttert: Ein langer, lauter und kräftiger Protest, weil es so gewaltsam aus der Wärme und Sicherheit des Mutterleibes auf die Welt gestoßen worden war. Es ließ Alecs Herz rasen und er schaute erwartungsvoll zur Schlafzimmertür, ebenso wie Selina, die neben ihm stand und seine Hand ergriff. Alec hob ihre verschränkten Finger und küsste ihren Handrücken. Der herzhafte Schrei des Babys ließ Evans sich hinter ihre Herrin stellen, den Blick fest auf die Tür gerichtet, alle drei lächelten voll Erwartung und Freude.

Das laute, kräftige Schreien eines gesunden Neugeborenen war weiter zu hören, und so warteten sie weiter. Und erst, als alle drei im Wohnzimmer Wartenden ihr Lächeln zu verlieren begannen und fühlten, wie ihre Herzen vor Angst schneller schlugen, flog die Tür des Schlafzimmers auf und schlug gegen die tapezierte Wand.

Tam erschien auf der Schwelle, erschöpft und äußerst erleichtert, dass Mutter und Kind die Qualen der Geburt überlebt hatten. Er war voll Stolz, dass er allein ein gesundes Neugeborenes entbunden hatte, ohne einen Arzt zu benötigen, und er strahlte über beide Wangen. Er nahm eifrig die Hand, die Alec ihm zur Gratulation hinstreckte.

„Sir! Es ist ein gesund..."

ACHTZEHN

„ICH ENTSCHULDIGE MICH FÜR IHR SCHLECHTES BENEHMEN“, sagte Alec zu Tam, als er ins Schlafzimmer geführt wurde. „Ihre Enttäuschung darüber, dass ihr der Zutritt zu Mrs. Bourdon verweigert wurde, ist verständlich. Aber zu drohen, dich rädern und vierteilen zu lassen ...“ Er lachte leise und ließ den Satz unvollendet.

„Es ist in Ordnung“, sagte Tam gutmütig, denn diesen Tag konnte nichts ihm verderben. „Ich bin überrascht, dass Mrs. Jamison-Lewis so begierig darauf sein sollte, ein Neugeborenes zu sehen. Die meisten Frauen in ihrer traurigen Lage reden sich eine Zeitlang ein, dass sie sich nichts aus ihnen machen, und meiden meist Mütter mit Babys, insbesondere junge Mütter mit Neugeborenen. Ich schätze, der Ärger ist ihre Art, mit dem Verlust umzugehen.“

Alec richtete sich auf. „Wie bitte? Verlust?“

Tam verfluchte sich innerlich wegen seines losen Mundwerks, stellte sich taub und ging weiter durch das Zimmer zum Fuß des Himmelbetts. Er schob es auf das Zusammenwirken von Müdigkeit und freudiger Erregung, dass er so unachtsam gewesen war. Das verständnislose Stirnrunzeln auf dem Gesicht seines Herrn reichte aus, um ihm zu verraten, dass Mrs. Jamison-Lewis seiner Lordschaft nichts über ihre Fehlgeburt in Paris anvertraut hatte. Tam hatte es durch die lose Zunge eines Apothekendieners herausgefunden, der ein Stärkungsmittel in ihrer Wohnung in der Rue St. Honoré zu der gleichen Zeit abgeliefert hatte, wie Tam einen neuen Anzug für seinen Herrn.

„Wenn Ihr mich nicht braucht, Mr. Fisher, hole ich etwas Tee und ein paar Scheiben Brot und Butter für die Herrin“, sagte Janie fröhlich mit einem Knicks vor beiden, die Augen aber auf Tam gerichtet, für den sie neuen Respekt und Bewunderung empfand, nachdem sie gesehen hatte, wie er Mrs. Bourdons gesundes Baby entbunden hatte. „Und ich lasse einen heißen Backstein für das Bett holen. Möchtet Ihr auch Tee?"

„Danke, Janie", sagte Tam, dankbar für die Unterbrechung. „Kaffee für seine Lordschaft ..."

„... und Weinbrand", sagte Alec, der sich neben Tam an das unverhüllte Ende des Himmelbetts gestellt hatte; an der Seite war der Vorhang zugezogen, um die Zugluft vom offenen Fenster her abzuhalten.

Er fand das Schlafzimmer überraschend gut belüftet, wenn man das sich in der Enge abspielende Drama der letzten Stunden bedachte. Die Gardinen waren vor dem Nachthimmel aufgezogen und ein Fenster hochgeschoben, um frische Luft hereinzulassen. Ein Feuer knisterte im Kamin und welche Unordnung auch immer durch die Geburt entstanden sein mochte war weggeräumt worden, vermutlich in das kleine, anschließende Dienstbotenzimmer. Ein Kerzenleuchter auf dem Nachttisch warf ein warmes, gelbes Licht auf die Bettdecken und beleuchtete die Mutter und ihr Neugeborenes, die zwischen den Daunenkissen ruhten.

„Du hast heute etwas Großartiges vollbracht, Mr. Fisher", sagte Alec leise, unerklärlich von Stolz erfüllt, als er die Mutter und das Neugeborene betrachtete.

„Vielen Dank, Mylord." Tam strahlte, seine Augen glänzten unter einer Schicht aus Freudentränen. Er stand neben Alec und schaute ebenfalls auf das Bett zu Miranda und ihrem Baby. „Er ist ein feiner junger Mann."

„Ein Junge? Wie wundervoll! Sein Vater wird doppelt von deinen Bemühungen erfreut sein, und von ihren. Das könnte dir einen Ritterschlag einbringen ..."

„Lord Halsey?"

Das kam von Miranda, die sich zwang, aus einem zufriedenen Dämmerzustand aufzuwachen. Sie war völlig erschöpft, konnte aber, wie Tam, nicht umhin zu lächeln. Ihre Wangen waren gerötet und ihr langes, schwarzes Haar fiel unordentlich über ihre Schultern. Und dennoch, trotz der durchgestandenen Schmerzen und Strapazen strahlte sie und war wohl die schönste Frau, die Alec je gesehen hatte. Es war eine durchscheinende Schönheit, und als sie lächelte, sah er, dass sie auch von innen kam. Nicht verwunderlich, dass sein Onkel sich so für sie einsetzte und Talgarth unter dem Zwang stand, sie in Gemälden unsterblich zu machen. Und doch, bei all ihrer Schönheit war Alec nicht so beeindruckt, denn er bevorzugte Frauen - eine Frau insbesondere - mit mehr

Feuer und Eis, und da war etwas an den blass rotgoldenen Haaren dieser Liebe seines Lebens, das sein Herz wärmte … Was hatte Tam mit *Verlust* gemeint? Welcher Verlust?

Alec beugte sich zu Miranda, sein Gesicht angemessen frei von seinen Gedanken. „Herzlichen Glückwunsch zur Geburt eines Sohnes, Euer Gnaden.“

„Ist er nicht das vollkommenste Baby der Welt?“

„Sein Vater wird darin sicherlich mit Euch übereinstimmen“, antwortete Alec mit einem Lächeln über die grenzenlose Verehrung einer Mutter. Er zog einen Stuhl heran, setzte sich aber nicht. Er hatte gesehen, wie Tam bei seiner Anrede geschwankt und ihn mit vor Entsetzen aufgerissenen Augen angeschaut hatte, daher schob er den Stuhl sanft hinter die Beine des Jungen und drückte ihn mit einer Hand auf der Schulter darauf. „Setz dich, bevor du umfällst, mein Junge.“

Er mochte müde sein, aber das war es nicht, was Tam zum Schwanken gebracht hatte. Er stand unter Schock. Er fragte sich, ob die Erschöpfung sein Gehör beeinträchtigt hätte, denn er war sicher, dass sein Herr Mrs. Bourdon so angesprochen hatte, wie es nur jemandem von herzoglichem Rang zukam. Er starrte Alec an, der ihm zuzwinkerte, dann Miranda, die, alles um sich vergessend, ihren schlafenden Säugling anlächelte. Er hielt sich an dem gepolsterten Sitz fest. „Sir, ist sie …“

„… eine Herzogin? Ja. Du hast die Herzogin erfolgreich von einem Sohn entbunden, dem Erben des Herzogtums Cleveley.“

„Oh mein Gott.“

Alec grinste. „Ich glaube nicht, dass selbst seine Gnaden sich für Gott hält, trotz der geringen Meinung meines Onkels über die Anmaßung des Herzogs. Genieße diesen Moment. Das hast du dir mit Sicherheit verdient. Habt Ihr schon an Namen für diesen jungen Lord gedacht?“, fragte er Miranda höflich.

„Ich habe lange Zeit geschwankt. Wenn es ein Mädchen geworden wäre, sollte sie nach Mr. Bourdons Großmutter genannt werden, aber da es ein Junge ist …“ Sie seufzte zufrieden und wurde plötzlich abgelenkt, als ihr winziger Sohn sich ein wenig in die Richtung ihrer warmen Haut drehte. Sie spielte mit seinen winzigen Fingern. „Ich habe mich für zwei Namen entschieden, die ich wirklich sehr gerne mag. Mr. Bourdon möchte vielleicht noch einen dritten und vierten auswählen, wenn es für einen so kleinen Kerl nötig ist, eine ganze Kette zu haben.“

„Mr. Bourdon …?“, erkundigte Alec sich und ließ den Satz unvollendet, da er genau wusste, dass sie vom Herzog von Cleveley sprach, und um die Theorie zu erproben, die er seiner zweifelnden Selina erläutert hatte.

„Oh, mein Mann und ich haben nie auf sehr formellem Fuß miteinander gestanden", erwiderte Miranda, die Alecs unausgesprochene Frage verstand. „Selbst vor unserer Heirat vor nicht ganz zwölf Monaten nannte ich ihn Mr. Bourdon. Das war ein Name aus dem Schulzimmer, der hängenblieb. Im Wappen der Cleveleys ist ein Bienenstock", erklärte sie, „und auf den Knöpfen der Livree eine Hummel. Mr. Bourdon sagt, Bienen seien das Symbol für Fleiß und Ausdauer, was sehr gut zu ihm passt, meint Ihr nicht?"

„Ja. *Aut viam inveniam aut faciam:* ich werde einen Weg finden oder einen schaffen", stellte Alec fest, und fügte hinzu, da Miranda ihn höflich fragend anschaute: „Das Motto auf dem Wappen der Cleveleys, euer Gnaden. Und wenn ich so kühn sein darf, sehr passend, was den Herzog angeht, soweit es Euch betrifft."

Miranda neigte ihren Kopf, sie verstand die Bedeutung seiner Worte nicht völlig, und sagte höflich: „Vor Jahren gab Mr. Bourdon mir einen Hummelknopf als Zeichen seiner Beharrlichkeit, dass wir eines Tages heiraten würden."

„Bei einem seiner Besuche, als er Euch Klavier spielen hörte, vielleicht? Er pflegte die Noten für Euch umzublättern."

„Ja. Ja, das tat er! Thomas hat mir gesagt, wie klug Ihr seid." Ein plötzlicher Gedanke ließ sie die Stirn runzeln, aber nur für einen Augenblick, und instinktiv hielt sie ihren kleinen Sohn ein wenig fester. „Miriam lachte, wenn ich ihr meine Gefühle für meinen M'sieur Hummel anvertraute. Ich vermute, sie hat es auch George erzählt; sie vertraute George alles an. Sie sagte, Mr. Bourdons einziges Interesse an mir wäre, m-meine Röcke zu ... zu heben ..." Miranda schluckte und wurde solcher Enthüllungen wegen plötzlich verlegen. „So war er nie. Nicht einmal, solange ich noch im Schulzimmer war, machte er - eine unpassende Bemerkung oder - oder einen Vorschlag. Tatsächlich haben wir uns an unserem Hochzeitstag zum ersten Mal geküsst."

„Das will ich gerne glauben, Euer Gnaden", stimmte Alec zu und fügte mit einem Hauch von Ironie, als er an Selina dachte, hinzu: „Ich bin sicher, dass er als Ehemann ein wahres Muster edler Rechtschaffenheit gewesen ist."

„Ja. Vielen Dank. Ich wusste, Ihr würdet es verstehen. Lord Halsey, der Grund, aus dem ich mit Euch sprechen möchte, ist, dass ich eine Bitte habe." Als Alec den Kopf neigte, sagte Miranda: „Ich möchte gerne, dass Ihr der Pate meines Sohnes werdet. Bitte", fügte sie schnell hinzu, als sein Lächeln verblasste, „bitte denkt ernsthaft darüber nach, denn ich kann mir keinen besseren Beschützer für meinen Sohn wünschen, sollte seinen Eltern etwas zustoßen."

„Euer Gnaden, ich bin geehrt, wirklich geehrt, aber ... Ihr kennt mich nicht", sagte Alec, der von dieser großen Geste zutiefst gerührt war. „Ihr müsst das mit dem Herzog besprechen, der sicher seine eigenen Vorstellungen darüber hat, wer einen passenden Paten für seinen Sohn abgeben würde und ..."

„Aber ich kenne Euch", widersprach Miranda mit einem Lächeln zu Tam. „Thomas hat mir alles über Euch erzählt, und wenn Ihr nicht ausdrücklich widersprechen wollt, glaube ich, dass er ehrlich und vertrauenswürdig ist. Mr. Bourdon mag vielleicht einen zweiten Paten wählen, was sein gutes Recht ist; aber Ihr seid meine Wahl."

Alec wusste nicht, was er sagen sollte. Wie konnte er das ablehnen? Wie konnte er es ablehnen, dieses neue kleine Leben, das in ihre Armbeuge gekuschelt lag, zu beschützen, wenn es nötig würde? Er neigte zustimmend seinen Kopf, warf Tam unter hochgezogenen Brauen einen Seitenblick zu, als ob er fragen wollte: *Was hast du über mich erzählt?* „Wie kann ich da ablehnen? Es wäre mir eine Ehre ... Gibt es noch etwas, das ich für Euch tun könnte, um Euren Aufenthalt angenehm zu machen, bis seine Gnaden ankommt?"

Zum ersten Mal, seit Alec das Schlafzimmer betreten hatte, wirkte Miranda aufgeregt.

„Ich weiß nicht, was ihn von mir fernhält ... Es war vereinbart, dass ich das Kind in Bratton Dene bekommen sollte, und dann kam dieser Brief, der mir sagte, dass ich hierherkommen und auf ihn warten sollte. Und ich habe gewartet und er ist nicht gekommen ..."

„Er wird sehr bald hier sein, Euer Gnaden", versicherte Alec ihr, obwohl er sich dessen gar nicht sicher war. Er war überzeugt, dass der Herzog in Bath war, der riesige Diener vor der Tür und das Auftauchen von Molyneux, der Sophie zum Herzog gebracht hatte, sagten ihm das. Aber warum er sich von Miranda fernhielt, zu einer so hoffnungsvollen Zeit, das verwirrte ihn. „Ihr und Euer Baby seid hier sicher. Das verspreche ich Euch. Niemand kommt über die Schwelle, solange der unüberwindliche Braune Bär und mein Onkel beide die Vordertür bewachen; der Braune Bär mit seinem ganzen Körper und mein Onkel mit seinem Gehstock bilden ein beeindruckendes Paar. Es hatte sich eine Menge dort versammelt, die die Nachricht von der Geburt hören wollte, aber inzwischen dürfte sie sich zerstreut haben, da Mrs. Jamison-Lewis ihnen die gute Neuigkeit mitgeteilt hat, dass Ihr glücklich von einem Mädchen entbunden wurdet."

„Vielen Dank", sagte Miranda mit einem Seufzer der Erleichterung. Sie lächelte zu ihrem schlafenden Kind hinab. „Sein Vater sollte derjenige sein, der der Welt mitteilt, dass er einen Sohn hat ... Mein kostbarer Liebling wird jetzt sicher sein ..."

„Warum, Euer Gnaden?", fragte Alec unverblümt. Da er die Antwort kannte, enttäuschte sie ihn nicht, überraschte ihn aber.

„Cousin George wird nicht erfreut sein. Tatsächlich könnte er sehr wütend werden. Ich kann es nicht wissen, bevor ich nicht mit ihm gesprochen habe. Und ich wäre gerne diejenige, die ihm sagt, dass sein Vater jetzt einen eigenen Sohn hat. Die Geburt meines Sohnes ändert seine Aussichten erheblich. Obwohl ... ich habe mich immer gefragt, ob George in seinem Herzen wirklich Herzog werden wollte. Wann immer er mit Miriam und mir davon sprach, war es immer darüber, was andere Leute von ihm erwarteten, aber er sagte nicht einmal, was *er* wollte. Ganz sicher wollte er mich nie heiraten, so wie seine Mutter und meine es forderten. Er liebte mich als seine Cousine, aber nicht auf *diese* Art. Er liebte Miriam. Er sagte mir, dass er sie heiraten würde; dass ihm keinen roten Heller daran läge, was meine und seine Mutter über diese Ehe dächten. Es war ihm auch gleichgültig, dass sie von niederer Geburt war ... Miriams Schwangerschaft änderte alles ..."

Eine kleine häusliche Unterbrechung ließ ihr Gespräch stocken. Janie kam mit einem Teetablett herein und ihr folgte eine Dienerin mit weit aufgerissenen Augen, die einen heißen Backstein trug. Alec nahm den ihm angebotenen Weinbrand, plötzlich war er müde. Es war ihm sehr wohl bewusst, dass Miranda Schlaf brauchte, denn bald würde ihr Säugling nach ihrer Brust verlangen, und dass Tam und die Zofe ebenfalls vor Erschöpfung schwankten. Doch wenn er den jetzt im Salon versammelten Menschen gegenübertreten wollte, zu denen er Selina geschickt hatte, damit sie bis zu seinem Eintreffen unterhalten blieben, musste er sicherstellen, dass er alle Tatsachen richtig geordnet hatte, um eine Anklage wegen Mordes zu erheben.

Er wartete, bis Miranda ihren Tee entgegengenommen und das Baby widerwillig an Janie übergeben hatte, die über seiner kleinen Lordschaft in der Sicherheit eines Ohrensessels in der Ecke des Schlafzimmers gurrte und gluckste.

„Sir Charles Weir verließ heute vor ein paar Stunden sehr aufgeregt dieses Haus. In der Tat erklärte er, er hätte einen Geist gesehen."

„Ja. So war es. Ich habe die letzten vier Jahre meines Lebens damit verbracht, wenn nicht jemand anders, so doch auch nicht ich selbst zu sein", gestand Miranda sachlich und stellte ihre Teetasse zurück auf den Unterteller. „Es tut mir leid, dass ich ihn erschreckt habe, aber er kann nur sich die Schuld dafür geben, wenn er glaubt, dass ich Miriam wäre. Es war nicht unvernünftig, das zu denken, denn ich bin vor vier Jahren gestorben, aber als er mich bedrohte, mich beschuldigte, ich hätte George erpresst ... Ich wusste nicht, was sonst ich tun sollte, um ihn vom Gegenteil zu überzeugen! Ich verstehe noch immer nicht, warum er denken sollte, dass ich George Schaden zufügen wollen könnte?"

„War Euer Tod durch Lungenentzündung die Idee des Herzogs?"

Miranda nickte.

„Und Miriams Leiche in dem Sarg?"

„Ja. Ich bin erleichtert, dass Ihr das wisst. Ich hoffe nur, dass Mrs. Jamison-Lewis mir - *uns* - diese Täuschung vergeben wird, aber Mr. Bourdon bestand darauf, dass ich in meinem Grab bliebe, bis wir sicher verheiratet wären. Das konnte nicht vor dem Tod der Herzogin geschehen. Sie war sehr krank; wir dachten, es würde sich nur um Monate handeln, aber sie lebte weiter."

„Drei Jahre ist eine sehr lange Wartezeit, wenn zwei Menschen sich lieben", bemerkte Alec und dachte an seine eigene missliche Lage. „Rechtlich gab es keinen Grund für Euch, das zu tun. Schließlich waren der Herzog und die Herzogin in Wahrheit nie rechtlich wirksam verheiratet, obwohl sie zwanzig Jahre lang als Mann und Frau lebten."

„Oh? Also das wisst Ihr auch? Ihr *seid* klug! Wir konnten nicht - ich *wollte nicht* - heiraten, solange seine Frau noch lebte. Und sie *war* seine Frau, trotz ihrer früheren Heirat mit Mr. Blackwell - eine traurige Angelegenheit. Mr. Bourdon vertraute mir an, er hätte seit vielen Jahren gewusst, dass die Herzogin in Wahrheit die Frau eines anderen Mannes war, aber dass er keinen Anlass gehabt hätte, sein Leben zu ändern, bis - bis ..."

„... bis er sich in Euch verliebte", sagte Alec und wollte hinzufügen, was er aber unterließ: *Weil Selina von ihm schwanger wurde, was ihm die Hoffnung gab, eigene Kinder haben zu können.*

„Ja. Wir verliebten uns. Und ich ließ ihn warten. Selbst nach unserer Hochzeit blieb ich auf dem Hof, während Mr. Bourdon öffentlich zwölf Monate der Trauerzeit nach dem Tod der Herzogin einhielt. Es war nicht wichtig, dass die Herzogin mit Mr. Bourdon in Bigamie gelebt hatte. Für mich, für meine Mutter, für Miriam und George, ja auch für Mr. Bourdon und die ganze Gesellschaft war sie die Herzogin von Cleveley."

„Glaubt Ihr, Lady Rutherglen hat eine Ahnung von der früheren Ehe ihrer Schwester - dass sie die Frau Mr. Blackwells war, bevor sie die Frau des Herzogs von Stanton und dann des Herzogs von Cleveley wurde?"

Mirandas Gesicht wurde rot vor Verlegenheit. Sie warf einen Blick auf Janie, die aber mit dem Baby beschäftigt war, und schaute sich dann nach Tam um, aber dieser hatte sich entschuldigt und war mit dem Dienstmädchen, das den heißen Backstein gebracht hatte, in das kleine

Dienstbotenschlafzimmer gegangen, um dafür zu sorgen, dass die beschmutzen Laken fortgebracht würden und sicherzugehen, dass die Kupferschüssel, die die Nachgeburt enthielt, zur Untersuchung für den Arzt zurückbliebe.

„Ich würde Euch gerne sagen, dass meine Mutter keine Ahnung hatte, dass sie glaubte, dass ihre Schwester legal mit dem Herzog von Cleveley verheiratet war, aber das wäre eine Lüge. Sie wusste es. Sie wusste auch, dass die Herzogin von Mr. Blackwell vor ihrer Ehe mit dem Herzog von Stanton schwanger war und dass George Mr. Blackwells Sohn, nicht Stantons, war. Sie wusste auch, dass die Herzogin und Mr. Blackwell sich nach seiner Rückkehr aus Westindien kurz wiederfanden, und dass neun Monate nach dieser bittersüßen Wiedervereinigung Miriam geboren wurde, heimlich auf dem Lande. Und obwohl sie dies wusste, tat sie doch nichts, George davon abzuhalten, mit Miriam zu schlafen.“

„Verzeihung, Euer Gnaden, aber wie habt Ihr die Wahrheit entdeckt? Hat seine Gnaden ...?“

Miranda schüttelte den Kopf.

„Nein. Ich habe einen hitzigen Streit zwischen meiner Mutter und der Herzogin mit angehört.“ Sie sah Alec fest an. „Es ist nicht einfach für mich, das zu sagen, aber es ist eine Wahrheit, die mir klar war, seit ich ein kleines Mädchen war: Lady Rutherglen - meine Mutter - ist eine böse, niederträchtige Frau, die zu großer Grausamkeit fähig ist. Ich war nicht der Sohn, den sie sich so verzweifelt wünschte, und daher wurde ich für wertlos angesehen und weggesperrt, wie man einen Zierrat, den man geschenkt bekommt, aber für wertlos hält, weit hinten in einem Schrank versteckt. Sie verbrachte Jahre damit, die schlimmsten Eigenschaften meines Cousins George zu bestärken, seine Zuneigung zu erheischen und was auch immer sie besaß, zu seinen Gunsten zu verschwenden, sehr zum Schaden und der Trauer meiner Tante, die George nicht davon überzeugen konnte, sich von Lady Rutherglens verderblichem Einfluss fernzuhalten. Und dann, als Lady Rutherglen bemerkte, dass George sich für Miriam interessierte, gab sie ihm meine eigene Cousine, wie man einem Jungen einen kleinen Hund schenkt; Miriam sollte Georges Spielzeug sein. Was Lady Rutherglen nicht verstand und nie begreifen konnte, war, dass George sich in Miriam verliebte; er liebte sie wirklich.

„Natürlich war meine arme Tante entsetzt zu erfahren, dass George mit Miriam schlief; sie war noch viel empörter, als Lady Rutherglen sie auslachte. Ja, Mylord, sie lachte sehr grausam, als die Herzogin sie anflehte, Miriam wegzuschicken, bevor noch größerer Schaden entstünde. Und was sagte meine Mutter? Sie sagte, dass es Gottes Strafe dafür wäre, dass meine Mutter einen mittellosen Niemand geheiratet hätte und doch in der Gesellschaft als Herzogin herumstolzierte, obwohl sie kein Recht dazu hätte. Was tat meine Mutter? Sie ermutigte George und Miriam, verschaffte ihnen jede Gelegenheit, um das katastrophale Ende, was kommen sollte, herbeizuführen. Ich glaube, Lady Rutherglen hasste Miriam nur umso mehr, weil George sie liebte. Die Gesundheit meiner armen Tante verschlechterte sich danach schnell. Sie wurde bettlägerig und erholte sich nie wieder.

„Mylord", fügte Miranda hinzu, während sie ihre Tränen wegblinzelte, „es war immer mein inniger Wunsch, dass George nie die wahre Natur seiner Beziehung zu Miriam erfahren müsste ..."

Alec sprach aus, was Miranda nicht und niemals sagen konnte.

„Dass er und Miriam in Wahrheit Bruder und Schwester waren und Sophie ihr Kind ist?"

„Mr. Bourdon und ich werden nie zulassen, dass Sophie diese scheußliche Wahrheit erfährt. Sie ist im Kirchenbuch von St. Jude als meine Tochter eingetragen; Mr. Blackwell sorgte dafür. Sophie wird es nie an Liebe fehlen und sie wird alles bekommen, was wir ihr verschaffen können. Aber George darf nie wissen ..."

„Ich fürchte, es liegt größere Gewissheit darin, dass wir ihn über Sophies Eltern im Unklaren lassen, Euer Gnaden", sagte Alec mit einem kleinen Lächeln, „als zu wissen, wie seine Reaktion auf die Neuigkeit sein wird, dass sein Vater wieder geheiratet hat und dass Ihr, seine Cousine, einen legitimen Erben für das Herzogtum zur Welt gebracht habt!"

„Huch! Ihr könnt nicht einfach da hineinplatzen, als ob das Haus Euch gehöre, nur weil Ihr denkt, dass Ihr seine Gnaden der Allmächtige wäret! Wo sind Eure Manieren? Lasst die Frau in Ruhe! Sie hat gerade entbunden..."

Es war Plantagenet Halsey und Alec hatte sich schon verbeugt, um sich von Miranda zu verabschieden, als die Rufe seines Onkels aus dem Wohnzimmer drangen und er wandte sich zur Tür in der Erwartung, den alten Mann stockschwingend hereinstürmen zu sehen. Die anderen Anwesenden beschäftigten sich weiter mit ihren Pflichten; die beiden Hausmädchen räumten unter Janies Aufsicht das Dienstbotenzimmer auf, Tam kramte in seiner Apothekerkiste nach einer Salbe oder irgendeinem medizinischen Balsam für die junge Mutter, während Miranda die energische Forderung seiner kleinen Lordschaft nach Nahrung erfüllte.

Ins Schlafzimmer spaziert kam seine Gnaden, der Herzog von

Cleveley und auf seinen Fersen folgte der alte Mann, der seinen Stock hoch erhoben hielt und seine Drohung wiederholte. Der Herzog war für alles andere taub und blind, seine Aufmerksamkeit galt allein dem Himmelbett. Zerzaust, in einem wollenen Rock und staubigen Reitstiefeln, das dicke, braune Haar mit Grau durchzogen und kurz über den Ohren abgeschnitten und in wildem Durcheinander, kam er an dem nicht verhängten Fußende des Bettes abrupt zum Stehen. Alec blinzelte, als wollte er sich versichern, dass dieser von Panik erfasste Landedelmann wirklich derselbe war wie der selbstsichere große Mann in Samt und gepuderter Perücke, dessen Pracht er in der Oper hatte studieren können.

Bequem in Daunenkissen gestützt schaute Miriam von dort auf, wo sie ihrem neugeborenen Sohn beim Trinken an ihrer Brust zugeschaut hatte und ihre blauen Augen hellten sich auf. Sie lächelte und sagte, als wäre es das Gewöhnlichste der Welt:

„Mr. Bourdon! Endlich bist du hier. Komm und mache die Bekanntschaft deines Sohnes Thomas."

Der Herzog schwankte und fiel gegen den Bettpfosten, Alec war in zwei Schritten hinter seinem Rücken, falls er ohnmächtig werden sollte. Jetzt war Plantagenet Halsey an der Reihe zu blinzeln, sein Mund blieb vor Erstaunen offen stehen, nicht nur wegen der Veränderung, die über seinen politischen Erzfeind gekommen war, sondern bei der Entdeckung, dass dieser meist verabscheute Edelmann, der *große Mann*, ein Mann, dessen Politik er stets verunglimpfte, niemand anders als der Ehemann der sanftmütigen Miranda Bourdon war. Das ergab für ihn keinen Sinn. Er musst sich verhört haben. Er zog sich in den Fenstersitz zurück und saß dort, sich auf den Griff seines Gehstocks lehnend, als ob er gleich umfallen würde.

„Ich bin auf der Suche nach dir und Sophie halb nach London und zurück geritten", sagte der Herzog schließlich, als er vorsichtig am Bett entlang ging, ein Bein an die Matratze gedrückt, als ob er Halt bräuchte, um auf den Beinen zu bleiben. „Robert war am Ende seiner Weisheit, er ist kreuz und quer durch Somerset geritten und hat sich die Schuhe beim Laufen durch die Straßen von Bath abgelaufen. Warum ist Sophie nicht auf dem Hof? Ich dachte, wir hätten vereinbart - Aber nichts davon ist wichtig. Ihr beide seid in Sicherheit - und unser Sohn ebenfalls. Ein Sohn! Ach, Mimi! Mein wundervoller Liebling, meine Liebste ..."

„Bitte - Mr. Bourdon - *Ninian* - du darfst dich nicht so aufregen", schalt Miranda spielerisch und streckte ihre freie Hand über der Bettdecke nach ihm aus. „Wir sind beide in Sicherheit und es geht uns sehr gut, dank der Bemühungen und der Pflege von Thomas, Janie und Lord

Halsey. Oh! Und Mr. Halseys, dessen schönen Namen ich auch unserem Sohn gegeben habe. Und deinen Namen werden wir auch hinzufügen. Thomas Plantagenet Justinian Beaumaris. Ein ganzer Mund voll für jemand so Winziges." Sie schaute auf ihren jetzt milchtrunkenen, schlafenden Sohn und lächelte ihren Mann an. „Aber nicht für einen Herzog. Sollen wir ihn bis dahin Thomas Bourdon nennen?"

„Wie du möchtest ... Thomas ... Ein schöner Name ..."

Das war alles, was der Herzog herausbrachte, während er auf seine Frau und seinen neugeborenen Sohn hinabsah. Dann überwältigten ihn die Gefühle und hielten ihn fest im Griff. Die Realität, dass die Frau, die er über alles liebte und ihr gemeinsamer Sohn - er hatte einen Sohn! - lebten und wohlauf waren, sicher und unverletzt, versetzte ihm einen Stoß, so hart, dass er völlig in Auflösung geriet. Er holte tief und zittrig Atem, sank in die Knie und schluchzte in die Bettdecke.

Plantagenet Halsey hatte gedacht, er hätte schon alles gesehen. Wenn er ob der Entdeckung sprachlos war, dass der Herzog von Cleveley der flüchtige Mr. Bourdon war, war er jetzt bis zur Erstarrung schockiert, einen Mann, den er für bar jeden Gefühls und mit dem Temperament eines kalten Fisches begabt gehalten hatte, zu einem Häufchen schluchzenden Elends werden zu sehen. Er tat, was jeder Edelmann unter solchen Umständen tun würde: Er bot dem Gentleman sein sauberes, weißes Taschentuch an und mit einem kurzen Klaps auf die vorgebeugten, zuckenden Schultern sprach er ihm seinen Glückwunsch aus, bevor er vor Miranda eine Verbeugung machte, die ihrem Stand als ihrer Gnaden, der hochedlen Herzogin von Cleveley, Rechnung trug. Dann drehte er sich zu seinem Neffen um, nahm dessen Arm und ging mit ihm ins Wohnzimmer hinaus, noch immer leicht von dem neuen Wissen benommen und sehr gedämpft.

„Ich bin immer noch nicht ganz sicher, dass ich glaube, was dort drinnen vor sich geht und wenn du mir sagtest, dass ich mich kneifen solle, um aufzuwachen, würde ich das tun! Aber ich kann an deinem Grinsen sehen, dass du mit allem völlig einverstanden bist. Ich brauche einen Weinbrand. Im Salon unten, wo du nicht überrascht sein wirst, eine Versammlung interessanter Individuen vorzufinden, gibt es den. Und im Dienstbotengang, wo sie von eine Fuß auf den anderen treten und auf deine Anweisungen warten, befindet sich eine Handvoll von Milizmännern unter dem Kommando eines pompösen Idioten namens Rawlinson, der Barr erzählte, er wäre der örtliche Amtmann." Er warf einen Blick über seine Schulter, gerade, als Janie die Schlafzimmertür schloss und erhaschte einen Blick auf den Herzog, der auf der Bettkante saß und seinen neugeborenen Sohn im Arm wiegte. „Oh, und das hier", fügte er hinzu, als er seinem Neffen in den Gang folgte, mit einem Nicken zu dem Braunen Bären, der noch auf seinem Posten stand, und deutete mit seinem Stock auf einen beleibten, kleinen Mann in dunklem Tuch und einer braunen Perücke, der auf sie zugewatschelt kam, die runden Wangen hochrot durchblutet, „ist der Quacksalber Ketteridge, mit seiner schwarzen Tasche und einer Flasche Blutegel. Ich habe ihm gesagt, dass er nicht erwünscht ist, aber er will nicht weggehen.“

„Sir! Mylord! Man muss mir Zutritt zu der Frau in diesem Zimmer gestatten. Wenn sie tatsächlich ein lebendiges Kind geboren hat, besagt das Gesetz, dass sie, das Kind und die Nachgeburt untersucht werden müssen.“

Plantagenet Halsey hörte bei dem Wort *Nachgeburt* auf, dem Arzt zuzuhören und ließ ihn in den fähigen Händen seines Neffen zurück. Aber als er die Stufen mit Hilfe seines Gehstocks langsam hinabging, hörte er den Arzt alle seine Qualifikationen, Erfahrungen und den Wortlaut des Gesetzes aufzählen und schüttelte seinen ergrauten Kopf vor Mitleid für seinen Neffen. Er hoffte, dass Alec sich ihm bald im Salon anschließen würde, damit dort eine schnelle Auflösung erfolgen und der Gerechtigkeit genüge getan werden konnte. Er hatte genug Aufregungen für den Rest des Monats gehabt. Und nach dem, dessen er im Obergeschoss Zeuge geworden war, brauchte er keine Überraschungen mehr. Er sollte jedoch enttäuscht werden.

NEUNZEHN

Alec schlüpfte in den Chinesischen Salon von Barrs Hotel in der Trim Street und geriet mitten in einen hitzigen Streit. Der Raum trug diesen Namen wegen der Tapete mit Kranichen und Lotosblüten, der aufwendigen, schwarz lackierten Chinoiserie-Anrichte und der mit *toile de jouy* bezogenen Sofas, auf denen das französische Bild einer chinesischen Landschaft mit Pagoden, Laternen und Bambusbrücken abgebildet war. Die Wirkung wäre in einem Zimmer der vierfachen Größe charmant gewesen, aber in dem vorhandenen Raum, der von einem halben Dutzend mürrischer Individuen besetzt war, wunderte sich Alec über deren Reizbarkeit nicht. Er wollte sofort das Fenster hochschieben, um frische Luft und einen klaren Kopf zu bekommen und seine Gedanken zu sammeln, denn er stand davor, einen Mörder zu entlarven; jedoch war es eine kalte Nacht und im Kamin brannte ein Feuer, daher zügelte er diesen Wunsch und ging direkt zu der Anrichte, goss sich einen Weinbrand ein und musterte die Anwesenden.

Lady Rutherglen und Sir Charles Weir saßen Seite an Seite auf dem Sofa, beide mit geradem Rücken und jeder mit einem halbvollen Glas in der Hand. Talgarth Vesey hatte sich in einen Ohrensessel gefläzt, seine dünnen, langen Beine an den Knöcheln gekreuzt, seinen Kopf auf seine Faust gestützt und die Augen geschlossen. Selina, auf der runden Armlehne des Sessels thronend, hielt seine andere Hand und fächelte sich mit einem Fächer aus Elfenbein und hellgelben Spitzen, während sie in ein Gespräch mit seinem Onkel vertieft war. Man musste nicht raten, um das Thema ihrer Diskussion zu erfahren: Beide wurden durch die Ungläubigkeit und den Affront der geheimen Heirat des Herzogs von Cleveley vereint. Der letzte Anwesende, aber einer, bei dem Alec erleichtert war, dass er seine Einladung angenommen hatte, streckte sich ebenfalls in einem Ohrensessel vor dem Kamin aus. Lord George Stanton hatte sein Kinn in seine Halsbinde gestützt und eine Hand tief in der Tasche seiner mit Silberfäden durchwirkten Weste vergraben. Er schwenkte Weinbrand in einem Glas herum und sein grüblerischer Blick hing an den kleinen, hüpfenden Flammen zwischen den brennenden Scheiten im Kamin.

Es war Lord George, dem Hadrian Jeffries, der einzige weitere Anwesende im Raum, einen bedeutungsvollen Blick zuwarf, als Alec an die Anrichte trat. Er fuhr fort, den Gästen Getränke einzuschenken und sie mit angemessen ausdruckslosem Gesicht auf einem silbernen Tablett zu servieren, aber Alec vermutete, dass er die Ohren weit offen hielt. Alec genoss seinen Weinbrand und richtete beiläufig seine Aufmerksamkeit auf Lord George, wobei er sich fragte, was an dem grübelnden, korpulenten Edelmann Grund für den besonders alarmierten Blick seines Kammerdieners sein mochte, und dann stellte er fest, dass seine Lordschaft noch sein Schwert trug.

„Halsey! Endlich! Warum sind wir hier?"

Es war Lady Rutherglen, und um ihrer Aussage Nachdruck zu verleihen, klopfte sie mit den Elfenbeinstäbchen ihres geschlossenen Fächers an die Seite ihres Glases.

„Seid Ihr nicht gekommen, um einen Geist zu sehen, Mylady?"

„Einen Geist? Unsinnige Märchen!", schnaubte Lady Rutherglen. „Ich glaube nicht an Gespenster."

„Und doch, als Sir Charles Euch erzählte, dass es hier bei Barr einen Geist gäbe, konntet Ihr nicht schnell genug herkommen. In der Tat verlangtet Ihr von Barr, zu dem Geist geführt zu werden."

„Tatsächlich sagte ich Lady Rutherglen nicht, dass es hier einen Geist gäbe", berichtigte Sir Charles, „sondern dass ich eine Tote gesehen hätte."

„Wohl Euer Spiegelbild gesehen, das ist wahrscheinlicher, Charlie", brummte Lord George, ohne seine Augen von dem knisternden Feuer abzuwenden.

„Eine Tote sehen oder einen Geist sehen. Das ist doch sicher nur ein Wortspiel?", scherzte Selina. „Obwohl ich glaube, dass Mylady und Sir Charles keines von beidem sahen."

Lady Rutherglen und Sir Charles öffneten beide den Mund, um das zurückzuweisen, als Lord George sich plötzlich aufsetzte und Selina höhnisch anfuhr.

„Tut nicht so, als ob Ihr wüsstet, was zum Teufel hier vorgeht, *Mrs. J-L*, denn das wisst Ihr nicht!"

„Huch! Passt auf, was Ihr sagt, Stanton!", knurrte Plantagenet Halsey, den Gehstock erhoben und drohend in seine Richtung schwenkend.

„Geister und Gespenster und die Toten! Ha! Ihr und Euer opiumgetränkter Bruder seid so verdammt selbstgefällig! Ihr wisst nicht die Hälfte", schimpfte Stanton, als ob der alte Mann nichts gesagt hätte. „Und den Ohrring könnte ihr ablegen! Nur die Herzogin von Cleveley hat das Recht, *das Recht,* die Beaumaris-Diamanten zu tragen." Er setzte sich in seinem Sessel zurück und wedelte mit einer spitzenbedeckten Hand zu Alec. „Kommt endlich zur Sache, Halsey. Die Miliz wartet und Ihr seht aus, als wolltet ihr vor Selbstgefälligkeit über Euren Wunsch, uns alle als Betrüger, Unholde und Narren zu entlarven, schier platzen. Los schon, zeigt, wie verdammt schlau Ihr zum Teufel seid!"

Eine verlegene Stille entstand und niemand wagte zu sprechen. Aller Augen ruhten auf Alec, der sein Glas leerte und es beiseitestellte.

Lady Rutherglen beugte sich im Sitzen vor und streckte eine Hand nach ihrem Neffen aus.

„George. Kein Alkohol mehr ..."

„Nein! Nicht! Für mich ist es schon zu spät; es ist *alles* zu spät *jetzt*."

„Aber George ..."

„Mylady, darf ich vorschlagen, dass wir hören, was Lord Halsey zu sagen hat", riet Sir Charles. „Wir könnten alle erfahren, warum wir gegen unseren Willen festgehalten werden."

Lord George stieß eine Reihe von Tierlauten aus. „Spiel weiter, Charlie! Glaubst du, dass die Täuschung *deinen* Hals eher retten wird als meinen? Halsey? Nun macht schon!"

Alec neigte seinen Kopf vor Lord George und sagte trocken mit einem kurzen Blick auf Selina und seinen Onkel: „Ich habe Euch hier zusammengerufen, da Ihr alle in gewisser Weise mit dem Tod Reverend Blackwells in Verbindung steht."

„Hurra, zum Teufel!", rief Lord George mit einem schweineartigen Schnauben aus. „Das ist wirklich genau in die Mitte der Sache!"

„Was? Wir alle?"

Der zweite Ausbruch kam von Selina.

„Ja."

„Meine Liebe, er sagte, *in Verbindung stehen*, nicht schuldig", wies der alte Mann sie darauf hin und fügte mit einem Blick durch den Raum hinzu: „Obwohl ich zu behaupten wage, dass der Mörder hier in diesem Raum ist, sonst würde nicht die Miliz sich im Flur die Beine in den Bauch stehen."

„Zuerst möchte ich auf die Verstümmelung von Talgarths Porträt einer jungen Frau und ihrer Tochter zurückkommen."

„Um Himmels willen, Halsey, muss das sein?", jammerte Lord George und versuchte erfolglos, ein Aufstoßen zu unterdrücken. „Mir war diese Ausstellung damals schon gleichgültig, also warum sollte ich das jetzt wissen wollen? Mit Sicherheit will der Maler es nicht. Er hat seine Augen fest geschlossen, betäubt bis zu den Augenlidern!"

„Ihr wisst, wer das getan hat, Mylord", sagte Sir Charles zu Alec. „Ich habe es Euch gesagt. Es war George. Er tat es in betrunkener Wut."

„Ja, das hast du mir gesagt, Charles, aber das ist nicht, was geschehen ist", entgegnete Alec. „Und bevor du es sagst, du kannst durchaus geglaubt haben, dass Lord George es getan hätte, aber ich schätze, dass Lady Rutherglen dir sagte, dass es so gewesen wäre, während eigentlich Ihr es wart, Mylady, die das Porträt verunstaltet hat, in einem Wutanfall, obwohl Ihr nicht die Entschuldigung hattet, betrunken zu sein."

„Ich bin mein Lebtag noch nicht betrunken gewesen!", verkündete Lady Rutherglen, leugnete aber die Anschuldigung nicht.

„Ihr erhieltet einen Brief, der Euch zur Zahlung für ein Porträt Eurer selbst und Eures Ehemannes aufforderte, das zu malen Ihr Talgarth Vesey beauftragt hattet. Ihr hattet ihn nicht bezahlt, weil Euch das Porträt nicht gefiel. Um der Wahrheit die Ehre zu geben, es war zu lebensecht und daher wenig schmeichelhaft. Ihr befahlt ihm, dass er das Porträt zu Eurer Zufriedenheit noch einmal malen sollte und als Ihr in sein Atelier kamt, um zu sehen, wie das Werk voranging, wurdet Ihr von Mr. Veseys italienischem Haushofmeister, dem Ersteller der Zahlungsaufforderung, empfangen."

Alec machte eine Pause, um zu sehen, ob Talgarth zuhörte und stellte mit Befriedigung fest, dass der Maler ein Auge geöffnet hatte. Er fuhr fort.

„Aber Ihr bekamt einen enormen Schock, denn zwischen den Gemälden und den Kohlezeichnungen war eines, das Eure Aufmerksamkeit erregte. Es war ein Porträt von Miriam, oder so dachtet ihr zumindest. Aber wie konnte das sein? Sie war fünf Jahre zuvor im Kindbett gestorben. Ihr hörtet von Nico, dass die Frau auf diesem Porträt die Liebste seines Herrn wäre. Er wusste, dass es nicht stimmte, aber es schadet nie, wenn ein Maler einen gewissen Ruf bei Frauen hat, und Nico nahm an, dass ein solcher Ruf ihm zu Aufträgen verhelfen würde. So ist es gewöhnlich. Ihr, Mylady, nahmt rasch an, dass man Euch wegen Miriams Tod belogen hätte und dass das Mädchen sich die letzten fünf Jahre irgendwie durchgeschlagen hätte und ganz offensichtlich die Hure des Malers wäre ..."

„Die Hure des Malers! Ha! Das sagte meine Tante; aber *seine* Hure?", spottete Lord George, halb aus seinem Sessel aufstehend, um Talgarth anzufunkeln. „Ich würde das eher für eine Lüge halten!" Er ließ sich erst wieder zurücksinken, als Alec ihm zustimmte.

„Ja, das ist eine Lüge. Aber dazu kommen wir ein wenig später. Fahren wir mit dem Besuch Lady Rutherglens in Mr. Veseys Atelier fort. Ihr, Mylady, glaubtet diese Lüge und glaubtet, dass Miriam der verdienten Strafe für ihre unanständige Vergangenheit entgangen wäre und fingt an zu wüten. Nico erzählte mir, Ihr hättet mit einem Messer herumgefuchtelt. Ihr hattet die Absicht, Schaden anzurichten, wenn auch nur, um Eure unmittelbare Wut auszutoben, daher richtete sich Euer Zorn auf das Ölgemälde von Miriam, das für die Ausstellung bestimmt war."

„Nein!" Das kam von Selina, das Wort entrang sich ihr mit einem Keuchen. Sie schaute schnell zu Alec und dann zu Talgarth, der sich nicht gerührt hatte, bevor sie Lady Rutherglen anstarrte, die keine Anstalten machte, die Beschuldigung zu leugnen. „Wie konntet Ihr etwas zerstören, was so wunderschön geschaffen war?"

„War es Miriam ...?", fragte Lord George und wurde unterbrochen.

„Natürlich ist sie es!", entgegnete Lady Rutherglen. „Wer sonst sollte es sein? Sei kein Esel, George! Sie täuschte dich - uns - und lief fort."

„Nein, Tante, ich glaube nicht, dass sie ..."

„Lasst seine Lordschaft fortfahren", knurrte Plantagenet Halsey, „und dann könnt Ihr später die Brocken zusammensammeln!"

„Da Lady Rutherglen nicht leugnet, dass sie Mr. Veseys Porträt mit dem Messer zerstört hat, gehen wir weiter zu der weiteren Zerstörung und völligen Auslöschung der Person auf dem Porträt durch die Verwendung von roter Farbe. Nachdem Lady Rutherglen ihrer Wut freien Lauf gelassen hatte, verließ sie das Atelier. Nico muss außer sich gewesen sein und nicht gewusst haben, was zu tun war. Wenn er es seinem Herrn erzählte, riskierte er, ihm von den Drohbriefen erzählen zu müssen, die er in seinem Namen geschrieben hatte, ebenso wie versuchen zu müssen, Lady Rutherglens besondere Wut über die Aussage, dass die Frau auf dem Porträt die Mätresse des Malers war, zu erklären. Und da es sein Brief war, der in erster Linie Lady Rutherglen in das Atelier gebracht hatte, gab er sich selbst die Schuld an der Zerstörung des Porträts.

„Er geriet in Panik und tat das Einzige, was ihm einfiel. Er ließ das Porträt auf den Karren laden und mit schwarzem Tuch bedecken und sagte seinem Herrn, er möge das Tuch dort lassen, bis das Porträt in der Galerie enthüllt würde. Ich wage zu behaupten, dass Nico hoffte, dass dem Porträt zwischen Bath und London etwas zustoßen könnte, was ihm ein Geständnis ersparen würde. Es kam sicher in London an und den Rest wisst Ihr.“

„Also war es Nicos Idee, das Porträt in schwarzes Tuch zu hüllen?“, fragte Selina ihren Bruder.

Talgarth zuckte mit den Schultern. „Es spielt keine Rolle, Lina. Nichts davon.“ Er öffnete ein Auge, um Lady Rutherglen anzustarren, die sich lässig fächelte. „Es ist ja nicht, als ob er beim Teufel irgendwie hätte hoffen können, das Gemälde gegen eine grundhässliche alte Vettel, die einen Dolch schwang, verteidigen zu können.“

„Die rote Farbe ...?“, warf Plantagenet Halsey ein.

„Als Tam und ich das Atelier in der Milsom Street verließen, nachdem wir mit Nico gesprochen hatten, bemerkte ich, dass das Gebäude nebenan renoviert wurde. Die Fassade war noch von einem Gerüst verborgen. Die Tür war neu gestrichen - in einem lebhaften Rot. Ich kann nur vermuten, dass Molyneux einen Topf Farbe neben der frisch gestrichenen Tür fand. Er spritzte die Farbe über das Porträt und benutzte seine Hände, um die Farbe gut zu verteilen. Die Leinwand nur zerfetzt zu lassen, hätte doch noch jedem, der das zerstörte Bild sah, ermöglicht, das Modell zu erkennen.“

„Mr. Molyneux? *Robert Molyneux*? Der *Kammerdiener* seiner Gnaden von Cleveley?“

Alec neigte seinen Kopf vor Sir Charles, der den Unglauben aller im Raum ausgedrückt hatte.

„Ja. Nico erzählte mir, dass ein Mann mit tiefen Pockennarben das Atelier mehrfach besucht und angeboten hätte, alle Bildnisse der Frau auf dem zerstörten Porträt aufzukaufen. Und, dass er am Tag von Lady Rutherglens Besuch Molyneux auf der anderen Straßenseite entdeckt hatte. Er mag nicht mitbekommen haben, wie sie das Porträt mit dem Messer angriff, aber er muss gesehen haben, wie die Männer das zerstörte Gemälde unter Nicos Aufsicht auf den Karren luden und Nico es mit schwarzem Tuch bedeckte. Molyneux musste sofort gewusst haben, dass Lady Rutherglen die Frau auf dem Porträt mit dem Messer zerstochen hatte, und er wusste, warum. Er tat das einzig Mögliche, um nicht nur seinen Herrn, sondern auch die Frau und das kleine Mädchen auf dem Porträt zu schützen. Er stellte sicher, dass niemand sie erkennen würde und dann berichtete er alles, was er sah und wusste, dem Herzog. Molyneux ist sehr scharfsinnig. Er ist auch unendlich treu und unter seinem kalten Äußeren“, fügte Alec mit einem kleinen Lächeln hinzu, „ist er im Herzen ein Romantiker.“

„Was? Molyneux ein - ein *Romantiker*?“, polterte Lord George. „Was für ein Unsinn! Der Mann ist ein *Kammerdiener*, um Himmels willen. Er tut, was ihm gesagt wird. Er steht nicht im Dienst, um *Gefühle* zu haben. Was Ihr sagt, ergibt keinen Sinn, Halsey. Und wenn Ihr alle nur auf mich hören wolltet ..."

„Halt den Mund, George!", fauchte Lady Rutherglen, deren Fächer aufgeregt wedelte. „Natürlich könnt Ihr nichts von all dem beweisen", sagte sie mit einem hochnäsigen Schnaufen zu Alec. „Niemand wird dem Wort eines kleinen, ausländischen Affen und seines drogensüchtigen Drehorgelspielers mehr Glauben schenken als meinem."

„Oh, ich würde die Intelligenz anderer nicht so geringschätzen, Mylady. Ich bin sicher, dass jeder in diesem Zimmer Euch für fähig hält, in einem Anfall elterlicher Wut mit einem Messer auf ein Gemälde loszu-gehen." Als niemand widersprach, sagte Alec: „Nachdem Ihr Euren Zorn an dem Porträt ausgelassen hattet, beschlosst Ihr, Rache zu nehmen. Um das zu tun, musstet Ihr Miriams Aufenthaltsort entdecken, und daher kamt Ihr auf die Idee mit der Erpressung. Nicos Forderungsschreiben gab Euch die Idee ein. Ihr erzähltet Eurem Neffen George und Sir Charles von dem Porträt und dass Ihr die verblüffende Entdeckung gemacht hättet, dass Miriam noch am Leben wäre. Ihr hattet Beweise. Miriams derzeitiger Liebhaber, der Maler Talgarth Vesey, verlangte Geld oder er würde Lord George vor aller Welt als Vergewaltiger bloßstellen. Natürlich bot Sir Charles seine Hilfe an. Als vollendeter Politiker tat er das nicht aus Selbstlosigkeit ..."

Plantagenet Halsey schnaubte. „Wie überraschend!"

„... sondern, um dafür zu sorgen, dass Lord George, der zukünftige Herzog von Cleveley, in seiner Schuld stünde. Es geht das Gerücht in den Gängen von Westminster und in den Salons, dass der derzeitige Herzog von Cleveley davor steht, von seiner Position zurückzutreten und seine Ämter aufzugeben. Niemand weiß, warum, aber alle nehmen an, dass es daran läge, dass der Tod der Herzogin im vorigen Jahr sich auf seine Gesundheit ausgewirkt hätte. Da der *große Mann* weder so noch so einen Kommentar dazu abgegeben hat, verstärkte sich das Gerücht zu etwas Glaubhaftem." Alec sah zu Sir Charles; sein Lächeln war grimmig. „Du wusstest als Tatsache, dass Cleveley kurz vor dem Rücktritt stand; du hattest diese Information von des Herzogs politischem Rivalen, Lord Russel, dessen Freundschaft und Protektion du seit einiger Zeit pflegtest und von dem du hofftest, dass er dich zu seinem Schwiegersohn machen würde, indem er dir erlaubte, Lady Henrietta zu heiraten ..."

Lord George brach in ungläubiges Gelächter aus.

„*Was? Hatty Russell* und *Ihr*, Charlie? Kommt schon! Das kann nicht Euer Ernst sein! Hattys Aussichten auf eine gute Partie sind bestenfalls gering bis nicht vorhanden, aber selbst Russel würde nicht so tief sinken, dass er seine Tochter mit einem zum Parlamentsmitglied gewordenen Sekretär verheiratete, ganz gleich, wie beschädigte Ware sie ist!"

Sir Charles sprang vom Sofa auf, Fäuste geballt und Zähne zusammengebissen.

„Nehmt diese Bemerkungen zurück, Mylord! Nehmt sie zurück, oder ich - oder ich - „

„Was zurücknehmen? Dass Ihr ein kleiner Sekretär seid oder dass Hatty beschädigte Ware ist?", fragte Lord George achselzuckend. Er goss ein Glas Weinbrand hinunter und hielt den Schwenker Hadrian Jeffries hin, um ihn aufzufüllen. „Nein, Charlie, ich werde es nicht tun, da beides wahr ist."

Lady Rutherglen schnappte sich die Schöße von Sir Charles' Rock und zog ihn nach hinten, bevor er auch nur zwei Schritte nach vorn gemacht hatte. „Setzt Euch und seid ruhig!"

„Mylady, ich kann nicht zulassen, dass Lord George den Namen der Frau beschmutzt, die ich ..."

„Haltet den Mund!", zischte Lady Rutherglen. „Haltet den Mund, wenn Ihr wisst, was gut für Euch ist!"

Lord George lachte über die Possen seiner Tante und des Sekretärs, während Selina, der alte Mann und ihr Bruder darüber verblüfft waren. Alec verstand es und war daher nicht überrascht als Lord George sachlich sagte:

„Um Himmels Willen, Sekretär, Ihr müsst der einzige Mann in London sein, der nicht den Hauch einer Ahnung hat, dass ich es war, der Hatty hinter dem Kaminschirm beim Feuerwerk der Cavendishs besprungen hat. Hübsche mollige Beine hat Hatty, neigt ein bisschen zum Kichern", fügte er mit einem Lächeln der Erinnerung hinzu und nahm den Weinbrandschwenker von dem silbernen Tablett, das Hadrian Jeffries ihm anbot, der es bei der selbstzufriedenen Erklärung seiner Lordschaft beinahe fallen ließ. „Mag ihre Männer auch mit starken Schenkeln. Vermute, deshalb kam sie für ein zweites Mal zurück beim Devonshire-Ausflug ..." Er grinste Sir Charles an. „Wette, Ihr seid überall dünn, he, Charlie? Würdet Hatty nicht befriedigen; überhaupt nicht."

Sir Charles machte einen Satz auf den selbstgefällig lachenden Lord George zu, und Hadrian Jeffries streckte sein Bein aus. Es war eine instinktive Bewegung und nachdem er sie ausgeführt hatte, konnte er das nicht wieder rückgängig machen. Als Sir Charles also stolperte und flach auf sein Gesicht fiel, schnappte nicht nur Selina nach Luft, sondern auch Hadrian Jeffries. Lord George lachte lauter und zeigte mit einem fetten Finger anklagend auf den Kammerdiener, der wie versteinert dastand. Mit einem harten Ruck seines Kopfes schickte Alec Jeffries, dessen

Gesicht glühte, schnellstens zur Anrichte. Alec half seinem alten Schulfreund auf die Beine, führte ihn über den Teppich zum Sofa und drückte ihn auf den Sitz.

„Bleib hier. Sag nichts", befahl Alec und drehte sich dann zu Lord George um. „Ihr werdet auch den Mund halten, bis ich fertig bin. Niemand ist an Eurem rohen Verhalten interessiert, außer Lord Russel und Eurem Vater; der Sinn hinter ihrem so öffentlichen Treffen in der Oper ist jetzt nur zu offensichtlich!"

Für die anderen im Salon war es nicht so offensichtlich, sie versuchten noch, es zu verstehen, als Plantagenet Halsey ruhig sagte:

„Du sagtest etwas über die Beteiligung des Sekretärs, dass er Lady Rutherglen bei der Erpressung von Stanton geholfen hätte ..."

„Ja. Danke, Onkel. Lady Rutherglen war entschlossen zu entdecken, wo Miriam sich versteckte und suchte eine Möglichkeit, sie aus ihrem Versteck zu treiben", fuhr Alec fort. „Erpressung war das Werkzeug und ich das Mittel. Charles bat mich, seinen alten Schulfreund, um Hilfe und hielt mich für leichtgläubig genug, ihre Erpressungsgeschichte zu schlucken, da er wusste, dass ich einem alten Freund immer helfen würde." Er begegnete Selinas unverwandtem Blick und lächelte zurück, als sie ihn anlächelte. „Meine Verbindung zu der Familie Vesey, insbesondere meine Zuneigung zu Mrs. Jamison-Lewis und ihre Liebe zu ihrem Bruder wurden benutzt, um mich zur Zusammenarbeit zu überreden; Sir Charles war sich recht sicher, dass Talgarth Vesey der Erpresser wäre. Dieser Plan wurde trotz des Todes von Reverend Blackwell vorangetrieben. Ich sage trotz, den alles änderte sich, als ich zufällig beim Diner neben dem Reverend Blackwell zu sitzen kam und der gute Pfarrer zu meinen Füßen starb."

„Hurra! Wird Zeit, dass wir endlich zu dem schäbigen Pfarrer kommen!", verkündete Lord George mit einem Schmatzen seiner Lippen, als er ein weiteres Glas Brandy leerte. Er schloss auf einen bösen Blick von Alec hin sofort den Mund und schmollte wie ein unartiger Schuljunge.

„Warum sagst du *zufällig*?", fragte Selina und tauschte mit Plantagenet Halsey einen fragenden Blick. „Als ob der Pfarrer ohne Vorwarnung starb, wo du doch vermutest, dass er ermordet wurde? Wurde er ermordet?"

„Ja."

„Vergiftet, so wie Tam vermutete?", fragte der alte Mann.

„Ja."

„Ich verstehe überhaupt nicht", stellte Lady Rutherglen mit einem

Schnauben fest, „was dieser schmuddelige Niemand mit dieser Hure Mir...“

„Hört auf, sie so zu nennen!“

„Das versteht Ihr nicht, Mylady?“, bemerkte Alec kalt, ignorierte aber Georges Gefühlsausbruch. „Ja, seht Ihr. Ihr wisst sehr gut, dass der Reverend Blackwell in Wahrheit Kenneth Dempsey-Weir, der zweite Sohn eines Viscounts, war, und der einzige Mann, den Eure Schwester Ellen wahrhaft liebte. Und wenn Ihr ihr Andenken und damit den Ruf Eurer Familie ebenso wie die geistige Gesundheit Eures Neffen erhalten wollt, bringt mich nicht in Versuchung, alles zu enthüllen, was ich weiß. Und wenn ich sage, dass ich alles über Eure Schwester und Blackwell weiß, könnt Ihr mir das glauben.“

Lady Rutherglen hörte bei der Erwähnung ihrer Schwester auf, mit ihrem Fächer zu wedeln und warf einen verstohlenen Blick durch den Raum auf die anderen Anwesenden, bevor ihr Blick zu Alecs blauen Augen zurückkehrte. Sie funkelte ihn böse mit unterdrücktem Ärger an, direkt unter der Oberfläche kochten in ihr Abscheu, Groll und Hass hoch. Alec sah, dass sie darauf brannte, auf die Bühne zu treten, um ihren Gefühlen über ihre Schwester, den schäbigen Pfarrer und vor allem über Miriam Luft zu machen, aber Alecs Drohungen von Enthüllung und Ruin der Familie reichten aus, um sie innehalten zu lassen. Er sah das, als sie zu Lord George hinüberblickte, vermutlich dem einzigen Menschen, an den sie je ein Gefühl wie Liebe verschwendet hatte. Einen Moment schien sie unentschlossen, dann schloss sie widerwillig ihren Mund, biss die Zähne zusammen und fächelte sich wieder. Ellen, die Herzogin von Cleveley und der Reverend Kenneth Blackwell, ihre heimliche Ehe und ihre Nachkommenschaft würden in Frieden ruhen.

„Blackwell war nicht das vorgesehene Opfer“, sagte Alec mit einem Hauch von Trauer und wandte sich an seinen Onkel. „Er hatte nur zufällig eine Schnupftabaksdose im Besitz, die mit der, die der Herzog von Cleveley bei sich trug, identisch war. Vielleicht wurde sie ihm vom selben Geber geschenkt, das weiß ich nicht.“

„Guter Gott, der arme Mann“, murmelte Selina, eine Hand an ihrem weißen Hals. „Das Gift war für *Cleveley* bestimmt?“

„Davon bin ich überzeugt.“

„Aber wer? Und wie?“, wollte Selina wissen. „Und *warum*?“

„Nach dem Diner, als die Herren über ihrem Portwein saßen, gingen Lord George und Charles zu einem verschlossenen Schrank, der Gläser mit Schnupftabak enthielt“, erklärte Alec. „Mehrere Herren bekamen ihre Dosen wieder aufgefüllt. Zuerst nahm ich an, dass dies der Moment gewesen wäre, als die Schnupftabaksdosen vertauscht wurden, oder als das Gift in die Schnupftabaksdose des Herzogs gemischt wurde. Aber weder der Herzog noch der Pfarrer gaben ihre Schnupftabaksdosen zum Auffüllen ab. Der Herzog achtete ziemlich gut auf seine und der Pfarrer nahm seine heraus, um eine Prise zu nehmen, während Charles und Lord George bei dem Schrank standen. Daher müssen die Schnupftabaksdosen unbeabsichtigt vertauscht worden sein, bevor der Herzog und der Pfarrer zum Diner erschienen. Vielleicht, als die beiden Männer sich früher an diesem Tag in der Bibliothek des Herzogs eingeschlossen hatten, worüber Lord George sich beim Essen beschwerte.

„Der Tod des Herzogs hätte nicht bei einer so öffentlichen Gelegenheit stattfinden sollen. Er hätte ein stiller Vorfall sein sollen, damit es so aussah, als ob er einen Herzanfall gehabt hätte, wie es ja auch erschien, als Blackwell vergiftet wurde. Das Gift war in der Anwendung erfolgreich, aber eben nicht in der Ausführung. Wäre Cleveley in seiner Residenz gestorben, hätte niemand die Diagnose eines Arztes, dass er einen tödlichen Herzanfall erlitten hätte in Frage gestellt. Für den Mörder wäre dies eine sauberere Lösung und ein einfacherer, komplikationsloser Weg gewesen, dass der Erbe Herzog werden konnte.“

„Stanton! Ich wusste es!“, verkündete der alte Mann mit Befriedigung. „Ihr mörderischer Hundesohn!“

„W-was? Ich habe Vater nicht getötet!“, jammerte Lord George im Falsett. „Warum hätte ich so etwas tun sollen? Er ist mein Vater, um Himmels willen! Ich hatte keinen Grund, ihm den Tod zu wünschen! Ich hätte nicht einmal gewusst, wo ich Gift bekommen könnte. Himmel, ich weiß nicht, welches Gift einen Herzanfall auslöst. Wofür haltet Ihr mich, für einen verdammten Apotheker? Das sind Halseys Genossen! Er weiß mehr über diesen Hokuspokus als jeder andere! Tante! Charlie! Sagt es ihnen! Sagt Halsey, dass ich keiner Fliege ein Haar krümmen könnte! Sag es ihnen, Tante!“

„Die Schlinge des Henkers wartet auf Euch, Stanton“, stichelte Plantagenet Halsey mit einem traurigen Schütteln seiner ergrauten Locken, obwohl er alles andere als traurig wirkte. Er zwinkerte seinem Neffen zu und sagte fröhlich: „Zeit, die Miliz zu rufen, damit wir alle ins Bett gehen können. Ein befriedigendes Ende dieses Abends, würdet Ihr das nicht auch sagen?“

Als Lady Rutherglen und Sir Charles weiter schweigend und unbeweglich wie der Rest der Anwesenden saßen, begann Lord Georges Unterlippe zu zittern, Tränen seine Augen zu füllen und seine Nase zu laufen. Panik stieg in ihm auf und seine blutunterlaufenen Augen wurden vor Entsetzen aufgerissen.

„Nein, ich würde das nicht sagen!“, gab Lord George zurück. „Halsey! Ihr seid ein treuer Trojaner! Immer so gesagt. Ihr glaubt doch nicht ernsthaft, dass ich vorhatte, meinen Vater zu ermorden und stattdessen versehentlich einen schäbigen Pfarrer ermordet habe, oder? Glaubt Ihr das wirklich?"

„Oh, um Himmels willen, Mylord, erlöst ihn von seinem Elend!", forderte Selina, die über das Erträgliche hinaus von Lord Georges erbärmlichem, rotznasigen Flehen provoziert wurde.

„Nein, das glaube ich nicht. Und ich habe auch nicht gesagt, dass Ihr das getan hättet", stellte Alec fest.

„Hä? Ihr habt nicht - und habt doch nicht?", wiederholte Lord George und wischte mit einem Wedeln seines Ärmels unbewusst den Rotz von seiner Nase. „Wer ist dann der Mörder?"

„Charles."

Es entstand eine kurze Stille, dann schlug Lord George, der sofort, nachdem Alec diesen einen Namen genannt hatte, seine Großspurigkeit wiedererlangt hatte, voll unverhohlenen Entzückens auf die gepolsterten Armlehnen des Ohrensessels und stampfte mit den Füßen auf.

„Ich wusste es! Ich *wusste*, dass Ihr es wart, Charlie! Ich wusste es! Ich habe Tantchen gesagt, dass Charlie eine Schlange wäre und ein - ein übler Hund und dass ihm nicht zu trauen wäre. Und das ist er! Genau das!"

„Sei dir ganz sicher, wessen du mich beschuldigst, Mylord", bemerkte Sir Charles sehr leise, ohne seinen Blick von Alecs Gesicht abzuwenden. „Ich fordere dich auf, irgendeine Art von Beweis vorzulegen, der vor einem ordentlichen Gericht standhält. Und den gibt es nicht."

„Hören wir doch auf jeden Fall, was seine Lordschaft zu sagen hat", sagte der alte Mann fröhlich.

Als Sir Charles mit den Schultern zuckte und die anderen nickten, sagte Alec nüchtern:

„Du musstest den Herzog aus dem Weg schaffen. Du befürchtetest, dass er davorstand, sein Testament zu ändern, Lord George zu enterben, wegen dem, was Kenneth Blackwell ihm anvertraut hatte. Würde er George enterben, wäre all deine harte Arbeit beim Kriechen vor einem Edelmann, den du selbst für parasitären Abfall der Menschheit erachtetest, den du aber nach deinen Wünschen beeinflussen konntest - und der mit Sicherheit deine Pfründe aufrechterhalten hätte - vergeudet gewesen. Du hattest keineswegs vor, das zuzulassen. Auf keinen Fall wolltest du, dass der Herzog seine Ämter aufgäbe - das würde dich mit sehr wenig oder gar keinem Einkommen und keinem Einfluss zurückgelassen haben, und es gab keine Gewissheit dafür, dass Lord Russel dir eine Stelle, viel weniger die Hand seiner Tochter zur Ehe, anbieten würde. Daher musste, damit du dein Leben weiterführen konntest, Lord George den Titel erben.

„Womit du nicht gerechnet hattest und was du nicht vorhersehen konntest, war, dass der Herzog die Wahrheit über die Herzogin und Reverend Blackwell seit Jahren kannte. Als Blackwell und der Herzog sich kürzlich trafen, warst du mehr denn je überzeugt, dass der Herzog kurz vor dem Rücktritt stünde. Und dann wurdest du, möglicherweise von Lord Russel selbst, über ein heimliches, nächtliches Treffen zwischen dem Herzog und Lord Russel informiert. Du versuchtest einzugreifen, bevor eine Ankündigung erfolgen konnte, aber der Pfarrer starb statt deines Mentors, und der sehr öffentliche Waffenstillstand von Cleveley und Russel verlief in der Oper wie geplant. Du und jeder andere gingt davon aus, dass dieser Waffenstillstand hieß, dass der Herzog wieder heiraten würde; dass Lord Russel einen Antrag auf Lady Henriettas Hand zur Ehe angenommen hätte. Das hatte Russel, aber nicht für den Vater, sondern für den Sohn, Lord George ...“

Lord George kam halb aus seinem Sessel hoch. „*Was?* Vater will mir *Hatty Russel* ans Bein binden? Tantchen ...“

„Halt den Mund, George! Sie ist dir gesellschaftlich auf jeden Fall ebenbürtig. Du könntest es weit schlechter treffen. Ich begrüße Cleveleys scharfen Verstand. Weiter, Halsey.“

Alec neigte, Lady Rutherglens kurzer Bemerkung zustimmend, den Kopf und als niemand sonst ihr widersprach, sank Lord George schmollend in seinen Sessel zurück und brummelte in seine Halsbinde, während er Alec ein Zeichen gab, fortzufahren.

„Daher, Charles, hast du falsch verstanden, warum diese Männer sich getroffen hatten, und warum der Herzog begonnen hatte, seine Angelegenheiten für eine Zukunft zu ordnen, von der du dir nicht vorstellen könntest, dass er sie in Betracht zöge, geschweige denn, so leben würde ... Aber ich schweife ab und die Miliz wartet ... Dass der gute Pfarrer auf deiner Abendeinladung tot umfiel und der Herzog noch sehr lebendig war, stellte das schlimmstmögliche Ergebnis für dich dar, Charles. Du hattest nicht nur den falschen Mann umgebracht, sondern der Herzog war vor der sehr realen Möglichkeit gewarnt worden, dass er derjenige war, der den vergifteten Schnupftabak hätte zu sich nehmen sollen. Ihm wurde das sehr bald nach Blackwells Ableben klar, als der hinzugerufene Arzt mir Fragen stellte. Cleveley ging, um eine Prise Schnupftabak zu nehmen. Er öffnete seine Schnupftabaksdose, aber nach einem Blick hinein, möglicherweise auf eine Gravur im Deckel, wurde er blass. Er ließ die Schnupftabaksdose fallen, so dass der Inhalt sich völlig über die Dielen deines Esszimmers verstreute. Er hatte erkannt, dass er, nicht Blackwell, das beabsichtigte Opfer war und stürmte aus dem Raum."

Sir Charles wehrte mit einer Hand ab. Alec sah jedoch, wie ein Schweißfaden seine Schläfe hinabrann. „Lauter Vermutungen ohne Grundlage. Sagt ihm das, Mylady. Ihr glaubt doch diesen Unsinn nicht etwa?"

Lady Rutherglen hob gleichgültig eine Schulter und sagte fröhlich: „Warum fragt Ihr mich, Sir Charles? Ich bin nur eine unwissende alte Frau, die nichts von Politik versteht."

Sir Charles blinzelte bei diesem offenen Verrat; jetzt war er völlig auf sich allein gestellt. Dennoch schaffte er es mit oberflächlichem Selbstbewusstsein zu sagen: „Ihr werdet keine Jury überzeugen, Halsey! Nichts von diesem Schmutz wird an mir hängenbleiben. Nichts davon!"

„Mich hat er überzeugt!", stellte Plantagenet Halsey jovial fest. „Wie ist es mit Euch, Ma'am?"

Selina lächelte hinter ihrem Fächer, ließ aber das Lachen nicht in ihrer Stimme hören. „Lord Halseys Begründung ist sehr überzeugend, Sir."

Alec achtete auf keinen der beiden. Er zog seine Brille und den versiegelten Brief der Herzogin von Romney-St. Neots aus einer Rocktasche, setzte die Brille auf die Spitze seiner langen, schmalen Nase und hielt dann den Brief hoch.

„Wie scharfsinnig von Lord George, festzustellen, dass ich mich ein wenig mit dem Hokuspokus der Apothekerzunft auskenne. Dank Thomas Fisher, der bis vor kurzem mein Kammerdiener war und der im letzten Jahr seiner Lehre steht, konnten diskrete Erkundigungen über den kürzlichen Ankauf von Giften gemacht werden, worüber in jeder Apotheke ein Register geführt wird. Dieser Brief, den ich hier habe - Jeffries!", rief er. „Deinen Fuß vor!"

Bevor Alec Zeit hatte, den Namen seines Briefpartners auszusprechen, war Sir Charles Weir vom Sofa aufgesprungen. Er stürzte zur Tür. Es gab einen allgemeinen Aufschrei. Lady Rutherglen sprang auf die Füße, Fächer und Reticule fielen auf den Boden. Plantagenet Halsey und Selina Jamison-Lewis taten dasselbe, obwohl sie dort stehenblieben, wo sie sich befanden. Talgarth Vesey öffnete ein Auge, sah, wie Sir Charles zu fliehen versuchte, sah Alecs Kammerdiener ihn verfolgen und schloss sein Auge mit einem zufriedenen Grinsen, das sich auf seinem Gesicht ausbreitete, wieder.

Hadrian Jeffries, der ein Tablett mit klirrenden leeren Gläsern und einer Weinbrandflasche balancierte, machte drei lange Schritte durch den Raum und streckte sein rechtes Bein aus. Sein polierter Lederschuh mit der einfachen Silberschnalle kollidierte mit Sir Charles' bestrumpftem Schienbein, was diesen sofort zu Fall brachte, während er noch nach dem Türgriff angelte. Der Flüchtige schwebte einen winzigen Augenblick in der Luft und fiel dann flach hin; nur diesmal traf sein Kinn hart auf dem Boden auf, bevor der Rest seines untersetzten Körpers aufschlug. Er jaulte schmerzvoll auf, als sein Kiefer zuknallte und seine Zähne aufeinanderschlugen. Er jaulte noch mehr, als er von einem schweren Glasbecher auf den Kopf getroffen wurde. Drei Glasbecher waren von Jeffries Getränketablett heruntergerutscht. Einer traf Sir Charles, ein anderer zerschellte auf den Dielen, der dritte wurde in der Luft aufgefangen.

„Gut gemacht, Jeffries!", lobte Alec, schnappte sich das dritte Glas und stellte es wieder auf das Tablett, als ein halbes Dutzend Milizmänner, mit dem Hauptmann an der Spitze, durch die Tür gestürmt kamen, die Schwerter hoch erhoben.

„Und Ihr auch, Mylord", erwiderte Jeffries, während er Alecs Brille vom Teppich aufhob und diesem zurückgab, voll Bewunderung für das schnelle Zusammenwirken von Hand und Auge seines Herrn. „Ein meisterhafter Cricketfang, wenn ich je einen gesehen habe!"

„Danke, Jeffries", grinste Alec und steckte seine Brille und den Brief der Herzogin von Romney-St. Neots wieder ein; eine List, aber eine, wie er erleichtert feststellte, die zu seinem Vorteil gewirkt hatte.

„Es ist noch nicht vorbei, Halsey!", knurrte Sir Charles, als er grob von zweien der Milizionäre hochgerissen wurde, die seine Arme hinter seinen Rücken bogen und ihn aus dem Raum führten. „Ich werde allen und jedem erzählen, was ich weiß! Lady Rutherglen. Stanton! Ich werde alle wissen lassen, was ich weiß! Und sie werden zuhören! Niemand interessiert sich für einen schäbigen Pfarrer! Aber sie interessieren sich sehr für ..."

„Und ich dachte, der Abend würde totlangweilig werden", rief Lord George mit einem selbstzufriedenen Lächeln auf seinem Gesicht aus; seine fetten Finger hielt er ausgespreizt der Wärme des Feuers entgegen, als Alec der Miliz aus dem Raum folgte und Hadrian Jeffries die Tür schloss. „Charlie ist auf dem Weg nach Newgate und ich auf dem Weg ins Bett. Kommst du, Tantchen?"

„Der Abend ist noch nicht vorbei, Stanton", bemerkte Plantagenet Halsey. „Einige Fragen müssen noch beantwortet werden, und Ihr könntet sehr wohl die Person sein, die sie beantworten kann!"

„Ich? Was weiß ich schon?", schnaubte Lord George. „Charlie war der Schlaukopf. Viel Gutes hat ihm sein Verstand am Ende eingebracht!"

„Ich möchte gerne wissen, wer mir von ein paar Schlägern in Cleveleys Livree über den Schädel hauen ließ", sagte Plantagenet Halsey und schaute Lord George aus schmalen Augen an. Er machte eine Kopfbewegung zu Hadrian Jeffries, der es schnell begriff und hinzutrat, um sich vor der Tür aufzubauen. Er lächelte den Kammerdiener an, bevor er in den Raum sagte: „Hinterließen eine Visitenkarte - den Knopf einer von Cleveleys Livreen. Wollten mich glauben machen, dass Euer Vater hinter mir her wäre. Ein junger Anwalt und ich wurden beide überfallen. Wisst Ihr irgendetwas davon, Stanton?"

„Ich?" Lord George wirkte verblüfft. „Nicht die Bohne! Wage zu behaupten, dass Charlie die Lakaien auf Euch gehetzt hat. Und dafür kann ich ihn nicht tadeln. Vater kann Euch nicht ausstehen. Ihr seid ein verdammter Republikaner und ein öffentliches Ärgernis. Komm, Tantchen! Lass mich dir aufhelfen."

„Und was ich gerne wissen möchte, geehrter Sir, ist, wer den armen Billy Rumble ermordet hat", sagte Selina zu Plantagenet Halsey, „und warum. Seine Schwestern und seine Tante haben ein Recht auf eine Erklärung. So eine Verschwendung eines jungen Lebens..."

„Setz dich, George", befahl Lady Rutherglen und ließ ihren Fächer aufschnappen. „Wir werden bleiben, bis ich diese diebische Hure oben mit meinen eigenen Augen gesehen habe."

Die Tür öffnete sich und Alec trat wieder in den Raum, nachdem er den Amtmann, die Miliz und ihren sich sträubenden Gefangenen aus dem Haus begleitet hatte, wo er jetzt Lady Rutherglens Ankündigung hörte und Zeuge von Lord Georges explosiver Reaktion wurde. Das fast unhörbare Sirren einer Klinge tönte durch die Luft, und das lose, schlaffe Fleisch unter Lady Rutherglens Kinn wurde von einer Schwertspitze gekitzelt, bevor irgendjemand im Zimmer auch nur bemerkt hatte, dass Lord George sein Schwert aus der reich verzierten Scheide gezogen hatte.

„Mylord, bitte legt das Schwert weg", bat Selina ruhig, mit einem entsetzten Blick zu Alec, der langsam durch das Zimmer schritt. „Lady Rutherglen verdient es nicht ..."

„Ihr habt keine Ahnung, was Tantchen verdient!", zischte Lord George. Er starrte auf seine Tante hinab. „Nimm das zurück! Nimm zurück, was du gesagt hast, Tante, oder ich schwöre, bei Gott, ich werde dich durchbohren!"

Lady Rutherglen rührte sich nicht.

„Ich kann die Wahrheit nicht zurücknehmen, George", antwortete Lady Rutherglen in einem herablassenden Ton, wie man ihn bei kleinen Kindern verwendet. „Miriam war eine Diebin und eine Lügnerin und eine Schlampe. Sie hat den Schmuck deiner Mutter gestohlen und ist fortgelaufen. Mrs. Jamison-Lewis hat einen ihrer

Ohrringe. Sieh hin. Und du hast die anderen Stücke selbst von diesem diebischen Bauernjungen zurückgeholt. Ist das nicht Beweis genug für ihren Betrug?"

„Lieber Himmel, Stanton, *Ihr* habt Billy Rumble umgebracht?", fragte Selina. „Wofür? Wegen ein bisschen *Firlefanz*? Er war nur ein Junge!"

„Das sind die Cleveley-Diamanten", stellte Lady Rutherglen gekränkt fest. „Sie sind ein Vermögen wert, und dieser *Junge* hat sie Miriam gestohlen, die sie meiner Schwester gestohlen hatte. Daher befand er sich im Besitz von Diebesgut. Er hat verdient, was er bekam."

„Man hat ihm dafür ein paar Guineen versprochen. Wie kommt es da, dass er es verdiente, niedergestochen und allein zum Sterben zurückgelassen zu werden?", widersprach Selina. „Euer Neffe hat diesen armen Jungen kaltblütig ermordet!"

„Ermordet?", rief Lord George aus, und zwinkerte seiner Tante kurz zu, bevor er sich an Alec wandte, dem einzigen Menschen im Zimmer, der ihn nicht des Mordes beschuldigt hatte. Die Schwertspitze blieb am Hals seiner Tante. „Ich habe niemanden ermordet! Gott! Warum sollte ich einen armseligen Bauernjungen töten? Warum sollte ich mir die Mühe machen? Halsey! Ihr glaubt mir doch, nicht wahr?"

„Komm schon, George, sag die Wahrheit", schnurrte Lady Rutherglen lockend. „Charles hat mir alles erzählt, und ich mache nicht den geringsten Vorwurf, weil du einen schmutzigen Menschenhändler niedergestochen hast. Der Krüppel versuchte, dir ein Kind zu verkaufen, daher verdiente er, was er bekam." Sie schaute Alec an. „Ich will sehen, wie jemand einen Richter findet, der etwas anderes sagt."

„Er verdiente nicht zu sterben! Kein Kind verdient zu sterben!"

Lady Rutherglen lächelte dünn über Selinas emotionalen Ausbruch. Immer noch vorsichtig wegen der Schwertspitze ihres Neffen sah sie sie direkt an und sagte: „Meine Liebe, Ihr seid der letzte Mensch, der das Recht hätte, einen Stein zu werfen. Der Krüppel wurde von seinem Elend erlöst, denn mit Sicherheit wäre er wegen seines Verbrechens gehängt worden und immer bei seiner Familie und seiner Gemeinde als Dieb und Entführer in Erinnerung geblieben. In den Augen der Gesellschaft hat George lediglich das Gesetz in seine Hand genommen. Ihr jedoch, habt keinen Grund für Euer verabscheuungswürdiges Handeln gegen Eure ungeborenen Kinder, und das Gesetz wäre sicher nicht auf Eurer Seite!"

„Ich habe niemanden getötet!", jammerte Lord George in die tiefe Stille.

Selina schwankte und packte die Rückenlehne des Ohrensessels. Sie wagte nicht, Alec anzuschauen. „Ich erlitt eine Fehlgeburt ... Ich verlor ... ich verlor das Baby ...“

„In Paris? Um so besser. Eine Fehlgeburt ist weit besser als solch unanständigen Nachwuchs in die Welt zu setzen, wo andere dann damit zu schaffen haben. Aber Euer Handeln, als Ihr noch verheiratet wart, war doch eher absichtlich, nicht wahr?“, fragte Lady Rutherglen aalglatt. „Caroline Cobham teilte mir in strengstem Vertrauen mit, dass Ihr schlauerweise Mittel benutztet, um eine Empfängnis zu vermeiden und so Eurem Ehemann das Recht auf einen Erben verwehrtet.“

„Bei Gott, seid Ihr eine kaltherzige Schlange!“, gab Plantagenet Halsey von sich, seine Augen fest auf Lady Rutherglen gerichtet. Er nahm Selina am Ellenbogen und half ihr in einen Ohrensessel. Auch er wagte es nicht, Alec anzusehen, als sein Neffe durch das Zimmer kam, um sich neben Lord George Stanton zu stellen, ohne einen Blick auf Selina.

„Kommt schon, Sir!“, widersprach Lady Rutherglen. „Ihr wisst ebenso gut wie ich, dass Mrs. Jamison-Lewis' Handeln rechtswidrig war. Möglicherweise ein Verbrechen, auf das die Todesstrafe steht. Also kann sie, unter allen Personen hier im Raum, nicht mit dem Finger auf meinen Neffen zeigen.“ Sie hob ihren Kopf zu Alec. „Ich schlage vor, dass wir alles über den Tod eines unwichtigen Bauernjungen vergessen und ich mich tunlichst nicht mehr an das erinnern werde, was Lady Cobham mir über Mrs. Jamison-Lewis erzählte. Was sagt Ihr dazu, Mylord?“

Ein langes Schweigen folgte, so lang, dass Selina es wagte, Alec anzuschauen, und dann wünschte, sie hätte es nicht getan. Er betrachtete sie mit einer gequälten Falte zwischen seinen Augenbrauen, und als sie in seine blauen Augen sah, blickte er rasch beiseite und sprach Lord George Stanton an, und ein Hauch des emotionalen Aufruhrs, den er durchmachte, war aus seiner Stimme zu hören:

„Stanton. Seid ein guter Junge und legt Euer Schwert weg ... Es war eine lange Nacht und ich denke, dass wir uns alle einig sein können, dass diese Episode am besten hier ihren Abschluss findet.“

„Ich habe niemanden getötet!“, jammert Lord George wieder und steckte, wie gewünscht, sein Schwert in die Scheide. „Ihr glaubt mir doch, Halsey, nicht wahr?“

„Das ist nicht wichtig, George“, sagte Lady Rutherglen mit Befriedigung und schüttelte ihre samtenen und baumwollgesteppten Unterröcke aus. „Wichtig ist, dass du deine Tante nach oben bringst, um dieser Hure ein für alle Mal entgegenzutreten.“

Lord George starrte Lady Rutherglen an und trat einen Schritt von ihr zurück. „Also hältst du mich für einen Kindermörder, Tante? Du glaubst, ich könnte einen Krüppel töten? Verflucht, aber der alte Mann hat recht! Du bist eine kaltherzige Schlange!" Er wollte wieder nach seinem Schwert greifen, aber bevor seine Hand auch nur das juwelenbesetzte Heft berührt hatte, sagte Alec ruhig:

„Ich glaube Euch, Mylord. Und ich habe jedes Vertrauen darin, dass die Wahrheit über das, was mit Billy Rumble geschah, bei Charles' Verhör herauskommen wird." Er warf Lady Rutherglen einen Blick zu. „Und auch, wie der Cleveley-Schmuck in den Besitz Eurer Tante kam."

George schaute seine Tante böse an. „Ich habe es dir gesagt! Ich habe dir gesagt, dass es Charlie war!"

„Was ich wissen möchte, ist, wer mir einen Schlag auf den Kopf gegeben hat und in die Livree der Cleveleys gekleidete Schläger auf den armen Fanshawe gehetzt hat?", forderte Plantagenet Halsey laut zu wissen, mit einem bedeutungsvollen Blick auf Lord George.

„Und darauf achtete, dass Silberknöpfe als Visitenkarten zurückgelassen wurden?", fügte Alec hinzu, der über Lord Georges Reaktion, seinen Mund darüber ungläubig offen stehen zu lassen, dass Anschuldigungen in seine Richtung geäußert werden könnten, lächelte. „Ich bin überzeugt, dass weitere Befragungen von Charles schnell erweisen werden, dass er die Cleveley-Livree und die Knöpfe benutzt hat, um den Eindruck zu verstärken, dass es der Herzog oder Lord George war, der Blackwells Testament in die Hände bekommen wollte ...

„Was soll ich mit dem Testament eines Pfarrers ..."

„... aber in Wahrheit war es Charles, der Blackwells Testament wollte", begann Alec, und schnitt Lord Georges verblüfften Ausbruch ab, nur, um selbst unterbrochen zu werden.

„... denn, wenn Blackwells Testament vernichtet worden wäre, hätte niemand die darin enthaltene Wahrheit erfahren und Stanton hier hätte das Erbe des Herzogtums antreten können, ohne dass jemand etwas erfahren hätte?", stellt Plantagenet Halsey fest und lächelte zufrieden, als Alec nickte. „Der schlaue Fuchs!"

„Seht her, alter Mann!", forderte Lord George. „Ich weiß nicht, worauf Ihr hinaus wollt, aber niemand hat mich je gefragt, was ich will! *Nie.* Und was ich will, ist, in mein Bett zu gehen und eine Woche lang zu schlafen! Das Durcheinander heute hat mir verdammte Kopfschmerzen verursacht."

Im Zimmer erhob sich allgemein zustimmendes Gemurmel und man machte sich im Salon zum Aufbruch bereit, jedoch Lord Stanton, trotz seiner Prahlerei, bewegte sich nicht. Er winkte Alec zu sich.

„Halsey. Ihr seid ein treuer Trojaner. Habe ich immer gesagt", sagte er leise. „Sagt mir die Wahrheit. Ist dort oben Miriam oder Miranda? Ich muss es wissen. *Ich muss.*"

„Es ist Eure Cousine Miranda, und das ist die Wahrheit."

„Kommt schon, Mylord!", höhte Lady Rutherglen und nahm den Arm ihres Neffen. „Ihr könnt keinen zwingenden Beweis dafür erbringen, der mich glauben ließe, dass die Frau dort oben meine tote Tochter ist. Mimi starb vor fünf Jahren an Lungenentzündung, nachdem sie von ihrer verdorbenen Cousine auf Abwege geführt worden war. Dort oben ist Miriam. Ich habe ihr Porträt gesehen. Ich habe sie in der Abtei gesehen. Das war ein Schock, wie ich zugeben muss, aber trotzdem würde ich doch meine eigene Tochter erkennen. Ihr kennt sie nicht, noch habt Ihr sie je gesehen. George und ich wissen beide, dass das da oben Miriam ist. Die Hure hat Euch alle königlich hinters Licht geführt."

Lord George tat sie mit einem Achselzucken ab.

„Wenn Miriam eine Hure war, dann deshalb, weil ich sie dazu gemacht habe! So wie Hatty. Aber Miriam und ich ... ich ... ich ... Halt einfach *deinen* Mund, Tante!"

„Mit Sicherheit ist sie nicht meine Hure", warf Talgarth Vesey ein, während er sich lässig dehnend aus dem Ohrensessel erhob. „Mrs. Bourdon ist so unschuldig wie an dem Tag, als ich sie kennenlernte."

„Mrs. Bourdon, in der Tat! Sie kann ihre Vergangenheit nicht übertünchen! Wie auch immer sie sich nennt, sie ist noch immer Miriam, *nicht* Miranda."

Lord George ignorierte sie und sah Alec eindringlich an.

„Ich muss es wissen, Halsey", bettelte er mit einem kläglichen Unterton in seiner Stimme. „Sie ist mir weggelaufen. Ich wusste nicht, warum. Ich glaube, jetzt weiß ich es. Es war, weil ich sie geschwängert hatte, nicht wahr? Ja, Halsey, das ist die Wahrheit! Aber sie hat mir nichts gesagt. Ich wusste es nicht! Niemand hat es mir gesagt! Ständig betrunken zu sein hält sie aus meinen Gedanken fern, aber wenn ich nur die Wahrheit wüsste ... ich bitte Euch ..."

Alec musterte den fetten, ungepflegten und überaus abstoßenden Edelmann und fragte sich, ob es irgendeine Hoffnung auf Besserung für ein so hässliches Exemplar der Gattung Mensch gäbe, für jemanden, der in Gedanken und Tat erbärmlich unreif war und, wenn es nach Alec ginge, in die Welt hinausgeschickt werden müsste, um sich seinen Lebensunterhalt mit einer sinnvollen Beschäftigung zu verdienen, um den Wert ehrlicher Arbeit kennenzulernen. Er musste jedoch widerwillig zugeben, dass bei all seiner gesellschaftlichen Ungeschicklichkeit und wertlosem Zeitvertreib Lord George mehr ein Opfer seiner Umgebung als alles andere war. Seine Mutter, sein Adoptivvater und vor allem Lady

Rutherglen hatten seine Lordschaft alle verwöhnt und jeder seiner Launen nachgegeben. Was vor ihm stand, war ein betrunkener, jämmerlicher Müßiggänger mit blutunterlaufen Augen, der aber trotzdem keines Verbrechens schuldig war außer dem, sich, ohne es zu wissen, in seine Schwester verliebt zu haben. Vielleicht konnte Lord Stantons Leben noch eine Bedeutung verliehen werden; zumindest konnte er dem tückischen Einfluss seiner Tante und dem von Leuten wie dem eigennützigen Sir Charles Weir entzogen werden. Der Herzog hatte ihn auf den Weg zur Besserung geschickt, indem er eine Verlobung mit Lord Russels Tochter arrangiert hatte. Vielleicht gab es noch Hoffnung für ihn, wenn er auf diesem Weg gehalten werden konnte. Er kannte genau die Person, die bei diesem Bemühen helfen konnte.

⚘

„GEORGE. LIEBSTER GEORGE, WIE ICH DICH VERMISST HABE! Komm herein! Komm herein und lerne deinen kleinen Bruder kennen."

Lord George Stanton stand weiter zögernd und gespannt auf der Schwelle zum Schlafzimmer. Der Braune Bär, der die Tür weit aufhielt, trat von einem Fuß auf den anderen. Es war der Herzog, der vortrat und seinen Stiefsohn ins Zimmer winkte, wo Miranda aufrecht im Himmelbett saß und ihren neugeborenen Sohn im Arm wiegte.

Alec nickte dem massigen Diener zu, als er wieder in das Wohnzimmer der Archsuite zurücktrat und lächelte, als die Tür sich hinter dem Familientreffen schloss. Zehn Minuten später lächelte er nicht, als er Selina am Arm seines Onkels traf, die die Haupttreppe heraufkamen.

„Mylord! Alec! Ich ... wir müssen reden ... ich will dir erklären ..."

„Nein! Nein", sagte er leise, aber die Reserviertheit in seinem Ton war unverkennbar. „Noch nicht." Aus der Tasche seines Rocks zog er den Brief seiner Patentante. „Morgen. Vielleicht. Ich brauche etwas Zeit - allein. Gute Nacht, Mrs. Jamison-Lewis. Onkel."

Selina und der alte Mann sahen zu, wie Alec die Treppe hinaufstieg und im Gang zu der Suite seiner Zimmer verschwand.

EPILOG

ALLEIN IN RUHE UND FRIEDEN VOR EINEM FRISCH ENTFACHTEN
Feuer sitzend, einen seidenen Morgenrock über sein Nachthemd geworfen, erbrach Alec das Siegel und entfaltete das einzelne Blatt Pergament
von seiner Patentante und las.

Liebster Alec,

*Du musst sofort nach London kommen. Ich kann nicht genug betonen, wie dringend ich dich brauche. In Midanich ist ein Bürgerkrieg
ausgebrochen. Der Markgraf hält den Norden fest in der Hand,
während sein Bruder, Prinz Viktor, mit Hilfe der französischen
Truppen den Süden unter seine Kontrolle gebracht hat. Keine
Familie wurde vom Blutvergießen verschont. Es gibt Berichte über
Tausende von Toten und Tausende, die zur Grenze fliehen. Aber alle
Grenzen sind geschlossen. Niemand kann das Fürstentum verlassen
oder hineinkommen.*

*Warum ich dir über ein kleines, europäisches Fürstentum schreibe?
Ich kann dein Stirnrunzeln sehen! Was kümmert es diese alte Frau,
wie viele Menschen in Midanich in ihren Betten getötet werden?
Jetzt lachst du über mich! In Wahrheit bin ich so verzweifelt, dass ich
am ganzen Körper zittere und kaum die Worte zu Papier bringen
kann, um es dir zu erklären. Emilys Leben ist in Gefahr. Sie ist in
Midanich. Sie und Cosmo sind Gefangene dieser Leute. Es gibt eine*

Forderung nach Geld und Juwelen ... mir wurde eine Locke meines Lieblings als Beweis geschickt. Wenn wir ihre Forderungen nicht erfüllen, schreibt man mir, dass als Nächstes ihr Finger abgeschnitten wird, um ihre Ernsthaftigkeit zu beweisen.

Lieber Junge, bitte komme sofort nach London. Ich brauche dich ...

Alec Halseys Abenteuer geht weiter…

ALEC-HALSEY-KRIMIS BAND 3

Winter 1763. Alec, Lord Halsey, wird auf eine diplomatische Mission nach Ostfriesland geschickt, einem am Rande des Heiligen Römischen Reichs gelegenen Staat, um dort über die Freilassung dort gefangener Freunde zu verhandeln. Ostfriesland ist ein Ort großer Gefahr und dunkler Geheimnisse; ein Land im Bürgerkrieg; regiert von einer Familie, in deren Adern der Wahnsinn fließt. Für Alec ist es ein Ort unsäglicher Erinnerungen, dem er nur knapp entfliehen konnte und an den niemals zurückzukehren er sich geschworen hatte. Aber er muss zurückkehren, wenn er das Leben von Emily St. Neots und Sir Cosmo Mahon retten will. An seinem Ziel erwarten ihn der Markgraf und seine Schwester, die nichts weniger fordern als Alecs Kopf auf einer Pike.

SCHLOSS HERZFELD, FÜRSTENTUM MIDANICH (OSTFRIESLAND)

Das Schlafzimmer war dunkel und ungelüftet. Der Geruch schalen Urins, blutigen Schleims und von Arzneien allgegenwärtig. Nur eine Reihe von Kerzen warf vom Nachttisch her ein gelbes Licht über die schwer bestickte Decke. Die Dochte hätten geschnäuzt werden müssen, aber niemand hatte sich darum gekümmert, einen Diener zu rufen. Alles konzentrierte sich auf den Mann, der in dem großen Staatsbett mit dem riesengroßen, geschnitzten Kopfteil lag - dort, wo alle Markgrafen von Midanich starben.

Leopold Maxim Herzfeld lag in den letzten Zügen. Eingefallen und schwach war er auf weiche Daunenkissen gestützt. Ein weißes, leinenes Nachthemd mit feiner Spitze an Handgelenken und Kragen bedeckte verfallenes Fleisch, die zusammengefallenen Adern beider Arme wurden verborgen. Er war so oft zur Ader gelassen worden, dass die Egel mit ihren fetten Körpern sich nicht länger vollsaugen konnten. Sein Bewusstsein kam und ging, er rasselte und keuchte mit zurückgeworfenem Kopf und weit offenem Mund, angestrengt durch eine zundertrockene Kehle Atem in seine wassergefüllten Lungen saugend.

Ein ergebener Diener hatte die seidene Nachtmütze weggenommen und an ihrer Stelle eine prachtvolle Perücke arrangiert, deren fließende Locken mit Pomade behandelt, gepudert und gelockt waren, wie es sich für den königlichen Träger gehörte. Im Leben hatte ein solcher Griff zu modischer Kunst die starken, fleischigen Züge Markgraf Leopolds ergänzt. In seiner Todesstunde war die Perücke große Eitelkeit. Sie half nur zu betonen, bis zu welchem Zustand sein Gesundheitszustand sich verschlechtert hatte, seit er vor sechs Monaten nach Schloss Herzfeld zurückgekehrt war, und warum das Geflüster über Gift sich hartnäckig hielt.

Tausend Kerzen erhellten die Schlosskapelle, in der rund um die Uhr gebetet wurde. Fromme Mitglieder des Hofes kamen und gingen und füllten die Kirchenstühle. Einige blieben stundenlang auf ihren bestrumpften Knien und beteten um ein Wunder - dass Markgraf Leopold sich erholen möge. Täte er dies nicht, wäre ein Bürgerkrieg wahrscheinlich, und das nach einem Jahrzehnt des Krieges, in dem das Land sich zuerst vom Feind und dann von einem Verbündeten besetzt gesehen hatte, die beide im Land und bei seinen Menschen Verwüstungen angerichtet hatten.

Andere Mitglieder des Hofes, die nicht willens waren, ihre Zukunft in Gottes Hand zu legen, hielten es für politisch klüger, im prachtvoll vergoldeten, marmornen Vorzimmer der Prunkzimmer herumzustehen. Sie steckten mit ihren Fraktionen am Hofe die Köpfe zusammen, stritten in heftigem Flüsterton, beschlossen, ob sie den einen oder den anderen Prinzen unterstützen würden oder neutral bleiben sollten, wenn der Bürgerkrieg käme. Niemand wagte es, das Vorzimmer zu verlassen, denn sie befürchteten nicht nur, in ihrer Abwesenheit von ihren Freunden hintergangen zu werden, sondern ihre Bewegungen wurden sorgfältig von der Leibwache, die an den Wänden des Raumes Aufstellung genommen hatte und vor den Türen des fürstlichen Schlafzimmers Wache hielten, beobachtet.

Manch ein nervöser Höfling ließ sich auf einem behelfsmäßigen

Lager nieder, schickte Lakaien hin und her nach Speis und Trank und um die Nachttöpfe zu leeren. Sie kritzelten Briefchen mit den neuesten Nachrichten gleichzeitig an ihre Frauen, Mätressen und Töchter, die in ihren Gemächern in der Schlossanlage auf und ab wanderten, bereit, mit ihrer Habe jeden Moment die Flucht zu ihrem Landsitz anzutreten. Einige hatten beschlossen, den einschneidenden Schritt zu tun und die Grenze nach Hannover zu überschreiten - die einzige Alternative für sie, wenn sie ihre Köpfe behalten wollten.

Ausländische Würdenträger und Bürokraten auf der Suche nach Neuigkeiten schlurften auch in das Vorzimmer der Staatsräume hinein und wieder hinaus. Niemand konnte ihnen irgendetwas sagen, daher gingen sie wieder und schickten ihre Untergebenen, sich unter die perückengekrönte Menge zu mischen, während sie Berichte nach Hause an ihre Herren schrieben und um Anweisungen baten - sollten sie Prinz Ernst unterstützen, Prinz Viktor Avancen machen oder zusehen, dass sie fortkamen, solange Grenzen und Häfen des Landes offen blieben.

Der bevorstehende Tod des Markgrafen war eine feststehende Tatsache. Das hätte auch für seinen Nachfolger gelten sollen. Der Sohn folgte auf den Vater, so, wie es seit dreizehn Generationen gewesen war. Prinz Ernst war der älteste Sohn des Markgrafen. Jedoch gab es solche, die dafür waren, dass der charismatischere Prinz Viktor den Platz seines Vaters einnehmen sollte. Prinz Ernsts jüngerer Halbbruder war von der Nachfolge jedoch durch seine bürgerliche Abstammung ausgeschlossen. Die zweite Ehe des Markgrafen war eine morganatische Heirat gewesen.

Der siebenjährige Krieg änderte alles.

Friesland wurde von den Franzosen überrannt und dann von den Engländern besetzt. Überall herrschte Chaos, Kampf und Blutvergießen. Das Ende des Krieges brachte das Ende der Schlachten, jedoch nicht der Not für die Untertanen des Markgrafen. Und darüber hinaus wurden über die Grenzen, politische wie wirtschaftliche, hinweg Allianzen neu definiert und festgeschrieben, und das nicht zu Midanichs Gunsten. Viele am Hof wollten einen völligen Bruch mit der alten Ordnung, zu der Prinz Ernst gehörte, und setzten ihr Leben für eine Veränderung aufs Spiel. Von seinem Palast im Süden des Landes hatte Markgraf Leopold den für Wandel sprechenden Stimmen gelauscht und auch denen jener Höflinge, die den *Status Quo* vorzogen. Er war dann nach Norden zum Schloss Herzfeld gereist, wo Prinz Ernst als Befehlshaber der Armee von Midanich stationiert war, hatte die Zugbrücke überquert und war unter dem mitreißenden Jubel seines kriegsmüden Volkes, den unterwürfigen Verbeugungen seiner Höflinge und den einladenden offenen Armen seines ältesten Sohnes mit seinem Gefolge auf dem Marktplatz eingezogen.

Prinz Ernst, der tapfer im Krieg gekämpft hatte, wurde in einer öffentlichen Zeremonie mit der höchsten militärischen Auszeichnung des Landes, dem Minotaurus von Midanich, einem Orden am Bande, der selten verliehen wurde, geehrt. Das war die letzte Gelegenheit, bei der der Markgraf in der Öffentlichkeit gesehen wurde. Er setzte nie wieder einen Fuß aus den befestigten Mauern des Schlosses. Innerhalb von Monaten lag der siebzehnte Herzfeld, der in ununterbrochener Linie vom Vater auf den Sohn regiert hatte, auf dem Sterbebett.

Der Oberarzt hatte keine Ahnung, was die Krankheit des Markgrafen verursacht hatte, aber er war sich sicher, dass sie tödlich war. Jedoch klammerte sich der Markgraf hartnäckig ans Leben, seine zeitweiligen, angsterfüllten Ausbrüche waren ein Zeichen dafür, dass sein Geist sich mit einem inneren Konflikt herumquälte, den nur er kannte. Sein Arzt sagte, er wäre im Delirium. Sein Pfarrer sagte, er reinige seine Seele von Schuld. Sein Sohn stimmte beiden zu. Aber niemand wusste, was ihn quälte.

Als der Hauptmann der Leibwache berichtete, dass die Bewohner des Schlosses zunehmend unruhig nach Nachrichten über ihren Herrscher verlangten, Gerüchte über Gift jeden Tag lauter wurden, befahl Prinz Ernst, dass eine zweite Abteilung von Truppen im Schloss einziehen sollte. Was außerhalb der dicken Mauern von Schloss Herzfeld geschah, war unwichtig - vorerst.

Der Obersthofmeister flehte Prinz Ernst an, irgendeine Proklamation verlesen zu lassen, zumindest vor den Höflingen im Vorzimmer, um wenigstens unter ihnen die Unruhe zu unterdrücken. Prinz Ernst sagte, der Hof könnte warten; der Tod würde bald genug eintreten.

Als der Oberarzt erklärte, dass der Tod unmittelbar bevorstünde, ließ der Prinz alle Anwesenden aus dem Schlafzimmer schicken. Der Markgraf sollte seine letzten Augenblicke auf Erden nur mit seiner anwesenden Familie verbringen.

An der Doppeltür warf der Obersthofmeister noch einen letzten Blick über seine Schulter auf den Markgrafen, dem er drei Jahrzehnte lang treu gedient hatte. Was er sah, ließ ihn umdrehen und innehalten. Nicht, weil sein Herr in seiner skelettähnlichen Magerkeit, die von einer dünnen, gelblichen Haut bedeckt wurde, unkenntlich geworden war. Sondern wegen der Tatsache, dass Markgraf Leopold alle Kraft, die ihm noch verblieben war, dazu anstrengte, einen Arm von der Decke zu heben und einen Finger in seine Richtung auszustrecken. Erschrocken huschte der Obersthofmeister in das trübe Licht zurück, nur, dass der Hauptmann ihn anzischte:

„Verlasst ihn, Herr Baron. Er ist nicht mehr bei Verstand."

Der Obersthofmeister ignorierte ihn. Er ging zum Fußende des Betts, den Hauptmann auf den Fersen. Der Markgraf mühte sich, seinen Kopf aus den Kissen zu heben, sein Blick war starr, als ob er seinen treuen Diener zwingen wollte, seine Gedanken zu lesen. Der Obersthofmeister ging am Bett entlang, kam noch näher.

„Ich flehe Euch an ...", wimmerte der Markgraf und sah an seinem Sohn, der seine Hand ergriffen hatte, vorbei, den Obersthofmeister an. „Lasst mich ... nicht ... allein ... Nicht - *mit ihr.*"

„Durchlaucht, selbstverständlich werde ich bleiben, wenn das Euer Wunsch ist."

„Er ist im Delirium, Haderslev. Er weiß nicht, was er sagt", sagte Prinz Ernst müde und wandte sich dann an den Hauptmann der Leibwache. „Westover! Bringt ihn hier fort. Er regt ihn nur auf."

„Selbstverständlich, Hoheit", erwiderte Hauptmann Westover und schlug mit der Hand auf Baron Haderslevs Schulter. „Herr Baron, es ist Zeit zu gehen."

„Seine Durchlaucht möchte, dass ich bleibe", klagte der Obersthofmeister und schüttelte den Hauptmann ab, um näherzutreten. „Also werde ich hierbleiben!"

„Keine Sorge, Papa. Sie ist nicht hier", beruhigte Prinz Ernst seinen Vater im Flüsterton.

„Ich ... nicht ...", murmelte der Markgraf erregt und fiel in seine Kissen zurück. „Ernst. Lass sie ... nicht ..."

„Ich habe dir mein Wort gegeben."

Der Markgraf schloss die Augen, war aber nicht weniger erregt. „Das wird ... *sie* nicht ... aufhalten ... Sie ... sie *hasst* ... mich. Hasst Viktor ... *uns alle.*"

Prinz Ernst spürte, wie der Obersthofmeister und der Hauptmann hinter seinem Rücken standen und schaute sich rasch um. „Meine Stiefmutter", bemerkte er, als ob sie die Frage gestellt hätten. Er schaute Hauptmann Westover an. „Gräfin Rosine steht unter Hausarrest, ja?"

„Wie Ihr befohlen habt, Hoheit", versicherte ihm der Hauptmann. „Sie darf keinen Besuch empfangen und ohne Eure Erlaubnis geht niemand herein oder hinaus."

Prinz Ernst nickte. „Und mein Bruder?"

Bevor der Hauptmann antworten konnte, öffnete der Markgraf seine Augen und drehte seinen Kopf auf dem Kissen, um mit weit aufgerissenen Augen seinen Sohn anzuschauen, und brach aus:

„Halte sie unter Kontrolle, Ernst. Erlaube *ihr* ... nicht, *dich* ... zu ... zu beherrschen." Er ließ ein frustriertes, schmerzvolles Stöhnen hören und schloss seine Augen wieder fest. „Mein Gott, mache dieser Qual ein Ende!"

„Ruhig, Papa", antwortete der Prinz und drückte die Hand seines Vaters. Er sah wieder zum Hauptmann und dem Obersthofmeister auf. In seinen Augen standen Tränen. „Um Himmels willen. Erlaubt uns wenigstens diese letzten wenigen Momente allein!"

Beide Männer erbleichten und verbeugten sich tief. Mit einem Nicken zogen sie sich in die Schatten zurück zu den Doppeltüren. Der Raum war so dunkel, dass Prinz Ernst nur am Klicken des Türschlosses erkannte, dass beide Höflinge gegangen waren. Er wusste auch, dass seine Zwillingsschwester in der Dunkelheit lauerte und abwartete, wartete, dass die anderen gehen sollten, bevor sie sich zeigte, zeigte, wer die Stärkere von ihnen beiden war. Prinz Ernst, der große militärische Führer, furchtlos im Kampf, siegreich in der Schlacht, war gegenüber Joannas Listen schwach.

Prinzessin Joanna erschien aus der Finsternis, um auf ihren Vater hinabzusehen, der sie vom Hof verbannt hatte, aus der Gesellschaft verbannt hatte und sie in dieser Festung seit mehr als einem Jahrzehnt buchstäblich als Gefangene gehalten hatte. Sie sah zu, wie er sich in dem großen Bett im trüben gelben Licht der Kerzen wand und herumwarf und tätschelte sanft seine dünne Hand.

„Papa, ich bin hier", flüsterte sie, küsste seine Stirn und fuhr dann mit einer kühlen Hand über seine feuchte, heiße Stirn. „Ich bin es, Joanna, Papa. Dein geliebter kleiner Vogel ist aus seinem Käfig geflohen, um dich zu retten. Papa...?"

Die Augen des Markgrafen blinzelten, bis sie groß wurden und er schaute sich nach seinem Sohn um. Aber es war Joanna, die mit einem liebevollen Lächeln zu ihm herabsah. Er war so überwältigt, dass er zu weinen begann. Und als Joanna seine Stirn wieder küsste und tröstliche Geräusche von sich gab, wurde sein schwacher Körper über und über von schmerzhaften Schluchzern geschüttelt, ohne dass er einen Laut von sich gab. Sie ging daran, seine Arme wieder unter die Decken zu stecken und zog dann sanft eines der Kissen unter seinem Kopf weg, wobei sie darauf achtete, nicht die kunstvolle Allongeperücke zu zerdrücken, so dass sein Kopf flach im Bett lag.

„Es ist Zeit, Papa", sagte sie.

Der Markgraf warf seinen Kopf hin und her, aber er war so schwach und nachdem sein Körper jetzt unter den Decken gefangen war, war er machtlos. Jede Kraft, um sein Leben zu kämpfen, die er aufgebracht hatte, um den Obersthofmeister anzuflehen, war verschwunden. Doch er hatte noch seine Stimme, dünn, wie sie war.

„Ernst!", bettelte er und suchte im Dunkel nach seinem Sohn. „Bist du hier?" Aber als sein Sohn ihm nicht antwortete, flehte er seine Tochter an, obwohl er wusste, dass es sinnlos war. Jedoch musste er versuchen, an ihren Verstand zu appellieren - soweit davon noch etwas übrig war. „Joanna. Hör auf Papa ..."

„Ich tue dies nicht für mich selbst, sondern für Ernst, liebster Papa", sagte Prinzessin Joanna ruhig, bedeckte das Gesicht des Markgrafen mit dem Kissen und hielt es dort fest, bis ihr Vater völlig ruhig geworden war. „Du verstehst das doch, nicht wahr, Papa? Für Ernst."

Es war Prinz Ernst, der behutsam das Kissen entfernte und seinen Vater anschaute, der klein und gebrechlich auf dem großen Bett lag, der Mund offen und die prachtvolle, gepuderte Perücke verrutscht, so dass sie ein Auge bedeckte. Er schnappte erschreckt nach Luft, glaubte nicht, dass sein Vater nicht länger atmete. Er legte sein Ohr an dessen Mund, berührte seine Wange und dann die Stirn. Aber er wusste es, er wusste, sobald er ihn angesehen hatte, dass er tot war.

Der Markgraf Leopold Maxim Herzfeld, der das kleine Fürstentum Midanich fünfunddreißig Jahre lang

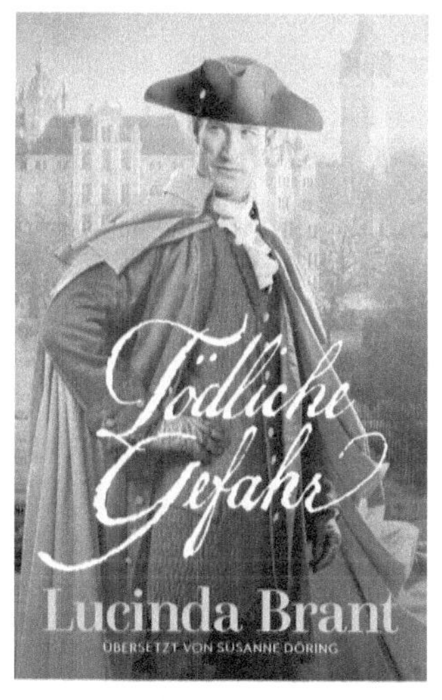

regiert hatte, war tot. In seiner letzten Stunde ermordet. Prinz Ernst, der hochdekorierte soldatische Held des letzten Krieges, Gouverneur von Schloss Herzfeld und Leopold Maxims ältester Sohn, würde ihm jetzt als Markgraf nachfolgen und Midanich regieren.

Und seine Schwester, Prinzessin Joanna, würde ihn regieren.

Er brach in Tränen aus.

HINTER DEN KULISSEN

Erkunden Sie die Orte, Dinge und Geschichte im
Zusammenhang mit *Tödliche Affäre* auf Pinterest.

www. pinterest.com/lucindabrant